伍肇齡集輯注

新華文軒出版傳媒股份有限公司博士後科研工作站科研成果

且志宇 輯注

巴蜀書社

作者簡介

且志宇，四川大邑人，文學博士，副編審。四川大學中國語言文學博士後科研流動站與新華文軒出版傳媒股份有限公司博士後科研工作站聯合培養博士後，巴蜀書社編輯，四川師範大學巴蜀文化研究中心兼職研究員，成都市作家協會會員。主要從事文獻整理、中國古代文論、巴蜀文化等研究。已出版專著兩部，在核心期刊發表論文數篇，主持省廳級項目兩項，參與國家社科基金重大項目一項。本書爲作者博士後在站期間研究成果之一，并由新華文軒博士後科研工作站資助出版。

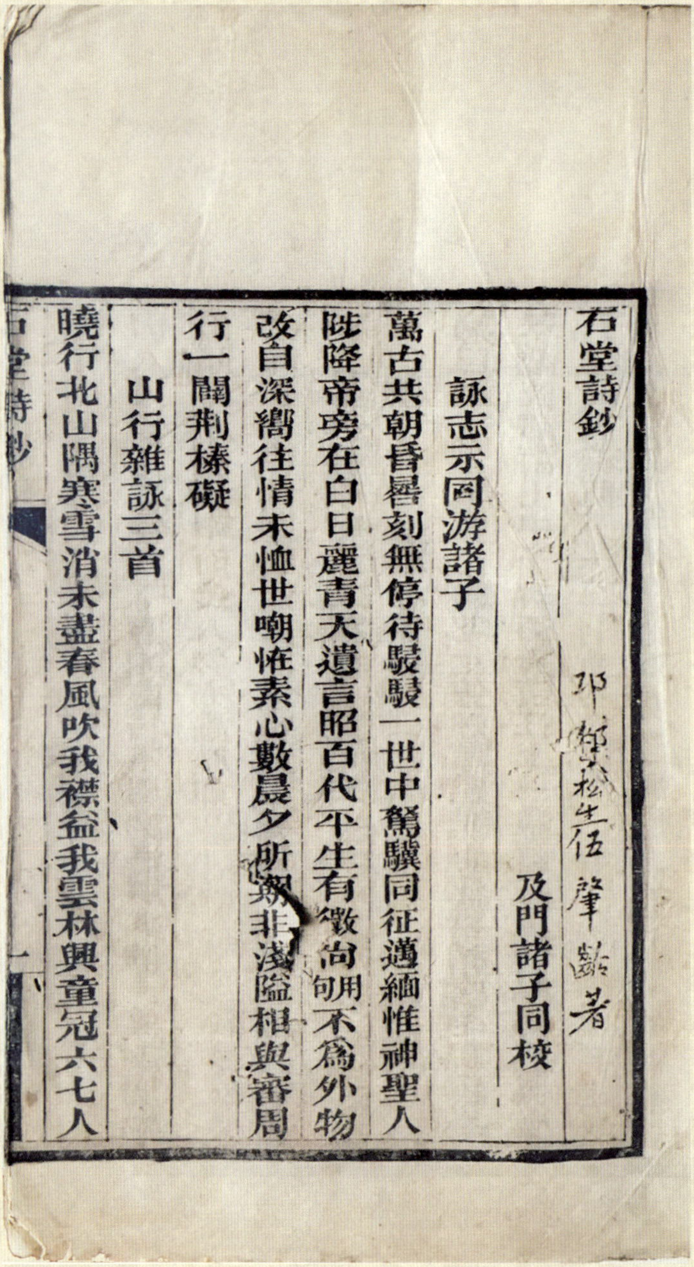
石堂詩鈔

邛郲松生伍肇齡著

及門諸子同校

詠志示同游諸子

萬古共朝昏晷刻無停待駸駸一世中駑驥同征邁緬惟神聖人陟降帝旁在白日麗青天遺言昭百代平生有微尚句用不爲外物改自深嚮往情未恤世嘲恠素心數晨夕所期非淺隘相與審周行一闢荆榛礙

山行雜詠三首

曉行北山隅寒雪消未盡春風吹我襟益我雲林興童冠六七人

石堂詩鈔　一

《石堂詩鈔》書影（四川省圖書館藏）

《石堂詩鈔》書影（重慶圖書館藏）

石堂詩鈔

受業 秦克明鏡樓 江煥雲絙緣 謹校

元旦試筆

淑氣元正布仁風利物多求心功行實正已性情和

新正五日偶成

開歲五日春風寒上天施澤回暵乾曉枕聲聞木屐

響起看空宇雲漫漫喜聆里巷說米賤寇攘已戢閭

閻安身居樂土自可樂不慚一日三吾餐童孫書塾

勉肄業生徒學海增文瀾況值時平　聖恩溥漸仁

伍肇齡致四川總督奎俊書札

（故宫博物院藏）

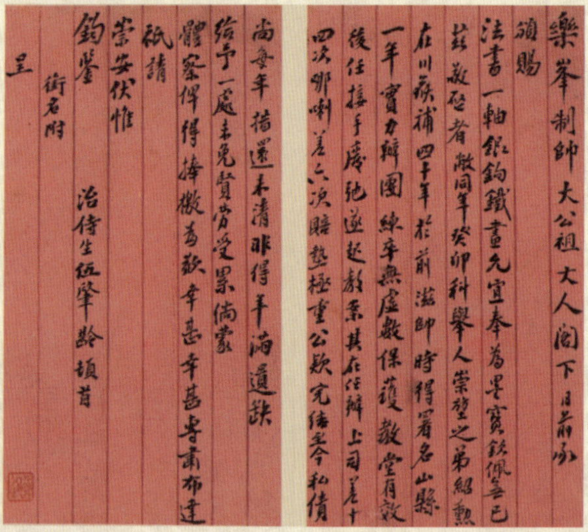

樂峯制帥大公祖大人閣下：日前承
頒賜
法書一軸，銀鈎鐵畫，允宜奉爲墨寶，欽佩無已。
茲啟者：敝同年癸卯科舉人崇璧之弟紹勳
在川候補四十年，於前滋帥時得署名山縣
一年，實力辦團，練卒無虛數，保護教堂有效。
後任接手廢弛，遂起教案，其在任辦上司差十
四次，哪喇差六次，賠墊極重，公款完結，至今私債
尚每年措還未清，非得羊滿遺缺
給予一處，未免賁負受累。倘蒙
體察，俾得捧檄爲叙，幸甚幸甚。專肅布達，
祗請
崇安，伏惟
鈞鑒。治侍生伍肇齡頓首
銜名附
呈

伍肇齡致四川學政吴慶坻詩札

（杭州圖書館藏）

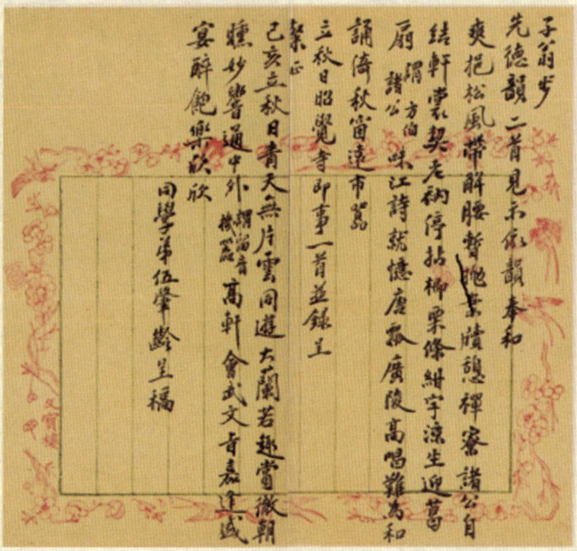

子翁步
先德韻二首見示，依韻奉和。
爽挹松風帶醉腰，暫拋案牘憩禪寮。諸公自
結軒裳契，老衲停拈柳栗條。紺宇涼生迎菖
屑（渭方伯） 諸公 味江詩就憶唐孫。廣陵高唱難爲和，
誦倚秋窗遠市囂。
立秋日昭覺寺即事一首並錄呈
粲正
己亥立秋日，青天無片雲。同遊大蘭若，趣當徽朝
螓。妙響通中外，（渭翁微露） 高軒會武文。奇嘉逢盛
宴，醉飽樂欣欣。
同學弟伍肇齡呈稿

兩江總督曾國藩爲伍肇齡事致浙江巡撫李瀚章片

（廣東省立中山圖書館藏）

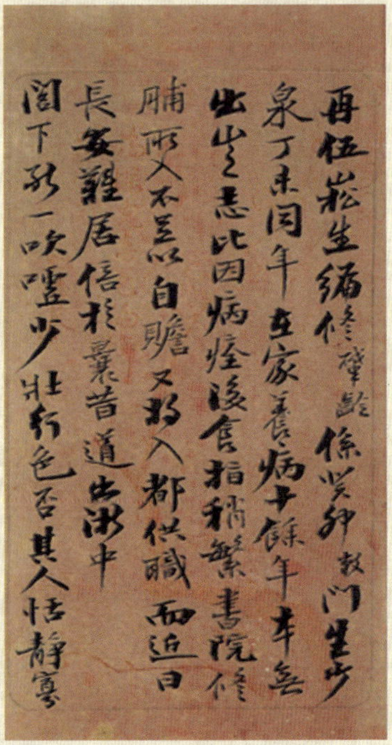

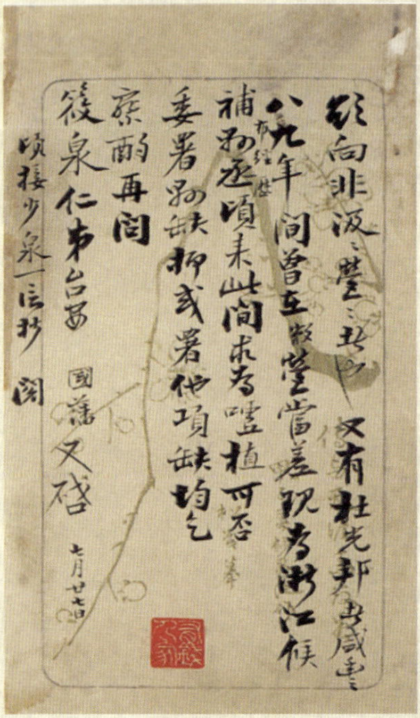

伍肇龄楷书扇面（四川博物院藏）

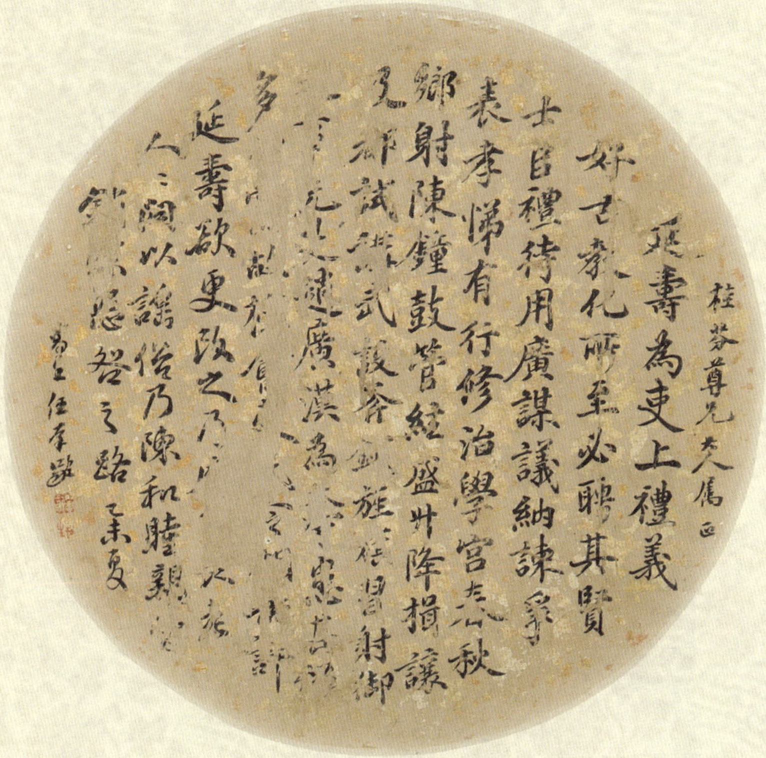

伍肇齡題内兄孫治小像

（成都孫恪庶先生藏）

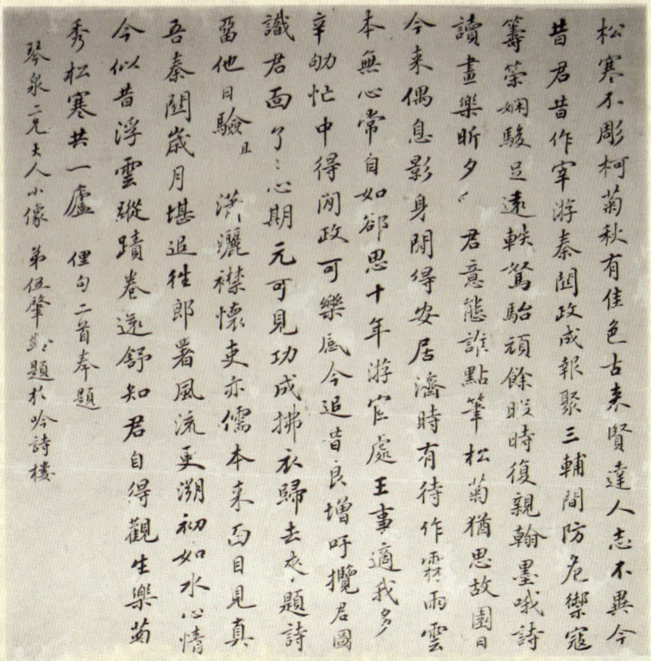

伍肇齡題内兄孫治《寒江獨釣圖》（成都孫恪庶先生藏）

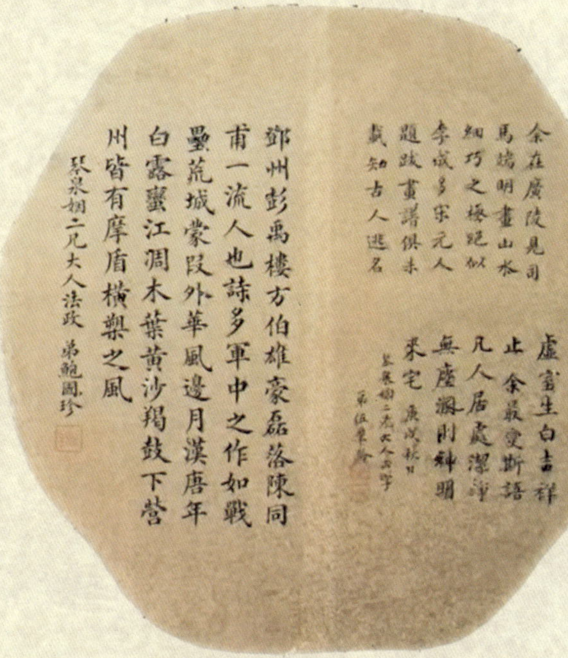

伍肇齡題龍藏寺詩碑及雪堂含澈和韻詩碑搨片

（成都市新都區桂湖碑林藏）

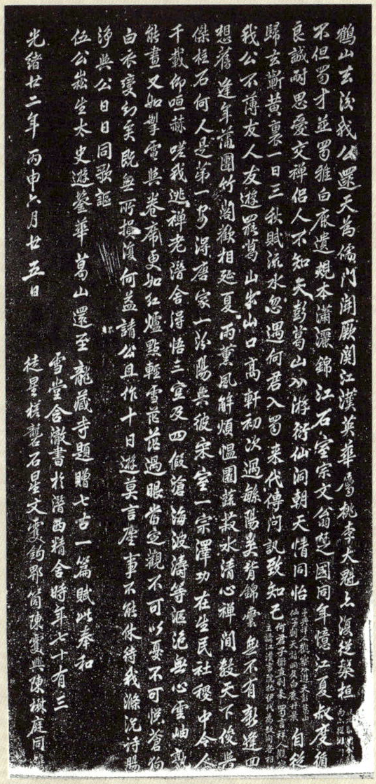

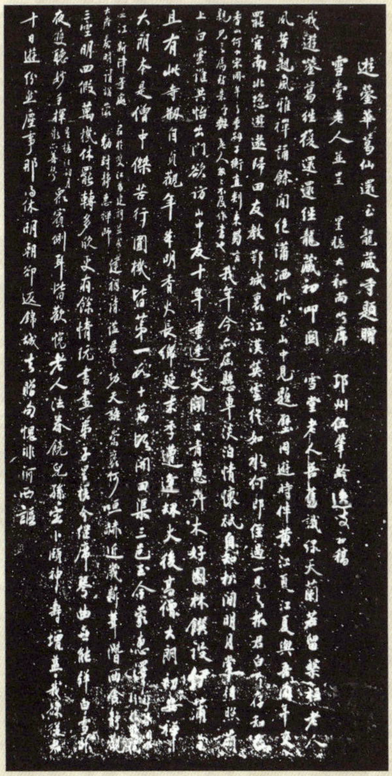

目録

聯存……二八〇

附録一：伍肇齡傳記及參加保路運動史料輯録……二九一

附録二： 伍肇齡相關資料輯録……三一一

值得探究的巴蜀近代文化路徑
——《伍肇齡集輯注》序

李怡

古代中國的文化觀念一開始就與區域相連，這就是《尚書·禹貢》裏所描繪的『九州』形勝。到了當代，『走嚮世界』的渴望、全球化的浪潮一度讓人恍惚，是不是未來社會的生存越來越消彌了『地方』與『區域』的意義呢？事實逐漸證明，很可能并非如此，越是『走嚮世界』，我們越會追問：我是誰？我在哪裏？這是一個自我認知的問題，也是一個『地方』存在的問題。其實每一個個體的生長、發展都是以具體而微的『地方』爲基礎的，并没有一個抽象籠統的『世界』在規範和『指導』着各自的『地方』；同樣，全球化的動嚮不是壓抑和取消了『地方性』的訴求，恰恰相反，因爲全球化的浪潮，激發了不同地方的人們瞭解和認知『地方』，以及認同地方的需要。

對中國近現代文學和文化的觀察也是如此。過去我們的研究，都傾嚮於將古代與近現代劃分開來，中國史常常專指古代中國史，中國文學史也不包含現當代，這種知識系統上的分割在一定程度上反映出一種理念：近現代以後的中國與外部社會（『世界』）更加緊密地結合在一起，是别樣的歷史，而古代中國纔是自成一體的。其實，就像『世界』必須以不同的『地方』爲根據一樣，中國文化在近現代融入外部世界的過程并不是抹殺和消滅自身特點的過程。中國，理所當然構成當今『世界』的重要一分子，而『地方』則是這一分子的具體、生動的體現。中國現代文學研究史上的第一套區域研究論叢是嚴家炎先生主編的《二十世紀中國文學與區域文化叢書》，湖南教育出版社一九九五年出版，我有幸完成了其中關於巴蜀文學的論著，是爲《現代四川文學的巴蜀文化闡釋》，對區域文化和區域文學的關注從此成了我重要的學術方嚮。二〇二〇年，我在《成都與中國現代文學發生的地方路徑問題》中，以内陸腹地的成都爲例，考察了李劼人、郭沫若等『與京滬主流有異』的知識分子的個人趣味、思維特點，提出這裏存在另外一種近現代嬗變的地方特色。（李怡：《成都與中國現代文學發生的地方路徑問題》，《文學評論》二〇二〇年四期。）這一走嚮現代的『地方路徑』值得剖析，它與多姿多彩的『上海路徑』『北平路徑』一起，繪製出中國文學走嚮現代的豐富性。從一九九五年的『區域研究』到二〇二〇年的『地方路徑』，是區域—地方研討不斷深化的過程。如果説，早先的區域研究還僅僅是將『區域』當作更大範圍（中國或者世界）的一個特殊的局部，人們關注的是『先進』的大中國文化或者『發達』的世界文化如何落實在局部的問題；那麽，在今天，我們可能需要回答的則是，地方文化的自我發展如何逐步拓展和豐富了『中國』的内涵，生長出了新的文化内涵的問題。無疑，後一方面的思考更爲深入地切進了歷史發展的内部，觸摸到了文明生長的肌理。

自『地方』到國家、從局部到民族的這種文化演進之中，人是最核心和最關鍵的元素，任何文化的演變歸根到底都是人選擇的結果，也是人的認知改變的結果。四川，作爲中國内陸腹地的巨大文化區域，可以説就是中國文化近現代化的重要典型。如果説上海代表的是近代工商業文化如何迅猛發展，通過近代市民文化的塑形改變中國的路徑；北京體現的是傳統古都文化、近代官僚文化與新興的知識分子文化如何在激烈的碰撞中結合生長的路徑；那麼，四川則呈現出了傳統中國文化與近代新文化融合對話的路徑。近代四川走出的這條發展之路是古今融通之路，是中外共用之路，而非對立之路，衝突之路。個中意味，實在值得我們認真總結。

在巴蜀文化的這條近代路徑之上，誕生了獨特的蜀學風範，也成長起來一系列令人景仰的『蜀學大家』。近代蜀學産生自晚清至民國的動蕩時代，是傳統學術資源應對近代變革的結果，因此，保存國粹又托古改制，堅守國學又維新改良，承襲傳統又面嚮西方就成了它的顯著特點，也就是我們所謂之融通共用的文化態度。近代以後的許多四川知識分子都可以納入這樣一條獨特的『蜀學』脈絡當中，正如有歷史學者所描述的那樣：『羅綸、蒲殿俊、吴虞、張瀾、吴玉章，皆自舊學而高標改良、革命。至於王光祈自經史而入於音樂，卒成一代宗師；李劼人自辭章而入小説，卒成一大作家；蒙文通自經學而入史學，終爲經史名宿；周太玄自舊學而入科學，獨獲「古今兼通」之稱。』（舒大剛：《代序——論晚清『蜀學』》，《儒藏論壇》第二輯，第十頁，四川大學出版社二〇〇七年版。）

伍肇齡也是這樣一位值得重視的近代知識分子。伍肇齡，字崧生，一字嵩生，道光七年八月十六日，生於四川大邑縣𨚗江錢溝，寄籍邛州。於道光二十三年考中舉人，道光二十七年考中二甲第二十三名進士，年僅二十歲，被道光皇帝親選爲翰林院庶吉士。在庶常館學習三年期滿，經考試列優等，被皇帝召見，特授翰林院編修、國史館協修。咸豐二年，任順天鄉試同考官。咸豐三年，爲了奉養年邁的祖母，伍肇齡毅然放棄飛黄騰達的仕途，辭官回鄉孝親。晚年重赴鹿鳴宴，被光緒皇帝賞翰林侍講銜；重赴瓊林宴，又賞加翰林院侍講學士銜。宣統三年，伍肇齡作爲四川士紳的主要代表，以八十餘歲高齡參加四川保路運動，爲辛亥革命的勝利立下了第一功。一九〇五年五月二日，袁世凱發布大總統令，着内務部爲伍肇齡頒發了題有『碩德耆年』四字的匾額，以及『福』『壽』字各一方。同年五月二十九日，伍肇齡以八十九歲高齡去世。

這些重要的『資歷』足以讓伍肇齡在近代四川文化史上享有很高的聲譽，被時人譽爲成都著名的『五老七賢』之首。值得説明的是，『五老七賢』之譽并非單純彰顯他的舊學淵源，事實上，在近代四川的文化革新史上，伍肇齡同樣貢獻巨大。自辭官回鄉後，他在四川各地講學，先後主講於嘉州九峰書院、邛州鶴山書院、瀘州川南書院，并擔任四川大學前身錦江書院院長長達二十七年，同時還與張之洞等創建尊經書院，并兼任院長，一身而兼任錦江、尊經兩書院院長，在四川教育史上還是首次。錦江書院、尊經書院都是四川近代教育的重鎮，體現了中國傳統文化因應時代變遷而改革發展的基本方嚮。伍肇齡從教五十餘年，門生弟子遍布四川各地，被李鴻章譽爲『蜀中佳士半門生』。晚清民國時期四川的重要人物，如參加變法的『戊戌六君子』中的劉光第、楊鋭，著名經學大師廖平、吴之英，清代四川唯一的狀元駱成驤，四川『睁眼看世界』第一人宋育仁，著名歷史學家張森楷，以及文學家張祥齡、顧印愚，四川保路運動的領導者蒲殿俊、曾培、張瀾、周鳳翔等，都是伍肇齡的弟子。伍肇齡在四川近代教育史上留下了濃墨重彩的篇什。

對於這樣一位重要的歷史人物，儘量搜集、整理、編訂他的著作，是爲四川近代文化史留存一份珍貴的文獻，也是爲中國文化史『地方路徑』的考察準備最基本的史料，真是功德無量的大事。且志宇畢業於四川師範大學，爲文藝學的博士，又進入四川大學中國語言文學博士後流動站與新華文軒出版傳媒股份有限公司博士後工作站，從事博士後科研工作。他敏鋭地發現了伍肇齡的歷史價值，經過多年的努力，終於編訂而成《伍肇齡集輯注》，在我們的出版史上，這是第一次對伍肇齡的詩文及相關資料的全方位的鈎稽和爬梳，注釋、刊誤、編年，包括逸詩逸文的輯佚，志宇都付出了相當的心血。讀了初稿，連我這個主要從事中國現當代文學研究的人也備受鼓舞，深感意義重大。在此，我願意嚮廣大讀者隆重推薦此書，并預祝志宇在近代巴蜀文化的整理、研究工作中取得進一步的成果。

二〇二一年八月十二日於成都江安長灘

《伍肇齡集輯注》序

李凱

伍肇齡爲四川近代著名教育家、學者、文人，一生從教五十餘年，門生弟子遍布四川各地，被李鴻章譽爲『蜀中佳士半門生』。伍肇齡又是四川近代刻書家，刻有《資治通鑑》《十三經古注》《尊經書院二集》《蜀學編》等數十種圖書，以之教育蜀中士子。他一生歷清朝道光、咸豐、同治、光緒、宣統五帝及民國，不僅在巴蜀近代教育史上具有重要影響，且在四川保路運動中發揮了積極作用。

作爲近代四川如此重要的人物，惜其文集之搜集、整理尚付闕如。幸而，且志宇利用其進入四川大學中國語言文學博士後科研流動站和新華文軒出版傳媒股份有限公司博士後科研工作站的機會，首次對伍肇齡文集進行了深度整理。

《伍肇齡集輯注》主要包括兩個部分：第一部分是主體，即伍肇齡文集的整理，包括對伍肇齡詩文等的輯佚、點校和注釋；第二部分是附録，包括《伍肇齡傳記及參加保路運動史料輯録》《伍肇齡相關資料輯録》《伍崧生先生年譜》三方面内容。

由於伍肇齡進士及第後主要在四川一地從事教育活動，雖間有外出和參與其他活動，總體説來，生活面不够寬；又加上遠離官場，故其對時事政治也關注不多。其詩内容較爲單薄，主要包括證道，如《白蓮》《觀化》《混俗》《太息》《閱張三豐無根樹題句》等；闡發性理之學，如《偶成》《詠人》《元旦試筆》《讀

〈性修論〉柬顧子遠》等；往來酬答，如《秋日登山呈李亦淇師》《贈怡園主人》《贈徐琴舫山長》《贈余桂臣》《和怡園主人詠園中石徑》《和申夫游草堂》《和江叔海見懷元韻》等；寫景詠懷，如《山行雜詠三首》《綿州試院樓望竇圌山》《六月晦日游百花潭》《詠劍》《詠懷》《詠志示同學》等。

伍肇齡文章主要有：（一）序跋。伍肇齡所撰序跋有兩種來源：一是作爲當時成都地區重要的出版者，伍肇齡在主持刻印圖書之時也爲部分圖書作了序跋，如《重刻資治通鑑題辭》《京選采芹秘訣小引》《食事積微篇跋》《丁戊書鈔跋》《尊經書院課藝二集序》《續刻蜀學編序》等；二是作爲德高望重的士紳爲他人作序，如《重刻趙甌北全集序》《重刻漢魏六朝百三家序》《四川通省忠義總録序》《重修昭覺寺志序》等。（二）傳志。一者爲相識者或親眷所撰寫，如《誥封奉直大夫牟公蔭亭墓表》《誥封一品夫人李母易太夫人榮晉八帙壽序》，前者牟氏爲伍肇齡姻親，後者易太夫人爲伍肇齡相熟的四川提督李有恒之母；一者伍肇齡晚年作爲四川采訪局成員，肩負有爲本邦鄉賢立傳之責，如《深戒和尚白公碑》《張尹氏節孝碑文》等。（三）呈文。按大致時間，可分爲三期：一是光緒初年，伍肇齡以四川士紳的身份所寫呈文，如關於捐建尊經書院，爲江長貴、何鋌、丁寶楨建立專祠等的呈文；二是光緒末年，伍肇齡以四川采訪局成員身份所寫呈文，如關於劉沅、鳳全、唐友耕、張之洞、李培榮等的呈文；三是宣統三年以川漢鐵路四川士紳代表身份所寫四份呈文。此外，尚有部分書啓和寫景抒情散文，此部分所占比例較小。

《伍肇齡集輯注》的價值首先是對文獻的收集整理。文獻不足，夫子深歎，斯則可見文獻之重要性。據《民國邛崍縣志》載，伍肇齡曾自言『述而不作』，他的詩文『隨年編刻，雖享大年，皆無卷數』，因此該書的輯佚工作非常艱難。伍肇齡著述成集者僅有四川省圖書館藏《石堂詩鈔》一卷，共收其詩二百零七首，及重慶圖書館藏《石堂詩鈔》一卷，其中大部分詩與川圖藏本重複。不同者僅十餘首。且志宇通過各種途徑，廣泛收集國内圖書文物公藏機構、四川各地園林寺觀、成都私家收藏等，共搜集到伍肇齡創作的逸詩二十餘題、逸詞一首、逸文六十四篇、逸聯十餘題以及伍肇齡的相關資料共計一百二十餘篇。基本上收集了目前能够查找到的伍肇齡詩文。其中有十餘篇詩文爲手稿整理，此對豐富晚清民國時期的文學史料頗有助益。該著的另一重要價值在於附録部分，包括《伍肇齡傳記及參加保路運動史料輯録》《伍肇齡相關資料輯録》《伍崧生先生年譜》三個方面。其中特别值得一提的是《伍肇齡參加保路運動史料》和《伍崧生先生年譜》兩部分皆爲著者新創。將伍肇齡參與四川保路運動的史料從傳記資料中單獨列出，可以還原和凸顯伍肇齡在辛亥保路運動中的貢獻。至於年譜的編撰，不僅按時間梳理出伍肇齡的生平事迹，還附録資料的出處并加以考訂，修正了前人的部分錯誤。總之，全面收集、整理伍肇齡文集，不僅作爲文獻保存具有重要價值，還對四川近代教育史、四川近代出版史、四川保路運動史，乃至窺探巴蜀近代文人生活境遇和生存狀態具有一定的史料價值和社會學價值。

我與且志宇相識於二十年前。二〇〇一年，我於四川師範大學文學院授業，志宇即爲授業生徒。其後，他相繼隨我攻讀文藝學碩士研究生和博士研究生。志宇沉穩寡言，好學深思，於巴蜀語言文字、鄉邦文獻尤爲着力，其碩士論文研究清代巴蜀著名文人李調元詩學思想，博士論文爲《易學、史學視閾下的清代民國巴蜀詩論研究》，此前已出版有《四川方言與文化》《方言的歷史——四川方言叙事圖讀》等。今又完成《伍肇齡集輯注》，即可見其志趣和宿心所在。作爲師友，我很高興看到志宇學業精進，學而有成，故聊贅數語以爲推介。是爲序。

二〇二一年八月於成都

凡例

一　本書詩編部分用四川省圖書館藏《石堂詩鈔》光緒間成都刻本爲底本，簡稱「川圖藏本」；重慶圖書館藏光緒間另一版本《石堂詩鈔》爲參校本，簡稱「重圖藏本」。兩館藏本所收詩，僅部分文字有異者，則出校；同一詩題下，兩館藏本有全然不同者，則將「重圖藏本」異文補於「川圖藏本」本詩之後。詩題不同且「川圖藏本」未見而「重圖藏本」已收者，則按序置於「川圖藏本」詩之後。本書詞録部分則以「重圖藏本」所附《石堂詞鈔》爲底本。

二　所輯佚文有出處可尋索者則收録，無出處可查考者則付之闕如，以示審慎也。所輯佚文僅隻言片語未能成篇者，則附於年譜之中，示因人以存文之意。

三　所輯散佚詩詞文聯，置於刻本對應類别之後：如所輯佚詩、佚詞，分置於《石堂詩鈔》和《石堂詞鈔》之後；所輯佚文可部居者則按部歸類，如以對策、序跋、書啟、傳志、雜記、呈文分類，再以時間爲序排列；不可部居者僅按時間爲序排列，時間可考者以時間爲序，時間不可考者則列於時間可考者之後。

四　附録部分輯伍肇齡相關資料以供參閲。時間在清代、民國者全收，以其距伍肇齡生年較近，可信度大也；今人之作則酌情收録，以其時遠且渺，難辨真僞也。所輯資料先分别部居，再以時間爲序排列。

五　年譜分譜前、正譜、譜後。譜前考其家世籍貫，正譜叙其生平事迹，譜後述其流風遺範。凡諸家著述涉及譜主言行事迹信而有徵者一概列入。分年隸事，事迹無月日可考者，則繫於當年之末；事迹年月日均不可考者，則酌情繫於某年之末，并注明『姑將某事繫於本年之下』。譜文及引文有須辨正説明者，加按語予以説明。

六　所輯碑碣、手稿等資料，文字有漫漶無法辨識者，用『□』代替，每『□』代替一字。因文字殘缺無法斷句者，則不作標點。

七　凡底本中之異體字、俗字等，統一改爲現行規範漢字，不出校。

八　除原文及引文外，書中行文凡提及伍肇齡處，皆以『先生』稱之。不直呼其名，以示敬重先賢之意。

九　書中所及人名，文字書寫不同者，按原文收録，不作改動。如伍崧生也作『五崧生』『伍崧申』，楊子琳也作『楊紫琳』等。

一〇　《石堂詩鈔》版本甚少，可供參校版本僅一種，輯佚詩文也罕有異文。爲簡明起見，將校記併入注釋中，校前而注後，不再單列校記一項。

一一　題目中原注，隨題保留，用小字予以區別。正文中原注，移至文後該條注釋之前。附録部分之原注，則隨文注釋，以小字區别之。

一二　注釋時一般注釋創作年代、背景、人名、地名、術語、典故等，輯佚詩詞文聯一并注明文獻出處。前文已注者，後文不再重注。

一三　佚文從其他文章中輯出者，注釋出處引用其他文章時，已輯録的部分則以『云云』代替。

一四　注釋引用一般儒經、諸子、史傳，只注篇名，不出卷次。引用方志、傳記、類書、雜説諸種圖書，只注卷次，酌情出篇名。引用文人别集，只注作者、篇名，不出書名、卷次。注録卷數從簡，如『卷第八百四十五』，簡寫爲『卷八四五』。

一五　其他非全書通例者，則於所在之處隨文説明。

·詩編·〔一〕

〔一〕先生詩據四川省圖書館藏光緒間刻本《石堂詩鈔》（以下簡稱「川圖藏本」）整理，以重慶圖書館藏光緒間刻本《石堂詩鈔》（以下簡稱「重圖藏本」）作參校增補。從《詠志示同游諸子》至《題岳夢禪廣文小照三首》整理自川圖藏本《石堂詩鈔》。從《新正九日夜作》至《不飲》，增補自重圖藏本《石堂詩鈔》。從《俚句二首奉題琴泉二兄大人小像》至《詠紫薇花》，爲整理者所輯。

川圖藏本《石堂詩鈔》不分卷，伍肇齡撰，清光緒間刻本。半葉九行，行二十五字，小字雙行同，下黑口，四周雙邊，單魚尾，版框高十八釐米，寬十二點五釐米。版心、卷端題名作「石堂詩鈔」，次行下題「及門諸子同校」。重圖藏本《石堂詩鈔》不分卷，伍肇齡撰，清光緒間刻本。半葉九行，行二十字，小字雙行同，下黑口，四周雙邊，單魚尾，版框高十八點四釐米，寬十二點八釐米。版心、卷端題名作「石堂詩鈔」，次行下題「受業秦克明鏡樓、江煥雲鯉緣謹校」，前有黃雲鵠《石室詩鈔序》，後附《石堂詞鈔》。

石堂者，文翁石室之謂也。康熙間於石室舊址建錦江書院，故人皆視錦江書院爲石室遺緒。同治十三年，先生受大府之聘任錦江書院院長，掌院近三十年。集中詩多作於是時。故黃雲鵠作序，稱其爲「石室詩鈔」；王增祺《詩緣正編續》卷八，也稱先生「梓有《石室詩鈔》」。蓋因錦江監院樂山謝金元刻有《石室詩文鈔》，先生爲避重名，取《華陽國志》「文翁立講堂，作石室，一曰玉堂」之意，合石室、玉堂二名以名集，故曰「石堂詩鈔」。先生《浣溪沙》詞自注「石室，一名石堂，又名玉堂」可證。又按《吴都賦》劉逵注：「玉堂、石室，仙人居也。」先生享高壽，人目爲地行仙；先生學道術，詩中多證道語，故集名「石堂詩鈔」也宜。

光緒二十九年，先生將所刻圖書各撿一種贈内侄孫孫培吉，其中就有「自作詩二本」。孫培吉《買書記》詳列所贈書目，并稱：『尚有《石堂詩鈔》兩本，因祖姑丈詩稿不止此，此係近年所作。』《石堂詩鈔》兩本，或即川圖藏本和重圖藏本兩種版本。今考孫培吉《默室日記》，除《石堂詩鈔》兩種外，先生已刊詩集尚有四種：一曰《游鎣山詩》，見光緒乙未八月二十三日日記，爲先生游鎣華山所作；二曰《游山詩草》，見光緒丙申七月十七日日記，爲先生游鎣華、葛仙二山所作；三曰《己亥詩鈔》，見光緒庚子五月十七日日記，收光緒二十五年己亥先生所作詩；四曰《還山詩》，見光緒乙巳六月二十四日日記，收先生回鄉祭掃所作詩。此四種詩集，今多方搜求未獲，或已亡佚。蓋先生因錦江書局之便，其詩隨年編刻，未加詳訂，且篇幅皆不大，未成卷數，故拉雜易失，今存者幾希矣。

《伍肇齡傳》稱先生嘗言『述而不作』，今以《江瀚日記》《默室日記》觀之，載『接伍嵩生編修書并和詩』『崧生編修和余《送王中丞》詩』『伍崧生編修以五言古詩見贈』『伍崧生太史有詩來』『祖姑丈日前戲代人作悼亡四絶』『山長有五律二首』『伍祖姑丈寄示近製』，可見先生非不作也。因先生諸集亡佚不傳，散見於諸書之逸詩頗多，故今又於《石堂詩鈔》外，輯得逸詩二十餘首。

詠志示同游諸子〔一〕

萬古共朝昏，晷刻無停待。騣騣一世中，駑驥同征、邁。〔二〕緬惟神聖人，陟降帝旁在。白日麗青天，遺言昭百代。平生有微尚〔三〕，不爲外物改。自深嚮往情，未恤世嘲怪。素心數晨夕，所期非淺隘。相與審周行，〔四〕一闢荆榛礙。

〔一〕重圖藏本題作『詠志示張森楷』。

〔二〕《爾雅・釋言》：『征、邁，行也。』

〔三〕原注曰：『用句。』按：用李白《登峨眉山》『平生有微尚』句。

〔四〕《詩經・小雅・鹿鳴》：『人之好我，示我周行。』

山行雜詠三首

曉行北山隅，寒雪消未盡。春風吹我襟，〔一〕益我雲林興。童冠六七人，〔二〕憨嬉適天性。誰云足力疲，不畏泥深困。

山人具殽蔌，〔三〕邀我入於廬。謂言行不易，酌酒解其劬。一笑謝康樂，山賊語不虚。〔四〕相率而食人，〔五〕勿亦蠡牖如。

鳥語深山中，關關自清美。〔六〕誰能賞此音，我獨情無已。林間行有時，石上坐移晷。嚶嚶求友聲，〔七〕惻惻動心耳。

〔一〕用阮籍《詠懷八十二首》其一『清風吹我襟』句。

〔二〕《論語・先進》：『莫春者，春服既成。冠者五六人，童子六七人，浴乎沂，風乎舞雩，詠而歸。』

〔三〕《禮記·曲禮上》：『凡進食之禮，左殽右胾。』

〔四〕《宋書·謝靈運傳》：『嘗自始寧南山伐木開徑，直至臨海，從者數百人。臨海太守王琇驚駭，謂爲山賊，徐知是靈運，乃安。』

〔五〕《孟子·梁惠王上》：『庖有肥肉，廄有肥馬，民有饑色，野有餓莩，此率獸而食人也。』

〔六〕《爾雅·釋詁》：『關關、噰噰，音聲和也。』郭璞注：『皆鳥鳴相和。』

〔七〕《詩經·小雅·伐木》：『嚶其鳴矣，求其友聲。』

秋日登山呈李亦淇師〔一〕庚申

病已晴新秋興多，沿岡北上俯烟蘿。群飛野鷺巒捎雪，半現雲峰翠叠波。酩酊山中千斛酒，〔二〕裵裒江上一漁蓑。〔三〕商量舊學師應笑，小子狂於古若何。

〔一〕《民國邛崍縣志》卷三：『李崧泉，字亦淇，恩貢。性曠達，工詩文，授徒講學，注重常倫，如鄧澤培舉人、伍肇齡翰林均出其門。』

〔二〕《太平御覽》卷八四五引《博物志》曰：『劉玄石曾於中山酒家沽酒，酒家與千日酒飲之，至家大醉。』按：『中山酒家』，李瀚《蒙求集注》卷下、《錦繡萬花谷》卷三五也引作『山中酒家』。

〔三〕裵裒，同徘徊。

十一月二十一日，侍李亦淇夫子山中游眺，入農者王叟宅[一]辛酉

夕陽登覽罷，閑入野人家。薪藁中庭列，雞豚繞舍嘩。清談忘禮數，豁目有烟霞。坐久心俱愜，朱門莫謾誇。[二]

〔一〕重圖藏本題作『十一月二十一日，侍李亦淇師山中游眺，入農者王叟宅』。

〔二〕《文選·游仙詩七首》吕延濟注曰：『朱門，貴門。』

題劉霞仙方伯《南陽歸耕圖》[一]

畢竟躬耕也自賢，[二]空憐屯盡渭濱田。[三]可知管樂許身者，[四]此意當時已惘然。

今古虧成等未知，後來功倍亦人爲。甘霖若竟歸雲卧，滄海横流更倚誰。[五]

〔一〕劉霞仙，名蓉，湖南湘鄉人，咸豐十一年以軍功實授四川布政使，《清史稿》卷四二五有傳。《南陽歸耕圖》，也作《南陽歸卧圖》。劉蓉《養晦堂文集》卷二《南陽歸卧圖序》：『予昔備藩成都，數謁武侯祠廟，顧瞻遺像，未嘗不私憐之。或誦其「鞠躬盡瘁，死而

後已」之言，俯首潸然，涕不可止。蓋自傷所值之時之不幸，恐他日徒懷許國之心，不克少展其志，而忽然以死如武侯者，是可悲也。於是屬沔陽陸君子瑜作《南陽歸卧圖》以寄遐思。」

〔二〕《三國志·諸葛亮傳》：「亮躬耕隴畝，好爲《梁父吟》。」

〔三〕《三國志·諸葛亮傳》：「亮每患糧不繼，使己志不申，是以分兵屯田……耕者雜於渭濱居民之間。」

〔四〕《三國志·諸葛亮傳》：「每自比於管仲、樂毅，時人莫之許也。」

〔五〕《文選·三國名臣序贊》張銑注曰：「滄海橫流，言天下逆亂也。」

初夏作甲子

鳥聲千種囀朝暉，宿雨初收露即晞。〔一〕郭外緑楊烟漠漠，庭中黄蕊蝶飛飛。長天對景清吟暇，久病過春樂事違。若問自身康濟法，薰風初喜試弦徽。〔二〕

〔一〕即，重圖藏本作「已」。《詩經·小雅·湛露》毛傳曰：「晞，乾也。」

〔二〕《吕氏春秋·有始覽》：「東南曰薰風。」

秋夜對月

秋蟲警候鳴檐端，月明宜嚮中天看。煩暑已薄清秋殘。〔一〕明月照人雖自好，暗移顔色逐衰老。亦有不變在身中，可惜世人徒草草。心明何止月明如，有全無缺無昏曉。一朝清景共低徊，萬古靈樞誰究討。請君回首問根源，至近不同河漢渺。

〔一〕薄下原注曰：『迫也。』按：此詩川圖藏本、重圖藏本皆十三句，此處疑有脱文。

戲筆

自有資生美，〔一〕非關列鼎優。〔二〕碧瓜甘膾炙，玉黍勝珍羞。笑彼泉充蚓，〔三〕全吾氣食牛。〔四〕連朝聞打稻，居喜近農疇。

〔一〕《周易·坤卦》彖曰：『至哉坤元，萬物資生。』

〔二〕《孔子家語·致思》：『累茵而坐，列鼎而食。』

〔三〕《孟子·滕文公下》：『夫蚓，上食槁壤，下飲黄泉。』《荀子·勸學》：螾『上食埃土，下飲黄泉』。

〔四〕《太平御覽》卷八九一引《尸子》曰：『虎豹之駒未成文，而有食牛之氣。』

看山作

秋來無事户常關，贏得看山遣我閑。却怪市闤人不見，〔一〕青山自在白雲間。

〔一〕市闤人，重圖藏本作『世人長』。

孫琴泉内兄初闢東軒，舊有叢竹，復新植梅數本，花時邀同人雅集，分韻得『累』字〔一〕

拓開三面窗，看竹喜得地。嵌以青玻璃，映色發深翠。移梅屋東栽，枝柯茁新意。陽生一九時，〔二〕紅英難自秘。梅有廣平妍，〔三〕竹有鄭公媚。〔四〕主人顧之喜，詩成酒還置。時時賞芳鮮，不爲塵俗累。

〔一〕孫琴泉，名治，字理亭，華陽人，道光十八年進士，歷任陝西華陰、長安知縣，直隸通永道、天津道，直隸按察使。其弟孫湛撰《清誥授光録大夫布政使銜前直隸按察使特用道孫君墓誌銘》。孫治四妹慎儀，嫁先生。故孫治爲先生内兄。

〔二〕《歲時廣記》引《易通卦驗》云：『冬至一陽生，配乾之初九。』

〔三〕皮日休《桃花賦序》：『（宋廣平）有《梅花賦》，清便富艷，得南朝徐庾體。』

〔四〕杜甫《嚴鄭公宅同詠竹得香字》：『雨洗娟娟净，風吹細細香。』

贈怡園主人〔一〕

怡園主人避風塵，擺撥世事頤閑身。築亭鑿池欲娱老，吟詩作畫如有神。〔二〕荒園拓得數弓地，石徑一曲排魚鱗。蒔花植果未云足，托意要與烟霞親。峨眉秀色來檻底，太華三峰争嶙峋。名山儼然異圖繪，縮地占取壺天春。〔三〕我有一言前具陳，吾人傲岸世所瞋。避人何如兼避世，假山不若真山真。吾鄉山水天下奇，我欲遠引尋沈淪。他時儻遇騎羊子，〔四〕大笑紅塵擾擾人。

〔一〕怡園主人，孫治也。孫培吉《默室日記》光緒辛亥十二月初五日條：『昔先祖命園曰「怡園」，取「兄弟怡怡」之義。』

〔二〕《益州書畫録》：『孫治，字琴泉，浙江人也。宦游來川。善畫螃蟹、蘆草，生動入神。書法尤工。』《退一步軒詩存》壬申鈔本，孫培吉按語：『先祖山水花卉皆能畫。有索畫者，以蟹應之，取其易也。於是遂以蟹名。』

〔三〕《雲笈七籤》卷二八引《雲臺治中録》曰：『施存，魯人，夫子弟子。學大丹之道，三百年十鍊不成，唯得變化之術。後遇張申，爲雲臺治官。常懸一壺如五升器大，變化爲天地，中有日月如世間；夜宿其内，自號壺天，人謂曰壺公，因之得道在治中。』

〔四〕李白《登峨眉山》『倘逢騎羊子』句，楊齊賢注曰：『吴孫皓時，滕修爲廣州刺史，未至州，有五仙人騎五色羊來迎。』按：此事與蜀地無涉，楊注非。當爲《列仙傳》：『葛由者，羌人也，周成王時好刻木羊賣之。一旦騎羊而入西蜀，蜀中王侯貴人追之上綏山。綏山在峨眉山西南，高無極也。隨之者不復還，皆得仙道。』

和怡園主人詠園中石徑

竹下新開石徑成，偶來閑步繼吟聲。輕車肥馬争馳道，〔一〕不及林間自在行。

〔一〕《論語·雍也》：『赤之適齊也，乘肥馬，衣輕裘。』

將歸邛州留題寓室呈主人〔一〕

鳴鳥依深林，游客托賢主。去年來錦城，盤桓寓君廡。相見無雜賓，憩息爲得所。有時游後園，酒歌延笑語。君既樂閑居，予亦遠圭組。常時坐匡牀，任運忘寒暑。密室曖幽幽，陳編每吟撫。啓牖忽瞻天，暖氣已蒸煦。借問此何時，蜻蛉拂檐宇。睹物感時序，歸歟結情緒。繫吾舊精廬，兩夏曾燕處。何以迎薰風，荷塘對軒户。何以散遥襟，西山入園圃。萬象自森然，賞心隨仰俯。擊壤堯衢寬，〔二〕歌雅周原膴。〔三〕頌聲慕金石，禮意追桴鼓。人生天地間，莫漫等逆旅。〔四〕良時會豈常，别易如風雨。〔五〕屬此念離居，含懷爲傾吐。

〔一〕按：《默室日記》光緒乙卯正月初三日條：『布後街舊宅，祖姑丈來去數十年，且曾寄住。』寓室主人，或即孫治也。

〔二〕《太平御覽》卷七五五引《釋名》曰：『擊壤，野老之戲也。』同卷又引《逸士傳》曰：『堯時有壤父五十人擊壤於康衢。』

〔三〕《詩經・大雅・綿》：『周原膴膴。』

〔四〕《左傳・僖公二年》杜預注曰：『逆旅，客舍也。』

〔五〕《魏書・序紀》：『見美婦人，侍衛甚盛，帝異而問之。對曰：「我，天女也，受命相偶。」遂同寢。宿旦請還，曰：「明年周時復會此處。」言終而別，去如風雨。』

書堂閑坐

檐鐸鳴風夜氣涼，身閑危坐讀書堂。菀枯流轉非吾計，〔一〕行住從容得我常。培養新知期啓發，尋思舊學重商量。人生至樂非由外，願爲同流一語詳。

〔一〕菀枯，也作苑枯。《國語・晋語二》：『暇豫之吾吾，不如鳥烏，人皆集於苑，己獨集於枯。』

冬日閑居

終朝坐書室，無事覺日長。况值陽生後，漸加添綫光。養疴便地静，憫亂念時康。士也居一隅，心焉存四方。側身天地間，厥志安可忘。

初秋還邛道中作時主川南講席〔一〕

征途伏日盛炎威，一點新秋意尚微。照地蟾蠩明七夕，〔二〕浮江鷗鷺起雙飛。群徒濟濟名場會，游子翩翩遠道歸。慰得倚閭慈母念，〔三〕釣竿思奉錦鱗肥。〔四〕

〔一〕《民國瀘縣志》卷四：『同治七年，署永寧恒保就今水井溝廢文昌宫棟宇，改置川南書院。……川南書院成立，首聘川中名翰林伍肇齡主講，與鶴山書院對峙，一時人士親炙其教澤者，無不玉成而去。』

〔二〕蟾蠩，即蟾蜍，謂月也。《爾雅翼·釋魚三》：『蟾蠩者，蝦蟇之類。』《淮南子·精神訓》：『月中有蟾蜍。』

〔三〕《戰國策·齊六》：『其母曰：「女朝出而晚來，則吾倚門而望；女暮出而不還，則吾倚閭而望。」』

〔四〕張鎡《仕學規範》卷九引胡訥《孝行録》：『李化清，建業人也。……事母以孝，常持巨竿釣魚，以供馨潔。』

秋日柬鶴山書院趙寶書山長

隔窗燈炯照無眠，獨聽蟲鳴夜悄然。檐雨和風秋過半，歸期同趁欲寒天。

中春還山道中作

遂漸陽和改故陰，筍輿游目散幽襟。〔一〕風吹翠麥田田浪，日照黄花地地金。雨露當春滋沃壤，烟霞騰彩絢遥林。誰知自下升高處，萬叠雲山足賞心。

〔一〕《公羊傳·文公十五年》何休注曰：「筍者，竹箯，一名編輿。」

歧路

徘徊歧路幾經秋，林莽依然蔽舊邱。一片寶山閑棄置，枉抛金玉等雲浮。

晨起口占癸未

閑階生碧草，書爲故人編。〔一〕講習資朋侣，無云世不傳。

〔一〕按：光緒壬午、癸未間，先生編刻故人陳溥兄弟著述爲《陳氏叢書》。

臘日晨起即事偶成

寒林輕霧曙鴉飛，百卉含春意尚微。鼓篋豈徒干禄學，〔一〕治裝都爲倚閭歸。潔餐馨膳群情喻，待漏趨班舊侣稀。魏闕江湖天所位，〔二〕葵心萬里總無違。〔三〕

〔一〕《禮記·學記》：「入學鼓篋，孫其業也」。鄭玄注曰：「鼓篋，擊鼓警衆，乃發篋出所治經業也。」

〔二〕《莊子·讓王》：「中山公子牟謂瞻子曰：『身在江海之上，心居乎魏闕之下，奈何？』」

〔三〕言心嚮朝廷，如葵心之嚮日也。《淮南子·説林訓》：「聖人之於道，猶葵之與日也。」《史記·五帝本紀》司馬貞《索隱》曰：「如日之照臨，人咸依就之，若葵藿傾心以向日也。」

正月五日作〔一〕

開歲倏五日，景舒吟興長。人生崇明德，日新始輝光。念彼狂簡士，進取初不忘。優游文禮餘，擇善守亦臧。有聞方自兹，志彀如弓張。〔二〕

〔一〕重圖藏本有題注曰：「用淵明《游斜川》詩首句，寄興云爾，非學步也。」按：首句「開歲倏五日」，用陶淵明《游斜川》原句。

〔二〕《孟子·告子上》：『羿之教人射，必志於彀。學者亦必志於彀。』

人日用薛司隸韻〔一〕

燕語遲新歲，烏巢補舊年。峭寒餘雪後，芳意裕花前。

〔一〕薛司隸，隋司隸大夫薛道衡也。《藝文類聚》卷四引薛道衡《人日思歸詩》曰：『入春纔七日，離家已二年。人歸落雁後，思發在花前。』本詩即用其韻。

杏花

庭前杏花發，朝日耀妍姿。嘉卉亭亭植，春風習習吹。枝繁無翦伐，地勝有扶持。獨得幽人賞，芳華冠此時。

桐

古桐竦喬柯，其年莫能記。結根庭宇間，華葉互隆替。輪囷當何用，〔一〕歲歲炎歊蔽。〔二〕畸人坐幽軒，〔三〕相對忘塵世。

〔一〕《文選・吴都賦》李善注曰：『輪囷，屈曲貌。』

〔二〕《説郛》卷八五上引《金壺字考》：『炎歊，歊音枵，暑也。』

〔三〕《莊子・大宗師》：『子貢曰：「敢問畸人。」曰：「畸人者，畸於人而侔於天。」』

斷句

賴有聖言端可繹，莫令吾黨俗同流。〔一〕

黄花薄采殘猶有，白鳥平看遠入無。〔二〕

簞瓢陋巷賢，中樂自忘憂。〔三〕儀衍孟弗取，〔四〕顧以囂囂游。須觀滄溟闊，未可認一漚。〔五〕聞達聖有辨，〔六〕士先審所由。〔七〕

遠近溪流藏曲折，高低巒氣變晴陰。〔八〕

〔一〕原注曰：『以孟子「幾希説」示諸生。』按：《孟子・離婁下》：『人之所以異於禽獸者幾希，庶民去之，君子存之。』

〔二〕原注曰：『十月登山。』

〔三〕《論語・雍也》：『子曰：「賢哉，回也！一簞食，一瓢飲，在陋巷。人不堪其憂，回也不改其樂。」』

〔四〕《孟子・滕文公下》：『景春曰：「公孫衍、張儀豈不誠大丈夫哉？一怒而諸侯懼，安居而天下熄。」孟子曰：「是焉得爲大丈夫乎？」』

〔五〕范成大《偶書》：『休嚮滄溟認一漚。』

〔六〕《論語・顔淵》：『子張問：「士何如斯可謂之達矣？」子曰：「何哉，爾所謂達者？」子張對曰：「在邦必聞，在家必聞。」子曰：「是聞也，非達也。夫達也者，質直而好義，察言而觀色，慮以下人。在邦必達，在家必達。夫聞也者，色取仁而行違，居之不疑。在邦必聞，在家必聞。」』

〔七〕原注曰：『病起示弟子。』重圖藏本注作『示弟子』。

〔八〕原注曰：『詠鄬中山水。』按：鄬中，即鄬壩，先生故鄉。鄬，一作『𥻦』，《倉頡篇》曰：『𥻦音作，地名，在蜀。』《説文解字》：『𥻦，蜀地也。』徐鍇曰：『按字書，鄉名，在臨邛。』鄬，也作『㵒』，見張介侯《𥻦字釋》及《雍正四川通志》卷二五。今寫作『邖』。

張怡山同年示近作喜雪詩，暨張月卿方伯、王壬秋院長和作，因步其韻〔一〕

我聞蒙莊言，〔二〕疏瀹兼澡雪。〔三〕我讀鳲鳩詩，儀一心如結。〔四〕信知求己真，漫詡爲人切。曲盛郢中傳，〔五〕散歎廣陵絶。〔六〕坐惜日車馳，〔七〕蟾魄幾盈缺。〔八〕素願何時慰，青陽又移節。〔九〕綢繆鵲巢構，嚶鳴鳥聲悦。忽瞻同雲布，六出飛霙潔。〔一〇〕飒然嚴飈動，勢撼軒窗裂。袁卧思自堅，干人意不屑。〔一一〕未曾賦桃花，心學廣平鐵。〔一二〕衆芳始萌芽，餘寒猶凛冽。閉門何所爲，饌謝羊羔餮。異書手自編，微言非舊説。禮初溯燔黍，〔一三〕王業肇陶穴。〔一四〕遠想屬腐儒，經世讓賢哲。陌路塵已浄，虚室閑方竊。占豐共懷欣，吏隱情無别。聯翩唾珠玉，洛誦俱心折。小和傳泠然，端慚御風列。〔一五〕

〔一〕張怡山，一作張貽山，名觀鈞，字仲和，山西渾源人，以布政使銜官四川候補道。張爲道光二十四年舉人，故與先生爲同年。張月卿，名凱嵩，一字雲卿，湖北江夏人，光緒間任四川按察使、布政使，《清史稿》卷四二四有傳。王壬秋，名闓運，號湘綺，湖南湘潭人，光緒初爲尊經書院院長，《清史稿》卷四八二有傳。

〔二〕《史記·老子韓非列傳》：『莊子者，蒙人也，名周。』

〔三〕《莊子·知北游》：『疏瀹而心，澡雪而精神。』成玄英《疏》曰：『疏瀹猶灑濯也，澡雪猶精潔也。』

〔四〕《詩經·國風·鳲鳩》：『其儀一兮，心如結兮。』

〔五〕宋玉《對楚王問》：『客有歌於郢中者。』蕭綱《與湘東王書》：『《巴人》《下里》，更合郢中之聽。』

〔六〕《晋書·嵇康傳》：『康顧視日影，索琴彈之，曰：「昔袁孝尼嘗從吾學《廣陵散》，吾每靳固之，《廣陵散》於今絶矣！」』

〔七〕《莊子·徐无鬼》：『若乘日之車而游於襄城之野。』

〔八〕《白氏六帖》卷一：『無、瑶兔、蟾光、蟾輝、素月、蟾魄、素娥、圓魄、金魄、素光，月名。』

〔九〕《爾雅·釋天》：『春爲青陽。』

〔一〇〕《藝文類聚》卷二引《韓詩外傳》曰：『凡草木花多五出，雪花獨六出。雪花曰霙。』

〔一一〕《藝文類聚》卷二引《録異傳》曰：『漢時大雪，積地丈餘，洛陽令身出按行，見民家皆除雪出。至袁安門，無有路，謂安已死，令人除雪。入户，見安僵卧。問：「何以不出？」安曰：「大雪人皆餓，不宜干人。」令以爲賢，舉爲孝廉。』

〔一二〕皮日休《桃花賦序》：『余嘗慕宋廣平之爲相，貞姿勁質，剛態毅狀，疑其鐵腸石心。』

〔一三〕《禮記·禮運》：『夫禮之初，始諸飲食，其燔黍捭豚，污尊而抔飲，蕢桴而土鼓，猶若可以致其敬於鬼神。』

〔一四〕《詩經·大雅·綿》：『古公亶父，陶複陶穴，未有家室。』

〔一五〕《莊子·逍遥游》：『夫列子御風而行，泠然善也，旬有五日而後反。』

立春前一日，雪霽，黄翔雲觀察同年招飲〔一〕

春前賞雪懷吟興，酒後談風解笑顔。朝會常瞻天北極，宦游遍看蜀南山。耆年尚弗辭劬學，膴仕何如且樂閑。〔二〕同輩幾人兼吏隱，未妨相見朔旬間。

〔一〕黄翔雲，名雲鵠，一字祥人，湖北蘄春人，咸豐三年進士，歷任四川按察使、雅安知府、成都知府。本詩黄雲鵠有和，見附録二《春前二日邀伍崧生同年賞雪依韻奉和》。按和詩繫於《祥人詩草》甲申卷，知本詩作於光緒十年。

〔二〕《詩經·小雅·節南山》『則無膴仕』，鄭玄箋曰：『無厚任用之，置之大位，重其禄也。』

孟冬五日，黄翔雲觀察同年邀同敉金甫比部同年游百花潭，翔雲有詩，余和其韻。越五日重游，金甫兩叠前韻見貽，余亦再叠奉和〔一〕

草緑科名四十年，〔二〕離群久住白雲顛。梅開十月欣相見，萍聚三人信有緣。句憶霓裳同詠日，〔三〕興吟鳧渚早寒天。多慚盛藻難爲和，滿紙琳琅到眼前。

結習難忘似昔年，旁人端合笑詩顛。擘箋分韻酬新景，即事攄懷蕩俗緣。鷗鷺閑心游散地，鵷鸞此日憶朝天。〔四〕山林鍾鼎俱隨遇，好景休拋耳目前。〔五〕

〔一〕重圖藏本題作「孟冬五日，黄翔雲觀察同年邀同敉金甫比部同年游百花潭，翔老有詩，余和其韻。越五日重游，金老兩叠前韻見貽，余亦再叠奉和」。敉金甫，名册賢，字文卿，四川滎昌人，道光癸卯科四川鄉試舉人，與先生爲同年。

〔二〕《清異録》卷一：「杜荀鶴舍前椿樹生芝草，明年及第，以漆彩飾之，安几硯間，號科名草。」

〔三〕《秇林伐山》卷一〇：「世傳大羅天放榜於蕊珠宫，故又稱蕊榜。李義山《贈同年詩》曰：『同記大羅天上事，衆仙何日詠霓裳。』」

〔四〕原注曰：「時值萬壽聖節。」

〔五〕原注曰：「翔翁句。」

朱石梅將返揚州以詩留别即和其韻〔一〕

邂逅論心又一年，三春彈指欲東旋。烟花句好重揮翰，〔二〕書畫裝輕不計錢。二月波平風助棹，萬重山過水連天。蜀岡到日閑吟處，應望西川落照邊。

〔一〕重圖藏本題作『朱石梅明經將返揚州以詩留别即和其韻』。朱石梅，名堅，浙江山陰人，善畫墨梅。

〔二〕李白《黄鶴樓送孟浩然之廣陵》：『烟花三月下揚州。』

黄翔雲同年以初春十六日游百花潭用淵明斜川詩韻見示，繼和〔一〕

端居惜白日，披尋良未休。退食娱青春，郊原亦閑游。出處雖異勢，相尚本同流。心迹共澄澹，何殊鷺與鷗。觀公和陶篇，冲賞凌丹邱。〔二〕少長喜咸集，觴詠豈無儔。〔三〕持箋再三誦，高唱若爲酬。未知濠梁樂，古今相似不。郎君有佳吟，繼述公不憂。予亦念責子，童蒙方我求。

〔一〕淵明斜川詩韻，即陶淵明《游斜川》詩。

〔二〕李白《題嵩山逸人元丹丘山居》：『沈懷丹丘志，冲賞歸寂寞。』

〔三〕王羲之《蘭亭集序》：『群賢畢至，少長咸集。……雖無絲竹管弦之盛，一觴一詠，亦足以暢叙幽情。』

侍母携孫游城南諸勝

天清日暄，彼郊可游。扶老携幼，觀覽咸周。樹木葱蘢，花放水流。竹院閑過，畫舫句留。潭春波動，柳嫩風柔。當軒啜茗，神王林邱。〔一〕賞心未已，更上層樓。〔二〕

〔一〕《莊子·養生主》郭象注曰：『雖心神長王，志氣盈豫。』

〔二〕王之涣《登鸛雀樓》：『更上一層樓。』

癸未仲冬十一日，偕翔雲步月，步去年今夕步月元韻〔一〕

今年月似去年明，錦里冬深復喜晴。〔二〕書幌燈青兼酒滿，天街地白任人行。偶尋舊館僧持炬，還坐高齋析報更。〔三〕幸是吾鄉中熟歲，未妨閑暇樂升平。〔四〕

〔一〕重圖藏本題作『癸未仲冬十一日，偕翔老步月，步去年今夕步月元韻』。黄雲鵠有和詩，見本書附録二《仲冬十一日，偕崧生同年步月，步去年今夕步月韻》詩。

〔二〕《太平御覽》卷一九二引《益州記》曰：『益州城，張儀所築。錦城在州南，蜀時故宫也，其處號錦里。』

〔三〕析，重圖藏本作『柝』。當以『柝』爲是。

〔四〕《漢書·梅福傳》顔師古注引張晏曰：『民有三年之儲曰升平。』

翔雲由城南遷居城東，以詩留别，道去年步月之游，依韻奉和〔一〕

館宇相鄰近，過從又二年。高遷公兆此，〔二〕兀坐我依然。對月人三影，〔三〕瞻星尺五天。〔四〕何當尋舊賞，清詠桂輪前。〔五〕

〔一〕重圖藏本題作『翔老由城南遷居城東，以詩留别，道去年步月之游，依韻奉和』。黄雲鵠詩見本書附録二《自文廟街移居城東，臨去題壁寄懷伍崧生同年》。

〔二〕原注曰：『遷居前數日，督部得政府書，詢公近狀，其將有内召之喜耶？』

〔三〕李白《月下獨酌》四首其一：『舉杯邀明月，對影成三人。』

〔四〕《雍録》卷七：『韋曲在明德門外，韋后家在此，蓋皇子陂之西也。杜曲在啓夏門外，西向即少陵原，所謂「城南韋杜，去天尺五」者。』杜甫《贈韋七贊善》：『時論同歸尺五天』。

〔五〕《天中記》卷一引《三藏聖教序》注曰：『桂輪，月也，月中有丹桂，故稱爲桂輪。』

形影

藐兹形影落塵寰，與世浮沈詎足歡。浩浩流光空外轉，芸芸生物静中觀。瘁躬始覺簪裾贅，窺牖庸知宇宙寬。獨有至人無繫累，〔一〕猶龍踪迹欲知難。〔二〕

〔一〕《莊子·逍遥游》：『至人無己，神人無功，聖人無名。』

〔二〕《史記·老子韓非列傳》：『孔子去，謂弟子曰：「鳥，吾知其能飛；魚，吾知其能游；獸，吾知其能走。走者可以爲罔，游者可以爲綸，飛者可以爲矰。至於龍，吾不能知，其乘風雲而上天。吾今日見老子，其猶龍邪！」』

邛州城南修禊遇雨

甲申三月日重三，禊事修從郡郭南。遠樹帶烟春入畫，濃雲將雨勢猶含。佛圖高俯千林見，〔一〕觴詠清逢六客談。比似蘭亭風景異，〔二〕沈陰正喜澤流甘。

〔一〕《太平御覽》卷六五三引《後漢紀》曰：『浮圖者，佛圖也。』《魏書·釋老志》：『凡宫塔制度，猶依天竺舊狀而重構之，從一級至三、五、七、九。世人相承，謂之浮圖，或云佛圖。』

〔二〕王羲之《蘭亭集序》：『此地有崇山峻嶺，茂林修竹，又有清流激湍，映帶左右。』

仲妹生日侍母游百花潭

兄弟已終鮮，〔一〕有妹惟四人。〔二〕所適具未遠，〔三〕常得覲慈親。攝提貞孟夏，〔四〕仲妹年五旬。喜值清和序，〔五〕團圞共此辰。〔六〕偕扶白髮行，游觀錦水濱。復有二子從，嘉會皆天倫。婉婉季妹女，承歡俱來臻。怡然舉壽觴，慈顏和若春。俯視江波流，仰瞻天宇新。風日正妍美，鳴躍遍羽鱗。〔七〕即事愧佳詠，〔八〕幽懷聊可伸。〔九〕

〔一〕《詩經・鄭風・揚之水》：『終鮮兄弟，維予與女。』

〔二〕伍榮先《清故貤封承德郎庠生伍公諱琨府君太安人楊氏太君墓誌銘》：『孫女四人，長適胡開岱，次適李凌霄，次適梁□楨，次在室。』

〔三〕《玉篇・辵部》：『適，尸亦切之也，女子出嫁也。』

〔四〕《爾雅・釋天》：『太歲在寅曰攝提格。』《左傳・昭公十七年》：『當夏四月，是謂孟夏。』《呂氏春秋・孟夏紀》高誘注曰：『孟夏，夏之四月也。』

〔五〕謝靈運《游赤石進帆海》：『首夏猶清和。』

〔六〕團圞，團圓。《重修廣韻・二十六桓》：『圝，團圝，圓也。』

〔七〕鳥鳴而魚躍也。《呂氏春秋・恃君覽》高誘注曰：『羽蟲，鳳皇、鴻鵠、鶴、鶩之屬也。……鱗蟲，蛇鱗之屬。』

〔八〕愧佳詠，重圖藏本作『獲幽賞』。

〔九〕幽懷，重圖藏本作『吟懷』。

贈徐琴舫山長〔一〕

渝蜀相望共一天，九秋錦里袂重聯。卌年莫逆心依舊，再見都鶩鬢颯然。各抱靈均餐菊志，〔二〕同賡束晳采蘭篇。〔三〕監河貸粟猶勞慮，〔四〕誰信焦明在眼前。〔五〕

〔一〕徐琴舫，名昌緒，號遁溪。四川酆都人，咸豐六年進士，官翰林院編修，乞歸後主講東川書院，《民國巴縣志》有傳。

〔二〕《楚辭·離騷》：『朝飲木蘭之墜露兮，夕餐秋菊之落英。』

〔三〕束晳《補亡詩》：『循彼南陔，言采其蘭。』

〔四〕《莊子·外物》：『莊周家貧，故往貸粟於監河侯。』

〔五〕《漢書·司馬相如傳》顏師古注引張揖曰：『焦明似鳳，西方之鳥也。』

黄翔雲同年邀同敖金甫同年百花潭小集和翔雲韻〔一〕

春明同聚憶多年，秋晚重逢喜欲顛。聯袂錦城真樂事，開樽畫舫信良緣。江郊興熟餘閑日，雲水光涵小洞天。更上高樓增意氣，賞心欣共碧潭前。

〔一〕重圖藏本題作『黃翔雲同年邀同敖金甫同年百花潭小集和翔老韻』。

初作小池

界畫方隅作小池，築磨工力豈虛施。井泉日汲忘勞役，待看清波灩灩時。

池上二首

方塘咫尺新涵鑒，風月時時一弄吟。莫以江河卑埳井，豈知滄海笑蹄涔。虛明已見圓靈象，澄澹還清俗士心。石室垂名二千祀，自娛池沼獨開今。

人家池上景，但喜栽紅蓮。或蓄藻藏魚，或安石作山。我今穿小池，三物無取焉。掃除眼前障，顯現水中天。流雲度虛碧，曉日涵晶鮮。靜夜月時來，俯仰雙明蟾。繁星亦大觀，萬點鏡中圓。四隅閑游步，三光同周旋。〔一〕心境兩澄澈，何異蓬壺仙。〔二〕

〔一〕《白虎通德論·封公侯》：『天有三光日月星。』《淮南子·氾論訓》高誘注：『三光，日月星辰也。』

〔二〕蓬壺，蓬萊也。《拾遺記》卷一：『三壺則海中三山也：一曰方壺，則方丈也；二曰蓬壺，則蓬萊也；三曰瀛壺，則瀛洲也。』或爲蓬萊、方壺合稱。《列子·湯問》：『其中有五山焉：一曰岱輿，二曰員嶠，三曰方壺，四曰瀛洲，五曰蓬萊。』

聞蛙

靜夜不能寐，上池蛙亂鳴。遥知蘋藻内，跳梁紛縱横。意未厭繁聒，欹枕耳試傾。憶昔少小時，山居觀物情。清和蠶事畢，[一]插秧每喜晴。農忙夜不息，爇火田中行。余時方居樓，終宵聞此聲。回首五十年，滄桑事多更。浮家近城闕，未能返躬耕。猶復穿一池，閑看科斗生。[二]兩部行可獲，用以代簫笙。[三]

〔一〕翁卷《鄉村四月》：『鄉村四月閑人少，纔了蠶桑又插田。』《民國資中縣續修資州志》卷八：『四月，刈麥，蠶婦浴繭。』

〔二〕《爾雅翼·釋魚三》：『科斗，蝦蟇子也。』科斗，今作蝌蚪。

〔三〕《南齊書·孔稚珪傳》：『門庭之内，草萊不剪，中有蛙鳴。或問之曰：「欲爲陳蕃乎？」稚珪笑曰：「我以此當兩部鼓吹，何必期效仲舉。」』

以竹筩承檐溜入池，終夜潺湲，悦我清聆，有憶而作

截竹爲筩架園樹，[一]檐端水引池塘注。潺湲不似俗間鳴，因憶山中聽泉處。山泉流響何喧豗，夏雨瀑發聲如雷。炎天正好追凉去，逍遥物外心悠哉。冥鴻高飛人何慕，伊余舊愛林坰住。他日山中恣意游，

超然更問雲霞路。

〔一〕 謂筧也。李實《蜀語》曰：「通水槽曰筧。」《俗書刊誤·俗用雜字》：「以竹木通水曰筧，又作梘，從竹木也。」

石　室

石室千秋後，〔一〕書堂兩廟間。〔二〕鳥聲喧薈蔚，人意憺清閑。尚友羲農古，諸生禮樂嫻。誰知心遠者，履迹在塵寰。

〔一〕 後，重圖藏本作「下」。

〔二〕 兩廟即省城文廟與華陽縣文廟。省城文廟在文廟街，華陽縣文廟在文廟西街。

贈余桂臣〔一〕

余生清介士，經歲錦城游。倏忽春風度，淹遲夏雨留。百錢憐卜肆，〔二〕一棹問歸舟。去去前征邁，重來桂樹秋。

〔一〕重圖藏本題作「贈余柱臣」。

〔二〕《漢書·王貢兩龔鮑傳》：「君平卜筮於成都市，以爲『卜筮者賤業，而可以惠衆人。有邪惡非正之問，則依蓍龜爲言利害。與人子言依於孝，與人弟言依於順，與人臣言依於忠，各因勢導之以善，從吾言者，已過半矣』。裁日閱數人，得百錢足自養，則閉肆下簾而授《老子》。」

昨日

昨日時驚去，今朝友見來。同然心理義，不逐世塵埃。游沼魚知樂，〔一〕投林鳥不猜。〔二〕諸孫宜向學，〔三〕努力莫徘徊。

〔一〕《莊子·秋水》：「莊子與惠子游於濠梁之上。莊子曰：『鯈魚出游從容，是魚之樂也。』」

〔二〕《管子·形勢》：「烏鳥之狡，雖善不親」。尹知章注：「狡謂猜也，言烏鳥之性多猜，初雖相善，後終不親。」

〔三〕按：先生孫男五人。孫治《得四妹書并詩，喜本如甥入泮，作此奉賀》，孫培吉壬申鈔本附識曰：「表叔五男，長寶陽，字純一；次寶蘭，字香岩；三、四予忘其名字；五寶蓀，字芝庭。」

讀《性修論》柬顧子遠〔一〕

七篇垂示後，〔二〕聖者更無書。欲證尼山旨，〔三〕誰爲孟氏徒。〔四〕奇編成晚近，妙解得環樞。願與同心賞，知言世有無。

〔一〕《性修論》一卷，新城陳溥著，光緒八年先生刻於成都。顧子遠，名復初，一字幼耕，江蘇長洲人，咸豐末入蜀。入川督吴棠、丁寶楨、劉秉璋幕，年九十餘卒，《民國華陽縣志》卷二二有傳。復初與陳溥、陳學受兄弟善，故先生以詩柬之。

〔二〕《孟子注疏》孫奭《正義》曰：『蓋孟子生於六國之時，憫道之不行，遂著述，作七篇之書。』按：七篇曰：《梁惠王》《公孫丑》《滕文公》《離婁》《萬章》《告子》《盡心》。

〔三〕尼山即尼丘山。《史記·孔子世家》：『禱於尼丘得孔子。』《水經注·沂水》：『沂水出魯城東南，尼丘山西北，山即顏母所祈而生孔子也。』

〔四〕原注曰：『繼善成性，發於《繫辭》，孟子始暢言之。』按：《周易·繫辭上》：『一陰一陽之謂道，繼之者善也，成之者性也。』

閏五月四日視朱氏女子墓

日月推移不暫停，感時又見稻畦青。佳城已奠牛眠兆，〔一〕歸夢猶驚鶴化形。〔二〕佛土寂光常住寂，〔三〕龐家靈照自通靈。〔四〕迫余學道情加切，〔五〕神理終期達窅冥。

〔一〕《藝文類聚》卷四〇引《博物志》曰：『漢滕公夏侯嬰死，公卿送葬至東都門外，馬不行，跼地悲鳴，得石椁，有銘曰：「佳城鬱鬱，三千年，見白日。吁嗟滕公，居此室。」乃葬之。』《晋書·周光傳》：『初，陶侃微時，丁艱，將葬，家中忽失牛而不知所在。遇一老父，謂曰：「前岡見一牛眠山污中，其地若葬，位極人臣矣。」

〔二〕原注曰：『數夕前夢見女容甚瘦。』《搜神後記》卷一：『丁令威，本遼東人，學道於靈虛山。後化鶴歸遼，集城門華表柱。』

〔三〕原注曰：『墓近昭覺禪院。』

〔四〕《景德傳燈録》卷八：『居士將入滅，令女靈照出視日早晚，及午以報。女遽報曰：「日已中矣，而有蝕也。」居士出户觀次。靈照即登父坐，合掌坐亡。居士笑曰：「我女鋒捷矣。」』

〔五〕元稹《離思五首》其四：『半緣修道半緣君。』

江安鄒渠先明經有入山之約詩以訊之〔一〕庚申

四載琴書接暇休，二年弧矢間觥籌。乾坤廣大容吾放，山水清雄待子游。交貴論心非易得，〔二〕士先尚志孰知求。〔三〕皤然夙駕應相許，莫厭崍山路阻修。〔四〕

〔一〕鄒渠先，名鳳翥，字臒仙，亦作椝先，四川江安人，廩貢生。《民國江安縣志》卷三有傳。

〔二〕杜甫《徒步歸行》：『人生交契無老少，論交何必先同調。』

〔三〕《禮記·學記》：『凡學，官先事，士先志。』

〔四〕張載《擬四愁詩四首》其四：『我所思兮在營州，欲往從之路阻修。』

中春還山道中作

時因上冢返林坰，〔一〕早暮寒生雨既零。滿眼花黄兼麥翠，舉頭雲白間山青。〔二〕娟娟流水春田護，歷歷幽禽曉樹聽。兹路往來無計數，倏然依舊此身形。

〔一〕《同治大邑縣志》卷七：「祭則清明日，有祠祭於祠，無祠祭於墓，或祭於家。是日上冢，遍挂紙錢。」

〔二〕雲白，重圖藏本作「雪白」。

月下作

霧消雲散雨初過，夜景清幽露滴柯。月魄照人明似鏡，心源澄湛亦如他。〔一〕

〔一〕他音佗。《史記》作「尉他」，《漢書》作「尉佗」。《洪武正韻》：「他，湯何切，音拖，與佗、它通。」

六月十五日偶成

四十三年憶物華，酒樓今日看荷花。〔一〕朱顏白鬢從遷變，惟有靈臺瑩不瑕。〔二〕

〔一〕原注曰：『甲辰公車留京。是日，自國子監至什刹海酒樓看荷花，一時同人皆盡矣。』

〔二〕《莊子·庚桑楚》郭象注曰：『靈臺者，心也。』

夏日遣興

一朵白蓮花正開，亭亭芳潔遠塵埃。〔一〕幽人無事頻來玩，消受清香日幾回。

日出東南照小池，池中菡萏耀幽姿。此間自是清凉地，惟有閑人賞玩宜。

高樹蟬鳴日午天，雞聲又聽隔林傳。幽人獨坐閑無事，忙客趨炎不自憐。

課罷齋中一事無，閑拈竹管墨新濡。睡魔消遣精神爽，〔二〕何必青林裸體膚。〔三〕

一卷閑翻閲漢書，還尋道帙意如如。〔四〕消磨長日渾無倦，何必群游笑索居。

〔一〕芳，重圖藏本作『方』。

〔二〕《大智度論》卷六九：『聽法人貪欲、瞋恚、睡眠、掉悔、疑，當知是爲魔事。』

〔三〕原注曰：『「懶摇白羽扇，裸袒青林中」，太白句也。』按：即李白《夏日山中》詩句。

〔四〕李白《贈清漳明府侄聿》朱諫注曰：『道帙，道書也，清净之學也。』

六十

行年六十晚知非，〔一〕孤僻無鄰與世違。濠上獨尋蒙叟樂，漢陰久息丈人機。〔二〕

〔一〕《莊子・寓言》：『孔子行年六十而六十化，始時所是，卒而非之，未知今之所謂是之非五十九非也。』同書《則陽》：『蘧伯玉行年六十而六十化，未嘗不始於是之而卒詘之以非也，未知今之所謂是之非五十九非也。』

〔二〕《莊子・天地》：『子貢南游於楚，反於晋，過漢陰，見一丈人方將爲圃畦，鑿隧而入井，抱甕而出灌，搰搰然用力甚多而見功寡。子貢曰：「有械於此，一日浸百畦，用力甚寡而見功多，夫子不欲乎？」……爲圃者忿然作色而笑曰：「吾聞之吾師，有機械者必有機事，有機事者必有機心。機心存於胸中，則純白不備；純白不備，則神生不定；神生不定者，道之所不載也。吾非不知，羞而不爲也。」』

白蓮

緑莖碧葉日交加，獨放青蓮出玉華。試問幽芳誰得似，素心蘭或不差些。

清風明月占芳辰，傅粉輸他本色匀。謾説瑶池清净界，泥中無染最堪珍。〔一〕

藉甚紅芳欲鬥妍，生成皓質是天然。元初純白從胎結，一氣由來太素烟。

〔一〕釋澄觀《華嚴經疏》卷五七：「青蓮華者，蓮華處淤泥而不染。」

六月二十六日作

積雨洗煩暑，石堂閑且清。門無投刺客，户有讀書聲。應候螗螂躍，〔一〕驚時蟋蟀鳴。〔二〕物含秋意思，人裕道心情。桂樹交加發，荷花逐旋生。静觀消永日，覓句偶然成。

〔一〕《吕氏春秋·仲夏紀》「小暑至，螳蜋生」，高誘注：「小暑，夏至後六月節也，螳蜋於是生。」

〔二〕《禮記·月令》注：『蟋蟀鳴，懶婦驚。』

枕上見月

微月照我牀，欹枕玩幽光。朦朧不驚睡，晏然思帝鄉。〔一〕

〔一〕《文選·張子房詩》吕延濟注曰：『帝鄉，謂崑崙山，天帝居處。』

十四日夜月甚明〔一〕

月有極圓夜，如人極盛時。極盛暫時耳，人心常慕之。瞻彼月圓缺，〔二〕循環無盡期。人間殊顯晦，天上豈成虧。

〔一〕重圖藏本題作『十四夜月甚明』。
〔二〕圓缺，重圖藏本作『盈缺』。

十五日夜月甚明得句贈内〔一〕

池上夜光清，幽人玩月明。獨憐長坐者，何日起閑行。

〔一〕重圖藏本題作『十五夜月甚明得句贈内』。是詩贈妻孫氏慎儀。《詩緣前編續》卷四：『孫慎儀，字未詳，浙江紹興府山陰縣人，翰林院編修四川邛州伍肇齡室，梓有《焦尾集》。』

處暑

風袪殘暑碧雲陰，雨後寥空氣漸沈。信是白藏時節至，〔一〕斂華就實見天心。〔二〕

〔一〕《爾雅·釋天》：『秋爲白藏。』

〔二〕《六韜·文韜》：『秋道斂，萬物盈。』熊節編《性理群書句解》卷一二：『至秋則斂華就實。』

晨雨初過

曉聞鳩喚雨聲中，〔一〕起看庭前薄靄濛。旭日隱輪潛度晷，炊烟出屋緩隨風。碧梧映蔚身難老，芳草羅生意正同。〔二〕虛室閑吟聊遣興，清凉人在水精宮。

〔一〕《抱朴子·博喻》：「山鳩知晴雨於將來。」陸璣《毛詩草木鳥獸蟲魚疏》卷下：「鵓鳩，灰色，無繡項，陰則屏逐其匹，晴則呼之。」
〔二〕宋玉《高唐賦》：「箕踵漫衍，芳草羅生。」

後園即目

老翠荒青滿後園，淺深紅紫野花繁。風光流轉驚時序，仙洞長春孰問源。

與孫鷗舫坐丞相祠水軒，候送丁文誠公歸櫬昨日南門石橋上亦同觀水，故有此作〔一〕

連朝觀水消塵慮，送遠還聞薤露歌。〔二〕虛幻名場看已熟，樗材惟欲樹無何。〔三〕

〔一〕孫鷗舫，名湛，成都縣廩貢生，陝西候補知州，歷署瀘州、江津等縣教諭，《陽川孫氏留川世系分譜》有傳。丁文誠公，名寶楨，字稚璜，貴州平遠人，光緒二年署四川總督，卒謚文誠，《清史稿》卷四四七有傳。按丁寶楨卒於光緒十一年，本詩蓋作於是年。

〔二〕崔豹《古今注・音樂》：『《薤露》《蒿里》，并哀歌也，出田横門人。横自殺，門人傷之，爲作悲歌，言人命薤上露，易晞滅也。亦謂人死，魂魄歸於蒿里，故有二章。……至孝武時，李延年乃分二章爲二曲，《薤露》送王公貴人，《蒿里》送士大夫庶人。』

〔三〕《莊子・逍遥游》：『吾有大樹，人謂之樗。其大本擁腫而不中繩墨，其小枝卷曲而不中規矩，立之塗，匠者不顧。』

丁亥初春游百花潭，用戊午歲怡園分韻得『蘭』字

晴雲漠漠春風寒，寂寥何處尋清歡。素衣成緇又改服，〔一〕惆悵循陔懷采蘭。羈心藴結一蕭散，南浦亭邊堪倚欄。巢樹鵲喧嚮暖旭，潛波魚動依微湍。新陽景色入閑覽，柳眼欲舒梅未殘。〔二〕世人游衍皆自得，大矣天地能貞觀。〔三〕駑駘騏驥各有適，〔四〕往往前路非迷漫。

〔一〕改服，重圖藏本作『改歲』。

〔二〕白居易《楊柳枝詞八首》其七：『葉含濃露如啼眼。』

〔三〕《周易・繫辭下》：『天地之道，貞觀者也。』

〔四〕《文選・古詩十九首》李善注引《廣雅》曰：『駑，駘也，謂馬遲鈍者也。』《淮南子・主術訓上》：『騏驥、騄駬，天下之疾馬也。』

二月一日回里用前歲韻〔一〕

翩然籃轝又郊坰，沃衍芳田詠雨零。〔二〕幾處漁梁看水緑，四垂雲幕隱山青。常年逆旅渾如舊，此夜高吟孰與聽。最是春風能被物，露生無限正流形。

〔一〕用前《中春還山道中作》詩韻。

〔二〕按：詠雨零，即詠零雨，詠《詩經·豳風·東山》詩也。詩曰：『我來自東，零雨其濛。』言歸家之感也。

山居

楠竹翠交加，青山缺處斜。〔一〕門前流水曲，〔二〕清絶逸人家。

〔一〕王維《過故人莊》：『青山郭外斜。』

〔二〕按：先生舊居坡下數十步，即有一淺溪。此句蓋紀實也。

吊李眉生〔一〕

早年聲譽動京華，〔二〕幕府風流政足誇。〔三〕仕宧逢時崇地位，園林擅勝在天涯。閑挖彝鼎真成癖，〔四〕嫪戀湖山遠寄家。〔五〕可惜錦衣歸未得，空留書迹美簪花。〔六〕

〔一〕李眉生，名鴻裔，别號香岩，晚號蘇鄰，四川中江人，咸同間入曾國藩幕，因功擢江蘇按察使，晋布政使銜。黎庶昌有《江蘇按察使中江李君墓誌銘》。

〔二〕《江蘇按察使中江李君墓誌銘》：『才高而學贍，聲譽翔起，公卿多折節枉交。』

〔三〕《江蘇按察使中江李君墓誌銘》：『文正開幕府治事，辟召天下英俊，程其器能。君恒爲之冠，參與機要。』

〔四〕《江蘇按察使中江李君墓誌銘》：『積書數萬卷，益蓄三代彝鼎，漢唐以來金石、碑版、法書、名畫以自娱。』

〔五〕《江蘇按察使中江李君墓誌銘》：『君既罷官閑居，樂吴中山水，徙家蘇州，得瞿氏網師園，葺治之。』

〔六〕簪花，即簪花小楷。字迹韶秀美致，嫵媚可愛。《益州書畫録》稱李鴻裔『精書法，臨摹魏晋碑銘，無不神形畢肖』。

二月十五日游城南

春游擾擾出重城，人似波濤涌可驚。飛蓋雕鞍行漸遠，小船淺水耐徐撑。問緣何事追閑步，共喜今朝作嫩晴。我亦槃桓乘逸興，天衢蕩蕩樂由庚。〔一〕

〔一〕由庚，《詩經·小雅》逸篇名。《序》曰：「《由庚》，萬物得由其道也。」

十七日游二仙庵用前韻〔一〕

今朝又出錦官城，〔二〕南浦微波鷺不驚。旭日隱輪青靄合，喬柯如蓋碧空撑。風光澮沱夜還雨，〔三〕天氣冲瀜陰復晴。〔四〕花外樹邊宜小立，静聽籠鳥學鳴庚。〔五〕

〔一〕《嘉慶大清一統志》卷三八五：「二仙庵在成都縣西南。」

〔二〕《華陽國志·蜀志》：「其道西城，故錦官也。」孫奕《示兒編》卷一〇「錦官城」條：「案：蜀本杜詩并作『錦官城』。注云：成都府城亦呼爲錦官城，以江山明麗，錯雜如錦也。趙云：或以其有錦官，如銅官、鹽官之類。」

〔三〕澮沱，即「澮湤」也。杜甫《醉歌行》：「春光澮湤秦東亭。」

〔四〕《重修廣韻》上平聲：「瀜，冲瀜，大水貌。」

〔五〕《詩經·豳風·七月》：「春日載陽，有鳴倉庚。」

二十六日同人游二仙庵

東風扇淑氣，〔一〕草木呈芳妍。言偕二三子，游賞城南邊。幽興一已熟，假日相迴旋。憶昔獨來游，聽鳥花樹前。今往獲同聲，把酒還流連。人生貴行樂，何必苦拘牽。懷新就來日，滌舊忘徂年。聞道異早晚，〔二〕成功無後先。睠兹同術儔，壹志毋遷延。

〔一〕原注：『用句。』按：即用李白《春日獨酌二首》其一『東風扇淑氣，水木榮春暉』句也。

〔二〕韓愈《師説》：『聞道有先後。』

重建崇麗閣濯錦樓柬同事諸友〔一〕

西南大都會，〔二〕奥衍惟梁州。〔三〕近郭百里間，曠望皆平疇。自昔觴詠地，層構俯清瀏。奈何久頽廢，蔓草彌道周。同心屬鄉人，爰爲於野謀。興福諒非易，集益宜相求。庀材臨近邑，中春工始鳩。〔四〕閣名錫崇麗，〔五〕濯錦榜大樓。經營匪朝夕，〔六〕户牖勤綢繆。宇宙雖寥廓，〔七〕勝事一隅幽。風月本無盡，澄江亘古流。西眺山萬重，東瞻環阜邱。從此美登臨，熙熙裙屐稠。所願純風還，華胥相與游。〔八〕拈毫寫佳興，粃糠引琳璆。〔九〕

〔一〕重建，重圖藏本作『創建』。《民國華陽縣志》卷一七『馬長卿』條：『長卿乃沿江下流半里許，薛濤井上創築層閣，署曰：「崇麗閣」，凡五級，高徑百尺，窗疏櫺檻，騁望極目，意謂省治襟抱虧疏，故人文不振，用有是作。』又卷二八『崇麗閣』條：『光緒初，縣人馬長卿以迴瀾塔就圮，而縣中科第衰歇，乃創議於井前造崇麗閣。閣凡五級，碧瓦髹欄，觚棱璧當，井幹六角，塔鈴四響，登高眺望，江天風物一覽在目矣。閣成，因即其旁構吟詩、濯錦兩樓，及浣箋亭、五雲香館、流杯池、泉香榭。』

〔二〕蘇軾《大悲閣記》：『成都，西南大都會也。』魏了翁《成都府録事廳題名壁記》：『成都爲西南大都會。』楊天惠《鈐轄廳東園記》：

『成都西南大都會。』

〔三〕方逢時《顯命頌成功也爲大夫陳惟舉作》：『誕彼巴蜀，至於滇南。厥土奥衍，介彼戎蠻。』

〔四〕中春，重圖藏本作『仲春』。

〔五〕《文選・蜀都賦》『既麗且崇』，劉良注曰：『言美麗崇高也。』

〔六〕匪，重圖藏本作『豈』。

〔七〕宇宙雖寥廓，重圖藏本作『茫茫宇宙中』。

〔八〕《列子・黄帝》：『晝寢而夢，游於華胥氏之國。』

〔九〕琳璆，重圖藏本作『琳球』。

送李申夫山長〔一〕

一紀重逢笑語親，〔二〕鬢毛霜雪各精神。不爲朝市利名客，共作山林隱逸人。萬境烟雲同過眼，四時風月得閑身。莫言俯仰皆陳迹，秉燭宵談意轉新。

〔一〕重圖藏本題作『丁亥初秋，李申夫方伯山長來游成都，話舊槃桓，吟此奉贈』。李申夫，名榕，四川劍州人，咸豐三年進士，入曾國藩幕，歷任湖北按察使、湖南布政使，朱孔彰撰有《李布政榕事略》。《石堂詩鈔》附李申夫原作曰：『十年荀席又相親，默對知君養谷神。舊雨半爲泉下客，春風猶見坐中人。能持老衲聞香戒，便是金剛歷劫身。一笑兩忘誰解得，要將衰朽出清新。』申夫此詩不見於光緒十六年湘鄉蔣德鈞龍安書院刻《十三峰書屋全集》本詩集。

〔二〕笑語，重圖藏本作『語笑』。《國語・晉語四》韋昭注：『十二年，歲星一周爲一紀。』

和申夫游草堂〔一〕

晴旭東瞻出大城，籃輿西轉眼增明。浣花溪水年年緑，〔二〕金粟香風處處生。感興直追詩作史，〔三〕雄談不借酒爲兵。〔四〕君才豈合山中老，佳句傳觀見遠情。

〔一〕《石堂詩鈔》附李申夫原作曰：『十年不到錦官城，江水江雲照眼明。投老欲依嚴節度，逃名敢謝魯諸生。難將渴病勝杯杓，尚有談鋒挫甲兵。新桂殘荷好香氣，水邊籬下若爲情。』此詩載《十三峰書屋全集》，題作《奉酬伍崧生前輩，顧幼耕、葉襲生兩君招飲草堂》，字句略有出入。

〔二〕《方輿勝覽》卷五一：『浣花溪，在城西五里，一名百花潭。按吴中復《冀國夫人任氏碑記》云：「夫人微時，以四月十九日見一僧墜污渠，爲濯其衣，百花滿潭，因名曰百花潭。」』

〔三〕《本事詩・高逸第三》：『杜逢禄山之難，流離隴蜀，畢陳於詩，推見至隱，殆無遺事，故當時號爲「詩史」。』

〔四〕《南史・陳暄傳》：『故江咨議有言：「酒猶兵也，兵可千日而不用，不可一日而不備；酒可千日而不飲，不可一飲而不醉。」』

混俗

混俗勞勞走世塵，今知我是幸存身。鎮憐燕子長爲客，未若鶯花自得春。意暇有吟還獨賞，〔一〕論高無誕與誰陳。反情明取元初志，不負三光鑒照人。

〔一〕還，重圖藏本作『惟』。

奮志

奮志須教出網羅，百齡光景速流波。壯强回首驚飄忽，直到耆年事若何。〔一〕

〔一〕《釋名·釋長幼》：『六十曰耆。耆，指也，不從力役，指事使人也。』

讀《黄庭經》

吟諷黄庭若有神，華池清水是良因。〔一〕一心上合三光鑒，四假中藏七寶身。〔二〕金籥玉關如可啓，〔三〕丹田靈地本無塵。内觀儻得長生術，方信仙經救度人。

〔一〕《十誦律》卷六一：『佛變火坑作蓮華池，滿中清净水，既甘而冷。』

〔二〕《三論玄義》：『一切諸法雖并是假，領其要用，凡有四門：一因緣假，二隨緣假，三對緣假，四就緣假也。』《金剛心總持論》：『何名七寶？一有志氣之寶，到處游行無畏；二有主爲之寶，行事善掌權衡；三有成家之寶，善能生財立業；四有安家之寶，善能輔君養親；五有聖智之寶，善能斷決是非；六有安邦之寶。舉理上下皆從；七有定性之寶，善能親賢襲聖。故是名男子七寶之身。』

〔三〕《黄庭經・玄元章》：『結珠固精養神根，玉笢金籥常完堅。』

暮春

暮春佳氣滿園林，獨步能開物外襟。能淡利名豪士志，不生烟火道人心。歸雲自覺依山好，吐穎方知下澤深。試問阿誰明此意，搴帷覽物自清吟。

觀化

出有元知必入無，百年骸屋豈長居。〔一〕回身認取元初我，一道靈光炯自如。

〔一〕骸屋，重圖藏本作『如寄』。

臘日至水神祠作〔一〕

大寒時節出郊原，忽見雲開曉日暾。料峭野風花破萼，澄渟江濱水當門。燕飛烟渚知春暖，〔二〕鳧浴晴

波識氣温。問我朅來緣底事，閣成待看聳棱尊。〔三〕

〔一〕重圖藏本題作「臘日至雷神祠」。《民國華陽縣志》卷三〇：「水神祠，一在東門珠市街，舊爲浙水鄉祠，明萬曆辛卯建。一在石牛寺側斜板橋，創建年月無考。」

〔二〕春暖，重圖藏本作「冬暖」。

〔三〕聳，重圖藏本作「竦」。重圖藏本有自注曰：「時方建崇麗閣。」

江樓閑眺

濯錦江邊第一樓，褭裒風景句重謳。〔一〕西山雪浪添南浦，東郭烟波匯北流。兩派合成牽纜地，一篙平泊渡人舟。長川萬里涵濡廣，獨占靈源最上頭。〔二〕

〔一〕褭裒，重圖藏本作「徘徊」。

〔二〕《白氏六帖》卷二：「靈源，出崐崘。」

迎春日作

晴日和風拂面來，無人不道看春回。〔一〕芳韶麗景誰能駐，玉樹靈根好自栽。〔二〕北斗南辰依極轉，千紅萬紫競頭開。周流不息資神化，斡運元樞力大哉。

〔一〕劉禹錫《元和十一年自朗州召至京戲贈看花諸君子》：『紫陌紅塵拂面來，無人不道看花回。』

〔二〕《文選・甘泉賦》李善注引《漢武帝故事》曰：『上起神屋，前庭殖玉樹，珊瑚爲枝，碧玉爲葉。』

讀黄翔老《春秋吟》亦作此以自警〔一〕

春光可悦，〔二〕秋氣悲哉。〔三〕春秋迭遷，年去年來。人顔年老，人心不老。惟直斯壯，非幾勿冒。出入云爲，戒輕禁躁。慎於須臾，無使離道。充之達之，〔四〕亨衢是蹈。〔五〕顧余箴言，永以爲寶。

〔一〕重圖藏本題作『讀黄翔老《春秋吟》遂亦作此』。

〔二〕沈約《游鍾山詩應西陽王教》其三：『山中咸可悦，賞逐四時移。春光發隴首，秋風生桂枝。』

〔三〕宋玉《九辯》：『悲哉！秋之爲氣也。』

〔四〕《孟子·公孫丑上》：『凡有四端於我者，知皆擴而充之矣。若火之始然，泉之始達。』

〔五〕《周易·大畜卦》：『上九，何天之衢，亨。』

山中清明

山屏餘雪未全消，野樹葱蘢發翠條。又是清時明好節，〔一〕淡烟微雨得春饒。

〔一〕清時明好節，重圖藏本作『清明好時節』，當是。陳與義《來禽花》：『滿意清明好時節。』

中春還山謁墓遇孫鷗舫内弟，同宿山祠，歸來鷗舫有詩，余因繼和〔一〕

謁墓都懷念母心，〔二〕徂年如影共消沈。〔三〕歸來相憶山頭宿，等是孤兒苦意吟。

溪風溪水兩争鳴，聒耳喧時意愈清。悟徹廣長千萬偈，〔四〕山河大地共圓明。〔五〕

〔一〕重圖藏本題作『中春還山謁墓遇孫鷗舫内弟，同宿山祠，歸來鷗舫有詩，余因繼作』。按《陽川孫氏留川世系分譜》，孫湛父文、母李氏、兄源，均葬大邑頭堰。頭堰爲先生故里㸃江入城孔道，二人故能相遇。又詩句：『謁墓都懷念母心』『等是孤兒苦意吟』，按先生母李氏逝世於光緒十年，可知此詩當作於此年之後。

〔二〕都，重圖藏本作『俱』。

〔三〕消沈，重圖藏本作『銷沈』。

〔四〕蘇軾《贈東林總長老》：『溪聲便是廣長舌，山色豈非清淨身。夜來八萬四千偈，他日如何舉似人。』

〔五〕陶望齡《芥子庵記》：『皓月處空，山河大地以至盆盎蹄涔之中，靡弗入者。有二月哉，地所受月，全月也。一盎一蹄之月，亦全月也。且非獨此也。山河大地影於月，月影於水，故一盎一蹄而皆有山河大地之大全。』

送鷗舫問軒游瀘〔一〕

一船共載下瀘州，四月風和聽棹謳。回望錦官城漸遠，幾人相送在江樓。

〔一〕鷗舫，孫湛字，曾署瀘州教諭，故有游瀘之舉。問軒，姓名不詳。

鷗舫來書以所居幽勝作詩見示因和其韻

仰瞻喬木茂清陰，俯視浮埃遠莫侵。似我幽軒藏石室，如君高館枕江潯。出塵各抱崢嶸志，入世俱安淡泊心。真境不遥宜自致，蓬萊何必海天尋。

杜公祠即事〔一〕

杜公祠畔雨瀟瀟，今我來游不寂寥。得食鼉魚齊泛沼，拂雲篠樹密侵橋。竹齋嘯詠天忘暑，綺席流連客永朝。最喜更無塵俗擾，九人談笑樂逍遥。

〔一〕《嘉慶成都縣志》卷一：「杜公祠，在府城西浣花溪上，宋吕大防建，即今草堂祠。」

題匡山太白祠〔一〕

太白高名懸日月，餘芬猶被讀書山。光騰萬丈留詩卷，〔二〕雲卧千秋想竹關。〔三〕賢吏葺祠崇肖像，〔四〕謫仙飛步上孱顔。〔五〕各攄懷抱揮珠玉，引我神游碧嶂還。

〔一〕《光緒江油縣志》卷二四《藝文下·匡山圖志》卷三收録此詩，題作「寄題匡山太白祠」。

〔二〕韓愈《調張籍》詩：「李杜文章在，光焰萬丈長。」

〔三〕張籍《經王處士原居》：「舊宅誰相近，唯僧近竹關。」

〔四〕賢吏，《光緒江油縣志》《匡山圖志》作「太守」。賢吏，謂龍安知府蔣少穆也。

〔五〕《舊唐書·李白傳》：『初，賀知章見白，賞之曰：「此天上謫仙人也。」』

重九日出游

城闉南出復東行，樓閣新成望眼明。〔一〕已見頻來觴客者，清流映帶叙幽情。〔二〕

一船容與放中流，雲影波光澹素秋。人意也同無罣礙，定知前路有瀛洲。

行來秋野未疏蕪，報午雞聲出荻蘆。訪古又尋紅瓦寺，〔三〕穹碑無字隱龜趺。

喜逢九日覽平川，極目郊原萬樹烟。別有關情翹首處，金霞明映蔚藍天。

〔一〕樓閣，崇麗閣望江樓也。時先生住文廟前街錦江書院，至望江樓，其路綫固當先出南門復往東行也。

〔二〕叙，重圖藏本作『話』。王羲之《蘭亭集序》：『又有清流激湍，映帶左右，引以爲流觴曲水。列坐其次，雖無絲竹管弦之盛，一觴一詠，亦足以暢叙幽情。』

〔三〕紅瓦寺在望江樓西北數里外，唐時修建，清朝歷有培修。

井園題句

江頭有地静無苔，種得梅花引客來。從此出郊幽興熟，更栽桃李看春回。

岷源西下水揚波，到此澄渟碧鏡磨。〔一〕約取江湖好風景，舟檣時見檻前過。

東山餘韻草堂靈，〔二〕金薤何曾盡六丁。〔三〕幾輩題詩傳彩筆，井邊新著浣箋亭。

〔一〕澄渟，重圖藏本作『渟瀠』。

〔二〕孔稚珪《北山移文》：『鍾山之英，草堂之靈。』

〔三〕韓愈《調張籍》：『平生千萬篇，金薤垂琳琅。仙官勑六丁，雷電下取將。』

送游子代廉訪升任粤藩〔一〕

周室昔中興，宣王命召虎。疆理至南海，旬宣秉文武。〔二〕聖清億萬年，籲俊光寰宇。嶺表夷夏交，屏藩任至巨。眷兹南楚賢，楨幹寄心膂。憶公陳蜀臬，四載風聲樹。〔三〕曾持節鉞權，彰癉明衮斧。〔四〕切戒俗華奢，〔五〕嚴懲吏貪取。〔六〕拳拳保赤懷，訓誨示規矩。〔七〕每當臨石室，睠與諸生語。不慳錫予隆，勸孝礪稽古。〔八〕自聞公南遷，惘若失慈父。懸知粵士心，望必殷時雨。〔九〕惜公失賢儷，願公減悲緒。國計公持籌，民勞公惠撫。大府制南極，爲政賴匡輔。同心濟時艱，定知無齟齬。小子慕高猷，送別臨江浦。〔一〇〕作頌慚非工，清風思吉甫。〔一一〕

〔一〕游子代，名智開，一作子岱，湖南新化人，官四川按察使，《清史稿》卷四五一有傳。按此詩作於光緒十四年智開由四川按察使遷廣東布政使時。

〔二〕《詩經·大雅·江漢》：「江漢之滸，王命召虎。式辟四方，徹我疆土。匪疚匪棘，王國來极。于疆于理，至于南海。王命召虎，來旬來宣。文武受命，召公維翰。」

〔三〕智開於光緒十一年擢四川按察使，十四年遷廣東布政使，官四川計有四年。

〔四〕《尚書·畢命》：「彰善癉惡，樹之風聲。」《儀禮·覲禮》：「天子衮冕，負斧依。」

〔五〕切戒，重圖藏本作「戒切」。

〔六〕嚴懲，重圖藏本作「懲嚴」。《清史稿·游智開傳》：「密訪吏治得失，民情愛惡，督屬清釐積案，常躬自訊結，獄訟爲清。」

〔七〕訓誨，重圖藏本作「訓誥」。

〔八〕礪，重圖藏本作「厲」。

〔九〕《史記·晋世家》：「孤臣之仰君，如百穀之望時雨。」

〔一〇〕江浦，重圖藏本作「江渚」。

〔一一〕《詩經·大雅·烝民》：「吉甫作誦，穆如清風。」

小寒前二日同人集江樓

凝陰天氣沍寒初，高樹臨江影漸疏。一院早梅添的皪，〔一〕半潭澄水照清虚。友朋邂逅徵緣合，亭榭經營審部居。相語明春事栽植，花時同賞意何如。〔二〕

〔一〕重圖藏本衍一『的』字。

〔二〕薛濤《春望詞四首》其一：『花開不同賞，花落不同悲。』

題楊芷屏司馬詩集〔一〕

自昔聖人始删詩，〔二〕三百一言以蔽之。〔三〕善説不害志與辭，〔四〕千古得失寸心知。〔五〕大雅不作正聲衰，楚騷漢道相逶迤。〔六〕餘波綺麗隨人爲，〔七〕建安作者宗陳思。鮑謝而下盛唐推，〔八〕李杜光焰萬丈垂。韓歐蘇王高翔馳，江西山谷演派支。〔九〕後來嗣響競鼓旗，大家風力敻莫追。吾鄉先正白可師，〔一〇〕天才奇才妙機窺。流寓猶存詩史祠，學之多得骨與皮。〔一一〕天彭楊子何瑰琦，咳唾珠玉清風吹。原本忠孝生葳蕤，〔一二〕意氣慷慨光陸離。兼包衆體争新奇，千篇富有紛華滋。深宵展卷讀不疲，每逢佳處軒吾眉。且吟短調書相詒，文章有價任譽訿。待子錦里來何遲，看攄新藻陽春時。

〔一〕重圖藏本題作『題楊芷亭司馬詩集』。

〔二〕《史記·孔子世家》：『古者詩三千餘篇，及至孔子，去其重。』孔安國《尚書序》：『孔子生於周末，睹史籍之煩文，懼覽之者不一，遂乃定禮樂、明舊章，删詩爲三百篇。』

〔三〕《論語·爲政》：『子曰：「《詩》三百，一言以蔽之，曰思無邪。」』

〔四〕《孟子·萬章上》：『故説詩者，不以文害辭，不以辭害志。以意逆志，是爲得之。』

〔五〕杜甫《偶題》：『文章千古事，得失寸心知。』

〔六〕李白《古風五十九首》其一：『大雅久不作，吾衰竟誰陳。……正聲何微茫，哀怨起騷人。』

〔七〕杜甫《偶題》：『前輩飛騰入，餘波綺麗爲。』

〔八〕鮑謝，重圖藏本作『陶謝』。鮑，即鮑照。謝，即謝靈運。

〔九〕演，重圖藏本作『衍』。李，李白；杜，杜甫；韓，韓愈；歐，歐陽修，蘇，蘇軾；王，王安石；山谷，黄庭堅也。

〔一〇〕《尚書·説命》孔安國《傳》曰：『正，長也。言先世長官之臣。』

〔一一〕蘇軾《次韻孔毅甫集古人句見贈五首》其三：『天下幾人學杜甫，誰得其皮與其骨。』

〔一二〕『咳唾珠玉清風吹，原本忠孝生葳蕤』，重圖藏本作『咳唾珠玉生葳蕤』。

偶成

淡中滋味孰能嘗，都愛濃醒玉醴香。最憶浮雲輕富貴，尼山飲水樂偏長。〔一〕

〔一〕《論語·述而》：『子曰：「飯疏食，飲水，曲肱而枕之，樂亦在其中矣。」』

新正十六日獨游草堂遇友人邀飲

歘過上元日，閑步草堂前。相知六七人，留飲同流連。良辰須行樂，對此梅花妍。興發即題詩，何必管與弦。還期錦樓上，共醉春陽天。

初春即事

徐瞻天上轉杓魁，〔一〕百變陰晴淑氣回。昨夜庭柯鳴雨歇，朝來幾點杏花開。

〔一〕杓魁，北斗也。《淮南子·天文訓》高誘注曰：『斗第一星至第四爲魁，第五至第七爲杓也。』《史記·天官書》司馬貞《索隱》引《春秋運斗樞》曰：『斗第一天樞，第二旋，第三璣，第四權，第五衡，第六開陽，第七摇光。第一至第四爲魁，第五至第七爲杓，合而爲斗。』

詠　人

五行秀氣結爲人，〔一〕賦予無私本不貧。耳目聰明筋力健，莫教爲蠹負吾身。

〔一〕《論衡·物勢》：「一人之身，含五行之氣。」

中春偕羅大夫星潭游花市〔一〕

城中紛紛何所求，不如郭外清且幽。一半春時宜出游，遂邀仲素爲我儔。〔二〕西郊潭水緑如油，堤路坦坦連平疇。不勞巾車兼棹舟，豈必尋壑還經邱。青羊市裏春風柔，〔三〕百花香外農具修。往來雜遝人踪稠，可以永日同夷猶。世間利欲如拘囚，功名建樹須黑頭。白首端貴得自由，胡爲漏盡行無休。〔四〕静觀生理物外優，寄情莊老心相投。雲霞風月吾同流。〔五〕

〔一〕羅星潭，名應旒，四川崇寧人，《民國崇寧縣志》卷七有傳。自撰《羅公星潭夫子行狀》一卷，董清峻撰有《羅公出處紀事》。

〔二〕以羅仲素方羅星譚，因其姓同，學養相近也。羅仲素，名從彦，福建南劍人，從同郡楊時受學，學者稱之豫章先生，《宋史》卷四二八有傳。

〔三〕《太平御覽》卷一九一引揚雄《蜀本紀》曰：「老子爲關令尹喜著道經，臨别曰：『子行道千日後，於成都青羊肆尋吾。』」

〔四〕《三國志·田豫傳》：「年過七十而以居位，譬猶鐘鳴漏盡而夜行不休。」

〔五〕此詩共十九句，疑有脱文。

春日江樓公宴三首〔一〕

遥瞻菌閣曉雲邊，靈雨初零樹帶烟。一御泠風來勝地，樂游不負艷陽天。

啓節鳴騶迤邐來，錦流東畔瑞烟開。壓中瞻望神仙侣，勝會今朝快舉杯。〔二〕

雨順風調百卉滋，河清海宴此良時。〔三〕蜀民歌詠年豐樂，合進升平酒一巵。

〔一〕重圖藏本題作「江樓公宴」。

〔二〕快，重圖藏本作「羡」。

〔三〕宴，同晏。《文選·新刻漏銘》李善注引《禮斗威儀》曰：「君乘土而王，其政太平，則河海夷晏。」張銑注曰：「夷，平，晏，清也。言河海不波浪也。」《水經注·河水五》引《易乾鑿度》曰：「上天將降嘉應，河水先清。」

後江樓三首〔一〕

江頭樓閣慶初成，〔二〕敬迓高軒一舉觥。爛漫春芳在原野，雖無絲竹合關情。

排日東園載酒來，德星聚處耀三台。〔三〕前時只見春流繞，今日方宜祓宴開。

麥苗經雨圳風清，連稔人含樂歲情。野老常膺無事福，〔四〕長歌擊壤續遺聲。

【補】

一堂冠佩燦珠纓，喜見諸君倒玉觥。不飲此情長似醉，彌天春氣逼人生。

鈴語青霄不斷聲，子登又作八瑯鳴。〔五〕樂游盡日情無倦，似入蓬壺閬苑行。

〔一〕重圖藏本題作「後江樓公宴」，「江頭樓閣慶新成」「排日東園載酒來」二首與川圖藏本同，未收「麥苗經雨甽風清」，多出「一堂冠佩燦珠纓」「鈴語青霄不斷聲」二首，姑補於後。

〔二〕初，重圖藏本作「新」。

〔三〕《開元占經》卷六七引《禮緯含文嘉》曰：「三台平正，有德星出入其間。」

〔四〕《道德指歸論》卷三：「無爲而功成，無事而福盈。」

〔五〕《漢武帝内傳》：「酒觴數過，王母乃命侍女王子登彈八琅之璈。」

詠懷〔一〕

名利拘人似網羅，侵尋不覺鬢成皤。〔二〕翹心絳闕雲中迴，迎面紅塵陌上多。繞繞蜃樓迷海市，〔三〕飄飄仙棹泛銀河。〔四〕虚懷遠志何由達，且嚮瓊臺種玉柯。

〔一〕重圖藏本題作『無題』。
〔二〕《漢書·叙傳》顔師古注曰：『皤皤，白髪貌也。』
〔三〕《史記·天官書》：『海旁蜃氣象樓臺，廣野氣成宫闕然。雲氣各象其山川人民所聚積。』
〔四〕《荆楚歲時記》：『舊説天河與海通，近世有人居海渚者，每年八月有浮槎去來不失期。』

初夏偕陳大夫佑之、何司馬少畲游鳳皇山昭覺寺〔一〕

芳塍翠竹碧流灣，駟馬橋頭去又還。〔二〕風御泠然誠善也，今朝游及鳳皇山。

青秧遍插水盈疇，紫燕黄雞飛未休。〔三〕野外風清人迹少，炎陽杲杲正當頭。

昭覺重游又六年，遍看衲子祖衣傳。〔四〕我來不問無生法，返聽須知即是禪。〔五〕

結伴三人共此游，撥除塵冗賞懷幽。登山入寺皆乘輿，又作鴻泥一段留。〔六〕

〔一〕重圖藏本題作『初夏偕陳大夫佑之、何八少畲游鳳皇山』，較川圖藏本多『芳塍翠竹碧流灣』一首，今據重圖藏本補。何少畲，名鑄，一作紹畲、紹漁，四川璧山人。鳳皇山在成都西北，亦名威鳳山、學射山。

〔二〕《嘉靖四川總志》卷三：『駟馬橋，府城北門外，有坊。取相如題升仙橋柱之意。』《雍正四川通志》卷二二：『升仙橋，在成都縣北，昔魚凫王、張伯子乘虎仙去，因以名橋。相如東游，題其柱曰：「不乘駟馬車不復過此。」故亦名駟馬橋。』

〔三〕重圖藏本『黄雞』下有自注曰：『鳥名。』

〔四〕衲子，重圖藏本作『兄弟』。《壇經・行由》：『昔達磨大師初來此土，人未之信，故傳此衣以爲信體，代代相承。』《舊唐書・神秀傳》：『昔後魏末，有僧達摩者，本天竺王子，以護國出家，入南海，得禪宗妙法，云自釋迦相傳，有衣鉢爲記，世相付授。』

〔五〕原注曰：『僧耳微聾。』

〔六〕蘇軾《和子由澠池懷舊》：『人生到處知何似，應似飛鴻踏雪泥。』

重游江樓雨中再和鷗舫韻〔一〕

江上樽因挹爽開，瀟瀟如晦共能來。風飄檐宇長鳴鐸，雨集朋簪暢舉杯。幾樹薇紅初浣露，〔二〕一庭莎緑不生苔。雲幢烟蓋心相憶，好看篔簹一萬栽。〔三〕

〔一〕成都將軍岐元有和詩，見附録二宗室岐元《和伍崧申肇齡江樓》。

〔二〕初，重圖藏本作『新』。

〔三〕原注曰：『時擬種竹。』按：篔簹，竹名。左思《吴都賦》劉逵注引《異物志》曰：『篔簹生水邊，長數丈，圍一尺五六寸，一節相去六七尺，或相去一丈。』

詠志示同學

束髮事詩書，〔一〕稱先懷耿介。恥爲章句儒，〔二〕小知蔽蓬艾。林放禮知本，〔三〕子游卑應對。〔四〕大節苟不立，〔五〕狂瀾籲可駭。〔六〕孔孟正人心，斯理久茫昧。博文良足珍，約禮始不倍。〔七〕小子涉末流，徽言受先輩。保此幾希存，隨時念三戒。〔八〕治人必自反，忠誠貫敬愛。〔九〕此情與誰論，三益只相待。〔一〇〕蒙泉自兹出，〔一一〕導達日無礙。源頭活水來，〔一二〕涓滴成滂沛。

〔一〕束髮，重圖藏本作「少小」。
〔二〕恥爲，重圖藏本作「不爲」。
〔三〕林放，重圖藏本作「放問」。《論語·八佾》：「林放問禮之本。子曰：『大哉問！禮，與其奢也，寧儉；喪，與其易也，寧戚。』」
〔四〕《史記·仲尼弟子列傳》：「言偃，吴人，字子游。」
〔五〕大節苟不立，重圖藏本作「大道苟不聞」。
〔六〕狂瀾籲可駭，重圖藏本作「歧塗安所届」。
〔七〕《論語·子罕》：「夫子循循然善誘人，博我以文，約我以禮，欲罷不能。」
〔八〕《論語·季氏》：「孔子曰：『君子有三戒：少之時，血氣未定，戒之在色；及其壯也，血氣方剛，戒之在鬥；及其老也，血氣既衰，戒之在得。』」
〔九〕忠誠，重圖藏本作「中誠」。

〔一〇〕《論語·季氏》：『孔子曰：「益者三友，損者三友。友直，友諒，友多聞，益矣。」』
〔一一〕《周易·蒙卦》：『《象》曰：山下出泉，蒙。君子以果行育德。』
〔一二〕源頭，重圖藏本作『原頭』。朱熹《觀書有感二首》其一：『問渠那得清如許，爲有源頭活水來。』

九月江樓作〔一〕

今年又是一重陽，獨往登臨錦水旁。關塞天長風送雁，蒹葭秋老露爲霜。〔二〕竹陰烟渚寒逾潤，〔三〕菊綻金英冷更香。〔四〕未易昔時游賞地，倍添佳趣入詩囊。

〔一〕重圖藏本題作『九月登江樓』。
〔二〕《詩經·秦風·蒹葭》：『蒹葭蒼蒼，白露爲霜。』
〔三〕竹陰，重圖藏本作『竹籠』。
〔四〕更香，重圖藏本作『益香』。

題盧一鶴山人《夢游盧山圖》圖作睡像，上有一鶴

我昔乘舟自鄂渚，〔一〕六月盛漲波連天。沿流曠望賞心處，匡廬山色雄且妍。香爐瀑布鬱奇勝，連峰五老東南偏。當時恨不一登陟，至今夢想心悠然。盧生示我圖，寄意何渺綿。雲林幽絶人不到，倚松枕石

白晝眠。養成六翮任翔翥，〔二〕千岩萬壑生雲烟。我聞陶公述奇翼，〔三〕周流八表須臾旋。又聞東坡游赤壁，羽衣道士來蹁蹮。〔四〕尻輪神馬倏變化，〔五〕心憶舊境來無緣。盧生與盧敖，證道無後先。〔六〕丁令與蘇君，化鶴世共傳。〔七〕爲蝶爲周適然耳，〔八〕何如琴心三叠成胎仙。〔九〕當時蓮社十八士，〔一〇〕聯翩接翮來青田。畫圖詎是真面目，明霞翠影憺余興往青蓮篇。〔一一〕

〔一〕即同治七年先生游武昌也。

〔二〕《韓詩外傳》卷六：『夫鴻鵠一舉千里，所恃者六翮爾。』

〔三〕《晋書·陶侃傳》：『又夢生八翼，飛而上天，見天門九重。』

〔四〕蘇軾《後赤壁賦》：『夢一道士，羽衣蹁蹮。』

〔五〕《莊子·大宗師》：『予之尻以爲輪，以神爲馬。予因而乘之，豈更駕哉！』

〔六〕《淮南子·道應訓》高誘注曰：『盧敖燕人，秦始皇召以爲博士，使求神仙，亡而不返也。』又潘岳《西征賦》李善注引《史記》曰：『盧生爲始皇求仙藥，亡去。始皇大怒使御史案問諸生。』則盧敖也稱盧生也。此詩『盧生』或爲《枕中記》證道之盧生。

〔七〕丁令，即丁令威，見前注。《太平廣記》卷一三引《神仙傳》：『蘇仙公者，桂陽人也，漢文帝時得道。……自後有白鶴來，止郡城東北樓上，人或挾彈彈之。鶴以爪攫樓板，似漆書云：「城郭是，人民非。三百甲子一來歸，吾是蘇君彈何爲。」』

〔八〕《莊子·齊物論》：『不知周之夢爲胡蝶與？胡蝶之夢爲周與？』

〔九〕《太上黄庭内景玉經·上清章第一》：『是爲黄庭作内篇，琴心三叠舞胎仙。』

〔一〇〕《廬山記》卷一：『遠公與慧永、慧持、曇順、曇恒、竺道生、慧叡、道敬、道昺、曇詵，白衣張野、宗炳、劉遺民、張詮、周續之、雷次宗，梵僧佛馱耶舍、佛馱跋陀羅十八人者，同修净土之法，因號「白蓮社十八賢」。』

〔一一〕『畫圖詎是真面目明霞翠影憺余興往青蓮篇』一節疑有脱文。

和江叔海見懷元韻〔一〕

錦水緑且明，〔二〕清淺流舒舒。不停終到海，百派相縈紆。〔三〕人生交有道，擇善慎勿疏。安得三益友，〔四〕同心入我廬。閩中有異才，江子不拘墟。文學慕游夏，〔五〕寡過師衛蘧。〔六〕貽我以新詩，溢譽愧何如。〔七〕相見獨恨晚，鄙吝吾其除。

〔一〕重圖藏本題作『和叔海見懷元韻』。江叔海，名瀚，福建長汀人，入川督、藩、臬幕，後應黎庶昌聘，任重慶東川書院山長，民國《長汀縣志》《巴縣志》有傳。
〔二〕緑，重圖藏本題作『渌』。
〔三〕相，重圖藏本題作『交』。
〔四〕《論語·季氏》：『孔子曰：「益者三友。」』
〔五〕《論語·先進》：『文學：子游、子夏。』
〔六〕《論衡·問孔》：『蘧伯玉使人於孔子。孔子曰：「夫子何爲乎？」對曰：「夫子欲寡其過而未能也。」』
〔七〕溢譽，重圖藏本作『美譽』。

枕上得句

静夜不能寐，〔一〕羈情只覺寬。游踪懷澗谷，詩興憶江干。説劍縱横易，〔二〕調琴緩急難。孤吟成枕上，梅月曉窗寒。

〔一〕《藝文類聚》卷四二引魏明帝《長歌行》曰：『静夜不能寐，耳聆衆禽鳴。』

〔二〕李白《贈韋秘書子春》：『談天信浩蕩，説劍紛縱横。』

元旦試筆

淑氣元正布，〔一〕仁風利物多。〔二〕求心功行實，正已性情和。〔三〕

〔一〕林駉《源流至論》：『淑氣一動，草木皆春。』

〔二〕《晋書·袁宏傳》：『時賢皆集，安欲以卒迫試之，臨别執其手，顧就左右取一扇而授之曰：「聊以贈行。」宏應聲答曰：「輒當奉揚仁風，慰彼黎庶。」』

〔三〕《孟子·盡心上》：『有大人者，正己而物正者也。』

新正五日偶成

開歲五日春風寒，上天施澤回暵乾。曉枕聲聞木屐響，起看空宇雲漫漫。喜聆里巷説米賤，寇攘已戢閭閻安。身居樂土自可樂，不慚一日三吾餐。童孫書塾勉習業，生徒學海增文瀾。况值時平聖恩溥，漸仁被德周瀛寰。小儒歌詠學擊壤，行行前路天衢寬。

新正九日出游

新正九日天氣佳，〔一〕東郭熙熙競奔走。〔二〕我亦春游有好懷，不招朋侶勞迎候。蜀國升平屢有年，人心樂善神所佑。吾儕獨往意自長，泉石清堅供枕漱。試看年年梅樹花，花蕊雖新樹依舊。經世無才進獨難，養生有道中須守。人生健在當知福，且歌美景娛清晝。

〔一〕新正，重圖藏本作『新年』。

〔二〕《左傳·襄公二十九年》杜預注：『熙熙，和樂聲。』《漢書·禮樂志》顔師古注：『熙熙，和樂貌也。』

春宵玩月 元夕作

盈盈十五月如盤，〔一〕獨嚮元正静夜看。遥瞻天上星杓轉，普照人間桂影寒。春藏亘古隨年到，月運長空終夜皎。淑氣常含杳靄中，〔二〕清輝不滅浮雲表。處處逢春愛月圓，〔三〕家家見月憐春好。獨憶清虚物外人，堪誇如月復如春。存神永駐沖和地，〔四〕鍊魄渾成清静身。當春對月意如何，弄月吟春興倍多。宵來宵去今宵樂，請聽春宵玩月歌。

〔一〕李白《古朗月行》：『小時不識月，呼作白玉盤。』
〔二〕杳靄，重圖藏本作『窅靄』。
〔三〕處處，重圖藏本作『歲歲』。
〔四〕永駐沖和地，重圖藏本作『永住沖和氣』。

中春雨雪

連朝雲氣浩漫漫，小雨廉纖作薄寒。〔一〕一夜東風吹徹曉，桃花猶嚮雪中看。

〔一〕韓愈《晚雨》：「廉纖晚雨不能晴。」

王東生庫使招飲江樓

孟夏旬逾一，清和應良辰。素心有佳招，言出東城闉。逶迤衢巷轉，延緣川路循。江祠四瀆首，〔一〕橋名九眼新。傑閣竦霄漢，岑樓冠錦津。盤紆引高步，俯仰皆怡神。雲山挹朝爽，風篠媚漪淪。談諧巾履適，厨饌櫻筍陳。書畫携共賞，詠吟懷可伸。從來游遨事，古今非一倫。狂士沂水旁，〔二〕耆英伊洛濱。蘭亭卌五賢，〔三〕竹林七逸民。〔四〕當其得意時，浩然忘主賓。懸知主人意，意與前賢親。達者五六人，文彩同彬彬，緊余遘嘉會，行樂吏隱均。

〔一〕《爾雅・釋水》：「江、河、淮、濟爲四瀆。四瀆者，發源注海者也。」

〔二〕狂士，此指曾晳。《孟子・盡心下》：「如琴張、曾晳、牧皮者，孔子之所謂狂矣。」《論語・先進》曾晳有「浴乎沂」之對。

〔三〕《世説新語・企羨》劉孝標注引王羲之《臨河叙》曰：「右將軍、司馬、太原孫丞公等二十六人賦詩如左，前餘姚令、會稽謝勝等十五人不能賦詩，罰酒各三斗。」則蘭亭集會計四十一人。又宋桑世昌《蘭亭考》考蘭亭賦詩者二十六人，詩不成者一十六人，計四十二人。此處稱「蘭亭卌五賢」者，蓋取其概數耳。

〔四〕《晉書・嵇康傳》：「所與神交者惟陳留阮籍、河内山濤，豫其流者河内向秀、沛國劉伶、籍兄子咸、琅邪王戎，遂爲竹林之游，世所謂「竹林七賢」也。」

江樓雨後臨眺

招凉最好水邊樓，心目雙清境與謀。雨漲波濤白侵岸，風翻禾黍緑盈疇。臨江遲客來何暮，倚檻觀天澹若秋。更有微茫堪辨處，雲開遠見雪峰頭。

江樓即事

偶抛書卷事閑游，〔一〕又嚮江天豁遠眸。撫景且同親愛賞，憑欄任看錦波流。一川風物幽尋遍，四壁雲山歷覽周。對酒兩忘醒與醉，題詩一任唱無酬。

〔一〕朱熹《出山道中口占》：『書册埋頭無了日，不如抛却去尋春。』

與黄翔雲同年游百花潭

出郊風日喜晴暄，近水遥山對酒樽。雲綻一棱岩峭影，水消幾綫岸泥痕。登臨景物閑中見，歸嚮心源静裏存。自是山林多逸趣，與公清暇得同論。

長孫納婦〔一〕

間關迎女自邛來〔二〕，别館初從石室開。期占鵲橋三日早，〔三〕慶孫得相願孫才。
愧人相問客何能，有志須求學業增。警語雞鳴資得偶，〔四〕免譏甘夢幸無憎。

〔一〕孫培吉《默室日記》光緒庚寅七月初四日條：『伍純一娶，予到錦江書院賀，夜歸。』先生長孫寶陽，光緒十六年七月初四於錦江書院娶婦。按詩句『别館初從石室開』『期占鵲橋三日早』，正與孫氏《日記》時地合。
〔二〕《詩經·小雅·車舝》：『間關車之舝兮』毛《傳》曰：『間關，設舝也。』
〔三〕《歲華紀麗》卷三引《風俗通》曰：『織女七夕當渡河，使鵲爲橋。』
〔四〕《詩經·齊風·雞鳴序》：『《雞鳴》，思賢妃也。哀公荒淫怠慢，故陳賢妃貞女，夙夜警戒相成之道焉。』

送劉苐卿户部南旋行將服闋北上〔一〕

重開石室居鄰近，數往過從謂友仁。〔二〕刊贈著書知素抱，〔三〕君能憂世我藏身。

伯氏登科記昔年，年深推我輩居先。〔四〕賞心七夕還重九，他日佳辰憶遠天。〔五〕

〔一〕劉苐卿，名嶽雲，一字佛卿、佛青，江蘇寶應人，光緒十二年進士，二十二年任尊經書院山長、歷官户部員外郎、紹興知府，章梫有《清故資政大夫浙江紹興府知府劉公墓誌銘》。按劉嶽雲《重修昭覺寺志序》：『余丙申年主講尊經書院，偕伍崧生世丈往游』，此詩蓋作於是年。

〔二〕《論語・顔淵》：『曾子曰：「君子以文會友，以友輔仁。」』

〔三〕原注曰：『時居尊經講席，刊所著時務書見贈。』按：所著事務書即劉嶽雲所撰《測圓海鏡通釋》四卷、《算學叢話》一卷及《喻利演算法》一卷也，尊經書局刻於光緒二十二年。

〔四〕原注曰：『君族兄藍士，壬子順天鄉試中試，出余房。君執世誼。』

〔五〕原注曰：『七夕同游昭覺寺，重陽，君招飲。』

生日江樓雅集〔一〕

行年六十四，或云卦氣周。乾坤道復始，生理須自求。及此懸弧辰，〔二〕且歡出郭游。靈雨歇凉曉，雲物妍清秋。同輩六七人，延登江上樓。仰瞻天宇闊，俯視澄波流。假日足爲樂，遥情寄滄洲。

〔一〕此詩先生弟子岳森有和韻。見附録二《奉和伍先生〈生日江樓集詩二首〉敬次原韻》。

〔二〕懸弧辰，生日也。《禮記・内則》：『子生，男子，設弧於門左。』

顧幼老招游江樓用十六日韻

賦詩紀良會，一句倏已周。耆耇還相招，〔一〕樂此友聲求。江皋信昭曠，林樾嘉可游。况多素心人，延賞乘高秋。露寒齊雲閣，〔二〕風清近水樓。種竹引新梢，青青臨錦流。此閑亦佳趣，知君憶吴洲。〔三〕

〔一〕《文選·四子講德論》『厖眉耆耇之老』，劉良注曰：『厖眉、耆耇，皆老稱。』

〔二〕王禹偁《黄州新建小竹樓記》：『彼齊雲、落星，高則高矣。』

〔三〕原注曰：『「佳趣滿吴洲」，太白句也。』

鷗舫招飲小天竺〔一〕

昔我曾游浙水濱，三天竺路出風塵。〔二〕七千里外春長在，廿四年前迹已陳。勝地縮來歸蜀郡，〔三〕嘉名錫得自吴人。〔四〕王正行賞堪乘興，〔五〕芳宴流連洽主賓。

〔一〕《民國華陽縣志》卷二八：『小天竺，治南城外糞門街，爲浙人鄉館。乾隆末，鹽茶道王啓焜所建也。有樂春亭、載花舫諸勝。光緒中，鹽庫大使潘頤亭再修葺之，亭池、花木、石橋、山徑，頗有幽致。承平時，亦觴詠游宴地也。』

〔二〕王洪《游西山記》：『西山多名刹，最勝者曰三天竺寺。』

〔三〕《太平廣記》卷一二引《神仙傳》：『房有神術，能縮地脈，千里存在目前，宛然放之，復舒如舊也。』《藝文類聚》卷七二引《列異傳》曰：『費長房又能縮地脈，坐客在家，至市買鮓，一日之間，人見之千里外者數處。』

〔四〕小天竺爲王啓焜所建浙江會館，故曰得名於吴人。王啓焜字東白，一字南明，號秋汀，浙江嘉善人，官四川鹽茶道，署布政使，王昶有《四川鹽茶道王君墓誌銘》。

〔五〕王正，即《左傳》『王正月』之省。《禮記·月令》：『立春之日，天子親帥三公、九卿、諸侯、大夫，以迎春於東郊。還反，賞公卿、諸侯、大夫於朝。』

正月二十九日即事

王正欲盡辰，遣興恰尋春。夜雨郊原潤，朝晴卉木新。課孫文起草，樂我管拈筠。觸處生機寓，蒙求意轉親。〔一〕

〔一〕《周易·蒙卦》：『匪我求童蒙，童蒙求我。』

上丁日即事

微聞鍾磬歇，清雨灑晨朝。飛白餘殘杏，含紅見小桃。霞生朱錦闊，山湧黑雲高。游賞徯晴景，長吟弄彩毫。

折花插瓶中

折花插瓶中，供賞能幾枝。從他生自好，隨地悦華滋。靈山有微笑，迦葉妙機窺。〔一〕靈雲一見罷，斷盡平生疑。〔二〕

〔一〕《大梵天王問佛决疑經·拈華品》：『爾時如來，坐此寶座，受此蓮華，無説無言，但拈蓮華，入大會中，八萬四千人天，時大衆皆止默然。於時，長老摩訶迦葉，見佛拈華示衆佛事，即今廓然，破顔微笑。』

〔二〕《景德傳燈録》卷一一：『福州靈雲志勤禪師，本州長溪人也，初在溈山，因桃華悟道。有偈曰：「三十年來尋劍客，幾逢落葉又抽枝。自從一見桃華後，直至如今更不疑。」』

春日即事

錦城春二月，幽事屬吾家。嬌女朝尋藥，閨人夜品茶。庭前移蕙草，階下落桃花。聽講諸孫侍，心期發善芽。〔一〕

〔一〕《大方等大集經》卷一：『能令衆生善根成熟，增長善芽。』

游花市二仙庵

行向百花潭水濱，連朝經雨路無塵。勝游日日勝增勝，陳迹年年陳復陳。此日興如前日興，老年人似少年人。兹身健在須爲樂，閑訪張仙與洞賓。〔一〕

〔一〕按：『張仙』當爲『韓仙』。《同治重修成都縣志》卷二：『國朝康熙四年，按察使趙良璧建修正殿，祀吕真君。後有亭，兼祀韓仙，故稱二仙庵。』

游花市至二仙庵

士女如雲郭外游，城西曲巷轉江頭。色饒芳卉聲饒鳥，岸接籃輿浦接舟。市有多般花得號，貨期無滯水同流。華胥世界人偕樂，地訪真仙古迹留。

和江叔海韻即送其北上〔一〕

萬樹烟晴媚好春，柳攀江岸且留賓。吟成雪曲辭難和，〔二〕志抗雲霄氣邁倫。贈策喜逢青眼士，〔三〕持觴聊共白頭人。壯心老去全消未〔四〕，願效香山祝秉鈞。〔五〕

〔一〕此詩也載江瀚《慎所立齋詩集》卷三《將赴都門留别成都游好二首》附録，題作伍肇齡《贈作》。

〔二〕『辭難和』，《慎所立齋詩集》卷三附詩作『詞驚世』。宋玉《對楚王問》：『其爲《陽春》《白雪》，國中屬而和者不過數十人。』

〔三〕《晉書·阮籍傳》：『籍又能爲青白眼，見禮俗之士以白眼對之。……喜弟康聞之，乃賫酒挾琴造焉，籍大悦，乃見青眼。』

〔四〕全消未，《慎所立齋詩集》卷三附詩作『全銷未』。

〔五〕香山，白居易也。其詩《江西裴常侍以優禮見待，又蒙贈詩，輒叙鄙誠用伸感謝》：『他日秉鈞如見念，壯心直氣未全銷。』

晚春

月届深春小盡辰，〔一〕芳韶轉夏令更新。光陰最好同心賞，誰似逍遥物外人。〔二〕

〔一〕《歲華紀麗》卷一：『月有小盡，有大盡。三十日爲大盡，二十九日爲小盡。』

〔二〕陸維之《寄對閑堂》：『相從落拓杯中友，半是逍遥物外人。』

鷗舫招飲江樓時有游鄂渚者，有赴衛藏者

乍暖衣同柳脱棉，江樓堪賞夏初天。二三童子偕鳧浴，五兩船檣看鷁懸。〔一〕滌蕩煩襟宜勝地，遨游奇想挾飛仙。伯勞飛燕東西去，〔二〕驪唱叨陪餞别筵。〔三〕

〔一〕《漢書·司馬相如傳》顔師古注引張揖曰：『鷁，水鳥也。畫其象於船首。《淮南子》曰：「龍舟鷁首，天子之乘也。」』

〔二〕《玉臺新詠》卷九載《歌詞》曰：『東飛伯勞西飛燕，黄姑織女時相見。』

〔三〕《白氏六帖》卷一〇：『驪歌，别歌也。』

四月八日江樓作

又是清和佛誕辰，〔一〕彩船添景蜀江濱。幾家簫鼓清時樂，一幅烟波畫裏真。林外遠山青若影，樓前芳卉緑初匀。未知乾竺鍾靈地，〔二〕比似西川孰可人。

〔一〕佛誕辰，四月初八日也。《弘明集》卷一載牟融《理惑論》：『佛時生於天竺，假形於白净王夫人。晝寢夢乘白象，身有六牙，欣然

悦之，遂感而孕，以四月八日從母右脅而生。』同書卷六載南齊明僧紹《正二教論》：『《道經》云：「老子入關，之於天竺維衛國，國王夫人名曰清妙。老子因其晝寢，乘日之精，入清妙口中，後年四月八日夜半時，剖右腋而生。」』

〔二〕乾者天也，乾竺即天竺。《史記·大宛列傳》司馬貞《索隱》曰：『身音乾，毒音篤。孟康云：「即天竺也。」』

和薛丹廷廣文韻〔一〕

翠屏山下記曾游，回首春風廿四秋。君有才郎居講席，道南還喜被戎州。〔二〕

〔一〕薛丹廷，名華墀，四川興文人，成都府訓導，歷任尊經、錦江兩書院監院。《光緒興文縣志》卷二有傳。

〔二〕《宋史·楊時傳》：『時調官不赴，以師禮見顥於潁昌，相得甚歡。其歸也，顥目送之曰：「吾道南矣。」』

用生日江樓韻十二首

去年今日會，月行十二周。生辰復茲屆，聲氣還相求。〔一〕出郭曠遐覽，載酒歡與游。四時美多景，爽極憐清秋。盈盈濯錦水，翼翼臨川樓。萬古共江山，奇懷歸勝流。所思在何許，縹緲仙人洲。

老聃隱爲史，〔二〕宣尼懷夢周。〔三〕道存迹自遠，樂在富無求。栩栩莊適志，〔四〕囂囂孟與游。〔五〕嘗思梧檟

樹，詎測靈冥秋。古人望已遥，方寸希岑樓。〔六〕神勝林弗善，科盈水自流。〔七〕風詠歌舞雩，〔八〕鼓鍾吟淮州。〔九〕

晷運有常度，三百六旬周。〔一〇〕觀天執天行，〔一一〕反身道可求。〔一二〕吾身居塵中，心與造物游。君看松柏茂，蒼然不知秋。世情萬起滅，徒結海蜃樓。題襟匪異地，明志期同流。才高未足矜，愴懷鸎鵡洲。〔一三〕

冬渚泛鳧雁，春樹鳴蔿周。〔一四〕揭來城郭間，結侶多羊求。〔一五〕何曾杖椰栗，〔一六〕亦非冠遠游。〔一七〕次第同看花，賞及芙蓉秋。懷哉湖海士，坐卧百尺樓。學道宗孟氏，上下與同流。詎似談天衍，侈陳海外洲。〔一八〕

菁莪在陵沚，〔一九〕杕杜生道周。〔二〇〕切磋同好古，匪曰安飽求。〔二一〕既擇仁里居，〔二二〕當偕藝圃游。雅言秉詩禮，高義陳春秋。筆舌亦多才，更致谷與樓。邱園共棲托，歲月從遷流。王孫去不反，春草江南洲。〔二三〕

聖人不凝滯，道包身防周。上下絶驕倍，好古惟敏求。吾生百世下，意從舞雩游。微言閟終古，疑義懸千秋。何因徹群蔽，爽若登高樓。一貫非多識，詎以語常流。觀瀾必大壑，〔二四〕莫局水中洲。

大鵬展奇翼，須臾萬里周。〔二五〕忽逢希有鳥，此遇世難求。兩士同一心，遂偕八表游。星精懷太白，〔二六〕耿耿懸高秋。吾愛陶通明，獨築三層樓。〔二七〕丹誠感勝力，風采驚時流。尋常鷗鷺渚，豈知麟鳳洲。

昊天運斗樞，四序循環周。西成斂萬寶，富給蒼生求。良辰出郊甸，騁懷寓目游。挈榼沽錦春，觀棋思奕秋。〔二八〕憶昔衿佩青，層梯陟小樓。書畫間琴尊，談笑皆名流。此日復增勝，高甍瞰蘆洲。

憶昔黄龍歲，〔二九〕轉蓬萬里周。意行非推挽，出門聱所求。始經楚南北，繼入吴江游。玩月秣陵夕，觀濤龕赭秋。〔三〇〕羊城最多淹，不上越王樓。〔三一〕度嶺復來返，驚波溯川流。歷歷羈旅情，如熏惟炎洲。

純樸遵羲農，文質崇殷周。〔三二〕中外共禔福，野人安所求。生逢熙洽世，如入華胥游。魚躍錦江春，蟾朗蓉城秋。况當白兔年，重吟白兔樓。〔三三〕雨凉消暑氛，爽迎大火流。〔三四〕江湖溢遠思，洗眸雲水洲。

一方水長在，一年星迅周。一日閑可假，一觴醉易求。邀予同心侣，共爲塵外游。静結雲霞契，朗吟天地秋。遥懷青蓮句，江月隱鄉樓。〔三五〕登眺躡飛梯，曾臨萬里流。何事不歸來，空歌白鷺洲。〔三六〕

大城繁會地，鱗屋四隅周。雞鳴聲相聞，芸芸皆有求。誰似沈冥子，〔三七〕胞閬廓天游。埋民市井間，青節凌澄秋。世人重綺麗，競賞芳華樓。玉壘烟雲多，錦江日夜流。年年春色好，芳草生前洲。

〔一〕《周易・乾卦》：『子曰：「同聲相應，同氣相求。」』

〔二〕《史記・老子韓非列傳》：『老子者……姓李氏，名耳，字聃，周守藏室之史也。』

〔三〕《論語・述而》：『子曰：「甚矣吾衰也！久矣吾不復夢見周公。」』

〔四〕《莊子・齊物論》：『昔者莊周夢爲蝴蝶，栩栩然蝴蝶也。自喻適志與！不知周也。』

〔五〕《孟子・盡心上》：『孟子謂宋句踐曰：「子好游乎？吾語子游。人知之，亦囂囂；人不知，亦囂囂。」』

〔六〕《孟子・告子下》：『方寸之木可使高於岑樓。』

〔七〕《孟子・盡心上》：『流水之爲物也，不盈科不行。』

〔八〕《論語・先進》：『風乎舞雩，詠而歸。』

〔九〕《詩經・小雅・鼓鍾》：『鼓鍾將將，淮水湯湯。』

〔一〇〕《鬻子》：『天有三百六十度，一日一度，三百六十日一周天。』

〔一一〕《陰符經》：『觀天之道，執天之行，盡矣。』

〔一二〕《周易・蹇卦》：『《象》曰：山上有水，蹇，君子以反身修德。』

〔一三〕《太平御覽》卷六九引《江夏記》曰：『鸚鵡洲在荆北。按《後漢書》曰：黄祖爲江夏太守時，黄祖方共與賓客大會，有獻鸚鵡於此洲。故以爲名。』

〔一四〕《爾雅・釋鳥》『嶲周』，郭璞注：『子嶲鳥，出蜀中。』

〔一五〕羊求，即羊仲，求仲也，求仲也作裘仲。《太平御覽》卷四〇九引趙岐《三輔決録》曰：『蔣詡字元卿，舍中三徑，唯羊仲、求仲從之游。二仲皆推廉逃名之士。』

〔一六〕羅願《淳熙新安志》卷二：『榔栗，小木，可用以爲杖。』
〔一七〕《後漢書·輿服志下》：『遠游冠，制如通天，有展筩横之於前，無山述，諸王所服也。』
〔一八〕《史記·孟子荀卿列傳》：『騶衍之術迂大而閎辯；奭也文具難施……故齊人頌曰：「談天衍，雕龍奭。」』
〔一九〕《詩經·小雅·菁菁者莪》：『菁菁者莪，在彼中沚。既見君子，我心則喜。菁菁者莪，在彼中陵。既見君子，錫我百朋。』
〔二〇〕《詩經·唐風·有杕之杜》：『有杕之杜，生於道周。』
〔二一〕《論語·學而》：『子曰：「君子食無求飽，居無求安。」』
〔二二〕《論語·里仁》：『子曰：「里仁爲美。」』
〔二三〕《楚辭·招隱士》：『王孫游兮不歸，春草生兮萋萋。』
〔二四〕《孟子·盡心上》：『觀水有術，必觀其瀾。』
〔二五〕《莊子·逍遥游》：『鵬之徙於南冥也，水擊三千里，搏扶摇而上者九萬里。』
〔二六〕李陽冰《草堂集序》：『驚姜之夕，長庚入夢，故生而名白，以太白字之，世稱太白之精，得之矣。』
〔二七〕《南史·陶弘景傳》：『陶弘景，字通明，丹陽秣陵人也。……永元初，更築三層樓，弘景處其上，弟子居其中，賓客至其下，與物遂絶。』
〔二八〕奕秋，也作弈秋。《孟子·告子上》：『弈秋，通國之善弈者也。』
〔二九〕先生《槐陰書屋製藝序》：『余戊辰南游。』同治七年先生南游吴越，是年太歲在辰，故稱黄龍歲。
〔三〇〕《元和郡縣志》卷二六：『上元縣，本金陵地。秦始皇時，望氣者云：「五百年後，金陵有都邑之氣。」故始皇東游以厭之，改其地曰秣陵。』《咸淳臨安志》卷三二：『海門在仁和縣東北六十五里，有山曰赭山與龕山，對勢潮水出其間。』
〔三一〕《太平寰宇記》卷一五七：『五羊城，按《續南越志》云：「舊説，有五仙人騎五色羊執六穗秬而至，至今呼五羊城是也。」』《大明一統志》卷七九：『越秀山，在府城内稍北，聳拔二十餘丈，上有越王臺故址，昔趙佗因山爲之。』
〔三二〕《漢書·董仲舒傳》：『夏上忠，殷上敬，周上文。』

〔三三〕《蜀中廣記·名勝記第二》：『李膺《記》曰「成都有百尺樓」，後名爲白菟樓也。』

〔三四〕按先生生於八月十六日，《漢書·律曆志上》顔師古注引張晏曰：『劉歆徒以詩「七月流火」爲喻，不知八月火猶西流也。』

〔三五〕用李白《寄淮南友人》『海雲迷驛道，江月隱鄉樓』原句。

〔三六〕《太平御覽》卷六九引《丹陽記》曰：『洲在大江中，多聚白鷺，因名之。』

〔三七〕《法言·問明》：『蜀莊沈冥。』《華陽國志·先賢士女總贊》：『莊平恬泊，皓然沈冥。』

送汪小譚太守歸田奉和元韻〔一〕

霜臺出守未多年，膏澤閎敷種福田。庶獄朗憑心鏡照，兩川盈聽口碑傳。干城得士收同濟，〔二〕領袖躬勞詠獨賢。峽路垂功銘不朽，榮歸争看使君船。

〔一〕汪小譚，名鑒，字伯明，一號曉潭，安徽旌德人，同治七年進士，官四川夔州知府，《光緒奉節縣志》卷二五有傳。

〔二〕原注曰：『謂蘇玉階都戎治盜有功。』

病中作

竊禄年年橐尚空，深秋瘦骨老梧桐。久爲食字三仙蠹，〔一〕暫作蜷身一倮蟲。〔二〕結髮關情求療切，垂髫合伴問安同。驚心治疾如臨陣，〔三〕藥症差違莫誤攻。

〔一〕《酉陽雜俎續集》卷二：「據《仙經》曰，蠹魚三食「神仙」字，則化爲此物，名曰脈望。」
〔二〕《大戴禮記·曾子天圓》：「唯人爲倮匈而後生也，陰陽之精也。」《論衡·龍虚》：「人爲倮蟲之長。」
〔三〕謝應芳《贈醫士張恒齋序》：「夫良醫之用藥，如良將之用兵，知彼知己，百戰百勝。」

刻廣夫書成庋而藏之〔一〕

耳聞絶學始何年，三紀於兹信向專。疇識微言詳以確，須憑篤志悦而研。天留有待時宜奉，我不輕談道中權。獨梓異書藏石堂，守持緘默似焦先。〔二〕

〔一〕廣夫，陳溥號也，也作廣專、廣敷，江西新城人，《同治江西新城縣志》卷一〇有傳。先生所刻書，以陳廣敷爲大宗，光緒八九年間刻《陳氏叢書》三十九種共四十八卷。
〔二〕皇甫謐《高士傳》卷下「焦先」條：「口未嘗言，雖有警急，不與人語。」《三國志·管寧傳》裴松之注引皇甫謐曰：「今焦先棄榮味，釋衣服，離室宅，絶親戚，閉口不言。」

鏡樓以《書塾花臺種菊詩》見示用其韻

閑庭霽色近秋殘，種菊邀予老眼看。明净軒窗饒有韻，冲瀜天氣不知寒。但觀紫艷陪黄素，那見硃砂似牡丹。〔一〕裛露掇英宜泛酒，淵明古調至今彈。

〔一〕原注：『郝《譜》有硃砂牡丹菊』。按『郝《譜》』當爲『郝《賦》』。郝經《牡丹菊賦》序曰：『新致硃砂紅牡丹菊一本，只三四花。』《譜》當是史鑄《百菊集譜》，誤繫於郝經之下。

母忌日作，時大妹將赴羅斛廳胡妹夫任所，鼎侄侍行〔一〕

永别慈親已八年，年年忌日拜堂前。星霜幾易兒身老，夙夜長懷母德賢。剩睹山園留柏茂，妄思人壽比松堅。〔二〕歲寒有妹南行遠，餐宿扶持侄勉旃。

〔一〕伍榮先《清故貤封承德郎庠生伍公諱琨府君太安人楊氏太君墓誌銘》：『孫女四人，長適胡開岱。』《民國邛崍縣志》卷三：『胡開岱，由監生官貴州直隸州，署羅斛廳同知，卒於任所。』按王闓運《湘綺樓日記》載，伍母卒於光緒十年四月十六日，又據詩句『永别慈親已八年』，則此詩蓋作於光緒十八年。然按《民國貴州通志·職官表五》，胡開岱於光緒十六年官羅斛廳，則此詩又當作於光緒十六年。未知孰是。

〔二〕《初學記》卷二八引《抱朴子》曰：『天陵偃蓋之松，大谷倒生之柏，凡此諸木，皆與天齊其長，地等其久也。』

驚蟄後一日登奎閣

曉晴登閣望無遮，萬木叢叢盡欲芽。最是關人聞一語，春風吹水上桃花。〔一〕

〔一〕原注曰：『吹水上樹，蜀語也。』按：《升庵先生文集》卷七四「四時風」條：『余少時，春月自京回蜀應試，馬上風起時，有一二雨點着面，以爲將雨。土人曰：「非雨也，乃風吹水上樹耳。」』

二月十九日，陳酉生、張少仙兩郎中約二仙庵小集，少仙以事未至，醉歸成五言一首〔一〕

白日照綠水，遠近環青林。春色滿天地，遨游暢開襟。二子招我飲，治具欣同心。一子事見羈，一子駕夙臨。來觀辛夷發，仙院無塵侵。鄰祠賁嘉客，款語欣見尋。應接雖偶然，交交懷好音。〔二〕主賓共歡飲，觴舉不停斟。酩酊醉歸來，恍然成詠吟。

〔一〕陳酉生，名觀潯，四川成都人，拔貢，參纂《民國重修四川通志》，著《敏求齋遺書》。張少仙，生平不詳。

〔二〕《文選·贈秀才入軍五首》李善注曰：『《毛詩》曰「交交黄鳥」。《古歌》曰：「黄鳥鳴相追，咬咬弄好音。」』吕向注曰：『咬咬，鳥聲。』馬瑞辰《毛詩傳箋通釋》卷一二：『交交，通作咬咬，謂鳥聲也。』

二月二十六日，齋長光、余、王、秦、徐、陳、趙七人公請馬家祠，即席作

出郭正亭午，一鳩鳴遠林。流瀨清且淺，雲色晴還陰。招游喜吾黨，言適錦水潯。群卉競敷華，風鈴揚妙音。登閣既豁目，憑樓亦開襟。時見舟檣過，遠我湖海心。樂此一樽酒，聞爲江上吟。七子宜賦詩，傾耳待璆琳。〔一〕

〔一〕《爾雅·釋地》郭璞注曰：『璆琳，美玉名。』

鷗舫内弟自川東道幕以詩見贈因和其韻

心親何必恧音疏，契合東南慰所如。往返意輕千里路，贈貽情重一家書。〔一〕春回君喜看雛燕，老學余慚作蠹魚。甚解不求章句密，〔二〕惟思狂簡不忘初。

〔一〕原注曰：『謂黎公贈《家書》。』

〔二〕陶潛《五柳先生傳》：『好讀書，不求甚解。』

四月八日同人宴江樓，即送洪尊彝司馬行〔一〕

曉聽流鶯百囀清，雨餘霽色滿江城。宿酲已就微風解，新漲初看細浪平。泛艇人窺臨水影，登樓雷動踏梯聲。當筵有客將之楚，長憶同人助落成。

〔一〕洪尊彝，名錫爵，一字桐雲，四川華陽人，同治六年舉人。歷官湖北興山、廣濟、黄岡縣令，陳任暘有《傳》、王增祺有《墓誌銘》。詩句所謂之楚者，即洪尊彝。此詩洪尊彝有唱和，見附録二《四月八日同里紳耆公宴於江樓，伍崧生太史以詩送别，依韻奉和》。

題歐陽公遺像絹本

廬陵風範繼昌黎，〔一〕道寄斯文品概齊。兩頰光浮存絹素，自眉山下首皆低。〔二〕

〔一〕蘇軾《六一居士集序》：「歐陽子論大道似韓愈。」又《送晁美叔》：「醉翁遺我從子游，翁如退之蹈軻丘。」

〔二〕眉山，蘇軾也。歐陽修《與梅聖俞書》：「老夫當避路，放他出一頭地也。」

閏六月初三日夜見新月得句

一鈎新月淡秋烟，初起金波淺更妍。内景也宜生素魄，清凉人在玉壺天。〔一〕

〔一〕《後漢書·費長房傳》：「市中有老翁賣藥，懸一壺於肆頭，及市罷，輒跳入壺中。……長房旦日復詣翁，翁乃與俱入壺中。唯見玉堂嚴麗，旨酒甘肴，盈衍其中，共飲畢而出。」

中伏日偶吟

藴隆天氣極蟲蟲，雲漢昭回仰碧空。時有小童尋絡緯，〔一〕雙燈持照入蒿蓬。

〔一〕崔豹《古今注·魚蟲》：「莎雞，一名絡緯，一名蟋蟀，謂其鳴如紡緯也。」

秋夜見月

昨日放晴今夜月，閑庭静玩碧天秋。雲迷佳節憐藏魄，霧散凉宵快舉頭。何處吹開聞玉笛，〔一〕幾人聯步上瓊樓。清光萬里堪同賞，句寫幽懷憶遠游。

〔一〕《歲時廣記》卷三二引《集異記》曰：『玄宗嘗八月望夜與葉法善同游月宮。……自月宮還，過潞州城上，俯視城郭悄然，而月色如畫。法善因請上以玉笛奏曲。』

題顧幼老八旬令辰，仲良制軍命大江南北同鄉醵金爲壽，親知咸集，祝慶樂飲三日，洵盛事也，幼老有詩，依韻奉和〔一〕

綺皓於今底處求，〔二〕高蹤真見錦城留。生花有筆鳴文鳳，〔三〕遇物無心狎海鷗。〔四〕畫妙雲烟常得句，春隨杖履不知秋。杜陵何似東吴老，〔五〕競盛唐時幕府游。

吴蜀朋儔邀共聚，尚書雅命締良緣。吟成雪曲超凡俗，詠譜霓裳集衆仙。〔六〕爲酒喜逢多稌歲，徵歌齊慶大椿年。〔七〕桐弦響徹成嘉會，星朗弧南萬里天。

〔一〕顧復初詩不見於《樂餘静廉齋詩稿》。錢保塘《次顧幼耕八十自壽詩韻》二首也以留、鷗、秋、游，緣、仙、年、天爲韻，其自注曰：『明年十月十三日爲君八十生辰，劉仲良制府偕江南同鄉僚屬先一年張樂江南館，宴飲預祝君八十壽。』又錢保塘光緒十八年九月代劉仲良作《顧幼耕光禄七十九壽序》曰：『明年十月爲君八十生辰，自維蓬轉之身又在何處，因先一年届期與大江南北鄉人士之宦於川者爲侑一觴，抒數年來相視莫逆之情。』仲良，劉秉璋字，安徽廬江人，咸豐庚申進士，官至四川總督，《清史稿》卷四四七有傳。

〔二〕《漢書·張良傳》顔師古注曰：『四人，謂園公、綺里季、夏黄公、角里先生，所謂商山四皓也。』

〔三〕《開元天寶遺事》卷下『夢筆頭生花』條曰：『李太白少時，夢所用之筆頭上生花。後天才贍逸，名聞天下。』

〔四〕《列子·黄帝》：『海上之人有好漚鳥者，每旦之海上，從漚鳥游。漚鳥之至者百，住而不止。』

〔五〕程大昌《雍録》卷七：『少陵原，在長安縣南四十里，漢宣帝陵在杜陵縣，許后葬杜陵南園，師古曰：即今謂小陵者也。去杜陵十八里，它書皆作少陵，杜甫家焉，故自稱杜陵老，亦曰少陵也。』

〔六〕《一切經音義》卷九二：『霓裳者，神仙飛行，衣如虹霓。』《歲時廣記》卷三二引《唐逸史》：『見仙女數百，皆素練寬衣，舞於廣庭。玄宗問曰：「此何曲也？」曰：「霓裳羽衣曲也。」』同卷又引《集異記》曰：『玄宗嘗八月望夜與葉法善同游月宫，聆月中奏樂。上問曲名。曰：「紫雲曲也。」玄宗素曉音律，默記其聲，歸傳其音，名曰霓裳羽衣。』

〔七〕《莊子·逍遥游》：『上古有大椿者，以八千歲爲春，以八千歲爲秋。』

寄懷黄翔雲同年

賢者高踪不可求，歸田人自住蘄州。江湖地闊音塵遠，庸蜀民懷惠愛留。〔一〕疇昔謀猷驚四裔，〔二〕閑居著述抗千秋。〔三〕同年仕隱今餘幾，黄髮相期綺皓儔。

〔一〕《華陽國志·巴志》：『巴、漢、庸、蜀屬益州。』《尚書·牧誓》孔安國注曰：『庸在江漢之南。』

〔二〕原注曰：『謂官兵部時，議驛站馬政。』

〔三〕原注曰：『公著述甚多，現成《易説》。』按：《易説》即《讀易淺説代問録》。全書十四卷，刻於光緒十四年。

詠劍

搉却終南峰第一，神鋒常嚮日邊飛。仙人妙舞青蛇劍，〔一〕晚識黄龍有誨機。〔二〕

〔一〕青蛇，吕洞賓佩劍名。《岳陽風土記》：『岳陽樓上有吕先生留題云：「朝游北越暮蒼梧，袖裏青蛇膽氣麤。三人岳陽人不識，朗吟飛過洞庭湖。」』

〔二〕《五燈會元》卷八：吕岩真人，字洞賓……道經黄龍山，睹紫雲成蓋，疑有異人。乃入謁，值龍擊鼓升堂。龍見，意必吕公也，欲誘而進。厲聲曰：「座傍有竊法者。」吕毅然出，問：「一粒粟中藏世界，半升鐺内煮山川，且道此意如何？」龍指曰：「這守屍鬼。」吕曰：「争奈囊有長生不死藥。」龍曰：「饒經八萬劫，終是落空亡。」吕薄訝，飛劍脅之，劍不能入。遂再拜，求指歸。龍詰曰：「半升鐺内煮山川即不問，如何是一粒粟中藏世界？」吕於言下頓契，作偈曰：「棄却瓢囊摵碎琴，如今不戀水中金。自從一見黄龍後，始覺從前錯用心。」

微雪覩疾憶寶陽、寶蘭兩孫童試〔一〕

數點初看作絮飛，〔二〕風回乍密懔寒威。縱横山上鋪應遍，飄瞥城中落尚微。冷逼園梅花放早，凍侵階草客來稀。陰陽龍戰偏愁疾，〔三〕賴有消摩與解圍。

窗間冷氣重侵人，雪落如篩夜達晨。一色園林天傅粉，萬家閭巷地鋪銀。幽禽偶下階前語，墨客都藏户裏身。閉塞依時吾不出，風檐念爾弟兄親。

〔一〕寶陽，字純一，生平不詳。寶蘭，字香岩，附生，由四川高等正科赴部考試獎給舉人，補用州判，分發貴州，民國九年任名山縣徵收局局長。此詩岳森有唱和，見附録二《奉和伍先生〈詠雪二首〉，敬次原韻》。

〔二〕《世説新語·言語》：『謝太傅寒雪日内集，與兒女講論文義。俄而雪驟，公欣然曰：「白雪紛紛何所似？」兄子胡兒曰：「撒鹽空中差可擬。」兄女曰：「未若柳絮因風起。」』

〔三〕《周易·説卦》：『戰乎乾，乾西北之卦也，言陰陽相薄也。』《周易總義》卷二：『陰陽相薄，以乾爲主，是謂龍戰。』

寶陽、寶蘭兩孫應邛州童試

兩孫橐筆返臨邛，戰藝文場值大冬。寸晷風檐須細意，我童時景爾還逢。

鷗舫内弟六旬慶辰，時甫歸自川東道幕，將應藩使之聘，吟句爲詩

書記翩翩洽主賓，逢迎聘席重儒珍。一樽酒進消寒始，千里人歸攬揆辰。〔一〕先甲纔周期後甲，東鄰更卜作西鄰。〔二〕知君家慶團圞樂，壁府輝光日轉新。

〔一〕攬揆，即覽揆。《離騷》：『皇覽揆余初度兮。』

〔二〕原注曰：『時將移寓羊市街。』《周易・既濟》：『九五：東鄰殺牛，不如西鄰之禴祭，實受其福。』

和余先生詩〔一〕

憶别先生久，詩來見遠情。尊詩如甫誦，〔二〕吾句豈人驚。〔三〕雞樹春將轉，魚泉水自清。〔四〕嚶鳴還可詠，〔五〕登涉喜身輕。

〔一〕余先生，即後詩《山中余鳴皋先生招飲》之余鳴皋先生也。

〔二〕《詩經・大雅・崧高》：『吉甫作誦，其詩孔碩。』

〔三〕杜甫《江上值水如海勢聊短述》：『爲人性僻耽佳句，語不驚人死不休。』

〔四〕《同治大邑縣志》卷五：『魚泉口，在縣西七十里，鋸子山麓。石岩壁立，下臨𨛍河，岩間有孔，圍徑二尺許。泉水噴溢，四時不竭，澈底澄清，雖夏秋漲泛，是處仍不混淆。春分前後，旬日間鱗魚從孔中騰躍而出，至秋分後，仍翔入穴中。』

〔五〕嚶鳴，《詩經・小雅・伐木》：『伐木丁丁，鳥鳴嚶嚶。』

看月得句

寂寂復寂寂，静夜坐斗室。看月不出户，聽柝幾點擊。

聞聲

隆隆重隆隆，聲揚隨天風。心知何方來，高標龜城東。〔一〕

〔一〕《太平御覽》卷一九二引《成都記》曰：『府城本呼爲錦城，秦滅蜀，張儀所築也。每面三里，周迴十二里，高七丈，屢皆傾側。忽有大龜周行，隨其所躡而築之，功果就焉，故亦號龜城。』《搜神記》卷一三：『秦惠王二十七年，使張儀築成都城，屢頽。忽有大龜浮於江，至東子城東南隅而斃。儀以問巫，巫曰：「依龜築之。」便就。故名龜化城。』

立春三日

立春三日起春風，曖曖新陽景上東。〔一〕市月園梅開未遍，眼明初見杏梢紅。

〔一〕《楚辭·離騷》王逸注曰：『曖曖，昏昧貌。』

和江叔海山長留别三首

萬古此夜旦，雞鳴無晨休。千里共關山，鶉居非遠游。人生幾同志，道合欽吾儔。初春悦鳥呀，聞聲自相求。良友歌驪駒，〔一〕離群悵悠悠。夙抱經世志，常懷民物憂。會逢東道主，壇坫崇清修。兹行豈偶然，振響渝江頭。

儒生業縹緗，如農秉耒耜。治由衣裳肇，〔二〕禮惟飲食始。適館授粲間，〔三〕賓主誼交美。移風先孝弟，訓俗首廉耻。官師理則一，化行如流水。巴里鳴陽春，〔四〕高歌望吾子。

大道久分裂，〔五〕寡要由多端。好惡混美惡，何人挽狂瀾。欣遇天下士，相贈同心言。培風青蘋末，〔六〕企彼九萬摶。〔七〕遥知東川士，合志古先攀。賡韻惜别離，拈毫起吟歎。

〔一〕《漢書·王式傳》：『客歌《驪駒》，主人歌客毋庸歸。』顔師古注引服虔曰：『逸詩篇名也，見《大戴禮》。』

〔二〕《周易·繫辭下》：『黄帝堯舜垂衣裳而天下治。』

〔三〕《詩經·鄭風·緇衣》：『適子之館兮，還予授子之粲兮。』

〔四〕《文選·答東阿王箋》吕延濟注曰：『《東野》《巴人》，楚之下曲。』郭茂倩《樂府詩集》卷五七引謝希逸《琴論》曰：『劉涓子善鼓琴，製《陽春》《白雪》曲。」
〔五〕用蘇軾《和陶雜詩十一首》其十「大道久分裂」原句。
〔六〕宋玉《風賦》：「風生於地，起於青蘋之末。」
〔七〕《莊子·逍遥游》：「摶扶摇而上者九萬里。」

新正月初十日鏡樓生日以一樽爲壽癸巳

月逢開甲是良辰，〔一〕旭日初晴麗早春。樽酒祝君娱彩舞，今年添著紫袍新。

〔一〕月逢開甲，孟春正月也。《詩經·小雅·大田》孔穎達《疏》曰：「其種於地，則開甲始生。故《月令·孟春》云：『其日甲乙』，注云：『物之孚甲始生謂開，此孚甲生出也。』」《釋名》：「甲，孚甲也，萬物解孚甲而生也。」

二月初十日，鏡樓邀飲於二仙庵，晚入城有句

花市花猶少，游人游獨早。江堤江水繞，柳岸柳絲裊。丹臺丹孰討，行厨行得飽。春園春自好，〔一〕詩翁詩脱稿。

〔一〕原注曰：『庵内花盛開。』

游二仙庵輿中作

晴旭錦城外，春風花市間。常年皆舉足，今日宛開顔。情悦主賓集，債饒詩酒還。天青兼水緑，樂意正相關。

中春望日同人看花市飲馬家祠

曲巷出重闉，清江抱城轉。步屧何紛紜，看花共游衍。迴遥來荷擔，攢聚入瀏覽。顔色騁多麗，精神若新浣。遨游集朋侶，風日乘薰暖。不羨金谷繁，〔一〕聊樂玉觴滿。

〔一〕《世説新語·品藻》劉孝標注引石崇《金谷詩叙》曰：『有别廬在河南縣界金谷澗中。或高或下，有清泉茂林，衆果竹柏、藥草之屬，莫不畢備。又有水碓、魚池、土窟，其爲娛目歡心之物備矣。』

中春還山輿中作

人生百年中，有如蠅附驥。〔一〕故步未曾改，區區甘鄙滯。智者達於斯，動静一以致。亭亭宇宙間，不爲萬物累。

〔一〕《後漢書·隗囂傳》：『蒼蠅之飛，不過數步，即托驥尾，得以絶群。』

又輿中作

深谷逶迤細雨霏，路隨岩轉幾重圍。雲迷石角參差出，風攪梨花歷亂飛。澗躍魚苗波暈小，田生科斗墨痕微。〔一〕身閑覽物多幽趣，歲歲山中喜一歸。

〔一〕科斗，見前注。蒲瀛《揚子雲墨池》：『蝌蚪猶翻墨。』

山中上冢歸飲叔祖家十四韻

雨餘潦滿地，雲起山連天。輿夫歎崎嶇，輿上人安便。乘畜不乘人，古道愧昔賢。史稱輿臣臺，〔一〕流品亦有然。臨隘仍舍輿，微徑林中穿。青鞋濕草露，珠冠拜岡阡。歸路下坡陀。〔二〕洗耳有鳴泉。〔三〕行入族祖家，杯酒還流連。座客皆姻友，行輩分後先。情話悅親戚，陶句今重妍。〔四〕城中多束縛，坰野少拘牽。筋骸幸矗健，鄉里常回旋。躬耕念初服，〔五〕進德思耄年。寫懷托毫楮，即事成詩篇。

〔一〕《左傳·昭公七年》：『輿臣隸，隸臣僚，僚臣僕，僕臣臺。』
〔二〕《爾雅·釋地》『陂者曰阪』，郭璞注：『陂陀，不平。』《玉篇·阜部》：『坡陀，險阻也。』
〔三〕《高士傳》卷上：『堯又召爲九州長，由不欲聞之，洗耳於潁水濱。』
〔四〕陶淵明《歸去來兮辭》：『悅親戚之情話。』
〔五〕《大戴禮記·夏小正》：『初服於公田。古有公田焉者，古者先服公田而後服其田也。』

和余先生韻

家山風物喜重親，遣興非誇筆有神。緑鬢我思垂釣日，白頭公作詠詩人。聊將餘暇酬佳句，且慶安閑健老身。却憶嘉陽聞奥語，一回提舉一回新。

大邑縣途中

際曉筕輿度陌頭，〔一〕韶光開眼發吟謳。天晴遠見雲藏岫，野曠平看水滿溝。童子雙行挈書篚，田夫獨力挽耕牛。村尨不吠春風暖，〔二〕邑宰賢聲萬口留。

〔一〕《漢書·張耳陳餘傳》顔師古注：『筕輿者，編竹木以爲輿形，如今之食輿矣。』

〔二〕《詩經·召南·野有死麕》毛《傳》曰：『尨，狗也。』《説文解字》曰：『尨，犬之多毛者。』

三月三日送友人東行登江樓作〔一〕

蜀城三月日重三，修禊時逢出郭南。山色濃將雲靄接，天容淡與水光含。憑欄菌閣舟懸鷁，送客津堤野駐驂。天氣蘭亭渾不似，〔二〕今朝風雨應和甘。

〔一〕用前詩《邛州城南修禊遇雨》韻。

〔二〕王羲之《蘭亭集序》：『是日也，天朗氣清，惠風和暢。』

題王小垣《小河修禊圖》〔一〕

依依河畔柳，〔二〕如睹漢陰天。圖繪生春色，書題記昔年。星移饒歲月，筆落幻雲烟。禊飲君家事，遥遥繼晋賢。〔三〕

〔一〕王小垣，名德嘉，字仲甫，陝西城固人，歷官萬縣、大足縣令，《民國續修陝西通志稿》卷八二有傳。

〔二〕《詩經·小雅·采薇》：「楊柳依依。」

〔三〕謂晋王羲之、獻之、徽之諸賢之修禊暢飲於蘭亭也。小垣與諸王同姓，故曰「君家事」。

三月十五日齋長八人邀同楊紫琳廣文飲馬家祠作〔一〕

春風拂靈雨，萬物咸昭蘇。吾徒有好懷，招我城南隅。良辰佳游宴，意愜視聽娱。園條綴青珠，野鳥喚提壺。〔二〕八士抱逸興，賞心兹不孤。夫子來關西，鱣堂有令譽。〔三〕詩書同夙尚，名利何區區。求志温飽外，相期宏遠模。

〔一〕楊紫琳，後詩亦作子琳，名琮典，四川彭縣人，光緒十二年進士。羅光烈長尊經書院時，聘其爲監院。

〔二〕蘇軾《妓樂游張山人園》趙次公注曰：『提壺，鳥名。提壺之聲，俗仿之如云提壺盧。』

〔三〕《後漢書·楊震傳》：『後有冠雀銜三鱣魚，飛集講堂前。都講取魚進曰：「蛇鱣者，卿大夫服之象也。數三者，法三台也。先生自此升矣。」』紫琳與『關西夫子』楊震同姓，故及之。

赤南聳招飲於寶雲庵，席間大雨，即席成句〔一〕

櫸柳枝垂覆短墻，承塵倒影動波光。兩條溪畔吟詩社，〔二〕三洞橋邊避暑鄉。驀地烟雲生縹緲，快人風雨助清凉。酒闌歸去何嫌晚，躑躅此間幽意長。

〔一〕赤南，即赤曇，先生婿牟秉松字。『南』與『曇』音近而通用。《鶴鳴山牟氏支譜》卷四：『牟秉松，字赤曇……光緒乙亥年科入縣學，由附生捐縣丞，委辦黔省軍務善後，由縣丞保舉知縣。配伍氏，邛州翰林院編修肇齡次女。』

〔二〕原注曰：『昔爲黄翔雲觀察課詩之所。』

徐硯芙星使典試蜀中以詩見示依韻奉和〔一〕

恩綸重沛帝當陽，〔二〕星使乘軺出玉堂。〔三〕校藝岷璽期國士，抒辭雲漢燦天章。〔四〕虞廷才子瞻龍虎，〔五〕漢代雄文吐鳳凰。〔六〕顯示宗風崇道範，名言經世可爲坊。

披將茅葦采蘭英，智鑒高明萬象呈。矢志揀金沙礫汰，開眸落筆雨風驚。〔七〕儘多瓌瑋連犿語，〔八〕少襲承平雅頌聲。〔九〕秉節持衡同老輩，挽瀾心事共怦怦。〔一〇〕

弦望髮髮桂魄移，聯翩薦達賞新詞。卿皋才質分軒輊，屈宋官聯接履棋。詎誤鈔胥烏作馬，〔一一〕定無傖父芋迷鴟。〔一二〕冰壺秋月同精鑒，轉憶輪舟對景時。

成都形勝位西南，試畢留賓且駐驂。歌罷野苹還式宴，〔一三〕輝生山水遠相含。〔一四〕重闈篤慶徵遐福，介弟登科播美談。〔一五〕幸托年家聯譜誼，〔一六〕還將勤學諭孫男。〔一七〕

〔一〕徐硯芙，名仁鑄，一字研甫，直隸宛平人，光緒十五年進士，有《涵齋遺稿》傳世，胡思敬有《徐仁鑄傳》。光緒十九年，仁鑄以翰林院編修充癸巳四川鄉試副考官，隨正考官朱琛入蜀校士，作《中秋望月闈中校藝三首》，臨别又作《試畢將歸留别一首》。先生即步此詩韻。

〔二〕《吕氏春秋·審分覽》高誘注曰：『南面當陽而治，謂之天子也。』《漢書·武帝紀》顔師古注引應劭曰：『陽數九，人君當陽。』

〔三〕《後漢書·方術列傳》：『和帝即位，分遣使者，皆微服單行，各至州縣，觀採風謡。使者二人當到益部，投郃候舍。時，夏夕露坐，郃因仰觀，問曰：「二君發京師時，寧知朝廷遣二使邪？」二人默然，驚相視曰：「不聞也。」問何以知之。郃指星示云：「有二使星向益州分野，故知之耳。」』

〔四〕蘇軾《潮州韓文公廟碑》：『手抉雲漢分天章。』

〔五〕《左傳·文公十八年》：『昔高陽氏有才子八人……天下之民謂之八愷。高辛氏有才子八人……天下之民謂之八元。……舜臣堯，舉八愷，使主后土，以揆百事，莫不時序，地平天成。舉八元，使布五教於四方，父義、母慈、兄友、弟共、子孝，内平外成。」

〔六〕《西京雜記》卷二：「雄著《太玄經》，夢吐鳳凰集《玄》之上，頃之而滅。」

〔七〕杜甫《寄李太白二十韻》：「筆落驚風雨。」

〔八〕《莊子·天下》：「其書雖瓌瑋，而連犿無傷也。」

〔九〕薛能《省試夜》：「一片承平雅頌聲。」

〔一〇〕韓愈《進學解》：「回狂瀾於既倒。」

〔一一〕《黄氏日鈔》卷四二引古諺曰：「字經三寫，烏焉成馬。」

〔一二〕《瑯嬛記》卷上引《青棠集》曰：「張九齡知蕭炅不學，故相調謔。一日送芋，書稱「蹲鴟」。蕭答云：「損芋拜嘉，惟蹲鴟未至耳。然僕家多怪，亦不願見此惡鳥也。」九齡以書示客，滿坐大笑。」

〔一三〕《詩經·小雅·鹿鳴》：「呦呦鹿鳴，食野之苹。」

〔一四〕謝靈運《石壁精舍還湖中》：「山水含清暉。」

〔一五〕徐仁鑄爲光緒十五年進士。其弟仁鏡，爲光緒二十年進士。兄弟聯登甲科，故爲美談。

〔一六〕徐仁鑄爲致靖長子，致靖爲家傑次子。徐家傑，字偉侯，道光丁未進士，與先生同科，故先生與仁鑄有年家聯譜之誼。

〔一七〕徐仁鑄之於先生誼屬孫輩。故先生以仁鑄、仁鏡勤學事勉諭孫男寶陽、寶藺也。

朱小唐宫詹蜀闈試畢，由水程旋都，以詩見示，次韻奉和〔一〕

帝城銜命策驊騮，直指岷峨劍外州。闕月伴人襟拂暑，棧雲隨馬氣凌秋。黄槐街市經征馭，〔二〕紫柏祠堂憶運籌。〔三〕西蜀人文誇漢宋，異才還向此中求。

慶典科開祝嘏年，觀光多士共欣然。求賢寶勝金三品，〔四〕度嶺人來尺五天。少長英豪同秉節，後先冰玉憶持權。星周卅稔堪輪指，佳話輶軒衆口傳。〔五〕

井絡曾聞協地靈，〔六〕聯翩前史富登廷。蜀山本是皇初國，〔七〕石室還同稷下亭。〔八〕光耀使星持朗鑒，輝流卿月式前型。〔九〕才羅珊網歸宗匠，〔一〇〕合有嘉名注御屏。〔一一〕

一水盈盈萬里通，嚴裝計日送歸篷。岷江十月遲飛雪，巫峽千尋快走風。〔一二〕多喜銀鈎貽翰墨，更題錦句遞詩筩。相看接武朝天闕，獨耐閑吟倚桂叢。

〔一〕朱小唐，名琛，江西貴溪人，同治十年進士，光緒十九年以詹事府詹事任癸巳恩科四川鄉試正考官。

〔二〕《藝文類聚》卷三八引《三輔黃圖》曰：『去城七里，東爲常滿倉，倉之北爲槐市，列槐樹數百行爲隧，無墻屋，諸生朔望會此市，各持其郡所出貨物，及經傳書記、笙磬樂器，相與買賣，雍雍揖讓，論義槐下。』

〔三〕杜甫《謁先主廟》王洙注引《成都記》曰：『先主廟西院，即武侯廟。廟前有雙大柏，古峭可愛，人云諸葛手植。』

〔四〕《尚書·禹貢》：『厥貢惟金三品。』孔安國《傳》曰：『金銀銅也。』

〔五〕劉歆《與揚雄書》：『三代周秦軒車使者、遒人使者，以歲八月巡路，求代語、僮謡、歌戲。』《初學記》卷二〇引《風俗通》：『周秦常以歲八月遣輶軒之使，采異代方言。』按：輶軒即輕車也，輶軒使者有采風獻詩之職，故清代由朝廷派遣之鄉試主考、學政也稱輶軒使者。

〔六〕揚雄《蜀都賦》：『上稽乾度，則井絡儲精。』《華陽國志·蜀志》引《河圖括地象》曰：『岷山之精，上爲井絡。』

〔七〕《華陽國志・蜀志》：『蜀之爲國，肇於人皇。』

〔八〕《華陽國志・蜀志》：『文翁立文學精舍，講堂作石室。』《史記・田敬仲完世家》：『齊稷下學士復盛，且數百千人。』

〔九〕原注曰：『謂尊公景堂副憲。』按：朱琛父，名夢元，字貞起，號景堂，一作景唐，道光甲辰進士，同治三年以通政司使充山東鄉試正考官。

〔一〇〕《新唐書》卷二二一：『海中有珊瑚洲，海人乘大船，墮鐵網水底。珊瑚初生磐石上，白如菌，一歲而黄，三歲赤，枝格交錯，高三四尺。鐵發其根，繫網舶上，絞而出之，失時不取即腐。』也見《通典》卷一九三《大秦》條。

〔一一〕《宋史・梁鼎傳》：『太宗特以犀帶賜之，記其名於御屏。』《玉海》卷九一：『梁鼎守吉州，太宗記其名於御屏。』

〔一二〕《水經注・江水二》：『自三峽七百里中，兩岸連山，略無闕處。……有時朝發白帝，暮到江陵，其間千二百里，雖乘奔御風，不以疾也。』

甲午新正月初七日晨，見蘭孫作詩有出游城外之意，觸興題句

暢懷人日草堂游，〔一〕出郭緣江控紫騮。水緑花紅春冉冉，天青雲白景悠悠。詩王自昔談工部，〔二〕蜀相從來説武侯。〔三〕别有奇踪尋物外，丹臺玉局話仙流。〔四〕

〔一〕正月初七人日，蜀人有游草堂之俗。按唐高適、杜甫有人日題詩唱酬之作，後世仍之以爲俗。

〔二〕《雲仙雜記》卷一『文星典吏』條引《文覽》曰：『杜子美十餘歲，夢人令采文於康水，覺而問人，此水在二十里外。乃往求之，見鵝冠童子告曰：「汝本文星典吏。天使汝下謫，爲唐世文章海，九雲誥已降，可於豆壟下取。」甫依其言，果得一石，金字曰：「詩王本在陳芳國，九夜捫之麟篆熟。聲振扶桑享天福。」』

〔三〕《三國志·諸葛亮傳》：『贈君丞相武鄉侯印綬，謚君爲忠武侯。』

〔四〕《歲時廣記》卷九引《天師二十四化記》：『玉局化，在益州城南門，周迴百步。漢桓帝永壽元年正月七日，天師與老君自鶴鳴山來息此。時地上忽湧出玉局玉牀，方廣一丈。老君升座，重述道要，却自升天，玉局陷入地中。』《天啓新修成都府志》卷五六：『許真君，名遜，洪州人也，嘗爲德陽縣令。有仙術，歲歉，點石化金以濟民，今縣治有煉丹井、煉丹臺遺迹存焉。』

偶成

雪鬢霜髯近老身，心閑無事樂天真。遥攀逸少聯佳話，〔一〕内外孫皆十六人。

〔一〕《晋書·王羲之傳》：『頃東游還，修植桑果，今盛敷榮。率諸子，抱弱孫，游觀其間。有一味之甘，割而分之，以娱目前。雖植德無殊邈，猶欲教養子孫以敦厚退讓。』

晨起得句

已見風吹水，初聞雨濯枝。〔一〕天蘇群物性，人對上春時。〔二〕

〔一〕《藝文類聚》卷二引《風土記》曰：『六月有大雨，名濯枝雨。』

〔二〕《周禮·天官冢宰》賈公彦注曰：『上春者，亦謂正歲，以其春事將興，故云上春也。』

中春齋長八人公請出城游二仙庵，輿中得句

有約尋芳去，仙宫試一臨。烟痕凝野色，雲氣靄春陰。木筆初含蕊，〔一〕桃花未滿林。郊原人上下，庭院樹蕭森。酒進初登席，朋來暫盍簪。〔二〕言歸饒意緒，輿上得清吟。

〔一〕《楚辭·湘君》洪興祖補注引陳藏器《本草》曰：『辛夷樹，大連合抱，高數仞。此花初發如筆，北人呼爲木筆。』

〔二〕《周易·豫卦》：『九四：由豫，大有得。勿疑，朋盍簪。』

中春二十一日游花市飲二仙庵遣興有作

百花笑日柳含烟，雨後風光一倍妍。童冠來游多樂意，夕陽猶緩著歸鞭。

百花笑日柳含烟，猶是清明上巳前。桃李辛夷皆爛漫，牡丹微吐倍嫣然。

百花笑日柳含烟，地有仙靈可結緣。〔一〕世上韶辰惟九十，〔二〕長春天上不論年。〔三〕

〔一〕《抱朴子·論仙》：「按《仙經》云：『上士舉形升虚，謂之天仙；中士游於名山，謂之地仙。』」
〔二〕《論衡·正説》：「或説：《春秋》二百四十二年者，上壽九十，中壽八十，下壽七十。」
〔三〕沈鍊《連珠》其七：「蓋聞天上長春，花鳥徹四時而并。」

中春謁墓飲叔祖家三首

一年一度拜岡阡，深谷逶迤路折旋。風日晴和人健在，山中來趁好春天。

無邊山木翠葱蘢，惟有桃花一樹紅。上冢人歸傾滴酒，飛飛蝴蝶紙錢風。〔一〕

坡陀迤邐到公家，四座親賓語不嘩。爲愛風光留眼底，題詩未欲嚮人誇。

〔一〕高翥《清明日》：「紙灰飛作白蝴蝶。」

山中作

既晴雨亦佳，禾黍悦滋長。憶昔值年荒，壯椒老無養。州縣方賑饑，道殣增心怏。山氓甘力作，勤動勝平壤。所願暘雨時，〔一〕得飽無餘想。珍重盤中餐，知艱示吾黨。

〔一〕《尚書·洪範》：「庶徵：曰雨，曰暘，曰燠，曰寒，曰風。」孔安國《傳》曰：「雨以潤物，暘以乾物。」

山中余鳴皋先生招飲〔一〕

暫離塵境入烟霞，來訪翹山處士家。居宅似垂彭澤柳，當門遍種杏林花。樂天自得元無悶，〔二〕學道長生詎有涯。對酒群峰神益王，詩成敢謂正而葩。〔三〕

〔一〕余鳴皋，名鵠南，四川邛州人，廪生。
〔二〕《周易·乾卦》文言曰：「龍德而隱者也，不易乎世，不成乎名，遁世無悶。」
〔三〕韓愈《進學解》：「《詩》正而葩。」

邛州道中

曉入邛州境，花香一路聞。林巒烟霧合，溝水畛畦分。緑已盈平仲，〔一〕青常見此君。詩眸聊可豁，天氣復氤氲。

〔一〕《文選·吴都賦》劉逵注引劉成曰：『平仲之木，實白如銀。』《通雅》卷四三：『平仲，銀杏也。一名枰，一名火橐木，白果，葉如鴨脚。』

自山中返成都途中得句

回首烟林卉木萋，青鞋猶帶跋山泥。〔一〕燈殘旅夜人初覺，日照芳原鳥亂啼。新雨塵沙知盡滌，故阡春露尚餘凄。年年舊迹重來踐，〔二〕贏得風光入品題。

〔一〕陸游《雪》：『青鞵未怯踏春泥。』

〔二〕舊迹，墓也。陳昭《聘齊經孟嘗君墓》：『薛城觀舊迹。』

天中次日爲人書扇〔一〕

家家蒲艾挂當門，〔二〕處處風薰午日暄。料得普天人一樣，佩香持扇又開樽。〔三〕

烏巾人在錦城中，〔四〕清静高軒對景風。〔五〕却憶河南程氏語，四時佳興與人同。〔六〕

〔一〕《記纂淵海》引《提要録》：『五月五日午時爲天中節。』

〔二〕《同治重修成都縣志》卷二：『謂之端陽節，人家懸艾葉、菖蒲於門。』

〔三〕《同治重修成都縣志》卷二：五月五日端陽節『飲雄黄酒，小兒佩采絲香囊。』

〔四〕杜甫《南鄰》：『錦里先生烏角巾。』

〔五〕《淮南子·墜形訓》：『東南曰景風。』《易緯通卦驗》：『夏至，景風至，暑且濕。』

〔六〕程顥《秋日偶成二首》其二：『萬物静觀皆自得，四時佳興與人同。』

登大慈寺藏經樓

紺園未聽劫灰殘，〔一〕卓午登樓實壯觀。西嶺高寒遥對宇，東山夷坦近平欄。雨霖薄潤農田渥，經卷深藏佛海寬。〔二〕鎮眼鑄金何代事，〔三〕地留古迹且盤桓。

〔一〕原注曰：『寺係燼後重建。』紺園，佛寺也，見《白氏六帖事類集》卷二六。

〔二〕《法華經·藥王菩薩本事品》：『譬如一切川流江河諸水之中，海爲第一，此《法華經》亦復如是，於諸如來所説經中，最爲深大。』

〔三〕傅崇榘《成都通覽·成都之地勢》：『古謂省城有海眼二所，不能妄動，偶有觸犯，即被水災。予於省城内之大慈寺後，見有古佛像一座，身有秦篆四字，文曰「永鎮蜀眼」，意海眼即在佛下也。』

八月二十五日同鷗舫内弟至寶雲庵草亭閑坐得句〔一〕

溪上茅亭堪小憩，日當西曬少清涼。幽人似被天憐惜，大展雲羅翳夕陽。

〔一〕《同治重修成都縣志》卷二：『寶雲庵，縣西南四甲城垣下，創建年月無考，國朝康熙年間重修，是後歷有培修，正殿屬成都，山門屬華陽。』

九月一日夜夢，以韻語記之

胸懷息躁競，寤寐得自怡。嚴親有歡顔，宿昔夢見之。〔一〕庭宇明且潔，碧山繞清漪。儵然塵埃外，〔二〕載筆欣相隨。覺來聞雨聲，蟲吟滿階墀。幽顯理一致，常心非即離。

〔一〕用蔡邕《飲馬長城窟行》『宿昔夢見之』原句。

〔二〕《莊子·大宗師》向秀注曰：『儵然，自然無心而自爾之謂。』

晨起理髮作

一片秋陰黯淡天，晨梳衰髮惜流年。塵中插脚時防失，物外游心省自煎。〔一〕閬苑蓬壺長日月，〔二〕蜃樓海市幻雲烟。平生有願求真侶，返我形神混沌前。

〔一〕《楚辭·九思》：『我心兮煎熬，惟是兮用憂。』

〔二〕《文選·舞鶴賦》吕向注曰：『蓬壺、昆閬，皆仙山名。』

題江安陳氏雙節

漢安表雙節，何劉光陳門。〔一〕顯揚有賢嗣，〔二〕語我知根源。自云少也孤，襁褓離嚴尊。北堂養兼教，〔三〕劬勞難具論。〔四〕十六又無恃，〔五〕依倚叔母存。顧復一如母，夙夜懷深恩。稱傳兩母德，六行洽人言。〔六〕予聞心景仰，〔七〕至善宜弗諼。朝旌舉常典，家慶餘後昆。哲兄歌鹿苹，令弟蔚蘭孫。〔八〕春暉欲美報，寸草方滋蕃。〔九〕作詩紀其實，以頌吾邦媛。

〔一〕後漢置漢安縣，隋改爲江安縣。陳鴻勛妻何氏，陳鴻基妻劉氏，先後居孀守節，故稱『陳氏雙節』。何、劉事迹俱見《民國江安縣志》卷四《列女》。

〔二〕賢嗣謂何氏子陳天錫。天錫爲先生弟子。

〔三〕《儀禮·士昏禮》：『婦洗在北堂。』後世以北堂喻母。

〔四〕劬勞，《民國江安縣志》卷四《列女》附録先生《江安陳氏雙節詩》作『勞苦』。

〔五〕無恃，《民國江安縣志》附録《江安陳氏雙節詩》作『無怙』。

〔六〕原注曰：『舊史氏黄大令紹謀爲作傳。』稱傳，《民國江安縣志》附録《江安陳氏雙節詩》作『傳稱』。《周禮·地官司徒》：『六行：孝、友、睦、姻、任、恤。』

〔七〕予，《民國江安縣志》附録《江安陳氏雙節詩》作『余』。

〔八〕蔚蘭孫，《民國江安縣志》附録《江安陳氏雙節詩》作『茂蘭蓀』。『哲兄歌鹿苹』，謂何氏子天錫中式光緒二十年四川鄉試舉人；『令弟蔚蘭孫』，謂劉氏子天銓，府考第一。

〔九〕孟郊《游子吟》：『誰言寸草心，報得三春暉。』

夢中作，不全記，足成二首

爲人勁挺鐵心腸，學道爲君語要方。滌盡凡塵生滅念，邱劉譚馬事堪詳。〔一〕

爲人勁挺鐵心腸，何必他求秘妙方。七寶身藏仙世界，〔二〕澄神窺影細端詳。〔三〕

〔一〕《元史·丘處機傳》：『丘處機與馬鈺、譚處端、劉處玄、王處一、郝大通、孫不二，同師重陽王真人。』

〔二〕《續文獻通考》卷二四七：『七寶身：一信、二精進、三戒、四慚愧、五聞捨、六忍辱、七定慧，又名七財。』

〔三〕吕岩《直指大丹歌》：『然後澄神窺見影，三周功就駕雲軿。』

書齋詩示陽、蘭二孫

東窗幽窈西窗明，相逢竟日依書城。〔一〕世間此樂不易得，端堪枕葄史與經。歎息窮居白屋士，夜寒惟對短燈檠。長貧無力購書讀，况復衣食勞兼營。人生無事即爲福，閑中日月未可輕。中才可學期自勉，〔二〕慎哉無負賢父兄。

〔一〕《魏書·李謐傳》：『每曰：「丈夫擁書萬卷，何假南面百城。」』

〔二〕《論語·季氏》：『生而知之者，上也；學而知之者，次也。』

送楊子琳廣文辭監院還里

飄然行返舊林泉，家住天彭自樂天。〔一〕教子讀書爲善計，閉門却軌可忘年。廣文官冷標清韻，〔二〕問字朋多繼昔賢。〔三〕愧我芸人徒捨己，羨君歸去望如仙。

〔一〕《元和郡縣志》卷三一「彭州」條：「垂拱二年於此置彭州，以岷山導江，江出山處，兩山相對，古謂之天彭門，因取以名州。」
〔二〕杜甫《醉時歌贈廣文館博士鄭虔》：「諸公衮衮登臺省，廣文先生官獨冷。」
〔三〕《漢書·揚雄傳下》：「劉棻嘗從雄學作奇字。」《事文類聚》續集卷一四：「雄家貧嗜酒，人希至其門。時有好事者，載酒肴問奇字。」

題三公祠書房〔一〕

又見枝頭柳色青，虛明一壁好窗櫺。小祠中正三公位，人傑應須托地靈。

〔一〕三公祠在尊經閣後。張時徹《六公祠記》：「成都故有祠，祠先代吏之有功德於民者。曰：秦李冰氏、漢文翁氏、宋張詠氏，是曰三公祠。」

題東上院書房〔一〕

創闢書齋十數年，宮墻近傍地非偏。〔二〕東風識面希前哲，泗水尋芳在眼前。〔三〕

〔一〕東上院，在錦江書院中，爲山長住所。按先生《重刻〈漢魏六朝百三家〉序》落款有「錦江書院之補讀書齋」，詩中書房當指此。
〔二〕宮墻，即指文廟之「萬仞宮墻」。錦江書院側即成都文廟，故稱宮墻近傍。
〔三〕朱熹《春日》：「勝日尋芳泗水濱。」

詠春醒昧十一韻

春色盈我眼，春氣浹我身。氣色依時至，成兹艷陽辰。東皇布德澤，〔一〕物我同一春。凡聖俱天生，何乃爲凡民。爲耽名與利，外重内失真。最下溺聲色，或爲飲食人。低心逐情欲，志節何由伸。行穢精雜汗，祥和詎來臻。令名既無有，流浪終沈淪。愚者弗覺悟，智者爲悲辛。貴賤皆自取，胡弗振精神。

〔一〕《長歌行》：『陽春布德澤。』

警後生十五韻

天地生人有良貴，不判公卿與庶士。但能充達善根源，嶷然自與凡流異。堪嗟後生失教多，養成驕惰長恣肆。由來不辨義利關，奈何長昏日如醉。尋常杯箸見貪饕，賢人憂歎宵人喜。生世幸托詩禮家，何心甘作愚頑子。面目妍媸見即明，獨昧身行惡與美。聖狂反掌一念分，不反隨流何所底。急須施手挽狂瀾，發明要自心地始。假塗學問爲求心，〔一〕明師益友堪磋砥。宇宙春風鼓太和，百昌蕃育遂生理。雨化及時滋善芽，洗滌清明出泥滓。願拂靈臺照正邪，〔二〕自得衣珠價無比。〔三〕親親長長一家推，孟語治平端自此。〔四〕老人垂誨致丁寧，常目在兹一張紙。

〔一〕《孟子·告子上》：『學問之道無他，求其放心而已矣。』
〔二〕《壇經·行由》：『是夜三更，不使人知，自執燈書偈於南廊壁間，呈心所見。偈曰：「身是菩提樹，心如明鏡臺。時時勤拂拭，勿使惹塵埃。」』
〔三〕《楞嚴經》卷四：『譬如有人於自衣中，繫如意珠。不自覺知，窮露他方，乞食馳走，雖實貧窮，珠不曾失。忽有智者，指示其珠，所願從心，致大饒富，方悟神珠非從外得。』
〔四〕《孟子·離婁上》：『人人親其親，長其長，而天下平。』

入山口占

大雪滿山中，寒雲一望同。但看春樹緑，不見日輪紅。

鶴鳴觀詠柏上鶴〔一〕

山中翠柏不知秋，有鶴閑眠在上頭。養翮待衝霄漢去，巢枝且向岫陰留。

〔一〕《元和郡縣志》卷三二『大邑縣』條：『鶴鳴山，在縣西北三十七里。』《同治大邑縣志》卷五：『古柏在鶴鳴山迎仙閣下，相傳張三丰手植，大可五十圍，今僅存枯椿，内生子柏亦近六圍。』

山中上冢宿宗人宅，塾師劉純修先生以詩見貽

歲歲山中喜一歸，山晴猶帶雪痕微。墓田草長清明近，宗族人多舊識稀。林屋邀留情款款，學堂相見語依依。新詩酬唱饒佳興，極目前峰氣象巍。

登山至法華寺〔一〕

晴日春風谷鳥鳴，岩腰下瞰澗流清。城中回首多酬應，愛此尋幽人遠行。

〔一〕《民國邛崍縣志》卷一：『法華寺，明時佛廟，住寺尼僧，距回龍鎮八里。』

四月八日江樓宴集

勝日佳遨游，亭午出郊甸。清和入初夏，麗矚雲霞絢。良辰禮金仙，勝地敞瓊宴。蠟屐上樓頭，采舟蕩波面。衆樂景無殊，獨吟情不倦。共居閻浮洲，何必迦維羨。〔二〕

〔一〕原注曰：『佛住迦維城，中國與印度皆名閻浮洲。』按：迦維，即迦維衛之省，也譯爲迦維羅衛。《魏書·釋老志》：『釋迦即天竺迦維衛國王之子。天竺其總稱，迦維別名也。』《文選·頭陀寺碑文》李善注引《瑞應經》曰：『菩薩下當世作佛，托生天竺迦維羅衛國。』

太息

太息目前事，未堪娱目前。笑彼蠶作繭，來去自纏綿。〔一〕又看蜂釀蜜，辛苦爲誰甜。〔二〕騏驥散坰野，駑駘困加鞭。日月去如駛，悠悠多歲年。孔父歎長川，〔三〕此意無人傳。

〔一〕《楞伽阿跋多羅寶經》卷四：『妄想自纏，如蠶作繭。』
〔二〕羅隱《蜂》：『采得百花成蜜後，不知辛苦爲誰甜。』
〔三〕《論語·子罕》：『子在川上，曰：「逝者如斯夫！不舍晝夜。」』

閲張三丰《無根樹》題句〔一〕

宇宙一靈株，隱在凡軀宅。無根實有根，〔二〕時流多不識。惟有平懷人，殷勤事栽植。無使塵埃侵，勿令蟲豸蝕。雨露之所濡，日夜之所息。養育期長成，干霄幾千尺。

〔一〕張三丰《無根樹道情》二十四首，題義曰：『無根樹者，指人身之鉛氣也，丹家於虚無境内，養出根株。……二十四首皆勸人無根樹下細玩仙花。其藥物、氣候、栽接、采取之妙，備載其中。』
〔二〕張三丰《無根樹道情》其十一：『無根樹，花正亨，説到無根却有根。』

偶成

盡日東軒裏，迎涼北户開。挂窗桐月入，揮扇竹風來。世值多艱會，人誰撥亂才。小儒無所益，林下獨徘徊。

孫星泉、琴泉内兄齋中小集，分韻得『蘭』字〔一〕

獻歲不復飄風寒，劈箋授管同清歡。百昌争春煦朝日，獨愛幽芬揚畹蘭。昔游南郭恣遐覽，仙壇飛花紅滿欄。一春已自迅飛電，百年豈不流驚湍。〔二〕桃紅李白行復見，紛紛一例開與殘。莊周自得逍遥意，〔三〕宗炳老作澄懷觀。〔四〕主人有酒樂今夕，海東月上青漫漫。

〔一〕琴泉見前注。星泉，琴泉長兄。《陽川孫氏留川世系分譜》：『孫源，字星泉，成都縣廩生，候選知縣，川臯幕。』
〔二〕林光朝《代祭張魏公文》：『百年一息，乃如驚湍。』

〔三〕《史記·老子韓非列傳》：『楚威王聞莊周賢，使使厚幣迎之，許以爲相。莊周笑謂楚使者曰：「千金，重利；卿相，尊位也。子獨不見郊祭之犧牛乎？養食之數歲，衣以文繡，以入大廟。當是之時，雖欲爲孤豚，豈可得乎？子亟去，無污我。我寧游戲污瀆之中自快，無爲有國者所羈，終身不仕，以快吾志焉。」』

〔四〕《宋書·宗炳傳》：『老疾俱至，名山恐難遍睹，唯當澄懷觀道，卧以游之。』

題岳夢禪廣文小照三首〔一〕趺坐像有童子、師子、香爐

至人了幻元無夢，〔二〕一夢分明亦夙因。兀坐跏趺香一縷，三生前悟本來身。〔三〕真如妙喻歸師子，〔四〕參究深情屬善財。證到重重無盡處，華嚴樓閣百千開。〔五〕像成豈謂鏡光淪，别有圓明月一輪。浩浩八風吹不動，〔六〕善能哮吼是天真。

〔一〕岳夢禪，名禪寶，四川中江人，廩貢生，官蓬州學正、樂山縣訓導。

〔二〕《莊子·大宗師》：『古之真人，其寢不夢。』

〔三〕見袁郊《甘澤謡》『圓觀』條及蘇軾《僧圓澤傳》。

〔四〕《宋高僧傳》卷五《周洛京佛授記寺法藏傳》：『藏爲則天講《新華嚴經》，至天帝網義十重玄門、海印三昧門、六相和合義門、普眼境界門，此諸義章皆是《華嚴》總别義網。帝於此茫然未决，藏乃指鎮殿金獅子爲喻。』

〔五〕《華嚴經·入法界品》：『爾時善財童子，恭敬右繞彌勒菩薩摩訶薩，已而白之言：「唯願大聖開樓閣門，令我得入。」時彌勒菩薩前詣樓閣，彈指出聲，其門即開，命善財入。』

〔六〕《吕氏春秋·有始覽》：『何謂八風？東北曰炎風，東方曰滔風，東南曰熏風，南方曰巨風，西南曰淒風，西方曰飂風，西北曰厲風，北方曰寒風。』

新正九日夜作

既雨又時暘，大寒十日後。井里何喧喧，趨步連童叟。争看春燈新，曼衍魚龍走。裝點太平景，誇詡健兒手。轉軸玉童靈，伐鼓金師吼。〔一〕衆樂樂可知，〔二〕閑暇况歲首。而我方閉門，研尋道書久。龍虎觀奪珠，〔三〕嬰姹悟聯偶。〔四〕變化妙無窮，斡運移星斗。因探天趣深，轉惜人情厚。所期獲黍珠，〔五〕豈忘報瓊玖。〔六〕群籟静宵餘，一編對燈右。此中滋味腴，〔七〕何必花兼酒。

〔一〕師，與『獅』通。《漢書·西域傳》顔師古注引孟康曰：『師子似虎，正黄有頿耏，尾端茸毛大如斗。』

〔二〕《孟子·梁惠王下》：『曰：「與少樂樂，與衆樂樂，孰樂？」曰：「不若與衆。」』

〔三〕李道純《龍虎歌引》：『龍虎者，陰陽之異名也。陰陽運化神妙莫測，故象之以龍虎。……丹經子書，種種異名，不出陰陽二字。歷代仙師，假名立象，喻之爲龍虎，使學徒易取則而成功也。龍虎之象，千變萬化，神妙難窮，故喻之爲藥物，立之爲鼎爐，運之爲火候，比之爲坎離，假之爲金木，字之爲男女，配之爲夫婦。以上異名，皆龍虎之妙用也。』

〔四〕嬰姹，嬰兒、姹女也。曾慥《道樞》：『純陽子曰：「姹女、嬰兒何謂歟？」正陽子曰：「姹女者，心之涎也；嬰兒者，腎之水也。」同書又引葛仙公曰：『嬰兒者，心液之上，正陽之氣也；姹女者，腎氣之中，真一之水也。』

〔五〕黍珠，又曰黍米珠。《靈寶無量度人上品妙經》：『元始懸一寶珠，大如黍米，在空玄之中，去地五丈。』張宇初注引辛君曰：『寶珠，即心也。儒曰太極，釋曰圓覺，蓋一理也。道亦曰玄珠、心珠、黍珠，即是物也。賓者，至精至真之義，即靈賓之謂也。大如黍米，以其大包宇宙，細入毫芒，所謂其大無外，其小無內，變化莫測，是以在空玄之中，不可以迹求也。」《悟真篇》卷二翁葆光注曰：「夫黍珠之丹，是先天地之氣，即真一之精結成。」又曰：「天地未分之前，混元真一之氣，謂之無中生有。聖人以法追攝，於一個時辰內，結成一粒，大如黍米，號曰金丹，又曰真鉛，又曰陽丹，又曰真一精，又曰真一水，又曰真水，又曰水虎，又曰太一含真氣。人得一粒餌之，立躋聖地。」

〔六〕《國風・衛風・木瓜》：「投我以木李，報之以瓊玖。」

〔七〕《文選・答賓戲》：「慎修所志，守爾天符。委命供己，味道之腴。」

暮春自山中還途中作

征途春向晚，靈雨夜初零。〔一〕有樹皆成碧，何山不轉青。看雲頭自舉，行路脚無停。貴賤殊勞逸，區區念養形。

〔一〕《詩經・鄘風・定之方中》：「靈雨既零。」

讀《孟子》題句

上中行，次狷狂，〔一〕六非以，三不忘，媚世爲願稱一鄉。〔二〕

〔一〕《論語·子路》：「子曰：『不得中行而與之，必也狂狷乎！狂者進取，狷者有所不爲也。』」

〔二〕《孟子·盡心下》：「曰：『……閹然媚於世也者，是鄉原也。』萬子曰：『一鄉皆稱原人焉，無所往而不爲原人。』」

江樓和鷗舫韻

登樓共愛綺窗開，爲有清風拂面來。烟際遠看人弄棹。〔一〕雨餘近喜客銜杯。井隅有幸猶存樹，沙路何嫌獨少苔。不可坐無青士列，〔二〕數叢娟净已新栽。〔三〕

〔一〕弄棹，原文作「弄掉」，誤，徑改。

〔二〕《示兒編》卷一五引樊宗師《園記》：「竹曰青士。」蘇軾《於潜僧緑筠軒》：「不可居無竹。」

〔三〕原注曰：「此首初刻時誤分明，同焕雲校對刊正。」杜甫《嚴鄭公宅同詠竹得香字》：「雨洗娟娟净。」

七夕

新月如銀七夕時，浪傳天上有佳期。〔一〕牽牛織女閑無事，忙殺人間乞巧兒。〔二〕

〔一〕吴儆《浣溪沙·竹洲七夕》：「天上佳期稱七夕。」

〔二〕《太平御覽》卷三一引《荆楚歲時記》曰：「七夕，婦人結彩縷，穿七孔針，或以金銀鍮石爲針，陳瓜果於中庭以乞巧。」

天長

天長地久無終始，日月循環亘古新。通變世間何限事，三才相配貴惟人。〔一〕

〔一〕《周易·説卦》鄭玄注：「三才，天地人之道。」《永樂大典》卷二〇一九七引李靖《四門經歷序》：「天地之中，陰陽之内，是以三才惟人最貴。」

不飲

我今雖不飲，邀客喜沽春。〔一〕但識醉中趣，何煩酒入唇。〔二〕

〔一〕《唐國史補》卷下：「酒則有郢州之富水，烏程之若下，滎陽之土窟春，富平之凍春，劍南之燒春。」《侯鯖録》卷八：「唐人多以春名酒也。」

〔二〕陳繼儒《岩棲幽事》：「一勺不濡而多酒意。」

俚句二首奉題琴泉二兄大人小像〔一〕

松寒不凋柯，〔二〕菊秋有佳色。古來賢達人，志不異今昔。君昔作宰游秦關，〔三〕政成報最三輔間。〔四〕防危禦寇籌策嫻，駿足遠軼駑駘頑。餘暇時復親翰墨，哦詩讀畫樂昕夕。□君意態誰點筆？松菊猶思故園日。〔五〕今來偶息影，身閑得安居。濟時有待作霖雨，雲本無心常自如。却思十年游宦處，王事適我多辛劬。忙中得閑政可樂，感今追昔良增籲。攬君圖，識君面，了了心期元可見。功成拂衣歸去來，〔六〕題詩且留他日驗。

瀟灑襟懷吏亦儒，本來面目見真吾。秦關歲月堪追往，郎署風流更溯初。〔七〕如水心情今似昔，浮雲踪迹捲還舒。知君自得觀生樂，菊秀松寒共一廬。

〔一〕輯自孫治《退一步軒詩存》壬申鈔本附録。落款爲『弟伍肇齡題於吟詩樓』。孫培吉按：『崧生祖姑丈，是年蓋三十一歲也。』《退一步軒詩存》壬申鈔本有孫治咸豐七年作《自題小像》，落款爲『琴泉主人題，時丁巳閏月吟詩樓下醉後也。閏五月也』。孫培吉按：『此咸豐七年丁巳，先祖年四十六也。』孫治小像，除先生外，尚有其兄孫源，弟孫淮、孫湛題辭。《退一步軒詩存》壬申鈔本附録《六叔祖鷗舫公題先祖小像二詞》，落款爲『二兄小像請教之，丁巳閏五月廿二日積雨初霽，六弟湛書於吟詩樓』。可知此詩作於咸豐七年閏五月廿二日。

〔二〕《禮記·禮器》：「其在人也，如竹箭之有筠也，如松柏之有心也。二者居天下之大端矣，故貫四時而不改柯易葉。」

〔三〕孫湛《皇清誥授光禄大夫布政使銜前直隸按察使特用道孫君墓誌銘》：「移長安，考最，列保薦被召，奏對稱旨，擢潼關同知。」

〔四〕《漢書·樊噲傳》顔師古注引張晏曰：「最，功第一也。」《文選·答賓戲》李善注引《漢書音義》曰：「上功曰最。」《漢書·百官公卿表上》：「武帝太初元年更名右扶風……與左馮翊、京兆尹是爲三輔。」《漢書·景帝紀》顔師古注引應劭曰：「京兆尹、左馮翊、右扶風共治長安城中，是爲三輔。」

〔五〕陶淵明《歸去來兮辭》：「三徑就荒，松菊猶存。」

〔六〕李白《登金陵冶城西北謝安墩》：「功成拂衣去。」又《當塗趙炎少府粉圖山水歌》：「若待功成拂衣去。」

〔七〕孫培吉注曰：「先祖本由工部主事改外官。」又孫湛《皇清誥授光禄大夫布政使銜前直隸按察使特用道孫君墓誌銘》：「明年成進士，授工部主事，顧念親老需侍養，乃營就外秩。」

初至武昌上小宋中丞〔一〕

昔聞黄鶴樓頭勝，每憶風流在武昌。〔二〕况近登臨三五夜，〔三〕肯辜歡笑百千觴。庾公已約胡牀憩，〔四〕謝客猶留鄂渚旁。〔五〕引領冰輪佳夕滿，〔六〕還携玉笛縱清狂。〔七〕

〔一〕輯自《鄂渚同聲集初編》卷二。此詩亦載於《黄鵠山志》卷一〇《藝文》。同治七年五月，先生道經武昌，訪丁未同年何小宋。小宋，名璟，字伯玉，廣東香山人，道光丁未進士，時任湖北布政使，護理湖北巡撫。何璟置酒於幕府爲先生洗塵，邀同年張炳堃作陪。先生作此詩，何、張皆有和。和詩見本書附録二何璟《崧生同年白蜀泛湘來鄂訪余，邀鹿仙同年會飲署齋步前韻奉和》、張炳堃《戊辰竹醉日，伍嵩生同年肇齡至自長沙，香山中丞置酒幕府命陪末座，譚宴盡歡，嵩生首倡長律見志，因次原韻奉簡兼上中丞》。

〔二〕李白《陪宋中丞武昌夜飲懷古》：『清景南樓夜，風流在武昌。』

〔三〕即登臨況近三五夜也。三五夜，即十五望日。《孔子家語·禮運》：『天秉陽垂日星，地秉陰載於山川，播五行於四時，和四氣而後月生，是以三五而盈，三五而缺。』張炳堃和詩稱是日爲『竹醉日』，可知是日爲五月十三日，故云近三五夜。

〔四〕《晉書·庾亮傳》：『亮在武昌，諸佐吏殷浩之徒，乘秋夜往，共登南樓，俄而不覺亮至，諸人將起避之。亮徐曰：「諸君少住，老子於此處興復不淺。」便據胡牀與浩等談詠竟坐。』

〔五〕謝朓《和伏武昌登孫權故城》詩曰：『鄂渚同游衍。』

〔六〕冰輪，月也。朱慶餘《十六夜月》：『昨夜忽已過冰輪。』

〔七〕李白《與史郎中欽聽黃鶴樓上吹笛》：『黃鶴樓中吹玉笛，江城五月落梅花。』

月樵都轉邀同鹿仙觀察登晴川閣、游月湖堤，因趨漢陽府署，謁仲耦太守暨哲兄伯雙，遂留早飲，登秋興亭，時五月廿一日也〔一〕

晴川閣上登臨壯，〔二〕大別南來對武昌。〔三〕渚静千帆如拭鏡，軒容十客好傳觴。月湖堤步江波外，〔四〕秋興亭凌漢水旁。〔五〕勝賞又兼逢勝侶，高歌聊學楚人狂。〔六〕

〔一〕輯自《鄂渚同聲集初編》卷二。此詩亦載於《大别山志》卷七《藝文》，詩題中，因趨，作『至』；廿一，作『二十一』。胡月樵，名鳳丹，浙江永康人；張鹿仙，名炳堃，字鶴甫，浙江平湖人，道光丁未進士，翰林院編修，官湖北補用道；陳仲耦，名建侯，福建閩縣人，咸豐乙卯舉人，時官漢陽知府；陳伯雙，名懋侯，建侯兄。此詩胡鳳丹、張炳堃、陳懋侯及何璟皆有和。和詩見本書附録二胡鳳丹《二十一日天氣新晴，偕嵩生太史、鹿仙觀察游晴川閣，陳仲耦太守招飲六叠前韻》，張炳堃《五月廿一日早，時雨既足，薄雲弄晴，約同嵩生同年、月樵都轉登晴川閣即事有述，仍用原韻》《登晴川閣後，將游月湖堤，先詣漢陽郡齋，陳仲耦太守置酒款洽，招登古秋興亭，三叠前韻》，陳懋侯《月樵都轉偕嵩生太史、鹿仙觀察見過，各出律詩相示，因用元韻呈政》，何璟《崧生登晴川閣、秋興亭、游月湖堤，作詩見示，叠韻奉和》。

〔二〕《同治續輯漢陽縣志》卷二五：「晴川閣，在大別山下，明知府范之箴建……咸豐間毀於兵，同治三年郡守鍾謙鈞重建。」

〔三〕按《萬曆漢陽府志》卷三「晴川閣，在郡治東北大别山頭」，郡治在大别山之西南，故稱「南來」。

〔四〕《康熙漢陽府志》卷一：「月湖，在縣治大别山之陰，東以長堤限江西，通漢水。古有却月城，在沔口左，湖或以此得名也。」

〔五〕《興地紀勝》卷七九：「秋興亭，在軍治後山巔，唐刺史賈載建，中書舍人賈至詩云：『詩人之興秋最高』，故以名。亭後飛閣瞰湖，對大別山，景趣尤勝。」

〔六〕《高士傳》卷上：「陸通，字接輿，楚人也。好養性，躬耕以爲食。楚昭王時，通見楚政無常，乃佯狂不仕，故時人謂之『楚狂』。」

五月廿三日，月樵都轉邀同鹿仙、白英兩觀察游長春觀、寶通寺、卓刀泉諸勝，再叠前韻〔一〕

朋簪閑日尋佳勝，〔二〕蕃廡郊原閱百昌。〔三〕翠巘浮圖標石級，琳宫小院泛霞觴。江雲鬱起迎初伏，湖水漣漪匝四旁。更試卓刀泉一勺，風生兩腋興增狂。〔四〕

〔一〕輯自《鄂渚同聲集初編》卷二。此詩亦載於《黄鵠山志》卷一二《藝文》。何白英，名國琛，浙江海寧人，道光辛丑科進士，官湖北候補道，著有《白英遺稿》。此詩胡鳳丹、張炳堃、何國琛、何璟皆有和。和詩見本書附録二胡鳳丹《偕嵩生太史、白英、鹿仙兩觀察游長春觀，七叠前韻》、張炳堃《翌日，月樵都轉招同嵩生同年、何白英觀察國琛、登長春觀、紫微閣，并赴卓刀泉茗飲，四叠前韻》、何國琛《月樵都轉招同嵩生太史、鹿仙觀察雅集長春觀兼游卓刀泉，再叠前韻》、何璟《崧生復游長春觀、寶通寺、卓刀泉諸勝，作詩見示，再叠前韻》。

〔二〕佳勝，即長春觀、寶通寺、卓刀泉諸勝也。按《乾隆江夏縣志》卷五：『長春觀，在賓陽門外，宋真人邱處機結庵處。』同卷：『寶通寺，在縣東十里，後稱洪山寺。』同書卷一：『卓刀泉，在縣東十五里關帝廟中。世傳漢壽亭侯行軍，卓刀得泉，明楚昭王蒐而飲之，味甘冽，爲甃石覆以亭。』

〔三〕百昌，《莊子·在宥》郭象注引司馬彪曰：『猶百物也。』

〔四〕盧仝《走筆謝孟諫議寄新茶》：『唯覺兩腋習習清風生。』

余屢登黄鶴樓，筱翁和詩以『道氣』二字貺余，和之，三叠前韻〔一〕

自從鐵笛來仙侣，〔二〕明月清風屬武昌。逸興超騰思控鶴，〔三〕奇情鬱勃快銜觴。三庚大伏不知暑，〔四〕六甲靈飛儼在旁。〔五〕一笑斯樓搥碎後，未容崔顥減吾狂。〔六〕

〔一〕輯自《鄂渚同聲集初編》卷二。此詩亦載於《黄鵠山志》卷一〇《藝文》。何小宋，也作筱宋，故稱『筱翁』。其和先生詩有『涵養看君多道氣』句。見本書附録二何璟《崧生同年自蜀泛湘來鄂訪余，邀鹿仙同年會飲署齋步前韻奉和》。

〔二〕劉夢得《武昌老人説笛歌》『曾將黄鶴樓上吹』，楊士宏注：『或云仙人吕洞賓常於樓上吹鐵笛，樓側至今有鐵笛亭。鐵笛管其大如椽，人莫敢吹。』沈欽《重建大別山禹王廟記》：『後，元世祖南巡，駐蹕黄鵠，因詢於父老曰：「隔江中頭石磯，何名吕公？」或對曰：「唐仙人吕純陽吹鐵笛其上，因以爲名。」』

〔三〕《太平御覽》卷四八引《江夏圖經》曰：『黄鶴山在縣東九里，其山斷絶無連接，舊傳云昔有仙人控黄鶴於山，因以爲名。』

〔四〕《初學記》卷四引《陰陽書》曰：『從夏至後第三庚爲初伏，第四庚爲中伏，立秋後初庚爲後伏，謂之三伏。』

〔五〕《漢武帝内傳》：『元封二年七月七日，西王母、上元夫人下降於武帝。王母授帝《五嶽真形圖》《靈光生經》，上元夫人授六甲、靈飛、招真十二事。』

〔六〕原注曰：『樓毁惟遺址，故云。』李白《江夏贈韋南陵冰》：『我且爲君搥碎黄鶴樓』，又《醉後答丁十八以詩譏余搥碎黄鶴樓》：『黄鶴高樓已捶碎』。楊慎《丹鉛總録》卷一八『搥碎黄鶴樓』條曰：『李太白過武昌，見崔顥《黄鶴樓詩》，歎服之，遂不復作，去而賦《鳳凰臺》也。其事本如此。其後禪僧用此事作一偈云：「一拳搥碎黄鶴樓，一脚踢翻鸚鵡洲。眼前有景道不得，崔顥題詩在上頭。」』

泛舟芙蓉溪游富樂山飲王氏别墅〔一〕

富樂山前碧玉流，〔二〕清和嘉月蕩輕舟。〔三〕岸邊楊柳生新色，溪上芙蓉憶舊游。〔四〕墨客登臨傳賦頌，竹林觴詠集朋儔。〔五〕英雄駐馬無餘迹，空對江山是古涪。〔六〕

〔一〕輯自《同治直隸綿州志》卷四九。《民國綿陽縣志》卷一亦録此詩題作『泛舟游富樂山飲王氏别墅詩』。本詩及下詩《綿州試院樓望竇圌山》或作於同治九年受綿州牧文棨之聘續修州志時。

〔二〕《蜀鑒》卷二引王助《綿州富樂山碑》云：『昭烈入蜀，劉璋延之此山，望見蜀之富盛，飲酒樂甚，故得名。』《方輿勝覽》卷五四：

『富樂山，在巴西縣東五里，劉備自鑾荆入蜀，劉璋延之於此山，望見蜀之全盛，飲酒樂甚，故得富樂之名。』

〔三〕四月爲清和月，謝靈運《游赤石進帆海詩》：『首夏猶清和』。白居易《初夏閑吟兼呈韋賓客》：『孟夏清和月。』此二句化用柳宗元《酬曹侍御過象縣見寄》：『破額山前碧玉流，騷人遥駐木蘭舟。』

〔四〕《雍正四川通志》卷二五：『芙蓉溪，在州東南，其源自彰明縣來，迤邐百里。經城東，夾岸多芙蓉，秋時甚艷。唐子西有「芙蓉溪上春酣酣」之句。州人當花開時，每乘舟游宴於此。』

〔五〕原注曰：『同游七人。』按：故先生以同游七人以方竹林七賢。

〔六〕原注曰：『涪爲蜀先主駐軍處。』

綿州試院樓望竇圌山〔一〕

聞道圌山好，而予未始游。徒傳多古迹，誰共陟靈邱。巒影遥知是，羽人今在不。〔二〕超然寓遠目，逸興屬登樓。

〔一〕輯自《同治直隸綿州志》卷四九。詩題原注曰：『山在江油縣治，去綿州城百餘里，世傳爲竇真人鍊丹處，即太白詩「願隨子明去，鍊火燒金丹」之竇子明也。』按：《方輿勝覽》卷五四：『竇圌山，在彰明縣。李白《題竇圌山詩》：「樵夫與耕者，出入畫屏中」又《送竇主簿詩》：「願隨子明去，煉火燒金丹。」竇子明，名圌，隱此山，故名。』

〔二〕《楚辭·遠游》『仍羽人於丹邱兮』王逸注曰：『《山海經》言有羽人之國，不死之民。或曰：人得道，身生毛羽也。』洪興祖補注曰：『羽人，飛仙也。』

贈蜀南任清如〔一〕

書策頻年縱未同，却同明月與清風。三秋信渺無江鯉，〔二〕一日音傳有塞鴻。〔三〕遠憶簪毫金馬署，〔四〕近期折桂玉蟾宫。〔五〕文章根本歸忠孝，學道心誠鑒昊穹。〔六〕

〔一〕輯自任謙《澹園古稀後集》卷首。任謙收録此詩，改題爲《伍崧生山長師自錦江賜詩一首》，并自注曰：『仍叠《川南留别》均，此光緒二年丙子科寄來，時余讀禮家居。』今據其意另擬詩題。又《澹園古稀後集目録》作『伍崧生先生詩一首并師母零句二聯』。故今亦將孫慎儀零句二聯附於後：『伍師母賜詩一首，頷聯：「苦志齋頭勤術蛾，佳音堂上盼飛鴻。」結句云：「發奮勉酬師望切，焚香清夜禮蒼穹。」』

〔二〕《史記·陳涉世家》：『乃丹書帛曰「陳勝王」，置人所罾魚腹中。卒買魚烹食，得魚腹中書。』又《齊世家》張守節《正義》引《説苑》曰：『望如其言，初下得鮒，次得鯉。刺魚腹得書，書文曰「吕望封於齊」。』

〔三〕《漢書·蘇武傳》：『漢求武等，匈奴詭言武死。後，漢使復至匈奴，常惠請其守者與俱，得夜見漢使，具自陳道。教使者謂單于，言天子射上林中，得雁，足有繫帛書，言武等在某澤中。』

〔四〕《漢書·公孫弘傳》：『時對者百餘人，太常奏弘第居下。策奏，天子擢弘對爲第一。召入見，容貌甚麗，拜爲博士，待詔金馬門。』顔師古注引如淳曰：『武帝時，相馬者東門京作銅馬法獻之，立馬於魯班門外，更名魯班門爲金馬門。』

〔五〕《晉書·郤詵傳》：『武帝於東堂會送，問詵曰：「卿自以爲何如？」詵對曰：「臣舉賢良對策，爲天下第一，猶桂林之一枝，昆山之片玉。」』《淮南子·精神訓》：『月中有蟾蜍。』

〔六〕『昊穹』，原作『昊窮』，徑改。《史記·司馬相如列傳》載封禪文曰：『自昊穹兮生民。』《漢書》作『顥穹』，顔師古注曰：『顥、穹，皆謂天也。顥言氣顥汗也，穹言形穹隆也。」

六月晦日游百花潭〔一〕

冗撥塵中事，間爲物外游。〔二〕稻畦人畏夏，草閣氣含秋。欲語雲垂幕，招涼水近樓。微波新釣渚，叠石小瀛洲。泛艇思前侣，題詩見勝流。憺余乘暇日，幽賞自夷猶。

〔一〕輯自孫培吉《無不容盛》。孫培吉題注曰：「祖姑丈伍崧生作，名肇齡。」又附記曰：「伍後刻有詩稿，此詩不知刻否？亦予五十年前鈔於小册者，今録此。壬申三月。」據此可知本詩約作於光緒八年前。今檢《石堂詩鈔》無此詩。

〔二〕《開元天寶遺事》卷上「物外之游」條：「王休高尚，不親勢利，常與名僧數人，或跨驢，或騎牛，尋訪山水，自謂結「物外之游」。」

雲山吟〔一〕

西山嵯峨出雲上，〔二〕東山蜿蟺雲之下。〔三〕東西環向拱神皋，〔四〕烟雲出没生幽冶。我性愛山不住山，〔五〕却來平地望雲嵐。頻年拾級臨江閣，曠覽常侵日夕還。昨宵露冷秋風起，曉瞰千峰雲散綺。〔六〕雲光黛色相間明，匡廬半壁難爲比。〔七〕從來岷蜀山稱奇，中藏靈異世莫知。青山白雲共終古，偶然吟取畫中詩。〔八〕

〔一〕輯自高賡恩《思貽齋詩約存》卷九上《和伍崧生大前輩〈雲山吟〉韻》詩附録伍肇齡原詩。
〔二〕《萬曆四川總志》卷五：『西山，治西。一名雪嶺，杜甫詩「雪嶺界天白」，又云「東郭滄江合，西山白雪高。」』
〔三〕《民國華陽縣志》卷二：『東山之首曰龍泉山，其山自簡陽之龍泉驛西上，歷太平鎮東而入縣境。』
〔四〕《文選·齊故安陸昭王碑文》李周翰注曰：『皋，地也。其地肥沃故云神皋。』
〔五〕張栻《下山有作》：『愛山不肯住山間。』
〔六〕謝朓《晚登三山還望京邑》：『餘霞散成綺。』
〔七〕白居易《草堂記》：『匡廬奇秀，甲天下山。』
〔八〕蘇軾《書摩詰藍田烟雨圖》：『觀摩詰之畫，畫中有詩。』

十一月二十八日馬紹相司馬來言，流杯池已引水滿注，吟詩樓諏吉明正十日上梁矣，曉枕初醒，偶成短句，柬範堂水部、也樵明府〔一〕

江樓首擅岷川勝，年年四月游人盛。流杯池沼今落成，挈領爲歡先火令。羽觴逸句傳藝林，成周樂事遥堪尋。〔二〕三千年下老庸蜀，天地春色來鬖鬖。小樓還揆上梁辰，詩家清景憐初春。〔三〕二王涉筆風雅親，〔四〕待看摛藻花俱新。〔五〕

〔一〕輯自聊園老樵《詩緣正編續》卷八。馬少相，名長卿，四川華陽人，光緒己卯舉人，《民國華陽縣志》卷一七有傳。王範堂，名文謨，原名炳章，四川漢州人，光緒丙子進士，官工部主事。王也樵，名增祺，一字師曾，四川華陽人，歷官陜西韓城、石泉、洋縣知縣，《民國華陽縣志》卷一五有傳。此詩王文謨有和，見附録《江樓浣箋亭、流杯池落成，明年復擬築吟詩樓，以還當年舊觀，恭步崧生姻伯元韻》。

〔二〕《文選·三月三日曲水詩序》李善注引《續齊諧記》曰：『昔周公成洛邑，因流水以泛酒，故逸《詩》曰：「羽觴隨流波。」』

〔三〕楊巨源《城東早春》：『詩家清景在新春。』

〔四〕二王即王範堂、王也樵也。

〔五〕班固《答賓戲》：『摛藻如春華。』韓愈《和席八十二韻》：『花與思俱新。』

三月三日流杯池吟詩樓落成同人雅集〔一〕

青蓮少日錦城游，暮雨春江句早留。〔二〕彩筆千年誰夢授，〔三〕吟詩又起水邊樓。〔四〕

女子多才舊擅名，唐詩一卷可憐生。〔五〕滌瑕蕩穢休明代，須信人間有正聲。〔六〕

自昔名傳女校書，〔七〕浣花箋色艷環區。〔八〕至今井水供烹茗，留得甘香醒酒徒。〔九〕

元相曾游錦水濆，〔一〇〕題詩遥憶蕙蘭芬。而今却作非非想，樓閣玲瓏起五雲。〔一一〕

〔一〕輯自彭芸蓀先生《望江樓志》附《江樓題詠》。

〔二〕李白《登錦城散花樓》：『暮雨向三峽，春江繞雙流。』

〔三〕《南史·江淹傳》：『又嘗宿於冶亭，夢一丈夫自稱郭璞，謂淹曰：「吾有筆在卿處多年，可以見還。」淹乃探懷中得五色筆一以授之。』

〔四〕原注曰：『吟詩樓。』

〔五〕《直齋書録解題》卷二〇著録《薛濤集》一卷。

〔六〕原注曰：『吟詩樓名雖仍是，事則更新，特標李、杜，以示《大雅》扶輪之意。』

〔七〕王建《寄蜀中薛濤校書》：『萬里橋邊女校書。』《唐才子傳·薛濤》：『及武元衡入相，奏授校書郎。』

〔八〕九家集注《杜詩》引任弁《梁益記》云：『居人多造彩箋，故號浣花。』薛濤所製箋，亦稱爲浣花箋。《蜀箋譜》：『濤僑止百花潭，躬撰深紅小彩箋，裁書供吟，獻酬賢傑，時謂之薛濤箋。』

〔九〕原注曰：『井前亭。』吴振棫《薛濤酒》自注：『汲薛濤井以釀，味極清冽。』

〔一〇〕《蜀箋譜》：『濤出入幕府，自皐至李德裕，凡歷事十一鎮，皆以詩受知。其間與濤唱和者，元稹、白居易、牛僧孺、令狐楚、裴度、嚴綬、張籍、杜牧、劉禹錫、吴武陵、張祜。餘皆名士，記載凡二十人，競有酬和。』

〔一一〕原注曰：『五雲館。』

頌夏總戎歌〔一〕

蒼山洱海西南徼，〔二〕金馬碧雞通蜀道。〔三〕江山盤鬱靈氣鍾，崛起偉人真國寶。〔四〕身經百戰衛鄉邦，膚如刻劃曾無撓。〔五〕死生一致出艱難，大似尉遲立功早。〔六〕丹墀詔對天語温，龍顔驚喜嘉忠抱。〔七〕昔年作鎮莅松州，〔八〕和揖民夷善運籌。〔九〕士卒懷恩同挾纊，〔一〇〕春風被澤不知秋。錦城移節尤尊重，營務全川運量周。前年鞠旅歷邊隘，决勝遐荒征黠酋。三砦從來恃隅負，途阻行旅森戈矛。連營并進誅不法，崩角稽首皆誠投。文報自兹無復梗，西通藏衛盡庚郵。〔一一〕維茂連疆皆忭舞，四民安樂遍歌謳。我今識公二十稔，知公特操非常流。忠勇性成志敵愾，熊羆之士宜公侯。〔一二〕是翁矍鑠古所詡，領德壽考承天庥。

〔一〕輯自《松潘縣志》卷八。夏總戎，名毓秀，字琅溪，雲南昆明人，《清史稿》卷四五六有傳。
〔二〕《景泰重修雲南圖經志》卷五：『點蒼山，在大理府治之後。高千餘仞，山有十九峰。』又同卷：『西洱海，一名西洱河，即古之葉榆澤也，在府治之前。其源自麗江，過劍川、鄧川而來，合十八溪之泉而潴於此。』
〔三〕《漢書·王襃傳》：『後方士言益州有金馬碧雞之寶，可祭祀致也。宣帝使襃往祀焉。』
〔四〕《吴越春秋·勾踐陰謀外傳》：『賢士國之寶。』
〔五〕《民國松潘縣志》卷六《夏毓秀傳》：『每戰，身先士卒，積傷如鱗。』
〔六〕《新唐書·尉遲敬德傳》：『桑蔭不徙，而大功立。』
〔七〕《清史稿·夏毓秀傳》：『十三年，入覲，上垂視傷痕，慰勞備至。』
〔八〕《民國松潘縣志》卷五『總兵』：『夏毓秀，雲南昆明縣人，光緒七年任、九年任、二十一年再任。』同書卷六《夏毓秀傳》：『光緒中，署松潘鎮，實心圖治，百廢俱舉。』
〔九〕《清史稿·夏毓秀傳》：『莅鎮十載，培堤岸，浚溝洫，儲倉廩，士民德之，至建生祠以祀。』
〔一〇〕《左傳·宣公十二年》：『三軍之士皆如挾纊。』
〔一一〕《民國松潘縣志》卷六《夏毓秀傳》：『諸夷悉定，募設利字馬隊百名，巡游邊地，保護商旅。』
〔一二〕《尚書·康王之誥》：『則亦有熊羆之士，不二心之臣。』

游鑿華、葛仙還至龍藏寺，題贈雪堂老人并呈星槎大和尚吟席〔一〕

我游鑿葛往復還，〔二〕還經龍藏初叩關。〔三〕雪堂老人吾舊識，〔四〕緑天蘭若留槃桓。〔五〕老人夙昔親風雅，禪誦餘閑絶瀟灑。昨至山中見題壁，同游時伴黄江夏。〔六〕江夏與吾同年交，罷官南北恣游遨。歸田友教鄂城裏，江漢英靈從如水。〔七〕何郎經過一見之，報君白首存知己。〔八〕我年今亦屆懸車，〔九〕淡泊情懷只自知。松間明月常相照，嶺上白雲誰共怡。〔一〇〕出門欲訪山中友，十年重逢笑開口。〔一一〕青葱卉木好園林，饌設伊蒲旨且有。〔一二〕此寺創自貞觀年，朱明香火長綿延。末季遭逢劫火後，高僧大朗初安禪。〔一三〕大朗本是僧中傑，〔一四〕苦行圓機皆第一。數十萬頃開田渠，三邑至今蒙惠澤。〔一五〕建祠請謚君之功，天語崇褒何烜赫。〔一六〕近歲新葺潛西舍，〔一七〕静觀三空明四假。〔一八〕萬機休罷轉多欣，更有餘情玩書畫。〔一九〕弟子星槎今繼席，琴曲喜能彈白雪。〔二〇〕昨夜雙聽妙手揮，〔二一〕衆賓側耳皆歡悦。老人法眷饒兒孫，定卜頤神壽增益。我欲從君十日游，紛然塵事那能休。〔二二〕明朝却返錦城去，贈句愧非河西謳。〔二三〕

〔一〕輯自成都市新都區桂湖碑林藏光緒間龍藏寺方丈雪堂含澈所刻詩碑，落款爲『邛州伍肇齡逸叟初稿』。此碑曾於一九九二年新刻，現存大邑縣高堂寺碑林，文同。《蜀詩續鈔》卷五亦收録此詩，字句略有出入。此詩釋含澈、張森楷皆有唱和，見本書附録二雪堂含澈《伍公崧生太史游鑿華葛仙還，至龍藏寺，題贈七古一篇，賦此奉和》、張森楷《游龍藏寺疊伍嵩生師留題元韻奉贈雪堂退士并呈星槎方丈、月泉上人》。

〔二〕《方輿勝覽》卷五四：『葛仙山，有崇真觀，在濛陽北四十里，二十四化之第五化也。葛仙翁璝、楊仙翁升賢於此得道。』《嘉慶什邡縣志》卷六：『鎣華山，縣西北一百二十里，山巔積雪，四時不消。』

〔三〕李悝《重修龍藏寺碑記》：『繁之西，有龍藏寺，肇於貞觀三年，曰慈惠庵。宋祥符元年始有龍藏之名。或曰：唐玄宗幸蜀，故名。』

〔四〕釋含澈，號雪堂，姓支氏，四川新繁人，《民國新繁縣志》有傳。

〔五〕綠天蘭若，龍藏寺僧寮，咸豐四年含澈重修。

〔六〕黄江夏，即黄雲鵠。雲鵠，蘄春人，蘄春舊屬江夏。《民國新繁縣志》卷二〇《釋含澈傳》：『祥人、子遠與澈尤契合無間。祥人官於瀘州，澈冒暑往訪，同游涪溪、乳穴崖諸勝，賦詩以紀。瀘人稱之，比於山谷、佛印。』

〔七〕《湖北通志·黄雲鵠傳》：以老罷歸，主講鍾山、江漢書院。』《詩經·齊風·敝笱》『齊子歸止，其從如水。』

〔八〕原注曰：『香山何小宋同年之季嗣子衡直刺來蜀，言親見之，屬致意予與老人，匆匆不及作書也。』《蜀詩續鈔》卷五收録此詩，『子衡直刺』作『紫峰太守』，『屬』作『屢』。

〔九〕《白虎通·致仕》：『臣七十懸車致仕者……懸車示不用也。』

〔一〇〕王維《山居秋瞑》：『明月松間照』。陶弘景《詔問山中何所有，賦詩以答》：『山中何所有，嶺上多白雲。只可自怡悦，不堪持贈君。』

〔一一〕十年，《蜀詩續鈔》卷五收録此詩作『十載』。

〔一二〕《後漢書·楚王英傳》：『贖以助伊蒲塞桑門之盛饌。』《山堂肆考》卷一四五：『或云：伊，伊蘭花；蒲即菖蒲花。西域以之供佛，故曰伊蒲饌。』

〔一三〕《民國新繁縣志》卷一《寺觀》：『龍藏寺，……明末復毁，清康熙六年，知縣張人瑞暨寺僧大朗重加修葺。』

〔一四〕大朗，俗名楊今璽，四川渝州人，破山大師再傳弟子。《民國新繁縣志》卷二〇有傳。

〔一五〕原注曰：『師募開水利於雙流、温江、新津等處，君於雙江爲建祠并求大府奏明請謚，蒙勅封静惠禪師。』

〔一六〕含澈《護法祠記》：『光緒九年，予爲九世祖師大朗老人開水利事，籲請敕封建祠。……奉上諭敕封僧人大朗爲静惠禪師，建專祀於雙流三聖祠。』

〔一七〕《民國新繁縣志》卷二〇《釋含澈傳》：『暮年，築潛西精舍，更號潛西退士。』
〔一八〕《般若經》：『三空：一人空，二法空，三俱空。』
〔一九〕《蜀詩續鈔》卷五收録本詩，釋含澈附識曰：『崧生太史此詩作後越兩旬，又由智生寄，改作「文字雕鎸日不暇，一時碑版照樓臺。亭覆翠珉工構架」三句於「萬機休罷轉多欣」之下。「弟子星槎今繼席」之上，删去「更有餘情玩書畫」七字，因備注於此，以欽太史晚節詩律之細也。』
〔二〇〕《淮南子·覽冥訓》：『昔者，師曠奏《白雪》之音，而神物爲之下降。』高誘注曰：『《白雪》，太一五十弦瑟琴樂名也。』《太平御覽》卷五九一引張華《博物志》曰：『《白雪》是大帝使素女鼓五十弦琴曲名。』
〔二一〕原注：『星槎法嗣月泉亦善琴。』
〔二二〕能，《蜀詩續鈔》作『得』。
〔二三〕《孟子·告子下》：『昔者，王豹處於淇，而河西善謳。』

立秋日，王爵棠方伯、夏琅溪軍門、蔣筠軒觀察招同子修星使、劉幼丹觀察、江叔海山人、羅揚庭山長暨余游昭覺寺。初子翁欲作主人，觀察未允，引放翁『唤作主人原是客』之句，而潘慎初觀察又預主人之列。竟日槃桓，宴賞極樂，用子翁先曾王考《小羅浮山館集》中《自歡喜庵至昭覺寺》原韻録呈粲正〔一〕

稻田多羡米長腰，〔二〕行入雲堂訪静寮。仙侣聯翩聽異樂，〔三〕嘉賓陪從喜同條。〔四〕詩裁寶地花生筆，〔五〕

酒解賢人茗飲瓢。〔六〕三世來游佳話續，〔七〕相承德義樂囂囂。

〔一〕輯自杭州圖書館藏稿本《吴慶坻唱和詩集》。《重修昭覺寺志》卷八補編將此詩與《越日，子翁步先德韻二首見示，依韻奉和》合爲一題，題作《七月三日，王爵棠方伯、夏琅溪軍門、蔣筠軒、潘慎初兩觀察招同吴子修學使、劉幼丹太守、江叔海徵士、羅揚庭山長暨余游昭覺寺。盤桓竟日，談宴極樂，和學使敬步〈小羅浮山館集〉中〈自歡喜庵至昭覺寺〉韻七律二首》。按：光緒二十五年七月初三日，四川布政使清泉王之春、松潘鎮總兵昆明夏毓秀及長沙蔣兆奎、荔浦潘乃光邀同四川學政錢塘吴慶坻、成都知府嘉魚劉心源、長汀江瀚、什邡羅光烈及先生游城北昭覺寺。《江叔海日記》己亥七月初三日載：『辰正，往昭覺寺，應夏朗溪軍門、王爵棠方伯、蔣筠軒觀察之招。劉幼丹、潘晟初二觀察亦在主人之列。吴子修學使先到，伍嵩生、羅揚庭兩山長踵至。談宴甚歡。』先是，吴慶坻曾祖吴昇官四川時有詩《自歡喜庵至昭覺寺》。其後，昇子振棫任四川總督，有《飯昭覺寺敬和先大夫集中〈自歡喜庵至昭覺寺〉韻》步其韻。光緒間吴慶坻又作《立秋日夏琅溪軍門，王爵棠方伯，劉幼丹、蔣筠軒、潘晟初三觀察招游城北昭覺寺，同集者伍崧生前輩、羅揚廷同年、江叔海山長，敬步先曾王父〈自歡喜庵至昭覺寺〉詩韻》再步其韻，一家三世於昭覺寺皆詩，是爲蜀中文壇佳話。是日，先生及在座諸公王之春、夏毓秀、蔣兆奎、潘乃光、劉心源、江瀚、羅光烈皆有和詩。

〔二〕原注曰：『環寺皆田。』

〔三〕原注曰：『方伯携留音機器到寺同賞。』《重修昭覺寺志》卷八補編注作：『謂留音機器。』

〔四〕同條，所尚同也。《漢書·揚雄傳上》：『奚必同條而共貫。』

〔五〕原注曰：『諸公皆有詩。』

〔六〕《三國志·徐邈傳》：『平日醉客謂酒清者爲聖人，濁者爲賢人。』

〔七〕謂吴慶坻及其祖振棫、曾祖昇三世游昭覺寺也。吴慶坻詩：『三世因緣證香火』，自注曰：『先曾王父留題之後三十年，咸豐乙卯大父游昭覺寺詩，敬步原韻。今距乙卯又四十五年矣。』

越日，子翁步先德韻二首見示，依韻奉和〔一〕

爽挹松風帶解腰，暫抛案牘憩禪寮。〔二〕諸公自結軒裳契，〔三〕老衲停拈椰栗條。〔四〕紺宇涼生迎葛扇，〔五〕味江詩就憶唐瓢。〔六〕廣陵高唱難爲和，〔七〕誦倚秋窗遠俗囂。

〔一〕輯自杭州圖書館藏稿本《吴慶坻唱和詩集》。

〔二〕暫，《重修昭覺寺志》卷八補編作「同」。

〔三〕自結，《重修昭覺寺志》卷八補編作「豈獨」。《重修昭覺寺志》卷八補編原注作：「謂方伯、軍門、觀察諸公皆心存憂國，非徒樂仕宦者也。」李白《潁陽别元丹丘之淮陽》：「本無軒裳契，素以烟霞親。」

〔四〕《五燈會元》卷一九：「安吉州烏鎮壽聖院楚文禪師上堂拈拄杖曰：『華藏木椰栗，等閑亂拈出。』」

〔五〕原注曰：「謂方伯諸公。」《重修昭覺寺志》卷八補編原注作：「謂中恂和尚塹輟禪講，迎候諸大檀越。」

〔六〕《明一統志》卷六七：「味江，在崇慶州北五十里，源出雪山。昔蜀王征西蕃，有野人以壺酒獻王。投之江，使三軍飲之，皆醉。因名。」《詩人玉屑》卷二〇引《古今詩話》：「唐末，蜀州有唐求，放曠疏逸，方外人也。吟詩有所得，即將稿撚爲丸，投大瓢中。後卧病，投瓢於江曰：『兹瓢苟不沈没，得之者方知吾苦心耳。』瓢至新渠江，有識者曰：『此唐山人詩瓢也。』」

〔七〕《重修昭覺寺志》卷八補編作「錢塘首唱群仙和」。按：廣陵散，琴曲名。《晋書·嵇康傳》：「夜分，忽有客詣之，稱是古人，與康共談音律，辭致清辯。因索琴彈之，而爲《廣陵散》，聲調絶倫，遂以授康，仍誓不傳人。」

立秋日昭覺寺即事一首并録呈粲正〔一〕

己亥立秋日，青天無片雲。同游大蘭若，〔二〕趣賞徹朝曛。妙音通中外，〔三〕高軒會武文。〔四〕旨嘉逢盛宴，〔五〕醉飽樂欣欣。

〔一〕輯自杭州圖書館藏稿本《吴慶坻唱和詩集》。落款爲『同學弟伍肇齡呈稿』。

〔二〕《留青日札》卷二七『蘭若』條：『梵言阿蘭若，皆知曰寺也，或曰無諍也，或曰空静處也。』

〔三〕原注曰：『謂留音機器。』

〔四〕武謂王之春、夏毓秀諸公，文謂吴慶坻、江叔海諸公。

〔五〕《詩經・小雅・頍弁》：『爾酒既旨，爾殽既嘉。』

用昭覺寺和韻再呈粲正〔一〕

西湖芳草緑裙腰，行上韶光北寺寮。仙里重欣瞻國老，〔二〕錦城初見綰藩條。〔三〕四朝佳話三持節，〔四〕兩歲清歡再舉瓢。〔五〕閑道息邪公力贍，方甄良士屏浮囂。

〔一〕輯自杭州圖書館藏稿本《吴慶坻唱和詩集》。落款爲『同學弟伍肇齡初稿』。

〔二〕原注曰：『同治戊辰游浙，再見尊先尚書公，蒙款語移時，細詢蜀中親舊，惜辭别匆匆，未得續聆清誨也。』

〔三〕原注曰：『尊先尚書公由蜀藩晋節帥。肇齡於道光己酉以後輩禮見於東垣署中，極蒙愛顧。』

〔四〕吴昇，字秋漁，浙江錢塘人，乾嘉時歷官四川崇寧、灌縣知縣，資州、潼川、叙州、順慶、夔州知府。振棫，字仲雲，道光二十八年任四川布政使，咸豐六年擢四川總督。吴慶坻，字子修，光緒二十三年任四川學政。故曰『四朝三持節』，王之春《次游昭覺寺原韻二首呈子修學使仁兄大人》詩『三世西川笏在腰』即此意。

〔五〕原注曰：『謂去今兩歲，并陪雅集。』

拙句辱承賜和，運筆如初，寫蘭亭恰到好處，但盛譽愧不敢當耳，叠韻奉和，即以爲壽，録呈粲正〔一〕

羅漢前身曲録腰，〔二〕芝顔玉貌本仙寮。精神韶石千秋鑒，幬蔭岩松百尺條。宏濟舟行川上楫，長生酒進費公瓢。〔三〕澤兼幽顯增遐福，貞度長欽式俗囂。

〔一〕輯自上海馳翰二〇一六春季藝術品拍賣會藏品。落款爲『治愚弟伍肇齡拜稿上筠軒大公祖大人閣下』。按此詩韻爲光緒二十五年七月初三日四川學政吴慶坻步其曾祖吴昇《自歡喜庵至昭覺寺》詩韻，可知本詩之作，當在此時。

〔二〕歐陽炯《貫休應夢羅漢畫歌》：『曲録腰身長欲動。』

〔三〕蘇轍《木山引水二首》其二：『山川迤邐費公瓢。』

十月三日早出口占[一]

際曉出門去，六街烟霧濛。彌天清雨歇，初日白雲籠。人事幾時屏，道心非俗同。誰知七十叟，忙切爲謀忠。

〔一〕輯自上海馳翰二〇一六春季藝術品拍賣會藏品。此札共鈔先生詩三首，曰《十月三日早出口占》《東江叔海》《閑趣》。落款爲「近作録呈粲正，治愚弟伍肇齡漫稿」。其中《東江叔海》，即前文所輯之《和江叔海見懷元韻》，故此處不重出。

閑　趣

投老安無事，塵心日更灰。晝燈照暗室，陰雨踐滋苔。籬菊寒猶艷，霜禽下不猜。親情書懶答，郵寄又重來。

有懷一首奉酬叔海大兄大人即希粲正[一]

君懷經濟才，我抱隱淪志。才思拯時艱，[二]志不干名利。憶與君相知，亭亭盈一紀。[三]晤談皆雅言，正學戒阿世。君今游幕府，借籌方得地。嚴公結杜交，〔四〕武相與裴契。〔五〕布衣未可量，東南復兹美。〔六〕假日同樂遨，錦波堪矚麗。〔七〕人生重會合，憎灑别離淚。〔八〕何幸共都居，過從至容易。短晷當沈陰，端坐念友誼。拈毫屬成吟，興藉詩篇寄。

〔一〕輯自江瀚《片玉碎金》，落款爲『弟伍肇齡初稿』。本詩也見於上海馳翰二〇一六春季藝術品拍賣會藏品，題作《柬江叔海》。

〔二〕思，《柬江叔海》作『欲』。

〔三〕盈，《柬江叔海》作『逾』。

〔四〕結，《柬江叔海》作『與』。《舊唐書·杜甫傳》：『武與甫世舊，待遇甚隆。甫性褊躁，無器度，恃恩放恣。嘗憑醉登武之牀，瞪視武曰：「嚴挺之乃有此兒！」武雖急暴，不以爲忤。』

〔五〕與，《柬江叔海》作『結』。武相，武元衡也；裴，裴度也。《舊唐書·柳公綽傳》：『武元衡罷相，鎮西蜀，與裴度俱爲元衡判官，尤相善。』

〔六〕復兹美，《柬江叔海》作『美斯際』。

〔七〕原注曰：『江樓岸石舊鎸「錦波麗矚」四字。』《柬江叔海》注，江樓岸，作『江樓前岸』。

〔八〕原注曰：『君與王中丞宿好，贈行之詩情見乎辭。』《柬江叔海》注，宿好，作『舊好』；詩，作『作』。

十五日奎閣下避暑言懷〔一〕

雨後晴復熱，席地閣西隅。迎面有嘉樹，風來凉生膚。曰余一何幸，生作聖代儒。山林有逸性，久謝京塵趨。潛踪古石室，喜與吾人徒。迄兹二紀餘，衰年邁懸車。仰慚經濟士，著論陳宏謨。俯愧荷戈侶，〔二〕雪憤成捐軀。飽食而遨游，堂堂度朝晡。杞憂孰解得，〔三〕顔樂能尋無。〔四〕有世豈堪出，無賢難厚誣。斯文終不喪，〔五〕豪傑興中區。〔六〕

〔一〕輯自聊園老樵《詩緣正編續》卷八。奎閣，即奎星閣，位於錦江書院講堂後，乾隆三十二年山長顧汝修建。

〔二〕《荀子·議兵》楊倞注曰：『置戈於身之上，謂荷戈也。』

〔三〕《列子·天瑞》：『杞國有人憂天地崩墜，身亡所寄，廢寢食者。』

〔四〕《論語·雍也》：『人不堪其憂，回也不改其樂。』

〔五〕《論語·子罕》：『天之將喪斯文也，後死者不得與於斯文也；天之未喪斯文也，匡人其如予何？』

〔六〕《文選·文賦》李善注曰：『中區，區中也。』

癸卯九日重赴鹿鳴嘉宴〔一〕

重陽日趁放晴天，〔二〕桂苑重游及此年。士喜登龍開慶榜，〔三〕工歌鳴鹿肆華筵。〔四〕笙簧舊舉周家典，〔五〕絲管新聽蜀國弦。〔六〕叩首拜恩瞻北闕，〔七〕慚予領袖衆才賢。〔八〕

〔一〕輯自聊園老樵《詩緣樵説拾遺》卷一。曰：『癸卯九日伍崧生先生重赴鹿鳴嘉宴，賦詩二章，録一以志盛事云：「云云」。』據《光緒實録》卷五一二光緒二十九年二月丙午條：『准前翰林院編修伍肇齡重與鹿鳴筵燕，賞侍講銜。』

〔二〕孫培吉《默室日記》癸卯九月初九日載：『到伍祖姑丈處賀重宴鹿鳴喜。』

〔三〕《後漢書·李膺傳》李賢注引辛氏《三秦記》曰：『河津一名龍門，水險不通，魚鼈之屬莫能上。江海大魚薄集龍門下數千，不得上，上則爲龍也。』

〔四〕鳴鹿，即鹿鳴也，因詩句平仄之故而顛倒之。

〔五〕《詩經·小雅·鹿鳴》：『吹笙鼓簧，承筐是將。』

〔六〕李賀《聽穎師彈琴歌》王琦注曰：『蜀國弦，琴也。唐時琴材以蜀地爲貴，故謂之蜀國弦。』

〔七〕《文選·荅蘇武書》楊周翰注曰：『北闕，天子所居也。』

〔八〕時至光緒癸卯，翰林前輩凋零殆盡，惟先生年輩最早，故稱領袖衆才賢。俞樾《曲園自述詩》自注曰：『余於道光庚戌入翰林，至光緒癸卯五十四年矣。檢認啓單，惟四川伍肇齡是丁未前輩，餘皆後輩也。』

詠紫薇花〔一〕

墻東歲發紫薇花，暑月蒸成一樹霞。〔二〕回首玉堂天萬里，〔三〕何時分種到山家。

〔一〕輯自聊園老樵《詩緣正編續》卷八。

〔二〕《廣群芳譜》卷四引梁元帝《纂要》：『五月曰仲夏，亦曰暑月。』

〔三〕《七修類稿》卷二六：『唐中書省亦曰玉堂。』《夢溪筆談》卷三：『唐故事，中書省中植紫薇花。』

·詞録·〔一〕

〔一〕先生詞作甚少，可見者僅重圖藏本《石堂詩鈔》附《石堂詞鈔》數首。本部分即據此整理。又據《默室日記》輯補一首。

減字木蘭花 白蓮〔一〕

如雲似雪，碧沼芳華呈皎潔。朗月清風，白首聯吟玩賞同。　於中瑩徹，堪比根心生玉色。更擬精神，飲露仙姿綽約身。

〔一〕《減字木蘭花·白蓮》至《虞美人》，整理自重圖藏本《石堂詩鈔》附《石堂詞鈔》。

臨江仙 過尊經書院作

人去書留堂室静，琅玕左右亭亭。〔一〕垂陰窗户碧瓏玲。此君端不俗，〔二〕幽韻孰來聽？　憶創鴻規民力借，〔三〕巍巍建閣儲經。心期江漢有英靈。〔四〕博文能約禮，〔五〕鄒魯紹儀型。〔六〕

〔一〕杜甫《鄭駙馬宅宴洞中》趙次公注云：『琅玕，竇樹名，美物也，故詩家多以比竹。』

〔二〕蘇軾《於潛僧緑筠軒》：『無竹令人俗。』

〔三〕吴棠《奏爲四川紳民公請捐建尊經書院并刊刻經史事》稱：『所有一切經費，議由合省紳糧公捐，分屬措籌。』《光緒銅梁縣志》卷三：『光緒元年輪尊經書院銀共一千一百兩。』《民國大足縣志》卷三：『餘款捐建成都駱公祠三百兩，尊經書院八百兩。』

〔四〕左思《蜀都賦》：『近則江漢炳靈，世載其英。』

〔五〕《論語・子罕》：『博我以文，約我以禮。』

〔六〕宋祁《成都府新建漢文翁祠堂碑銘》曰：『自公之來，蜀之人自視若鄒魯。』劉敞《題浙西新學》：『文翁昔時理蜀土，能令蜀人似鄒魯。』

浣溪沙 杏花

昨夜風開絳樹花，玉堂高起赤城霞，〔一〕倚雲枝葉最清華。　競道科名能兆瑞，〔二〕幾人探取興無涯，遺芳須溯魯東家。〔三〕

〔一〕原注曰：『石室，一名石堂，又名玉堂。』按：《藝文類聚》卷六三引《華陽國志》：『文翁立講堂，作石室，一曰玉堂。』

〔二〕《歲時廣記》卷一引《秦中歲時記》：『進士杏花苑初會，謂之探花宴。』《太平廣記》卷一七八引《唐摭言》：『神龍已來，杏園宴後，皆於慈恩寺塔下題名。』

〔三〕《顔氏家訓・慕賢》：『魯人謂孔子爲東家丘。』《文選・爲曹洪與魏文帝書》張銑注曰：『魯人不識孔丘聖人，乃云：「我東家丘者，吾知之矣。」』《莊子・漁父》：『孔子游乎緇帷之林，休坐乎杏壇之上。』

虞美人

蓬山絳闕知何處，〔一〕縹緲懷仙侶。當時得遇語偏長，鳥迹遺書世眼豈能詳。〔二〕　尋常豈有階天路，遠志浮雲慕。〔三〕終然舉手謝人間，飛絮落花迎面尚姍姍。游仙

小園新緑參差競，紅澹芳菲盡。子規啼徹柳綿飛，梅引新枝摇蕩碧烟微。　一年韶景留難住，〔四〕過眼花無數。驚雷昨夜積陰開，喧潤更番長養轉恢臺。〔五〕新緑

溪流一夜喧喧續，枕簟微凉覺。今朝絲雨鎮廉纖，漫散徐飛珠網瑩高檐。　晝長暑遠雲山裏，舊賞增新美。此中有意妙無言，助我清歌瀏亮數聲蟬。夏雨山中

〔一〕用蘇軾《水龍吟》『古來雲海茫茫，蓬山絳闕知何處』原句。蘇詞原序曰：『昔謝自然欲過海求師蓬萊，至海中，或謂自然：「蓬萊隔弱水三十萬里，不可到。天台有司馬子微，身居赤城，名在絳闕，可往從之。」自然乃還受道於子微，白日仙去。』

〔二〕《淮南子·本經訓》高誘注曰：『蒼頡始視鳥迹之文造書契。』許慎《説文解字序》：『黄帝之史蒼頡，見鳥獸蹄迒之迹，知分理之可相別異也，初作書契。』

〔三〕原注曰：『「眇遠志之所及兮，憐浮雲之相羊」，見《楚辭》。』

〔四〕《初學記》卷三引梁元帝《纂要》：『景曰媚景、和景、韶景。』
〔五〕《文選·九辯》吕延濟注曰：『恢臺，長養也。』

西江月〔一〕

昨日中秋佳節，今晨逸客生朝。〔二〕錦城絲管自喧囂，〔三〕聒耳何嫌俗調。　贏得身閑無事，青山緑水逍遥。仰天搔首望雲霄，别有出塵懷抱。

〔一〕輯自孫培吉《默室日記》宣統庚戌八月十六日條：『到伍祖姑丈處拜生，見之。陳酉生、張紹儒在焉。祖姑丈有詞云：「云云」。』題名據詞牌補。
〔二〕《道光癸卯科直省同年全録》：『伍肇齡……道光己丑八月十六日生。』
〔三〕杜甫《贈花卿》：『錦城絲管日紛紛。』

·文鈔·〔一〕

〔一〕張位元《伍肇齡傳》稱先生著有《石堂藏書》。此書今未見傳世，且僅載於此傳，後世之説，皆本於此。觀其書名，或爲先生私人藏書之書目也。考先生所刻諸書，如《陳氏叢書》《京選采芹秘訣小引》皆出於自藏手稿。因藏於錦江書院，故以「石堂」名之。又據先生「獨梓異書藏石堂」詩句，《石堂藏書》又或爲先生所刻之書之總名，非先生之文集也。

先生之文，可考者僅光緒二十三年所刻自作試帖一本，見《默室日記》光緒丁酉七月二十九日條：「祖姑丈遂又贈其所刻《姚氏藥言》及自作試帖各一本。」餘則不可考，或未搜輯成集。今僅輯得先生逸文散載於各書之序跋、人物傳記及上大府之呈文等計六十餘篇。

此外，先生文可考之有目無文者，尚有數篇：一曰，《七星山人詩存序》一篇。見於岳森《七星山人集序》：「《七星山人詩存》，襄校到省，携入成都，與家慈《留仙閣詩存》同付手民。蒙業師院長邛州伍先生、摯友宜賓邱芸帆訓導兩人賜序。……改題爲《七星山人集》呈懇伍師另序。邱序仍用舊題。」二曰，廖平撰著序一篇。見於《癸甲襄校録序》：「廖之撰著，早已刊傳，余别有序説。」三曰，《石室詩文鈔序》一篇。見於《民國樂山縣志》卷一一：謝金元「《石室詩文鈔》二卷，伍肇齡序。」四曰，《福善橋記》一篇。見於《民國眉山縣志》卷二：「福善橋，光緒八年丹棱葉九殿建，翰林伍肇齡記。」

殿試對策〔一〕

臣對：臣聞通經斯能致用，建學乃可育才，藏富所以保民，整軍必先耀德。載稽往籍，《易》著離明之象，[二]《詩》歌令望之休。[三]《傳》言圖匱之方，[四]《書》重詰戎之典。[五]古帝王侔輿蓋於二儀，[六]廣鈞陶於萬類，[七]斟元御宇，錫極臨宸，好古而矢辛勤，入學而虔丁祀，儲藏而嚴申命，巡防而警甲兵。莫不本夙夜勤求之實，以握天人交應之符。用能紬編闡義，腹笥充焉；[八]青佩咸修，[九]面墻免焉；[一〇]蒼生安堵，質樸崇焉；赤艦陳兵，膚功奏焉。所由熙春泳化，[一一]函夏翔和，[一二]登斯民於上理者，恃此也。

欽惟皇帝陛下玉衡保泰，[一三]金鏡乘乾，[一四]溥大德以同天，洽深仁而壽世，固已六藝深明而人歸陶淑，[一五]千倉有備而士習軍容矣。乃聖懷冲挹，猶切疇咨。體至善之無遺，好邇言之是察。[一六]進臣等於廷而策以明經學、嚴士習、裕儲蓄、飭兵防諸大政。臣之愚昧，奚足以仰贊高深，顧當對揚。[一七]方始之時，敬念敷奏，以言之義，敢不勉述素所誦習者，用效管窺蠡測之微忱乎？[一八]

伏讀制策，有曰『通經者，致用之方』，而因進求夫歷代經學之傳，此誠以經垂教之盛心也。[一九]

臣僅案：畫《易》始於上古，[二〇]删《書》斷自唐虞，爲經之所由起。自是而賡歌爲《詩》之權輿，[二一]《春秋》作於孔子以寓褒貶，[二二]三《禮》之書非出一人之手，而表章往制，以垂來世者，至詳且盡。自秦燔六經，微言中絶，[二三]漢興，除挾書之禁，[二四]遺籍亦以間出。[二五]其時諸儒説經者，大抵皆孔門苗裔。商瞿受《易》，六傳至田何。[二六]子夏受《詩》，四傳至大毛公。[二七]左氏受《春秋》，八傳至張蒼，[二八]二家相承，各有淵源。至伏生治《書》，[二九]后倉説《禮》，[三〇]而經學益不絶。武帝廣厲學官，各家皆立博士。[三一]至貞觀，《正義》之行，[三二]前代諸家不復兼存，義歸畫一也。[三三]自漢以後，師儒莫盛於宋。承漢學之精詳，訓詁彰明，益爲之闡發其義，以垂訓於後世。濂洛關閩之學，所以歷久而不敝也。要之，學經者淹通以啓其藩籬，簡要以求其義藴。則於漢儒之學，既不至昧其旨歸，而於宋儒之言，復有以明其意趣。裕通經之識，爲通經之儒，不誠致用之有道而不負所學歟！聖朝崇儒重道，經學昌明，士可不經明行修，勉爲有用之學哉。

制策又以『風俗爲治平之本，而教化實風俗之原』，因上溯古昔敦龐之治，下逮末世澆薄之風，而欲振浮靡而返淳樸。〔三四〕

臣竊謂民俗之淳漓，視乎在上之政教爲轉移。上古之世，民安樸拙，及夫風氣漸開，而風行草偃，〔三五〕捷於影響。時雍於變，放勛之所以協和也；〔三六〕四方風動，重華之所以從欲也。〔三七〕沿及三代，夏尚忠，商尚質，周尚文，〔三八〕其民皆各有所蔽，而猶不遠於淳美之治，然猶以時讀法，糾其過惡。〔三九〕異言異服則有譏，〔四〇〕無授無節則弗納。〔四一〕道德一，風俗同，〔四二〕左道惑衆之徒，自無由煽誘以售其怪誕之説。自習尚澆漓，異端蠭起，斂錢聚衆，焚香誦經，結爲黨援，以傳其教。愚民無知，轉相漸染。是非特迫於饑寒者，甘冒法網以冀其幸免，即有素稱善良，亦不免惑於其術。是在牧民者，教導有方，先之以六行六藝三物以端其本，〔四三〕而士大夫型方訓俗，復以名教遍傳於鄉里間，斯可以使之守分循法而不爲所惑矣。孟子曰『經正民興』，〔四四〕韓愈曰『明先王之道以道之』。〔四五〕爲民者，庶可丕變矣。我朝俗美化行，首重風化，孰不爭自濯磨以仰副維新之化哉。

制策又以『積貯者，生人之大命』，而因講求歷代儲蓄之經、轉漕之法。〔四六〕

臣案：《周禮》倉人藏粟，〔四七〕旅師聚粟，〔四八〕遺人委積，〔四九〕儲蓄甚備。至漢耿壽昌設常平倉，〔五〇〕後漢劉般謂常平外有利民之名，内實侵刻百姓。〔五一〕當境采買，固虞勒派；采自鄰封，又添運費。蓋必斟酌其間，俾官民兩不受累，而後爲善法也。《元史》載河西務十四倉，京師二十二倉，〔五二〕爲今制所由昉。顧天庾轉輸，必假丁胥之手，乃或回漕以彌其闕，或攙和以混其真，是必嚴杜諸弊而後倉儲得實。成周以後，義、社二倉立法最善，〔五三〕然行之既久，均不能無弊。社倉之法，隋唐行之各不久而廢。惟朱子行之獨有成效，〔五四〕其良法美意至今存也。夫儲積之無虧也，緩急之有備也，惟所以斟酌調劑者，有以善其事於先則；所以隨時而應者，不致經畫之無術。籌轉運之法，則胥役無以用其奸；審糶糴之宜，則農民不至交相病。思久貯之方，則三年九年之有其蓄；議平價之道，則糴三糴二糴一之有其經。於以制國用，於以裕蓋藏，於以阜民生。夫是以無市價騰踊之虞，無米粟紅朽之患也。已皇上軫念民依，廑思足食，所以規求至善者，豈漢唐所能及歟！

制策又以『安民必先弭盗』而詳究乎保甲之制、海盗之防。〔五五〕

臣案：周官有比閭族黨之設，〔五六〕管仲創軌里連鄉之法，〔五七〕皆以里閈相習之人，察耳目至近之事，其法至爲美備。夫出入相友，守望相助，〔五八〕雖有奸宄，無以容之。惟是營汛堡墩之設，不能不寄之兵弁；寺院庵觀之察，不能不責之吏胥。賞罰不明，則兵或縱盗；稽查不力，則吏或藏奸。是必恩威之并用，窮究之必嚴，乃足以杜邪慝之謀，而絶宵小之迹。有治法尤貴有治人也。〔五九〕然而盗在閭閻者，猶可以旦夕治，若夫洋面遼闊，地勢險僻，匪徒之出没無常，則官兵之防制不易。迫之則潛踪伺隙，而不能竟其所之；緩之則肆掠商旅，而卒不可以復制。求所以絶其接濟、擣其巢穴者，非於將卒而汰其驕惰，於口隘而謹其出入，於偵探而測其阻深。何以見緝之之有道乎？縱之非所以安民，是在清其源而防其弊已。有其户口而民以無擾，時其訓練而兵以克威，嚴其巡哨而盗乃可戢，則里黨於以乂安而海外因之有截矣。
國家除暴安良，詰奸必亟，而尤致慎於海防，以嚴内外之閑，則寰之鏡清，方隅砥平，播和氣於中區，靖塵氛於四海矣。若此者，探虎觀之奇，睹鸞旂之至，效鹿裘之質，〔六〇〕習魚麗之師，〔六一〕揚駿烈，暢鴻庥，仁聖之事賅，帝王之道備矣。臣尤伏願皇上日新進德，〔六二〕天健昭行，簡册已探，而時殷玩索；藻芹已采，而倍廣栽培；倉儲已實，而猶戒侈奢；武備已修，而彌勤訓練。治徵風動，化洽露生，奄九有以來同，總八方而爲極，於以淳良康乂，曼羡延洪，上以敬迓蕃釐，下以永綏多祜，則我國家億萬年有道之長基此矣。臣末學新進，罔識忌諱，干冒宸嚴，不勝戰慄隕越之至，臣謹對。

〔一〕輯自上海圖書館藏伍肇齡殿試卷。先生應道光二十七年丁未科殿試，中式第二甲第二十三名進士。《道光實録》卷四四一道光二十七年四月己巳條：『策試天下貢士許彭壽等二百三十一名於保和殿。制曰：「朕纘膺大寶，統御寰區，中外乂安，於兹二十有七載。仰荷昊蒼眷佑，列聖垂庥，敕命時幾，兢兢業業。深念通經致用之方，化民成俗之本，藏富裕國之模，除暴詰奸之法。期臻上理，延訪維殷。爾多士拜獻先資，對揚伊始，冀聆讜論，式贊嘉猷。……凡厥四端：研經以裕儒修，訓俗以端化本，儲粟以充國賦，禁暴以衛民生，皆立政之大綱，經邦之要道也。多士學於古訓，通知時事。以敷奏爲明試，務收實用，毋摭膚辭。朕將親覽焉。」』

〔二〕《周易·説卦》：『離也者，明也。』

〔三〕《詩經·大雅·卷阿》：『顒顒卬卬，如圭如璋，令聞令望。』

〔四〕《晋書·潘岳傳》：『今聖上昧旦丕顯，夕惕若慄，圖匱於豐，防儉於逸，欽哉欽哉，惟穀之恤。』

〔五〕《尚書·立政》：『其克詰爾戎兵，以陟禹之迹。』

〔六〕王勃《山亭興序》：『裁二儀爲輿蓋，倚八荒爲户牖。』

〔七〕張華《答何劭三首》其二：『洪鈞陶萬類，大塊稟群生。』

〔八〕《後漢書·邊韶傳》：『腹便便，五經笥。』

〔九〕《詩經·鄭風·子衿》：『青青子佩，悠悠我思。』

〔一〇〕《論語·陽貨》：『人而不爲《周南》《召南》，其猶正墻面而立也與？』

〔一一〕《文選·閑居賦》李善注引河上公注曰：『陰陽交通，萬物感動，登臺觀之，志意淫，故曰熙春。』

〔一二〕《漢書·揚雄傳上》顏師古注引服虔曰：『函夏，函諸夏也。』《文選·七命》張銑注曰：『函夏，謂中國也。』

〔一三〕《尚書·舜典》：『在璿璣玉衡，以齊七政。』孔安國注曰：『璣、衡，王者正天文之器。』

〔一四〕《初學記》卷二五引《尚書考靈耀》曰：『秦失金鏡，魚目入珠。』鄭玄注曰：『金鏡喻明道也。』《周易·乾卦》彖曰：『時乘六龍以御天。』

〔一五〕《周禮·地官司徒》：『養國子以道。乃教之六藝：一曰五禮，二曰六樂，三曰五射，四曰五御，五曰六書，六曰九數。』

〔一六〕《禮記·中庸》：『子曰：「舜其大知也與！舜好問而好察邇言，隱惡而揚善。」』

〔一七〕《尚書·説命》：『説拜稽首，曰：「敢對揚天子之休命！」』孔安國注曰：『對，答也。答受美命而稱揚之。』

〔一八〕《漢書·東方朔傳》：『以管窺天，以蠡測海。』

〔一九〕按：是科制策曰：『自秦燔六經，微言中絶。漢興，除挾書之禁，遺籍間出。諸儒説經者，大抵皆孔門苗裔。商瞿受《易》，六傳至田何。其間授受姓名，《史記》與《漢書》互異，何歟？子夏之《詩》，四傳至大毛公。左氏受《春秋》，八傳至張蒼。二家相承之淵源，能備舉歟？伏生治《書》，后倉説《禮》，俱不詳所自出。或謂伏生受《書》於秦李克，信歟？承后氏之學者，能條其流派否？武帝廣厲學官，各家皆立博士。至貞觀《正義》之行，前代諸家，不復兼存。義歸畫一，説果善歟？自漢以後，師儒莫盛於宋。程、張皆深於《易》，其傳《易》弟子，可略陳歟？朱子《詩》《禮》二經弟子，其入室者何人歟？』

〔二〇〕《周易·繫辭下》：『古者包犧氏之王天下也，仰則觀象於天，俯則觀法於地，觀鳥獸之文與地之宜，近取諸身，遠取諸物，於是始作八卦，以通神明之德，以類萬物之情。』

〔二一〕《舊唐書·杜甫傳》：『始堯、舜之時，君臣以《賡歌》相和，是後詩人繼作。』蔡沈《書經集傳》引林氏曰：『舜、禹、皋陶之《賡歌》，三百篇之權輿也，學詩者當自此始。』王應麟《困學紀聞》卷二：『虞之《賡歌》、夏《五子之歌》，此三百篇之權輿也。』

〔二二〕《孝經鈎命决》曰：『孔子云：「欲觀我褒貶諸侯之志，在《春秋》。」』杜預《春秋左氏傳序》：『春秋雖以一字爲褒貶，然皆須數句以成言。」

〔二三〕《漢書·楚元王傳》：「陵夷至於暴秦，燔經書，殺儒士，設挾書之法，行是古之罪，道術由是遂滅。」

〔二四〕《漢書·惠帝紀》：「三月甲子，皇帝冠，赦天下。省法令妨吏民者，除挾書律。」又《楚元王傳》：「至孝惠之世，乃除挾書之律。」

〔二五〕《漢書·楚元王傳》：「《尚書》初出於屋壁，朽折散絶，今其書見在，時師傳讀而已。」又曰：「及魯恭王壞孔子宅，欲以爲宫，而得古文於壞壁之中，《逸禮》有三十九，《書》十六篇。」

〔二六〕《史記·儒林列傳》：「自魯商瞿受《易》孔子，孔子卒，商瞿傳《易》，六世至齊人田何，字子莊。」《漢書·儒林傳》：「自魯商瞿子木受《易》孔子，以授魯橋庇子庸。子庸授江東馯臂子弓。子弓授燕周丑子家。子家授東武孫虞子乘。子乘授齊田何子裝。」

〔二七〕按：陸璣《毛詩草木鳥獸蟲魚疏》載：「孔子删《詩》授卜商，商爲之序，以授魯人曾申，申授魏人李克，克授魯人孟仲子，仲子授根牟子，根牟子授趙人荀卿，荀卿授魯國毛亨。」據此，則子夏至大毛公則七傳矣，明朱睦㮮《授經圖·詩》，清畢沅《傳經表》皆據此説，未見四傳之説。然是科制策有：「子夏之《詩》，四傳至大毛公」，則先生沿用制策之説。

〔二八〕《春秋左氏傳序》孔穎達《疏》引劉向《别録》曰：「左丘明授曾申，申授吴起，起授其子期，期授楚人鐸椒，鐸椒作《抄撮》八卷授虞卿，虞卿作《抄撮》九卷授荀卿，荀卿授張蒼。」《經典釋文》卷一：「左丘明作傳以授曾申，申傳衛人吴起，起傳其子期，期傳楚人鐸椒，椒傳趙人虞卿，卿傳同郡荀卿名况，况傳武威張蒼。」

〔二九〕《史記·儒林列傳》：「伏生者，濟南人也。故爲秦博士。孝文帝時，欲求能治《尚書》者，天下無有，乃聞伏生能治，欲召之。是時伏生年九十餘，老，不能行，於是乃詔太常使掌故朝錯往受之。秦時焚書，伏生壁藏之。其後兵大起，流亡，漢定，伏生求其書，亡數十篇，獨得二十九篇，即以教于齊魯之閒。學者由是頗能言《尚書》，諸山東大師無不涉《尚書》以教矣。」

〔三〇〕《漢書·儒林傳》：「倉説《禮》數萬言，號曰《后氏曲臺記》。」后倉也作后蒼，同卷又載：「后蒼字近君，東海郯人也。事夏侯始昌，始昌通五經，蒼亦通《詩》《禮》，爲博士。」

〔三一〕《漢書·武帝紀》：「五年春，罷三銖錢，行半兩錢，置五經博士。」又《楚元王傳》：「天下衆書往往頗出，皆諸子傳説，猶廣立於學官，爲置博士。」

〔三二〕《貞觀政要·崇儒學》：『貞觀四年……太宗又以文學多門，章句繁雜，詔師古與國子祭酒孔穎達等諸儒撰定《五經疏義》，凡一百八十卷，名曰《五經正義》，付國學施行。』

〔三三〕歸有光《送計博士序》：『至貞觀，《正義》之行，則前代諸家不復兼存，而其説始歸於一。』

〔三四〕按：是科制策曰：『風俗爲治平之本，而教化實風俗之原。古昔盛時，民生敦龐，懷忠抱慤，鄉閭族黨，比户可封。然猶以時讀法，糾其過惡。異言異服則有譏，無授無節則弗納。道德一，風俗同。左道亂衆之徒，自無由煽誘以售其怪誕之説。自習尚澆漓，異端蠭起，斂財聚衆，結黨傳教。愚民無知，轉相漸染。豈果迫於饑寒，而乃甘冒重辟，以冀其幸免歟？抑牧民者教導無方，俾之陷於邪慝歟？何以使桀黠者革面洗心，愚懦者守分循法，而不爲其所惑歟？孟子曰：「經正則庶民興。」韓愈曰：「明先王之道以道之。」儻可丕變歟？』

〔三五〕《論語·顔淵》：『孔子對曰：「子爲政，焉用殺？子欲善而民善矣。君子之德風，小人之德草，草上之風，必偃。」』

〔三六〕《尚書·堯典》：『克明俊德，以親九族。九族既睦，平章百姓。百姓昭明，協和萬邦。黎民於變時雍。』

〔三七〕《尚書·大禹謨》：『帝曰：「俾予從欲以治，四方風動，惟乃之休。」』

〔三八〕《漢書·董仲舒傳》：『夏上忠，殷上敬，周上文。』《史記·高祖本紀》：『太史公曰：「夏之政忠。忠之敝，小人以野，故殷人承之以敬。敬之敝，小人以鬼，故周人承之以文。文之敝，小人以僿，故救僿莫若以忠。三王之道若循環，終而復始。」』

〔三九〕《周禮·地官司徒》：『黨正各掌其黨之政令教治，及四時之孟月吉日，則屬民而讀邦法以糾戒之。』

〔四〇〕《禮記·王制》：『關執禁以譏，禁異服，識異言。』

〔四一〕《周禮·地官司徒》：『若無授無節，則唯圜土内之。』

〔四二〕《禮記·王制》：『司徒修六禮以節民性，明七教以興民德，齊八政以防淫，一道德以同俗。』

〔四三〕《周禮·地官司徒》：『以鄉三物教萬民而賓興之：一曰六德，知、仁、聖、義、忠、和；二曰六行，孝、友、睦、婣、任、恤；三曰六藝，禮、樂、射、御、書、數。』

〔四四〕《孟子·盡心下》：『君子反經而已矣。經正，則庶民興；庶民興，斯無邪慝矣。』

〔四五〕韓愈《原道》：『明先王之道以道之。』

〔四六〕按：是科制策曰：『積貯者，生人之大命。《周禮》倉人藏粟，旅師聚粟，遺人委積，儲蓄甚備。漢耿壽昌築常平倉，時稱便矣。後漢劉般謂常平「外有利民之名，内實侵刻百姓」。其故安在？當境采買，固虞勒派；采白鄰封，又添運費。果何以使官、民兩不受累歟？成周以後，義社二倉，立法最善。然行之既久，均不能無弊。社倉之法，隋、唐行之，不久便廢，至朱子而獨有成效。能推本其良法美意歟？《元史》所載河西務十四倉，京師二十二倉，通州十三倉，即今制所由昉。顧天庾轉輸，丁胥叢雜，攙和之弊，何以杜之？今欲儲積無虧，旱澇有備，轉輸之法，糶糴之宜，久貯之方，平價之道，不尤宜一一講求歟？』

〔四七〕《周禮·地官司徒》：『倉人掌粟入之藏。』

〔四八〕《周禮·地官司徒》：『旅師掌聚野之耡粟、屋粟、閑粟。』

〔四九〕《周禮·地官司徒》：『遺人掌邦之委積，以待施惠；鄉里之委積，以恤民之囏厄；門關之委積，以養老孤；郊里之委積，以待賓客；野鄙之委積，以待羈旅；縣都之委積，以待凶荒。』

〔五〇〕《漢書·宣帝紀》：『大司農中丞耿壽昌奏設常平倉，以給北邊。』《漢書·食貨志》：『壽昌遂白令邊郡皆築倉，以穀賤時增其賈而糴，以利農，穀貴時減賈而糶，名曰常平倉。』

〔五一〕《後漢書·劉般傳》：『帝曾欲置常平倉，公卿議者多以爲便。般對以「常平倉外有利民之名，而内實侵刻百姓。豪右因緣爲奸，小民不能得其平。置之不便。」帝乃止。』

〔五二〕按：《元史·百官志一》河西務十四倉曰：永備南倉、永備北倉、廣盈南倉、廣盈北倉、充溢倉、崇墉倉、大盈倉、大京倉、大稔倉、足用倉、豐儲倉、豐積倉、恒足倉、既備倉。京師二十二倉曰：萬斯北倉、萬斯南倉、千斯倉、永平倉、永濟倉、惟億倉、既盈倉、大有倉、屢豐倉、積貯倉、豐穰倉、廣濟倉、廣衍倉、大積倉、既積倉、盈衍倉、相因倉、順齊倉、通濟倉、廣貯倉、豐潤倉、豐實倉。

〔五三〕《隋書·長孫平傳》：『平見天下州縣多罹水旱，百姓不給。奏令民間每秋家出粟麥一石已下，貧富差等，儲之閭巷，以備凶年，名曰義倉。』《舊唐書·戴胄傳》：『隋開皇立制，天下之人，節級輸粟，名爲社倉，終文皇代，得無饑饉。』

〔五四〕朱熹《常州宜興縣社倉記》：「始予居建之崇安，嘗以民饑請於郡守徐公嘉，得米六百斛以貸，而因以爲社倉。今幾三十年矣，其積至五千斛，而歲斂散之，里中遂無凶年。」朱子設社倉，其事載於《建寧府崇安縣五夫社倉記》，其法詳於《社倉事目》。

〔五五〕按：是科制策曰：「夫安民必先弭盜，弭盜莫如保甲。《周官》有比閭族黨之制，管仲創軌里連鄉之法，皆以里閈相習之人，察耳目最近之事。其法至爲美備。惟是營汛堡墩之設，不能不寄之兵弁；寺院庵觀之察，不能不責之吏胥。賞罰不明，則兵或縱盜；稽查不力，則吏或藏奸。有治法不尤貴有治人歟？至於洋面遼闊，島澳險僻，匪徒出没靡常。迫之則潛踪伺隙，緩之則肆掠商旅。其何以絶其接濟而搗其巢窟也？夫衣食足則禮義生，所以正本澄源者，果遵何道歟？」

〔五六〕《周禮·地官司徒》：「黨正：每黨下大夫一人。族師：每族上士一人。閭胥：每閭中士一人。比長：五家下士一人。」

〔五七〕《管子·小匡》：「制五家爲軌，軌有長。十軌爲里，里有司。四里爲連，連有長。十連爲鄉，鄉有良人。」

〔五八〕《孟子·滕文公上》：「鄉田同井，出入相友，守望相助，疾病相扶持，則百姓親睦。」

〔五九〕《荀子·君道》：「有治人，無治法。」

〔六〇〕《周禮·天官冢宰》鄭玄注引鄭司農曰：「大裘，黑羔裘，服以祀天，示質。」

〔六一〕《左傳·桓公五年》：「曼伯爲右拒，祭仲足爲左拒，原繁、高渠彌以中軍奉公，爲魚麗之陳。」

〔六二〕《周易·乾卦》文言曰：「君子進德修業，忠信所以進德也。」又《繫辭上》：「富有之謂大業，日新之謂盛德。」

重刻《資治通鑑》題辭〔一〕

宋司馬文正公編年一書，初名《通志》，但約戰國至秦二世爲八卷，進御英宗，〔二〕大重之。治平三年四月辛丑，勅令續編，置局秘閣，以劉恕、趙君錫同修。〔三〕逾年神宗即位，十月甲寅，邇英進讀，始爲叙文，命曰《資治通鑑》。〔四〕熙寧三年，差判西京留臺，聽以書局自隨。奏辟劉攽、劉恕、范祖禹同修史記。

前後《漢書》以屬貢父，三國南北朝以屬道原，唐五代以屬淳甫，皆通儒碩學也。〔五〕元豐七年十二月戊辰，書成奏上，凡越十九年而後竣事。〔六〕於戲，勤矣！士欲方物，出謀發慮，〔七〕孰不思精考是書。而卷帙繁重，遠道載之，來者至尠。肇齡求得明嘉靖甲辰杭州提學刻無注本，又從黄次誠明府借鄱陽胡氏重雕元興文署王磐學士叙本，〔八〕互相校勘，請井研王君子蕃爲任其成，經年而後刻就。子蕃名鴻訓，肇齡鄉舉同年友也，於此刻用力蓋尤多云。〔九〕咸豐七年十月，邛州伍肇齡記。

〔一〕輯自咸豐七年先生重刻《資治通鑑》卷首。
〔二〕司馬光《進通志表》：『臣有先所述《通志》八卷，起周威烈王二十三年，盡秦二世三年，《史記》之外，參以它書，於七國興亡之迹大略可見。』
〔三〕蘇軾《司馬温公行狀》：『英宗悦之，命公續其書。置局秘閣，以其素所賢者劉攽、劉恕、范祖禹爲屬官。』
〔四〕蘇軾《司馬温公行狀》：『神宗尤重其書，以爲賢於荀悦，親爲製叙，賜名《資治通鑑》，詔邇英讀其書。』
〔五〕劉元高輯《三劉家集》引《范太史遺事》：『温公修《資治通鑑》，辟劉貢父、范淳夫、劉道原爲屬。漢事屬之貢甫，唐事屬之淳夫，五代事則屬之道原，餘則公自爲之。』胡三省《資治通鑑序》：『修書分屬，漢則劉攽，三國迄於南北朝則劉恕，唐則范祖禹，各因其所長屬之，皆天下選也。』
〔六〕蘇軾《司馬温公行狀》：『凡十九年而成，起周威烈王訖五代，上下一千三百六十二載。』
〔七〕《禮記·内則》：『四十始仕，方物、出謀、發慮。』
〔八〕黄次誠，名耀明，四川叙州人，由大挑知縣分發江蘇，《光緒叙州府志》卷三三有傳。
〔九〕王子蕃，名鴻訓，榜名式訓，字少樊，四川井研人，道光癸卯舉人，王鴻謀有《先兄賓山君行狀》。《光緒井研縣志》卷三：『鴻訓故好客，新城陳溥、臨邛伍肇齡嘗主其家，刊行《資治通鑑》。』同書卷三四《王鴻訓傳》：『溥以天下多故，爲言古之善言兵者，具備於《資治通鑑》。嘉慶胡克家本前毀，議更刊之。鴻訓主之家者，一年書刊行，乃去。』

京選采芹秘訣小引〔一〕

余叨入詞林，見有趙笠農先生者，〔二〕天資明敏，學問深醇，嘗選歷科闈墨，海内文人咸相稱善。其子侄徒輩，於州縣府試，而前列者甚多，於院試而采芹者，不可勝計。〔三〕余因問其故，先生曰：『小試場中，〔四〕大半搭題最多。〔五〕而精此法律，莫如京中路潤生、湯海秋，楊少白、江小帆諸公。〔六〕因選其小講，弔渡之，理法精嚴，機局圓潤，而又宜於風氣者，爲之别類詳評，彙爲一編，以授子侄徒輩，所由拾青衿如拾芥耳。』余聞之而喜曰：『先生有此秘訣，珍重隱藏，不如公諸同好也。』於是得其抄本，携歸家塾，什諸棗梨，以爲吾鄉文人之一助耳。是以爲序。時道光己酉夏六月，翰林院編修崧生伍肇齡謹識。

〔一〕輯自咸豐辛酉孟春蓉城新鐫《京選采芹秘訣小引》卷首。是書分前後二集，乃丹徒進士趙霖萃選路德、江國霖、葉觀儀、楊庚、鮑西坪、湯鵬、黄之晋、王祖培等在京官員製藝，及《直省鄉墨文的》《道光二年壬午科至咸豐六年丙辰科十八科會墨文的》等範文分類點評而成，實爲下學之梯航。趙霖之兄趙楫，爲先生道光癸卯科鄉試座師。故先生得以結交趙霖并抄此書歸成都，與崇慶副貢生魏毓坤同校付梓。

〔二〕趙笠農，名霖，字雨林，江蘇丹徒人，道光十二年進士，歷官户部山東司郎中、福建興泉永兵備道，《光緒丹徒縣志》卷二八有傳。

〔三〕《光緒丹徒縣志》卷三六《趙行立傳》：『子四：文光、文俊、文義、文愷；孫八：楫、霖、彦俞、彦修、榮、彦傳、彦偁、幹；

曾孫十餘人，俱世讀書，科甲不絶邑中。』同書卷二八《趙霖傳》：『獎掖後進如恐不及，弟子登甲乙科無數。如江陰何栻、張元灝，同里楊履泰、丁紹周、蔡逢年，尤文賦之雄者。』

〔四〕月課、季課、歲考、觀風等試曰小試或小考。鄉、會、殿試曰大試或大考。吴高增《與諸生月課約》：『何謂大小考課之人之不一，於鄉會，則有主試參詳之棄取，於歲科，則有文宗之等第，於季於月，則有縣官、校官之課文，而又有書院以肄之，觀風以拔之，決科以驗之。』

〔五〕明清八股文題例出《四書》之内，用一句、數句或一節或全章爲題，其後爲避免蹈襲，采用割裂經書文句，截斷牽搭作爲試題，故名搭題，也名截搭題。

〔六〕路潤生，名德，一字閏生，號鷺洲，陝西盩厔人，嘉慶十四年進士，官户部湖廣司主事，充軍機章京，後主講關中各書院，《民國續修陝西通志稿》卷七六有傳。湯海秋，名鵬，道光三年進士，歷官山東道監察御史、户部郎中，姚瑩有《湯海秋傳》，《光緒湖南通志》卷一八〇有傳。楊少白，名庚，字星山，嘉慶六年拔貢，朝考第一，歷官工部郎中、黄州知府，《民國江安縣志》卷三有傳。江小帆，名國霖，字雨農，一號曉帆，四川大竹人，道光十八年一甲第三名進士，歷官惠州知府、廣東按察使、廣東布政使，《民國大竹縣志》卷九有傳。

重刻《趙甌北全集》序〔一〕

澤波軍門，滇中豪傑士也。咸豐間，隨節相駱文忠公剿平蜀中寇亂，〔二〕戰功彪炳，在人耳目。厥後援滇防邊，大府益倚重之。母服闋，入覲，當膺閫寄。顧乃盤桓居貞，不汲汲於禄仕，與喆弟心舫刺史朝夕討論古音，〔三〕敦《詩》説《禮》，恂恂有儒將風。乃知軍門抱負閎深，益練才識濟時艱，不欲與時流争進取也。頃以其所刻甌北七種問序於予。予惟雲崧先生體備三長，〔四〕著述宏富，所纂《皇朝武功紀盛》，道揚聖武，昭示寰區；《廿二史劄記》考辨精詳，有資史學；《叢考》《雜記》《文集》《詩鈔》《詩話》諸書，裨益多聞，津逮後進。先生詩名與袁、蔣競勝一時，〔五〕然不掩其經濟實學也。軍門昔在軍中，喜人談國初諸將帥遺事。有貽以《紀盛》書者，軍門擊節不已，欲廣其傳。今乃悉取趙氏全書，重付剞劂。且推多聞之益，將益搜名人著作，蜀中所尠見者，命工重寫校而刊之，誠盛舉也。昔韋叔裕篤志文史，〔六〕狄武襄折節讀書，〔七〕史氏以爲美談。今軍門鎸板流傳，資人博覽，利尤溥矣。夫祭征虜、賈膠東皆以中興名將敦崇儒術，〔八〕流譽千古。軍門其亦此志也夫！光緒三年仲冬，古臨邛愚弟伍肇齡拜序。

〔一〕輯自光緒三年滇南唐氏壽考堂重刻《趙甌北全集》卷首。按：劉體仁《異辭録》卷三：『當時帥節握於文人之手，曾、胡、李、左皆以科第中人躬親師旅，武功多有可觀，於是武人好文，寖成風氣。』同光時期，武人好文，大關唐友耕亦其一也。

〔二〕駱秉章，字籲門，廣東花縣人，道光十二年進士，同治元年任四川總督，《清史稿》卷四〇六有傳。

〔三〕心舫，名友忠，唐友耕弟，任涪州知州，《民國涪陵縣續修涪州志》卷九有傳。

〔四〕雲崧，趙翼字，一字耘松，號甌北，乾隆二十六年一甲第三名進士，歷官鎮安知府、貴西兵備道，《清史稿》卷四八五有傳。《新唐書·劉知幾傳》：『史有三長：才、學、識。』

〔五〕《三家詩話》：『近日論詩競推袁、蔣、趙三家。』《聽秋聲館詞話》：『昔有友人論及乾隆中詩人，推袁、蔣、趙爲三大家。』

〔六〕《北史·韋孝寬傳》：『雖在軍中，篤意文史。政事之餘，每自披閲。末年患眼，猶令學士讀而聽之。』

〔七〕《宋史·狄青傳》：『青折節讀書，悉通秦漢以來將帥兵法，由是益知名。』

〔八〕《後漢書·祭遵傳》：『遵爲將軍，取士皆用儒術，對酒設樂，必雅歌投壺。又建爲孔子立後，奏置五經大夫。雖在軍旅，不忘俎豆，可謂好禮悦樂，守死善道者也。』同書《賈復傳》：『復知帝欲偃干戈，修文德，不欲功臣擁衆京師，乃與高密侯鄧禹并剽甲兵，敦儒學。』

重刻《漢魏六朝百三家》序[一]

鏤書之爲功，大矣！嘗讀班固《藝文志》及《隋書·經籍考》，見其所列書目暨作者姓氏，叢雜猥多，至不可更。僕數或昭昭如日月，或湮没而無聞。迄觀我朝文淵閣《四庫全書》，其富過於前代遠甚，而存目之書數十萬卷尚不在此列。於戲，何其多也！非倚剞劂氏之力[二]廣布寰中，幾何不日久磨滅哉。古未有板本，好學者患無書，皆躬自鈔録。《隋文志》開皇十三年，勅廢像遺經，悉令雕撰，此印書之始也。《宋史》載唐末益州始有墨板，多術數、字學小書。柳玭《序文》謂在蜀書肆中觀印板小學書。《十國春秋》母昭裔嘗請後主鏤版九經，令門人勾中立、孫逢吉，書《文選》《初學記》《白孔六帖》刻板行之。此又吾蜀印書之權輿也。[三]近代鎸板盛於東南，爲蜀地所不及，然岳池人家習其業，但得善本仿效，亦有可觀。

澤坡唐軍門既刻趙氏七種成，俾予序之矣。[四]又刻《漢魏百三家》，諈諉弁首。予不文，何能序兹集。顧竊窺作者之意，西漢之文，生氣奮動，宣宣以降，已繁重矣。東京繼之，間有傑者不逾繩矩。魏晋而降，漸就陵夷，陳季益靡。於是論者謂文至六朝而極，有自檜之譏。[五]然而古今并論，則易世遞降；晝代以觀，則殊時標勝。綴文之士，溯流窮源，譬猶登泰岱者不廢匡廬臺宕之奇觀也，游滄溟者亦覽三江五湖之勝概也。婁東此書大旨備於總序，[六]每集題詞已見本末，無待贅言。獨念吾蜀自司馬、淵、雲以來，[七]摛藻揚芬，流風未泯。後生獲睹巨篇，由是以含英咀華，蔚爲博雅，其不忘軍門刊布流傳之盛心也。夫乃不辭而爲之序。光緒三年仲冬，邛州伍肇齡書於錦江書院之補讀書齋。

〔一〕輯自光緒三年滇南唐氏壽考堂重刻《漢魏六朝百三家集》卷首。任乃强先生《道咸以來之翻刻與校勘》稱：『唐百川本名鴻學，後以字行。雲南大關廳人，四川提督唐友耕第六子，捐班道員，曾任四川官印刷局局長。其父在時，誉粹英堂書肆于成都，刻有《漢魏六朝百三名家集》。』

〔二〕《楚辭·哀時命》王逸注曰：『剞劂，刻鏤刀也。』揚雄《甘泉賦》李善注引應劭曰：『剞，曲刀也；劂，曲鑿也。』

〔三〕按：『古未有板本』至『此又吾蜀印書之權輿也』一節，當從張澍《蜀典》卷五『蜀中鏤書』條改寫。其文曰：『王伯厚《困學紀聞》云：「古未有板本，好學者患無書。桓譚《論》謂梁子初、揚子林所寫萬卷，至於白首。南齊沈麟士，年過八十，手寫細書滿數十篋。梁袁峻自寫書課，日五十紙。《抱朴子》所寫，反覆有字。《金樓子》謂細書經、史、《莊》《老》《離騷》六百三十四卷在巾箱中。後魏裴漢借異書躬自録本，其勤與編蒲緝柳一也。《國史·藝文志》：唐末益州始有墨板，多術數、字學小書。後唐詔儒臣田敏校《九經》，鏤本於國子監。國初，廣諸義疏音釋，令孔維、邢昺讎定頒布。」按：孔氏《雜説》，以刻板印賣，始於唐明宗長興二年宰相馮道、李愚之奏。沈括《筆談》亦云。而柳玭《序文》云：「嘗在蜀時，書肆中閲印板小學書。」玭，唐人，則不始於五代矣。然考《隋文志》開皇十三年十二月八日，敕廢像遺經，悉令雕撰，此印書之始。《册府元龜》、王明清《揮麈録》：「蜀中始有板本《文選》。」《十國春秋·毋昭裔傳》：「常請後主鏤板《九經》，令門人句中立、孫逢吉書《文選》《初學記》《白氏六帖》刻板行之。」是蜀刻不止《文選》也。』

〔四〕按：趙氏七種，即趙翼《皇朝武功紀盛》《廿二史劄記》《陔余叢考》《檐曝雜記》《甌北集》《甌北詩鈔》《甌北詩話》也。

〔五〕《左傳·襄公二十九年》：『自鄶以下無譏焉。』

〔六〕按：婁東，張溥也。溥爲江蘇太倉人，太倉舊稱婁東。

〔七〕《文選·西征賦》：『長卿淵雲之文』。李善注曰：『司馬長卿、王子淵、楊子雲也。』

《性修論》序〔一〕

《性修論》者，新城陳廣專先生所撰著也。推論性善之旨，本諸《易》《禮》而詳説之，反覆逾二萬言。原夫性善自孟子道之，〔二〕未有發明之精，且詳若是者。先生嘗謂其言足以發皇耳目，分决狐疑，予獲聞眇論廿有餘年，竊信斯語，中心藏之。〔三〕前已刻《積微篇》，因刻此論，觀者當不以其排斥舊説爲嫌也。夫前人講學，其心至公，知所未逮，豈不欲後人推闡以至乎其極哉。果有深造自得之言，政宜昭示來兹，俾學人得致思辨，當仁不讓。何害士束髮即授四子書，徒以聖言幽遠微旨莫窺，何幸獲此明辨之言，使蔽惑解，關要明也。理義至善之在人心天下後世，其必謂然矣。光緒八年壬午八月，邛州伍肇齡識。

〔一〕輯自光緒八年先生刻《陳氏叢書》本《性修論》卷首。

〔二〕《孟子·滕文公上》：『孟子道性善，言必稱堯舜。』同書《告子上》：『人性之善也，猶水之就下也，人無有不善，水無有不下。』

〔三〕《詩經·小雅·隰桑》：『中心藏之，何日忘之。』

《涵泳篇》序〔一〕

江西陳廣敷先生所次論學書三册：一爲《王陽明集》，節録著綱領一百四十三條；一爲《涵詠篇》，采節《陸象山集》，著綱領一百八十條；一爲采節《朱子集選本》九十二條，不著綱領。而三書注解皆極詳明，則先生里居時葺之，以爲群從弟妹講習者也。肇齡與先生游時，未見此書，厥後懿叔自黔中携來，〔二〕始得讀之，然距今亦二十有二年矣。先生得力實自《孟子》，故其辨論學術，不倍鄒魯之傳，洵能分決狐疑，發皇耳目。今刊之，以公同好，亦見我朝經學昌明，潛修之士研精覃思，議論軼越前代云。光緒八年十二月乙丑，邛州伍肇齡序。

〔一〕輯自光緒八年先生刻《陳氏叢書》本《涵泳篇》卷首。

〔二〕原注曰：『先生族兄』。按：《同治新城縣志》卷一〇：『陳學受，字永之，號懿叔，……溥之族兄也。』

《霞綺集》題詞〔一〕

余既刻陳廣敷先生《性修論》《積微篇》及所次王、陸、朱三册、《文言約説》。復搜葺記録要語，暨書册批評，命門人馮生夔鎔寫而刊之，别其名爲《遺言類記》一卷、《詩評》一卷、《談評録》一卷，總名之曰《霞綺集》。昔先生與余，同在嘉陽九峰書院時，談論餘閑，輒手一卷，丹黄不輟。余見先生手迹，繽紛几案間，謂如『餘霞散成綺』也。〔二〕先生欣然曰：『善哉，前人霏屑、粲花、碎金諸喻，〔三〕皆不如也』。今故剟此二字冠於篇，雖其人與其不傳者，不可得見，抑其語猶存，必有聞而知旨者矣。光緒八年壬午冬十一月，邛州伍肇齡書。

〔一〕輯自光緒八年先生刻《陳氏叢書》本《霞綺集》卷首。
〔二〕按：謝朓《晚登三山還望京邑》詩句。
〔三〕《晉書·胡毋輔之傳》：『澄嘗與人書曰：「彥國吐佳言，如鋸木屑，霏霏不絶，誠爲後進領袖也。」』《開元天寶遺事》卷下：『李白有天才俊逸之譽，每與人談論，皆成句讀，如春葩麗藻，粲於齒牙之下。時人號曰「李白粲花之論」。』《世説新語·文學》：『桓公見謝安石作簡文謚議。看竟，擲與坐上，諸客曰：「此是安石碎金」。』

《尚書二十八篇》題記〔一〕

《尚書》惟今文二十八篇，我朝閻徵君若璩成《古文尚書疏證》，列入欽定《四庫全書》，真僞始判然矣。今殿、廷考試及春、秋闈二場，題皆不用《古文尚書》。余所藏新城陳懿叔先生《尚書二十八篇讀本》略有解注，係其族弟廣敷先生集諸家之説而間有駁正者。觀其所采，多關要義，故并刊之。至於圈點，乃學人眼目，仿老泉讀《孟子》之例，〔二〕一依原本存之，惟大雅君子鑒焉。鶴鳴山人記，光緒九年癸未五月。

〔一〕輯自光緒八年先生刻《陳氏叢書》本《尚書二十八篇讀本》卷首。按：此篇落款署曰『鶴鳴山人記』，據文中稱『余所藏新城陳懿叔先生《尚書二十八篇讀本》』，先生與陳氏昆仲交好，多藏其書稿，又文中曰『并刊之』，先生刻陳氏昆仲書甚夥，此書也其一。故可證『鶴鳴山人』當爲先生別號。又大邑鶴鳴山與先生故里糴江僅隔二三十里，先生此乃以邑中名山爲號也。
〔二〕《四庫全書總目》卷三七著録《蘇評孟子》二卷，曰：『舊本題宋蘇洵評……此本有大圈，有小圈，有連圈，有重圈，有三角圈。』

《食事積微篇》跋〔一〕

右《食事積微篇》，新城陳廣敷先生所輯，以詒其族人，使教諸幼者也。自《語》《孟》《戴記》外，剟集《荀子》爲多。蓋欲教者，自日用飲食之間，以至性情心術之微，分别是非，使好惡自慊。觀其詮解辨析，可謂擇之精，語之詳者矣。末綴《五事篇》，明學之益人，貴美其身，非滕口説，〔二〕使初學由此起步，誠蒙以養正作聖之功也。〔三〕夫古今天下之不治，由於人心義利之不明，人心義利之不明，由於始學是非之不辨。故篇中廣引博喻，而於此尤三致意焉。夫《周禮·大司徒》以鄉三物教萬民，六行六藝必先六德，亦以人性固有，故教之耳。勿謂陳義甚高，未可以喻幼子也。先生著述尚夥，爰始付手民此篇，鐫板以公同好，其亦有味乎其言者歟。光緒壬午仲夏月，邛州伍肇齡識。

〔一〕輯自光緒八年先生刻《陳氏叢書》本《食事積微篇》卷末。《民國邛崍縣志》卷二《伍肇齡傳》：『又采陳廣敷《食事積微篇》而刻之，凡皆爲世道人心計也。』

〔二〕《周易·咸卦》象曰：『咸其輔頰舌，滕口説也。』

〔三〕《周易·蒙卦》象曰：『蒙以養正，聖功也。』

《丁戊書鈔》跋[一]

右《丁戊書鈔》一册，咸豐七八年間，陳廣敷先生寓嘉陽時，寄予成都論學書也。其稱兩賢兄者，則兼與井研王子蕃同年也。予與子蕃問學先生，爲舉平生心得詳寫見示。其解『誠明』二字實爲發前人所未發，[二]餘則究論充達指趣，皆未經人道者也。先生没，於兹二紀矣，歲月奄忽，懼舊聞之放失，爰出此册，命門人書以付梓，使夫好學深思之士，得紬繹焉。夫其正舊説之失，以求合乎鄒魯之傳，[三]以昭顯乎性命之理之自然，誠吾儒慎思明辨之，[四]所不容已者也。亦間引釋氏語，藉以返照吾道不以其爲異耑忽之也。聞之懿叔先生族兄云，廣敷治經，有剛健篤實輝光之概，[五]宏闊深遠之量。蓋未始有也，後五百年當必有知之者，[六]斯言豈誇也哉。光緒八年壬午七月，邛州伍肇齡識。

〔一〕輯自光緒八年先生刻《陳氏叢書》本《丁戊書鈔》卷末。按：文中曰『咸豐七八年間，陳廣敷先生寓嘉陽時，寄予成都論學書也』，咸豐七年，干支爲丁巳；八年，干支爲戊午，故是書合二年干支，名曰『丁戊』。

〔二〕《禮記·中庸》：『自誠明，謂之性；自明誠，謂之教。誠則明矣，明則誠矣。』

〔三〕孔子，魯人；孟子，鄒人。鄒魯之傳即孔孟之教也。

〔四〕《禮記·中庸》：『博學之，審問之，慎思之，明辨之，篤行之。』

〔五〕《周易·大畜卦》彖曰：『大畜，剛健，篤實，輝光，日新其德，剛上而尚賢。』

〔六〕《孟子·盡心下》：『孟子曰：「由堯、舜至於湯，五百有餘歲，若禹、皋陶，則見而知之；若湯，則聞而知之。由湯至於文王，五百有餘歲，若伊尹、萊朱，則見而知之；若文王，則聞而知之。由文王至於孔子，五百有餘歲，若太公望、散宜生，則見而知之；若孔子，則聞而知之。」

《蒲亭夏山堂王氏祠塾倡和詩詞》跋〔一〕

《夏山堂王氏祠塾倡和詩詞》一册，陳廣敷先生客井研時同諸人士作。諸作皆先生所改定，觀其意興，實爲漢唐宋以來詩人詞家所未嘗有，刻之以俟賞音。詞先詩後，以時爲序。光緒壬午七月，邛州伍肇齡識。

〔一〕輯自光緒八年先生刻《陳氏叢書》本《蒲亭夏山堂王氏祠塾倡和詩詞》卷末。《光緒井研縣志》卷一五：「《夏山堂倡和詩詞》一卷，錦江書局刊。按：咸豐丙辰，邛州編修伍肇齡主講嘉定，江西陳溥客焉。時有重刊《通鑑》之議，明年開局縣西夏山塘，以詩詞相倡和。光緒壬午，太史刻之成都。」

《怡雲山館詩存》題詞〔一〕

春樵先生與余同出祥符何小笠夫子之門，〔二〕相識最早，改官入蜀，益締交誼。然僅知先生爲循良吏，未審其工於詩也。厥後先生歷宦四方，踪迹靡定，往來滇蜀，離聚不常。壬午重游錦里，始得受其集而讀之。則見其根柢盤深，葩藻綿密，名章傑句，研煉功深，蓋出入於唐宋大家而能得《風》《騷》遺旨者，爲心折久之。先生官隴時，最受知於沈文忠公，〔三〕襄事戎幕，倚如左右手。使文忠不遭奇阨，〔四〕則先生之際遇設施均未可量。惜乎民夷釁深，天不悔禍，元良殂隕，而先生遂不遇知音矣。今關隴甫清，先生已解組歸田。游歷山川，神明愈茂，自訂舊稿付梓，述祖德、紀生平，亦樂事也。觀其《感事》諸篇，〔五〕尤令人慨歎不置云。門愚弟伍肇齡拜題。

〔一〕輯自光緒九年錦城刻楊柄鋥《怡雲山館詩存》卷首。

〔二〕楊春樵，名柄鋥，雲南鄧川人，道光十八年進士，《民國新纂雲南通志》有傳。何小笠，名裕承，河南祥符人，道光道光十五年進士。按：楊柄鋥爲道光十七雲南鄉試舉人，何裕承爲是科雲南鄉試正考官；先生爲道光二十三年四川鄉試舉人，何裕承時任四川學政，故曰『同出祥符何小笠夫子之門』。

〔三〕沈文忠公，名兆霖，字子菉，號朗亭，浙江錢塘人，道光十六年進士，後署陝甘總督，有《沈文忠公自訂年譜》，《民國杭州府志》卷一二六有傳。

〔四〕《沈文忠公自訂年譜》沈雲驥按語：『先公督師旋省，七月初四日未時行至平番縣境去城二十里之三道嶺溝，兩山陡絶，猝遭大雨，山水漲發，衝散從人，先公竟没於王事矣。』

〔五〕《感事》，即《怡雲山館詩存》卷一《感時事》二十首。

《槐陰書屋製藝》序[一]

聶君陶齋，余癸卯齊年友也。[二]天資英博，器業岐嶷，冠述履絇，[三]陶元浴素。一見而知其蔚然荀龍之宗匠，[四]薛鳳之家風焉。[五]當夫桂紫初攀，槐黄共踏，[六]君逾方朔獻書之歲，[七]余望蘭成射策之年。[八]吕安與中散爲神交，[九]杜甫呼衛賓作小友。[一〇]蘭途登降，則相約長風；[一一]葭席流連，[一二]則忘疲申旦。匪特一時意氣，高薄乎雲天；即觀兩家僕僮，亦親於兄弟。蓋即照人之古道，足證結契之夙因已。既而君成甲辰進士，服官楚北，解巾赴郡，露冕班春。現名士作宰官身；以儒林入循吏傳。五雄十緊，[一三]大府交推；一節雙旌，强臺直上。洎余戊辰南游，晤君夷陵，酒尋墜歡，珠數昔事，顔朱慚鏡，鬢華驚秋，則君已綰宜昌郡符。距都門之别，凡二十有五載，而君亦漸老矣。無何，君以武昌守晋觀察，丁年伯藹亭先生憂，[一四]解組歸里，子春食旨不甘，[一五]曾無一溢；[一六]崔九風吹即倒，[一七]何待三年。[一八]竟以哀毁滅性，[一九]致病不起。時余主川南講席，甫吊君苫凷，[二〇]由旋哭君繐帷。噫嘻，傷哉！公子幼涪，[二一]問字石堂，馳聲經席，壬午鄉試來省，始出君著大集相示，并匄言爲叙。余得而全讀之，乃益諗君之大才槃槃，高標落落，[二二]經藝程先民之則，試律擷時雋之華，詩汰俗音，文存官樣。龍筋鳳髓，張舍人書判兼長；[二三]玉海金波，和相公詞章增重。[二四]具見亂國亂民之迹，不徒勝詞勝意之文，後有作焉，君其傳矣。獨念余者，縞紵所洽，歲年已多，華色不盈，元發漸素，引杯獨酌，頓減其狂。裒同時相知，或驚爲異物。鄰笛易感，[二五]悽絶山陽之壚，[二六]年輩無多，蕭然羊求之徑。[二七]今雨舊雨，[二八]如何如何。得毋遺稿歸於後死，朋者凡在，余兹曰邪？烏虖，車過三步，何時展隻雞尊酒之情；〔二九〕文成一家，絶代存素竹青箱之卷。〔三〇〕光緒九年孟夏月，年愚弟伍肇齡拜序。

〔一〕輯自光緒乙酉暮春叙州汗青簃刊本聶光鑾《槐陰書屋製藝》卷首。《光緒叙州府志》卷四一《藝文》著録本序，題作《榮昌敖册賢〈槐陰書屋遺集序〉》，未加署名。

〔二〕聶陶齋，名光鑾，原名鋆，號東涪，四川屏山人。光鑾與先生同爲道光二十三年癸卯科四川鄉試舉人，故曰『癸卯齊年友』。

〔三〕《後漢書·輿服志》：『記曰：「知天者冠述，知地者履絇。」』

〔四〕《後漢書·荀淑傳》：『有子八人：儉、緄、靖、燾、汪、爽、肅、專，并有名稱，時人謂之「八龍」。』又皇甫謐《高士傳》：『荀靖，字叔慈，潁川人也。少有俊才，以孝著名。兄弟八人，號曰「八龍」。』

〔五〕《舊唐書·薛元敬傳》：『少與收及收族兄德音齊名，時人謂之「河東三鳳」。收爲長雛，德音爲鸑鷟，元敬以年最小爲鵷雛。』

〔六〕《南部新書》卷二：『長安舉子……七月後投獻新課，并於諸州府拔解，人爲語曰：「槐花黄，舉人忙。」』

〔七〕謂廿二之齡也。《漢書·東方朔傳》東方朔上書曰：『臣朔年二十二，長九尺三寸，目若懸珠，齒若編貝，勇若孟賁，捷若慶忌，廉若鮑叔，信若尾生。若此，可以爲天子大臣矣。』

〔八〕謂年十五歲也。庾信《哀江南賦》自云『王子洛濱之歲，蘭成射策之年』。倪璠《庾子山年譜》大通元年丁未條曰：『信時年十有五歲，侍梁昭明太子，東宫講讀。滕王逌序信年十五侍梁東宫講讀，《賦》云：「蘭成射策之年」是也。』

〔九〕《世説新語·簡傲》：『嵇康與吕安善，每一相思，千里命駕。』

〔一〇〕杜甫《贈衛八處士》師尹注引《唐史拾遺》曰：『公與李白、高適、衛賓相友善。時賓年最少，號「小友」。』

〔一一〕《宋書·宗慤傳》：『慤年少時，炳問其志，慤曰：「願乘長風，破萬里浪。」』

〔一二〕《荀子·正名》楊倞注曰：『廬庾爲屋室，葭稿爲席蓐，皆貧賤人之居也。』

〔一三〕「五雄」或爲「六雄」之誤。《舊唐書·文宗上》：「丙申，復置兩輔、六雄、十望、十緊、三十四州別駕。」同書《韋處厚傳》：「及處厚秉政，復奏置六雄、十望、十緊、三十四州別駕以處之。」又《新唐書·戴叔倫傳》：「天下州縣有上中下，緊、望、雄、輔者。」

〔一四〕聶藹亭，名汝佶，一字藹庭，號吉人，癸酉舉人，光鑾父，《光緒叙州府志》卷三六有傳。

〔一五〕《禮記·檀弓下》：「樂正子春之母死，五日而不食。」

〔一六〕《儀禮·喪服》：「歠粥，朝一溢米，夕一溢米。」

〔一七〕《北史·崔儦傳》：「子聿弟子約，五歲喪父，不肯食肉。後喪母，居喪哀毁骨立，人云：『崔九作孝，風吹即倒。』」

〔一八〕《禮記·檀弓上》：「事親有隱而無犯，左右就養無方，服勤至死，致喪三年。」「子春食旨不甘」至「何待三年」一節，亦見袁枚撰《常德府知府張古香墓誌銘》。

〔一九〕《孝經·喪親》：「孝子之喪親也，哭不偯，禮無容，言不文，服美不安，聞樂不樂，食旨不甘，此哀戚之情也。三日而食，教民無以死傷生，毁不滅性，此聖人之政也。」

〔二〇〕《儀禮·既夕禮》：「寢苫，枕塊。」賈公彦注曰：「孝子寢卧之時，寢於苫，以塊枕頭。必寢苫者，哀親之在草；枕塊者，哀親之在土。」

〔二一〕聶幼涪，名培新，光緒戊子舉人，官江蘇高淳知縣。

〔二二〕《世説新語·賞譽》劉孝標注引《續晋陽秋》曰：「時人爲一代盛譽者，語曰：『大才槃槃謝家安。』」

〔二三〕唐張鷟有《龍筋鳳髓判》十卷。

〔二四〕五代和凝刻有南齊張融《玉海金波》行世。

〔二五〕向秀《思舊賦序》：「鄰人有吹笛者，發音寥亮。追思曩昔游宴之好，感音而歎。」

〔二六〕《世説新語·傷逝》：「王濬冲爲尚書令，著公服，乘軺車，經黄公酒壚下過。顧謂後車客：『與嵇叔夜、阮嗣宗共酣飲於此壚，竹林之游亦預其末。自嵇生夭、阮公亡以來，便爲時所羈紲。今日視此雖近，邈若山河。』」

〔二七〕《三輔决録》卷一：『蔣詡歸鄉里，荆棘塞門。舍中有三徑，不出，惟羊仲、求仲從之游。』

〔二八〕杜甫《秋述》：『秋，杜子卧病長安旅次，多雨生魚，青苔及榻。常時車馬之客，舊雨來，今雨不來。』

〔二九〕《後漢書·橋玄傳》：『又承從容約誓之言：「徂没之後，路有經由，不以斗酒隻雞過相沃酹，車過三步，腹痛勿怨。」』

〔三〇〕司馬遷《報任少卿書》：『亦欲以究天人之際，通古今之變，成一家之言。』

《説詩解頤》叙〔一〕

詩之爲義至廣至大，匆庸以淺見窺也。《虞書》曰：『詩言志。』〔二〕孟子曰：『説詩者不以文害辭，不以辭害志，以意逆志，是爲得之。』可知無志無詩矣。百世而下，以今人之意求古人之志，要有合乎以蔽之一言斯已耳。雖然，未易言也。典籍所紀，詩始於虞庭《賡歌》，越夏之世曠數百年無傳焉。《商頌》僅存五篇，惟周詩獨多。經尼山删定，〔三〕《三百》炳若日星。凡人若欲條理其性情，捨是無由，故學者莫不爲詩。而自漢三家詩亡，毛詩獨著，衛《序》、鄭《箋》相承，迄於隋唐五代。朱子出，始爲《集傳》，以正《序》説之非。顧亦多仍《序》説。自是而後説者亦夥，是非出入，大都《序》與《傳》之間耳。我朝御纂《折中》，權衡舊説〔四〕，集厥大成，誠哉卓越千古矣。近世姚繼恒著《詩通論》，東南之士多稱之，猶通蔽互見焉。徐子植之，乃爲《説詩解頤》七十餘篇。上遵《御纂》，間抒己意，持論矜慎，得乎温柔敦厚之遺旨，〔五〕若解《凱風》之爲后母，《狼跋》之比武庚、管、蔡，〔六〕《東山》之區别四意，《楚茨》之傳合禮經，皆讀書得間，考據精詳，其餘亦文采葩流，粲然可觀。紫蕙園主人以示肇齡曰：〔七〕

『此先生戲筆也，盍叙之？』觀其涉筆成趣，莊諧間作，洵雅人深致哉！即曰戲筆庸何傷？乃爲之叙。

光緒九年嘉平月十七日，邛州伍肇齡撰。

〔一〕輯自光緒九年岐元刻朱墨套印本《説詩解頤》卷首。徐瑋文，字植之，常州宜興人，光緒二年進士，歷官韶州、瓊州太守。金武祥《粟香三筆》卷八記載本書刊刻緣起：『徐植之太守瑋文潛心經學，手披筆録者積數十年，近出其《説詩解頤》二卷見示。蓋昔館於子惠將軍紫蕙園時所成，近將軍官成都，先爲付梓者也。』《光宣宜荆續志》卷九《徐瑋文傳》也載其事：『長白將軍宗室岐元尤器之，館之家先後十餘載，賓禮益虔，爲刊其著作。』

〔二〕《尚書·堯典》：『詩言志，歌永言。』

〔三〕《史記·孔子世家》：『古者詩三千餘篇，及至孔子，去其重。』

〔四〕按：乾隆二十年傅恒等奉敕撰《御纂詩義折中》二十卷。

〔五〕《禮記·經解》：『温柔敦厚，詩教也。』

〔六〕《史記·周本紀》：『管叔、蔡叔群弟疑周公，與武庚作亂，畔周。周公奉成王命，伐誅武庚、管叔，放蔡叔。』

〔七〕紫蕙園主人，即宗室岐元，字子惠，光緒間爲成都將軍，有園曰紫蕙，故稱『紫蕙園主人』。

《星軺日記》後序〔一〕

《星軺日記》，沈文節公使蜀時筆也。喆嗣潔齋觀察自涇南郵示此編，〔二〕屬爲弁言，則已有文、夏、孫三序，〔三〕稱述畢備矣。觀其記載山川、古迹、土俗、物賈，纖悉必詳，留心經世，情見乎辭。曩者陶文毅公著《蜀輶日記》，〔四〕西南形勢利弊如指掌。卒以兼圻著績，使公膺大任、展鴻才，設施故未可量。乃以使粵值變，取義成仁，光昭千古，蓋命分固各有定歟？肇齡於公忝同譜，公先登第爲前輩。猶記甲辰會試，與公同號舍。公賦詩書扇以贈，遂訂交焉。壬子，公典蜀試，肇齡亦與順天鄉闈分校，迨癸丑春乞假迎親，公則命潔齋奉眷屬南旋，自是與公不復相見。三十年中，歲月若馳，潔齋分巡川南，在職精勤吏治，士習民風蒸然丕變，頌聲溢境外，世德象賢，信哉。潔齋因公來省，以公《事實》一册見貽，〔五〕觀公遺墨無多，吉光片羽，皆堪寶貴。癸丑家書，尤見素志，宜垂不朽，而此册刊行，抑且書以人重，爲蜀道駪征手鏡。〔六〕潔齋復以序見委，兩世交誼，文字因緣，非偶然也。乃弗辭而綴語焉。光緒十一年十二月十三日，年侍生伍肇齡書於成都錦江書院。

〔一〕輯自清光緒十一年蜀南道署刻沈炳垣《沈文節公星軺日記》卷末。沈文節公，名炳垣，字榆庭，號紫卿，卒謚文節。浙江海鹽人，道光二十四年舉人，故與先生同譜。二十五年成進士，咸豐二年任四川鄉試副主考，咸豐七年任廣西學政，與太平軍戰於梧州，被擒殉節，《清史稿》卷三九九有傳。《星軺日記》詳載咸豐二年五月二十八日至十一月十一日出入蜀之經歷。

〔二〕沈潔齋，名守廉，字説蓮，炳垣長子，時官四川永寧道。涇南，瀘州納溪縣，唐置涇南縣，以其在涇水之南。

〔三〕按：光緒十一年蜀南道署刻沈炳垣《沈文節公星軺日記》卷首，僅見桂陽夏旹、清鎮文天駿二序，卷後則有海寧錢保塘及先生二跋，及沈守廉後記。未見孫序。沈守廉《後記》稱『僻處川南，惟夏菽軒觀察、文雲衢比部，以時往還，爲道義交，見此記，咸勸梓行，且各爲之序以促之』也未道及孫序。『孫』字或爲衍文。

〔四〕陶文毅，名澍，字雲汀，湖南安化人，嘉慶七年進士，《清史稿》卷三七九有傳。陶澍於嘉慶十五年任四川鄉試副主考，著《蜀輶日記》，記嘉慶十五年五月十五日至十一月二十二日出入蜀之經歷。

〔五〕按：即沈守廉撰《沈文節公事實》一卷。

〔六〕《詩經·小雅·皇皇者華》：『駪駪征夫，每懷靡及。』

《讀詩鈔説》序[一]

《讀詩鈔説》四卷，華陽張魯泉廣文所撰[二]。劉生用鎮持以示予，且乞序。予觀其詞氣卓犖，多本朱《傳》。[三]引而伸之，可以説詩，可以訓世。其有異乎吾所聞者，不必論也。今之爲詩者，或好新義，或持舊説，言《集傳》者，輒目爲常談。不欲觀之。予則不謂然。夫詩之爲教，廣矣，大矣。三百篇自周溯商，迄今上下三千餘年，時代云遥，言之不必盡如其事。然古今人，不甚相遠也。説詩者以意逆志，亦求有當於人心，斯可矣。彼强爲解而失之鑿，又足貴乎哉！予向輯江西陳子廣敷《詩説》，[四]説雖不多，能發前人未發，曾鋟板以示及門。今觀此鈔，議論正大，有合於思無邪之旨。高熙廷學使樂與人善，既爲作序，[五]且捐俸助刻，蓋亦以爲可以傳布。黄翔雲廉訪、崔劭方觀察，皆樂爲之序，[六]劉生爲廣文再傳弟子，不忘私淑。珍惜此鈔，求達者表章之，使無湮没，亦可嘉也。乃書此語而歸之。光緒十三年塗月下浣，[七]臨邛伍肇齡識於錦江書院。

〔一〕輯自光緒十三年雅安劉永鎮蓉城刻本《讀詩鈔説》卷首。《民國華陽縣志》卷二三《藝文》有節録，省去『其有異乎吾所聞者』至『今觀此鈔』一節。

〔二〕《民國華陽縣志》卷二三：『澍，字魯泉，華陽人，嘉慶戊寅舉人，會理州學正，他事迹不詳。』《光緒井研縣志》卷二九：『澍，字魯泉，善古文辭，篤守閩洛宗旨，齋居無欷容。』

〔三〕朱傳，即朱熹所作《詩集傳》，也即下文之「《集傳》」。

〔四〕《民國邛崍縣志》卷二《伍肇齡傳》：『刻《詩説》二卷』。

〔五〕高熙廷，名賡恩，一作熙亭，也作曦亭，順天寧河人，光緒二年進士，十三年以編修任四川學政，王樹楠有《寧河高文通公墓表》、孫葆田有《故清太常寺少卿致仕高文通公神道碑》，《大清畿輔先哲傳》卷一二有傳。按：光緒丁亥冬月蓉城刻本《讀詩鈔説》僅見伍、崔、黄三序，未見高序。

〔六〕崔劭方，名志道，一字劭芳，陝西鄠縣人，同治元年進士，光緒十三年任雅州知府。

〔七〕《爾雅·釋天》：『十二月爲涂。』

《四禮翼》序〔一〕

明吕新吾先生著《四禮翼》一書，〔二〕斟酌古今，簡明易曉，誠足羽翼《禮經》，輔翼世教，而爲不刊之令典者也。寧河高熙亭太史視吾蜀學，下車之始，首刻是書，輶軒所至，〔三〕宣布士林。蓋不欲吾蜀人專尚才華，冀其勉敦實行，體於身，教於家，及於鄉里，使風俗返乎仁厚，甚盛事也。顧屬肇齡弁言簡端。竊觀原叙，厥指已詳。〔四〕惟先生當明神宗朝，嘗慨其時有薄庸言庸行爲土苴，〔五〕視三千三百爲桎梏者。〔六〕曰禮法者，維持世道人心之善物也。然則是篇之作，用意閎遠，使者廣爲傳播，啓牖吾蜀，人咸知矩薙爲益，豈淺鮮哉？乃弗辭而綴斯語焉。光緒丁亥仲冬，臨邛伍肇齡識。

〔一〕輯自寧河高氏繼善堂光緒十三年丁亥孟秋仿清咸豐七年清河吴昆田崇讓堂刻本《四禮翼》卷首。高賡恩《重刊四禮翼序》曰：『余少得此編，於戚家讀之，或愧而汗，或悔而憤，或感而泣，輒思爲同人白也。乃至都，搜其版而無，至蜀購其書而亦無，因梓焉，以廣其傳。所冀學人之解經如此，則由寧陵推之濂洛關閩，證之漢儒，上溯尼山。』

〔二〕吕新吾，名坤，字叔簡，河南寧陵人，萬曆二年進士，歷官陝西右布政使、刑部侍郎。《四庫全書總目提要》卷二五：『《四禮翼》四卷，明吕坤撰，自序謂以民間日用常行淺近鄙俗可以家喻户曉者，析爲條目，凡冠禮翼二，曰蒙養，曰成人；婚禮翼二，曰女子，曰婦人；喪禮翼二，曰侍疾，曰修墓祭；禮翼二，曰事生，曰睦族。』

〔三〕《初學記》卷二〇引應劭《風俗通》曰：『周秦常以歲八月，遣輶軒之使，采異代方言。』明清學政也以輶軒稱之。

〔四〕吕坤《四禮翼序》：『翼四禮者何？濟四禮之所未備也。』

〔五〕《周易·乾卦》：『庸言之信，庸行之謹。』

〔六〕《禮記·中庸》：『禮儀三百，威儀三千。』

《蜀學編》序〔一〕

學以聖人爲極。管、老、墨、莊、申、商、韓非之書，皆有益於治，然不游聖人之門，其流弊滋甚。六經奥以博矣，《學》《庸》《論》《孟》又微而顯者也。自秦滅典籍，〔二〕漢重傳經，至宋而義理之學興，師承不絕。明長安馮侍御從吾始著《關學編》〔三〕，繼此，《洛學》《北學》皆纂自鉅儒手。〔四〕

吾蜀文翁倡教，學比齊魯〔五〕。自漢迄國朝，代不乏賢。寧河高熙亭學使課士尊經書院，以《蜀學編》命題，因即方生守道所輯本復爲厘正〔六〕，語齡參訂焉。齡惟學使入蜀，即以文行并重風多士，按試各郡，與諸生語及，至石室講訓，亦於此諄諄焉。

兹編之成，體仿《北學》〔七〕，讀之當有蹶然興者，由是敦崇四教，〔八〕以上溯鄒魯淵源，將張、魏所詣尚可擴充，〔九〕豈徒以揚、馬文章誇冠天下哉？〔一〇〕若夫士游，所學不顯，則以大孝登之；君平《易》學不傳，〔一一〕姑以沈冥闕之。至於成之帀月，慮有罅隙，《凡例》已言之，〔一二〕然其維持正學之意勤矣。長白延旭之觀察使留心學校，〔一三〕嘉惠士林，凡刻書籍皆捐廉佽助，兹編其一種云。光緒戊子嘉平月，臨邛伍肇齡序。

〔一〕輯自清光緒十四年戊子仲冬成都尊經書局刊本《蜀學編》卷首。所輯蜀學人物始於漢張寬，終於清范泰衡，凡百一十四人。高賡恩課士尊經書院，以《蜀學編》爲題，令士子搜輯蜀中先哲言行，考訂蜀學源流。又於諸生中選方守道、童煦章輯本爲底本，詳加厘訂而成。史夢蘭有詩贊曰：『一編蜀學開宗派，遠紹濂閩與洛關。』并注曰：『視學四川，刻《蜀學編》一書』。

〔二〕《史記·秦本紀》：『史官非秦記皆燒之。非博士官所職，天下敢有藏詩、書、百家語者，悉詣守、尉雜燒之。有敢偶語詩、書者棄市。』同書《李斯列傳》：『臣請諸有文學詩書百家語者，蠲除去之。令到滿三十日弗去，黥爲城旦。所不去者，醫藥卜筮種樹之書。若有欲學者，以吏爲師。』

〔三〕明馮從吾輯關中春秋至明學者凡三十七人爲《關學編》四卷。馮從吾，字仲好，號少墟，陝西長安人，萬曆十七年進士，《明史》卷二四三有傳。

〔四〕《洛學編》四卷、《北學編》四卷，清湯斌、魏一鰲奉師孫奇逢之命輯成。湯斌，字孔伯，號潛庵，河南睢州人，順治己丑進士，官至工部尚書，《清史稿》卷二六五有傳。魏一鰲，字蓮陸，直隸新安人，明崇禎舉人，官忻州知州，李元度《國朝先正事略》有傳。

〔五〕《三國志·秦宓傳》：『文翁遣相如東受七經，還教吏民，於是蜀學比於齊魯。』《華陽國志·蜀志》：『翁乃立學，選吏子弟就學。遣雋士張叔等十八人東詣博士，受七經，還以教授。學徒鱗萃，蜀學比於齊魯。』

〔六〕方守道，字廉史，四川成都人，尊經書院弟子。按：先生《續刻蜀學編序》：『《蜀學編》爲寧河高曦亭先生督蜀學時，據方生守道、童生煦章各輯本，詳加厘訂，一月而成者』，則除方守道原輯外，《蜀學編》尚參考有童煦章輯本。

〔七〕《蜀學編·凡例》稱：『北學編則不别前編，兼及晋魏。於文章經濟并有采録，仍以節行無可疵議爲斷，兹多從北學之例。』

〔八〕《禮記·王制》：『樂正崇四術，立四教，順先王詩、書、禮、樂以造士。春秋教以禮樂，冬夏教以詩書。』《論語·述而》：『子以四教：文、行、忠、信。』

〔九〕按：張，綿竹張栻也。魏，蒲江魏了翁也。

〔一〇〕李燾《新修四齋記》：『司馬相如文章冠天下』。又《漢書·地理志》：『後有王褒、嚴遵、揚雄之徒，文章冠天下。』

〔一一〕按：君平《易》學，非不傳也。據《後山談叢》卷一：『楊内翰繪云：「莊遵以《易》傳揚雄，雄傳侯芭。自芭而下，世不絶傳，至沛周郯。郯傳樂安任奉古，奉古傳廣凱，凱傳繪，所著《索藴》，乃其學也。」』又據程迥《周易章句外編》：『譙定字天授，涪州人。嘗授《易》於羌夷中郭載，載告以「見乃謂之象」與「擬議以成變化」之義。郭本蜀人，其學傳自嚴君平。』則君平《易》學，宋代尚大行於蜀中。

〔一二〕按《蜀學編·凡例》：『兹編以譾陋之賡成之帀月，罅隙豈得少哉，存此以爲濫觴可也。』

〔一三〕延旭之，名煜，字伯炎，滿洲正白旗人，同治十二年舉人，時任四川鹽茶道。

《尊經書院課藝二集》序〔一〕

吾蜀自文翁倡教，相如爲師，〔二〕建立講堂，七經東受，實爲天下書院權輿，〔三〕嗣是歷代不乏材彦。明末流賊肆毒，文獻湮没盡矣。國朝初建錦江書院，〔四〕大抵惟科舉是務，雖曰習經，涉獵而已，未有專業教者。即欲以古學倡，其如規模之未具何。

同治甲戌，官紳協謀別建尊經講舍，〔五〕始專考經義，兼習古文詞。十餘年來，登進者歷科轉盛。〔六〕風會所趨，人人皆知讀書之有益矣。余以譾劣謬膺斯席，見前譚學使有《蜀秀集》之刻，携板以去；〔七〕王壬秋院長始刻《課藝初集》，因命楊生楨、羅生元黼詳檢官師兩課，〔八〕梓爲《二集》。仿《初集》式，不刻近體，亦有傳觀遺失、宜刻而未刻者，略存梗概云爾。夫治經必精求古義，靳温故而知新；立言貴乎雅馴，乃雖多而不厭。學者循序致功，將見觸類引伸，必有月異而歲不同者，則斯集其猶嚆矢也。是爲序。

臨邛伍肇齡。

〔一〕輯自光緒十七年尊經書院刻《尊經書院二集》卷首。

〔二〕《漢書·地理志》：『景、武間，文翁爲蜀守，教民讀書法令，未能篤信道德，反以好文刺譏，貴慕權勢。及司馬相如游宦京師諸侯，以文辭顯於世。鄉黨慕循其迹。後有王褒、嚴遵，揚雄之徒，文章冠天下。繇文翁倡其教，相如爲之師。』

〔三〕《華陽國志·先賢士女總贊論》：『景帝嘉之，命天下郡國皆立文學。由翁唱其教，蜀爲之始也。』

〔四〕《雍正四川通志》卷五中：『錦江書院，在成都府學明倫堂後，舊名文翁石室，以漢孝文時蜀二千石文黨興學造士，文風埒齊魯，永初太守高眹更新之，增一室以祀文翁，明末毀。國朝康熙四十三年，按察使劉德芳重建。』

〔五〕原注曰：『事詳《尊經書院記》。』按：《尊經書院記》即張之洞《四川省城尊經書院記》簡稱。

〔六〕王闓運《四川尊經書院舉貢題名碑序》曰：『經丙子、己卯、壬午三科，舉過五十人，未嘗題名。乙酉歲，當選拔之期，充貢者幾六十人。及秋試可舉者，猶有卅、卌人。而舉者十五人，前十人居其三焉。公車將行，幾群空矣。』又宋育仁《四川尊經書院舉貢題名碑記》：『蜀自立尊經書院，生徒之舉，製科者一科或多至三十餘人，而以選拔貢者三之一，以優行貢者則非肄業諸生莫與。

湘潭王先生來主講席，丙子、己卯、壬午、乙酉四科充舉貢者百廿五人，當時幾歎群空。』

〔七〕譚學使，名宗浚，字叔裕，廣東南海人，同治十三年甲戌科榜眼，光緒二年以編修任四川學政。

〔八〕楊楨，字敬亭，四川新繁人，歲貢生，候選訓導，《民國新繁縣志》卷一四有傳。尊經初集、二集、三集皆載其詩文，可概見其文辭學術。院刻群經諸史，楨皆躬與校讎之役。羅元黼，字雲裳，四川崇慶人，優貢生，岳池、酆都訓導，嘗掌尊經書局。

《七星山人集》序〔一〕

光緒壬辰冬，南江岳明經森以其尊甫《七星山人集》示余，〔二〕再拜而言曰：『先君子遺稿梳佚久矣，方事搜輯，僅得文十餘首，詩二百篇有奇。欲刊之，請弁言簡端。』蓋余與山人皆以丱歲受知於學使祥符何小笠先生，補弟子員，召入署讀書。余應命往，而山人以違省遠，大父愛不忍離，遂弗果。余在署一年，幸登科，隨學使入都。山人則久困名場，如劉蕡下第。〔三〕既懷才不遇，則以爲古人不爲良相，必爲良醫，〔四〕乃研精岐黄，博覽内外典籍，根極厥指，卓然契悟。至於樹幟騷壇，詞源浩瀚，又其所擅長者。將軍崇公，〔五〕倒屣相迎，〔六〕期以國士，〔七〕欲舉以職。山人素懷耿介，淡於仕進，竟弗肯就。奉親養志，若將終身焉。孺人偕隱，有林下風，別有《留仙閣唱和集》待梓。山人十六歲時，作《初度詩》，〔八〕即飄然有出塵意，蓋生有自來也。今觀其文，才思横逸，與淄川競美，〔九〕名言至論，時出其中。雖尋常簡牘，皆妙義環生，耐人紬繹。詩詞華富贍，名章俊句，絡繹聯翩，而奇思奥旨，有非具眼莫能辨者。昔人謂漢張機，有精理而無高韻，〔一〇〕山人因醫悟道，摛藻彌工，兩長蓋兼之。夫以山人之所挾持，使得志於時，必爲霖雨蒼生，顧藥囊托業，比迹韓康，〔一一〕或惜其不遇。然印纍綬若，比比皆是，曷若不違温凊，常羊自得於杏林橘井之間，〔一二〕使後世覽其篇章，猶生敬慕。其不以彼易此也，明矣。明經夙投贄於余，繼入成均，名噪都下，爲旗學教習三年，奉山人諱以歸。學使瞿公命爲尊經書院學長，〔一三〕與余數晨夕，余益喜山人之有後也。士有不及其生相見，而流連慨慕於其遺書者，况余與山人，誼屬同門，感深異路者乎，乃不辭而爲之序。臨邛伍肇齡。

〔一〕輯自光緒十九年四川志經堂刻本岳凌雲《七星山人集》卷首。岳凌雲，字小山，四川南江人，歲貢生，隱居七星山下，自號七星山人，《民國南江縣志》有傳。
〔二〕岳森，字林宗，凌雲子，拔貢生，《民國南江縣志》有傳。
〔三〕《舊唐書·文苑傳下》：『登科人李郃謂人曰：「劉蕡不第，我輩登科，實厚顔矣。請以所授官讓蕡。」』
〔四〕《宋史·崔與之傳》：『崔與之，字正子，廣州人，父世明，試有司連黜，每曰「不爲宰相則爲良醫」，遂究心岐黄之書。』陳文蔚《起堂記》曰：『先朝鉅公有言：「達則願爲卿相，窮則願爲良醫。」於戲，仁哉是心也！蓋卿相，生民之休戚所繫；良醫，人命之死生所繫。卿相能拯民於塗炭，良醫能起死於膏肓。窮達雖不同，而濟物之心、及物之仁，則隨寓而見無加損也。』
〔五〕崇公，名實，完顔氏，字樸山，號惕盦，滿洲旗人，道光庚戌進士，歷官四川總督、成都將軍，《清史列傳》卷五二有傳，繆荃孫有《盛京將軍兼奉天總督旗民地方軍務完顔文勤公神道碑》。
〔六〕《三國志·王粲傳》：『粲徙長安，左中郎將蔡邕見而奇之。時邕才學顯著，貴重朝廷，常車騎填巷，賓客盈坐。聞粲在門，倒屣迎之。』
〔七〕《文選·報任少卿書》李善注曰：『一國之中推而爲士。』《漢書·韓信傳》卷三四顔師古注曰：『國家之奇士。』黄庭堅《書幽芳亭》：『士之才德蓋一國，則曰國士。』

〔八〕按：岳凌雲有《十六歲初度》詩曰：「二八韶華不可留，神仙富貴兩悠悠。眼前詩酒成逋債，身外功名起贅瘤。真性静依明月悟，癡情閑替落花愁。振衣欲上峨眉頂，雲裏高僧好唱酬。」

〔九〕蒲松齡，字留仙，山東淄川人，世稱聊齋先生。岳凌雲書齋供有蒲松齡小像，見《留仙閣供聊齋夫子小像》詩。

〔一〇〕《太平御覽》卷四四四引《何顒别傳》曰：「同郡張仲景，總角造顒。顒謂曰：『君用思精而韻不高，將爲良醫。』」

〔一一〕《後漢書·逸民列傳》：「韓康，字伯休，一名恬休，京兆霸陵人，家世著姓，常采藥名山，賣於長安市，口不二價，三十餘年。」

〔一二〕《太平廣記》卷一二引《神仙傳》曰：「奉居山，不種田，日爲人治病，亦不取錢。重病愈者，使栽杏五株，輕者一株。如此數年，計得十萬餘株，鬱然成林。」《太平廣記》卷一三引《神仙傳》曰：「先生曰：『明年天下疾疫，庭中井水，檐邊橘樹，可以代養。井水一升，橘葉一枚，可療一人。』」

〔一三〕瞿公，名鴻禨，字子玖，湖南善化人，同治十年進士，光緒十七年以侍講學士提督四川學政，《清史稿》卷四三七有傳。

《癸甲襄校録》序〔一〕

吾蜀自創設尊經書院以來，二十餘年，樸學紹興，人材輩出，一洗從前浮靡之習。爰初，良法美意起自張香濤學使。〔二〕吾鄉人遠延名師，久而未得。〔三〕大府以徐山、鐵江兩錢大令權主其事，淵源有自，已振先聲。〔四〕厥後，王壬秋孝廉，以宏通博雅之才，先後主講七年。士傳其學，廖進士平、岳教習森皆其入室弟子也。壬秋回湘，劉仲良宫保謂余資深，俾以錦江兼主斯席。余愧少年科第，枕葄未深，章句之學又非所習，辭不獲允，承乏已九年矣。平生師友，不無所聞，雖未能方駕前人，亦不敢貽誤後學也。上年香濤督楚，函薦廖君經學，有益士林。余與仲帥，俾任襄校。前年岳君襄校，亦由瞿子玖學使自楚來曾經與香帥商定。既而學使加廖、岳以學長，仍不没其襄校之名。廖、岳又皆早及余門者，幸資兩翼之力，樂觀其成，士益奮興，蒸蒸日上矣。廖之撰著，早已刊傳，余别有序説。岳君亦著述宏富，門人請刊於余。余向喜其治學醇正，識力精邁，知刊刻所著亦必有益士林，與廖競美，因力慂之。閲一歲，乃從昔賢别集之例，略其巨部，專緝雜篇，厘爲五卷，呈余鑒定，自署爲《癸甲襄校録》，名以紀實也。余觀其經學淹通，詞章彬蔚，如《禘祫説》《虞庠四郊説》，皆爲前人所未發。其餘并鈎考功深，洪纖昊舉，引伸觸類，啓發實多。詩賦雜文，原本漢魏，其次亦不在北宋下，洵足楷模後進，津逮方來。廖既先驅，岳實後勁，爰屬監院薛君刊存書局，〔五〕用助觀摩云爾。光緒二十年十二月，臨邛伍肇齡書。

〔一〕輯自光緒二十年南江岳氏四川尊經書局刻本《癸甲襄校録》卷首。按：光緒十九年干支爲癸巳，二十年干支爲甲午，其時岳森爲尊經書院襄校，故合天干以名集。

〔二〕張之洞《四川省城尊經書院記》：『督部盱眙吴公與薛侍郎使之洞議其章程，事屬草創，未能畫一，有所商略，或未施行。比之洞將受代，始草具其稿，商榷定議。』趙爾巽《已故大學士興學育材成效卓著請宣付史館摺》：『奉命提督四川學政，則會商前督臣吴棠，奏設尊經書院，擇郡縣高材生肄業其中，延聘名儒分科講授。院内章程及讀書治經之法，皆該大學士手訂，條教精密，略如詁經精舍、學海堂規模。』

〔三〕按：尊經書院創建之初，總督吴棠先後遠聘桐鄉沈善登、歸安錢振常、南匯張文虎、德清俞樾、會稽李慈銘、湘潭王闓運諸公爲山長，皆辭不就。《藝風老人年譜》光緒元年二月條載：『建尊經書院。學使張孝達先生、吴仲仙師修尊經書院，專課經古。延沈穀成、錢笣仙爲山長，均辭以道遠。』又，張文虎有詩曰《蜀省新建尊經書院，制軍吴公棠奏開書局，以張香濤學使之洞言，介李制軍宗羲書來欲屬予此席，辭之而副以詩》。又，俞樾《前詩意有未盡再成一律》自注曰：『同治季年，蜀中設尊經書院，延余主講，謝不赴。』又，樊增祥致繆荃孫書曰：『因念蜀中尊經書院，自孝達師創建以來，未有掌教。名山講席，誠難其人，若以處蒓師，則爲兩有裨益。』又，王闓運《致張尚書》：『闓運於乙亥即得薛興文致聘，恐懼慚惶，雖極思一奉光儀，猶慮自書黃紙。』

〔四〕廖宗澤《六譯先生年譜》光緒元年乙亥條：『薛焕聘湘潭王闓運主講尊經，王不至。乃以錢保塘鐵江及其弟保宣徐山權主其事。』王闓運《致張尚書》：『旋知兩錢主講，五經斯立。』

〔五〕薛君，名華墀，字丹廷，一作丹庭，四川興文人。《光緒興文縣志》卷二：『薛華墀，成都府訓導，歷充尊經、錦江兩書院監院。』

《重修昭覺寺志》序〔一〕

吾蜀名刹，首推昭覺。自唐迄宋，代有名僧，〔二〕衣鉢相傳，綿綿不絕。朱明革命，兵燹之後，萬峰崛起，響震坤維。〔三〕嗣法丈雪，〔四〕主持斯寺，重振頽綱。則有佛冤、竹峰、潛修、守仁諸大師，〔五〕續焰聯芳逮於今，兹緒猶未墜。熙朝頒賜藏經，宸翰叠錫，光於禪林。寺志之刻，已二百餘年。主持中恂師，重加修葺，問序於余。余惟象教東流，〔六〕千數百年矣，迭經興廢，而卒不滅者，以有其實也。寺以人興，人存事舉，末法陵替，常流者多，擔荷者少。即有踞師子座，〔七〕鮮發圓音；遺矩雖存，循習而已。官紳檀越，復少加意。異俗方熾，真風愈微，雖然棟宇猶新，原田未改，法語垂矣，清規具矣，果克明心見性，仰承先軌，信受奉行，説法利生，竭情化導，則亦遠繼鷲嶺宗風，〔八〕中繼碧岩祖脈，〔九〕近不愧昭代開山嫡骨孫矣。〔一〇〕此志之修，本迹源流，昭然在目，使過、現、未來，稽考有資，誠不可以已，而非虚食法王食者。〔一一〕曩者明照大師有《如來應化事迹圖册》之刻，〔一二〕師今繼之，亦猶數典不忘祖者矣。〔一三〕光緒二十二年秋九月，賜進士出身翰林院編修、國史館協修加二級隨帶加一級邛州伍肇齡序。

〔一〕輯自光緒二十二年成都昭覺寺刻本《重修昭覺寺志》卷首。昭覺寺舊有志，係丈雪通醉禪師纂輯，略具大概。故方丈中恂所修稱爲『重修』。

〔二〕昭覺寺唐宋名僧，如休夢了覺、昭覺純白、圓悟克勤諸禪師，詳見《重修昭覺寺志》卷二《禪燈》。

〔三〕《文選·雜詩十首》其二李善注引《淮南子》曰：『坤維在西南。』

〔四〕丈雪通醉禪師，四川内江人，康熙間恢復昭覺禪院舊觀。釋徹綱有《昭覺丈雪醉禪師紀年録》一卷。

〔五〕按：丈雪法嗣佛冤綱，佛冤法嗣竹峰續，竹峰法嗣潛修悦，潛修法嗣守仁定是也。《重修昭覺寺志》卷二《禪燈》載有四人行實。

〔六〕《山堂肆考》卷一四五『象教』條：『象教者，如來既化，諸大弟想慕不已，遂刻木爲佛，瞻敬之以形象教人也。』

〔七〕《大智度論》卷七：『佛爲人中師子，佛所坐處，若牀若地，皆名師子座。』

〔八〕《法華經》：『耆闍窟山中，山形如鷲，佛常居此中，故號鷲嶺。』《一切經音義》卷一：『鷲峰，西國山。此山高峻，鷲鳥所居，或名靈鷲山，或云鷲嶺，皆一山而異名也。如來於此山中得轉法輪，甚多聖迹。』

〔九〕碧岩，即宋高僧佛果克勤，四川崇寧人，高宗賜名圓悟禪師，著《碧岩録》十卷，《補續高僧傳》卷九有傳。紹興初，高宗皇帝詔改昭覺爲叢林，勑請圓悟克勤禪師開堂。

〔一〇〕《五燈會元》卷一八：『戲拈十智同真話，不負黄龍嫡骨孫。』

〔一一〕《大智度論》卷二九：『佛爲法王。』《廣弘明集》卷一一引釋法琳《對傅奕廢佛僧表》：『行則金蓮捧足，坐則寶座承軀。出則帝釋居前，入則梵王從後。左輔密迹，以滅惡爲功；右弼金剛，以長善爲務。聲聞、菩薩，儼若侍臣；八部、萬靈，森然翊衛。演涅槃則地現六動，説般若則天雨四華。百福莊嚴，狀滿月之臨滄海；千光照曜，猶聚日之映寶山。師子一吼，則外道摧鋒；法鼓暫鳴，則天魔稽首。是故號佛爲法王也。』

〔一二〕明照大師，即明照通朗禪師，昭覺歸一禪師法嗣，著有《明照朗禪師語録》一卷、《詩鈔》一卷。

〔一三〕《左傳·昭公十五年》：『籍父其無後乎？數典而忘其祖。』

《四川通省忠義總録》序〔一〕

國於天地，必有與立。忠義者，國之綱維，所以使人自立於天地之間，而與爲不朽者也。孔子答子貢問政，以爲兵食可去，無信不立。〔二〕忠義其民信之實歟？昔宋張益州平定蜀亂，并於下車之日，咨訪民俗，勵以敦本崇義等事，蜀賴以安。〔三〕夫敦本之訓，孰有過於忠義者哉！

吾蜀當咸豐間，遭巨匪李、藍二逆之難，蹂躪數十州，邑境無完土。〔四〕幸駱文忠公莅蜀，不數年蕩平醜類，并殲除粤匪石達開，及賴、蔡等逆，〔五〕措蜀於磐石之安。迄今故老遺黎，能説其事者，涕相屬也。其間官吏兵民，執干戈衛社稷，塗膏溧血以報聖朝數百年豢養之恩，死者以數萬計。事定後，設局采訪忠義等事，匯案輯爲書册。惜僅有繕本，未嘗壽諸梨棗，非缺典歟？

光緒戊戌己亥間，奎樂峰制府、王爵棠方伯先後持節來川，勘定蜀東教案。士女熙熙，重登衽席，於是厘剔吏治，百廢俱舉。商之采訪局，總辦蔣芸軒觀察，搜輯忠義，重加校訂，付之手民，并將霆軍及本省官兵入祀昭忠祠者，〔六〕編次姓名，爲卷二十。凡以垂奕禩之光榮，備志家之采擇。忠魂毅魄，微顯闡幽，〔七〕西南億萬士民有不感激奮發，濯磨至性於無窮者耶？肇齡不才，以舊史氏退守衡茆，謬膺講席，躬睹明賢盛事，媲美益州。徒因衰朽，弗克勷旦夕之勞，聊贅片言，俾士庶共知。主聖臣賢，有善必揚，益深觀感云爾。邛州伍肇齡識，光緒二十五年歲次己亥五月五日書。

〔一〕輯自光緒二十五年四川采訪總局刻本《四川通省忠義總録》卷首。按：總督奎俊、布政使王之春發起成立四川通省采訪忠節總局，蔣兆奎督辦局務，彙録咸同兩朝征剿藍朝鼎、李永和、石達開、賴裕興陣亡官紳軍民婦女五萬餘人姓名事迹。并編入楊遇春及其孫、曾孫三人事迹，鮑超所部霆軍六千餘人姓名事迹，防剿局所録王之春川東平亂陣亡殉難官紳兵團三千餘人姓名事迹。

〔二〕《論語·顔淵》：『子貢問政。子曰：「足食。足兵。民信之矣。」子貢曰：「必不得已而去，於斯三者何先？」曰：「去兵。」子貢曰：「必不得已而去，於斯二者何先？」曰：「去食。自古皆有死，民無信不立。」』

〔三〕《宋史·張方平傳》：『得邛部川譯人始造此語者，梟首境上，而流其餘黨，蜀人遂安。』

〔四〕《清史稿·駱秉章傳》：『四川之亂，始於咸豐九年。滇匪藍大順又名朝柱，李短搭又名永和，結黨私販鴉片。其黨被捕，聚衆陷宜賓，攻叙州，擾嘉定，衆號十餘萬。』

〔五〕石達開，廣西貴縣人，太平天國翼王，《清代七百名人傳》《蜀海叢談》等有傳。賴、蔡，即石達開麾下將領賴裕新、蔡光遠。

〔六〕鮑超字春霆，故稱其軍爲霆軍。《清史稿·鮑超傳》：『林翼令赴長沙，募勇三千，創立霆字五營。』《霆軍紀略》卷一：『鮑公接文忠書，刻日親往長沙，一遵文忠指畫，選募部署，立爲五營。即以己字之下一字名其軍，是爲霆軍之始。』

〔七〕微顯，或爲『顯微』倒字。

《蘆山縣樊敏碑釋文》序〔一〕

漢碑爲三代後法物，迄今二千餘年。凡經兵燹、風霜剥蝕所存者，中國蓋無幾矣，且多漫滅不可撫摸，矧得有章解句釋者乎？而蘆山漢樊敏碑，〔二〕尚巋然獨存若魯靈光。〔三〕然較之雅州高孝廉碑僅存數字者，〔四〕又甚相懸。但歷代雖時爲表彰，楊升庵收入《全蜀藝文志》，〔五〕而趙氏、顧氏及各家題跋，〔六〕不免多所沿訛。邑拔萃生鳳山周君品端學萃，〔七〕服鄉道古，就壯歲與雅棠閔君所草創《釋文》一卷。重爲證訂，書成質予。予不禁慨然曰：『金石之學不講久矣，覽此釋文，考據詳明，引證確鑿，使此漢碑不至終湮，而講金石者亦有所楷模，應付手民，共傳不朽』。特弁數行，以促其刊云。光緒己亥中秋，伍肇齡崧生甫識於錦官書院。

〔一〕輯自《民國蘆山縣志》卷六，原題爲《清伍肇齡撰蘆山縣樊敏碑釋文序》。

〔二〕《民國蘆山縣志》卷六：『樊敏碑，碑在治南五里田間官道側，漢建安十三年建。碑高七市尺半，廣三市尺半，上方微削，圓頂圭首，作二螭。龍首嚮右抵於碑肩，碑肩與雅安姚橋《高君頌碑》略似。螭拱如虹，其下鐫「漢故領校巴郡太守樊府君碑」十二字，雙行，行六字，篆額稍偏右。又其下有圓形穿眼，穿下方爲碑文凡五百五十七字，計十八行，行二十九字。』

〔三〕王延壽《魯靈光殿賦序》：『魯靈光殿者，蓋景帝程姬之子恭王餘之所立也。初恭王始都下國，好治宫室，遂因魯僖基兆而營焉。遭漢中微，盜賊奔突，自西京未央、建章之殿皆見隳壞，而靈光巋然獨存。』

〔四〕王象之《輿地碑記目》卷四：『高孝廉墓碑，在嚴道縣東二十里。按其碑年月，乃漢建安十四年。高君兄弟皆孝廉，有二大闕，其一曰：「故益州太守武陰令上計吏舉孝廉諸部從事高頤字貫方」，其一曰：「漢故益州太守陰平都尉武陽令北府丞舉孝廉高君實字貫光」。又一大碑，其首云：「故益州太守高君之碑」。』

〔五〕按：楊慎《全蜀藝文志》卷四六收録《漢故朝請巴郡太守樊府君碑》全文。

〔六〕趙明誠《金石録》卷一八收録《漢巴郡太守樊君碑跋》。顧炎武《金石文字記》卷二收録《巴郡太守樊敏碑》。

〔七〕鳳山周君，名瑞岐，撰有《蘆山縣樊敏碑釋文》二卷，《民國蘆山縣志》卷十有傳。

續刻《蜀學編》序〔一〕

《蜀學編》爲寧河高曦亭先生督蜀學時，據方生守道、童生煦章各輯本，〔二〕詳加厘訂，一月而成者。嗣差竣回京，復考正史及歷朝學案、先儒傳記、理學備考正續編，增入者二十三人。〔三〕又前刻諸人，亦有增添事迹者。先生於此事可謂勤矣。續刊校閲者，爲先生同里、四川候補知縣王渭霖履賢。〔四〕今方、童兩明經、王君相繼物故，先生屢有書來，屬余與成都府學教授樂山謝君乾初金元商續刊事。〔五〕此板流傳，庶吾蜀士皆知漢、唐、宋、元、明以來，及我朝相承學派，將與《洛學》《關學》《北學》諸編共相輝映云。光緒二十七年五月，邛州伍肇齡題於錦江書院。

〔一〕輯自光緒二十七年辛丑秋月錦江書局重刻本《蜀學編》卷首。
〔二〕方守道，注見前文。童煦章，字雪苔，四川新津人，尊經書院弟子。
〔三〕續刻本於宋代增宇文止止，范夢得下增附子范冲，謝金堂下增附弟謝潛，馬臺諫，虞滄江，張敬夫下增附再從子張庶、門人程遇孫、薛紱、張方、楊知章、李修己，增范月舟附從子范子長、范子該，范華陽，增度周卿及下附度淵、楊枋、楊恪，增楊浩齋，增宇文顧齋附門人程公許，魏華甫下增附門人程掌、史守道、蔣公順，李中父，樵説齋，王濬齋，於明代增劉德符，增任少海附李竹、張鑑、陳于陛、黄輝、羅仲光，王北崖，周謙之，增趙大洲附何祥。續刻本於漢代删王子淵，於唐代删李太白，於宋代删蘇明允、虞彬甫下删附孫剛簡，於元代删王巽卿。當不止於二十三人之數。此外續刻本於宋代又改黄翊善改爲黄兼山，於元代改張導江爲張達善，於明代改吴原明爲吴石轂。續刻本於人物次序上并有改動，如於宋代蘇潁濱不再單列，而附於蘇子瞻之下，楊元素移於蘇子瞻之前，譙天授移於王子思後；於明代劉提學移到來矣鮮之前，費此度由明代移入清代。

〔四〕王履賢，字渭霖，天津人，光緒十一年舉人，官四川候補知縣。

〔五〕謝金元，字乾初，四川樂山人，成都府學教授，《民國樂山縣志》卷九有傳。

《雲吟山房詩鈔》序〔一〕

《雲吟山房詩》四卷，姻丈胡友于先生所著也。〔二〕夫文章懿鑠，希世所珍，老成典刑，後進作式。況枌榆得蔭，〔三〕依鄭公通德之鄉；〔四〕蔦蘿承條，附謝氏諸姻之誼，如肇齡於先生者哉。先生夙具九能，〔五〕崇闡六藝，若其生平遭際，悉寓於詩。則夫人事之合離，政治之彪炳，尤有可言焉。蓋先生之受經也，飫聞庭誥，遍讀楹書。〔六〕詞源飛灩水之濤，佩觿劬學；〔七〕文穎挹崍峰之秀，舞勺工詩。〔八〕魏陽元百日通經；〔九〕管公明一甓俩俊。〔一〇〕旋名登於秋榜，復譽噪於詞壇。

酒債尋常，吟鞭縈拂；柳汀擫笛，春餞牡丹；花碓厮渠，芳搴香稻。眺玉壘而浮雲變色，〔一一〕攬勝城樓；望金臺而衰草脆秋，〔一二〕送人京洛。西山上冢，節近清明；北道計車，吟殘寒食。訪邯鄲之陳迹，窠臼翻新；吊淮陰之故侯，闢山懷古。出其酣嬉淋漓之作，耆宿傾襟；誦其昭彰跌宕之篇，名流斂手。此《學吟初草》所由作也。

洎乎適館授餐，依人入幕，下仲舉之特榻，〔一三〕托迹師門；抱安定之遺經，〔一四〕解頤鼎説。〔一五〕馬融帳外，〔一六〕頻翻漆室之編；〔一七〕退之客中，遂成秋月之詠。〔一八〕方將寄逸興於燈紅酒緑，抒歌嘯於水白山青，而乃揚烏短折，〔一九〕傷奄忽於髫齡；曹喈早夭，〔二〇〕痛凋殘於綺歲。既傷嬴博，復愴年華，睹遺桂而心怯空房，鼓錦瑟而調嫌膠柱，對紫薇以雪涕，撫驛柳而悲來，雖注籍中銓，典秩東國，猶不足解其憂焉。此《桂湖集》所由作也。

先生之筮仕山左也，自爲邑令洎擢刺史，通達世務，明習文法，敷舉經術，潤色吏治，綱舉網疏，政平訟理，攬山川之名勝，作敦槃之主持，〔二一〕棹泛錦秋之湖，〔二二〕畫讀《鵲華》之卷。〔二三〕鳴琴舊地，爲政之風流在兹；〔二四〕探環故廬，人事之代謝已久。〔二五〕綰綬羊流之里，〔二六〕振策鼇戴之峰，〔二七〕魚山聞梵，〔二八〕憶濟洛作賦之才；〔二九〕龍劍韜芒，〔三〇〕餘爲善最樂之語。〔三一〕爰出《風》而入《雅》，益神怡而務閑。此《塵篋集》所由作也。

夫張季鷹之解職，詎戀湖蒓；〔三二〕陶泉明之挂冠，雅耽籬菊。〔三三〕先生捐其組綬，製彼芰荷，斷燈難留，攀轅弗及，長河浮瓠。繻棄函關太華，擘蓮組危棧道。秦雲墮碧，梯鈎鳳嶺之巔；隴樹分青，徑接蠶叢之路。〔三四〕女郎廟古，〔三五〕戛溪水之佩環；丞相祠荒，接惠陵之草木。烹茶火緩，擊楫風高，乃裁紀行之詩，用續宦游之稿。新津喚渡，乍聽鄉音，廉石歸裝，〔三六〕惟携詩卷。荆布示遺嫁之儉，經史勒入塾之規。飛庾蘭成小園之花，〔三七〕除周茂叔當窗之草。〔三八〕學繡蘇晋之佛，〔三九〕常持周澤之齋。〔四〇〕齒宿意新，年老才健，閑出餘技，復爲帖體。錢仲文神傳湘瑟，〔四一〕宋延清句奪錦袍。〔四二〕回首京華，藉抒忠愛。此《還山草》所由作也。

且夫名山之業，光於剩簡，循吏之傳，列之史官。區區藻辯雕飾，何足爲先生重哉？然分靈河之支，亦偕星宿并注；〔四三〕析恒岱之脈，輒與嵩岫競崇。肇齡熟聆雅調，緬想音徽，入文舉之室，〔四四〕曾侍清樽；登太邱之堂，〔四五〕得瞻瑶宿。語嶽一隅，聞之者已訝；其異望衡九面，〔四六〕窺之者始盡其佳。嗚呼！俎豆於社，當千百年；玉棺下庭，已四五載。

公子開岱，余妹之婿也。〔四七〕今年三月郵先生詩徵序於予。肇齡忝步子陽之塵，重以延祖之請，用敢殫述至誼，稍抒鄙懷。夫通明久堪辟穀，〔四八〕疏廣亦得還鄉。〔四九〕小山有叢桂之懷，歸田有逝塵之想，亦既秉燭爲樂，斗酒相娱。過子雲問字之亭，遂孟公投轄之願，〔五〇〕已顧以蘇湖之遺詩，完夫之舊作，披覽數四，感慨横生，悲從中來，憂不自已。卒使鴻思淵旨，莫窺其一二三，聊以固言結忱，自申其顛末。

〔一〕輯自湯成彦《聽雲仙館儷體文續集》卷二，自注曰『代伍崧生編修肇齡作』。按：此文爲湯成彦代先生爲胡璠詩文集作序。胡璠，四川邛州人，嘉慶二十一年舉人，歷官山東東阿、歷城知縣，東平州知州。《民國邛崍縣志》卷二稱：『胡璠，字友于，嘉慶丙子舉人，善書能文，著有《雲吟山房詩鈔》，已刻。』

〔二〕按：下文『公子開岱，余妹之婿也』，又《民國邛崍縣志》卷三：『伍福齡之妻胡氏，胡璠之女也。』先生之妹嫁胡璠之子開岱，而先生之弟福齡娶胡璠之女，故曰『姻丈』也。

〔三〕《史記·封禪書》裴駰集解引張晏曰：『枌榆，鄉名，高祖里社也。』

〔四〕《後漢書·鄭玄傳》：『今鄭君鄉宜曰鄭公鄉。昔東海于公僅有一節，猶或戒鄉人侈其門閭，矧乃鄭公之德，而無駟牡之路？可廣開門衢，令容高車，號爲通德門。』

〔五〕《詩經·鄘風·定之方中》，毛《傳》曰：『建邦能命龜，田能施命，作器能銘，使能造命，升高能賦，師旅能誓，山川能説，喪紀能誄，祭祀能語，君子能此九者，可謂有德音，可以爲大夫。』

〔六〕《晏子春秋·内篇雜下》：『晏子病將死，鑿楹納書焉。謂其妻曰：「楹語也，子壯而示之。」』

〔七〕《詩經·衛風·芄蘭》：『芄蘭之支，童子佩觿。』

〔八〕《禮記·內則》：『十有三年，學樂，誦詩，舞勺。』

〔九〕《晉書·魏舒傳》：『魏舒，字陽元，任城樊人也。……於是自課，百日習一經，因而對策升第。』

〔一〇〕《三國志·管輅傳》注引《輅别傳》曰：『始讀《詩》《論語》及《易本》，便開淵布筆，辭義斐然。於時黌上有遠方及國内諸生四百餘人，皆服其才也。瑯邪太守單子春雅有材度，聞輅一黌之俊，欲得見，輅父即遣輅造之。』

〔一一〕杜甫《登樓》：『錦江春色來天地，玉壘浮雲變古今。』

〔一二〕李白《行路難三首》其二：『昭王白骨縈爛草，誰人更掃黄金臺。』

〔一三〕《後漢書·陳蕃傳》：『陳蕃字仲舉，汝南平輿人也。……郡人周璆，高潔之士。前後郡守招命莫肯至，唯蕃能致焉。字而不名，特爲置一榻，去則縣之。』

〔一四〕《晉書·皇甫謐傳》：『皇甫謐，字士安，幼名静，安定朝那人……平生之物，皆無自隨，唯賫《孝經》一卷，示不忘孝道。』

〔一五〕《漢書·匡衡傳》：『諸儒爲之語曰：「無説詩，匡鼎來。匡語詩，解人頤。」』

〔一六〕《後漢書·馬融傳》：『常坐高堂，施絳紗帳。』

〔一七〕《琴操》卷上：『《貞女引》者，魯漆室女所作也。漆室女倚柱悲吟而嘯，鄰人見其心之不樂也，進而問之曰：「有淫心欲嫁之念耶？何吟之悲？」漆室女曰：「嗟乎，嗟乎，子無志，不知人之甚也。昔者，楚人得罪於其君，走逃吾東家。馬逸，蹈吾園葵，使吾終年不懨菜；吾西鄰人失羊不還，請吾兄追之，霧濁水出，使吾兄溺死，終身無兄，政之所致也。吾憂國傷人，心悲而嘯，豈欲嫁哉！」』

〔一八〕韓愈《和崔舍人詠月二十韻》：『三秋端正月，今夜出東溟。』

〔一九〕《華陽國志·先賢士女總讚》：『雄子神童烏七歲，預雄《玄》文，年九歲而卒。』

〔二〇〕曹植《仲雍哀辭》：『曹喈字仲雍，魏太子之仲子也。三月而生，五月而亡。』

〔二一〕《周禮·天官冢宰》：『若合諸侯，則共珠槃玉敦。』鄭玄注曰：『敦槃類珠玉以爲飾，古者以槃盛血，以敦盛食，合諸侯者，必割牛耳取其血歃之以盟，珠槃以盛牛耳，尸盟者執之。』

〔二二〕《嘉慶大清一統志》卷一六二：『麻大泊，在新城縣東北三十里，接博興、高苑縣界，俗名官湖，又名錦秋湖，周五六十里，蒲葦叢生，芙渠如錦。』

〔二三〕《鵲華》之卷，趙孟頫《鵲華秋色圖》也，見《清河書畫舫》卷一〇下。

〔二四〕《呂氏春秋·開春論》：『宓子賤治單父，彈鳴琴，身不下堂而單父治。』

〔二五〕《晉書·羊祜傳》：『祜年五歲時，令乳母取所弄金環。乳母曰：「汝先無此物。」祜即詣鄰人李氏東垣桑樹中探得之。主人驚曰：「此吾亡兒所失物也，云何持去！」乳母具言之，李氏悲惋。時人異之，謂李氏子則祜之前身也。』

〔二六〕《雍正山東通志》卷九：『羊流店，在縣西六十里，漢廬江太守羊續故居，孫祜爲晉太傅，史稱世吏二千石。至祜九世，并以清德聞。地有羊氏之流風，故以爲名。』

〔二七〕《列子·湯問》：『五山之根無所連箸，常隨潮波上下往還，不得蹔峙焉。仙聖毒之，訴之於帝。帝恐流於西極，失群聖之居，乃命禺彊使巨鼇十五，舉首而戴之。』

〔二八〕《異苑》卷五：『陳思王曹植，字子建，嘗登魚山，臨東阿，忽聞岩岫裏有誦經聲，清通深亮，遠谷流響，肅然有靈氣，不覺斂衿祗敬，便有終焉之志，即效而則之。今之梵唱，皆植依擬所造。』

〔二九〕曹植《洛神賦序》曰：『黄初三年，余朝京師，還濟洛川。古人有言，斯水之神名曰宓妃，感宋玉對楚王神女之事，遂作斯賦。』

〔三〇〕《晉書·張華傳》：『煥到縣，掘獄屋基，入地四丈餘，得一石函，光氣非常，中有雙劍，并刻題，一曰龍泉，一曰太阿。其夕，斗牛間氣不復見焉。』

〔三一〕《後漢書·東平憲王蒼傳》：『日者問東平王：「處家何等最樂？」王言：「爲善最樂。」』

〔三二〕《晉書·張翰傳》：『張翰，字季鷹，吴郡吴人也。……翰因見秋風起，乃思吴中菰菜、蒓羹、鱸魚膾。曰「人生貴得適志，何能羈宦數千里，以要名爵乎？」遂命駕而歸。』

〔三三〕陳士元《名疑》卷三：『晉陶淵明，字元亮，晉禪宋後，始更名潛，其元亮字，未更也。觀孟嘉《傳》及顔延之《誄》可見。《晉書》稱陶潛不稱淵明，《宋書》稱潛字淵明，俱非。《唐藝文志》作陶泉明，避廟諱。』陶潛《飲酒》其五：『采菊東籬下，悠然見南山。』

〔三四〕李白《送友人入蜀》：『見説蠶叢路，崎嶇不易行。』

〔三五〕《輿地廣記》卷三二：『次畿褒城縣，故褒國，周幽王后褒姒生於此。……有女郎山，上有女郎冢、女郎廟，俗言張魯女所葬。』

〔三六〕《新唐書·陸龜蒙傳》：『陸氏在姑蘇，其門有巨石。遠祖績嘗事吴，爲鬱林太守，罷歸，無裝舟輕，不可越海，取石爲重，人稱其廉，號鬱林石。』

〔三七〕庾信《答王司空餉酒》：『今日小園中，桃花數樹紅。』

〔三八〕《二程遺書·謝顯道記憶平日語》：『周茂叔窗前草不除去。問之，云：「與自家意思一般」。』

〔三九〕杜甫《飲中八仙歌》師尹注曰：『蘇晋學浮屠術，嘗得胡僧慧登繡彌勒佛一本。』

〔四〇〕《後漢書·周澤傳》：『常卧疾齋宫。其妻哀澤老病，闚問所苦。澤大怒，以妻干犯齋禁，遂收送詔獄謝罪。當世疑其詭激，時人爲之語曰：「生世不諧，作太常妻。一歲三百六十日，三百五十九日齋。」』

〔四一〕錢仲文，名起。《舊唐書·錢徽傳》：『起能五言詩，初從鄉薦，寄家江湖，嘗於客舍月夜獨吟，遽聞人吟於庭曰：「曲終人不見，江上數峰青。」起愕然，攝衣視之，無所見矣，以爲鬼怪，而志其一十字。起就試之年，李暐所試「湘靈鼓瑟」詩題，中有「青」字，起即以鬼謡十字爲落句，暐深嘉之，稱爲絶唱。』

〔四二〕《新唐書·宋之問傳》：『宋之問，字延清，一名少連，汾州人。……武后游洛南龍門，詔從臣賦詩，左史東方虯詩先成，后賜錦袍。之問俄頃獻，后覽之，嗟賞，更奪袍以賜。』

〔四三〕《元史·地理志》附録《河源》：『河源在吐蕃朵甘思西鄙。有泉百餘泓，沮洳散涣，弗可逼視，方可七八十里，履高山下瞰，燦若列星，以故名火敦腦兒。火敦，譯言星宿也。』

〔四四〕《後漢書·孔融傳》：『孔融，字文舉，魯國人，孔子二十世孫也。』

〔四五〕《後漢書·陳寔傳》：『陳寔，字仲弓，潁川許人也。……復再遷除太丘長。』

〔四六〕《水經注·湘水》：『衡山東南二面臨映湘川。自長沙至此，江湘七百里中，有九向九背。故漁者歌曰：「帆隨湘轉，望衡九面」。』

〔四七〕伍榮先《清故貤封承德郎庠生伍公諱琨府君太安人楊氏太君墓誌銘》：『孫女四人，長適胡開岱。』

〔四八〕《南史·陶弘景傳》：『陶弘景，字通明，丹陽秣陵人也。……弘景辟穀導引之法，自隱處四十許年，年逾八十而有壯容。』

〔四九〕《漢書·疏廣傳》：『廣遂稱篤，上疏乞骸骨。上以其年篤老，皆許之，加賜黄金二十斤，皇太子贈以五十斤。』

〔五〇〕《漢書·陳遵傳》：『陳遵字孟公，杜陵人也。……遵耆酒，每大飲，賓客滿堂，輒關門，取客車轄投井中，雖有急，終不得去。』

題琴泉二兄《寒江獨釣圖》〔一〕

余在廣陵，見司馬端明畫山水，細巧之極，絶似李成。多宋元人題跋，畫譜俱未載，知古人逃名。〔二〕『虚室生白，吉祥止止』，〔三〕余最愛斯語。凡人居處，潔净無塵溷，則神明來宅。庚戌秋日琴泉姻二兄大人正字，弟伍肇齡。

〔一〕輯自孫恪庶先生藏《寒江獨釣圖》。是圖爲同治二年臘月陳石琴寫贈孫治，有鮑國珍、伍肇齡題辭。題爲整理者據内容擬補。

〔二〕此段録自董其昌《畫禪室隨筆》卷三，文字略有出入：余，原文作『予』；未，原文作『不』；知古人逃名，原文作『以此知古人之逃名』。按：先生光緒十年刻有是書。

〔三〕《莊子·人間世》：『瞻彼闋者，虚室生白，吉祥止止。』

致曾國藩師書[一]

夫子大人均座：敬稟者，睽隔光儀，又更爐箑。[二]憶久叨乎恩植，實感切乎私忱。引領風前，馳依無既。敬惟夫子大人，禔躬集祜。履祉凝休，[三]承雨露於天中；鶯遷有慶，荷絲綸於日下。[四]鴻漸同瞻，翹首卿雲，傾心永日。[五]肇齡自去年冬十一月旋蜀，至今諸托順平。所幸賤體㣿安，足以上慰慈注。今春三月下旬，已於同鄉孫琴泉府上贅姻，現仍寄寓省垣。藉凛駒光，勉勤蟻術。[六]北上行期約在秋後，彼時趨謁鈞顏，面聆教益，歡忭奚似？兹崔雲湘孝廉來京之便，[七]肅修寸稟，恭請鈞安，伏惟慈鑒。受業肇齡謹稟。[八]師母大人福安，世叔大人均此請安，諸世兄均候。[九]

〔一〕輯自湖南省圖書館藏曾國藩往來書札。按：《道光癸卯科直省同年全録》：『崔荆南，字雲湘，甲辰舉人，丁未進士。』此札稱崔荆南爲孝廉，則此時應在崔荆南已中舉而未中進士之間，即道光二十四年甲辰之後，道光二十七年丁未之前。札又稱『肇齡自去年冬十一月旋蜀』、『北上行期約在秋後』，則時在道光二十四年甲辰先生赴京上春官不第回蜀之後，北行上京應丁未科禮部會試之間。則此札當作於道光二十五年乙巳與道光二十六年丙午之間。因此，此札時間繫於道光二十六年丙午之秋。清《科場條例》卷三四：『鄉會試考官，憑文取士。中式者感其識拔，誼等師生。』曾國藩爲道光二十三年癸卯科四川鄉試正考官，先生中是科鄉試舉人，故曾、伍二人有師生之誼。曾國藩，字滌生，湖南湘鄉人，道光十八年進士，歷官兩江總督、直隸總督，封武英殿大學士、一等毅勇侯，卒謚文正，《清史稿》卷四〇五有傳。

〔二〕《論衡·變動》：『當風鼓箑，爨日燃爐。』

〔三〕《爾雅·釋詁》：「禄、祉、履……福也。」《詩經·小雅·蓼蕭》鄭玄箋云：「露者，天所以潤萬物，喻王者恩澤。」
〔四〕鶯遷，升遷也。《詩經·小雅·伐木》：「出自幽谷，遷於喬木。」綸綍，帝王詔書也。《禮記·緇衣》：「王言如絲，其出如綸。」
〔五〕《史記·天官書》：「若烟非烟，若雲非雲，郁郁紛紛，蕭索輪囷，是謂卿雲。卿雲，喜氣也。」《詩經·唐風·山有樞》孔穎達正義曰：「言永日者，人而無事，則長日難度。若飲食作樂，則忘憂愁，可以永長此日。」
〔六〕《莊子·知北游》：「人生天地之間，若白駒之過郤，忽然而已。」《太平御覽》卷九四七引《學記》曰：「蟻子時術之。」《白氏六帖》卷二六「蟻術」條：「蟻子時術之，言蟻蟲時術，其功乃大。」
〔七〕崔雲湘，名荆南，字孟楚，一號晴江，四川華陽人，甲辰舉人，丁未進士，翰林院庶吉士，早逝，《民國華陽縣志》卷一四有傳。
〔八〕《冷廬雜識》卷一「受業」條：「門生謁座師房師帖，只書姓名，蓋始於國初御史楊雍建言：「中式士見主司，但用姓名書帖，不得稱門生。」今惟手板書姓名而無稱謂。若用之柬啓，則皆書「受業」，蓋以避門生之稱也。」
〔九〕師母，謂曾國藩妻歐陽氏；世叔，謂國藩諸弟；世兄，謂國藩子紀澤。

致奎俊書〔一〕

樂峰制帥大公祖大人閣下：　日前承頒賜法書一軸，銀鈎鐵畫，允宜奉爲墨寶，欽佩無已。〔二〕兹敬啓者，敝同年癸卯科舉人崇堃之弟紹勛在川候補四十年，〔三〕於前滋帥時得署名山縣一年，〔四〕實力辦團練，卒無虚數，保護教堂有效，後任接手廢弛，遂起教案。其在任，辦上司差十四次，哪喇差六次，賠墊極重。公款完結，至今私債尚每年措還未清，非得年滿遺缺，給予一處，未免賢勞受累。倘蒙體察，俾得捧檄爲歡，幸甚幸甚。專肅布達，祇請崇安，伏惟鈞鑒。治侍生伍肇齡頓首，銜名附呈。

〔一〕輯自故宮博物院藏伍肇齡書札。奎俊，字樂峰，瓜爾佳氏，滿洲正白旗人，光緒二十四年任四川總督，後兼署成都將軍。

〔二〕《益州書畫續録》『奎俊』條：『工書，近趙文敏，得其神髓。片紙隻字，人皆寶之。』

〔三〕崇堃，即王崇昆，字伯裕，號桐士，貴州甕安人，道光二十四年舉人，與先生爲同年，《民國貴州通志・人物志五》有傳。紹勛，即王紹勛，字楓詠，一作楓尹，歷官名山、北川縣事。《民國名山縣新志》卷六有傳。

〔四〕滋帥，即鹿傳霖，字滋軒，直隸定興人，光緒二十一年擢四川總督，故稱滋帥。《清史稿》卷四三八有傳。

致蔣兆奎書〔一〕

筠軒大公祖大人閣下：承諭孫舍親館事，〔二〕書啓閲卷，數訂秦閲，又聞算學甚好，將來欲增算學，尚擬加增修，幸甚！惟此係其弟仲海之事，〔三〕仲海博學多通，兼此諸長，且習申韓，亦曾就列席者。伯勃曾有合州陳恒山大令延請，〔四〕在省寫京外信函，如彼地有可辦之事，尚可加修。今將仲海名條呈請轉交。襲大令延請此人尤諸事皆備。甫此祇心。敬請勛安百益。治愚弟伍肇齡頓首。

〔一〕輯自上海馳翰二〇一六年春季藝術品拍賣會藏品。按筠軒，即蔣筠軒，蔣兆奎號。按《陽川孫氏留川世系分譜》，仲海卒於民國甲子年，伯勃卒於光緒甲辰年，故此札應作於光緒三十年之前。

〔二〕孫舍親，即下文之伯勃、仲海。二人爲先生内弟孫湛之子，故稱舍親。

〔三〕仲海，孫定均字。定均譜名楙棣，四川華陽人，光緒十九年舉人。

〔四〕伯勃，孫楙棠字，仲海兄，庠生。

致蔣兆奎書

筠軒大公祖大人閣下：前呈拙句，未足頌揚盛美，辱承奬譽，益增顔甲。捧讀大作四律，敲金戛玉，工雅絶倫，何才具富瞻若是，欽佩無已。祗復敬請勛安。治愚弟伍肇齡頓首，十五日。

〔一〕輯自上海馳翰二〇一六春季藝術品拍賣會藏品。

陳烈婦徵詩啓〔一〕

蓋聞劉書傳《列女》之篇，不遺節烈；〔二〕樂府爲風人之體，猶詠捨身。〔三〕良以鐵石心貞，義等忠臣孝子；〔四〕冰霜節苦，誠孚天地鬼神。〔五〕不爲被之聲歌，何以勵乎巾幗。然而仰天斷臂，依然人是未亡；〔六〕皦日誓心，不過生完其節。〔七〕未有九京殉節，〔八〕身視銖輕；一痛捐軀，腸幾寸斷。投繯而詩傳絶命，〔九〕書表而誠達彼巷。〔一〇〕如陳門袁烈婦者，〔一一〕尤奇行之特出，貞烈所共欽也。已當其秀出蘭叢，芬流蕙質。生知不資於姆教，〔一二〕淑德自習乎《女箴》。年十八歸潁川克燕公，〔一三〕海燕成吟，河魴入詠。〔一四〕嘗詣姑性，上盡滫瀡之誠；〔一五〕繼任婦功，内爲槁砧之助。〔一六〕無愆任只，洵美展如。〔一七〕繼而克燕公病中膏肓，願將身代，苦割肌肉，罔計軀完。藥服無靈，燃宵燈兮，默禱絲蔓續命，〔一八〕伏寢枕以彌留。不幸鏡憾分鸞，琴彈别鵠。〔一九〕投繯身殉，誓爲鶼鰈之飛；〔二〇〕同穴心殷，永作鴛鴦之夢。〔二一〕方之竹斑灑淚，井古比清，〔二二〕有其過之，斯可哀已。今者良令已允上聞之請，〔二三〕嗣皇必頒旌恤之恩。棹楔雲標，醍醐天寵，期諸異日，决於此時。肇齡誼屬梓鄉，職司柱史，〔二四〕凡有關綱常名教，靡不爲發微闡幽。矧兹節烈懿行，尤屬乾坤正氣，可不譜諸聲律，頌播管弦？所願大人先生，名儒碩彦，各抒翰藻，傳此懿徽；同振詞葩，彰其烈性。錯彩則鸞箋生色，唾珠則兔管回春。庶使名譽不刊，流貽百代；聲施遐播，洋溢四方。絶妙好詞，希曹娥之數字；〔二五〕闡揚奇節，邁烈女之五言。〔二六〕謹啓。臨邛伍肇齡撰。

〔一〕輯自四川省圖書館藏宣統間成都排印《烈婦陳袁氏詩徵啓》。

〔二〕劉向《列女傳》有《節義傳》一卷。

〔三〕原注曰：『《烈女操》有云：「貞婦貴殉夫，捨生亦如此」句。』吴澄《張仲美樂府序》：『道人情思，使聽者悠然而感發，猶有風人遺意者，其惟樂府乎。』

〔四〕臣子秉忠孝，婦女守貞節，其義一也。樂雷發《送歐陽平仲起鬱林教官》詩：『古來節婦比忠臣』。

〔五〕韓儀《授韓建昌黎郡王制》：『忠誠貫天地，貞節伏鬼神。』

〔六〕《新五代史·雜傳序》：『凝家青齊之間，爲虢州司户參軍，以疾卒於官。凝家素貧，一子尚幼，李氏携其子，負其遺骸以歸。東過開封，止旅舍。旅舍主人見其婦人，獨携一子而疑之，不許其宿。李氏顧天已暮，不肯去。主人牽其臂而出之，李氏仰天長慟曰：「我爲婦人，不能守節，而此手爲人執邪。不可以一手并污吾身，即引斧自斷其臂。』

〔七〕《國風·王風·大車》：『穀則異室，死則同穴。謂予不信，有如皦日！』

〔八〕《禮記·檀弓下》：『是全要領以從先大夫於九京也。』鄭玄注：『晋卿大夫之墓地在九原。京，蓋字之誤。』胡鳴玉《訂訛雜録》卷二：『方氏曰：「九京即九原。指其冢之高曰京，指其地之廣曰原。」則九京、九原本通用。』

〔九〕原注曰：「烈婦投繯後，家人於鏡匣中尋得《絶命詩》并跋語一篇，慘人聽聞。」

〔一〇〕原注曰：『烈婦於其夫病篤時，自書表文告天，請減己壽益夫壽。』按《陳桂林妻袁氏血書告天祝文》有：『願折氏壽以添夫齡，如有四十之壽，折減十年添夫；如有五十，折短十五年與夫。』

〔一一〕原注曰：『烈婦係資州袁司馬成恕之五女，歸大邑陳直刺繼興之次子五品軍功桂林爲室。』按《民國大邑縣志》卷一三：『陳繼興，選授湖北廣濟知縣。』

〔一二〕《禮記·内則》：『女子十年不出，姆教婉娩聽從。』

〔一三〕原注曰：「克燕係陳桂林之字。」

〔一四〕《詩經·東門之枌》：『豈其食魚，必河之魴。豈其取妻，必齊之姜。』

〔一五〕王建《新嫁娘》其三：『未諳姑食性，先遣小姑嘗。』《禮記·内則》鄭玄注曰：『秦人溲曰滫，齊人滑曰瀡也。』

〔一六〕《周禮·天官冢宰》鄭玄注曰：『婦功謂絲枲。』吴兢《樂府解題》：『槁砧，砆也，謂夫也。』

〔一七〕皆言陳袁氏婦德也。《詩經·小雅·楚茨》：『式禮莫愆。』鄭《箋》曰：『莫，無；愆，過。』《邶風·燕燕》『仲氏任只』，鄭《箋》曰：『任者，以恩相親信也。』《鄭風·有女同車》：『洵美且都。』《鄘風·君子偕老》：『展如之人兮，邦之媛也。』

〔一八〕《太平御覽》卷八一四引應劭《風俗通義》：『五月五日續命絲，俗説益人命。』

〔一九〕何遜《爲衡山與婦書》：『鏡想分鸞，琴悲別鶴。』《藝文類聚》卷九〇引范泰《鸞鳥詩序》曰：『昔罽賓王結罝峻卯之山，獲一鸞鳥，王甚愛之，欲其鳴而不致也，乃飾以金樊，饗以珍羞。對之愈戚，三年不鳴。其夫人曰：「嘗聞鳥見其類而後鳴，何不懸鏡以映之。」王從其意，鸞睹形悲鳴，哀響衝霄，一奮而絶。』蔡邕《琴操》卷上：『別鶴操者，商陵牧子所作也。牧子娶妻五年無子，父兄欲爲改娶。妻聞之，中夜驚起倚户悲嘯，牧子聞之援琴鼓之云：「痛恩愛之永離，歎別鶴以舒情」，故曰「別鶴操」。』

〔二〇〕《爾雅·釋地》：『東方有比目魚焉，不比不行，其名謂之鰈。南方有比翼鳥焉，不比不飛，其名謂之鶼鶼。』

〔二一〕《古今注·鳥獸》：『鴛鴦，水鳥，鳧類也。雌雄未嘗相離，人得其一，一思而死，故謂之匹鳥也。』

〔二二〕《藝文類聚》卷三二引《湘州記》曰：『舜巡狩蒼梧而崩，二妃不從。思憶舜，以淚染竹，竹盡爲斑。』孟郊《烈女操》：『波瀾誓不起，妾心古井水。』

〔二三〕原注曰：『時大邑紳士聯名呈報縣署，紹公已批准上詳，特贈「節烈雙絶」匾額并跋：「邑紳陳公佳媳袁氏，資州人也，事翁姑以孝聞，調琴瑟而情篤，矢志殉夫，視死如歸，其節其烈可稱雙絶，特表揚之以風當世云。」』

〔二四〕按：先生爲翰林院編修、國史館協修。《史記·老子韓非列傳》司馬貞《索隱》引《張蒼傳》：『老子爲柱下史』。《後漢書·張衡傳》李賢注引應劭曰：『老子爲周柱下史。』

〔二五〕《世説新語·捷悟》：『魏武嘗過曹娥碑下，楊脩從。碑背上見題作「黄絹、幼婦、外孫、齏臼」八字。……脩曰：黄絹，色也，於字爲絶；幼婦，少女也，於字爲妙；外孫，女子也，於字爲好；齏臼，受辛也，於字爲辤；所謂絶妙好辭也。』

〔二六〕原注曰：『《烈女操》係五言。』按：即孟郊《烈女操》也。

皇清誥封一品夫人孫母余夫人墓誌銘〔一〕

榮禄大夫、前直隸按察使孫君治，卜以同治十二年十一月二十五日，葬其夫人於四川華陽縣之郝家堰。〔二〕榮禄公於肇齡爲妻兄，以來屬銘。夫人姓余氏，世家浙江山陰縣，考諱濤，妣孫氏。夫人二子：華，〔三〕候選知府，側室李淑人出；〔四〕品，〔五〕尚幼，李孺人出。〔六〕二孫：培元、〔七〕嘉桐。〔八〕李淑人生一女，適四川候補同知、候官鄭承洛。李孺人生一女，適江西候補知縣、歸安吴晴琦。〔九〕夫人生於嘉慶壬申年十一月二十日巳時，以同治十二年二月初四日未時卒於成都省寓，享年六十有二。夫人恭儉仁惠，稱譽於鄉，而又克助其夫以勛位顯於時，可謂賢矣！是宜銘。銘曰：

有惠其德，有淑其聲。煌煌子綬，奕奕夫榮。卜斯松隧，永安佳城。昌後惟德，昭幽以銘。

〔一〕輯自孫恪庶先生藏《皇清誥封一品夫人孫母余夫人墓誌銘》搨本。文前有『賜進士出身、敕授文林郎、翰林院編修、國史館協修、姻侍生伍肇齡頓首拜撰文，賜進士出身、誥授光禄大夫、太子少保、頭品頂戴、兵部侍郎兼督察院右副都御史、巡撫貴州等處地方、世襲雲騎尉、年侍生曾璧光頓首拜書丹并篆蓋』。文末有『同治十二年歲次癸酉十一月吉日，男華、品謹勒石』。

〔二〕據《民國華陽縣志》卷一，郝家堰，在華陽治東約十二里。孫培吉《也是詩》卷九《二月廿八日掃墓繁陽山感懷四首》自注：『丙子予八歲，先祖去世，將合葬于祖母墓，壙有水，不克葬。戊寅，自郝家堰遷葬於此。』余氏先葬華陽縣郝家堰，孫治卒後，遂移余氏於成都縣繁陽山與之合窆。故《陽川孫氏留川世系分譜》孫治條稱：『配余，誥封一品夫人，嘉慶壬申年十一月二十日生，同治癸酉二月初四日卒，無出。合葬成都縣繁陽山。』

〔三〕《陽川孫氏留川世系分譜》孫華條：『華，字石蓮，花翎三品銜，候選道。道光丁未年二月十七日生，民國丙辰年五月初八日卒。』孫治《宿田家，品子隨行》孫培吉鈔本按語：『二叔與先君同母，李太夫人出，幼殤，李太夫人不久也卒。嫡祖妣余，無出。』

〔四〕《陽川孫氏留川世系分譜》孫治條：『副李，誥封夫人，一子，癸未年七月二十九日生，咸豐丁巳年三月十九日卒，葬華陽縣蘇碼頭。』

〔五〕品，《陽川孫氏留川世系分譜》作『定品』，曰：『定品，字石友，候選縣丞，咸豐庚申年八月十九日生，光緒丁丑年二月十三日卒。』孫治《宿田家，品子隨行》孫培吉鈔本按語：『此三叔也，庚申八月十九日生，此年方十歲。丁丑二月，年十八卒。庶祖母李太宜人出也。』

〔六〕《陽川孫氏留川世系分譜》孫治條：『副李，誥封宜人，一子，道光辛卯年三月十二日生，民國癸丑年四月二十七日卒，葬繁陽山，有墓誌。』

〔七〕培元，《陽川孫氏留川世系分譜》作『培吉』，曰：『字抱和，成都縣附生，光緒癸巳科舉人，榮昌縣教諭。』

〔八〕嘉桐，《陽川孫氏留川世系分譜》作『桐吉』，曰：『字豫高，湖北候補知縣，同治壬申年七月十四日生。』

〔九〕吴晴琦，號幼卿，歸安人，寄籍四川華陽，廩貢生，歷任雲南騰越廳、永昌府同知，趙州知州。

誥封奉直大夫牟公蔭亭墓表〔一〕

公諱兆熙，字蔭亭，蜀之大邑人，例貢生，諱樾茂贈公仲子也。〔二〕祖諱一林，邑庠生，有聲庠序。〔三〕公以儒世其家。幼而穎異，讀書一過輒上口，名籍甚。旋納粟成均，應京兆試，因留學都門，遍交海内知名士。賦性慷慨，遇人之急輒傾囊相助，人皆以此重公。越三年歸，乃絶意進取，一以讀書教子爲事。嘗爲人排難解紛，里鄙頌德焉。子毓堃，登咸豐己未賢書，同治乙丑，以知縣揀放奉天，莅任岫岩廳，〔四〕有惠政，不幸早世。〔五〕撫一孫秉元。〔六〕公當暮齒，痛罹喪明。〔七〕顧其心曠然，夷險一致，不戚戚於所遇，謂非學道有得者耶？聞之『明德者居不當世，其後必有達人』。〔八〕公歷葉書香，累仁積善，牟氏之興，當未有艾也。秉元其勉旃！公以子貴，誥封奉直大夫。生於嘉慶壬申年十一月十八日亥時，卒於光緒元年正月初六日寅時，年六十有四，以乙亥年十一月二十七日葬於大坪山，〔九〕向申山寅。〔一〇〕賜進士出身、國史館協修、翰林院編修、姻愚侄伍肇齡爲之表。〔一一〕

〔一〕輯自牟毓培纂修《鶴鳴山牟氏支譜》卷一〇《藝文》。《鶴鳴山牟氏支譜》卷四：『居康，字映亭，監名兆熙，弱冠時北游京師，欲博一官，未遂所志。倦游歸里，教子毓堃成名。生平慷慨慕義，爲人排難解紛，鄉閭倚重。生於嘉慶壬申年十一月十八日亥時，卒於光緒乙亥年正月初六日寅時，壽六十三歲，葬大坪山。翰林院編修伍肇齡爲之墓表。』

〔二〕《鶴鳴山牟氏支譜》卷四：『樾茂，字嵩浦，一林長子。生子三，居廣、居康、居廊。』

〔三〕《鶴鳴山牟氏支譜》卷四：『國聘，庠名一寧，字法坤，以孫承謙官請封，避諱，易寧爲林……早年篤志詩書，弱冠後負笈從師，刻苦自勵，年二十四列名邑庠。』

〔四〕《鶴鳴山牟氏支譜》卷四：『毓堃，字建堂，咸豐己未科舉人，同治五年丙寅揀發奉天府知縣，九月署岫岩廳通判。』按：據《民國奉天通志》卷一三五，毓堃爲岫岩鳳凰城海防通判。

〔五〕按：《鶴鳴山牟氏支譜》卷四載毓堃生於道光壬辰年五月初二日寅時，卒於同治十年辛未二月十三日寅時，享年四十歲，故曰『早世』。

〔六〕按《鶴鳴山牟氏支譜》載，秉元，字善長，毓垠第三子，出繼毓堃爲嗣。

〔七〕《禮記·檀弓上》：『子夏喪其子而喪其明。』

〔八〕《左傳·昭公七年》：『聖人有明德者，若不當世，其後必有達人。』

〔九〕《乾隆大邑縣志》卷一：『大坪山在鶴鳴山左。』

〔一〇〕堪輿家以子午卯酉定方位。向申山寅，即寅山申向，其方位則背東北而面西南也。

〔一一〕按《鶴鳴山牟氏支譜》卷四，兆熙次女適先生三弟監生伍元齡，故曰『姻愚侄』。

慶翁黎君墓誌銘〔一〕

慶翁黎君，定邑之孝廉也，〔二〕諱啓善，字吉人，號慶餘，世居河東，以儒行傳家。宗祠譜序甚詳，自祖元公由黔入蜀，六傳至茂亭公，舉三子，仲賢、叔端，公其伯嗣也。幼穎慧，於書無所不讀，博綜淵邃，而獨得其精醇，故冠年入邑庠，旋食餼。辛酉恩科登賢書，而其名愈彰。公爲人温良惠和，涵養精深，人莫能測其涯際。至與人衡詩文，論經史，循循善誘，各訣藴奥，雖未建子雲之亭，〔三〕設扶風之帳，〔四〕而師表衆儒，訓育宗姓，交錯恒無虚席。庚申鐸振華陽，〔五〕歷署新繁，〔六〕士林沐教澤者十餘年，不啻蘇司業、鄭廣文焉。〔七〕癸酉丁太孺人李艱，回籍葬祭，躄踴悉尊禮制，邑人尤爲向化。晚年清高彌勵，凡保甲捐輸及邑中巨細公事，一言而造萬姓之福者，尤不勝書。子五，長暉，二十年游泮；次曦，候選巡檢；餘均琳琅玉樹，〔八〕秀穎超群。孫等更岐嶷不羈，知其由來者遠矣。今封崇告竣，請志銘於齡，齡誼屬世寅，不敢以不敏辭。〔九〕他日世兄輩奮迹雲程，名標史册，永垂不朽，當不僅齡之徒窺一斑已耳。〔一〇〕爰爲之銘曰：

山環螺秀，水拱鸞翔。漫雲邱壑，中藏元良。泮宫采藻，蟾窟分香。靈鍾石照，鐸振華陽。緇林昆璧，絳帷琳琅。〔一一〕牛眠鬱鬱，馬鬣蒼蒼。〔一二〕鶴停鵠峙，桂馥蘭芳。貽爾子孫，積厚流長。

〔一〕輯自《民國武勝縣新志》卷九。尹之任《黎啓善傳》曰：『黎啓善邑東真静鄉人，光緒四年己卯卒，年六十。邛州在籍翰林伍肇齡爲作墓誌曰：「云云」。』

〔二〕定邑，定遠也，武勝舊名。《蜀中廣記》卷五三：『定遠縣，本合州之石鏡縣地。宋開禧中增置河溪縣，元立武勝軍，行河溪安撫事，尋改名定遠，言永遠安定矣。』

〔三〕高惟幾《揚子雲宅辨碑記》引《蜀記》曰：『草玄亭，即揚雄草《太玄》所也。』

〔四〕《後漢書·馬融傳》：『馬融，字季長，扶風茂陵人也。……常坐高堂，施絳紗帳，前授生徒，後列女樂。』

〔五〕振木鐸，施政教也。黎啓善曾爲華陽教諭。《周禮·天官冢宰》鄭玄注曰：『古者將有新令，必奮木鐸以警衆，使明聽也。木鐸，木舌也。文事奮木鐸，武事奮金鐸。』

〔六〕《民國新繁縣志》卷二二：『黎啓善，定遠舉人，同治二年任。』

〔七〕鄭廣文，唐廣文館博士鄭虔。蘇司業，唐國子司業蘇源明。

〔八〕《華陽國志・先賢士女總贊》：『李、王四子，并作琳瑯。』《世説新語・言語》：『謝太傅問諸子侄：「子弟亦何預人事，而正欲使其佳？」諸人莫有言者。車騎答曰：「譬如芝蘭玉樹，欲使其生於階庭耳。」』

〔九〕《孝經・開宗明義章》：『仲尼居，曾子侍。子曰：「先王有至德要道，以順天下。民用和睦，上下無怨，女知之乎？」曾子避席曰：「參不敏，何足以知之？」』

〔一〇〕斑，原文作『班』，《民國武勝縣新志・勘誤表》改作『斑』，徑改。

〔一一〕帷，原文作『帳』，《民國武勝縣新志・勘誤表》改作『帷』，徑改。

〔一二〕《禮記・檀弓上》：『從若斧者焉，馬鬣封之謂也。』

王時齋先生行述〔一〕

時齋先生諱春元，字子乾，邑孝廉也。少穎異，每試輒高等，所爲文若良金美玉，令人見而愛之。家貧而力學不倦，雖饔飧弗繼，晏如也。〔二〕同治甲子舉於鄉，從者日衆，先生隨材施教，無不各得其益以去。其事親也，終日恒婉容愉色，雖粗糲自啗，而艱苦不形。棄養日，哀毁骨立，〔三〕後每與諸弟子言及，猶不勝嗚咽流涕。其教人則以敦品爲先，嘗曰：『學者縱不能過人，亦須求爲一平常人。』故常恂恂自守，不預外事。然鄉黨事關名義，勢屬顛連者，則毅不避嫌怨，力爲主持。十一年邑大饑，所在艱食。先生輾轉勸賑，復念邑多釀耗糧，并懇邑宰禁釀，以裕民食。是歲得不害。先生爲人素廉介，非義不受，非公不至，有古人風。居恒呐呐，如不能言，〔四〕及與人接，無論農、牧、販、豎、胥，推誠相與，勉以正義。故里中識與不識，皆稱時齋先生而不名。邑侯柳芷汀慕其爲人，〔五〕嘗造廬就見。晚歲益務培植，無事不履城市。十二年夏，忽索水沐浴，就寢而歿，年五十二。歿之日，猶與生徒講學不輟。光緒癸未，鄉人士高翔雲、左含芳等以先生素行純篤，〔六〕潛德恐湮，合詞請於學使邵實孚先生。〔七〕邵公嘉其篤信好學，孝行可嘉，給予『經明行修』額，以彰潛德。其及門思先生教澤，將勒石以紀，求序於予。予維先生大節，并足典型，謹據實書之，以告來者。

〔一〕輯自《灌志文徵》卷三。《民國灌縣志》卷六：『王時齋先生行述碑，存。在治南石羊場東。清光緒十六年翰林院編修邛州伍肇齡撰。』按：《灌記初稿》卷三：『王春元，號時齋，少以廉隅自飭，師者如雲。與門人講論經史，不問時事，人罕識面。同治甲子舉於鄉，不樂仕進，安貧樂道以終。』

〔二〕《文選·幽憤詩》呂延濟注曰：『晏如，無事也。』

〔三〕《世説新語·德行》：『王戎雖不備禮，而哀毀骨立。』

〔四〕《禮記·檀弓下》：『其言呐呐然，如不出其口。』

〔五〕柳芷汀，名宗芳，貴州印江人，咸豐九年進士，歷任四川灌縣、蒼溪、鹽源、長寧知縣，李端棻有《柳芷汀鄉先生墓表》。

〔六〕高翔雲，生平不詳。左含芳，四川灌縣人，歲貢。

〔七〕邵實孚，名積誠，一字實甫，福建侯官人，同治戊辰進士，光緒八年以御史任四川學政。

雷尚書緯堂墓誌銘[一]

公姓雷，諱正綰，緯堂其字也。四川中江縣人。曾祖聯齡，祖世學，本生父國棠，江西南贛都司，父國鴻，封皆振武將軍。曾祖妣何，祖妣羅，妣呂、蔣、張、邱，本生妣譚，皆一品夫人。都閫公四子，公以第三子出繼。

公少有膽識，咸豐四年，由四川督標右營把總管帶練丁出師湖北。初隸鄖陽鎮總兵王公國材麾下，[二]嗣王公陣亡，多忠勇公即札公接統其軍，[三]稱公諳練營務，嚴明紀律，是爲受知多公之始。八年，部推四川梁萬營都司，帶兵圖皖。時髮逆陳玉成竄擾安徽全省，[四]公奮勇直前，率兵六千人轉戰數千里，卒克復太湖、潛山、舒城、桐城及安徽省城并廬州府等處，而陳玉成亦被擒伏法。所著戰功，疊經官文恭公、胡文忠公、曾文正公奏報，[五]授陝西鎮總兵，以提督記名簡放，并賞給直魯巴圖魯名號。越同治元年，陝回倡亂，[六]官文恭公薦多公援陝，多公請以公行，公率馬步十營先驅入陝。多公爲捻匪所邀阻，公擬回救，前陝撫瑛公棨奏留公駐剿回氛，授陝西固原提督，并兩次欽差幫辦軍務。先是，多公未至，上遣勝公保暫行督辦，以公幫辦，既多公至，又奏以公幫辦。未幾，多公歿於陣，上即命公督辦甘肅軍務，是爲專膺閫寄之始。四年，上以公調度有方，深堪嘉尚，賞黄馬褂暨白玉四喜搬指、白玉翎管、大小荷包各珍物。八年，回叛，甘陝兩省處處糜爛，而公以餉絀軍孤，不避艱險，卒能節節進剿，支持危局，兩省賴以無虞。其掃平董志源逆回老巢，攻克巴燕戎格城池，收復平、慶、涇、固地方，功爲至鉅，賞換達春巴圖魯，給頭品頂戴。其會同湘軍克復金積堡一役，勞勩尤著。左文襄公奏稱：公膽力堅定，能得士志，臨陣勇敢，不辭勞瘁，照一等軍功從優議叙。又稱以戰事論，公之部尤爲出力等語。光緒十年，法越事起，公奉命總督甘軍，馳赴奉天、營口、鳳凰城一帶防衛京畿，事平回任。先後召見四次，賞玉如意、磁甌、袍褂、大小荷包、帽纓、銅手爐，并賞入宫聽戲，紫光閣繪像。十六年，賞太子少保銜。二十年，賞尚書銜。鹿傳霖之任陝撫也，時與公書牘相往還，以公公忠體國，治軍嚴整，有名將風，嘗向人稱之。二十一年，循化撒回以争教起釁，前甘督楊公昌濬函請公督隊親往彈壓。〔七〕進駐河州，兵僅六百餘人，守危城幸未失陷。公擬蕩平，屢請援未至，旋以賊勢日甚，師久無功，奉旨革職留任。二十二年，公請開缺回籍養病，上如所請。公去之日，固原民悲泣攀留者以萬計。二十三年，鹿公督蜀，晤次傾譚，亟圖報效。鹿公方擬保公復出，以衛津沽，而公遽因病卒於成都。鹿公爲請於朝，開復革職留任處分交部照例議恤。

公生平急公好義，計自統兵以來，所欠積餉數百萬，概行報效，奏請加廣四川、湖南、湖北、廣西等省文武舉額、學額多名。辛卯夏，順、直水災，公蠲助不貲。丙申冬，川東饑，公復助千金。公在甘時，寬御士卒，厚賞有功，除簡閱軍實外，興學校，繕城垣，修橋梁，創養濟育嬰等院，冬施棉，夏散菽麥，凡有益於民者，罔不舉行。公雖行伍，循循有儒者風，無論敵體下僚，一接以謙，其素性然也。公生道光己丑四月十五日午時，卒於光緒丁酉年三月二十三日寅時，春秋六十有九。元配羅夫人，三臺人，父元壽，以公貤封建威將軍。夫人藴德懿明，言行端淑，光緒辛巳年又七月二十六日卯時，終於固原任所，次年公命家屬扶櫬歸殯四川中江水浸埡，待公吉穴以祔，距生道光戊子年二月初九日辰時，春秋五十有四。子，□□□□□□。〔八〕公薨之明年，孤發聲等將葬公於華陽縣屬羊皮堰側，〔九〕并遷羅夫人柩合葬，而以狀來請銘。銘曰：

峨峨梁山，滺滺江水。篤生英奇，岳楊繼美。〔一〇〕中興將略，彪彪桓桓。肅清江皖，坐鎮秦關。金積厎定，厥功尤異。遼左防邊，威揚萬里。嘉勛懋賞，天語煒煌。夫人協德，并受龍光。遲速百年，後先反素。合窆華陽，夷爽堅固。佳城鬱鬱，松柏青青。四方瞻睹，有濯其靈。

〔一〕輯自《民國中江縣志》卷二二。雷正綰，字緯堂，四川中江人，《清史稿》卷四三〇有傳。
〔二〕王國材，即王國才，字錦堂，雲南昆明人，歷官鄖陽鎮、安義鎮總兵，殁於陣，《清史稿》卷四〇二有傳。
〔三〕多忠勇公，即多隆阿，字禮堂，滿洲正白旗人，戰殁於盩厔，謚忠勇，《清史稿》卷四〇九有傳。
〔四〕陳玉成，廣西藤縣人，太平天國英王。
〔五〕官文恭公，即官文，字秀峰，滿洲正白旗人，歷官湖廣、直隸總督，謚文恭，《清史稿》卷三八八有傳。胡文忠公，即胡林翼，字潤之，湖南益陽人，道光十六年進士，歷官湖北布政使、湖北巡撫，謚文忠，《清史稿》卷四〇六有傳。曾文正公，即曾國藩，生平見前注。
〔六〕回，原文作狪，全篇徑改。
〔七〕楊昌濬，字石泉，湖南湘鄉人，光緒十五年以軍功授陝甘總督，《清史稿》卷四四七有傳。
〔八〕原缺。按《民國中江縣志》，正綰有子天蔭、發聲等。
〔九〕發聲，正綰子，歷官澄邁知縣，儋州、連平州知州。
〔一〇〕岳，岳鍾琪也，字東美，四川成都人，署川陝總督，拜寧遠大將軍，封三等威信公，《清史稿》卷二九六有傳。楊，楊遇春也，字時齋，四川崇慶人，實授陝甘總督，封一等昭勇侯，《清史稿》卷三四七有傳。

深戒和尚白公碑[一]

緇流不繫姓，深戒和尚何以獨繫？表孝子也。禮沿義起，故變例書之，且志其略曰：孝子俗姓白氏，諱玉成，『深戒』其法名也。世居蜀州東老廣寺側。[二]家貧，性至孝，事其父元仲公、生母湯暨繼母任、楊，皆極苦力傭工以備甘旨，如江革至行。[三]父晚患足疾，誓終身茹素，生盡養，死盡禮焉。[四]厥配夏氏，克代子職，後蒙旌表，其孝泉古誼歟！[五]生子五，女一，家益窘。旋失偶，長子文松、次文魁、四文祥，先後殞。遂以季子文蔚出繼於楊，名春照。以三子文超被薙於大邑文昌宮，[六]隸慧林大師爲徒，法名清照，即今任成都府僧綱秩者也。女適鄒，旋亡。公時逾中年，皈依空門，事州治東五顯宮洪智上人爲師，[七]服勤至死，心喪三年。[八]復以常住，歲積數百金，鼎建山門，恢宏殿宇。壽七旬，遽登涅槃。州人士明經吳君錫琛、劉君春鑒等上其事於大府，聞於朝，得旌孝子，准建坊，祀忠孝祠。今年春暮，余旋里展墓，[九]道出大邑，舍文昌宮。清照都綱乞題碑，以表其親。余總理全川采訪忠孝事，義不容辭，乃紀其原委而歸之。

〔一〕輯自《民國崇慶縣志・江原文徵》。同書『鐵五顯』條：『清乾隆六十年建，廟外有孝子深戒和尚碑。』

〔二〕按《民國崇慶縣志》，老廣寺，明古刹，在崇慶中興鄉。

〔三〕《後漢書・江革傳》：『革轉客下邳，窮貧，裸跣行傭以供母，便身之物，莫不必給。』

〔四〕《陳書·孝行列傳》：『奉生盡養，送終盡哀。』
〔五〕《雍正四川通志》卷二五：『孝泉，在縣西北，舊曰姜詩泉。……詩母好江水，一旦泉湧舍側，味如江水，宋治平中詔名曰「孝泉」。』《華陽國志·先賢士女總贊》：『龐行，姜詩妻也，事姑，晝夜紡績以給供養。』
〔六〕《同治大邑縣志》卷一〇：『文昌宮在縣北門外，舊建在縣署後街。嘉慶二十年，知縣李錫書與城隍廟互易，改設於北。』
〔七〕按《民國崇慶縣志》，五顯宮，在崇慶縣城東，清乾隆三十年建。
〔八〕《禮記·檀弓上》：『事師無犯無隱，左右就養無方，服勤至死，心喪三年。』
〔九〕《禮記·檀弓下》：『吾聞之也，去國則哭於墓而後行，反其國不哭，展墓而入。』

誥封一品夫人彭母趙太夫人碑〔一〕

從來科第難，□□□狀頭尤難；〔二〕壽算難，壽算至期頤尤難。〔三〕若并□□□□全之，其惟我彭母趙太夫人乎？太夫人，子和狀元之母也。〔四〕年届百歲□恩建坊，〔五〕并賚綢緞等物，榮顯極矣。而性情淡泊，若固有之。噫，異□全蜀之大，有明□大魁者，惟升庵一人。國朝得大魁者，惟子和一人。〔六〕升庵之母，顯於先；子和之母，榮於後，洵後先輝映也，懿鑠哉！孫曾繞膝，笏簪傳家。庭桂□□，□葱茂蔚，果何修而得此歟？乃者卜於瞿里之南，〔七〕行見佳城鬱鬱，□□□□，輝映墓門，旌旄黼黻，於萬斯年〔八〕，降遐福於胥樂，馨宜戩穀，蟄蟄□□□□族。賜進士出身、翰林院編修、國史館協修年□□伍肇齡拜撰。

〔一〕輯自成都雙流區東升鎮古蜀農耕文化博物館藏出土《誥封一品夫人彭母趙太夫人碑》碑陰。文末有『清光緒廿八年仲冬月吉日敬立』字。

〔二〕《陔餘叢考》卷二八：『自武后初試貢士於殿前，别其等第，門下例有奏狀。其居首者，因曰「狀頭」，亦曰「狀元」。』

〔三〕《禮記·曲禮上》：『百年曰期頤。』

〔四〕子和，彭陽春字也，四川雙流人，寄籍華陽，道光三十年庚戌科武狀元，授一等侍衛，咸豐間補雲南參將。

〔五〕《民國雙流縣志》卷三：『彭趙氏，武狀元彭陽春之母，年至百歲，五世同堂，旌表建坊，卒年百零□歲。』《吕氏春秋·審分覽》高誘注：『彭祖，殷賢大夫，治性，壽益七百。』

〔六〕按：資中駱成驤中光緒乙未科文狀元前，四川得大魁者惟彭陽春一人而已。

〔七〕《蜀中廣記》卷五：『有商瞿里，本《志》云：治東十里瞿上鄉，有孔子弟子商瞿上墓，時有錦鷄白鵬見焉，文明之德未艾也。』《讀史方輿紀要》卷六七：『瞿上城，在縣東十八里，相傳蠶叢氏所都。亦曰商瞿里，以孔子弟子商瞿所居也。』

〔八〕《詩經·大雅·下武》：『于萬斯年，受天之祜。』

葉公如璽傳〔一〕

范文正公曰：『不能爲良相，當爲良醫。』〔二〕大哉！仁人之言也。然操此技者，往往鮮明理達用人。探所學，不過略記古方耳；詢所求，不過藉此謀生耳。猥以空疏陋劣之人，妄參精微元妙之理，活人亦幾何矣。甚至分貧富、較貲財，其有賑貲稍薄者，後此招之，不來也。設令貧賤之家，偶負重疾，必需此人而治，然無重利餌之，惟坐以待斃。於其死也，一死於財，再死於醫，其罪可勝言哉！可勝言哉！

至所診視者，亦幸而愈耳，不然彼如另行延請，此即置不聞問。濟人濟世之謂何？醫後不昌，有由然耳。若葉公則不然。

公諱如璽，簡北隱君子也，精岐黄術，〔三〕兼優痘證，不落庸醫惡習。有叩門請者，富貴之家無論矣，如遇孤貧者，必給以藥，視疾瘳爲度，一介不取也。尤難得者，己不能療者，他人療之，公必再至其室，視彼審證若何，主方若何，不稍存膈膜見。是蓋不自滿之心與仁愛之心，流露而不能掩也。況其時值國朝初，民風沕穆，市廛間無藥肆，凡人家所需，皆購之醫士。公入都貿藥，必負薪易之，荷擔之苦，所不敢辭，但期能起沈疴而已。雖錙銖不計，而田廬日增。卒年實載簡華糧一兩六錢。德配李孺人，名家子也，夙聽母教，幼嫻《女儀》，及笄歸公，凡主中饋事及一切操作，〔四〕靡不得舅姑歡。公之置産業，享豐厚，孺人與有力焉。公享年五十有四，孺人享年七十有五。迄今椒聊蕃衍，〔五〕蘭桂騰芳。後嗣中領鄉薦者一人，食餼者二人，游庠者二十餘人，方興正未有艾。醫後不昌，豈定論哉！公之識見，能超乎庸醫外，天自不以報庸醫者報公也。

〔一〕輯自《民國簡陽縣志》卷一三録《葉氏譜》：『葉如璽，簡西柏合寺人，精岐黄術，兼長痘證。遇孤貧者必給以藥，視疾瘳爲度，一介不取也。尤難者，己不能療而他人療之，如璽必再至其室，視彼審證若何，主方若何，不稍存膈膜見。清初民風沕穆，市無藥肆，凡人家所需，皆購之醫士。如璽入都貿藥，必負薪易之，荷擔之苦，毅然不辭，其心惟期起人沈屙而已，卒年五十八歲，子文開，妻謝氏，事詳《賢婦》，孫萬芃，華陽廩生。』其下附先生《葉公如璽傳》。

〔二〕吴曾《能改齋漫録》卷一三『文正公願爲良醫』條：『范文正公微時，嘗詣靈祠，求禱曰：「他時得位相乎？」不許。復禱之曰：「不然，願爲良醫」。』

〔三〕醫家以岐伯、黄帝爲祖。《太平御覽》卷七二一引《帝王世紀》曰：『黄帝有熊氏命雷公岐伯論經脈旁通，問難八十一，爲《難經》，教製九針，著《内外術經》十八卷。』

〔四〕《後漢書·王符傳》李賢注引鄭玄《周易·家人卦》注曰：『中饋，酒食也。』

〔五〕《詩經·唐風·椒聊》：『椒聊之實，蕃衍盈升。』

胡公事略〔一〕

光緒十七年六月望日，胡君薇元以其尊人雪琴先生前任名山縣知縣事實丐余次其崖略。將寄，趙令君悔予編入邑志，〔二〕以備他日史館采擇。

謹按：公姓胡，名壽昌，字伯康，一字雪琴，其先浙江山陰人。以其諸父行春江、懷江兩太史，著籍順天大興縣，遂爲大興人。年十三入邑庠，道光丙午科鄉試遺額，校録國史館，授四川嘉定府經歷。以捕盜功，擢知縣。咸豐五年，從征黔匪楊瀧喜，賊平，予同知銜。九年，楚蜀寇警，公請辦成都府屬保甲。十年，檄署名山縣知縣。名山數遭滇寇蹂躪，前令杜公芳死於賊。〔三〕三易令，無敢往。時總督曾公望顔以趙沅青侍御數稱公賢，〔四〕乃檄公往辦賊。公既至，見其户口凋殘，人民流徙。以訓導黄君樸，〔五〕志趣高潔，且知兵法，向其詢邑中才德士，兼能講求守禦者，得廩生馬廷良，千總萬世倫，舉人樊包、高仁傑等。〔六〕招撫流亡，訓練保甲，請募鄉勇千人，爲清安、清定二營。名山邑小民貧，公竭蹷捐廉，置器械，嚴定紀律，精習技藝。寇三至輒三敗之，士民皆裹糧相從，視公如家人父子。防兵過境索供億不具，持刀入公廨。公衣冠危坐，曉以利害。兵畏公嚴正，懾退。公用兵嚴整，夜分按隊行，遇賊偵李奇風，形狀魁岸。公疑之，嚴訊得賊黨三十九人，立殲之。賊退，則與諸生講求性理，延鄭海樓孝廉主講仰山書院，〔七〕行劉念臺先生《證人會約》，〔八〕士風日起。十一年正月，公請辭退，崇文勸公爲總督，諭留公勿許。賊攻青神縣，公往援，遇伏，邑士楊廷槐死之。〔九〕公奮勇連克蒲江、青神、丹棱賊。賊首何昆山恨公甚，懸賞購公與樊包頭。邑廪生胡國禎與賊通，謀刺公。雅安縣勇目關智靈給賊符信，使入寇。賊圍公蒙山頂，樊包與公相失，痛哭投水，不死，乃收合餘衆，拾野菜瓜藤爲食，越五日始得公。審度形勢，以峰頂危地，勸公急走，賊圍數重，夜静自五頂峰銜枚急行。洞口白雲冉冉，與公幟亂。賊不備，突圍出，公乃激勵民勇，并力剿賊，追逐殲除殆盡，發何賊祖墓。賊目藍大順入寇，公率邑士楊潔、汪騰蛟等，發地雷敗之。時駱文忠相國督師入蜀，以太守楊公重雅薦，〔一〇〕激賞公，命再留任，公請斬勇目陳祥興、關智靈。賊首謝花妖入寇，公擒斬無遺。駱公有『動合機宜，有膽有識』之譽。張檵子者，邑之大盗也，狡詭驍勇，豪霸一方，比捕無獲，前縣令杜芳死盗手。公易衣，率勇丁李三元、何天機等十二人往捕，直入賊室。盗伏牀下，砍落李三元左右手指，刀削楊培元額顱。半夜擒盗歸，立斬以徇，餘黨星散。丹蒙接壤之總岡嶺萬年寺，有熊十大耶嘯聚亡命，邑之大猾也。公偕勇往投，與之酣飲，盗不疑，除夕擒其父子歸。二子帶鏁飛騰山岩，倏忽無踪。公手刃盗首，請免徵以蘇民困。辛酉補行壬戌縣試，公示諭父老子弟，文理不優者不准投納試卷，日坐堂皇收卷，面定甲乙，得曾宗泗、劉元勛等績學之士。〔一一〕時黄恕皆侍郎督學按臨，〔一二〕稱公得人。駱公以名山肅清，叙州賊未平，檄公離任，帶勇往殺賊，士民赴省請留者數千人。乃薦樊包、馬廷良、萬世倫、高仁傑以代。駱公擢樊包自成一隊，〔一三〕至叙連捷三戰，敗没。公聞包死，不食者累日。公方建修武廟，釐定章程，裁革廠規，抬驗差役藉盜、誣良、糧差，包攬、抬墊之弊。而公病甚。駱公不得已，准公回省就醫，士民扶老携幼，感泣失聲，日行十餘里。於是邑紳簡成彬等請留畫像於棲霞、廣福各寺，〔一四〕并書政績於石。公堅不許，然終不能禁也。駱公以公才識兼優，長於吏治，曉暢軍事，潔己愛民，入奏吏部，以公前被賊入境議落職。適粵匪石達開入寇，乃檄公總理湘果、振武各軍糧務，隨方伯劉公蓉迎頭截戰，剿賊過小相嶺，經冷邊長官司。冷承恩據險兜截，逼入紫打地，小道窮蹙成擒。時逸賊何昆山，投充提督胡公中和標下，〔一五〕已保授都司。何賊時蓄異謀，思刃公於雅州府未果，復刺公於省垣，皆不得。後在叙州府恃勢擾民，屏山令張君秉堃擒之，〔一六〕請斬以絶後患。公攝蓬州牧，有政聲，駱公再請，部再駁。駱公薨，崇文勤公繼請，乃復官臬使。翁公同爵派公密赴嘉眉各屬，〔一七〕清理庶獄。崇公升大司寇，吴惠勤公督川，〔一八〕委公采辦内府織造。同治十年，攝南部令，前故令劉君恩長虧鉅萬，公力任代償。未幾，去任，公傾竭家資以完，至饔飧不給。光緒二年丙子，攝慶符令，以請革劣紳與護督忤，復彈劾去官。公長子廷慶，順天貢生，從公戰殁，葬名山之石岡。次子薇元，以丙子入大興庠，是秋舉於鄉，丁丑聯捷成進士，授廣西天河令，今官四川知縣。三子廷恩，癸酉順天鄉試薦卷。餘子五人，孫七人。公今年垂七十，讀書著述，至老不倦，著有《翠螺山房詩文集》十卷、《韻學圖説》一卷、《愚溪雜志》十二卷、《蒙寇志略》一卷、《雪琴製義》《詩餘》各二卷、《漢隸辨證》四卷、《金匱述要》五卷。《蒙寇志略》即《名山縣滇寇志略》，皆公任名山時事也。

丁未進士翰林院編修伍肇齡撰。

〔一〕輯自《光緒名山縣志》卷一二《胡壽昌傳》附録邛州伍肇齡《胡公事略》。

〔二〕《民國名山縣新志》卷六：『趙懿，字淵叔，别號悔予，貴州遵義舉人，光緒十六年初任。政尚精核，遍涉縣境，親訪民間疾苦，以是知風土故事，成《縣志》十五卷，梓行於世。』

〔三〕杜芳，字若洲，河南祥符人，名山縣令。咸豐九年藍朝鼎寇名山，城陷，爲土匪張楓子害。胡壽昌有《前邑令杜君事略》，《民國名山縣新志》卷六有傳。

〔四〕曾望顔，字瞻孔，廣東香山人，道光二年進士，同治九年署四川總督，《清史稿》卷四二七有傳。趙沅青，名樹吉，四川宜賓人，道光三十年進士，由編修改監察御史，《光緒叙州府志》卷三三有傳。

〔五〕黄樸，字芃山，四川簡州人，道光十九年舉人，咸豐十年任名山縣訓導，胡壽昌撰有《學博黄君事略》，《民國簡陽縣志》卷一三、《民國名山縣新志》卷六有傳。

〔六〕樊包，字鐵鏞，一字心甫，四川名山人，咸豐八年舉人，《民國名山縣新志》卷一三有傳。高仁傑，生平不詳。

〔七〕鄭海樓，名濟川，四川名山人，咸豐二年舉人，主講仰山書院二十餘年，《民國名山縣新志》卷一三有傳。

〔八〕劉念臺，名宗周，字起東，浙江山陰人，明末大儒，《明史》卷三六〇有傳。

〔九〕楊廷槐，字樹三，庠生，《民國名山縣新志》卷一三有傳。

〔一〇〕楊重雅，號慶伯，江西德興人，道光辛丑科進士，曾任四川按察使，《光緒江西通志》卷一六三有傳。

〔一一〕曾宗泗，字敬堂；劉元勛，字叙九：皆名山歲貢。

〔一二〕黄恕皆，名倬，湖南善化人，道光二十年進士，咸豐十年以翰林院侍講任四川學政。

〔一三〕《左傳·襄公十年》：『狄虒彌建大車之輪，而蒙之以甲以爲櫓，左執之，右拔戟，以成一隊。』

〔一四〕簡成彬，字裁之，四川名山人，道光乙酉拔貢生，《民國名山縣新志》卷一三有傳。

〔一五〕胡中和，字元廷，湖南湘鄉人，咸豐十年授四川建昌鎮總兵，同治二年任四川提督，《清史稿》卷四三〇有傳。

〔一六〕張秉堃，字子敏，貴州貴筑人，同治四年調署屏山縣事。《光緒屏山縣續志》卷上有傳。

〔一七〕翁同爵，字玉甫，江蘇常熟人，同治六年任四川按察使。

〔一八〕吴惠勤公，吴棠謚也，字仲宣，安徽盱眙人，同治六年任四川總督，卒謚惠勤，《清史稿》卷四二五有傳。

清授通議大夫、花翎三品銜、雲南澂江府知府、户部湖廣清吏司郎中張君墓誌銘〔一〕

君諱鑒清，字紹先，先世自粤宦蜀，遂家簡州。祖竹坡公，父少坡公。君生而岐嶷，好讀書，能文章，工書畫，弱冠補博士弟子員。困棘闈，乃援例爲郎户部，後辦雷波夷務有功，獎知府花翎，仍入都供職。逾年補官雲南曲靖、昭通。雲南景東、澂江，皆號繁劇，君因地制宜，舉行新法，整躬率屬，聽斷兼明，略無苟擾，民咸便之。去後，頌遺愛焉。歷筦巡防、團練、城保、警察、厘金、善後及奉使交涉鐵道重案，賑撫水旱災黎，無一日之閑。君悉心經畫，措施裕如，未嘗徇上游私。〔二〕意有不便，輒力争，上游亦時咨而後行。當莅昭通有數年，積案繫累多人，秉公剖斷，一訊而服，皆稱神明。轄境撒魚河嘯聚數千，〔三〕揭竿思逞。君馳往，立予解散。興學堂，創商會，爲卜商勸，昭民尤感之。迨君柩過郡，紳民遮道祭奠，感泣下。在景東，禁烟令嚴而民以爲業，君履險阻、經瘴癘，勸民無違禁者，捐廉購桑棉，令民種植，至今利。賴以克復臨安及河口，功晋三品銜，升道員，駸駸大用。而任澂江數月，積勞成疾，遽於壬子正月二十二日溘逝，春秋四十有九。嗚呼，君生不遇時，才不竟用，惜哉！配曾淑人。子宗齡，殤，以弟之子鏡海爲嗣。女一，適雙流彭光祖。六月扶柩歸，以十月二十一日葬成都東郊木龍寺之原。〔四〕銘曰：

君之先，積德而累仁；君之生，屹立而長身；君之名，文史而書畫；君之行，孝友而和親；君之才，廉明而勤慎；君之功，愛物而澤民。大奪之速兮，胡不予以遐齡？垂示後來兮，爰勒之於貞珉。

〔一〕輯自《民國簡陽縣志》卷四。

〔二〕《周官臆測》卷二：『今謂上官爲上游。』

〔三〕撒魚河，亦作灑魚河、灑漁河。《乾隆雲南通志》卷三：『灑魚河，在城西四十里，發源雄溪，出馬鞍山後，匯昭通諸水，過大關入横江，歸金沙江。』

〔四〕《民國簡陽縣志》卷四：『知府張鑒清墓，在成都縣木龍寺。』同書卷三〇：『木龍寺，在大面鋪南。』

張尹氏節孝碑〔一〕

節孝張尹氏，邑處士尹公祚瑞長女，年二十適貢生張公景松。夫故，遺一子尚幼，母年二十有八，痛不欲生。姑力勸，乃强起視事。性至孝，姑病，輒焚香籲天，願身代。及歿，祭葬如禮。子運會善承母，志學自勵，有聲士林，但屢試不售。援登仕籍，母封宜人。迄今年六旬，康健如常，孫林立，繞膝含飴，箕疇備福，〔二〕人咸謂母之節孝所由致。援筆而序，用志梗概。

〔一〕輯自《民國重修什邡縣志》卷八《藝文》。

〔二〕按：箕疇，即箕子作《洪範九疇》。《尚書·洪範》：『五福：一曰壽，二曰富，三曰康寧，四曰攸好德，五曰考終命。』

贈姚運鴻贊〔一〕并序

公諱某，世居雅州，有異禀。少好學，受業名解元古坦園，〔二〕有方家風。著聲庠序間，登拔萃科，廷試報罷。乃絶意進取，主講雅材書院，〔三〕善造就。郡邑知名士多出其門。晚歲家居，日以讀書自課，背誦如幼學，時不少倦。工書法，老而益秀，求者還至，不厭也。每録儒先格言，用爲箴規，悉端楷，無一筆苟。比百歲，有司聞於朝，賜金帛加五品銜，予建坊爲『升平人瑞』，盛典也。君清修篤行，尚名檢，絶迹城市。黄觀察翔雲造廬訪，時政有裨益者靡不言，顧未嘗以私干，雅重之。護院游子岱方伯特加尊禮，以葠藘錦袍爲壽，并贈詩，君皆有和章，爲時傳頌。周觀察雲昆司采訪事，〔四〕作記紀君本末甚詳。君曾孫光第從余游，請贈一言，猶憶曩時曾瞻丰采，華眉龐首，精爽不衰，洵異人也。乃作贊曰：

翠嫣蟬嫣，〔五〕姚墟望宗。〔六〕漢進北海，唐令武功。〔七〕枝葰葉棶，集梁瀕邛。彼沬一曲，枕輢蔡蒙。〔八〕隱轔鬱鞅，亶厚實鍾。惟君篤生，受質自天。琚璪玉粲，銑鋈金堅。經德炳明，秉心塞淵。取尤妙選，接秀欒傳。逡逡鄉黨，懇懇英賢。緷絯衡泌，畢志林泉。琦拒孔純，緯玲永久。林間行樂，孑然一叟。讓君唱隨，偕老萊婦。〔九〕華夷壯容，引導得壽。輪君自然，窮經皓首。聖朝引年，寵推黎耈。堂邇景賢，芳鄰不朽。道範峨峨，群仰先民。《詩》傳韓固，《書》授宓生。〔一〇〕齒占金吉，牙錫笏榮。迎門鳩杖，〔一一〕躋堂兕觥。〔一二〕匪惟崇敬，一時望傾。典型終古，式此老成。

〔一〕輯自《民國雅安縣志》卷六。《民國雅安縣志·耆壽》：「姚璵，治東孝廉橋人，壽百歲，五世同堂。川督錫以「升平人瑞」額，道光壬寅元旦，衣冠望北叩拜，端坐而卒。」

〔二〕古坦園，名維哲，四川雅州人，嘉慶十二年四川鄉試解元。

〔三〕《嘉慶四川通志》卷七九：「雅材書院，在雅州府月心山上。」

〔四〕周雲昆，名振瓊，湖南寧鄉人，府學廩生，以軍功保道員留四川補用，後署建昌兵備道，《民國寧鄉縣志》有傳。

〔五〕《藝文類聚》卷一一引《河圖挺佐輔》曰：「黄帝乃祓齋七日，至於翠嬀之川。」《漢書·揚雄傳上》顔師古注引應劭曰：「嬋嫣，連也。」

〔六〕按：姚氏始於帝舜，帝舜爲黄帝裔孫，故曰：「翠嬀嬋嫣，姚墟望宗。」《史記·五帝本紀》司馬貞《索隱》引皇甫謐云：「舜母名握登，生舜於姚墟，因姓姚氏也。」

〔七〕唐令武功，言唐姚思廉及其子璹、珽也。思廉爲萬年人，與武功同屬京兆府。

〔八〕《尚書·禹貢》孔安國注曰：「蔡、蒙，二山名。」

〔九〕《文選·劉先生夫人墓誌》張銑注曰：「老萊子婦、梁鴻妻，并古之賢婦人也。」

〔一〇〕宓生，即伏生也。按《漢書》顔師古注，宓音伏。故伏羲，也曰宓犧。《漢書》卷八八：「漢興，言《易》自淄川田生，言《書》自濟南伏生，言《詩》於魯則申培公，於齊則轅固生。」

〔一一〕《後漢書·禮儀志》：「王杖長九尺，端以鳩鳥爲飾。鳩者，不噎之鳥也，欲老人不噎。」

〔一二〕《詩經·豳風·七月》：「躋彼公堂，稱彼兕觥，萬壽无疆。」

誥封一品夫人李母易太夫人榮晋八帙壽序〔一〕

伏聞素蟾毓祉，六虚符牝馬之貞；〔二〕黄鳥覃規，三雅繼《關雎》之美。〔三〕是以成家履坦，〔四〕奉匜盥以襄勤；植矩坤維，筮金鉉而從貴。操持詳於四典，雍睦篤於一門。亦足垂型女史之箴，〔五〕著範陰儀之盛矣。然而陶子鏘之賢母，〔六〕上壽思臻；劉善明之慈親，〔七〕承顔量歉。乃知箕疇五福，惟人生歲月之如流；軒曜四星，〔八〕獨天上光芒之常見。從未有高年湛粹，同稱壽母於魯侯；〔九〕初度延釐，便重芳辰於屈子，〔一〇〕如我李母易太夫人之壽極八旬者也。太夫人以五侯貴族、四姓名門，處饒蘭蕙之芳，出懋蘋蘩之譽，清居淵塞，允思齊於仲嬀；〔一一〕才調門宗，直追踪於道韞。〔一二〕魏侻次女，能識往行前言；〔一三〕太傅曾孫，尤習禮儀規矩。〔一四〕及笄後，適建威將軍郁吾公，〔一五〕坤貞比德，〔一六〕豫順隨夫，〔一七〕淑慎其身，賢明有智。克用生而沈毅，經權半藉夫人；伏波富於貨財，揮霍是其天性。然且躬親煩瑣，效太姒之浣衣；〔一八〕獨處莊嚴，慕伯姬之待火。〔一九〕猶復事姑盡孝，比迹義宗之妻；〔二〇〕升堂饌親，方駕長孫之媳。正使詩人作頌，無慚彼美淑姬；〔二一〕内則修儀，不愧有齋季女矣。〔二二〕加以慈暉遠照，母教有方，芝蘭競爽於鯉庭，〔二三〕玉樹增輝於雁序。〔二四〕

六龍清辯，特許元仁；〔二五〕三虎名高，尤推偉節。〔二六〕謝家群季，竊比烏衣之門；〔二七〕馬氏諸兒，獨挺白眉之異。〔二八〕才能各別，覺僧彌法護之難；〔二九〕氣宇不凡，擅金友玉昆之譽。〔三〇〕故次君子政軍門，〔三一〕克壯元猷，飫聞慈訓，以甘延壽之習武，〔三二〕效王仲宣之從戎。〔三三〕備仁傑之藥籠，原非小器；〔三四〕入桓温之蓮幕，遂署監軍。〔三五〕於時大風遺業，〔三六〕蟻聚荆衡；小醜跳梁，鼇騰桑梓。軍門焚書而起，投袂以興，一縱一横，十蕩十決，〔三七〕平塗七百，概布旌旗；江路三千，遠排營陣。淮南草木，識張萬福之威名；〔三八〕廣陵樓船，奉陶士行之號令。〔三九〕郤克督戰，桴鼓不停；〔四〇〕士載麾軍，裹氈以進。〔四一〕頓使風清一郡，懼甘興霸之鈴聲；〔四二〕腥掃三湘，畏狄武襄之面具。〔四三〕無何苗酋扇毒，狙伺黔中；粤匪突圍，鴟張畢邑。軍門以王筠之舊手，〔四四〕學武穆之攻心，〔四五〕維時矢盡糧窮，如巢危幕；彈丸黑子，空守孤城。吴漢在軍，豈有雲梯能破；〔四六〕張巡拔垛，應知縣布難登。〔四七〕軍門念兵缺應援，食兼茶紙，乃遣胞弟北屏觀察弢弓入楚，〔四八〕募勇召師，所難者太夫人大義獨明，破貲不吝，乃毁家以紓難，遂靖亂以解紛。王陵之親，以忠勤勉愛子；〔四九〕虞潭之母，撤簪珥餉軍人。〔五〇〕卒使解烏孫之圍，不出五日；〔五一〕甦白登之困，全活億人。〔五二〕雖軍門之勇冠三軍，實太夫人之力支一臂也。天子念薄伐而想功臣，聞鼓鼙而思將帥。九環金帶，賜楊素以褒勛；〔五三〕一襲貂裘，賞全斌之懋績。〔五四〕其樹烈可謂宏矣，其顯親可云至矣。長君子照太守，〔五五〕次君北屏觀察，皆以論功受爵，洊位殊榮，王氏才多，家挺三珠之秀；〔五六〕于公德大，新開駟馬之門。〔五七〕

哲孫簠青太守，〔五八〕岐嶷負異，弱冠知名。曼倩能誦者，二十萬言；〔五九〕崔鏕所署者，五千餘卷。〔六〇〕悉典墳邱索，能通倚相奇書；〔六一〕福地娜嬛，盡發茂先秘籍。〔六二〕凡洛下閎之六峇，〔六三〕李供奉之百篇，〔六四〕能成竹在胸，〔六五〕生花於筆，宜乎蔚爲國器。〔六六〕群欽家有喆孫，後啓達人，胥關祖遺明德已。

今者太夫人年登大耄之辰，預祝期頤之慶，盈牀簪笏，〔六七〕欣看子貴孫榮；獻壽壺觴，正值良辰美景。干令升萱幃猶在，朝野争誇；〔六八〕潘安仁生母尚存，板輿迪吉。〔六九〕哲孫簠青大守，以祖孫之依戀，仿令伯之陳情。〔七〇〕娱百歲之光陰，含飴足樂；羡三生之福命，繞膝承歡。夫何難滄海千春，上繼麻姑之算；〔七一〕貤褒五世，頻添王母之籌也哉。翰林院編修掌教錦江、尊經書院世愚侄伍肇齡頓首拜撰。花翎二品頂戴貴州貴東道世愚侄羅應旒頓首拜書。賞戴花翎貴州承宣布政使司布政使世如再侄松堮等頓首叩祝。光緒十六年歲次上章攝提格如月穀旦。

〔一〕輯自李承慶、李樹聲等修《甘肅隴西李氏四修族譜》。易氏，李綸文妻，生三子，承明、承楠、承翼。承楠，即四川提督李有恒，易氏因次子軍功，誥封一品夫人。

〔二〕《周易·繫辭下》：『周流六虚。』同書《坤卦》曰：『利牝馬之貞。』

〔三〕三雅，疑爲二雅之誤。

〔四〕《周易·履卦》：『九二，履道坦坦，幽人貞吉。』

〔五〕《晉書·張華傳》：『華懼后族之盛，作《女史箴》以爲諷。』

〔六〕《南史·陶子鏘傳》：『初，子鏘母嗜蓴，母没後，恒以供奠。梁武義師初至，此年冬，營蓴不得，子鏘痛恨，慟哭而絶，久之乃蘇。遂長斷蓴味。』

〔七〕《南齊書·劉善明傳》：『五年，青州没虜，善明母陷北，虜移置桑乾。善明布衣蔬食，哀戚如持喪。』

〔八〕《史記·天官書》：『末大星正妃。』司馬貞《索隱》引《孝經援神契》曰：『辰極横，后妃四星從，端大妃光明。』

〔九〕《詩經·魯頌·閟宫》：『魯侯燕喜，令妻壽母。』

〔一〇〕屈原《離騷》：『攝提貞於孟陬兮，惟庚寅吾以降。皇覽揆余初度兮，肇錫余以嘉名。』

〔一一〕《詩經·邶風·燕燕》：『仲氏任只，其心塞淵。終温且惠，淑慎其身。』鄭《箋》曰：『仲，戴嬀字也。』

〔一二〕《晉書·王凝之妻謝氏》：『叔父安嘗問：「《毛詩》何句最佳？」道韞稱：「吉甫作頌，穆如清風。仲山甫永懷，以慰其心。」安謂有雅人深致。』

〔一三〕《魏書・王椿傳》：『椿妻鉅鹿魏悦之次女，明達有遠操，多識往行前言。』

〔一四〕《世説新語・賢媛》：『王司徒婦，鍾氏女，太傅曾孫，亦有俊才女德。鍾、郝爲娣姒，雅相親重，鍾不以貴陵郝，郝亦不以賤下鍾。東海家内，則郝夫人之法。京陵家内，範鍾夫人之禮。』

〔一五〕郁吾，李綸文號，字文高，湖南新化人。因次子軍功，例贈武顯將軍。《甘肅隴西李氏四修族譜》有王承澤《咸豐辛酉例贈武顯將軍郁吾先生墓表》。

〔一六〕《周易・坤卦》：『坤，元亨，利牝馬之貞。』

〔一七〕《周易・豫卦》彖曰：『豫，剛應而志行，順以動，豫。豫順以動，故天地如之，而况「建侯行師」乎？天地以順動，故日月不過，而四時不忒。聖人以順動，則刑罰清而民服。豫之時義大矣哉！』

〔一八〕何良俊《四友齋叢説》卷一：『世有《詩傳》一本，其篇首題曰：「孔氏傳，衛端木賜子貢述。……其《葛覃序》云：「太姒將歸寧而賦《葛覃》。」《詩經・周南・葛覃序》：『葛覃，后妃之本也。后妃在父母家，則志在於女功之事，躬儉節用，服澣濯之衣，尊敬師傅。』

〔一九〕《春秋公羊傳・襄公三十年》：『宋災，伯姬存焉。有司復曰：「火至矣！請出。」伯姬曰：「不可。吾聞之也，婦人夜出，不見傅母不下堂。傅至矣，母未至也。」逮乎火而死。』

〔二〇〕《舊唐書・列女傳》載：鄭義宗妻盧氏，『嘗夜有强盗數十人，持杖鼓噪，逾垣而入，家人悉奔竄，唯有姑獨在室。盧冒白刃往至姑側，爲賊捶擊之，幾至於死。賊去後，家人問曰：「群凶擾横，人盡奔逃，何獨不懼？」答曰：「人所以異於禽獸者，以其仁義也。昔宋伯姬守義赴火，流稱至今。吾雖不敏，安敢忘義。且隣里有急，尚相赴救，况在於姑，而可委棄！若萬一危禍，豈宜獨生。」』

〔二一〕《詩經・陳風・東門之池》：『東門之池，可以漚麻。彼美淑姬，可與晤歌。』

〔二二〕《詩經・召南・采蘋》：『誰其尸之？有齊季女。』

〔二三〕《論語·季氏》：『嘗獨立，鯉趨而過庭。曰：「學詩乎？」對曰：「未也。」「不學詩，無以言。」鯉退而學詩。他日又獨立，鯉趨而過庭。曰：「學禮乎？」對曰：「未也。」「不學禮，無以立。」鯉退而學禮。』《世説新語·言語》：『車騎答曰：「譬如芝蘭玉樹，欲使其生於庭階耳。」』

〔二四〕《禮記·王制》：『父之齒隨行，兄之齒雁行，朋友不相逾。』

〔二五〕元仁，玄仁也，避康熙諱改字。《晉書·卞壺傳》：『父粹，以清辯鑒察稱。兄弟六人，并登宰府，世稱「卞氏六龍，玄仁無雙」。玄仁，粹字也。』

〔二六〕《後漢書·賈彪傳》：『彪兄弟三人并有高名，而彪最優，故天下稱曰：「賈氏三虎，偉節最怒。」』

〔二七〕《宋書·謝弘微傳》：『混風格高峻，少所交納，唯與族子靈運、瞻、曜、弘微并以文義賞會。嘗共宴處，居在烏衣巷，故謂之「烏衣之游」。』

〔二八〕《三國志·馬良傳》：『馬良字季常，襄陽宜城人也。兄弟五人，并有才名，鄉里爲之諺曰：「馬氏五常，白眉最良。」良眉中有白毛，故以稱之。』

〔二九〕《晉書·王珉傳》：『珉字季琰，少有才藝，善行書，名出珣右。時人爲之語曰：「法護非不佳，僧彌難爲兄。」僧彌，珉小字也。』

〔三〇〕《十六國春秋》卷七五：『辛攀，字懷遠，隴西狄道人也……兄鑒曠、弟賓迅，皆以才識著名，秦雍爲之諺曰：「三龍一門，金友玉昆。」』

〔三一〕子政，李有恒號，譜名承楠，字南富，湖南新化人，軍功卓著，誥授建威將軍，賞穿黄馬褂，署理貴州威寧總鎮都督府，奇車博巴圖魯軍功加一級，四川提督任上因『東鄉事件』受誅，顧復初有《清故提督李君墓誌銘》。

〔三二〕《漢書·甘延壽傳》：『少以良家子善騎射爲羽林，投石拔距，絶於等倫。』

〔三三〕《三國志·王粲傳》：『王粲，字仲宣，山陽高平人也。……建安二十一年，從征吴。』

〔三四〕《舊唐書·元行冲傳》：『行冲性不阿順，多進規誡，嘗謂仁傑曰：「下之事上，亦猶蓄聚以自資也，譬貴家儲積，則脯臘腝胰，以供滋膳；參术芝桂，以防屙疾。伏想門下賓客，堪充旨味者多，願以小人備一藥物。」仁傑笑而謂人曰：「此吾藥籠中物，何可一日無也。」』

〔三五〕蓮幕，幕府之美稱。《南齊書·庾杲之傳》：『出爲王儉衛軍長史，時人呼儉府爲入芙蓉池。』《晉書·郗超傳》：『桓温辟爲征西大將軍掾。温遷大司馬，又轉爲參軍。』

〔三六〕《史記·高祖本紀》：『酒酣，高祖擊筑，自爲歌詩曰：「大風起兮雲飛揚，威加海内兮歸故鄉，安得猛士兮守四方！」令兒皆和習之。』

〔三七〕《史記·田敬仲完世家》：『秦王曰：「吾患齊之難知。一從一衡，其説何也。」』《晉書·劉曜載記》：『隴上歌之曰：「隴上壯士有陳安，軀幹雖小腹中寬，愛養將士同心肝。驌驄父馬鐵瑕鞍，七尺大刀奮如湍，丈八蛇矛左右盤，十蕩十决無當前。」』

〔三八〕《舊唐書·張萬福傳》：『德宗以萬福爲濠州刺史，召見，謂曰：「先帝改卿名正者，所以褒卿也。朕以爲江淮草木，亦知卿威名，若從先帝所改，恐賊不知是卿也。」復賜名萬福。』

〔三九〕陶士行，名侃，廬江尋陽人，官荆州刺史、太尉、都督八州諸軍事，《晉書》卷六六有傳。

〔四〇〕郤克，晉卿，謚獻子。

〔四一〕《三國志·鄧艾傳》：『艾以氊自裹，推轉而下，將士皆攀木緣崖，魚貫而進。』

〔四二〕《三國志·甘寧傳》：『少有氣力，好游俠，招合輕薄少年，爲之渠帥；群聚相隨，挾持弓弩，負毦帶鈴。民聞鈴聲，即知是寧。』

〔四三〕《宋史·狄青傳》：『臨敵被髮，帶銅面具，出入賊中，皆披靡莫敢當。』

〔四四〕《南史·蕭子顯傳》：『王筠本自舊手，後進有蕭愷可稱，信爲才子。』

〔四五〕武穆或爲『武鄉』之誤。《三國志·馬良傳》注引《襄陽記》曰：『謖對曰：「南中恃其險遠，不服久矣。雖今日破之，明日復反耳。今公方傾國北伐以事强賊。彼知官勢内虚，其叛亦速。若殄盡遺類以除後患，既非仁者之情，且又不可倉卒也。夫用兵之道，攻心爲上，攻城爲下，心戰爲上，兵戰爲下，願公服其心而已。」亮納其策，赦孟獲以服南方。』

〔四六〕綦崇禮《除劉光世特授檢校太傅依前起復寧武寧國軍節度使開府儀同三司充江南東路宣撫使建康府置司加食邑食實封如故制》：『吴漢在軍，隱若敵國；李勣護塞，賢於長城。』《墨子·公輸》：『公輸盤爲楚造雲梯之械，成，將以攻宋……子墨子解帶爲城，以褋爲械，公輸盤九設攻城機變，子墨子九距之。』

〔四七〕張巡，鄧州南陽人，《舊唐書》卷一八七下、《新唐書》卷一九二有傳。《左傳·襄公十年》：『主人縣布，堇父登之，及堞而絶之，隊，則又縣之，蘇而復上者三，主人辭焉，乃退。』

〔四八〕北屏，李嶽恒號，譜名承翼，一號子麓，湖南新化人，太學生，誥授中憲大夫。

〔四九〕《漢書·王陵傳》：『項羽取陵母置軍中，陵使至，則東鄉坐陵母，欲以招陵。陵母既私送使者，泣曰：「願爲老妾語陵，善事漢王。漢王長者，毋以老妾故持二心。妾以死送使者。」遂伏劍而死。』

〔五〇〕《晋書·虞潭母孫氏傳》：『及蘇峻作亂，潭時守吴興，又假節征峻。孫氏戒之曰：「吾聞忠臣出孝子之門，汝當捨生取義，勿以吾老爲累也。」仍盡發其家僮，令隨潭助戰，貿其所服環珮以爲軍資。』

〔五一〕《漢書·陳湯傳》：『湯知烏孫瓦合，不能久攻，故事不過數日。因對曰：「已解矣！」詘指計其日，曰：「不出五日，當有吉語聞。」居四日，軍書到，言已解。』

〔五二〕《史記·匈奴列傳》：『高帝先至平城，步兵未盡到，冒頓縱精兵四十萬騎圍高帝於白登，七日，漢兵中外不得相救餉。』

〔五三〕《隋書·李德林傳》：『開皇元年，勑令與太尉任國公于冀、高熲等同修律令。事訖，奏聞，别賜九環金帶一腰，駿馬一匹。』同書《楊素傳》：『優詔褒揚，賜縑二萬匹及萬釘寶帶。』

〔五四〕《宋史·王全斌傳》：『京城大雪，太祖設氈帷於講武殿，衣紫貂裘帽以視事，忽謂左右曰：「我被服若此，體尚覺寒，念西征將，衝犯霜雪，何以堪處。」即解裘帽，遣中黄門馳賜全斌。』

〔五五〕子照，名承明，號東富，留川補用知府，以弟有恒貴，誥贈建威將軍。《甘肅隴西李氏四修族譜》有劉兆藜《子照太守墓誌》。

〔五六〕庾信《傷心賦》：『至如三虎二龍，三珠兩鳳，并有山澤之靈，各入熊羆之夢。』

〔五七〕《漢書·于定國傳》：『始，定國父于公其閭門壞，父老方共治之。于公謂曰：「少高大門閭，令容駟馬高蓋車。我治獄多陰德，未嘗有所冤，子孫必有興者。」』

〔五八〕簠青，名祖章，字柱丞，有恒子，欽加三品銜，賞戴花翎，歷官興義、貴陽、大定知府。

〔五九〕《漢書・東方朔傳》：『十五學擊劍，十六學詩書，誦二十二萬言。』

〔六〇〕《北史・崔儦傳》：『每以讀書爲務，負恃才地，大署其户曰：「不讀五千卷書者，無得入此室。」』

〔六一〕《左傳・昭公十二年》：『左史倚相趨過，王曰：「是良史也，子善視之，是能讀《三墳》《五典》《八索》《九丘》。」』

〔六二〕《瑯嬛記》卷上引《玄觀手抄》曰：『引華入數步，則别是天地，宫室嵯峨。引入一室中，陳書滿架。其人曰：「此歷代史也。」又至一室，則曰：「萬國志也。」每室各有奇書。惟一室屋宇頗高，封識甚嚴，有二犬守之。華問故，答曰：「此皆玉京、紫微、金真、七瑛、丹書、紫字諸秘籍。」指二犬曰：「此龍也。」華歷觀諸室書，皆漢以前事，多所未聞者。如《三墳》《九丘》《檮杌》《春秋》亦皆在焉。華心樂之，欲賃住數十日。其人笑曰：「君癡矣，此豈可賃地耶？」即命小童送出。華問地名，對曰：「瑯嬛福地也。」』

〔六三〕洛下閎，也作落下閎。《史記・曆書》：『至今上即位，招致方士唐都分其天部，而巴落下閎運算轉曆，然後日辰之度與夏正同。』司馬貞《索隱》引《益部耆舊傳》云：『閎，字長公，明曉天文，隱於落下，武帝徵爲待詔太史，於地中轉渾天，改顓頊曆作太初曆。』《管子・輕重戊》：『虙戲作造六峜，以迎陰陽，作九九之數，以合天道。』《通雅》卷四：『六峜，六計也。』

〔六四〕杜甫《飲中八仙歌》：『李白一斗詩百篇。』

〔六五〕蘇軾《文與可畫篔簹谷偃竹記》：『故畫竹，必先得成竹於胸中。』

〔六六〕《漢書・韓安國傳》顔師古注曰：『國器者，言其器用重大，可施於國政也。』

〔六七〕《舊唐書・崔神慶傳》：『開元中，神慶子琳等皆至大官，群從數十人，趨奏省闥。每歲時家宴，組珮輝映，以一榻置笏，重叠於其上。』

〔六八〕《晋書・干寶傳》：『寶父先有所寵侍婢，母甚妒忌，及父亡，母乃生推婢于墓中。……後十餘年，母喪，開墓，而婢伏棺如生，載還，經日乃蘇。』

〔六九〕潘岳《閑居賦》：『太夫人乃御板輿，升輕軒，遠覽王畿，近周家園。』

〔七〇〕《華陽國志・後賢志》：『李宓，字令伯，犍爲武陽人也。……以祖母年老，心在色養，拒州郡之命。獨講學，立旌授生。武帝立太子，徵爲洗馬。詔書累下，郡縣相逼。宓上疏，疏在本傳。」李宓，《晋書》作「李密」。

〔七一〕葛洪撰《神仙傳》卷三：『麻姑自説：「接待以來，已見東海三爲桑田。向到蓬萊水，又淺於往昔會時略半也，豈將復還爲陵陸乎？」』

南山寺記〔一〕

南山塔始建於乾隆元年，屠刺史用謙因舊址也。〔二〕寺故不詳所自，《志》言嘉慶五年署總督魁倫勦賊駐兵於此。〔三〕越六十年，而又有藍、李之變，則咸豐九年也。〔四〕時賊方熾，勢甚鋭。十一年三月，藍逆脅衆十餘萬來圍綿州，閲時五月之久。賊渠據寺以大炮擊城中，賴刺史唐君炯決計堅守，〔五〕弗與戰，賊無所施計。迨駱中丞秉章提楚旅入川，至綿大戰，殲擒及溺斃無數，賊始奔北，大半解散，不復振。州人爲余言，八月初一日，城中遥見山上火光，賊紛紛崩墜，以爲兵自天而下也。自經兵燹，寺與塔俱毁。州民復業，始醵貲完修其塔，并即寺基重造殿堂，規模宏於舊觀。前建文星樓，東西爲軒，俯瞰州城，形勢瞭然，誠勝地也。州人邀予游此，屬予記之。予按《舊記》，南山浮圖當東南巽位，文明之地，〔六〕興替關人物盛衰。綿自蜀漢以來，如杜微、李默、李仁、李撰、李福輩，各以學術、政績顯名當時。〔七〕晋唐而下，尤代不乏人。蓋其山川清淑之氣，賢俊之所蔚興，自古然也。予游觀十賢堂，〔八〕稽其志乘，懷想古人之遺風，矧綿之士生居是間，固知必有感發而興起者，予故書之，以爲左券云。〔九〕

〔一〕輯自《同治直隸綿州志》卷四九及《民國綿陽縣志》卷二。《同治直隸綿州志》卷二八：『南山寺，治南二里山上。嘉慶五年，署總督魁倫督兵剿賊駐此，改名太平山。寺旁有塔，雍正十三年，知州屠用謙建。咸豐十一年，被賊焚毀。同治六年，郡人重修，較前宏廠，前建文星樓一座，邛州伍肇齡有記。』

〔二〕《嘉慶四川通志》卷一一六：『屠用謙，號畏庵，湖北孝感人，康熙辛丑進士，雍正十三年由翰林出知綿州。』

〔三〕魁倫，完顔氏，滿洲正黄旗人，嘉慶間任四川總督，《清史稿》卷三五五有傳。

〔四〕《清史稿·駱秉章傳》：『四川之亂始於咸豐九年，滇匪藍大順又名朝柱，李短搭又名永和，結黨私販鴉片，其黨被捕，聚衆陷宜賓，攻叙州，擾嘉定，衆號十餘萬，群盜遂四起。』

〔五〕唐炯，字鄂生，貴州遵義人，道光二十九年舉人，咸豐八年署綿州事，《清史稿》卷四五八有傳。

〔六〕《周禮訂義》卷七五引易袚之言：『巽位乎東南，萬物趨於文明之地，故青與赤謂之文。』

〔七〕按，李默當爲尹默。《同治直隸綿州志》卷四九所載誤，《民國綿陽縣志》卷二沿其誤。尹默，字思潛，從司馬德操等受古學，通諸經史，尤精《左傳》。杜微，字國輔；李仁，字德賢；李撰，字欽仲，仁子；李福，字孫德。皆後漢三國時涪人。《三國志·蜀書》卷一二、《華陽國志·先賢士女總贊》有傳。《同治直隸綿州志》卷三九《人物志》名臣宦業類著録杜微、李福，儒林文苑類著録尹默、李仁、李撰。

〔八〕按綿州十賢堂有二，一在州學之東，一在南山之側，二堂所祀先賢不同。文中十賢堂當爲後者。《嘉慶四川通志》卷五七：『南山十賢堂，在州南，祀漢涪翁、李仁、尹默、宋文儒、文軫、程德降、范辰孫，明方任、范崙、張世則、萬輝。』《同治直隸綿州志》卷一四：『南山十賢堂……祀涪翁、李仁、尹默、文儒、文軫、程德降、范辰孫、方任、范崙、張世則、萬輝。』

〔九〕《史記·田敬仲完世家》司馬貞《索隱》曰：『券，要也。左，不正也。言我以右執其左而責之。』

江樓吟〔一〕

古有岡巒□□雄長西南〔二〕□蜀國奥區□泉不可測□□魚梟開闢莫窮草昧□江山盤鬱生奇格近古文□談漢京相如典麗擅□□經籍紛綸蔚詞賦□□□□蕩無□睠彼東郊□平□□□□□□□□□允心□□□□豈屹立相向□□□□良穆遠思□長想。濯錦吟詩，綺麗縈情，何如歸真返樸，滌瑕蕩穢，廉耻心生。摛華掞藻，絢耀天庭，何如澡身浴德〔三〕，忠純良實，爲國之楨〔四〕。願式歌周雅《雲漢》之章〔五〕，更長聆《商頌》金石之聲。〔六〕

〔一〕輯自成都望江公園清婉室所藏出土詩碑。碑文漫漶難識，不敢妄斷，僅以其可辨殘字纂合之。
〔二〕《戰國策・秦策一》曰：『今夫蜀，西僻之國，而戎狄之長也。』
〔三〕《孔子家語・儒行解》：『儒有澡身浴德』。
〔四〕《詩經・大雅・文王》：『王國克生，維周之楨。』
〔五〕周雅，即周詩《大雅》。《詩經・大雅・雲漢》八章，章十句。
〔六〕《莊子・讓王》：『曳縱而歌《商頌》，聲滿天地，若出金石。』

請捐建尊經書院并刊刷經史呈[一]

書院之設，原爲國家培養人才。士子在院讀書，必期經明行修。我朝文治獨隆，經學之盛，超軼前代。惟川省介在邊隅，士子苦鮮師資，且無經史善本，致根柢之學未能實在講求。紳民等公同集議，請於省城覓購基地，另建尊經書院，遠延名師，講習經學，并鐫刻經史諸書，以資研究而育真才。惟建院鐫板及預籌束脩、膏火等費，非集有鉅款不敷辦理，願由合省紳民公同捐助，通力合作，俾易蕆事。

〔一〕輯自同治十三年七月十八日吴棠《奏爲四川紳民公請捐建尊經書院并刊刻經史事摺》：『頭品頂戴四川總督臣吴棠跪奏，爲紳民請捐建尊經書院并刊刷經史，以裨實學，恭摺仰祈聖鑒事。竊臣據在籍候補京堂薛焕、翰林院編修伍肇齡等呈稱：「云云」等情，當經批行司道妥議。』同治十三年八月初五日奉到硃批：『知道了。欽此。』

請爲中江縣劉貞女旌表呈[一]

中江縣貞女劉氏，係已故廣東候補同知劉竇蓮之女，[二]自幼許字成都縣原任直隸按察使孫治之子、候選縣丞孫定品爲室，尚未迎娶。光緒三年，孫定品病故，[三]劉氏聞耗後，毁容泣血，絶粒不食。其母及戚族亘相勸慰。該氏既不敢以畢命傷親之心，重念孀姑在堂，故夫無嗣，一死不足以卸責，乃强爲進食，矢志守貞，百折不回。於是兩姓定議，迎女過門，廟見成禮，俾奉姑撫嗣，以竟其志。時該氏已以悲慟成疾，未幾身故，年止十九歲。〔四〕實屬深明大義，志節皎然，無愧巾幗完人，足爲閨門矜式。職等誼關桑梓，聞見既確，不忍聽其湮没，公懇旌表。

〔一〕輯自《申報》光緒四年七月十五日第一九三三號。光緒四年七月初二日《京報全録》載丁寶楨片：『據在籍翰林院編修伍肇齡等呈稱：「云云」前來。』覆批曰：『奉旨着准其旌表，禮部知道，欽此。』

〔二〕《民國中江縣志》卷一一：『劉寶蓮女字孫定品。……未婚夫故，過門守貞，撫子承祧。』

〔三〕《陽川孫氏留川世系分譜》：『孫定品，字石友，候選縣丞，咸豐庚申年八月十九日生，光緒丁丑年二月十三日卒。』

〔四〕《陽川孫氏留川世系分譜》『孫定品』條下：『配劉，未娶過門，守志，旌表貞節，咸豐庚申年五月十九日生，光緒戊寅年正月二十八卒，合葬繁陽山，繼華子承吉爲嗣。』

請爲已故福建陸路提督江長貴建祠補請議恤呈〔一〕

原任福建陸路提督江長貴，四川潼川府鹽亭縣人，自幼讀書明禮，家庭孝友之風，爲鄉里所矜式。嗣投筆從戎，於咸豐元年，出師粵西，轉戰湘、鄂、皖、浙數省，迭著戰功。八年，補皖南總兵。九年，升湖北提督。同治八年，調福建陸路提督。十二年，在任内舊傷復發，告病開缺回籍，仰沐天恩，賞食全俸。於光緒二年二月十九日，因傷身故。當時漏未請恤。伏思該提督，自粵寇初張，即隨前欽差大臣向榮，〔二〕以偏裨立功，身經百戰，所至輒捷。迨咸豐四年七月間，髪逆號數十萬，〔三〕攻陷安徽之祁門、黟縣，下至休寧，江浙險要全失。江長貴奉調馳援，率所部五百人，深入血戰，連克東流、建德等縣。并以祁門爲江浙運餉要道，激勵勇丁，奮力却賊，入城堅守。聲言大兵將至，賊不敢回犯，東南餉道遂通。及移營徽州，駐扎嚴寺街，被賊大股圍裹，槍炮如雨。江長貴以少擊衆，身先士卒，縱横掃蕩，身受重傷十六處，猶手刃悍賊五名，賊遂瓦解。議者謂皖省以次肅清，江浙糧餉不缺，皆賴此先後血戰之功。嗣江浙各處告急，奉檄赴援，所向披靡，迭克名城大邑以數十計，送膺專閫專寄，後以舊傷復發，告病開缺回籍。後樂善好施，以積存廉俸，分潤宗族鄉黨及同邑之老幼、孤獨、廢疾。并創義學，置義田，捐助軍餉，加廣學額，〔四〕闔邑均蒙其澤。兹聞皖省准建專祠，而本邑未彰崇報，追念不已，稟縣造具事實清册，公懇轉詳具奏。請於原籍鹽亭縣，建立專祠，補請議恤，并將功績録送史館，至應否易名之處，恭候欽定。

〔一〕輯自《申報》光緒五年五月十八日第二二二〇號。光緒五年五月初五日《京報全録》載丁寶楨片：『據布政使程豫詳據在籍紳士一等侯楊光坦、翰林院編修伍肇齡等察稱：「云云」等情，由司具詳前來。』奉到硃批：『着准其於原籍建立專祠，該部知道，欽此。』又《光緒實録》卷九三光緒五年四月乙卯條：『准故陝西候補知府陳夑堃、故福建陸路提督江長貴於原籍建祠，從四川總督丁寶楨請也。』江長貴，號良臣，四川鹽亭人，由行伍累功至福建陸路提督，予謚建威將軍，建立專祠并祀鄉賢。《光緒鹽亭縣志續編》卷二《人物》有傳。

〔二〕向榮，字欣然，四川大寧人，歷任四川提督、湖北提督，卒謚忠武，《清史稿》卷四〇一有傳。

〔三〕賀世焘《整容行公益會碑》：『夫髮之爲物雖小，而所關實大。稽之往古，於婚則曰結髮，於喪則曰括髮，於夷則曰斷髮，於僧則曰削髮，莫不爲禮制、國俗、宗教之所繫焉。洎洪楊蓄髮稱兵，乃名之曰髮逆。』

〔四〕《同治實録》卷二二一同治七年正月乙卯條：『以湖北提督江長貴捐輸軍餉，永廣四川鹽亭縣學額一名。』

請爲前署貴州麻哈州知州何鋌在籍捐建專祠呈〔一〕

竊查前署貴州麻哈州知州何鋌，〔二〕係四川璧山縣人，寄籍華陽縣。由供事議叙，加捐藩庫大使，選授貴州藩庫大使。洊升羅斛州判、婺川縣知縣。歷署黔西、郎岱、八寨、修文、施秉、荔波、畢節、安平、長寨等廳州縣，俱著循聲。授歸化通判，署麻哈州知州。時值苗匪叛亂，竄擾川境，先後與賊接仗，力守危城兩年之久，卒至食盡援絶，城陷，巷戰被執，駡賊，身受多傷。該員之妻范氏，妾陳氏、蕭氏，子汝琳，女印姑、嫩姑及親屬僕婢等二十餘人同時殉難，遇害最慘。經前貴州巡撫奏明，奉旨優恤，賞加道銜，予雲騎尉，世職。〔三〕光緒十九年，復經前貴州巡撫奏請，於黔省建祠。同時殉難之妻妾子女等，一并附祀，并將死難事迹宣副國史館。〔四〕奉旨『着照所請，欽此』在案。惟原籍尚未建祠，查近年貴州荔波縣知縣蔣嘉穀、〔五〕直隸獻縣知縣熊存瀚等，〔六〕均因殉難，奏准在籍捐建專祠。今該故員胞弟、留黔補用知州何鑄，願將己宅捐出，改建專祠，紳等誼屬同里，皆願集資以成義舉，稟請具奏。

〔一〕輯自《申報》光緒二十一年十一月十七日第八一五六號。光緒二十一年十月二十五日《京報全録》載：『頭品頂戴四川總督臣鹿傳霖跪奏，爲前署貴州麻哈州知州闔門殉難，大節昭著，據情籲懇天恩，俯准在籍捐建專祠，以順輿情，恭摺仰祈聖鑒事。竊據在籍翰林院編修伍肇齡、劉青照，前工部主事王文謨等十八人聯名呈稱：「云云」。等情前來，并據何鑄稟同前由。』奉到硃批：『着照所請，該部知道，欽此。』又《光緒實録》卷三七八光緒二十一年十月乙酉條：『予闔門殉難前署貴州麻哈州知州何鋋，在四川原籍建立專祠。從四川總督鹿傳霖請也。』

〔二〕何鋋，字冶山，四川璧山人，寄籍華陽。咸豐五年署麻哈州知州守城遇難，《民國貴州通志·宦迹志十五》有傳。

〔三〕《咸豐實録》卷二四八咸豐八年三月庚寅條：『予貴州麻哈州守城殉難已革提督佟攀梅開復原官，并知州何鋋祭葬世職。』

〔四〕《光緒實録》卷三二一光緒十九年三月壬辰條：『予貴州殉節提督孝順……署麻哈州知州何鋋，總祠列入祀典，并將事迹宣付史館立傳。從貴州巡撫崧蕃請也。』

〔五〕《光緒實録》卷二七九光緒十五年十二月癸未條：『追予故貴州荔波縣知縣蔣嘉穀，於死事地方及原籍捐建專祠，并將事迹宣付史館立傳。』

〔六〕《光緒實録》卷二五六光緒十四年六月己丑條：『予守城殉節前直隸獻縣知縣熊存瀚於江西本籍捐建專祠。』

請爲已故四川總督丁寶楨建立專祠呈〔一〕

竊維崇德報功，乃朝廷之巨典；明禋肆祀，爲閭里之微忱。考案牘於魯黔，久矣祠堂鞏固；溯典型於巴蜀，允宜俎豆馨香。

伏查原任四川總督丁寶楨，自光緒三年由山東巡撫升任來川，查明川省吏治刓敝，民力竭蹶，〔二〕於興利除弊諸大端，靡不悉心整頓。如川省武備廢弛，經該故督臣申明紀律，勤加訓練，營務大爲改觀。〔三〕并於城東設立機器局，遴選中國工匠，仿照西法製造槍炮、火藥，堪備臨敵利用。〔四〕同治初年，蜀亂未靖，始創設夫馬局，供應兵差。迨後軍務肅清，而各廳州縣積習相沿，仍藉支應兵差名目，任意苛派，有較正供浮加至數倍者。該故督臣到任，立即奏請裁撤，以紓民困。〔五〕川省山多田少，户鮮蓋藏，一遇水旱偏災，時虞艱食。該故督臣目擊情形，深爲顧慮，釐定妥章，飭屬勸辦積穀，〔六〕共儲一百三十餘萬石。嗣值荒年，藉資賑濟，賴以全活者甚衆。初，川省鹽務積弊最深，滯引至一百一十萬餘張之多，欠解羡截銀亦積至一百三十六萬餘兩。該故督臣奏請，改爲官運商銷，設局辦理，至今積引暢行，歲增帑銀百數十萬。〔七〕成都一帶嘓匪充斥，搶劫横行。該故督臣飭屬認真緝捕，一有弋獲，立正典刑，使萑苻斂迹，良善得安。〔八〕凡爲國爲民之事，無不次第舉行，艱險不辭，怨勞獨任，力疾銷假，遂以身殉，迄今川民思之，輒爲隕涕。該故督前在山東巡撫任内，歷辦諸大政，遺愛在民。又以翰林在黔省捐資募勇，保衛鄉邦，均經紳民合詞籲請。前山東巡撫臣陳士傑、前貴州巡撫臣潘霨奏請建立專祠，先後奉旨允准在案。〔九〕公懇據情奏請，准於四川省城建立專祠，列入祀典，春秋致祭，以彰蓋績而慰士民感戴私忱。其建祠經費，當照黔、魯章程，統由官紳募捐，不敢動用公款。

〔一〕輯自四川總督奎俊《爲已故督臣，功德在民，紳士公懇捐建專祠，以隆報享，據情代奏摺》。摺稱：『竊據四川在籍紳士，翰林院編修伍肇齡、羅光烈、胡峻等呈稱：「云云」等情，呈請具奏前來。』奉到硃批曰：『着照所請，該部知道。欽此。』丁寶楨，字稚璜，貴州平遠人。咸豐三年進士，光緒二年署四川總督，卒謚文誠，閻敬銘有《皇清誥授光禄大夫贈太子太保四川總督丁文誠公墓誌銘》，王闓運有《贈太子太保兵部尚書四川總督丁文誠公誄詞》，陳田有《文誠公丁總督傳證》，唐炯編有《丁文誠公年譜》，《清史稿》卷四四七有傳。《華陽縣志》卷三〇：「丁文誠公祠，在方正街，光緒二十八年建。」

〔二〕丁寶楨《瀝陳川省敗壞情形設法整頓摺》：『查川省之於天下，盡人所稱爲富饒之區也。及今視之，而竊以爲不然。……溯自同治元年至今，中歷十六年，歲以爲常。前數展捐，再辦備捐、展捐之舉，而民力已重困矣。』

〔三〕丁寶楨《瀝陳川省敗壞情形設法整頓摺》：『若夫緑營之弊，積玩既深，計惟有申明紀律，勤加訓練。……擬從此大加振作，一二年後，營務或可改觀。』

〔四〕丁寶楨《川省設立機器局片》：『臣前赴川時，奏明將候選同知曾昭吉隨帶前來，擬設一機器局，仿照外洋槍炮之巧，如法製造。……現已於成都省城擇地建造房屋，設立機器總局。』

〔五〕丁寶楨《裁撤夫馬局奏請立案摺》：『川省自同治初年，本省鄰省軍務緊急，各處徵兵防剿，地方供給兵差，始創設夫馬局，由地方官委紳設局，按糧派錢，預備支應。其初專爲防剿緊要辦理兵差而設，原爲萬不得已之舉。迨後軍務肅清，兵勇大半遣撤，而各廳、州、縣積習相沿，仍借支應兵差名色，任意苛派夫馬，盈千累萬。……臣於光緒三年到川，民間具控夫馬之案層見疊出，民情嗟怨，困苦堪憐，當經通飭，一律裁撤。』《蜀海叢談》卷二『夫馬局』條：『在光緒二年，丁文誠公寶楨未莅川督以前，川省各屬皆有夫馬局之設，專供因公往來過境人員之支應。……其初本爲供給因公官員之夫馬程儀，厥後支用漸濫，凡地方官可以藉口公用者，率多取給於局。局務例由地方官委紳管理。管局之紳，亦遂藉以媚官，且倚爲利藪。平心而論，實人民之加累，地方之秕政也。文誠公莅川後，毅然將各屬夫馬局一律裁撤。』

〔六〕《蜀海叢談》卷二『倉穀』條：『光緒初，丁文誠公莅川督後，飭各屬創辦積穀。』

〔七〕丁寶楨《籌辦黔岸鹽務官運商銷摺》：『現令先於黔邊試辦官運，設局分銷。』

〔八〕丁寶楨《瀝陳川省敗壞情形設法整頓摺》：『至嘓匪、會匪之結黨爲害……臣刻已與司道督同首府縣，力爲稽查。』

〔九〕陳士傑《奏爲已故督臣功德在民，懇恩於山東建立專祠，以順輿情摺》光緒十二年五月二十九日條：『已故四川總督丁寶楨，前在山東帶勇剿賊，勛勤懋著，并於地方賑務、河工及清理訟獄、興建學校等事，無不實心經理，洵屬功德在民。丁寶楨着准其於山東省城建立專祠，以彰忠藎而順輿情，欽此。』貴州巡撫潘霨《奏爲已故督臣能捍大患以保鄉邦，懇恩於原籍貴州建立專祠，以崇勛績而順輿情摺》。

請將故紳劉沅事實宣付史館立傳呈〔一〕

已故國子監典簿銜截取知縣劉沅〔二〕，四川雙流縣人，生稟異姿，幼承禮訓，蜚聲黌序，早登拔萃之科；振藻藝林，旋列賢書之薦。道光六年，由舉人截取知縣，〔三〕因母老而不仕，望古人而與謀，孝弟根於性成，德望孚於鄉里。〔四〕裁成後進，親炙者數千人；著作等身，手訂者百餘卷。優游沐德，純固葆真，念懿行之宜彰，懼遺書之就失。謹呈該故紳所著《易》《書》《詩》《三禮》《春秋》恒解，暨《四書恒解》《孝經直解》《古本大學質言》《史存》等書，共十一部，計一百四十三卷，并開具事實清册。

〔一〕輯自《錫清弼制軍奏稿》卷五。光緒三十一年八月初六日四川總督錫良《請將故紳劉沅事實宣付國史館立傳摺》：『奏爲故紳學行可風，懇恩宣付史館立傳，以勵儒修，恭摺仰祈聖鑒事：竊據四川在籍紳士翰林院編修伍肇齡、胡峻等呈稱：「云云」，呈請具奏前來。』九月二十九日奉到硃批：『着照所請，該衙門知道。』《民國華陽縣志》卷二八『劉止塘宅』條：『止塘名沅，雙流人，乾隆壬子舉人，選天門知縣不赴，卜居成都。宅在縣治淳化街，築槐軒講學，其門下稱槐軒先生。清末邛州伍編修肇齡呈請督府爲請於朝，事迹入《儒林傳》。』

〔二〕『已故國子監典簿銜截取知縣劉沅』，《周易恒解》卷首載沅子劉椇文刊《四川總督錫良奏爲故紳學行可風懇恩宣付史館立傳以勵儒修摺》作『已故國子監典簿銜劉沅』。

〔三〕『由舉人截取知縣』，劉椇文刊《四川總督錫良奏爲故紳學行可風懇恩宣付史館立傳以勵儒修摺》作『選授湖北天門縣知縣，不願外任，改國子監典簿。』

〔四〕『孝弟根於性成，德望孚於鄉里』，劉棖文刊《四川總督錫良奏爲故紳學行可風懇恩宣付史館立傳以勵儒修摺》作『廉退本於性成，孝行孚於鄉里』。

請爲已故駐藏幫辦大臣鳳全建祠請謚立傳呈〔一〕

已故副都統銜、駐藏幫辦大臣鳳全，前因巴塘番匪之變，死事慘烈，欽奉恩旨，軫念忠良，從優議恤，凡在臣庶，欽感莫名。

伏維褒善録忠爲聖世勸揚之典，紀功誦德乃士民愛戴之忱。查鳳全係湖北荆州駐防鑲紅旗人，由舉人捐納知縣，宦蜀二十餘年。秉性剛方，宅心忠亮，迭膺鶚薦，治績卓然。光緒二十四年，大足余蠻子之亂，全蜀騷動，川東北尤爲戒嚴。鳳全適任資州，匪黨唐翠屏等率巨股竄入資境，緊薄州城。亟設間諜，治城防，整團練，聯客軍，籌甫定而賊驟至，乃率練軍從間道宵馳督戰於州東太平場一帶。悍股撲滅殆盡，復搜剿餘黨，殲於鄰境，不兩月而州屬内外悉安。所尤難者，州屬適承水災之後，居民蕩析，元氣凋敝。鳳全治軍籌賑，不遑啓處，半年之内，卒使災黎數十萬衆盡復其所，州民至今誦之。二十八年調署嘉定府知府，是時沿江會匪結黨剽掠，商旅裹足，幾致釀亂。鳳全抵任後，首整團練，保正有通匪者，廉得其實，治如律，士氣大伸。乃廣設方略，蹈險擒渠，巨憝漸就殲滅。未幾而省東西拳匪之亂起，嘉定爲水陸通衢，邪教鴟張，煽禍尤速，郡城一夕數驚。鳳全内固人心，外防匪患，以一旅之師，四出游弋，賊黨不敢犯。故鄰境多蹂躪，而嘉郡獨完。各國教士多往避難，依爲樂土，謂有鳳全在，可無患也。此外如任成都、綿竹、開縣、萬縣、蒲江、崇慶、邛州等州縣，於培學、拯荒、鋤奸、治盗、聽訟、決獄，皆有顯著之實績。及署成都府暨護理成綿龍茂道，令肅風行，正己率屬，整頓吏治，一洗故習。概其生平大要，治奸宄則法諸葛之用嚴，〔二〕撫善良則主魯恭之用寬，〔三〕一張一弛，機宜允協，是故所居民志，所去民思，聲施爛然，久而弗替。嗣奉恩命，簡擢駐藏幫辦大臣，籌辦邊外屯礦、練兵一切事宜。鳳全激發忠誠，感懷時局，殫精規畫，昕夕不遑。巴塘一隅，爲藏衛咽喉，西川屏障。各寺喇嘛，恣睢悖戾，久已蔑視大臣。鳳全以爲縱之則益長其驕，積久而其禍必發，於是有暫停剃度、限定人數之請。喇嘛銜之，勾通土司，嗾使番匪，散播流言，抗阻墾務，槍傷勇丁，焚毁教堂。時鳳全所帶弁勇等僅百餘人，本年三月初一日行至紅亭子地方，突中賊伏，搏戰良久，卒以匪衆勇寡，慘遭戕害。今者仰賴朝廷威福，渠魁授首，番衆投誠，關外百數十土司部落亦莫不履忠效順，震叠天威，庶邊務不至齟齬，藩籬可期永固。而鳳全忠勇之氣，節烈之概，固有不可没者。緬遺愛之在民，妥忠魂於既往，惟有懇乞奏准在於四川省城建立專祠，并請旨予謚立傳，以彰忠藎。

〔一〕輯自《錫清弼制軍奏稿》卷五。光緒三十一年十一月初六日四川總督錫良《鳳全建祠請謚摺》：『奏爲已故大臣功德在民，籲懇天恩，以彰忠節而順輿情，恭摺具陳，仰祈聖鑒事：竊據四川在籍紳士翰林院編修伍肇齡、江蘇補用道嚴𪏮昌等呈稱：「云云」各等情前來。』十二月二十九日奉到硃批：『着照所請，該衙門知道。欽此。』

〔二〕《三國志·諸葛亮傳》裴松之注引袁子曰：『行法嚴而國人悦服，用民盡其力而下不怨。』

〔三〕《後漢書·魯恭傳》：『恭專以德化爲理，不任刑罰。』

請爲已故四川提督唐友耕建祠請謚立傳呈[一]

已故原任雲南提督唐友耕，光緒八年於署四川提督任内，因舊傷舉發病故。經前成都將軍奴才岐元奏請照軍營立功後病故例，從優議恤。奉旨：『着照所請。欽此。』聖恩優渥，欽感莫名。伏惟褒善録忠，爲朝廷勸揚之典；紀功頌德，乃士民愛戴之忱。查唐友耕係雲南昭通府大關廳人，由武童投效軍營，積功洊擢雲南提督。咸豐九年，滇匪藍大順、李永和竄擾川境。唐友耕以一旅之師轉戰經年，力解叙州、雅州府及邛州、名山、峨眉、滎經等縣城圍，敗藍逆於潼川，陣斃僞先鋒二名，斬馘八百有奇。前督臣駱秉章督師入蜀，藍逆悉趨綿州，唐友耕會合湘軍進攻東嶽廟賊巢，連獲奇勝，燒毁賊壘三十餘處。時李逆踞青神，川南戒嚴。唐友耕奉調馳赴眉州，立解城圍。進攻黑龍場，破賊目卯先鋒，李逆潰遁。此唐友耕平李逆於眉州，平藍逆於綿州，以次肅清川南兩路之實在情形也。而其生平戰績，關繫大局者，尤在扼守大渡河，生擒髮逆石達開一役。同治元年，石逆大股由湖北利川入寇，全川震動。唐友耕奉檄飭統振武全軍，迎頭截擊。是時，石逆游騎西至，阻金沙江不得渡，遂侵軼川南一帶州縣，旁出貴州境，群寇復蠭然相應。唐友耕跟踪追剿，與石逆大小數百戰，身先士卒，出奇制勝。石逆力不能支，擁衆間行崎嶇山谷，比至越嶲廳屬之紫打地土司境，潛出溪谷，勢將東趨。唐友耕方防堵大渡河干，乘其扎筏搶渡，隔岸擊以槍礮，又值河水陡漲，賊筏半濟，輒隨湍流覆没。石逆憤極，率悍黨突圍，卒不得逞。其時助防各營皆遥爲聲援，惟唐友耕一軍，獨當其衝，鏖戰數日，進逼紫打地，薄逆前營，復由小河馬鞍山分路直搗逆巢，殲之於濱山碥，石逆糧盡勢窮。乃商令漢士各營設計誘降，遂生擒石逆及其一子，并僞宰輔曾仕和，僞中丞黄再中，僞丞相韋普成，同治二年五月初四日事也。川省軍務肅清時，隴賊僞啓王梁成富寇甘肅，抗拒階州湘果等軍進攻。唐友耕馳赴川北一帶防剿，作爲後援，階州克復，與有力焉。嗣以滇省魯甸逆回鴟張，率師援滇，兼程前進，克服魯甸，生擒逆首李本忠等正法。昭、魯肅清，復回防蜀邊。光緒六年，前督臣丁寶楨奏請權篆四川提督。八年春，因戎政過勞，舊傷舉發，病故。伏思李永和、藍大順等在滇省諸酋中最爲凶狡，蹂躪數十州縣；粤逆石達開謀據全蜀，尤爲叵測；隴賊梁成富等志圖竄川，勢甚岌岌。設非該故提督先後殲除，蜀事將不可問。而石逆素稱驍悍，金陵老巢得久負隅，全恃石逆之善布遠勢牽制官軍。自石逆伏誅，金陵失一重大外援，官軍乃得一意圍攻江南，軍務遂以肅清。是該故提督之功，不獨在蜀爲保障，實有裨於大局。迄今三十年來，蜀之士民痛定思痛，感念不忘，緬遺澤之在民，妥忠魂於既往。惟有懇乞奏准在於四川省城建立專祠，稍慰士民感念之忱。所有建祠經費統由紳民捐辦，并請旨予謚、立傳，以彰忠藎。

〔一〕輯自唐鴻學《皇清誥授建威將軍雲南提督署四川提督唐公年譜》附録。護理四川總督趙爾豐『奏爲已故提臣在蜀功績，據情懇恩准於四川省城建立專祠，并請旨予謚、立傳，以彰忠藎而順輿情，恭摺仰祈聖鑒事：竊據四川在籍紳士翰林院編修伍肇齡、度支部主事吴嘉謨等呈稱：「云云」各等情前來』。奉到硃批：『唐友耕准其立傳、建祠，毋庸予謚。該衙門知道，欽此。』《唐公年譜》附録：『光緒三十三年六月護川督趙公爾豐據蜀紳侍講學士銜、翰林院編修伍肇齡等呈已故提臣唐友耕在蜀功績，懇恩於四川省城建立專祠并予謚、立傳，以彰忠藎。疏入，奉硃批：唐友耕准其立傳建祠，毋庸予謚。』唐友耕，雲南大關廳人，光緒六年署四川提督，《清史稿》卷四三〇、《民國新纂雲南通志》卷二〇一有傳。

請爲已故四川學政張之洞事迹宣付史館呈[一]

原任大學士張之洞，學術淵深，風規宏遠，夙爲中外所推重。本年在京病歿，仰荷朝廷優詔褒恤，賜祭易名，生平事迹宣付史館立傳。飾終之典，至渥且優，薄海臣民同深欽慕，已屬無可贅瀆。惟該大學士歷官各省，無不以崇尚儒術、修明文教爲先圖。其前在四川學政任内，興廢舉墜，明教作人，沾溉之宏，造就之廣，尤有歷久彌繫人思者。先是川省僻處西陬，人文未盛，士林之所馳騖，率不出帖括章句之圖。自同治初年，該大學士典試西來，始拔取績學能文之士，如武謙、吴德潚諸人以爲之倡，[二]士風始爲一變。旋奉命提督四川學政，則會商前督臣吴棠，奏設尊經書院，擇郡縣高材生肄業其中，延聘名儒分科講授。院内章程及讀書治經之法，皆該大學士手訂，條教精密，略如詁經精舍、學海堂規模。復以邊省購書不易，捐置四部書數千卷，起尊經閣庋藏之，藉供生徒瀏覽。并開書局，刊行小學經史諸書流布坊間，以備士人誦習之資。自是比户横經，遠近景慕，蜀中乃彬彬多文學矣。其校士各屬也，以川省槍替之風，内通經承，外結廪保，不易究詰。特用鈎距之法，摘發其奸，一時人驚爲神，無敢犯者，宿弊以清。又自撰論説，勸紳富捐捨學田，優免新生卷費，以恤寒畯，至今州縣興學之資多取給焉。川省學政，素號腴缺。該大學士廉介自矢，於例得參費銀二萬兩，辭而不受。其他恩、優、歲貢及録遺諸費，皆定爲常額，不許婪索。及去任，無錢治裝，出售其所刻《萬氏拾書經》版，始克成行以去。該大學士嘗謂人曰：『四川督學署積塵盈屋，我第掃除過半耳。』蓋其潔己愛士之誠，勤職袪弊之勇，有如此者。其平日衡文不主一格，凡有一藝之長，無不甄録，而尤注重於經史根柢之學，故所至考求文獻，禮訪名宿，惟恐不及。每值士人晋謁，輒優假顔色，殷殷焉以讀書稽古相敦勉，并爲指示途徑，俾有遵循。所著《書目答問》《輶軒語》二書流傳海内，幾於人手一編，即該大學士在蜀校士時所隨時撰録，導士人以求學之津梁者也。所取之士如范溶、張祥齡、宋育仁諸人〔三〕，皆經明行修，極一時之選，爲該大學士所深器，嘗引之左右，躬自督課。其後或致身通顯，爲國家文學侍從之臣，或潛心著述，以紹明絶學、師表人倫自重。類能守其緒餘，克自樹立。教澤所及，全川化之。迄今學校大興，人材蔚起，文化之程，翹然爲西南各省最，蓋非該大學士陶鎔誘掖之力，斷不及此。紳等景仰前徽，緬懷遺澤，理合臚陳事迹，請予奏懇天恩，宣付史館，以光志乘而垂不朽。

〔一〕輯自趙爾巽《已故大學士興學育材成效卓著請宣付史館摺》稱：『頭品頂戴、四川總督奴才趙爾巽跪奏，爲已故大學士、前在四川學政任内，興學育材成效卓著，據情籲懇天恩，宣付史館，恭摺仰祈聖鑒事。據署提學使趙啓霖詳轉，據四川在籍紳士侍講學士銜翰林院編修伍肇齡等聯名呈稱：「云云」等情，呈請具奏前來。』宣統元年十二月初六日奉硃批：『着照所請，該衙門知道。欽此。』張之洞，字孝達，號香濤，直隸南皮人。同治二年進士，十二年典四川鄉試，旋授四川學政，陳寶琛有《清誥授光禄大夫體仁閣大學士贈太保張文襄公墓誌銘》，陳衍《張相國傳》，許同莘編有《張文襄公年譜》，《清史稿》卷四三七、《大清畿輔先哲傳》卷七有傳。

〔二〕武謙，字子卿，號抑齋，寄籍成都，同治癸酉舉人，《民國温江縣志》卷八有傳。吴德潚，字筱邨，四川達縣人，同治癸酉舉人，《民國達縣志》有傳。

〔三〕范溶，字玉賓，四川華陽人，光緒二十年進士，《民國華陽縣志》卷一六有傳。張祥齡，字子苾、子馥，四川漢州人，光緒二十年進士，廖平有《清誥封朝議大夫張君曾恭人墓誌銘》。宋育仁，字芸子，晚年號道復、問琴，四川富順人，光緒十二年進士，吕洪年有《宋育仁先生事略》，蕭月高有《宋芸子先生傳》，宋維鎮有《先府君芸子行狀》。

請爲已故提督李培榮開復原官呈〔一〕

已故革職甘肅提督葉普崇額巴圖魯李培榮，〔二〕係雲南大關廳人，於咸豐五年投效貴州孝提軍營，轉戰貴州、四川、山東、甘肅等省，攻剿髮、捻、回各逆。迭克要隘名城，擒獲巨憝，洊升提督，賞换葉普崇額巴圖魯勇號。〔三〕光緒二十一年，爲前甘肅學政劉世安奏參革職。〔四〕該革提堅勇耐戰，咸豐八年，攻貴州都匀苗，敗之，克復克番城。九年，隨前雲南提督唐友耕入川，時滇匪藍大順、李永和竄擾川境，該革提隨同唐友耕進剿，連平華嚴庵等賊壘數十處，先後力解叙州府、綿州、眉州、犍爲、丹棱等處城圍。同治元年，髮逆僞翼王石達開，由湖北利川入寇，陷石砫廳，攻涪州，全川震動。該革提奉調兼程馳剿。逆衆先於藺市等處連營犄角，以阻官軍。該革提連擊破之，遂解涪州城圍。逆衆上犯綦江、江津、合江、永寧等縣，復乘鋭進剿，以次克復各城。石逆陷長寧，分擾建昌一帶暨邛州等處，旁出貴州境，群寇蠭起響和。該革提與唐友耕跟踪追剿，一截之於横江，再破之於大井□，逐北至數百里。逆大股復由寧遠、越嶲横竄，潜出谿谷。該革提與唐友耕力扼大渡河，於沿河二百餘里渡口十三處，密布營壘，環列巨炮，乘逆衆以竹筏搶渡，隔岸轟擊，中礮及沈溺死者無算。賊復沿河偷渡，均被截擊，該革提乘勢渡河，直壓逆壘，由洗馬姑進撲紫打地，四面環攻。石逆被圍，率悍黨拼死突犯，卒不得逞。乃率其死黨萬餘，奔老鴉漩，復爲土兵首尾截殺，蹙之山磡。石逆糧盡勢窮，遂與其子定忠，并僞宰輔曾仕和、僞中丞黄再中等一體就擒。此役該革提親攖鋒鏑，扼險設伏，大小數十戰，身受炮傷數次，卒使巨憝授首，全蜀保全，厥功甚偉。四年，捻匪犯燕魯，該革提赴山東，隨長勝軍剿辦，力解青州、沂州之圍。青州一役，出前山東撫臣丁寶楨於險，尤爲勇冠一時。七年，捻匪犯直隸，畿輔戒嚴。隨同丁寶楨率師入衛，大破捻匪於蘆溝橋，擒殲甚衆，不數月而捻匪一律肅清。光緒初，丁寶楨移督四川，復調該革提來蜀，統帶泰安等軍，防剿滇黔邊匪、甘邊番匪，并剿辦雷馬夷務，收服夷族數十支。光緒七年，簡放四川松潘鎮總兵。九年，署理四川提督。十三年，簡放甘肅肅州鎮總兵。十六年，調寧夏鎮總兵。二十年，簡放甘肅提督。適值甘省回匪倡亂，該革提於援西寧一役，以新募之卒，當猖逆之寇，冒險忘身，各將士莫不以一當百，故能以寡勝衆，連克四堡。回匪糾各路悍黨合圍，該革提復以孤軍，堅持鏖戰，喋血忍飢，卒與他路援師合，克大峽、東關等隘，擒斬回首韓汶秀等八十三名。匪勢震竄，該革提之力居多，迨被劾落職回籍，嗣復入蜀省墓，卜居成都，每念時局艱危，輒以被廢，不能爲朝廷致身捍患爲恨。至於在川，條理灌縣堰工，創辦滇黔官運各局，恤窮濟急，其政聲、行誼亦有足多者。蜀中人士，至今咸感其捍衛之功，惜其未竟之志。職等係該革提立功省分士紳，於生平戰績、遺愛知之最稔，不忍聽其湮没，謹合詞公懇，據情奏請恩施。

〔一〕 輯自《申報》宣統二年五月初十日第一三四一七號。《四川總督趙爾巽奏已故提督李培榮請開復原官等摺》：『奏爲已故革職提督李培榮，卓著戰功，前勞足録，據情籲懇天恩，開復原官，并敕部從優議恤，以彰勞蓋而順輿情，恭摺仰祈聖鑒事。竊據四川在籍紳士翰林院編修伍肇齡等呈稱：「云云」等情前來。』宣統二年四月二十六日奉硃批：『李培榮着開復原銜，該部知道。欽此。』《大清宣統政紀》卷三五宣統二年四月己亥：『以戰功足録，復已革故甘肅提督李培榮原銜。』

〔二〕李培榮，字華廷，雲南大關人，歷官松潘總鎮、蘭州挂印總兵，署理四川提督。後被議奪官，卒於成都。《大關縣志稿·人物志》有傳。

〔三〕《光緒實録》卷一二九光緒七年四月乙未條：『以四川剿辦雷波夷匪肅清出力，賞總兵李培榮等巴圖魯名號。』

〔四〕《光緒實録》卷三五七光緒二十年十二月丙寅條：『諭軍機大臣等，前因有人奏，提督李培榮素性傲惰，不理軍事，當經諭令劉坤一查明具奏。茲又有人奏稱李培榮驕縱掊克，罔恤兵艱，其自防所來京，往返皆乘坐四人大轎，督辦軍務處發有勇丁皮衣銀兩。該提督僅製棉衣散給，復於勇丁名下，坐扣餉銀，勇丁等不勝其苦，請飭查辦等語。着劉坤一按照所參各節確切查明，歸入前案，一并覆奏。』同書卷三五八光緒二十一年正月庚辰條：『李培榮着改爲革職留任，即回甘肅提督本任。其所帶防營，着歸江西九江鎮總兵宋朝儒接統。』

伍侍講等請奏改公司章程公呈〔一〕

竊維川漢鐵路於上年仰蒙奏設公司，規模大定，凡在士民，莫不同深感戴。維時《商律》雖頒〔二〕，猶未通行，故祇有集股專條，而公司章程尚未遽立。伏維大公祖莅蜀以來，〔三〕百廢具舉，即此鐵路一端，屢沐碩畫，下采芻蕘，俾職等得從事研究。在憲意固欲以美善兼備者，遺我蜀民於久遠，是亦職等所亟欲圖報，以仰答慈懷於萬一者也。

查《欽定公司律》『無論各項公司，均應一體遵守商部定例辦理』，〔四〕又《浙江鐵路奏定章程》第一節

『謹遵欽頒商律定名爲商辦浙江全省鐵路有限公司』各等語，〔五〕兹擬請遵照《商律》，援照上項公司辦法，定名爲商辦川省川漢鐵路有限公司，并訂立《章程》五十九條，〔六〕呈請查核准予奏咨立案，以便遵章設立，次第舉行，則全蜀紳商士民，沾戴曷既。

再，總公司應有總、副理二人，惟現在股東會尚未成立，無從選舉。查照《商律》，應由發起人選定。〔七〕此次川漢鐵路，實由大公祖經始發起，自應仰懇奏派，以專責成。

所有公擬《川漢鐵路有限公司章程》，呈請奏咨立案，暨請奏派總、副理各緣由，除將章程另繕清單外，是否有當，理合協詞呈請大公祖大人察核施行。計呈章程一册，光緒三十三年正月二十五日。

〔一〕輯自四川排印《商辦川省川漢鐵路有限公司章程》卷首。是篇於光緒三十三年正月二十五日呈於總督錫良。其文曰：『具公呈翰林院侍講學士銜編修伍肇齡，員外郎銜度支部主事吴嘉謨，度支部主事劉彝銘，內閣中書劉紫驥、吴季昌、陸慎言、林思進、劉咸榮、趙椿煦，候選郎中馮濟忠，候選員外郎馬長卿，郎中銜中書科中書張祥龢，中書科中書孔慶餘，中書科中書銜毛席豐，留日法政畢業生邵從恩，留日士官學校畢業生周道剛、徐孝剛、胡景伊，留日醫科大學畢業生王馨柱，留日成城學校畢業生曹騰芳，世襲一等侯候選道楊正藩，二品銜江蘇候補道嚴翽昌，候選道舒鉅祥、傅崇榘，三品銜分省補用知府周祖佑，前任安徽廬州府同知在任候補知府李永鎮，候選知縣朱聘坤、彭蘭芬，分省補用知縣龔維琦、胡登岱，揀選知縣楊永澍，前岳池縣訓導羅元黼，候選訓導張敏，教諭龔煦春，候選府經歷張剛，舉人羅綸、賀龍驤、吕焕文、王銘新、余舒、鄧雄、熊燾，優貢生譚焯、程其棫，拔貢生牟克光，廩貢生張瀾，增貢生王章祜、楊贊賢，廩生張卜沖、周澤，附貢生劉震，貢生張璠，爲訂立公司章程，呈請查核奏咨立案，并請奏派總副理事：「云云」。』

〔二〕《欽定大清商律》含《商人通例》九條、《公司律》一百三十一條。其出臺背景詳見《商部奏遵旨擬先訂公司商律摺》。

〔三〕大公祖，即時任四川總督錫良。錫良，字清弼，蒙古鑲藍旗人，歷官湖廣、閩浙、四川、雲貴總督，《清史稿》卷四四九有傳。

〔四〕《公司律》第三十條：『無論官辦、商辦、官商合辦等各項公司及各局，凡經營商業者，皆是均應一體遵守商部定例辦理。』

〔五〕《商部奏定浙江鐵路章程》第一章總則第一條：『謹遵奏定《商律》定名爲商辦浙江全省鐵路有限公司，呈部注册，奏給關防，永資信守。』

〔六〕《川漢鐵路有限公司章程》計總則六條，股份十二條，股東會七條，名譽董事五條，董事、查帳人十條，總、副理三條，職員三條，辦工九條，會計兩條，附則兩條，共計十章五十九條。

〔七〕《欽定大清商律》第十八條：『公司招股已齊，創辦人應即定期招集各股東會議。即由衆股東公舉一二人作爲查察人，查察股數是否招齊，及公司各事是否妥協。』錫良光緒三十三年正月二十日《四川鐵路舉定總副理并續訂章程摺》：『查浙江等省鐵路公司通例，係設總、副理各一人，川省自應仿照辦理。惟兹事體大，非才識閎通、鄉望夙著者斷難勝任。兹查喬樹楠堪以舉爲川省川漢鐵路公司總理，胡峻堪以舉爲副理，衆情翕服，詢謀僉同。』

請將尊經、錦江二書院所刊書板移置存古學堂呈〔一〕

具呈。職紳伍肇齡等，爲懇將尊經、錦江二書院所刊書板，移置存古學堂，〔二〕以專責守，而便推行事：

竊以蜀地僻僿，中興以後，民始知學。蓋由張文襄公督學是邦，又得吴勤惠、丁文誠二公先後提倡，於是振興尊經、錦江二書院以教多士。其時書籍多來自遠方，因恐市賈趁利，學者購置不易，乃鬮集工匠，就院雕刻經史等書。或破支官錢，或蠲出己俸，博士弟子躬任校讎，僅十余年，成書數十種。〔三〕即將書板庋置院中，開設書局，隨時印行，以給學子之求，甚盛事也。及尊經、錦江二書院皆爲學堂，〔四〕所庋書板亦展轉移徙，後歸官報書局。今官報書局已易名官印刷局，職主官家文告，日不暇給，關於書籍一端，勢難兼顧。因之書板殘缺者未遑修補，完整者不皆印行。日銷月鑠，朽漬益多，殊可珍惜。去年七月，蜀中設立存古學堂，仍本尊經遺意，兼及子史百家飽飫、前聞典册是賴。卒以貲力綿薄，書史未備，諸待徵求。〔五〕紳等深念先後大吏雕刻諸板，藏庋書院，德意隆遠，與其存在官印刷局心力不能專注，而殘廢日深，何如返諸存古學堂，仿照前例，設置書局，及時補葺，專意刷印，内以供學子之服誦，外以便人士之購求。轉移之間，爲利甚溥，合無仰懇飭下官印刷局，即將所有尊經、錦江二書院各種書板一并點支存古學堂，修葺殘闕，次第印行，庶幾典守既專，流通更易，實爲德便。爲此具呈，伏乞帥憲大人批飭施行。附粘呈尊經、錦江書院書目一紙。

〔一〕輯自四川大學檔案館藏《批覆將官印刷局所存二院原刊書板一并移交存古學堂及書目》。宣統三年四月十五日奉護理四川總督、督辦川滇邊務大臣王人文批復：『閱呈，具見該紳等留心古籍、保存國粹之意，嘉佩弗勝，侯即檄行官印刷局遵照辦理。一面由存古學堂遴派明白紳書赴局，將所存板件，逐項協同清理，當面交收，妥爲藏庋。如有殘缺，隨時修補完整，并選工加意印行，以度流傳而資服誦。書板得所，舊澤長留，此後該學堂永專職守，即有交替，共負責任，切勿再令黴蠹、損失，是爲至要。此覆。』按：此後學堂更易，書板也屢經輾轉，在抗戰時期甚至堆積於皇城門洞之内。四川省檔案館藏四川省參議會一届三次會議決議《整理四川局刻書版計劃書》記載甚詳：『竊查國立四川大學現在所有木刻書板，原爲前清尊經、錦江兩書院暨四川官印刷局所遺，所謂四川局刻書也。在清末開辦存古學堂，該項書板遂撥歸該學堂，爲校産之一。及後改名爲四川國學院，改組爲四川省立國學專門學校，及公立四川大學中國文學院，該項書板俱因襲承有無異，且重加校補、續刻新書，原以局刻書内容與學校性質相同且歷史傳統關繫尤爲深切也。暨後三大學合并爲國立四川大學，而國有省有界限未能劃清，該項書板遂隨之而合并接收。近年大學因抗戰疏散之故，書板移貯皇城門洞内，地方過於陰濕，堆積似欠良善，蟲蛀、黴爛，損失甚巨，若不即行移藏、整理，不及一年，恐全部板片將歸於灰滅，殊甚惋惜。』

〔二〕趙啓霖《請奏設四川存古學堂公牘》：『學部札開按年籌備事宜，宣統二年各省一律設立存古學堂。學司遵即派員就省城南門外規定校舍，量加修葺。現已一律就緒，擬通飭各屬，選求文理素優之生徒，備文申送，嚴加甄考，暫定一百名爲額，即于本年下學期開辦，以致力於理學、經學、史學、詞章爲主，其餘必需之學科，亦略予酌量兼習，藉收温故知新之益。一切管理規則，照學堂定章，期於深造精研，儲後來之師資，維本國之學術。』

〔三〕按《批覆將官印刷局所存二院原刊書板一并移交存古學堂及書目》所附書目，移交尊經書院書板計七十七種，錦江書院書版計五十二種。

〔四〕岑春煊《川省裁撤省城錦江書院以籌高等學堂經費片》：『將省城原有之錦江書院裁撤，以其經費并入高等學堂，以其齋舍改作成都府中學堂。』宋育仁《致吳慶坻書》：『遵仿京師大學堂章程，將尊經書院易名爲經政書院或學堂。……尊經既如此改立，錦江亦不難仿行。』《默室日記》戊戌八月十五日條：『又聞尊經書院改名經政，錦江改名時中學堂。』

〔五〕趙啓霖《請奏設四川存古學堂公牘》：『惟川省物力維艱，交通不便，所有該堂聘教員、購書籍等事，以心餘力絀，不能驟語完備。』

住省各法團呈請督院電奏文〔一〕

具公呈。翰林院侍講學士銜、編修伍肇齡等爲籲懇電奏事：

恭讀四月十一日上諭，各省商辦幹路收回國有，定爲政策。〔二〕京外股東聞命惶惑，憤激異常，函電交馳，日數十起。當即催促公司董事局先行呈懇電奏，收回成命，一面定期速開股東大會，籌議辦法。二十日即奉上諭，派端方充督辦粵漢、川漢鐵路大臣。〔三〕二十日又奉上諭，飭川、湘兩省，刊刻謄黄，停止租股，并聞政府已先派員接收。〔四〕朝旨日切，人心益形憤激，在省股東乃約集各團體於五月初一日往公司會議。人心慘痛，議論紛歧，大致皆以川漢鐵路純依國家法律而成立，既無收回國有之理由，恐致釀成外有之慘禍，應即合懇督部堂據情電奏，請旨收回成命。且按照《公司律》，非開股東大會不能決議。似此朝旨迫切，少數股東誰敢承認接收，并應速懇督部堂迅予電奏，請旨飭下郵傳部督辦大臣，暫勿派員接收，免致激亂人心，别生枝節。俟閏六月初十，開股東特别大會，議決辦法，再行請旨辦理。紳等竊以幹路收回，係全國鐵路一大變局，即川省人民生死存廢之一絶大關係。民心浮動，岌岌可危，倘不速懇維持，誠恐股東誤會，人民憤激，貽誤後來不淺。只得具呈，公懇大公祖俯順人心，預防隱患，迅予賞准電奏，請旨收回成命，飭下郵傳部督辦大臣，暫緩接收，則造福川民，保全大局，實無涯涘。情詞促迫，不勝屏營待命之至，伏乞大公祖大人察核施行。

〔一〕輯自誦清堂主人編《辛亥四川路事紀略》，民國三年成都鉛印本。此文於宣統三年五月初一日呈護理四川總督王人文。

〔二〕《大清宣統政紀》卷五二宣統三年四月己卯上諭：「用特明白曉諭，昭示天下：幹路均歸國有，定爲政策。所有宣統三年以前，各省分設公司集股商辦之幹路，延誤已久，應即由國家收回，趕緊興築。除枝路仍准商民量力酌行外，其從前批准幹路各案，一律取銷。」

〔三〕《大清宣統政紀》卷五三宣統三年四月戊子上諭：「端方着以侍郎候補，充督辦粵漢、川漢鐵路大臣迅速前往，會同湖廣、兩廣、四川各總督，湖南巡撫，恪遵前旨，妥籌辦理。」

〔四〕「二十」當爲「二十四」。按《大清宣統政紀》卷五三宣統三年四月壬辰條：「前經降旨鐵路幹路收歸國有，并派端方以候補侍郎充督辦粤漢、川漢鐵路大臣，飭令迅速前往，妥籌辦理。朝廷所以毅然行之者，固以統一路權，亦藉以稍紓民困。……現將鐵路改歸官辦，自降旨之日起，所有川、湘兩省租股，一律停止。其宣統三年四月以前已收之款，着郵傳部督辦鐵路大臣會同該省督撫詳細查明，妥擬辦法奏聞，總不使有絲毫虧損，以致失信吾民。儻地方官有隱匿不報者，一經發覺，立予嚴懲不貸。此外如有另立各項名目，捐作修路之款，一并查明請旨辦理。着該督撫迅即刊刻謄黄，遍行曉諭，以示朝廷體念民艱之至意。』

上軍督司道呈稿〔一〕

爲懇請詳察矜全大局事：

竊自本月十五日，鐵路公司股東會正、副會長顔楷、張瀾，咨議局正、副議長蒲殿俊、羅綸，及鐵路股東代表鄧孝可等，奉召入署後，猝見『首要就擒』之示。一般人民，皇駭無似，恭捧先皇神牌，詣轅泣懇釋放。旋由憲署開槍擊斃多人。又見出示云：『擁進轅門，格殺勿論。』〔二〕兼以閉城數日，城外鄉民不知城内情事，紛紛擾擾，群呼争路。事變至此，倘不及早解決，將來謡傳愈遠，人集愈多，地方之糜爛，勢將無所底止。

刻下城内商民，仰體憲臺示諭，復督率商董，沿街勸導，陸續開市。然卒不知被拿諸人，是何罪狀？及十八日，乃見大公祖示諭：『諸人等皆係藉争路爲由，希圖煽惑人心，潛謀不軌。所有城中停課、罷市等情，皆諸人主使。』〔三〕人民等但見憲臺示諭，未見悖逆確證，又復皇皇奔走，驚相告語。紳等睹此等情形，不敢爲諸人辯護，深爲大局危懼；是以不揣冒昧，瀆懇垂察。

竊咨議局長爲全省人民公推，股東會長爲全體股東所公舉。各股東遵《公司律》而集會，是皆爲國家法律認定之人，即當受國家法律之保護。果有悖逆之謀，不惜犧牲川民數千萬人生命財産，供其一快，而使數千萬人日夜所欲争回之路，灰於一旦；是此數人者，不特爲朝廷之亂民，亦即四川之公敵。國家刑律，固所難容，即我數千萬人民，亦豈能容忍不問，聽其擾亂？惟據人人心理推測，此數人中，或因争路狂熱，言詞過於激烈，固不能曲爲之諱。而一般人民，則皆激於争路熱誠，不易解釋。倘此被拿數人，不經法庭審訊，取具確實證據宣布罪狀，而遽罹不測之罪，雖有憲臺剴切示諭，謂『争路爲正當，并不更事株連』，竊恐全川人民，因愛路之愚忱，而痛惜争路之人。只謂争路者被拿，不知被拿者何罪；疑誤不解，變患迭生。將我大公祖竭力保全川路之苦心，亦終不白於天下。

本省伏莽既多，他省人心正亂。而外人復乘間伺隙，深冀我内地不靖，可以藉口調兵保護，以擴張其勢力範圍。路事一日不平，責言一日不止。若因此内鬨外交，無法抵制，是借債之失敗猶緩，争路之召亂甚亟；數人之生命雖輕，大局之安危實重。此中關繫，毫厘千里。紳等見聞所及，緘默難安。

伏查《欽定法院編制法》，凡國事犯皆以大理院爲第一審。處此禍福須臾，只得懇請大公祖矜全大局，可否將此數人交法庭審訊？如果真有叛逆確據，即請布告全川，俾人民等咸曉然，於此數人之罪不可逭。則全川數千萬人不第疑誤冰釋，且咸頌我大公祖從容定亂之德於無窮矣。爲此具呈，不勝屏營待命之至！

〔一〕輯自誦清堂主人編《辛亥四川路事紀略》，民國三年成都鉛印本。原題作『紳耆伍肇齡等上軍督司道呈稿』，秦楠《蜀辛》卷上收録該文，題作『編修伍肇齡等上軍督司道呈文』。今據改。宣統三年閏六月初一日，四川護理總督王人文卸任，川滇邊務大臣趙爾豐就任四川總督。七月十五日，趙爾豐誘捕蒲殿俊、羅綸、張瀾等鐵路公司股東會、咨議局代表。全城震動，民衆湧入督院，要求釋放蒲、羅諸人。趙爾豐即下令開槍鎮壓，死者數十人，傷者數百人。紳耆伍肇齡等因此事於宣統三年七月二十三日嚮成都將軍，四川總督，藩、臬諸司，巡警、勸業諸道上呈該文。

〔二〕『恭捧先皇神牌』至『格殺勿論』一節，《蜀辛》收録時省去。按：宣統三年七月十五日《署督部堂示》：『只拿首要，不問平民。首要諸人，業已就擒。即速開市，守分營生。聚衆入署，格殺勿論。』

〔三〕宣統三年七月十九日《趙督告示》：『照得此次所拿的首要，并非爲争路的事實，因他們藉争路名目，陰圖不軌的事。……若論此次所拿的事，是因他們這幾個人，要想做犯上作亂的事，故意藉争路的名目，煽惑全省的人。煽惑既多，竟敢抗捐抗糧，明目張膽，反抗朝廷。』

續呈軍督院文稿〔一〕

爲公懇明示事：

竊紳等七月二十三日，以懇請詳察，矜全大局具呈，迄今未荷批示。邇時剿辦之法，尚未明布，省外被亂地方，猶可縷指計也。然紳等鰓鰓過慮者，即以被拿諸紳，非經法庭審訊，取具確實證據，必致益滋疑誤，愈激愈亂，愈釀愈鉅。及恭讀二十日上諭：『十五日竟有數千人凶撲督署，肆行□□，并傷斃弁兵。』〔二〕二十三日上諭：『據鄂督、重慶等處電呈，四川省城城外，聚有亂黨數萬人，四面攻圍，勢甚危急。』等語。〔三〕紳等以鄂、渝距省太遠，所陳自非事實，督憲電奏，所謂肆行□□者，當亦喧攘或呼號等詞。嗣由川東道宣布上諭全文，乃知□□係『燒殺』二字。并見十九日《成都日報》第一版所載，亦謂有匪徒千餘人擁進督署，欲行糾劫，雖經官軍擊退，猶復麕集。紳等乃不勝惶懼，耳目親見之地，情節尚如是離奇，省外疑誤正多，若一經傳播，民則不信斯言，匪更利用其説，一誤再誤，亂伊胡底。

現聞西南等處，兵力所至，竄擾日寬，匪固當誅，民未就撫，人民生命財産之損失，蓋不知其幾千萬億。而被拿諸紳，尚未確定罪名，且有陸續釋歸，又有續行捕拿者。甚至搜查証據之舉，浸復大作，愈至户户不安，人人自危，惶惑不知所措，紳等更不得不爲大局慮也。

伏查督憲迭次告示，皆分路事、亂事爲二，不事株連。并讀軍憲奏請暫歸商辦摺文，亦知萬衆哀憤，係爲法律請求，非空言所能解釋。而此次被拿諸人，則確不幸皆爲法團代表，又捕自法律機關以内。夫請求法律，愛國家者；謀爲悖逆，害國家者。安有今日純爲愛國家之人，明日即爲害國家之人？此中搜查証據，是否經過搜查手續，人民無自得知。而現在司法獨立，審判必歸法庭，即確係謀反叛逆，亦須請交大理院，則人民無不知之者。處此疑誤，解釋已難，況不爲之解釋乎？

紳等非敢妄生政法區别，亦非過爲法律護持，而實見此亂象已成，禍機未已，被拿諸紳罪名一日不定，人心一日不安，即亂事一日難平。邛、雅、眉、嘉皆密與邊藏接連，經此糜爛，已不可支，倘復蔓延，何堪設想？民命不足惜，國防亦可危。若至大局不可收拾，即盡蔽諸人以罪，恐亦不足以謝國家。而況乎信讞未成，蚩蚩小民，惟知十五日督署慘斃之人，十五後防軍剿洗之禍，皆因緣十五之獄而起也。

人心一失，不可復收，軍督憲明鑒，亦早見及。當此人心大局尚可勉爲收拾之時，惟有公懇軍督憲俯察前今呈懇。現在被拿諸紳，或已交請大理院辦理，或須静候端大臣查辦，仰祈明白批示，以安人心而維大局，無任迫切待命之至！

〔一〕輯自四川省圖書館藏油印傳單，題爲『續呈軍督院文稿』。秦楠《蜀辛》卷上收録，題作『編修伍肇齡等再呈軍督院文』，與周善培《辛亥四川争路親歷記》收録題名同。此文呈於宣統三年八月二十九日，爲伍肇齡等紳耆因七月二十三日呈文未得督院批覆，而再上呈文。此文後附有督院趙爾豐批文，文繁不録。

〔二〕《大清宣統政紀》卷五九宣統三年辛亥七月乙酉條：『旬日以來，該省突有人散布《自保商榷書》，意圖獨立，并有約期起事之舉。經趙爾豐先期偵悉，將首要擒獲。本月十五日，竟有數千人凶撲督署，肆行燒殺，并斃弁兵。似此目無法紀，顯係逆黨勾結爲亂，於路事已不相涉，萬難再予姑容。已電飭趙爾豐相機分別剿辦。』

〔三〕《大清宣統政紀》卷五九宣統三年辛亥七月丁亥條：『近閱重慶等處電陳，四川省城城外，聚有亂黨數萬人，四面圍攻，勢甚危急。與瑞澂來電，大致相同。成都電報數日不通，朝廷殊深焦慮。該處被圍日久，恐滋大亂。着瑞澂嚴飭所派赴川軍隊，不分水陸，設法兼程前進。務令克日抵川，不得稍有延緩。約於何日可達成都，迅即電奏。』

通告全川伯叔兄弟公函〔一〕

全川伯叔兄弟公鑒：

近因亂事日亟，民不堪命。趙督帥蒿目時艱，爲大局起見，與在省官紳協商請蒲、羅諸先生共圖挽救之法，以期官紳一氣，開誠布公，保地方之治安，拯生民於塗炭。現蒲、羅諸先生等已于二十四日一律禮請出署。〔二〕我全川伯叔兄弟關懷此事久矣，用特飛速奉聞，并請廣爲傳播，俾衆周知。所有因争路肇事之處，更應詳爲開諭，勸其解散。現趙、端兩帥憫念地方糜爛，〔三〕均極痛心，如能和平就撫，絶不輕戮一人，亦斷不追咎既往。天日在上，肇齡等亦當同負其責。公等肇事之初，本爲扞衛桑梓，保護善良。而衆同胞，轉因此受無窮之苦，富者破家，貧者喪命，流離顛沛，慘不忍聞。仁人義士，亦必有所不忍。竊願力爲挽救，不負初心。至鐵路事件，現已有正當辦法，决不爲外人所有。其他善後撫恤各事宜，蒲、羅諸先生既出，即當官紳協定，迅速施行，顧瞻四方，無任涕泣。

〔一〕輯自秦楠《蜀辛》卷上。原題爲『紳商學伍肇齡等通告全川伯叔兄弟公函』，是函公布於宣統三年九月二十七日。

〔二〕《蜀辛》卷上：『二十四日，督院撤來喜軒兵，禮請首要蒲殿俊、顏楷、羅綸、鄧孝可等出署。都統司道暨學部郎中曾培、高等學堂監督周鳳翔等，到署保證，議令設法先靖地方，官紳合辦。各紳首每日輪推二三人入署議事。前宣布「藉路倡亂，首要就擒」，「獲有油牌、槍械、叛逆證據」及「調兵攻剿」各告示，已於三四日前扯滅無遺。』

〔三〕趙，趙爾豐也，字季和，漢軍正藍旗人，歷官川滇邊務大臣、四川總督，《清史稿》卷五三六有傳。端，端方也，字午橋，滿洲正白旗人，歷官湖北巡撫、兩江總督，宣統三年以侍郎督辦川漢鐵路，《清史稿》卷五三六有傳。

·聯存〔一〕·

〔一〕先生聯語無專集。今多方搜集，僅輯得對聯十餘副。

胡楊能劉氏墓聯〔一〕

鍾靈聽彼；
埋骨惟兹。

〔一〕輯自成都市大邑縣飛鳳村存道光二十七年孟夏月十九日所立清故義士胡楊能淑□劉氏墓碑。落款爲『邛州翰林院伍肇齡贈書』。胡楊能、劉氏，生平俱不詳。

新都寶光寺大雄寶殿聯〔一〕

寶勝號如來，〔二〕滅盡根塵，始得法身至寶；

光音成法界，〔三〕全消因果，試看性海流光。

百法演三乘，〔四〕最上乘捨法同虚，〔五〕教外别傳元決了；〔六〕

一花開五葉，〔七〕問迦葉拈花微笑，〔八〕西來大意竟如何。

〔一〕輯自新都寶光寺大雄寶殿兩廡，聯題據内容擬補。落款爲『清咸豐九年邛州伍肇齡撰，忠州程祖潤書』。第一聯也見釋含澈《潛西隨筆》卷一，題作『伍崧生太史題寶光寺佛殿』。

〔二〕釋法琳《辯正論》卷六：『釋迦是佛顯名，菩提是法尊稱，菩薩爲僧導首。三寶勝號，譯人存其本名。』《金剛經》：『如來者，無所從來，亦無所去，故名如來。』

〔三〕法界，《潛西隨筆》作『佛界』。光音，即光音天。《長阿含經》卷二〇：『色界衆生有二十二種：一者梵身天，二者梵輔天，三者梵衆天，四者大梵天，五者光天，六者少光天，七者無量光天，八者光音天……』

〔四〕《大慈恩寺三藏法師傳》：『理則包括於三乘，事乃牢籠於百法。』

〔五〕獨孤及《唐故揚州慶雲寺律師一公塔序》：『捨法無我，以虚受人。』

〔六〕《大梵天王問佛決疑經·拈華品》：『爾時佛告摩訶迦葉言：「吾有正法眼藏涅盤妙心，實相無相微妙法，不立文字，教外别傳，有智無智，得因緣證。今日付屬摩訶迦葉。」』

〔七〕《景德傳燈録》卷三菩提達磨偈曰：『吾本來兹土，傳教救迷情。一花開五葉，結果自然成。』《法藏碎金録》卷五：『達摩爲一花，下至六祖爲五葉。』

〔八〕《大梵天王問佛決疑經·拈華品》：『爾時世尊著坐其座，廓然拈華。時衆會中，百萬人天及諸比丘，悉皆默然。時於會中，唯有尊者摩訶迦葉，即見其示，破顔微笑。』

賀孫培吉完姻聯〔一〕

好合桂宮，桐弦奏曲；〔二〕
歡承蘭戺，〔三〕菊酒開樽。〔四〕

〔一〕輯自孫培吉《憶得三種》。聯題據内容擬補。孫培吉記曰：『右四祖姑丈伍崧生先生二聯。七言予請書，八言送予完姻也。辛巳初六記。』七言爲先生應培吉之請，書宋白玉蟾《淡庵倪清父》詩第三聯『蠟味溪山閑處嚼；薺根松竹静中嘗』，八言即此聯。按聯中有『桂宮』『菊酒』，則培吉完姻當在八九月間。
〔二〕《藝文類聚》卷四四引桓譚《新論》：『神農氏繼而王天下，於是始削桐爲琴，繩絲爲弦，以通神明之德，合天人之和焉。』
〔三〕曹攄《述志賦》：『被蘭戺之芳華。』
〔四〕《西京雜記》卷三：『九月九日，佩茱萸，食蓬餌，飲菊花酒，令人長壽。菊花舒時，并采莖葉，雜黍米釀之，至來年九月九日始熟，就飲焉，故謂之菊花酒。』

對聯三副〔一〕

蠟味溪山閑處嚼；
薺根松竹静中嘗。〔二〕

養氣每憑真水潤；

頤神常似白雲閑。〔三〕

書似青山常亂叠；

燈如紅豆最相思。〔四〕

〔一〕輯自孫培吉《對聯集抄》。

〔二〕用白玉蟾《淡庵倪清父》詩原句。處，也作「裏」；薺，也作「虀」。先生此聯也見於孫培吉《憶得三種》，稱：「右四祖姑丈伍崧生先生二聯。七言予請書。」即此聯爲應培吉之請所書也。

〔三〕用王喆《于公求自幼不食五穀》詩原句。

〔四〕是聯爲清人所撰。按梁紹壬《兩般秋雨盦隨筆》卷二「紅豆」條：「葛秋生姑丈慶曾齋中懸一聯云：『書似青山常亂叠，燈如紅豆最相思』，語極清新。青山句，秋生自擬。紅豆句，則許滇生侍講所對也。」

邛崍西街牟宅門聯〔一〕

繞屋疏林連五柳；〔二〕

隨園流水灌三池。〔三〕

〔一〕輯自邛崍市政協文史資料研究委員會編《邛崍文史資料》第十九輯。原題作《西街牟宅大門聯》，今據其意另擬聯題。

〔二〕《宋書·陶潛傳》：『潛少有高趣，嘗著《五柳先生傳》以自況，曰：「先生不知何許人，不詳姓字，宅邊有五柳樹，因以爲號焉。」』

〔三〕《邛崍文史資料》注曰：『舊時文脈堰水入城後，經甕亭，橫過西街，入牟氏園中，流入花園壩。經文脈巷，再橫穿南街、文廟街，入月咡塘，出小南門。有「一脈灌三池」之説，即甕亭荷池、楊伸花園池、月咡塘。』

慶雲街聯〔一〕

山水韞藏珠與玉；〔二〕
乾坤拍塞虎和龍。〔三〕

〔一〕輯自孫培吉《閑聯集録》。孫培吉自注曰：『伍崧老，又丁丑十月慶雲街。』

〔二〕《文子·上德》：『玉在山而草木潤，珠生淵而岸不枯。』《初學記》卷七引盛弘之《荆州記》：『荆藴玉以潤其區，漢含珠而清其域。』

〔三〕闕名《秋晚》：『拍塞乾坤爽氣浮。』

賀何麓生八旬壽聯〔一〕

橙橘炫霜華，萬户稱觴，已過西川皇會月；〔二〕
芝蘭環玉樹，八旬晋甲，更瞻南極老人星。〔三〕

勤王勛業冠當時，詎知文武兼資，轉甘嘉遯；〔四〕
通德門庭標雅望，更欒英才繼起，晋祝期頤。

〔一〕輯自孫培吉《本事聯聞見録》卷二。原題爲《伍崧老賀何麓生八旬壽》，今據意另擬聯題。何元普，字斌侯，一字麓生，號芝亭，四川金堂人，以軍功署湖北荆宜施道，歷官甘肅安肅道。《同治續金堂縣志》卷五有傳。按，是聯作於光緒三十年冬月初八日。《本事聯聞見録》卷一曰：『伍已送前聯，見何之婿某所爲聯，頌其勤王事，因又贈此。』又曰：『何婿贈聯，泛而溢譽且合掌，亦録於後：「奠定漢山河，裘帶風流羊叔子；中興唐社稷，富貴壽考郭汾陽。」』孫氏稱此二聯『皆甲辰十一月八日聞之伍崧老』。《默室日記》甲辰十一月初八日條亦云：『到伍祖姑丈處……言何麓生初十八旬壽，頃正與之書壽聯，送聯兩對，因見何之婿所擬聯，頌其庚申勤王事，故又擬一聯送之。』
〔二〕《嘉慶金堂縣志》卷二：『九月初一至初九日爲九皇會。』
〔三〕《史記·封禪書》司馬貞《索隱》曰：『壽星，蓋南極老人星也。』《玉海》引《黄帝占》云：『老人星，一名壽星。』
〔四〕《周易·遯卦》：『九五，嘉遯，貞吉。』

題崇麗閣聯〔一〕

壓江流以扶地脈，〔二〕遠矚高瞻，則見玉壘雲開，峨眉月朗，夔門日射，劍閣烟消，鬱鬱葱葱，助全蜀
山川鍾靈毓秀；

凌井絡而焕人文，〔三〕閎中肆外，當如長卿賦麗〔四〕，太白詩豪〔五〕，坡老詞雄〔六〕，南軒學正〔七〕，麟麟炳炳〔八〕，爲西川俊傑播美揚修。

〔一〕輯自成都望江公園崇麗閣東楹，聯題據内容擬補。此聯落款爲『逸叟撰』。按：《游鎣華葛仙還至龍藏寺題贈雪堂老人并呈星槎大和尚吟席》詩碑署『邛州伍肇齡逸叟初稿』。《蜀詩續鈔》卷五載『伍肇齡，號崧生，又號逸叟』，張森楷《清翰林院侍講銜編修伍君肇齡墓銘》『稱兹逸叟』，可見『逸叟』爲先生晚年號，又因崇麗閣爲先生倡建，故可證此聯當爲先生所撰無疑。

〔二〕《同治重修成都縣志》卷首：『成都爲四川通省首縣，其地脈由岷山發源，經灌縣、崇寧、郫縣至成都縣而入省城西門，實爲通省脈氣所關。』

〔三〕《水經注·江水一》引《河圖括地象》曰：『岷山之精，上爲井絡。』

〔四〕《漢書·揚雄傳》：『蜀有司馬相如，作賦甚弘麗温雅。』《西京雜記》卷三：『司馬長卿賦，昔人皆稱典而麗，雖詩人之作不能加也。』

〔五〕白居易《與元九書》：『詩之豪者，世稱李杜。』蘇轍《詩病五事》：『李白詩類其爲人，駿發豪放。』

〔六〕《蜀中廣記·詩話記第四》：『東坡詞雄海内。』

〔七〕《宋史·劉珙傳》：『張栻學問醇正，可以拾遺補闕。』

〔八〕《文選·劇秦美新》：『張炳炳麟麟，豈不懿哉。』李善注曰：『麟麟，光明也。』

崇麗閣〔一〕

傍岸綺窗開，秋水波澄，已見蛟龍引子過；〔二〕

登樓雲漢近，金飆氣爽，更看鸞鶴刺天飛。〔三〕

〔一〕輯自釋含澈《潛西隨筆》卷二。
〔二〕杜甫《到村》：「蛟龍引子過。」
〔三〕蘇軾《和晁同年九日見寄》：「仰看鸞鵠刺天飛。」

挽孫鷗舫六弟聯〔一〕

内兄弟七人，〔二〕君獨後凋，〔三〕憶當年甥館相親〔四〕，肄勤書策，釁序蜚聲，嘉運歷賓筵，只今病榻談心，尚神明炯然，越宿驚成永訣；

電光陰一世，〔五〕壽才逾老，記官籍秦關弗戀，改就儒官，〔六〕慈闈養志，倚廬償孺慕，〔七〕又見寢門環列，有愛女啜泣，諸郎痛切悲懷。

〔一〕輯自孫培吉《本事聯聞見録》卷二。原題爲《伍祖姑丈挽六叔祖》，今據其意另擬聯題。孫培吉之六叔祖，即孫湛。
〔二〕七人，按《陽川孫氏留川世系分譜》，長曰源，次曰治，三曰浚，四曰淮，五曰潤，六曰湛，七曰濂，八曰澍。澍早逝，故曰七人。孫源、孫治、孫湛生平見前注。孫浚，字德宣，咸同時避亂，自縊殉節。孫淮，字渭泉，陝西臨潼縣典史。孫潤，字雨峰，貴州普安廳同知。孫濂，字琴舫，陝西候補典史。
〔三〕《論語・子罕》：「歲寒，然後知松柏之後彫也。」

〔四〕《孟子·萬章下》：『舜尚見帝，帝館甥於貳室。』

〔五〕楊時《次韻錢帳計》：『但見光陰如掣電。』又戴昺《五禽言》：『人世光陰春電走。』

〔六〕按《陽川孫氏留川世系分譜》，孫湛因親老，以陝西候補知州改教職。

〔七〕《禮記·喪服大記》：『父母之喪，居倚廬。』同書《檀弓下》：『有子與子游立，見孺子慕者。』

挽孫王氏聯〔一〕

清穆仰慈容，母邁古稀，忽薤露興歌，剛聽到蟬鳴七月；〔二〕

顯揚憑子舍，孫承祖重，正麻衣被體，又感深駟隙三年。〔三〕

〔一〕輯自孫培吉《本事聯聞見録》卷二。原題作《伍祖姑丈挽五叔祖母》，今據其意另擬聯題。孫培吉之五叔祖母，即孫潤妻王氏。

按：是聯作於光緒三十年七月。據《默室日記》甲辰七月十一日條：『叔祖母於昨夜丑時卒也。』

〔二〕《禮記·月令》：『孟秋之月……涼風至，白露降，寒蟬鳴。』

〔三〕《墨子·兼愛下》：『人之生乎地上之無幾何也，譬之猶駟馳而過郤也。』

挽胡雨嵐聯〔一〕

脱屣軟紅塵，〔二〕稍喜諸昆報國，一子承家。〔三〕曾提携黄種譽髦，〔四〕砥礪學修，整頓支那世界；

拂衣貞白閣，笑聽萬壑鳴松，千崖響籟。又隱護北堂壽母，起居安吉，步趨龐許神仙。〔五〕

〔一〕輯自胡明騏編《胡君雨嵐行述》附挽詞。聯題據內容擬補。胡峻，字雨嵐，自號貞庵，四川華陽人，光緒乙未進士，《民國華陽縣志》有傳。

〔二〕蘇軾《次韻蔣穎叔、錢穆父從駕景靈宮二首》其一有「軟紅猶戀屬車塵」句，自注曰：「前輩戲語，有西湖風月不如東華軟紅香土。」

〔三〕林思進《翰林院編修胡君墓表》：「教諸弟，盡成業。嶸，民政部警政司主事；崚，民治司主事；嶙，知名山縣事。……生子一，明麒。」

〔四〕髦髦，有名譽之俊士。《詩經·大雅·思齊》：「古之人無斁，譽髦斯士。」砥礪學修，謂建新學制也。林思進《墓表》：「東游日本，考其學制。歸而設施，宏綱細目，因革張弛。一旦畢舉，蜀學之聲，遂播海內。」

〔五〕龐公、許由，俱見皇甫謐《高士傳》。

贈亢聯芬聯〔一〕

有子才爲天府器；〔二〕
知君身是地行仙。〔三〕

〔一〕輯自《民國崇慶縣志·亢聯芬傳》。聯題據內容擬補。其《傳》曰：「亢聯芬，字香亭，縣西人……邛翰林伍肇齡崧生過崇，欽其爲人，嘗贈以聯云：「云云」。』

〔二〕《周禮·春官宗伯》：『天府，掌祖廟之守藏與其禁令。凡國之玉鎮、大寶器藏焉。』上聯言其子思忠，年十二即補博士弟子員。

〔三〕《楞嚴經》卷八：『彼諸衆生，堅固服餌而不休息，食道圓成，名地行仙。』下聯言亢聯芬年逾八旬，精力猶健。

附録一：伍肇齡傳記及參加保路運動史料輯録

清翰林院侍講銜編修伍君肇齡墓銘

張森楷

惟先生之世，本帝高陽，枝分在楚。始見曰參，舉、奢、尚、員，重光於伍。明德達人，嬗代蟬嫣，聿來邛處。有時恪公，生子曰琨，爲先生祖。繼子榮先，時生先生，冢器乃主。名之肇齡，字以崧生，意非無取。幼稱聖童，十二采芹，十六鄉舉。丁未進士入官，天衢翔步。校士京闈，得張錫榮，殉國千古。重親且衰，念當歸首，書請解組。帝曰：『俞哉，孝子錫類，予不爾阻。』養送既終，起佐南征，始然如火。驚聞父訃，望星奔歸，遂卧林下。奈負重名，經師人師，學者在口。争致禮羅，備奉板輿，請侍阿母。迴出友教，以春風風，以夏雨雨。四十所年，淵雲之倫，盡歸陶冶。鹿鳴瓊林，恩宴重叠，巋然大老。蜀人宗之，天下仰之，先生何有。歐潮東漸，正學告退，焉用胡耇。先生先幾，遽徹皋比，優游杖履。理亂不知，黜陟不聞，更奚争忤？惟樂性天，亦涉文章，稱兹逸叟。民國紀元，横議盈廷，先生休矣。元首用嘉，碩德耆年，式旌州里。胡天不吊，歲在乙卯，月建辛巳。十六之夕，神明湛然，啓足啓手。一瞑不視，得享天年，八十有九。遐邇驚歎，士失老師，人亡正軌。况在孫曾，酷痛崩摧，如嬰兒子。詎忍一朝，視爲異物，捐棄中野。乃卜遠日，吉宜年終，月窮於紀。辛酉之辰，出殯唐莊，酉首卯趾。法在應銘，顧無作者，蹈揚盛美。於心慊然，急不能擇，以命森楷。檮昧無似，其何克堪，義有弗已。勉述概略，如志滕公，敢希孔氏。子姓系統，具顯嬪銘，不復贅此。千秋萬歲，有見此辭，庶幾無毁。

（《民國大邑縣志・文徵》）

伍肇齡傳

張位元

伍肇齡字崧生，侍講學士，嘗言述而不作。所著《石堂藏書》《石堂詩鈔》，隨年編刻，雖享大年，皆無卷數。生平所刻行版籍，經史外以身心性命之學爲宗。經類刻《古文尚書》，用新城陳溥本；刻《郭注爾雅》，附校勘記；刻《詩説》二卷。史類刻司馬温公《通鑑》，刻陳廣敷《史記輯要》，刻俞正燮《少吏論辨正》，刻陳廣敷輯《通鑑趙充國事》。詞章刻《寒山拾得詩》，刻《懿叔先生詩稿》，刻陳廣敷《書牘》。而尤專意於宋儒之學，集鈔《近思録》而刻之，衍陳廣敷《正蒙軌物日義》而刻之，采陳廣敷《性修論》而刻之，采《盱江叢稿》而刻之，又采陳廣敷《食事積微篇》而刻之。凡皆爲世道人心計也。又采節《陸象山集》而刻《涵詠篇》。其夫人孫氏慎儀，能詩，著有《焦尾集》，佚。老人爲刻八十首傳世。

（《民國邛崍縣志・文學志》）

伍崧生先生

周詢

清穆宗即位之初，殺肅順一獄，當時懾於朝廷之尊嚴，及孝欽垂簾之權威，論者無不以肅爲可殺。其實肅以貴胄躋相位，初無不軌事迹，因穆宗生後，曾勸文宗行鈎弋故事，爲孝欽所知，遂賈殺身禍。肅當權時，曾力保湘鄉，文宗由是倚任益專，實有薦賢功。今即此兩事論之，亦足見其才識之卓越。戊午科場案，大學士柏葰本有應得之咎，亦不能謂肅之枉殺。不過柏屢掌文衡，門生衆多，遂集矢於肅耳。肅殺後，籍其家。凡朝官素有往來者，悉列爲奸黨，概予罷黜。四川邛崍伍崧生太史，亦其一也。

先生名肇齡，字崧生，癸卯舉於鄉，丁未成翰林。鄉舉時，年十七。入詞館，纔弱冠。其曾祖父尚在堂，一時傳爲佳話。《冷廬雜志》亦曾紀之。罷歸後，先主講邛崍書院，繼移主錦江書院，旋又兼主尊經書院。清例，凡褫職人員回鄉主講書院，滿三十年者，得開復原官。先生緣是得開復編修。至光緒癸卯，重宴鹿鳴，晋翰林院侍講。丁未，重宴瓊林，又晋翰林院侍講學士。先生學問淵涵，性和易，無城府。中年頗好道，精於修養，故年躋大耋，神明不甚衰。主講通省書院數十年，蜀中後起人士，幾無一不隸門下。余弟兄隨官在川，先生與先太守爲同庚。同官京朝時即相識，在川尤時時過從。故余弟兄皆執贄受業。某歲川督某欲易先生講席，先生夷然不以爲意。時宰相李文忠公鴻章、張文達公之萬，皆先生丁未同榜翰林，同致川督某公一電云：『老友崧生，品高望重。齒暮家貧，諸冀垂青。』先生講席，緣此復定。先生元配某夫人卒後，繼配孫夫人，亦名族女，性揮霍。忽病殂，喪葬無所措。皇急之際，一傭婦告公曰：『夫人在日，恒慮及此。病中曾云：「某笥内，儲有千數百金，如不諱，可資以爲用。」』公發笥，果得之。每與及門言及，未嘗不悲孫夫人之逝，而歎其能慮後也。先生桃李衆多，每鄉闈揭曉，致泥金報者，貼書院内外殆遍，墻壁幾無隙地，前此所未有也。卒年八十有八。光宣間，浙江俞曲園先生，亦海内耆望，嘗刻一章曰『海内翰林第二』，即因崧生先生之館選，尚先曲園一科也。就清季言之，先生亦可謂川省人文之瑞矣。

崧生先生之前，主講錦江書院者，以童子模、李伯子兩先生爲最負時望。子模先生名棫，以名翰林爲蜀中耆宿，品端學粹，主講席亦久，成就頗宏。伯子先生，名惺，别號西漚，墊江人，著有《西漚全集》，道光時翰林，官至翰林院侍讀，彈劾不避權貴，直聲震天下。引疾歸里後，朝旨許其在籍專摺言事，一時大吏咸憚之。長白琦善，由襲侯致通顯，曾兩次督川。初次年少驕縱，行止多貽笑柄。二次莅川，則頗穩練。時先生在講席，一日晤琦，面舉其初次咎戾。琦曰：『此次來即力謀贖前愆，洗去粉臉也。』先生捋鬚笑曰：『粉面易洗，鐵櫃難開。』琦爲嘿然。

先生頗偏愛院中士子，遇在外小糾葛，輒左袒之。後漸知不肖者不免倚勢凌人，乃戒諸生曰：『汝等出外，務悉着靴，否則有事我不管也。』自此，市上見着靴者，即知爲錦江院生，多不與争。又尊經書院成立時，因專肄古學，川督丁文誠公特延王湘綺先生來川主講。時尊經院生，皆前學政張文襄公精選調住者，意頗不慊。先生至，諸生恒檢平日稽考不得之僻典以請。先生指答如流，聞先後不下百數十事。士論始翕然悦服，亦徵其博洽矣。

伍肇齡傳

周開慶

伍肇齡，字崧生，以清道光六年公元一八二六年生於大邑縣西一甲魚泉口，入邛州學，故《邛崍縣志》與《大邑縣志》均載其爲邑人。祖琨，父榮光。崧生生而聰穎，有神童之目。十二歲入學，十六歲中道光癸卯道光二十三年，公元一八四三年科舉人，又四年丁未成翰林。入詞館，纔弱冠，其曾祖父尚在堂，一時傳爲佳話。會同治初年，清廷殺肅順，朝官凡與肅有往來者，悉列爲奸黨，概予罷黜，崧生亦在其列。株連之禍，非其罪也。崧生罷歸後，先主講邛崍書院，繼移主錦江書院，旋又兼主尊經書院。清例，凡褫職人員回鄉主講書院滿三十年者，得開復原官，崧生緣是開復編修。至光緒二十九年癸卯，重宴鹿鳴，晋翰林院侍講。光緒三十三年丁未，重宴瓊林，又晋翰林院侍講學士。崧生學問淵涵，性和易，無城府。中年頗好道，精於修養，故年躋大耋，神明不衰。主講通省書院數十年，蜀中後起人士，幾無一不隸門下。某歲，川督某欲易其講席，崧生夷然不以爲意。時宰相李鴻章、張之萬二氏，皆崧生丁未同榜翰林，同致川督某公一電云：『老友崧生，品高望重。齒暮家貧，諸冀垂青。』崧生講席，緣此復定。崧生桃李既衆多，每鄉闈揭曉，致泥金報者，貼書院内外殆遍，墻壁幾無隙地，前此所未有也。光宣之間，浙江俞曲園，亦海内耆望，嘗刻一章曰『海内翰林第二』。即因崧生之館選，尚先曲園一科也。

民國成立，崧生早已息隱林泉，而碩德耆年，益爲人所推重。民國四年三月二日，北京政府發布策令，謂：『據成武將軍督理四川軍務胡景伊、兼代四川巡按使劉澤瑩會呈：「耆紳前清侍講學士銜編修伍肇齡，齒德俱尊，懇量予榮典」等語。伍肇齡早登科第，息影鄉閭，茲復年登大耋，着特給「碩德耆年」匾額并「福」「壽」字各一方，交内務部頒行給領。』一時榮之。以同年四月逝世，享年八十九歲。

崧生生平著述，據《邛崍縣志・文學志》載：崧生『嘗言述而不作。所著《石堂藏書》《石堂詩鈔》，隨年編刻，雖享大年，皆無卷數。生平所刻行版籍，經史外以身心性命之學爲宗。經類刻《古文尚書》，用新城陳溥本；刻《郭注爾雅》，附校勘記；刻《詩説》二卷。史類刻司馬温公《通鑑》，刻陳廣敷《史記輯要》，刻俞正燮《少吏論辨正》，刻陳廣敷輯《通鑑趙充國事》。詞章刻《寒山拾得詩》，刻《懿叔先生詩稿》，刻陳廣敷《書牘》。而尤專意於宋儒之學，集鈔《近思録》而刻之，衍陳廣敷《正蒙軌物日義》而刻之，采陳廣敷《性修論》而刻之，采《盱江叢稿》而刻之，又采陳廣敷《食事積微篇》而刻之。凡皆爲世道人心計也。又采節《陸象山集》而刻《涵詠篇》。其夫人孫氏慎儀，能詩，著有《焦尾集》，佚。老人爲刻八十首傳世』。

崧生逝世後，合川張森楷爲撰墓銘。張治史學，有名於時。銘曰：『惟先生之世，本帝高陽，枝分在楚。始見曰參，舉、奢、尚、員，重光於伍。明德達人，嬗代蟬嫣，聿來邛處。有時恪公，生子曰琨，爲先生祖。繼子榮先，時生先生，冢器乃主。名之肇齡，字以崧生，意非無取。幼稱聖童，十二采芹，十六鄉舉。丁未進士入官，天衢翔步。校士京闈，得張錫榮，殉國千古。重親且衰，念當歸首，書請解組。帝曰：「俞哉，孝子錫類，予不爾阻。」養送既終，起佐南征，始然如火。驚聞父訃，望星奔歸，遂卧林下。奈負重名，經師人師，學者在口。争致禮羅，備奉板輿，請侍阿母。迴出友教，以春風風，以夏雨雨。四十所年，淵雲之倫，盡歸陶冶。鹿鳴瓊林，恩宴重叠，巋然大老。蜀人宗之，天下仰之，先生何有。歐潮東漸，正學告退，焉用胡考。先生先幾，遽徹臯比，優游杖履。理亂不知，黜陟不聞，更奚争忤？惟樂性天，亦涉文章，稱玆逸叟。民國紀元，横議盈廷，先生休矣。元首用嘉，碩德耆年，式旌州里。胡天不吊，歲在乙卯，月建辛巳。十六之夕，神明湛然，啓足啓手。一瞑不視，得享天年，八十有九。遐邇驚歎，士失老師，人亡正軌。况在孫曾，酷痛崩摧，如嬰兒子。詎忍一朝，視爲異物，捐棄中野。乃卜遠日，吉宜年終，月窮於紀。辛酉之辰，出殯唐莊，酉首卯趾。法在應銘，顧無作者，蹈揚盛美。於心慊然，急不能擇，以命森楷。檮昧無似，其何克堪，義有弗已。勉述概略，如志滕公，敢希孔氏。子姓系統，具緦嬪銘，不復贅此。千秋萬歲，有見此辭，庶幾無毁。』

（《四川文獻》第一〇七期）

請准在籍翰林院編修伍肇齡重宴鹿鳴摺

岑春煊

頭品頂戴署理四川總督廣東巡撫臣岑春煊跪奏，爲在籍耆紳明年鄉舉重逢，先期援案籲懇特恩，以光盛典而宏作育，恭摺仰祈聖鑒事：

竊查在籍翰林院編修伍肇齡，現年七十六歲，係四川邛州人，由附生中式道光二十三年癸卯科本省鄉試舉人，道光二十七年丁未科會試中式貢士，殿試二甲，朝考一等，欽點翰林院庶吉士，散館授職編修，歷充國史館協修，咸豐二年壬子科順天鄉試同考官。咸豐三年請假回籍，先後主講九峰、鶴山、川南、尊經、錦江各書院。四十餘年，不輟講席，凡所誘掖，成就實多。守吏仰此經師，儒林依爲模楷。

自該編修鄉舉之歲，至明年癸卯科，計年已逾六十，應請重宴鹿鳴。據邛州舉人陳萬鍾等聯名具結，禀經該州加結，申由署布政使陳璚加看詳情，具奏前來。

臣查鄉試中式已届周甲之期，例准重赴鹿鳴筵宴。三品以上大員，專摺奏請與宴，四品以下，由督撫先期咨部與宴，於科場事竣，彙總具題。嗣於光緒二十五年經禮部奏准，四品以下量予變通，不待科舉事竣，隨時題請。復查各省耆紳掌教，講學有效而又重逢鄉舉者，雖在四品以下，各督撫臣亦必專摺奏請，無不俞允與筵，并予異常榮寵。誠以聖朝重道崇儒，不僅嘉此耆年而拘於成例也。

今編修伍肇齡，早列賢書，旋躋詞館。侍皇宬而珥筆，毋忝清華之班；校都試以分衡，允勰靖共之誼。洎乎歸里，樂道化人，歷講席者垂五十年，沐陶成者可數百輩。經師儒彦，豈若時流；世道人心，賴之維繫。兹將重逢鄉舉，數花甲於周遭，敢乞特沛恩綸，紀藝林之盛事。合無仰懇天恩，俯准在籍翰林院編修伍肇齡明歲重宴鹿鳴，并如何寵頒異數之處，出自逾格鴻施。除將印甘各結咨送禮部查核外，謹會同四川學政臣吴郁生恭摺具陳。伏乞皇太后、皇上聖鑒訓示。謹奏。

光緒二十八年十月二十五日。

（《光緒朝硃批奏摺》第三〇輯）

奏爲四川邛州在籍侍講銜翰林院編修伍肇齡懇請重赴鹿鳴恩榮筵宴摺

錫良

奏爲在籍耆紳中式會榜已届周甲之期，現值科舉已停，籲懇恩施，以示優異，恭摺仰祈聖鑒事：

竊查有在籍侍講銜翰林院編修伍肇齡現年八十歲，係邛州直隸州人，由附生中式道光二十三年癸卯科本省鄉試舉人，二十七年丁未科會試中式進士，欽點翰林院庶吉士，散館授職編修，旋充國史館協修，咸豐二年充順天鄉試同考官，咸豐三年乞假回籍。先後主講九峰、鶴山、川南、尊經、錦江各書院，不輟講席者四十餘年，現猶充采訪局紳總，樂道化人，至老彌篤。自該編修會試中式後，至明年丁未，已屆周甲之期，據邛州紳士、刑部主事曾光爔等聯名稟，經該州查明，申由署提學使方旭加看詳請核辦，具奏前來。

奴才查得該編修蚤列賢書，旋登詞館。皇宬珥筆，毋忝清華之班；都試分衡，克協彙徵之吉。洎乎歸里，以逮髦年，始終以作育人材、扶植風化爲己任。士林宗仰，物望交孚。查《科場條例》內，開鄉、會試中式已屆周甲之期，准其重赴鹿鳴恩榮筵宴。又恭查歷屆重赴鹿鳴恩榮筵宴人員，無不仰荷特恩，加給升銜，以光盛典，仰見聖朝重道崇儒、嘉惠耆年之至意。

該編修上年重逢鄉舉，荷蒙諭旨加恩，賞給侍講銜，准其重赴鹿鳴筵宴，恩綸特沛，寵異有加。茲屆來春丁未之年，又值會試中式之歲。登科溯乎弱冠，花甲已周；論齒逾乎杖朝，藝林志美。尤屬多士罕逢之遇，并爲熙朝人瑞之徵。雖現在鄉、會已停，不獲叨陪華宴，而耆儒食德，仍懷稽古之榮；聖代作人，亦有引年之典。合無仰懇天恩，俯准將在籍侍講銜翰林院編修伍肇齡賞給升銜，以昭光寵之處，出自逾格鴻施。除飭取册結咨部查照外，理合恭摺具陳，伏乞皇太后、皇上聖鑒訓示。謹奏。

（《錫良檔案》卷二〇八）

京中同人爲伍崧生先生逝世徵賻公啓

胡駿

敬啓者：

邛州先生，蜀中碩果，海内靈光。早入翰林，易簡賜玉堂之署；晚居講席，季長傳絳帳之經。固已揚、馬半是門生，籍、湜都爲後輩矣。絳人雖老，方謂百歲可登；白傅游仙，不圖三山遽返。以民國四年陽曆五月廿九日卒於成都私第。頊文孫賨陽，寓書赴告；在省同人，别啓述哀。走馬長安，想西抹東塗於年少；鶴歸華表，覺人民城郭之日非。如可贖首百身，胡不憖遺一老？人亡殄瘁，惄焉傷之。夫會林宗之葬者數千，豈必生皆識面；爲文子所舉者七十，試問死誰與歸？某等或山斗素尊，或門墻夙托，并有悲歌之氣，獨無香火之情。爰即郵來之訃書，謹遣下走爲分送。雖爲位而哭禮，關於友朋；然歸賵有經情，均於逖邇。伏望諸君，式敦古道，景儀鄉人，各以私知，量爲致賻。蓋先生青氈坐破，白社塵吹。無諸葛八百之桑，徒司馬四壁之宅，蕭條身後，聞之慨然。如其誄以鴻文，固可傳《華陽耆舊》；或竟分將鶴俸，尤足遺清白子孫。嘉樹以餘蔭而葱蘢，枯桐經滋培而發育。通德鄉里，自當因康成以念小同；交情死生，斷無爲彦升而論到溉。

（《補齋日記》）

伍肇齡掌教事

劉聲木

伍肇齡字崧生，邛州人，道光丁未進士，欽點翰林院庶吉士。時年僅十七，其曾祖時格、祖琨、父榮光皆在堂，四代同堂，洵屬科名盛事。相傳太史在京，寓某寺，狐仙欲以女妻之，辭以已聘妻。又欲以爲妾，太史堅辭，致觸狐仙之怒，謂汝如不肯，終身莫想再入京。言時聲色俱厲，太史爲之膽寒。是以自十七歲入詞林後，并未入都。散館以庶吉士終，卒年已八十有餘，設非國步已更，早已飲重宴瓊林之酒矣。迹其生平，掌各書院講席五六十年。先文莊公督川時，太史正主尊經書院講席，相處甚歡，九年未易。人戲以狐仙事問之，太史笑而不答，乃知人言未必無因也。後有某年四月，太史倉猝至督署辭館，先文莊公問其故。太史曰：『諸生不服教，欲驅我走，我已年老，欲讓賢者也。』先文莊公謂曰：『我忝任川督，川中人民皆似我家子弟。况尊經書院關聘，須由總督出名。院中諸生，我視之，更與我家子弟無異。設有我家子弟，要驅先生，我能答應乎？此事老前輩願讓，我却不能同意。今日請回，明日我到院中，告誡諸生。』次日，先文莊公到尊經書院答拜，諸生環而聽者，幾於全數皆來。先文莊公大聲以此意告太史，并指窗外諸生，亦厲聲以此意告之。諸生聞之，相率散去。太史深德先文莊公禮賢下士，以詩二首爲謝。適去先文莊公、先妣程太夫人壽辰不遠，乃書扇二柄以爲壽。先公壽辰四月十四日，先妣則十五也。

（《萇楚齋隨筆》卷二）

伍肇齡之少年科第

文守仁

邛崍伍肇齡先生，字嵩生，年十二，補博士弟子員。前清道光二十四年癸卯，舉於鄉。二十七年丁未成進士，授編修，年纔十八耳。按近人紀載，多謂年十七，惟邛崍鄰吾邑新津，相傳爲十八，以先生享年推之，大約以十八爲正。清季言科第之早達者，無不推先生。相傳先生應童子試時，知州某，拔置第一，俗所謂長案者也，例得入學。同縣有張某者，頗負文名，列第二，意不平，訴於知州。知州曰：『汝終身不過一青衿耳。若肇齡者，翰苑才也。』及是果然，咸稱知州有知人之鑒。官編修日，其曾王父及王父咸健在，時人榮之。咸豐末，肅順親王秉政，以專恣見誅，株連頗廣。查抄時得先生有函札往來，罷歸講學。初主成都錦江書院，後繼王闓運主尊經書院，先後四十年。清例，凡講學三十年者，罷黜職官，得開復。及光緒二十八年癸卯，距先生舉孝廉時，已甲子一周矣。重宴鹿鳴，推恩加授侍講學士銜，賞黄馬褂。先生受槐軒劉止唐先生齋名，創静坐法。養生之法，年届耄耋，猶耳目聰明，精神矍爍。王闓運《湘綺樓日記》中，亦記先生嘗言修煉之事。錦江及尊經兩書院，昔時爲四川之最高學府，才俊之士，多出其間。先生嘗自書其門楹曰：『天下翰林皆後輩，蜀中佳士半門生。』蓋紀實也。當時科名相與後先而尚存者，有德清俞樾蔭甫。蔭甫亦自謂爲翰苑前輩中第二人，以後於先生一科也。蔭甫以道光三十年入詞林。先生既以耆年碩望，蜀中遇有大議，輒推其領銜。主尊經日，駱秉璋任川督，以是積憾，屢欲易之。時李鴻章及張之洞俱在相位，聯名電秉璋，以同年嵩生，家貧齒暮，囑予照拂。先生亦佯以諸生迫其離職謁秉璋。秉璋愧謝曰：『吾少年時，家大人常以老前輩功名早達相勉。尊經書院諸生，亦吾學生也，誰敢議迫老前輩離職者，吾當斥逐之。』事遂寢。先生爲人和易，樂成人之美。當王闓運初主尊經書院時，合川張森楷入院受業，與論學意見相左，遂退學。求入錦江書院，先生許之，俾得盡觀藏書，其後以史學名家。所著《二十四史考證》，今由楊家駱先生整理梓行。蓋得先生所陶鑄而玉成之者。清末民初間，成都有『五老』之稱，尊先生爲首。民國四年卒。

（《四川文獻》第六六期）

伍崧生山長

汪海如

錦江書院山長伍崧生，當民國未成立時，省中以争脩鐵路開保路同志會，推前清翰林顔楷爲會長。川督趙爾豐禁之不聽，乃拘顔等多人於院。時伍已八旬矣，聞而憤極，上院面争之。羅、蒲諸人未被趙屠父加害，未必非此老力也。暨趙氏殲，民國立，伍以老而無用，仍退居書院側。無計謀生，乃招賭抽頭，借養餘年。川俗好賭，以伍能履庇一切，於是喝雉呼盧者，日率數十百人，來家聚賭，竟夕叫囂，毫無忌憚。楊莘友已爲警察監，聞其事，欲禁之，躬造其廬，見伍端坐門外，迎之曰：『内中開局正需脚，請與陪陪。』楊見其鬢髮皤然，龍鍾已極，不敢逼，即退去。

（《嘯海成都筆記續編》卷下）

致李瀚章附片

曾國藩

再，伍崧生編修肇齡，係癸卯敝門生，少泉丁未同年，在家養病十餘年，本無出山之志。比因病痊後食指稍繁，書院脩脯所入不足以自贍，又將入都供職。而近日長安難居，倍於曩昔。道出浙中，閣下能一吹噓，少壯行色否？其人恬静寡欲，向非汲汲營營者也。

（《曾國藩未刊書摺》）

大總統策令

袁世凱

成武將軍督理四川軍務胡景伊、兼代四川巡按使劉瑩澤會呈：『耆紳前清侍講進士銜編修伍肇齡，齒德俱尊，懇量予榮典』等語。伍肇齡早登科第，息影鄉閭，兹復年登大耋，着特給『碩德耆年』匾額并『福』『壽』字各一方，交内務部頒行給領，以示光榮。此令。

（中華民國四年五月二日《政府公報》第一〇七二期）

蜀中聯語偶談節録

陶世傑

清咸豐間，邛州伍肇齡，字崧生，十八歲入翰林，才貌俊美，真玉堂人物。時清廷親貴，肅順最得咸豐信任。他招納才士，四川翰林伍崧生及巴縣徐昌緒字琴舫皆是他座上顯客。王壬秋湖南舉人亦時時爲他草奏，可見他用人是有眼睛的。可是，咸豐受英法聯兵入京之禍，逃避熱河死。肅順欲立長君，慈禧欲立其子，纔五歲。意見不合，肅順竟被慈禧誅戮。一群才士皆坐肅黨，永不叙用。

伍崧生時年尚未滿四十，專制時代，凡有資格和學術的人，縱趕下政治舞臺，而講學不禁。因此，伍先生便在陝西掌關中書院八年。還成都，掌錦江書院數十載，并同時兼掌過尊經書院。王壬秋掌尊經書院十二年應爲八年，每年院内行鄉飲酒禮，必請先生爲大賓。王壬秋使氣矜才，而先生則韜光養晦。當時，兩書院的學生尚有門户之見，而兩山長則互相敬重，真所謂『親者，毋失其爲親；故者，毋失其爲故』。

然先生却沾了李鴻章的光。李與先生實同榜翰林，先生爲慈禧所惡，李乃權相，曾多次爲他説好話。李以欽差查案來四川，特拜見先生。爲書對聯，囑其刻大門上。文爲：『天下翰林皆晚輩；蜀中俊士半門生。』上款題『崧生同年正腕』，下款題『年愚弟李鴻章贈句』。句并不稀奇，無非擺老資格的架子。但四川歷任總督來，無敢有以政治問題踏先生者。迄至民國，陳宧爲四川巡按使，先生八十四歲死，猶禮葬之，都是這副對子的力量。

先生喜看川戲，悦來茶園中座特設一官席，鋪張華貴，先生偶來，必『跳加官』歡迎。我時爲舊制中學生，亦喜聽戲，所以瞻仰過先生。先生不來，此席仍無人敢僭坐。

先生從不以善書名，然却寫得好，無烟火氣。我曾購得中堂一幅。薛濤井畔『吟詩樓』三字，及純化街『儒林劉止唐先生第』一匾，皆先生字之僅見者，今都不復存在了。

（《復丁爐餘録》）

老學士之愛國熱

前主講錦江書院翰林院伍崧生先生，年八十五矣。昨二十一日，因聞四川鐵路爲盛宣懷所賣，開會倡先入座静聽。繼會事議妥，全體上督院請願代奏。學士亦倡先上院，肅立於衆人中，直待護院對衆演説，承認代奏後，始隨衆人魚貫而出。嗟乎！學士何常老？公真少者！

（《四川保路同志會報告》第三號）

川人争路冤獄記節録

十五日午前九句鐘，鐵路股東各代表及同志會約共四五百人在鐵路公司開會，研究上海、北京兩電應否，以何電爲確實議題。剛寫於黑板，尚未宣布，忽督院打來電話，請幾位代表到院，大帥請看北京回電。當衆人仍推羅君梓青、鄧君慕魯先去。去後，又請江三乘、胡雪生、彭蘭芬去院商量公事。羅、鄧先乘二人肩輿到督轅，先搜轎内；次到二門，又搜檢身上有無凶器；到三門，即有衛官出云：『請羅先生受縛！』羅無如彼何，聽其施爲，用繩將手剪了。跟引羅、鄧至趙爾豐座前，趙盛氣之下責問羅曰：『同志會是你的會長麽？』羅答：『我不當同志會的會長，四川人誰敢當之？』趙又問羅：『罷市罷課是你主張的麽？』羅答：『這個，羅綸一人做不到，這是一般人民的意思。』趙又問：『扣糧罷捐總是你主張的？』羅答：『鐵路股款無着，以六厘股息抵扣正糧，尚有盈餘，捐輸是人民樂捐以助軍餉，太平時即允停止，各省皆然，我川人何應樂捐矣。』詞氣嚴正，慷慨不屈。趙云：『只要是「抗糧罷捐」這四個字，本部堂就把你殺得了。』當喝令推出梟首。羅君面無懼色，侃侃而談，謂：『四川鐵路是先皇帝准歸商辦，督部堂親手創立，若先皇聖旨可由賊臣蹂躪，舉人爲全川七千萬請命，雖死猶生。但士可殺，不可辱。』語氣尤壯。正争執間，鄧亦大駡：『同志會是我鄧孝可一人辦的，殺我就是，何必攀誣這個那個？』時江三乘同彭、胡諸人已到院，先時，趙督已用帖將咨議局正議長蒲伯英請來，即以《自保書》誣爲蒲著。蒲云：『我做不出，那們不好。』趙云：『好筆墨做孬文章是容易的。』亦被扣留。至要殺羅梓青時，玉將軍已到院。玉將軍對趙説：『不要妄戮一人，要殺，請先殺我。』趙怒不可遏，堅稱要殺羅梓青諸人，將軍與提督及尹藩均不贊成。逾時，顔楷即鐵路股東會正會長、副會長張表方、咨議局書記葉炳成先後拿到。趙督以圖謀不軌，立意殺人。

俄而，伍學士前掌尊經書院院長，年八十六聞警，即奔督院，要求釋放諸人。趙云：『此與老先生無干。』伍云：『這件事是我叫他們辦的，同志會也是我主張，罷市罷課也是我主張，抗糧罷捐都是我主張，圖謀不軌還是我主張。要殺，先殺我。他們都是我的門生弟子，他們是名譽上的會長，我是實際上的會長。説罷，請大帥設北闕位，我好謝恩，請殺我一人以釋他們！』幾有拼死之狀。趙爾豐無如何，托將軍勸慰請回。至是，將此九人暫行羈押督署。

（《民立報》第三五七號）

辛亥四川争路親歷記節録

周善培

二十一日，鐵路公司召開臨時大會，討論借款合同。到會約有千餘人，多年不出來參加活動的八十老翁伍肇齡，也由人攙扶到了會。我問他：『怎麽肯出來？』他説：『此事關係四川的存亡，即使走不動，抬起也得來！』午後一時開會，由顔楷主席，報告借款合同寄到了，請大家討論，并没有説什麽激動的話。接着發言的，不過三四人。忽然有個人站起來流着眼淚説：『鐵路完了，四川也亡了！』説完了，就大哭起來。會衆也就一齊大聲號哭起來。有一面拍桌子，一面踢脚的，吼得屋瓦都要震動了。照料會場的八個警察也丢了警棍，伏在桌子旁邊一同號哭起來。哭了三十分鐘以上，我看結不了局，只好站起來説：『諸位在會場大哭是無濟於事的。要保路就得請護院電奏纔有辦法。』於是衆口一齊説：『我們就到院上去求護院去！』總督衙門叫院我又站起來説：『諸位且等幾分鐘，待我先去報告護院，把接見的地方預備一下，立刻來電話請諸位再去，比現在就去適當一點。』大家以爲是。我立刻去把會場情形報告采帥。采帥説：『快請他們來。』我一面用電話代采帥邀請會衆，一面預備接見地方。督署大廳容不下許多人，又不好要他們推舉代表，只有在大堂檐前用立談方式接見。

鐵路公司距督署有三四里路，會衆全體步行上院。伍老翰林堅不坐轎，也由兩個人扶着走，因此走了一個多鐘頭纔到督署。采帥站在檐口迎候，會衆就排列在檐下。

采帥先對會衆說：『大家儘管儘量發表意見，我的責任該辦的，力量能辦的，一定替四川人辦。』會衆輪流發言的有好幾位，綜合起來都是說：『四川鐵路是光緒皇帝批准四川人自辦的，不能收爲國有。四國借款合同條件太苛，川人不能接受，請護院速即電奏，請政府收回成命。如不得請，川人是要力爭到底的。』說話時，語氣無不激烈，有且說且哭的，有哭得話不成聲的，也有光哭不說的。

采帥聽完了，要答話。因爲身體矮小，怕大衆看不見，臨時搬張方桌，站在桌上。答覆的話不多，但句句都極誠懇極沈痛。他說：『四川總督是政府派來代四川人辦事的。四川人對政府有什麽意見，總督有代你們轉達的責任。你們快把方纔所說的一切具個呈文來。我立刻代你們電奏，并代你們力争。一争不行，就再争。那怕争到丢了官，能把我的責任盡到了，丢官也是快樂的。』說到這裏，伍老先生首先跪下，會衆跟着一齊跪下。采帥也從桌上跳下來還禮，群衆就磕頭致謝，極肅静極愉快地由大門退出了。

（《辛亥四川争路親歷記》）

辛亥革命在成都節録

李 璜

我們四川的士紳喜歡干涉政治，似乎也有很長遠的歷史。……大抵這班士紳，都是有功名的，不是科舉出身，就是在外做過官回成都來休養的，能詩，能文，能寫字；做官還没有何種大污點，在鄉也自然有些清譽。精力還相當有餘剩的，還各管理着教育事業或慈善事業，因之與一般民衆并未脱節。那就我在當時或以後所熟習的干預争路一事的幾位紳耆來説，如：

一、伍肇齡崧生，翰林院編修，曾任錦江書院山長；

二、顔楷雍耆，翰林院庶吉士，曾任高等學堂監督；

三、蒲殿俊伯英，進士，咨議局議長；

四、羅綸子青，舉人，咨議局副議長；

五、邵從恩明叔，刑部主事，曾任成都紳班法政學堂監督；

六、張瀾表方，舉人，曾任成都慈惠堂主持人；

七、鄧孝可慕魯，主事，曾辦過鹽政而有著述；

八、周鳳翔紫亭，進士，當時的高等學堂監督。

以上我熟悉的這八人，其中五人便爲趙爾豐所拘禁，稱爲造亂的首要。此外被拘禁的爲葉秉誠、蒙裁成、王銘新等，皆是當時以士紳資格在成都辦教育并教書的。當時這班士紳既好論時政，主持清議，而同時親戚故舊與門生屬吏又在四川到處都有，所以是一言九鼎，勢不可侮的。

（《四川文獻》第一六八期）

附録二：伍肇齡相關資料輯録

石室詩鈔序

黄雲鵠

咸豐壬子，雲鵠夏課京師館袁筍陔少司馬家，獲晤伍嵩生同年。時游木天已六七載，猶翩翩年少也。又十七年，爲同治戊辰，予出宦蜀，凡五歷官，曾一晤嵩生，彼此鬢髮亦未改。比去蜀重還，竊凡十二載，中間與嵩生居近，時相見，交益深。洎兩權臬事，聚稍少，每見輒黯然，蓋彼此相顧并垂垂老矣。一日，嵩生門人秦生以所刊《石室詩鈔》一卷屬爲序。嵩生於詩素矜慎，不輕作，又選核過嚴，故所存僅此。其中及鄙人者凡六七作，即交誼可知。竊謂嵩生詩骨重神寒，無玉堂人華貴氣，亦無林樾人疏野氣，此境殊未易到。文字天下公器，未知閲者以雲鵠爲阿所好否耶？

光緒庚寅歲小滿後一日，年愚弟黄雲鵠謹序。

（重圖藏本《石室詩鈔》卷首）

上錦江院長伍崧生師書光緒六年　劉光謨

沐違化雨，度負春風。回憶五載留門，叩鐘鳴鼓，授受一堂，諄諄不倦。平旦思維，瓣香時祝。昨得張式卿告，敬諗夫子福集禧延，躬禔道泰，濟濟祁祁，模模範範，蒔苗偃草，洙泗蜀巴。微夫長卿、子雲之教，不足擅譽於兹也。前讀春間邸鈔，見朝廷有命督撫大臣舉薦賢才之典，未識川省登牘幾人？夫子主講石室，年所歷多，全蜀英才，雲蒸廡下。房、杜學受河汾，程、朱派衍濂溪。自謨思之，宜有其人，延譽制府之前，異日鍾鼎銘勛，亦足壯門墻之色。謨住院最久，閱人良多。所慮者，新進諸生未必果堪大任，而施之訓誨以長其才，使之閱歷以增其識。譬之三年之艾，遽求雖不能得，苟蓄即可必致。昔魏叔子答曾君，有書曰：『禧嘗欲集諸同學志當世之務者，各因其所已知，而討論古今以成其說。』竊謂此説也，即造就人材之要法。十室之邑，必有忠信。求之者，朝廷之事；育之者，師儒之責。可否商之制府，於書院增設經濟一科。擬分六門：一曰史事，如王道、相業、臺諫、循吏、官制、貢舉、學校、農田、禮典、兵制、刑名、國用、賦税、職役、地志、馭夷之類屬焉；二曰掌故，如國朝官階、處分、賦役、漕運、鹽法、税則、學政、樞政、軍需、刑案、工程、物料、臺規、儀象之類屬焉；三曰農政，如課農、土宜、水利、蠶桑、木棉、租賦、倉儲、荒政、保甲、團練之類屬焉；四曰軍政，如營陣、技勇、火攻、水戰、籌餉、挽運、馬政、城守、海防、江防、邊備、屯田之類屬焉；五曰地輿，如都邑、沿革、城關、險要、名山、巨川、海道、商埠、河工、漕運、四裔、五洲之類屬焉；

六曰西學，如水火氣電、光化力歷，及船政、農術、量算、繪圖、機器、炮法、通商、出使、采礦、醫藥之類屬焉。考史事以知古，稽掌故以通今，重農以足食，練軍以足兵，習地輿以識中外形勢，皆經濟之大端也，而西學爲尤要。以其矛攻其盾，以其道治其人，實爲馭夷至計。立學長以倡之，厚課獎以勵之，則他日巴將蜀相，取之夫子之門，裕如也。不然，所學非所用，所用非所學，朝廷養士，果何爲哉？夙擬綜各種政書及中西之法，以育材、富民、强兵三事，纂輯爲編，丹鉛昕夕，竟弗能成。

謨本腐儒，自分身終學究，然必函夏謐安，乃得著書牖下。杞憂之抱，以四邊多故，實與非有干時見存也。夫子儻不以爲棄材而屑之教誨，庶不以粥粥終乎？

（《高石齋文鈔》卷三）

致伍編修

王闓運

松翁仁兄先生道席：

杏壇密邇，侍坐三春；桂樹淹留，思歸萬里。朔風催别，時雨懷人，延跂音儀，有如饑渴。春回歲始，道遠江深，惟頌福崇，以隆道訓。高堂歡養，有樂閑居。旨酒思柔，共尊鄉老。琴尊之暇，金玉無遐。闓運出峽平安，還家淒惻。殘冬景短，閉户廬深。憶良會於前年，羨滿門之多福，筠仙主講鄉塾，强作替人。明歲伊唔，又更新士。蠶絲未盡，敢辭煮絡之勞；繭紙纔鋪，莫寫纏綿之意。輒因還使，聊布謝忱。

（《湘綺樓箋啓》卷五）

復伍崧生前輩

李　榕

頃奉惠書，慰問周至。示及當道優禮，台尊兼主尊經一席，有南面讓三、北面讓再之雅，曷勝仰企。龍州蔣太守莅任，將及五載。其人精明强毅，志趣遠大，在任設施，惟以翦除殘暴，扶植善良爲朝夕不遑之事。其最著成效者，龍州縱横四五百里，内劫奪椎埋之徒，望風疾走。今年梓潼七曲山大廟神會，嘓匪百餘人陳列刀仗，横行市肆，衙門鎮會差役莫敢攖鋒。浼人致錢百貫，肯其讓道他適。詎以人衆錢少，不敷散給，正在抵拒紛紜之際，忽發謡風：龍州捕快至矣。蔣大人隨後即至，拿獲廖帽頂作眼鏡子來矣。匪衆即時分途狂竄，凡此虚聲奪人，蓋亦有故。往年拿三台巨匪裴金鳳，旬日又拿綿州巨匪陳鐵牛，皆自出重金賞團捕。川省頻年捕盗，幾同剿捻，而搶劫迄不止者，以賞爲中飽，不獲盗魁故也。至蔣之拿治衙蠹地棍，懲辦刁惡生監，實於貪庸官吏不便，仇怨頗多。然自布耳目，自耗銀錢，日敝精力於聽斷條教之中，地方乃得寧謐，良懦乃獲安全。譬之人家翁姑，早起晏眠，躬親勞苦而其子婦飽食安卧，動以絜聒擾亂，爲家門不祥之事，以掩覆其怠惰恬嬉之習，揆之天理，豈謂非誣乎？

（《十三峰書屋書札》卷四）

覆伍先生書

吴之英

違侍杖履，一再經秋。真人謦欬，忽逮空谷。英去冬由簡歸灌，牒縣請假以修墓，開缺上聞。誠知讕才薄學，無裨明聖也。慈君年老傳祭，喜懼交并。白髮含飴，興居頗健，正人子難得之日。簡州人士留著經筵，今已辭聘。南望蒙山，馳神日夜。學生等歲試在邇，即當檢束行李，歸慰倚閭。伻來傳命，知張觀察擬設報局，延請主筆。先生不忘駑弱，遂欲驅舞衢路。英，散人也。二十年内之書，竟未披讀。若使執筆公所，鼓舌縱譚，翻理惠施、鄧析之書，張皇賈誼、晁錯之説，慮不達事機，長爲大方家笑耳。曩者，宋芸子舊好，牽羈棲遲報局，旋聞有旨禁斥，謡詠踴翔。因疑身膏鼎俎，何堪驚魂甫定，攘臂重來，尚冀先生憐之！陋薄寡聞，敢言譔述？舊經學辭章數種，發憤所寄，聊爲不得已之鳴，不願刊行，將欲藏之崖壁，以待來者。寄歸久矣，懇款垂教，中心感愴，未知再侍何期？已向劉榮華詢明。寒燠時變，寢食何如？

（《阨言和天》卷四）

上伍崧生先生書

陶鼎金

鼎金昨别門墻，親承教訓。先生之意卷卷於鼎金致力古文，且并勗以所未至，豈非君子樂成人善之心歟？伏念鼎金致力古文之意，有可呈於先生之前者：

溯自先生主講石室後，吾蜀文風丕振。繼以南皮張公創立尊經院，於是吾蜀訓詁、辭章之學，駸駸乎壓吴粤而上之。獨爲古文之學者鮮，無以盡副先生與張公樂育之心。鼎金竊不自揆，思爲舉國罕爲之事。夫古文之學亦難言矣，由太史公之後，數百年而後有韓退之氏、柳子厚氏。由韓、柳之後，百餘年而有歐陽永叔氏、蘇明允氏、蘇子瞻氏、蘇子由氏、曾子固氏、王介甫氏。由歐、蘇之後，二百餘年而有歸熙甫氏。由歸熙甫氏之後，百餘年而有姚姬傳氏。且韓、柳數公未起之先，必有人焉以開之；既起之後，必有人焉以羽翼之。韓退之氏、柳子厚氏，陳子昂、元結、獨孤及開之。歐陽永叔氏，柳開、穆修、尹洙開之。三蘇、曾、王，歐陽永叔氏開之。歸熙甫氏，危素開之。姚姬傳氏，方苞、劉大櫆開之。其後皇甫湜、李翺，羽翼韓退之氏。三蘇、曾、王，羽翼歐陽永叔氏。秦觀、張耒、晁補之、李廌、黄庭堅、陳師道，羽翼蘇子瞻氏。歸熙甫之時，無人羽翼之，以王世貞晚歲推挹甚深，以知其文見重當時矣。梅曾亮、管同、姚瑩、曾文正公，羽翼姚姬傳氏。其在韓、柳諸公，遵前修之軌，竭大而化之之力，每變愈上，以擴古文正傳，而又得後之羽翼者，繼繼承承，守而勿失，然後極一代之盛。蓋古文之學，方、劉之後，其體已正，其詞已潔，至姚氏而其緒愈大，其傳愈遠。國朝文治極盛，遠邁前明，義理、訓詁、辭章之學，布履星羅，各臻其盛。姚氏獨合義理、訓詁、辭章而一之，韓、柳諸公之傳益顯，其道益尊，雖歷萬世無弊可也。

鼎金追隨先生歷有年所，義理、訓詁、辭章，三者素承先生之教。近復召以襄校課卷，以事遠睽函丈，不獲日近光儀，惟有仰體先生之意，私淑姚氏，服膺勿失，不敢稍畏其難。所謂義理、訓詁、辭章之學，日知而月勿忘。若夫方駕韓、柳諸公，誠未易言；至循途以往，厠於皇甫湜、李翱諸君之倫，以羽翼姚氏，以副先生與張公樂育之心，是則鼎金此日之志也。

（《陶調甫先生文稿・書説》）

致伍編修

王闓運

別後數問起居，無異面對。每羨福壽，難在聰明。昨得來書，猶如壯艾，驚喜三歎，若再晤談。重宴鹿鳴，諸老避席，敝鄉富貴二老更不及矣。此身健在，他復何干。坐閲盛衰，益增學識。去蜀廿載，不滅不生。媸屬平安，聊以自慰。改學説起，久欲進言，以名字章聞，嫌於生事。適緣夏奏，即具呈本省督撫，請代奏飭停。躬至南昌，辭聘還里。因緣湊合，得讀來書。藉此要津，復箋函丈。日對百客，心緒粗疏，凡所欲言，真同全史。如錫公告去，或可西游，重訪君平，一傾積想，斯爲快耳。導養多效，冬福彌佳，幸甚，幸甚！

（《湘綺樓箋啓》卷六）

伍崧生、王子凡兩同年過寓夜話有感

徐子來

風雪長安又一年，同來話舊倍纏綿。依劉旅食親蘭譜，説項才名噪木天。蜀棧雲知歸路遠，燕臺月爲客中圓。故人昨有從軍去，遥待鐃歌奏凱旋。

（《墨耕堂集·寓都吟》）

贈伍崧生庶常同年名肇齡，邛州人　李嗣元

一别匆匆遽八年，相逢丰度尚依然。我甘縫掖淹儒服，君快蓬萊籍散仙。鼠璞虚名慚齒及，雞壇高誼感牙弦。談及寄滌生夫子《百韻詩》。移居惆悵層城隔，細寫離懷寄蜀箋。

錦里秋風握手時，荀香三日令人思。登科共羨張童子，問齒還輸謝客兒。威鳳祥麟徵世瑞，玉堂金馬副心期。他年西蜀論人物，揚馬之間譽定馳。

幸叨蘭譜借餘光，却愧蓬山路渺茫。京邸重來悲昨夢，辰寅以前元曾侍先大夫宦京師，此次重來，不勝時異事殊之感。才鋒磨盡怯文場。并無妄念希銀榜，剩有閑心付錦囊。雲路故人如念我，好貽才語振頹唐。

（《日慎齋詩草·外集》）

游二閘同楊海琴、何小宋、伍崧生三太史，楊叔通同年，吴秋伊高士

李士棻

挈侶提壺出郭西，平沙遠水覺天低。鷺鷗蹲岸看人過，蘆葦吹花與雪迷。畫槳静移波淼淼，酒旗斜傍柳萋萋。御河橋上頻來往，翻羡漁樵住夾堤。

（《天瘦閣詩半》卷三）

伍崧生太史邛州

劉楚英

風度端凝張曲江，龍文百斛筆能扛。蓬山小住復歸去，秋雨臨邛花滿窗。

（《石龕詩卷》第四）

嘉定九峰書院寄篠吾刺史資州兼呈崧生太史

陳　溥

我行存孫侯，兩月留犍爲。中間遇毛卿，不許我憶歸。般桓携我游，擁斯茫一湄。夢中龍泓口，重踐昔所奇。辛亥四月送余雅州南旋，留連凌雲、烏尤兩山間二十餘日。孫侯再宿還，我卿十日縻。沈子吟樵竟不來，卿知我從誰。伍侯學知德，問我德所倪。剪樹納遠天，喜色日溢眉。遺經在人口，幼讀壯反迷。聽者得其

心，説者味轉怡。問及孫與管，擇人措諸危。（《十三篇》曰『擇人而任勢』，《管子》言『危則勝』，即淮陰所用《十三篇》置之死地。）武鄉不之用，歷歷荀況遺。（《武侯集》中言兵事多贋，托其曲制，官道主，用實師晋五官。而訓練則用荀子所述三代禮義之教。）君看東南亂，胡久棼不治。有士求此心，吾敢辭少稽。時復俞（廖士觀察）李（李雲生太守）何（小宋太史），歡筵恣酣嬉。酹我遺巨罍，餘瀝霑僮奚。頃逢鄧睒楊，來了官緡虧。黯黮黑羔裘，就我十二棋。（山谷詩中『十二棋卜』，即《史記·日者傳》所謂『句踐之遺』。今《越絶書》有六壬兩占。）果用戊子夕，一年解（犍爲七任交代冬月廿九日，雲生太守饌治，一年皆了。）衆羈。吾囊爲卿占，朱雀赫有儀。書還説奏劾，不中差毛厘。聞當舉尤異，喜可旦夕徯。單叟（樂庭司馬。）所治裘，價逾五羖皮。燠我定奇温，寬博便履綦。龍泓之左崖，猶存至和題。子瞻爛柯字，石泐久作泥。卿昔屬留刻，未就懷人詩。豈不動高興，講説長紛披。俞何督和章，老守索瑰琦。惡知塵廢久，澀管那容吹。孫侯中再至，蠶局訛不欹。語我香爐峰（顧廬村孝廉所家），亦已兩月圍。以此中怦然，數淆理莫齊。狆獦蚤思遈，銅仁突告陁。吾孥在玉屏（去銅仁兩站耳），徙避當何依。昨睹梅叟筆，備陳過宋微。（於雲生太守處見梅伯，言丈今正來書，述癸丑春南京避亂，出城艱苦，有『三十口何天可靠』之語。）玉屏知如何，寧免寒與飢。吾兄攝水城，數口挾輕齎。與玉屏絶遠，而接郎岱圻。郎岱聞已潰，宜往助設施。丈夫不辭窮，緩急固有時。願卿爲稱貸，脱我俾疾馳。不足不之他，孫侯有夙期。譬彼監二代，兩賢爲醵之。主人苦相留，酌彼黄髮祈。所志眇難逮，什佰而倍蓰。大哉百年内，吾道經險夷。恢臺付宏造，仁勇諒何疑。

（《二陳遺稿》卷三）

謁伍崧生房師，夜宿大邑清源市

張錫嶸

花外斜陽晚，雲峰暗幾層。人聲三里市，春夜一街燈。竹屋容高枕，桃源夢武陵。牀頭三尺劍，氣欲作龍騰。

（《民國大邑縣志·詩徵》）

上伍崧生先生次東坡《入峽》三十韻

蕭望崧

石室遺經授，岷峨間氣探。巍科連甲乙，美秀盡東南。琢欲玉成器，染思青勝藍。淵源洙泗接，統緒洛濂參。廣厦羅群彦，先賢配一龕。門墻高嶽嶽，禮殿邃潭潭。薪槱兼搜蓄，英華各咀含。趨庭紅杏綻，夾道緑松毵。狄籠多芝术，莊櫄遜杞楠。恭逢催省試，欣值送吴驂。奉贄投函丈，陳詩獎再三。丙子科先春駐院肄業時，值制軍吴公予告歸里，諸生賦詩送行，崧詩頗蒙優許。槐忙圍枳棘，策挾侍筐籃。側陋明敭帝，鄉鄰羨毓男。戰鏖香月桂，捷奏熟霜柑。滄海遺珠網，蓬池艶筆簪。擔簦返蘇季，捹業去周聃。夏日課勤習，春風恩倍涵。幸叨堂備濫竽見遺。息躬剛退鷁，縛繭漸僵蠶。員僾稱名世，方幹便卧庵。負薪嗟葛帔，拾橡計瓶甔。累俗貧非病，臨文好是慚。廬居惟禮讀，世事已心諳。稱貸無酬畣，揶揄豈戲談。友朋交久絶，妻子樂何妉。舉首瞻山斗，抽身出霧嵐。萬鍾時爲養，五斗節懲貪。暮歲愁屠狗，少年耻鬥鵪。二毛如此甚，七事不能堪。遠取葑菲采，枯噓草木酣。齒牙餘論列，誽士敵茶甘。

（《民國新修合川縣志》卷六四）

崧生同年自蜀泛湘來鄂訪余，邀鹿仙同年會飲署齋，步前韻奉和　何璟

扁舟一葉下瞿塘，聞在長沙望武昌。申夫先以信來。忽訝文星聯翼軫，剛逢明月照壺觴。夢回青瑣滄江上，余與鹿仙均有玉堂天上之感。詩詠南樓北斗旁。涵養看君多道氣，鹿仙從君講養生之道。我今亦悔次公狂。

（《鄂渚同聲集初編》卷二）

戊辰竹醉日，伍嵩生同年肇齡至自長沙，香山中丞置酒幕府命陪末座，譚宴盡歡，嵩生首倡長律見志，因次原韻奉簡兼上中丞　張炳堃

當年惜別長安道，此日相逢在武昌。咸豐癸丑，余與君先後請假出都，不相見者十有六年。君是神仙重涉世，君將入都。我如傀儡又登場。談深燈燭西窗下，是夕縱譚春明舊游。夢繞觚稜北斗旁。且喜庾公容脱略，不將禮數責疏狂。

（《鄂渚同聲集初編》卷二）

次張鹿仙炳堃觀察用伍嵩生太史原韻 胡鳳丹

知己相逢溯丁未，京外相好惟丁未榜最多。由來八座屬文昌。池塘春草吟詞苑，君與海門侍講前後入翰林。鱗甲秋風墮戰場。余南北鄉試十次不售。烽火心驚燕薊北，鄉關信杳聖湖旁。北省軍情近無音耗。浮雲富貴非吾願，故態依然似昔狂。

（《鄂渚同聲集初編》卷二）

【注】《退補齋詩存》卷一三亦載此詩，文字略有不同。

十九日偕鹿仙、玉階兩觀察招伍、何二君小飲，即席三疊前韻贈伍嵩生太史 胡鳳丹

愧乏嘉肴款嘉客，先一日君有書來，訂以多用蔬菜，故及之。相逢眉宇見光昌。夜深醉月藤蘿架，酒酣移席紫藤花下，盡歡而散。年少登雲翰墨場。丁未入詞林者，君年最少。錦水遥環珂里曲，君歸蜀十六年乃出。香烟夙侍玉皇旁。獨留佳話傳丁未，舊雨新知喜欲狂。

（《鄂渚同聲集初編》卷二）

【注】《退補齋詩存》卷一三亦載此詩，文字略有不同。

月樵、玉階、鹿仙三觀察招陪伍嵩生太史，月樵賦詩屬和，即次元韻

奉酬　何國琛

紫藤花下開良宴，笑指文昌集武昌。玉局幸逢仙子醉，金門曾入少年場。味餘摘果烹葵外，人倚斜陽古樹旁。酒興漸闌詩興健，漫言何遜老猶狂。

（《鄂渚同聲集初編》卷二）

二十日約嵩生太史、鹿仙觀察次日游晴川閣，夜聞雨聲，恐不果往，五疊前韻

胡鳳丹

傑閣凌霄高百尺，左縈南嶽右南昌。江山訪古胸千載，風雨愁人夢一場。兩字殘碑雲路側，黃鶴樓有雲路碑，相傳曹孟德書。半堤芳草月湖旁。登臨好待天開霽，童冠偕游點也狂。

（《鄂渚同聲集初編》卷二）

【注】《退補齋詩存》卷一三亦載此詩，文字略有不同。

五月廿一日早，時雨既足，薄雲弄晴，約同嵩生同年、月樵都轉登晴川閣，即事有述，仍用原韻　張炳堃

詩詠登樓杜工部，賦成喜雨段文昌。只今銀榜開仙宇，自昔金戈莽戰場。但覺此身游物外，不知萬象在吾旁。故鄉亦有西湖好，此去端應憶酒狂。嵩生將由金陵之杭州。

（《鄂渚同聲集初編》卷二）

登晴川閣後，將游月湖堤，先詣漢陽郡齋，陳仲耦太守置酒款洽，招登古秋興亭，三疊前韻　張炳堃

晴登傑閣烟氛豁，雨過山城物象昌。欲向蘇家尋笠屐，令兄伯雙同座。却從陶令借壺觴。看花眼落滄州外，亭在署後鳳凰山頂。載酒人來日月旁。見説東南賓主美，臨邛一客更清狂。謂嵩生同年。

（《鄂渚同聲集初編》卷二）

二十一日天氣新晴，偕嵩生太史、鹿仙觀察游晴川閣，陳仲耦太守招飲，六疊前韻

胡鳳丹

今日無風復無雨，江天一覽物繁昌。鳳凰山抱雄城堞，漢陽郡署後有鳳凰山，山畔城垣周匝。鸚鵡洲開淺草場。柳色低迎襄水曲，由月湖堤渡漢。茶香新擷洞庭旁。鹿仙觀察出君山茶共飲。季方才濟元方美，低首相逢不敢狂。謂陳伯雙、仲耦昆季。

（《鄂渚同聲集初編》卷二）

【注】《退補齋詩存》卷一三亦載此詩，文字略有不同。

月樵都轉偕嵩生太史、鹿仙觀察見過，各出律詩相示，因用元韻呈政

陳懋侯

都督當時開棨戟，賓朋文宴盛南昌。不圖賤子風塵眼，及見群公翰墨場。舊雨來逢今雨後，前一日雨甚而是午適晴。德星聚向客星旁。他年江漢傳佳話，應説高軒過楚狂。

（《鄂渚同聲集初編》卷二）

崧生登晴川閣、秋興亭，游月湖堤，作詩見示，疊韻奉和　何璟

三年未上晴川閣，余到鄂三載未遑一登。庚亮風流負武昌。勝會忽聯江海客，崧生，蜀人。鹿仙、月樵，浙人。陳伯雙、仲耦昆季，閩人。豪吟定累百千觴。萬家烟樹官亭外，十頃湖荷縣堞旁。不羨東坡游赤壁，歸來誇我興猶狂。

（《鄂渚同聲集初編》卷二）

翌日，月樵都轉招同嵩生同年、何白英觀察國琛登長春觀、紫微閣，并赴卓刀泉茗飲，四疊前韻　張炳堃

卑棲忽覺乾坤隘，到此方知萬彙昌。若變西江作春酒，願因北斗挹天漿。金仙未許超塵劫，玉女還應笑帝旁。换骨苦無丹白藥，且將靈液療吾狂。

（《鄂渚同聲集初編》卷二）

偕嵩生太史，白英、鹿仙兩觀察游長春觀，七疊前韻　胡鳳丹

證果偶來清净地，紫微光照道遐昌。龕供紫微上帝。軟塵十里游仙路，舊夢三生選佛場。嵩生、鹿仙、白英各

由科甲通籍，今忽忽數十年矣。夜雨重泉千樹杪，夕陽遺壘萬山旁。洪山爲近年駐軍處，遺壘猶存。閑官無事貪行樂，半屬詩狂半酒狂。

（《鄂渚同聲集初編》卷二）

【注】《退補齋詩存》卷一三亦載此詩，文字略有不同。

月樵都轉招同嵩生太史、鹿仙觀察雅集長春觀兼游卓刀泉，再疊前韻　何國琛

出郭頓教雙眼豁，嘉禾萬隴喜蕃昌。江山收入新詩卷，月樵都轉擬將同人唱和諸作裝成一册。鐘磬還尋古道場。策杖直躋瓊闕上，長春觀中紫微閣極高。停車小憩竹籬旁。刀泉清許詩脾沁，消却吟狂與醉狂。

（《鄂渚同聲集初編》卷二）

崧生復游長春觀、寶通寺、卓刀泉諸勝，作詩見示，再疊前韻　何璟

城東景物堪游覽，浩蕩郊原百卉昌。繞郭山横青步障，登樓人醉紫霞觴。風飄梵唄諸天上，雲護靈泉大道旁。連日雨餘炎暑退，多應仙佛助清狂。

（《鄂渚同聲集初編》卷二）

【注】《黄鵠山志》卷一二亦載此詩。

送伍嵩生太史之金陵，十疊前韻　胡鳳丹

從來人物推西蜀，學術高於楊仲昌。容我豬肝供旅館，讓君牛耳執詩場。君首唱，後諸公皆疊和也。蘭橈翠擁吴山上，柳眼青垂漢水旁。醉拍銅琶唱東去，一帆風送謫仙狂。

（《鄂渚同聲集初編》卷二）

【注】《退補齋詩存》卷一三亦載此詩，文字略有不同。

贈伍嵩生太史北行，即用元韻，録呈月樵都轉　陳建侯

隔江黄鶴杳然去，猶有晴川傲武昌。深愧不才居劇郡，敢邀騷客作詞場。胸懷月到天心候，指顧星臨帝座旁。此去莫嫌詩料少，吴頭楚尾足清狂。

（《鄂渚同聲集初編》卷二）

贈五崧生　曾紀澤

昔時居近紫微宫，絳蠟寒氈相過從。十五年來更萬變，三千里外喜重逢。江南水石多名勝，亂後樓

臺只舊踪。百頃荷花後湖裏，偕君斗酒一從容。

（《歸樸齋詩鈔》戊集上）

游秦淮河次崧生登黄鶴樓詩韻　曾紀澤

中原戈馬天教靖，北極朝廷道再昌。十里秦淮回月舫，百星燈火照霞觴。初聞雁侣鳴天際，更送鵁行侍帝傍。瑟瑟西風雙槳急，叩舷長嘯共清狂。

（《歸樸齋詩鈔》戊集上）

辛未秋，偕崧翁、鷗弟游鶴鳴山　孫治

遥喜嵐光到眼前，興飛直上翠微巔。山藏樹裏看如畫，客嘯峰頭望似仙。草閣眠雲凉雨夜，松岩踏月曉霜天。便思長結烟霞侣，愧未能抛世外緣。

（《退一步軒詩存》丁丑鈔本）

與崧翁、鷗弟小酌園亭

孫　治

秋日風光覺勝春，小亭幽曲隔紅塵。清風到處竹生韻，佳客來時花有神。身拙得消清静福，世危幸作太平民。莫辭爛醉東籬下，舊雨同游有幾人？

（《退一步軒詩存》丁丑鈔本）

偕崧翁游山有作

孫　治

放步山巔復水濱，石磬小坐静吾塵。臨流話到忘機處，鷗鷺偕行不避人。

向曉千峰霽色開，山光明净露蒼苔。白雲高卧如人懶，不逐輕風出岫來。

（《退一步軒詩存》丁丑鈔本）

祥翁招游草堂看梅，偕崧翁同游

孫　治

良友招游不厭頻，草堂重到恰兼旬。忽從雲外來佳客，同向花時作醉人。臘鼓聲催將餞歲，芳樽香溢已含春。座中好是林泉侶，真率渾忘孰主賓。

去年看梅已春初，草堂花萼半未舒。今年看梅纔臘尾，花落如雨枝頭疏。殘紅片片點芳草，遲來辜負花光好。歎息韶華似水流，人生行樂還宜早。

（《退一步軒詩存》壬申鈔本）

立春前一日，曉起作此，有懷崧生妹丈

孫　治

起曉坐虚室，心清合伴梅。花光催臘盡，鳥語喜春回。避俗依修竹，尋詩踏翠苔。幽情誰共話，應有故人來。

（《怡園詩鈔》乙巳鈔本）

爲崧生妹倩畫扇并題

孫　治

玉質金相不染塵，蘆花深處好藏身。逍遥自得烟波趣，不逐游鱗上釣綸。

（《退一步軒詩存》壬申鈔本）

九月望日，與崧生妹倩、鷗舫弟游鶴鳴山。夜中聞雨，已而月明如畫，步月眺玩，頗得奇境，作此記之 孫 治

倚枕聽雨聲初歇，夢醒忽見滿山月。披衣出寺步玲瓏，凉影滿身渾似雪。峰頭玉鏡□清光，澗底銀波瀉寒色。穿雲危磴躡千層，出峽奔泉飛百尺。斷岩一綫鐵橋横，仙踪到處紅塵隔。松風颯颯悄寒生，人間此境真奇絶。勝境從來憶舊游，良儔同玩興彌悠。雨□小閣一燈夜，月踏寒山萬壑秋。

（《退一步軒詩存》丁丑鈔本）

冬十月十二日，夜出步月。適崧生過訪，譚至夜分，復步月携至夫子廟前别。歸，對月口占 黄雲鵠

半載何曾見月明，冬逢甲子喜初晴。田家諺云：冬甲子雨，牛馬凍死。午郊載酒嬉晴出，夜徑扶筇弄月行。小立蓬門逢快友，同浮茗碗到深更。焚香演易占何事？崧生希示揲蓍儀法。願祝祲消四海平。時有星孛於張，氛甚惡。

（《祥人詩草》卷九）

仲冬十一日，偕崧生同年步月，步去年今夕步月韻 時移居東城　黃雲鵠

去年此夜月通明，今夕今年再遇晴。恰喜故人重見訪，仍偕散吏一閑行。瓊樓玉宇寒猶昔，汶嶺峨眉歲又更。勝景良宵欣老健，高歌水調答清平。

（《祥人詩草》卷一〇）

自文廟街移居城東，臨去題壁寄懷伍崧生同年　黃雲鵠

邸舍曾三易，羈棲又五年。此間居最久，臨別意悠然。風雨懷良友，雲霞隔暮天。幾時重步月，覓句澤宮前。去年十月十一日夜步月文廟前，各有詩。

（《祥人詩草》卷一〇）

崧老和前韻，戲作宮體付來使　黃雲鵠

舊是深宮侶，端居積歲年。君恩勞問及，妾思倍悠然。夢繞藏春屋，神游復旦天。但慚容鬢減，惆悵鏡檯前。

（《祥人詩草》卷一〇）

春前二日，邀伍崧生同年賞雪，依韻奉和　黄雲鵠

雪好爲民歌稔歲，春寒喜客帶酡顔。元辰夢遠依京闕，舊部情深愛蜀山。老至不憂憂學廢，官貧何樂樂心閑。誰能大隱同方朔，我願從游霄漢間。

（《祥人詩草》卷一一）

易由甫公子順豫、李秋農茂才君芋、陳魯詹大令炳泰招同徐琴舫學士昌緒、伍嵩生編修肇齡游浣花草堂，和琴老、嵩生、由甫之作　吴慶燾

聞説遨頭十載前，琴老言不至成都十二年矣。依然勝地草堂偏。重來城郭能無感，肯信蓬瀛盡合仙。老向林泉消歲月，秋深嶺海莽風烟。金尊何處還同醉，獨對黄花一喟然。

（《辫珠仙館詩存》卷三）

和伍崧生大前輩《雲山吟》韻　高賡恩

我昔乘雲劍門上，今日看雲劍門下。劍門如劍不可攀，大造何年鑄歐冶。旱山原是蜀中山，二百年

……作秦烟嵐。嗟哉，秦吏不到蜀山上，飛鳥莫度愁雲還。我思日逐愁雲起，山中芝草卧黄綺。汭水留侯有廟臺，建儲大漢功誰比。我來蜀北路嶔奇，高士伍朝吾故知。帷幄無謀作山吏，吏術相期漢杜詩。

（《思貽齋詩約存》卷九上）

寄錦江山長伍松生太史

何元普

宏開石室富多文，五色人傳太史雲。馬帳談經言娓娓，程門立雪夜紛紛。春風教澤還同我（珊珏二子先後受業），秋水詞華獨讓君。閲歲不逢黄叔度，剪波千頃悵離群。

（《静齋新集》卷三）

和伍崧申肇齡江樓

岐元

時雨時晴畫本開，風光不厭酒徒來。岳陽樓上梅花笛，習子池邊鸚鵡杯。聲重晚鐘聞遠寺，夜深凉雨長新苔。臨江好看東來客，移取芭蕉别院栽。

（徐世昌《晚晴簃詩匯》卷一五一）

四月八日同里紳耆公宴於江樓，伍崧生太史以詩送別，依韻奉和

洪錫爵

同上高樓瞰太清，緑波圍繞蜀王城。滿江簫鼓游人醉，千里桑麻沃壤平。去國强陪公餞宴，倚欄解聽步虚聲。林園次第添風景，定有雙魚報老成。

（《雙駡館詩存》卷下）

奉和伍先生《詠雪二首》，敬次原韻

岳森

六琯葭灰動欲飛，將春猶自怯冬威。一簾鼎篆留香妙，點地瓊花墜響微。梁苑游歡遺迹渺，灞橋思好解人稀。客來漫訂尋梅約，榾柮煨爐且共圍。

有雪無詩俗了人，詩家遇雪即芳晨。天公戲罷階森玉，梁父吟成管握銀。飄絮易儕藩溷迹，散花不到菩提身。程門再至春生座，霽月光風得所親。

（《癸甲襄校録》卷三）

奉和伍先生《生日江樓集詩二首》，敬次原韻

岳森

宗風希洙魯，妙道契聃周。攝生適所願，於世信無求。繩墨豈足矜，敻矣逍遥游。見榮早知落，不待閲懔秋。浄慮思涉江，觀物閑登樓。二儀與萬化，浩浩自同流。隨地有藐姑，何用羡瀛洲。

回首及門日，寒暑十四周。盡托恩義分，而無世俗求。鶴齡方益祉，鯫生重來游。蔦蘿悦松上，桂菊怡清秋。舊解索三乘，新吟耽一樓。共參吹萬理，請謝當時流。曠覽臨九陔，區區鸚鵡洲。

（《癸甲裏校録》卷三）

和伍太史

胡薇元

夫容城闕昔曾誇，十載勾留歲月賒。戎幕虚縻方朔米，書堂閑煮惠山茶。憂時賓從思王粲，憀落才人有孟嘉。石室傳經冬雪裏，古梅纔放兩三花。

（《玥經館詩》卷一）

伍公崧生太史游鋈華葛仙還，至龍藏寺，題贈七古一篇，賦此奉和

釋含澈

鶴山去後我公還，天爲儒門開厥關。江漢英華屬桃李，大魁亦復從盤桓。狀元駱君公驌向亦從游門下。不但蜀才并蜀雅，白鹿遺規本瀟灑。錦江石室宗文翁，楚國同年憶江夏。叔度循良誠耐思，愛交禪侶人不知。天彭葛山兩游衍，仙洞朝天情同怡。予與祥人觀察兩游天彭、葛仙，仙子、朝天諸洞，白鹿、丹景。自從歸去蕲黄裏，一日三秋賦流水。忽遇何君入蜀來，代傳問訊致知己。何君子衡直刺來蜀，言祥人觀察主講漢江書院，托伊代爲致問各相好。我公不薄友人友，游罷葛山出山口。高軒初次過繁陽，奚背錦囊無不有。新逢回想舊逢年，蒲團竹閣歡相延。夏雨薰風解煩愠，園蔬菽水清心禪。閑數天下俊與傑，柱石何人是第一。安得唐家一汾陽，與彼宋室一宗澤。功在生民社稷中，令人千載仰咺赫。嗟我逃禪老潜舍，得悟三空及四假。滄海波濤等漚泡，無心雲岫孰能畫。又和掣電與捲席，更如紅爐點輕雪。茫茫過眼當定觀，不可以憂不可悦。蒼狗白衣變幻矣，既無所損復何益。請公且作十日游，莫言塵事不能休。待我滌洗詩腸净，與公日日同歌謳。

（成都市新都區桂湖碑林藏光緒廿二年龍藏寺所刻詩碑）

【注】《蜀詩續鈔》卷七收録此詩，文字略有不同。

游龍藏寺疊伍嵩生師留題元韻奉贈雪堂退士，并呈星槎方丈、月泉上人

張森楷

丈夫不能對客揖，進兹無還又不能，張燈夜奪崑崙關。無才無德癡老子，空嘲晋文羞齊桓。何如息心事風雅，墨雨横空恣揮灑。小乘且參文字禪，那知贊辭絶游夏。我生愧乏方外交，叢林當道不一遨。前年問學錦城裏，論詩曾酌篁溪水。篁溪先生爲我言，雪堂老僧今齊己。相約同驅薄笨車，悄然入門僧不知。藴空陰息何處坐，請參一語神怡怡。是時未敢與君友，偶逢説詩一開口。往復津梁初不疲，懸解多得未曾有。一刹那間二十年，龍藏佛靈更相延。因縁不斷情猶昔，相親來問祖師禪。我欲歷參比楊傑，師紹宗風崇道一。餘事吟詩愛難割，况諸名公多手澤。鈎摹墨迹鎸之碑，滿壁琳琅光赫赫。退藏别構潛西舍，知性爲真身是假。行住坐卧常晏如，俗客不來情益暇。我過竹院半日閑，又觀絶妙詩書畫。大書深刻何纍纍，不羡牙籤鄴侯架。愛聽清談屢前席，使我形神皆澡雪。頓悟未能徹聖凡，漸覺此心解禪悦。生天成佛不可知，聞所未聞殊有益。因思年時長與游，净因早結名心休。還拈此義問星月，應笑鈞天奏巴謳。

（李炳靈、釋含澈選《蜀詩續鈔》卷五）

【注】《民國新繁縣志》卷一亦附此詩。

讀伍嵩師《石堂詩鈔》敬題一律

陳觀潯

機探造化悟魚鳶，活潑詩心任自然。掃盡繁華歸雅正，由來慧業屬神仙。菩提參透原非樹，理境空明別有天。着手成春皆妙諦，拈花一笑證前緣。

（《敏求齋遺書·詩鈔》）

重陽後五日，錦江院長伍崧生先生肇齡、成都馬紹相長卿邀同宴集薛濤井畔，歸志清游并謝

王增祺

崇麗高閣臨江起，閣前萬里東流水。閣後銀瓶汲井華，爲是校書人鑿此。五雲吟館浣箋亭，掩映園林菜圃青。更引流杯池一曲，明年菡萏應留馨。不到是間卋年久，邛州先生笑携手。指看餘地建吟樓，洪度芳魂合消受。程材董役賴相如，論蜀人才古不殊。華筵共酌金尊滿，茗碗新嘗玉液腴。美人名士聲華共，江山勝處尤增重。不見華清官道旁，温泉水活游人衆。我從關輔返蓉城，碧雞坊裏屢經行。閑尋樓址渺烟霧，徑移井畔良多情。夕照蒼茫未忍去，飽吸寒泉傾瓦注。新詩快寫薛濤箋，記得賢媛舊題句。

新詩七字，上句爲『古井平涵修竹影』，乃衡陽聶蓉峰學使銑敏配九畹女史歐陽夢蘭撰，并書八分，曩刊聯懸井闌，爰語紹相，旋得於雷神

祠道士所。重來會見井闌縣，三月三日修禊天。持箋好染燕支色，醉後詩成寫一篇。

（《惜花居三稿》卷二）

江樓浣箋亭、流杯池落成，明年復擬築吟詩樓，以還當年舊觀，恭步崧生姻伯元韻

王文謨

岷峨秀甲五洲勝，英流崛起一時盛。卓哉中有矍鑠翁，不數當年句漏令。芙蓉城東修竹林，江頭傑閣高千尋。年年看花逞游興，錦茵繡幔來駸駸。先生有約詠良辰，綠波萬頃桃花春。追歡何幸末座親，莫忘三日天氣新。

危樓獨踞益州勝，眼界空明水木盛。烟雲缺處補樓臺，生面別開文園令。謂紹相明府。邛州先生老詞林，登高此地曾追尋。急景凋年歲律謝，坐看烏兔馳駸駸。明年曲水流觴辰，風光肯負三月春。大呼嘯侶無疏親，雄辭麗藻相鮮新。

（蜀西樵也《詩緣正編續》卷二）

三月三日，崧生先生，雲五、紹相二君邀集群賢修禊於薛濤井畔重建之吟詩樓，晚歸紀勝

王增祺

桃花箋與桃花酒，到此偏勞惟手口。捉筆便成長短謡，銜杯且釂大小斗。昔賢修禊例賦詩，鉢絶罰飲初弗辭。不妨列坐易寬典，騷壇觴政都隨宜。好是吟詩樓上客，洪度清才留勝迹。添修讓爾鳳樓高，相賞只須浮大白。君不見前有蘭亭後洛濱，舉稱好事尋芳辰。當時吟魂招不得，何似西方思美人。亦園主人謂芮次山工製序，樓邊風景閑洲渚。指點春游動古懷，同舟盡作神仙侣。明歲重來定有情，喜看天色正新晴。籃輿逐隊趨城晚，入夜蕉窗又雨聲。點滴檐牙紛聒耳，笑侑一尊揮短紙。欲除綺語難爲詞，更吸携歸井華水。

（《惜花居三稿》卷三）

上巳，伍松生太史、馬紹相司馬集飲薛濤井録第二

文之蕃

人間萬事幾滄田，古井空餘舊日泉。楊柳樓頭三徑竹，枇杷巷口一溪烟。春風玉茗香何處，斜日桃花冷可憐。汲水祓除增昔感，誰爲城武鎮西川。

（聊園老樵《詩緣正編續》卷六）

己亥立秋日，夏琅溪軍門、王爵棠方伯、劉幼丹前輩、蔣筠軒、潘晟初兩觀察招游城北昭覺寺，同集者伍崧生前輩、羅揚庭同年、江叔海山人。敬步先曾王父《自歡喜庵至昭覺寺》詩韻，成詩二律，呈同游諸公

吴慶坻

巂水歸鞍瘦沈腰，暫追勝侶訪松寮。鈍根敢説三乘法，香樹新成百尺條。先曾王父詩有『萬个篔簹路一條』句，今夾路多種柏，無復舊時竹徑矣。講學宗風持聖矩，洗兵甘澍挹天瓢。行藏異轍原同軌，各有方心鎮俗囂。

茶烟隨客度廊腰，行覓潛光舊佛寮。潛光寮，見放翁詩。三世因緣證香火，先曾王父留題之後三十年，咸豐乙卯，先大父游昭覺寺，敬步原韻。今慶坻來游，上距乙卯蓋四十五年矣。百年志乘有章條。范家夙譽慚詒硯，坡老前盟記引瓢。綴論康屯都愧負，只憑清白謝譁囂。寺僧中恂重輯寺志，粗具條理，故第二聯及之。

（《吴慶坻唱和詩集》）

【注】吴慶坻《補松廬詩録》卷三亦載此詩，文字略有不同。

六月一日，修明方丈訂同人納凉其院，飽飯晡旋。次日，崧生先生、紹相兄招飲薛濤井畔，賞流杯池新荷，叔海幕府屬賦，當爲次韻，晚歸成此

王增祺

雨過禾生胡弗樂，昨踐文殊道人約。萬竿修竹森繞廬，十畝新蔬遥帶郭。無酒學佛我亦能，堆盤菰筍食品增。幽菽潑乳動盈碗，縱欲負腹初何曾。惜欠一池功德水，芙蓉亭立初日裏。今朝轉向鄉東隅，主人不速客至止。笑看翠蓋紅羅襦，五雲館外多仙姝。就中二難喜乍見，勝境似覺滇黔輸。謂同里陳伯完、榆生兄弟。江郎謂我尋詩易，矧復津沽正烽燧。新亭風景猶依然，何緣便灑江山淚。更上高樓俯八荒，平疇衆緑連莽蒼。五老精神等矍鑠，抵掌時事情慨慷。兩主人，謝乾初、薛丹廷、羅雲五三客，皆年七十上下。但得吾儕頻聚首，汲飲寒泉香沁口。會逢滄海成桑田，歲歲花前預爲壽。

（《惜花居三稿》卷五）

將發成都，伍崧生大前輩招游草堂，還飲馬氏園林，明日携猶子鼎、次孫寶蘭送於北郭外，別後却寄

吴慶坻

清游細馬偏城南，落日離亭更駐驂。老去談經留石室，閑中覓句榜詩龕。新城衣鉢真傳在，高密門庭繼起堪。廿四科前論故事，羨公蚤歲脱朝簪。

時艱誰與挽横流，無術甄才竊禄羞。天上玉堂淪浩劫，酒邊鐵笛起離愁。寒衝棧雪朝天路，夢隔江雲出峽舟。攬轡未容桑宿戀，望中烟樹指秦州。

（《補松廬詩録》卷四）

三月三日，崧生先生、雲五、紹相、保臣邀同修禊於江樓之五雲仙館，至者三十二人，歸賦五言紀盛

王增祺

三年兩修禊，光景又一新。居然日巳巳，馳箋集同人。山農亟望澤，積雨俄及旬。方虞泥滑滑，踏脚無鋪茵。急溜尚昨宵，好風當今晨。濃雲徑吹散，花竹彌精神。呼飯略果腹，肩輿出重闉。臨水輒心

喜，矧循錦江濱。舟楫縱寥落，上下猶逡巡。入門揖少長，識面多鄉親。徜徉各自適，登降寧厭頻。緑陰張大幄，計候成殘春。前歲與偕者，感逝中酸辛。謂王範堂工部文謨。餘半逐萍迹，白鷗誰能馴。昔賢新亭會，流涕非爲身。吾徒幸休居，祓除值良辰。酒行便斟酌，歲月同轉輪。不醉將安歸，負兹眼前因。還經流杯池，慨焉念西秦。兩宫正駐蹕，弗碾陌上塵。冠蓋絶游賞，忍饑苦吾民。乃知聚飲難，歡樂貴具陳。井華更汲嘗，清潔味足珍。明年儻仍來，吾其先衆賓。

（《惜花居三稿》卷七）

侍伍崧生夫子同諸賢修禊江樓

劉咸滎

緑陰清潤趁良辰，撲去煩襟數斛塵。序紀重三新歲月，人多七十古精神。同坐七旬外者四人。小樓淡入平江影，芳樹青浮隔岸春。閑坐斜陽詩思遠，倦聽絲管錦城闉。

東風吹雨霽江城，一片雲霞照眼明。楊柳陰中裙屐影，桃花香裏櫂歌聲。誰支危局思驍將，聊鬥春光使酒兵。不盡盛衰今昔感，群賢應有濟時情。

觴詠流連景物明，江天如畫碧波平。春游無復長安日，少陵《麗人行》追思三月三日之盛，感慨繫之。杯酒猶餘蜀國情。天外遠山餘薄霧，水邊啼鳥戀新晴。何當再定重陽約，風露秋香菊釀成。

（《静娱樓詩草》）

【注】《詩緣正編續》卷二録前二首，文字略有不同。

四月八日江樓宴集，崧生先生索詩，歸賦寄呈

王增祺

水火刀兵相間作，我佛慈悲難解脱。今朝傳是浴佛辰，失喜成都猶極樂。肩輿徑踏高橋行，青涵九眼波無聲。橋下畫船時出没，船邊錦帳紛支撑。玩景人多放生少，最好雨餘忘熱惱。居然浩穰逾前番，况復雍容會諸老。井泉汲取烹新茶，甘芳一爲沁齒牙。静觀萬物足欣賞，漫論往事空咨嗟。日近禺中將進酒，羅列盤飧都適口。車公不在座中减，紹相病作先歸。艇子徐牽人漸走。我亦呼輿學詠歸，江光明浄烟光微。檣帆影斂真面出，到眼但見鷗鷺飛。佛視衆生本平等，願乞明年重灌頂。普施惠澤宜清游，天日雙佳絶泥濘。

（《惜花居三稿》卷七）

八月朔，紹相招同江樓賞桂，因雨移具丁祠，飲歸賦報，并上伍崧生先生

王增祺

聞木樨香否，盍參無隱禪。遂邀麈中侶，往結江上緣。石室老尊宿，撚髭意欣然。憶昔攀月窟，五十有八年。溯崧生先生鄉舉爲道光癸卯科。鹿鳴行再宴，矧當金粟天。吾黨諸君子，應共呼輿前。詰朝集花下，期訂罔或愆。雨師忽税駕，阻興宵連綿。頓令丹桂枝，不睹白日懸。街頭泥滑滑，舁夫思息肩。主賓亟變計，有軒可布筵。是爲文誠祠，聊吟小山篇。目賞縱稍疏，所遺只蹄筌。鼻觀默自契，風過香滿椽。清芬被錦里，寧出鄰垣邊。醉言念郊野，晚禾方刈田。淫霖苟弗殺，豐歉判後先。佳節半月逢，光景須流連。萬事各定分，相期保華顛。瞬及癸卯秋，僉祝鶴髮仙。朝廷備嘉禮，多士争周旋。聯步入桂林，郄詵衣鉢傳。暇登崇麗閣，矯首蟾輝圓。桂實落盈握，食之欲高騫。兹會所靡足，留待後日賢。且冀雲散駮，新稻彌陌阡。未汲薛濤井，歸塗薛濤箋。天香正當户，下筆餘馨纏。持此謝之子，藉呈函丈焉。聞根苦仍在，安忍忘蓀荃。

（《惜花居三稿》卷七）

重陽後一日，馬紹相司馬邀同伍崧生先生、白昆山司馬小集江樓，先生有詩，勉步元韻二首録一

王文謨

漫空作雨天散花，赤城五色旋堆霞。先生錦囊夙所契，光焰豈止瓊瑩華。江城尋詩昨有約，朝來忽被濃雲遮。同人躑躅老子喜，口吟妙語紛奇葩。揮斥雨工鞭白日，大聲唱倒阿平香車。小生駭汗僵且走，蹄涔何自窺津涯。相如執簡陪末座，知音或可附伯牙。司馬青衫潯陽濕，詎忘幽韻尋枇杷。登樓重飲茱萸酒，聯吟同煮石鼎茶。舊句偶拈君莫笑，夕陽流水點棲鴉。

（聊園老樵《詩緣正編續》卷二）

伍嵩師命題《重游桂苑圖》，敬步自題原韻

陳觀潯

仙人降玉署，福慧真天然。訪道謁吴質，相對各往年。金粟證前身，種壽何須泉。錦堂群賢集，鄰鄰馬白顛。捧檄來毛義，愷之衣鉢傳。杖履生春風，叢桂帶秋烟。一一收腕底，巧結丹青緣。黄華方晚節，寫入浣花箋。披圖工提倡，筆妙隨風旋。陽春引巴曲，布鼓雷門前。

（《敏求齋遺書·詩鈔》）

呈伍崧生祖姑丈名肇齡，大邑人謝惠《石堂詩鈔》伍詩及所刊各書癸卯四月廿二日

孫培吉

頻年懷杞憂，方寸縈萬感。世事心已灰，學道亦云懶。歲月夢中消，積疢無由遣。偶讀石堂詩，一服清涼散。真理馭元氣，平淡實深遠。上與造物游，不受纖塵染。時賢尚宗派，料知解者罕。更饒新城書，陳廣敷先生，名溥。益智良非淺。石堂久服膺，一一惠我覽。辨理愜人心，論文具獨眼。百年多碩彦，汗牛矜述撰。幾人達真源，惟兹堪其選。來者不可誣，斯言豈偏袒。方今邪説興，狂瀾誰與挽。私慕圖區區，予生惜已晚。

（《也是樓詩·桃源集上》）

伍崧生先生重宴鹿鳴賀詩

王增祺

劉郎老去宴重逢，謂雙流止唐先生沅，咸豐壬子科預宴事。又勸先生釂一鍾。榜上少年今國瑞，獨先群彦拜新封。先期奏聞詔加侍講銜。

健步重游泮水前，儘人都道地行仙。是翁矍鑠今猶昨，七七方開介壽筵。

節届重陽折桂忙，鹿鳴高詠盡仙郎。誰知中有神和子，嚼過紅綾餅餤香。先生得修養真傳。

齊年生合笑相呼，門下門生認得無。莫撰當階靈壽杖，從容成禮不須扶。

行看赴闕宴恩榮，玉筍班齊領俊英。祝聖萬千臣八十，人間天上壽星明。

學校深慚老廢才，也隨先達整巾來。乞公唾棄殘膏馥，持叩龍門儻一開。

（《惜花居三稿》卷一二）

題伍崧生夫子《叢桂留人圖》是年七十，重宴鹿鳴　劉咸滎

霓裳仙樂譜新腔，蟾窟秋高玉露涼。六十年來重訪舊，桂花香裏老吴剛。

叢桂吹香月影圓，精神矍鶴地行仙。青蓮前輩如相問，再往人間七十年。

（《静娱樓詩草》）

敬和伍嵩師述懷詩 陳觀潯

與世不即仍不離，霽月光風到處宜。平生鋭志尋安期，玉津頻咽漱華池。道躬違和亦偶爾，百川能障皆東之。翌春木天再翔步，群英弁冕冠當時。嗣皇引年邁三五，殊恩特沛復奚疑。

（《敏求齋遺書詩鈔》）

伍崧生丈肇齡，丁未編修，邛州人。登第後乞養歸，不復出。重宴瓊林，晋侍講，年近九十 胡薇元

聖世重軒冕，浮生耽静旨。遠望阻山丘，悠然見雲水。進或吾自進，止亦吾自止。澹烟移緑岑，野風吹不起。老梅已着花，溯洄憶之子。

（《船司空齋詩録》卷二）

壬子重陽尊經舊同學從伍崧先生城南宴集 駱成驤

寥落江天訪少微，老人遥帶衆星輝。三傳詩禮親相問，四海風雲散始歸。流涕今誰思賈誼，折腰群已笑蘇威。登臺盡是蓬萊客，回首乾坤一雁飛。

（《清漪樓詩存》卷二）

懷伍崧生先生

任　謙

方山多雉雊，師門久未執。崧生夫子今靈光，白髮飄然婦孺識。我聞去年游成都，親歷新學觀規模。英才文武六藝重，整頓六合鞏皇圖。丰度遠傳神矍鑠，九旬大慶何時酌。彭宣今已近古稀，準擬後堂拜祝侍坐譚屑屑。

（《滄園詩鈔四集》）

懷錦江伍崧生山長師

任　謙

先生九秩謙七秩，泰山北斗天咫尺。錦里涇南一水通，巋然魯殿夢魂識。憶昔采芹侍北面，留別詩成刻燭限。忠山公餞小阮同，同治癸酉余入泮，與先生餞別，有舍侄吉雲在座。四十年來滄桑變。反正復我漢衣冠，先生大力撑其間。趙爾豐欲害諸名士，先生以死力周全其間。豈第眉壽永無極，西川人瑞真桓桓。聞道梨園日消遣，白鬚高座供青眼。有時門前把道書，高談玄妙微乎顯。諸孫志氣皆英豪，維持大局不憚勞。子胥家風忠孝遠，彭宣引領瞻夔皋。亂離老弱藏小市，朗吟欲睹升平治。多年未覘杏壇容，雙魚久切尺書致。今夕月明涼飆侵，師門西望動遐心。謙欲期頤親介壽，後堂重叙別離情。

（《滄園古稀後集》）

雜擬四首呈伍嵩生師有引

張森楷

歲云暮矣，百感萃心。對酒剔燈，彌無憀賴。爰取《文選》讀之，以消永夕。纔盡數首，便自怦然。率效其亂爲之，知不能望及肩背也，取於其意云爾。

擬古詩明月何皎皎

涼風何肅肅，落葉滿空林。感此不成寐，起坐擁孤衾。欲取鳴琴彈，寂寞誰賞音。不如首邱園，瀟灑一開襟。出門無所見，茫茫傷我心。

擬曹子建南國有佳人

東鄰有處子，顔色如舜華。修容故不炫，守正復無邪。世俗賤貞静，棄置若泥沙。蹉跎及遲暮，誰爲發歎嗟。

擬司馬紹統贈山濤

丸丸松柏樹，生彼景山北。地勢既高寒，人迹罕窺測。托根在其間，居然挺秀特。昔荷蒼昊恩，雨露爲滋殖。今與時世迕，盤錯遭抑塞。工倕棄不收，匠石擯不識。未能任梁棟，安得侈嘉德。日月忽不淹，彈丸景遽昃。感歎驚中腸，拊枕爲反側。不念人壽促，當憂物志惑。莊周逝不來，誰能辨材植。矯首望公輸，一顧動寒色。

擬左太冲主父宦不達

馮煖客孟嘗，彈鋏足可悲。毛遂請平原，處囊始見知。方朔謁漢廷，上書空爾爲。禰衡游長安，懷刺欲何之。四人詎不偉，簡筴挹芳規。當其未遇日，所恨不逢時。汲汲求一試，古來不見嗤。有懷曹邱生，悠悠千載師。

（《民國合川縣志》卷六三）

追悼臨邛伍太史嵩生師

陳天錫

成敗紛紛果孰賢，急流勇退是幾先。蜀中雨化三千士，林下風清六十年。關尹著書誰授受，柳州遭際自迍邅。篋中檢得遺詩在，翹首師門一泫然。

（《鶴仙詩鈔續刊》卷四）

贈伍崧生聯　郭嵩燾

官同鑒水；

交若飲醇。

（王藴章等著《文藝全書》卷一一）

【注】王藴章等著《文藝全書》載：『投贈之聯，若無一寓意，徒作頌揚便落下乘，其體以七言八言爲宜，少或五言或四言亦可。愈短則愈難，若郭筠仙贈伍崧生之「云云」，亦貼切亦大方。』聯題據意擬補。

賀崧生姊夫雙壽聯　孫湛

老獺玄精應吐鳳；

耦耕瑶草欲呼龍。

（孫培吉《本事聯聞見録》卷二）

【注】原題作『六叔祖贈伍祖姑丈雙壽』，今題爲整理者據意改擬。

集句贈伍姑丈壽聯

孫楙棣

科第門生滿霄漢；

太一仙人時往還。

【注】原題作『仲海叔集句贈伍祖姑丈壽』，今題爲整理者據意改擬。

（孫培吉《本事聯聞見録》卷二）

賀伍崧老移居聯

王增祺

石室久傳經，科名宇内無同輩；

花時新徙宅，堂構城南此大家。

（《詩緣樵説拾遺》卷一）

【注】《詩緣樵説拾遺》卷五：『伍崧生先生主講錦江書院逾三十年，頃因改建學堂，别延新進，退居書院側前自置宅。同人往賀，屬予撰聯云「云云」。』聯題據意擬補。

賀伍崧老重宴鹿鳴　沈秉堃

碩德稱耆儒，更賦追羽獵，亭署草元，在馬文園、揚執戟之間無慚作者；

熙朝隆盛典，論壯歲遺榮，耄年耽學，自梁錢塘、姚桐城而後僅見斯人。

（孫培吉《本事聯聞見録》卷二）

【注】作者署作『沈幼嵐觀察』。

伍崧生師重游泮水重宴鹿鳴并文孫采芹聯時主講錦江書院　劉咸滎

木天清課泮宫時，更偕玉樹文孫，邛竹春扶靈壽杖；

北闕恩綸南極曜，好率錦江弟子，甲花重泛孝廉船。

（《静娱樓楹聯》）

賀伍崧老重宴鹿鳴　孫華

鶴算祝期頤，羡領袖群仙重游桂苑；

鸞章褒耆德，看羽儀多士聯步木天。（孫培吉《本事聯聞見録》卷二）

【注】原題作「大人賀伍崧老重宴鹿鳴」，今題爲整理者據意改擬。

賀伍崧老重宴鹿鳴

孫廷寀

舉頭蟾桂重馨，寵錫冰銜，藝苑尊爲天下老；
轉瞬鳳池再到，歸衣衮繡，錦城罕此地行仙。（孫培吉《本事聯聞見録》卷二）

【注】原作者署作「小門生孫廷寀」。

贈伍崧老重宴瓊林

馬維騏

領袖玉堂仙，枌社重開聞喜宴；
頭銜金帶貴，蓬壺長駐杖朝年。（孫培吉《本事聯聞見録》卷二）

【注】原題作「馬軍門維騏贈伍崧老重宴瓊林」，今題爲整理者據意改擬。

贈伍崧老重宴瓊林

沈秉堃

金殿重頒新寵詔；
瓊林僅見老詞臣。

（孫培吉《本事聯聞見録》卷二）

【注】原作者署作『沈幼嵐觀察』。

伍崧師重宴瓊林聯

劉咸滎

八千歲福地春秋，分光從帝闕天樞，南極見斗宫生氣；
六十載翰林風月，娱老在詩心禪意，東坡是玉局仙人。

（《静娱樓楹聯》）

花磚影裏甲花新，惟李供奉可稱前輩；
鶴算圖中仙鶴老，比蘇玉局更享遐齡。

【注】孫培吉《本事聯聞見録》卷二收録首聯，題作『劉豫波代通省門人』。

挽伍崧老

嚴遨

本聖賢心，成仙佛果；

游婆娑界，歸兜率天。

（孫培吉《本事聯聞見録》卷二）

【注】原題作『嚴雁峰挽伍崧老』，今題爲整理者據意改擬。

伍崧生師挽聯

陳湋

天地動摇，風雲慘淡；

岷峨悽愴，耆舊凋零。

（《古潺亭集》卷三）

挽伍崧生師聯

劉咸滎

經傳石室育才多，問誰如錦里先生，共歎人間失遺老；

重宴瓊林佳話在，此去訪青蓮前輩，更從天上醉春風。

（《静娱樓楹聯》）

挽伍崧老卒在乙卯　孫培吉

慧業本前生，八十年養性修真，姓名可入神仙傳；
精靈歸列宿，卌餘載敷文宣化，德教群欽儒雅宗。

（《對聯存稿》卷一）

【按】孫培吉題注曰：『預成未用，卒在乙卯。』又附識曰：『庚戌九月十三日夜擬。』

附録三：伍崧生先生年譜

譜前

先生姓伍諱肇齡，字椿年，號崧生，後改字崧生，或作嵩生，晚號逸叟。

《道光癸卯科直省同年全録》『伍肇齡』條：『伍肇齡，字椿年，號崧生，行一。』

朱彭壽《清代人物大事紀年》道光七年丁亥『生辰』條：『伍肇齡，八月十六日生，字椿年，號崧生，四川邛州人。』

朱彭壽《皇清人物通檢》『伍肇齡』條：『字號：椿年，崧生。』

張森楷《清翰林院侍講銜編修伍君肇齡墓銘》：『名之肇齡，字以崧生，意非無取。』

【按】先生初字椿年，取莊子《逍遥游》『上古有大椿者，以八千歲爲春，八千歲爲秋，此大年也』之義。後以號行，故改字崧生。

四川大邑縣鄉壩錢溝人，寄籍邛州。

《同治大邑縣志》卷一四：『伍肇齡，丁未科，邑西一甲鄉壩人，寄籍邛州，官翰林院編修。』同卷又曰：『伍肇齡，邑西一甲鄉壩人，寄籍邛州。』

《民國邛崍縣志》卷一：『城西北六十五里三壩河，由大路羅漢洞土地谺到此，有鐵索橋。過橋即圓通寺，過雞公嘴是平路，大路又在河之右。十五里至魚泉口，著姓有伍氏，過鐵索橋里許即糤壩。』孫治《九月赴大邑，至糤壩，順過鶴鳴山，途中作共七首》其四，孫培吉丁丑鈔本按語：『伍崧生祖姑丈，名肇齡，丁未翰林，即此處人。』周開慶《伍肇齡傳》：『伍肇齡，字崧生，以清道光六年生於大邑縣西一甲魚泉口，入邛州學，故《邛崍縣志》與《大邑縣志》均載其爲邑人。』

天祖秀，本生天祖慧。高祖成修，字可願，歲貢；高祖妣陳氏、高氏。

大邑縣糤江錢溝伍崧生故居祖墓存嘉慶己卯孟冬所立先生高祖墓碑。碑陰有舉人潘懷玉《清故歲進士伍公諱成修墓誌銘》曰：『公諱成修，字可願，伍慧第四子也。慧翁同胞五人，□□□慧、秀，獨秀無嗣，立公承祧焉。公少賦性倜儻，落落有奇才，奮志讀書，終貢成均，一新門楣。於此見秀翁之擇賢立愛，亦以見公之善成其志矣。公始娶陳公洛書女，生恪與惇；續娶高公女，生恂及恍：皆務耕讀，勤本業，遵公訓也。公晚年以訓徒爲樂，公孫琨承祖訓，入州庠，游其門者，稱盛一時，此其教澤之宏敷也。且生平行事，期在利人。前則請引消茶，後則請示護茶，殷殷爲一方衣食計。至今頌公之德於不衰焉。公係乾隆戊辰十二月初五午時生左壩，以嘉慶己卯五月十六巳時告終馮溝。今卜葬於斯，故略叙本末，以誌諸石。己卯科舉人、候選正堂、門生潘懷玉沐手敬題。』

曾祖時恪，號湛庵；曾祖妣潘氏、張氏。本生曾祖正達，曾祖妣何氏。

《道光癸卯科直省同年全録》『伍肇齡』條：『曾祖時恪，曾祖母潘、張；本生曾祖正達，何氏。』

先生《殿試卷·履歷》開具三代脚色：『曾祖時格。』

【按】《冷廬雜識》卷六『四代同堂』條：『道光丁未科庶吉士伍肇齡……曾祖時格。』《萇楚齋隨筆》卷二『伍肇齡掌教事』條也曰：『其曾祖時格。』『時格』當爲時恪字形相近之誤。又《民國大邑縣志》卷一一載『伍正恩，西一區人，前清侍講學士肇齡之曾祖也』，《道光癸卯科直省同年全録》作『本生曾祖正達』，不知縣志誤正達爲『正恩』，抑時恪譜名正恩耶？待考。今兩存之。

祖琨，庠生；祖妣楊氏。本生祖昱，妣周氏。

《道光癸卯科直省同年全録》『伍肇齡』條：『祖琨，庠生，楊氏；本生祖昱，周氏。』

先生《殿試卷·履歷》開具三代脚色：『祖琨。』

張森楷《清翰林院侍講銜編修伍君肇齡墓銘》：『有時恪公，生子曰琨，爲先生祖。』

糊江伍崧生故居祖墓存同治元年二月初六日所立先生祖、祖妣墓碑。碑陰有先生父榮先撰《清故貤封承德郎庠生伍公諱琨府君太安人楊氏太君墓誌銘》曰：『府君諱琨，祖考湛庵公之長子也，幼受學於曾祖考可願公，嘉慶壬申歲補弟子員，早殁，未盡厥志。先妣楊太安人之歸我府君也，以乾隆丙寅歲，逮事曾祖可願公、祖湛庵公、祖妣潘孺人、繼祖妣張孺人。奉事惟謹，咸以孝聞。甲戌歲，先府君殁，□可願公命榮先以宗人子嗣爲後。時甫五齡，比至於成人，太安人鞠育之恩猶罔極也。女兄弟二人，闔閭如也。榮先年十七娶婦李氏，太安人甚愛之，婦亦諧厥志如母子也。孫肇齡甫三歲，太安人携之同寢。榮先始自授讀，夜課未終，太安人必蓄梨栗以待，未嘗先寢也。以此肇齡念大母之德，矢挂冠終養之志，卒如所願。次孫、三孫皆幼，太安人以年漸高，愛養之弗衰也。孫女四人，慈待一出於至誠，諸孫男若女，事之亦各盡孝侍養，皆慈德之所感也。至於太安人一生，勤勞周慎，公而忘私，矜恤困窮，愛惜物力。語其纖細，卒難殫陳，抑鄉鄰所共知也。府君於乾隆五十三年三月初四日巳時馮溝生，歿於嘉慶十九年又二月初十日，葬於魚泉口曾祖考可願公墓之左。太安人，處士英棟公長女也，於乾隆五十年八月十□日酉時玉泉觀生，歿於同治元年正月十二日丑時，祔葬於府君墓之東，依葬次也。女子□□□□四女適牟三□。孫男三人：長肇齡，道光丁未科進士，翰林院編修，娶婦孫氏；次福齡；次元齡。孫女四人：長適胡開岱，次適李凌霄，次適梁□楨，次在室。外孫男五人，外孫女六人，曾孫男一人，元曾孫女兩人，皆逮侍奉。嗣男榮先追念先事，不可以無述，乃次其始末而書之，勒於碑陰。同治元年歲在玄黓閹茂月建極□□□□□□□。』

父榮先，字殿封，太學生；妣李氏。

《道光癸卯科直省同年全録》『伍肇齡』條：『父榮先，太學生；李氏。』

先生《殿試卷・履歷》開具三代脚色：『父榮先。』

張森楷《清翰林院侍講銜編修伍君肇齡墓銘》：『繼子榮先，時生先生，冢器乃主。』

《民國大邑縣志》卷一三：『伍榮先，字殿封，爲邛著族，家邑西鞂壩山中，編修齡肇父也。本生父處軍士昱，繼諸父庠生琨爲後。事節母楊氏，克盡誠孝。爲人精明渾厚。咸豐興，前邑令姚寶銘知其能，札辦團務，不貪不擾，隱然西陲保障，年六旬卒。子貴，封如其官。』

【按】《冷廬雜識》卷六『四代同堂』條，及《萇楚齋隨筆》卷二『伍肇齡掌教事』條，皆以先生父爲『榮光』。『榮光』爲榮先字形相近之誤。

先生居長，娶華陽孫慎儀爲妻，生一子二女。

孫培吉鄉試試卷履歷：『胞姑祖母：長，未字，歿；次，早殤；三，適己酉拔貢、廣東永安縣知縣、候選道鮑公諱國珍。適丁未進士，翰林院編修，現掌教錦江、尊經兩書院伍公肇齡。』

《民國邛崍縣志》卷二《伍肇齡傳》：『其夫人孫氏慎儀，能詩，著有《焦尾集》，佚。老人爲刻八十首傳世。』

王增祺《惜花居三稿》卷四：『孫慎儀，字未詳，浙江紹興府山陰縣人，翰林院編修四川邛州伍肇齡室。』

《蜀海叢談》卷三『伍崧生先生』條：『先生元配某夫人卒後，繼配孫夫人，亦名族女。』

孫慎儀《訴懷訓子》詩：『我年近五十，修心方此時。……訓兒并兩女，性地不可欺。』

弟二人：仲曰福齡，娶邛州胡氏；季曰元齡，監生，娶大邑牟氏。

伍榮先《清故貤封承德郎庠生伍公諱琨府君太安人楊氏太君墓誌銘》曰：『孫男三人，長肇齡，道光丁未科進士，翰林院編修，娶婦孫氏。次福齡，次元齡。』

《道光癸卯科直省同年全録》『伍肇齡』條：『胞弟澤霖、元齡。』

《民國邛崍縣志》卷三：『伍福齡之妻胡氏，胡璠之女也。』

《鶴鳴山牟氏支譜》卷四『牟居康』條：『再繼曹氏，生女二，長適監生伍元齡。』

妹四人：長適胡開岱，次適李凌霄，三適梁□楨，四妹所適不詳。

伍榮先《清故貤封承德郎庠生伍公諱琨府君太安人楊氏太君墓誌銘》曰：『孫女四人，長適胡開岱，次適李凌霄，次適梁□楨，次在室。』

先生僅一子，名原，字本如，生五子。

【按】伍原，一作『伍沅』，見《道光癸卯科直省同年全録》『伍肇齡』條『子沅』；又作『伍源』，見先生刻《蒲亭夏山堂王氏祠塾倡和詩詞》署『男源校書』。

先生二女：長女所適不詳，次女適大邑鶴鳴牟秉松。

《鶴鳴山牟氏支譜》卷四『牟秉松』條：『牟秉松，字赤雲，生於咸豐壬子年七月二十日辰時，光緒乙亥年科入縣學，由附生捐縣丞委辦黔省軍務善後，由縣丞保舉知縣。配伍氏，邛州翰林院編修肇齡次女。』

先生孫五人：長曰寶陽，字純一；次曰寶蘭，字香岩；三曰某，字鏡秋；四曰某，字璧泉；五曰寶蓀，字芝庭。

孫治《得四妹書并詩，喜本如甥入泮，作此奉賀》詩，孫培吉壬申鈔本附識曰：『表叔五男，長寶陽，字純一；次寶蘭，字香岩；三、四予忘其名字；五寶蓀，字芝庭。』

【按】據孫培吉《默室日記》可考先生三、四孫字：光緒丙午閏四月二十七日條：『伍鏡秋送報條來……祖姑丈之第三孫也。』光緒壬寅四月初二日條：『伍祖姑丈來謝步……四孫入學。』同月二十八日條：『伍璧泉來拜，新入學也。』

先生少年科第，振鐸於蜀中近五十年。晚近以來，蜀中士子大半皆受其澤溉。

文守仁《伍肇齡之少年科第》：『清季言科第之早達者，無不推先生。』

張森楷《清翰林院侍講銜編修伍君肇齡墓銘》：『十二采芹，十六鄉舉。丁未進士入官，天衢翔步。……迥出友教，以春風風，以夏雨雨。四十所年，淵雲之倫，盡歸陶冶。』

岑春煊《請准在籍翰林院編修伍肇齡重宴鹿鳴摺》：『洎乎歸里，樂道化人，歷講席者垂五十年，沐陶成者可數百輩。』

周詢《蜀海叢談》『伍崧生先生』條：『癸卯舉於鄉，丁未成翰林。鄉舉時，年十七。入詞館，纔弱冠。……主講通省書院數十年，蜀中後起人士，幾無一不隸門下。……先生桃李衆多，每鄉闈揭曉，致泥金報者，貼書院内外殆遍，墻壁幾無隙地，前此所未有也。』

晚年重宴鹿鳴，再赴恩榮筵宴。碩德耆年，爲天下翰林之首，熙朝人瑞之徵，川省人文之瑞，成都五老七賢之冠。

謝无量贈吴之英聯：『自王、伍以還，爲人範，爲經師，試問天下幾大老？』

文守仁《伍肇齡之少年科第》：『先生嘗自書其門楹曰：「天下翰林皆後輩，蜀中佳士半門生。」蓋紀實也。』

錫良《奏爲四川邛州在籍侍講銜翰林院編修伍肇齡懇請重赴鹿鳴恩榮筵宴摺》：『尤屬多士罕逢之遇，并爲熙朝人瑞之徵。』

周詢《蜀海叢談》『伍崧生先生』條：『就清季言之，先生亦可謂川省人文之瑞矣。』

健盧《成都五老之由來》：『此五人者，即最初之五老。伍崧生與顔楷，爲當時之在籍翰林，胡峻亦翰林，時任高等學堂監督；徐子休係舉人，時任通省師範監督；周道剛畢業日本士官學校，在當時成都均負有清望者也。五老人數有限，不足以位置多士，遂繼有七賢。七賢地望，稍遜於五老。』

胡光廌《世紀交遇兩千人物記》：『清末成都的五老，伍崧生、顔楷、徐子休、周道剛和先君對地方事合力主張公道，爲官民共所尊仰；還有七賢，也是紳耆。』

【按】『天下翰林皆後輩，蜀中佳士半門生』一聯，一説爲李鴻章所贈，一説爲四川總督鹿傳霖所贈。鴻章與先生爲同榜進士，且年長於先生，自不必奉先生爲前輩也。且鴻章薨於光緒二十七年，此前翰林中尚有道光二十一年進士孫鏘鳴科分在前。先生於光緒二十九年後，方爲在世翰林之首，而鹿傳霖督四川在光緒二十一年至二十三年間，自不會作此。或稱此聯爲先生自撰。先生性謙遜，當不會作此大言。此聯蓋光緒二十九年後，蜀中大府所贈，或先生友人爲之也。

先生力救成都起義中被捕的同盟會員。八十餘歲高齡尚積極參加保路運動，保全被捕的保路同志會領袖，爲辛亥革命的勝利立下第一功。

黄季陸《光緒三十三年十月四川起義的歷史意義》：『在起義失敗後不久，丁未十月二十九日，我的族兄黄方和他的連襟楊維及黎靖瀛、張治祥、江永成、王樹懷六人同時在成都被捕，時人稱爲成都起義的「六君子」。本來已經論罪定斬的，後來因爲滿清政府要表示寬大以收拾人心，乃改處終身監禁。這六位「大逆不道」的要犯何以僅僅判處終身監禁，而免掉砍頭之災？據親與是役的徐堪先生所説，與參考同類的一些記載，大致是由於當時在籍而有功名地位的人物，如其時任四川高等學堂監督翰林胡雨嵐、伍崧生等出而主持清議，力主寬大，得以幸免。』

正譜

道光七年丁亥（一八二七）　八月十六日生　先生一歲

朱彭壽《古今人生日考》卷八『八月十六日』條：『特賞翰林院侍講學士銜原任編修伍肇齡。《道光丁未會試録》：道光七年丁亥。』

朱彭壽《皇清人物通檢》：『姓名：伍肇齡；生年：道七。』

朱彭壽《清代人物大事紀年》道光七年丁亥『生辰』條：『伍肇齡，八月十六日生。』

【按】先生生年，周開慶《伍肇齡傳》作道光六年，則先生享壽九十。又《道光癸卯科直省同年全録》『伍肇齡』條作：『道光己丑八月十六日生。』據此，則先生生於道光九年，享壽八十七歲。而朱彭壽據《道光丁未會試録》，稱先生生於道光七年，則先生享年與張森楷《清翰林院侍講銜編修伍君肇齡墓銘》所載八十九歲合，且與《默室日記》載光緒丙午親友設宴賀先生八十大壽合。故先生生年從朱彭壽説。

道光八年戊子（一八二八）　先生二歲

道光九年己丑（一八二九）　先生三歲

先生幼而岐嶷，從父榮先讀書，有神童之目。

伍榮先《清故貤封承德郎庠生伍公諱琨府君太安人楊氏太君墓誌銘》：『肇齡甫三歲，太安人携之同寢。榮先始自授讀，夜課未終，太安人必蓄梨栗以待，未嘗先寢也。』

張森楷《清翰林院侍講銜編修伍君肇齡墓銘》：『幼稱聖童。』

周開慶《伍肇齡傳》：『崧生生而聰穎，有神童之目。』

道光十年庚寅（一八三〇）　先生四歲

道光十一年辛卯（一八三一）　先生五歲

道光十二年壬辰（一八三二）　先生六歲

是年，先生入塾，從劉純修先生讀書。

先生有《山中上冢宿宗人宅，塾師劉純修先生以詩見貽》詩。

【按】 舊時孩童五六歲入塾發蒙，姑將先生入塾時間繫於本年之下。

道光十三年癸巳（一八三三）　先生七歲

道光十四年甲午（一八三四）　先生八歲

道光十五年乙未（一八三五）　先生九歲

是年，先生師、墊江李惺任錦江書院院長。

《石室紀事》：『道光十五年，墊江李惺爲院長。』

道光十六年丙申（一八三六）　先生十歲

道光十七年丁酉（一八三七）　先生十一歲

道光十八年戊戌（一八三八）　先生十二歲

是年，先生本生曾祖奉旨旌表五世同堂。

《民國大邑縣志》卷一一：『伍正恩，西一區人，前清侍講學士肇齡之曾祖也。爲人有德操，道光戊戌歲奉旨旌表五世同堂。』

【按】《冷廬雜識》卷六『四代同堂』條，誤將其本生曾祖作曾祖，稱：『道光丁未科庶吉士伍肇齡，四川邛州人，年十七。曾祖時格、祖琨、父榮光皆存，四代同堂，一時傳爲盛事。』然據伍榮先《清故貤封承德郎庠生伍公諱琨府君太安人楊氏太君墓誌銘》，伍琨歿於嘉慶十九年，則先生中進士之日，祖父琨已卒多年，在世者當爲先生本生祖伍昱。

道光十九年己亥（一八三九）　先生十三歲

道光二十年庚子（一八四〇）　先生十四歲

冬，先生師祥符何裕承以翰林院侍讀提督四川學政。

《道光實録》卷三三八道光二十年八月己未條：『命侍講何裕承提督四川學政。』

道光二十一年辛丑（一八四一）　先生十五歲

道光二十二年壬寅（一八四二）　先生十六歲

是年，先生寄籍邛州，住城北，從貢生李毖泉讀書，暇時常寄讀於州西之鶴林寺。

《民國邛崍縣志》卷三：『李毖泉，字亦淇，恩貢。性曠達，工詩文，授徒講學，注重常倫，如鄧澤培舉人、伍肇齡翰林均出其門。』

魏堯西《臨邛舊事》：『邛崍鶴林寺四合院右廊，舊有木匾，題曰「伍崧生先生讀書處」，民國時被毀。』

【按】先生寄籍邛州、師從李毖泉之時間不可考，姑將先生從師時間繫於本年之下。

先生受知於學政何裕承，被拔爲高等，補博士弟子員，招入署中讀書。

先生《七星山人集序》：『蓋余與山人皆以丱歲，受知於學使祥符何小笠先生，補弟子員，召入署讀書。』

【按】張森楷《清翰林院侍講銜編修伍君肇齡墓銘》稱『十二采芹，十六鄉舉』，則先生入泮與中舉相隔四年。而先生《七星山人集序》自稱『余在署一年，幸登科』，則其中舉在入泮次年。先生中舉在道光二十三年，則入泮當在道光二十二年，先生於光緒二十八年重游泮水正與本年合。周開慶《伍肇齡傳》之『十二歲入學』，文守仁《伍肇齡之少年科第》之『年十二，補博士弟子員』皆從張森楷説。

道光二十三年癸卯（一八四三）　先生十七歲

秋，先生應癸卯科四川鄉試，中式第十八名舉人。

錫良《奏爲四川邛州在籍侍講銜翰林院編修伍肇齡懇請重赴鹿鳴恩榮筵宴摺》：『由附生中式道光二十三年癸卯科本省鄉試舉人。』

周詢《蜀海叢談》卷三『伍崧生先生』條：『癸卯舉於鄉。』

文守仁《伍肇齡之少年科第》：『前清道光二十四年癸卯，舉於鄉。』

黎庶昌《曾文正公年譜》卷一道光二十三年癸卯條：『六月，欽命公充四川正考官，以趙楫副之。……八月初四日，抵成都。接準吏部咨文，已於七月十五日補授翰林院侍講之缺，具呈四川總督寶興公代奏謝恩摺。揭曉，得士宋文觀等六十二名，副榜十二名，如例。』

【按】《道光癸卯科直省同年全録》載，是科四川中式六十二名，主考官爲翰林院侍講湘鄉曾國藩，副主考爲山東道御史丹徒趙楫，第一場四書詩題爲《不知言無以知人也》《體群臣也子庶民也》《人有不爲也而後可以有爲》《賦得萬點蜀山尖（得『秋』字五言八韻）》；第二場五經題《君子以教思無窮容保民無疆》《咸有一德克享天心》《大田多稼》《楚屈完來盟於師盟于召陵（僖公四年）》《推賢而進達之不望其報》；第三場策題爲《經學》《名臣》《弭盜》《文體》《火器》。

是科同考官有貴筑熊燦奎、山陽屠春林、閬縣黃懋祺、黃陂丁雲章、鄞縣孫楫、光州李卿穀、淄川王培荀、臨桂粟穗、歸安汪曜文、吳縣王燦。是科正榜六十二名爲：納溪宋文觀、夔州沈西序、墊江程沛霖、屏山聶璽、崇慶傅鴻勛、內江劉茂勛、井研王式訓、郫縣王培楨、涪州白藍田、崇慶何朝福、華陽趙學懿、三台陳其珍、巴縣龔鈺、宜賓周正華、綏定楊直方、重慶李仙源、叙州洪璋、邛州伍肇齡、江津李嗣元、青神邵希奭、綿州鄭濟美、金堂蕭森、彭山徐秉中、崇慶吳國麟、夔州張正椿、長壽左宜之、合江黃焜、榮縣藍瑾章、金堂李成棟、合州王基峨、金堂向珂鳴、中江戴汝先、正黃旗蒙古璣朗阿、南溪江廷光、綿州張健翮、邛州李文玉、隆昌彭達訓、綦江卿廷梁、樂山羅星煥、廣安張國楨、合州沈德謙、遂寧陳棻、榮昌敖册賢、江油陶希祖、富順劉東堂、灌縣何汝源、郫縣徐子來、射洪馬正衢、越嶲龐李鳳翔、巴縣劉廷颺、開縣李宗喜、宜賓凌心怡、永寧萬國治、正黃旗滿洲恩録、成都鍾名山、遂寧彭經本、筠連陳世鑣、屏山姜順歧、萬縣廖聯奎、成都廖鴻逵、巴縣尹搢珽、江北廳汪先煥。副榜十二名爲：永川康立峰、漢州喬春林、慶符胡行達、華陽謝秉淵、夔州陳光熙、長壽李宅揆、銅梁劉巨川、成都陳本森、成都鄒湘南、射洪羅體仁、華陽孫炳彧、高縣曾毓佐。

冬，學政何裕承任滿回京。先生隨其一道入京，應來年甲辰科會試。

先生《七星山人集序》：『幸登科，隨學使入都。』

【按】關於先生中舉時年齡，張森楷《清翰林院侍講銜編修伍君肇齡墓銘》、周開慶《伍肇齡傳》亦作十六歲。《蜀海叢談》卷三『伍崧生先生』條則作十七歲。此時先生虚歲十七，實歲十六。

道光二十四年甲辰（一八四四）　先生十八歲

三月，先生應甲辰科會試，未中式，留京，預備應次年恩科會試。先生與海鹽沈炳垣同號舍，遂

訂交。

先生《星軺日記後序》：『猶記甲辰會試，與公同號舍。公賦詩書扇以贈，遂訂交焉。』

先生《六月十五日偶成》詩自注曰：『甲辰公車留京。』

【按】是科正考官爲工部尚書陳官俊，副考官爲都察院左都御史文慶、工部左侍郎徐士芬。試題有四書詩題《下學而上達知我者其天乎》《有所不足不敢不勉》《以爲未嘗有材焉此豈山之性也哉》《賦得白駒空谷（得『人』字五言八韻）》，五經題有《是以君子慎密而不出也》《何以舟之維玉及瑶鞞琫容刀》《夏叔孫豹如晋（襄公四年）》等。是科四川取中八名，先生同年沈西序、聶光鑾中式。

六月十五日，先生與友至什刹海酒樓賞荷。

先生《六月十五日偶成》詩自注曰：『是日自國子監至什刹海酒樓看荷花。』

道光二十五年乙巳（一八四五）　先生十九歲

三月，先生應乙巳恩科會試，未中式。

【按】是科正考官爲大學士穆彰阿，副考官爲兵部尚書許乃普、户部右侍郎賈楨、工部右侍郎周祖培。試題有四書詩題《人焉廋哉人焉廋哉》《至於治國家則曰姑捨女所學而從我則何以異於教玉人雕琢玉哉》《賦得凡百敬爾位（得『賢』字五言八韻）》，五經題有《詩曰妻子好合如鼓瑟琴兄弟既翕和樂且耽宜爾室家樂爾妻帑》等。是科四川取中八名，墊江李義得、開縣陳昆、珙縣黄士元等中式。

十一月，先生自京返蜀。

先生《與曾國藩師書》：『肇齡自去年冬十一月旋蜀，至今諸托順平。』

道光二十六年丙午（一八四六）　先生二十歲

三月下旬，先生娶華陽處士孫文第四女、道光戊戌科進士陝西華陰知縣孫治之妹孫慎儀爲妻，婚後寄居孫宅讀書。

先生《與曾國藩師書》：『今春三月下旬，已於同鄉孫琴泉府上贅姻。現仍寄寓省垣，藉凛駒光，勉勤蟻術。』

【按】孫慎儀著有《焦尾集》，已佚，先生爲刻八十首亦佚。今《詩緣前編續》卷四僅存孫慎儀詩二首。一曰《訴懷訓子》：『我年近五十，修心方此時。黽勉同夫子，夙夜願無違。繁華殊不染，時運任轉移。火宅欲解脱，清閑樂方知。訓兒并兩女，性地不可欺。積善荷天禄，明者慎所爲。』二曰《贈别》：『東風吹柳碧毵毵，把盞離筵酒半酣。明日春歸尤惜别，更添遥夢繞江南。』

秋，先生再次赴京，應來年丁未科會試。

先生《與曾國藩師書》：『北上行期約在秋後，彼時趨謁鈞顔，面聆教益，歡忭奚似？』

是年，先生從雙流劉沅學修煉養生之法。

文守仁《伍肇齡之少年科第》：『先生受槐軒養生之法，年届耄耋，猶耳目聰明，精神矍爍。』

《蘇報》光緒二十九年四月初六日《四川學務一斑》：『各官場之問道於伍者甚多，伍對人只八字云：「形如木偶，萬念皆灰」，得毋比西人之衛生學尤高十倍耶？』

【按】先生道光二十六年致曾國藩書提及『所幸賤體猶安』，可見此前身體多恙，否則不會專提一筆。且先生是年寄居於成都，故得識劉沅而從其學養生法也。姑將先生從劉沅學養生修煉時間繫於本年之下。因有這般師徒淵源，故其後先生領銜呈文將劉沅事迹宣付史館立傳，且爲其居第題額。題額事見文守仁《劉咸滎》：『止唐先生尤萃力於心性之學，其說以存敬明誠爲主。著有《九經恒解》等書。從學者以數千計，號曰「劉門」。其講學之所，在成都南門純化街。邸宅廣大，約占街之半，崇垣繞之。宿儒伍崧生先生榜其門曰「儒林劉止唐先生之第」。崧生先生者，以十八歲入詞林，長錦江書院數十年者也。』

道光二十七年丁未（一八四七）　先生二十一歲

三月，先生應丁未科會試，中式。是科四川取中八名。正考官爲内閣大學士吴縣潘世恩，副考官爲工部尚書濱州杜受田、内閣學士署户部右侍郎蕭山朱鳳標、吏部右侍郎滿洲鑲白旗福濟。試題有四書詩題《君子賢其賢而親其親》《蓋有之矣我未之見也》《孟子曰予豈好辯哉予不得已也》《賦得天心水面（得『知』字五言八韻）》等，五經題《吉人之辭寡躁人之辭多誣善之人其辭游失其守者其辭屈》《克知三有宅心灼見三有俊心》《自今以始歲其有君子有穀詒孫子》《會於蕭魚（襄公十一年）》《周人修而兼用之》等。

先生《殿試卷·履歷》：『應殿試舉人臣伍肇齡年拾柒歲，四川邛州人，由附學生應道光貳拾叁年鄉試中式，由舉人應道光貳拾柒年會試中式。』

四月二十一日，先生與各省二百三十名貢士殿試於保和殿。道光皇帝以研經、訓俗、儲粟、禁暴四目爲題。是科殿試讀卷官爲大學士滿洲鑲黄旗寶興、協辦大學士吏部尚書濰縣陳官俊、禮部尚書直隸魏元烺、吏部左侍郎江陰季芝昌、禮部右侍郎吴縣吴鍾駿、兵部右侍郎蕭山朱鳳標、内閣學士昆明黄琮、内閣學士大興李嘉端。

《道光實録》卷四四一道光二十七年四月己巳條：『策試天下貢士許彭壽等二百三十一名於保和殿。制曰：「朕纘膺大寶，統御寰區，中外乂安，於兹二十有七載。仰荷昊蒼眷佑，列聖垂庥，敕命時幾，兢兢業業。深念通經致用之方，化民成俗之本，藏富裕國之模，除暴詰奸之法。期臻上理，延訪維殷。爾多士拜獻先資，對揚伊始，冀聆讜論，式贊嘉猷。」』同卷四月戊辰條：『以大學士寶興，協辦大學士吏部尚書陳官俊，禮部尚書魏元烺，吏部左侍郎季芝昌，禮部右侍郎吴鍾駿，兵部右侍郎朱鳳標，内閣學士黄琮、李嘉端爲殿試讀卷官。』

四月二十五日，先生中丁未科張之萬榜二甲第二十三名進士，賜進士出身。是科四川取中八名進士，華陽崔荆南、江津李品三、開縣李宗羲、瀘州華國清、合州朱奂、綦江伍奎祥、夾江陶璽皆中式。

朱彭壽《清代人物大事紀年》道光二十七年丁未『科第』條：『伍肇齡，編修。重遇科甲。』

五月初五日，先生等新科進士受道光皇帝召見，欽點爲翰林院庶吉士，入庶常館學習。

《道光實録》卷四四一道光二十七年五月癸未條：『引見新科進士。得旨：一甲三名張之萬、袁績懋、龐鍾璐業經授職外。許彭壽、孫觀、徐樹銘、曹登庸、周德榮、袁希祖、劉其年、沈桂芬、陸秉樞、蘇仲山、鮑源深、陳元鼎、徐申錫、陳毓麒、李德儀、蔣兆鯤、崔荆南、李培祜、伍肇齡、劉崧駿、胡壽椿、帥遠燡、潘斯濂、蕭銘卣、華祝三、李品三、李鴻章、黄彭年、沈葆楨、郭椿壽、吴慰曾、唐壬森、陳浚、何璟、白恩佑、周悦讓、張炳堃、尹國珍、郭嵩燾、福全、陳鼐、粟增熉、林之望、文啓、來煦、劉有銘、宗室載鏗、葉毓祥、張修府、周道治、萬良、彦昌、丁壽昌俱着改爲翰林院庶吉士。』

【按】先生中進士之年齡，《冷廬雜識》卷六作「年十七」。崇彝《道咸以來朝野雜記》載其「舉進士時，年纔弱冠。」周詢《蜀海叢談》卷三《伍崧生先生》也曰「入詞館，纔弱冠。」文守仁《伍肇齡之少年科第》考證曰：「二十七年丁未成進士，授編修，年纔十八耳。按近人記載，多謂年十七，惟邛崍鄰吾邑新津，相傳爲十八，以先生享年推之，大約以十八爲正。」今據先生生年，當以《蜀海叢談》爲是。又先生《殿試卷·履歷》亦作「十七」，不知何故。

又，崇彝《道咸以來朝野雜記》曰：「丁未翰林，有名伍肇齡者，四川人，舉進士時年纔弱冠。時華陽卓相秉恬當國，以四川有清一代無狀元，欲以大魁予之。其書與張文達之萬相似，及揭曉，方知誤，遂以伍入翰林，散館以後告歸，掌書院者幾六十年。」此事存疑。科舉爲國家掄才大典，清代行硃墨卷制度，應試者以墨筆作答，是爲墨卷。經謄録者以硃筆謄録，是爲硃卷。硃卷呈考官評閲。故閲卷官當不可得見先生及張之萬所答墨卷，而以筆迹判其甲乙也。

是年，孫氏慎儀生一子，名之曰原。

孫治《得四妹書并詩，喜本如甥入泮，作此奉賀》詩，孫培吉附識曰：『本如表叔，姓伍名原，與先君同丁未生。崧生祖姑丈只此一子，少祖姑丈廿歲。』

道光二十八年戊申（一八四八）　先生二十二歲

是年，先生在庶常館學習。

道光二十九年己酉（一八四九）　先生二十三歲

是年，先生在庶常館學習，内兄孫治署任陝西長安知縣。

《民國咸寧長安兩縣續志》卷二：『道光二十九年己酉，孫治，四川成都縣人，進士，署任長安知縣。』

先生回川省親，謁布政使吴振棫，極蒙眷顧。

先生《用昭覺寺和韻再呈粲正》詩自注曰：『尊先尚書公由蜀藩晋節帥。肇齡於道光己酉，以後輩禮見於東垣署中，極蒙愛顧。』

道光三十年庚戌（一八五〇）　先生二十四歲

春，先生癸卯同年、江津舉人李嗣元來京會試，二人相見，并有贈詩。

李嗣元有《贈伍崧生庶常同年》詩。

【按】李嗣元詩稱先生爲『庶常同年』，則時間當在先生道光二十七年五月入庶常館之後、道光三十年四月散館之前。又詩中有『我甘縫掖淹儒服，君快蓬萊籍散仙』『幸叨蘭譜借餘光，却愧蓬山路渺茫』『京邸重來悲昨夢，才鋒磨盡怯文場』之句，可知李嗣元此時尚未中進士。又按李嗣元《日慎齋詩草》卷三《己酉冬初，將赴都應庚戌會試，臨行口占》，及曾國藩《日慎齋詩草序》：『生侍老親疾，累年不應禮部試。……庚戌春正月生入都來見，遂成進士。』則知李嗣元庚戌來京即爲赴是科禮部會試，而贈先生詩當作於試前。

四月二十一日，先生庶常館學習期滿，散館。覲見咸豐皇帝，與李鴻章、沈桂芬、沈葆楨、何璟等

三十四人同授翰林院編修。

《咸豐實録》卷八道光三十年四月癸未條：『引見丁未科散館人員。得旨：此次散館之修撰張之萬、編修龐鍾璐業經授職。二甲庶吉士許彭壽、徐樹銘、鮑源深、陸秉樞、陳元鼎、李鶴年、帥遠燡、曹登庸、黄彭年、何璟、劉其年、沈桂芬、沈葆楨、陳浚、李鴻章、袁希祖、郭椿壽、蘇仲山、潘斯濂、陳毓麒、胡壽椿、周德榮、粟增熉、林之望、李品三、唐壬森、周士炳、張炳堃、孫觀、蔣兆鯤、華祝三、伍肇齡、尹國珍、劉有銘俱着授爲編修。』

咸豐元年辛亥（一八五一）　先生二十五歲

是年，先生爲翰林院編修，兼任成都潛溪書院院長。

《民國華陽縣志》卷六『潛溪書院』條：『咸豐元年，山長伍肇齡，邛州翰林。』

【按】先生任潛溪書院院長，諸傳記均未提及，僅見於《民國華陽縣志》記載，未知確否，待考。

咸豐二年壬子（一八五二）　先生二十六歲

夏，先生會黄雲鵠於丁未同年袁希祖京師宅邸。

黄雲鵠《石室詩鈔序》：『咸豐壬子，雲鵠夏課京師館袁筍陔少司馬家，獲晤伍嵩生同年。』

七月二十日，先生次女出生。

《鶴鳴山牟氏支譜》卷四『牟秉松』條：『配伍氏，邛州翰林院編修肇齡次女，生於咸豐壬子年七月二十日亥時。」

八月，先生以翰林院編修、國史館協修加三級充壬子科順天鄉試同考官。靈璧張錫嶸、寶應劉藍士等出先生房中。先生進士同年張之萬弟張之洞中式是科順天鄉試解元。

先生《星軺日記後序》：「壬子，公典蜀試，肇齡亦與順天鄉闈分校。」

王家相《清秘述聞續》卷一五：「咸豐二年壬子科順天鄉試，侍讀金國均，字可亭，湖北黄陂人，戊戌進士……編修伍肇齡，字崧生，四川邛州人，丁未進士。」

先生《送劉苐卿户部南旋行將服闋北上》詩自注曰：「君族兄藍士，壬子順天鄉試中試，出余房。」

張森楷《清翰林院侍講銜編修伍君肇齡墓銘》：「校士京闈，得張錫榮。」

咸豐三年癸丑（一八五三）　先生二十七歲

春，先生以祖母楊氏年邁，乞假歸養。

先生《星軺日記後序》：「迨癸丑春乞假迎親。」

張炳堃《戊辰竹醉日，伍嵩生同年肇齡至自長沙，香山中丞置酒幕府，命陪末座，譚宴盡歡。嵩生首倡長律見志，因次原韻奉簡兼上中丞》詩，自注曰：「咸豐癸丑，余與君先後請假出都。」

錫良《奏爲四川邛州在籍侍講銜翰林院編修伍肇齡懇請重赴鹿鳴恩榮筵宴摺》：「咸豐三年乞假回籍。」

伍榮先《清故貤封承德郎庠生伍公諱琨府君太安人楊氏太君墓誌銘》：「肇齡念大母之德，矢挂冠終養之志，卒如所願。』

張森楷《清翰林院侍講銜編修伍君肇齡墓銘》：『重親且衰，念當歸首，書請解組。帝曰：「俞哉，孝子錫類，予不爾阻。」』

【按】周詢《蜀海叢談》卷三『伍崧生先生』條：『肅殺後，籍其家。凡朝官素有往來者，悉列爲奸黨，概予罷黜。四川邛崍伍崧生太史，亦其一也。』故今人言先生辭官之故，皆本此説。然周詢當爲誤記。肅順爲顧命大臣在咸豐十一年七月十七日，獲罪處斬在是年十月初六日。其時先生早已回川養親，自當無牽連罷黜之事。大邑李駿名《伍肇齡與肅黨問題》一文力辯周説之非，然所舉材料僅《道咸以來朝野雜記》、李劼人《大波》及張森楷《清翰林院侍講銜編修伍君肇齡墓銘》，而未從時間推算也。邛崍魏堯西《臨邛舊事》已提出先生辭歸早在肅案之前，但其將時間繫於咸豐十年，且將原因歸爲清廷貪腐、剿洪楊不力。則時間、原因皆誤。又《湘綺樓日記》光緒十九年七月二十九日條：『夜夢，與恭王談時事。九卿皆集，唯余及恭王先至，坐裏屋，泛論往事。恭云：翁承矩一案，部中操切，先革左侍郎及東閣郎二人，又欲治居停，出結伍編修。伍遂假歸。』此雖爲湘綺之夢，未知是否有所指，或暗示先生辭官之事。故并載於此。

五月，先生弟子張錫嶸中式癸丑科進士。

《清史稿·張錫嶸傳》：『張錫嶸，字敬堂，安徽靈璧人。咸豐三年進士。』

是年，先生至陝西投内兄孫治，在長安縣署閲卷，拔柏景偉爲案首。

孫培吉《默室日記》光緒二十六年九月二十四日條：『仲海叔來，話及陝西柏子俊名景偉事。柏係舉人，先祖爲長安縣時所取案首也。其時閲卷官即伍祖姑丈也。後屢長關中書院，名望甚重，正直能知人，門下士多上達者。前後大吏皆憚之，地方事每取决焉。』同書光緒二十九年十月十二日條：『其父柏子俊，記往年仲海叔在馬丕卿處所聞者，係先祖長安縣時所取案首。伍祖姑丈所閲卷也。』同書光緒三十三年十二月初八日條：『柏公名景偉，先祖爲長安縣時所考取案首，時伍祖姑丈在署閲卷，與先祖共賞此卷也。』

【按】陶世傑《復丁燼餘録》『伍先生便在陝西掌關中書院八年』，也可證先生曾施教於陝西。然掌教關中何處書院則未有記載，『八年』時間也未確。

閩縣進士姚寶銘任大邑知縣，委先生父榮先以興辦團練之事。

《民國大邑縣志》卷一三《伍榮先傳》：『咸豐興，前邑令姚寶銘知其能，札辦團務，不貪不擾，隱然西陲保障。』

【按】《同治大邑縣志》卷一五：『姚寶銘，號南坡，福建閩縣進士，咸豐三年任。』故將榮先辦團練事繫於本年之下。

咸豐四年甲寅（一八五四）　先生二十八歲

咸豐五年乙卯（一八五五）　先生二十九歲

秋，先生弟子柏景偉中式乙卯科陝西鄉試舉人。

《民國續修陝西通志稿》卷七四《柏景偉傳》：『咸豐五年舉於鄉。』

咸豐六年丙辰（一八五六）　先生三十歲

是年，先生主講嘉定九峰書院，與江西陳溥、癸卯同年王鴻訓時相過從，并校勘刻印《資治通鑑》。

先生《霞綺集題詞》：『昔先生與余，同在嘉陽九峰書院。』

《光緒井研縣志》卷一五『夏山堂倡和詩詞』條：『按咸豐丙辰，邛州編修伍肇齡主講嘉定。』

先生《重刻資治通鑑題辭》：『肇齡求得明嘉靖甲辰杭州提學刻無注本，又從黄次誠明府借鄱陽胡氏重雕元興文署王磐學士叙本，互相校勘，請井研王君子蕃爲任其成，經年而後刻就。』

《光緒井研縣志》卷三四《王鴻訓傳》：『咸豐末，新城陳溥以避兵客嘉定。編修伍肇齡，鴻訓同年生也，方主九峰講席，一見溥，如舊識。溥以天下多故，爲言「古之善言兵者，具備於《資治通鑑》」，嘉慶胡克家本前毀，議更刊之。鴻訓主之家者，一年書刊行，乃去。』

咸豐七年丁巳（一八五七）　先生三十一歲

閏五月廿二日，先生與内兄孫源、孫治，内弟孫淮、孫湛飲於成都吟詩樓，并爲孫治小像作題詠二首。

先生有《俚句二首奉題琴泉二兄大人小像》詩。

孫治《退一步軒詩存》壬申鈔本有《自題小像》詩，落款爲『琴泉主人題，時丁巳閏月吟詩樓下醉後也。閏五月也』。同書附録孫湛題詩，落款爲『二兄小像請教之，丁巳閏五月廿二日積雨初霽，六弟湛書於吟詩樓』。

十一月初十日，先生謁新任總督王慶雲，言裹塘用兵及刻書乏資之事。

王慶雲《荆花館日記》咸豐七年十一月初十日條：『伍太史肇齡來見，頗涉公事。於裹塘一事，慫恿調兵，何其躁也。末乃以刻書無費爲言，此却易於應酬也。」

是年，先生於井研夏山塘王鴻訓宅刊刻《資治通鑑》，暇時則與王育德、王鴻訓父子，井研宋暾、盧德懿、雷汝勛，及江安鄒茂才、新城陳溥爲詩酒之會。

《光緒井研縣志》卷三：「鴻訓故好客，新城陳溥、臨邛伍肇齡嘗主其家刊行《資治通鑑》，文宴詠觴，極一時之盛。」

《光緒井研縣志》卷一五「夏山堂倡和詩詞」條：「時有重刊《通鑑》之議，明年開局縣西夏山塘，以詩詞相倡和。光緒壬午，太史刻之成都。集中倡和凡九人，自陳、伍外，又江安鄒茂才一人，餘則縣人王育德，及其子鴻訓、鴻謙，鴻謀，宋暾、盧德懿、雷汝勛也。」

《光緒井研縣志》卷一五「《紅杏山房集》」條：「宋暾，字寅谷……嘗與新城陳溥、邛州伍肇齡爲文酒之社。」

先生刻《資治通鑑》成，是書計八十册，共二百九十四卷。

是年，先生姊兄鮑國珍任惠州府永安縣知縣。

《光緒惠州府志》卷二十「永安縣知縣」條：「鮑國珍，四川成都人，拔貢，七年署任。」

《同治重修成都縣志》卷五：「鮑國珍，成都人，道光己酉科，廣東知縣，捐陞道員。」

咸豐八年戊午（一八五八）　先生三十二歲

咸豐九年己未（一八五九）　先生三十三歲

咸豐十年庚申（一八六〇）　先生三十四歲

三月，先生藏於王鴻訓小玲瓏館中之《資治通鑑》書板，焚毁於李永和圍攻井研之役。《光緒井研縣志》卷三：『《通鑑》刊成，版存王氏小玲瓏館。咸豐庚申，館被焚毁，版亦蕩然。』

秋，先生回大邑鄉居，作詩贈業師李岦泉。

先生庚申年有《秋日登山呈李亦淇師》詩。

咸豐十一年辛酉（一八六一）　先生三十五歲

正月，先生刻趙霖《京選采芹秘訣小引》成。

先生刻《京選采芹秘訣小引》，落款時間爲『咸豐辛酉孟春』。

十一月二十一日，先生侍業師李岦泉山中游覽。

先生辛酉年有《十一月二十一日，侍李亦淇夫子山中游眺，入農者王叟宅》詩。

同治元年壬戌（一八六二）　先生三十六歲

正月十二日，先生祖母楊氏卒，享年七十八歲，誥封太安人。

伍榮先《清故貤封承德郎庠生伍公諱琨府君太安人楊氏太君墓誌銘》：『太安人，處士英棟公長女也，於乾隆五十年八月十□日酉時玉泉觀生，歿於同治元年正月十二日丑時。』《民國大邑縣志》卷一二：『伍琨妻楊氏，年十八歸琨，舉二女而寡。氏時年二十四，孝事翁姑，值繼姑疾，侍奉湯藥，三年不倦。撫夫從子榮先爲嗣，壽逾八秩，孫肇齡由邛州學中進士，官編修。氏以壽終，膺誥封旌表。』

二月初六日，先生葬祖母楊氏於糴江舊宅之左。

【按】《清故考妣貤封承德郎庠生府君太安人楊氏太君之墓碑》爲同治元年二月初六日立。

春，先生弟子張錫嶸於雲南學政任滿，回京途中繞道成都，至糴江拜謁先生。

張錫嶸有《謁伍崧生房師，夜宿大邑清源市》詩。

【按】張錫嶸詩有『花外斜陽晚』『春夜一街燈』句，可知二人會面於春季。據《咸豐實録》，張錫嶸以翰林院編修提督雲南學政，時在咸豐十年七月二十二日。由京至蜀，當時需時約三個月。如張錫嶸於赴任途中拜謁先生，則時間當在冬月前後，無從言『春夜』也。據《同治實録》，翰林院侍讀學士顔宗儀代張錫嶸爲雲南學政，十月下旬方啓程赴任。按路途計，顔宗儀自京至滇完成交接需時近四個月。可推算張錫嶸自滇至蜀，其時正在三月。故詩中稱『花』，稱『春夜』也。此時先生正居糴江爲祖母楊氏守制，故張錫嶸拜謁先生，當先由清源市，即今大邑縣新場鎮孔道入糴也。

同治二年癸亥（一八六三）先生三十七歲

五月，先生弟子解煜中式癸亥恩科二甲第十五名進士。

同治癸亥恩科會試解煜硃卷履歷：『鄉試中式第二百四十三名，覆試第二等，會試中式第二名，覆試第一等第二名，殿試第二甲第十五名，朝考第一等第五名，欽點翰林院庶吉士。』

是年，先生子伍原入泮。

孫治《得四妹書并詩，喜本如甥入泮，作此奉賀》：『雲箋欣乍展，拍案得佳音。奮發承家學，辛勤慰母心。紅燈勞夜課，白髮喜秋吟。從此舒鵬翼，聯翩到上林。』

孫湛《喜本如甥入泮，寄呈四姊爲賀》：『一夜燈花燦，高堂樂意舒。恩勤墮地始，辛苦授經初。科第承家世，芸緗重里閭。他年博金紫，慰母定何如。』

【按】據孫治《得四妹書并詩，喜本如甥入泮，作此奉賀》詩題，若孫治在蜀，自與先生同住一城，必當登門報喜，何用致書？孫氏慎儀寄書報喜，則知孫治尚仕宦在外。考孫治生平，道光十八年登進士第後，歷官陝西、直隸，至同治三年始返川，其間又於咸豐五年到八年丁父憂在蜀。伍原生於道光二十七年，按年齡計，其入泮當在孫治咸豐八年起復至同治三年返川之間。姑將伍原入泮時間繫於本年之下。

同治三年甲子　先生三十八歲

前錦江書院院長李惺卒於院中。

《石室紀事》：『穆宗同治三年，前院長李惺卒於院中。西漚先生以同治二年應駱文忠公之聘，入成都修通志。門人牧村太史適爲院長，乃館先生於書院，至是卒。』

同治四年乙丑（一八六五）　先生三十九歲

同治五年丙寅（一八六六）　先生四十歲

同治六年丁卯（一八六七）　先生四十一歲

正月初六日，先生弟子張錫嶸奉命征討捻軍於西安魚化鎮，陷敵陣負傷，不治而亡，追贈翰林院侍講學士，世襲雲騎尉。

《清史稿·張錫嶸傳》：『捻寇張總愚竄陝西，國藩調劉松山軍赴援，令錫嶸統三營與俱，至則解西安圍。復與賊戰於城西雨花寨，獨率百餘人衝擊，陷入賊陣，被十餘創而殞，時同治六年正月初六日。贈侍講學士，賞世職。』

是年，先生與薛焕等川紳向總督駱秉章呈文，請於例定增加舉額之外，於同治六年丁卯科始，再加文武鄉試舉額各十名。

《同治新繁縣志》：『同治六年，經在籍候補京堂薛焕，翰林院編修伍肇齡、童棫，巡撫嚴樹森呈請，前總督部堂駱片奏，准以津貼一項，他省所無，自同治三年至六年，又捐銀壹百伍拾餘萬兩，於例定加舉額拾名之外，再加文武鄉試永遠定額各拾名，以同治六年丁卯科爲始。』

同治七年戊辰（一八六八）　先生四十二歲

五月，先生因經濟拮据，欲赴京謀職。途經宜昌，會癸卯同年、宜昌知府聶光鑾。

先生《槐陰書屋製藝序》：『洎余戊辰南游，晤君夷陵。酒尋墜懽，珠數昔事，顏朱慚鏡，鬢華驚秋，則君已綰宜昌郡符。距都門之别，凡二十有五載，而君亦漸老矣。』

曾國藩《致李瀚章附片》：『伍崧生編修肇齡係癸卯敝門生，少泉丁未同年，在家養病十餘年，本無出山之志。比因病痊後食指稍繁，書院脩脯所入不足以自贍，又將入都供職。』

張森楷《清翰林院侍講銜編修伍君肇齡墓銘》：『養送既終，起佐南征，始然如火。』

五月十三日，先生行至武昌，謁丁未科同年、湖北布政使、護理湖北巡撫何璟。何璟置酒宴請先生，張炳堃同年作陪。先生有詩，何、張有和。

先生有《初至武昌上小宋中丞》詩。

何璟有《崧生同年自蜀泛湘來鄂訪余，邀鹿仙同年會飲署齋步前韻奉和》詩。

張炳堃有《戊辰竹醉日，伍嵩生同年肇齡至自長沙，香山中丞置酒幕府命陪末座，譚宴盡歡，嵩生首倡長律見志，因次原韻奉簡兼上中丞》詩。

五月十九日，先生與何國琛赴張炳堃、胡鳳丹、李明墀之宴。

胡鳳丹有《十九日偕鹿仙、玉階兩觀察招伍、何二君小飲，即席三叠前韻贈伍嵩生太史》詩。

何國琛有《月樵、玉階、鹿仙三觀察招陪伍嵩生太史，月樵賦詩屬和，即次元韻奉酬》詩。

五月二十一日，先生應胡鳳丹、張炳堃之邀，游晴川閣、月湖堤，至漢陽府署謁知府陳建侯昆仲，二陳設飲於秋興亭。

先生有《月樵都轉邀同鹿仙觀察登晴川閣、游月湖堤，因趨漢陽府署，謁仲耦太守暨哲兄伯雙，遂留早飲，登秋興亭，時五月廿一日也》詩。

胡鳳丹有《二十一日天氣新晴，偕嵩生太史、鹿仙觀察游晴川閣，陳仲耦太守招飲六疊前韻》詩。

張炳堃有《五月廿一日早，時雨既足，薄雲弄晴，約同嵩生同年、月樵都轉登晴川閣即事有述，仍用原韻》《登晴川閣後，將游月湖堤，先詣漢陽郡齋，陳仲耦太守置酒款洽，招登古秋興亭，三疊前韻》二詩。

五月二十二日，湖北官員置酒於按察使署公請先生。

《王文韶日記》同治七年五月二十二日條：『赴臬署公請伍嵩生太史、金子梅觀察。』

五月二十三日，先生應胡鳳丹、何國琛、張炳堃之邀，游長春觀、紫微閣、寶通寺、卓刀泉諸勝。

先生有《五月廿三日，月樵都轉邀同鹿仙、白英兩觀察游長春觀、寶通寺、卓刀泉諸勝，再疊前韻》詩。

張炳堃《翌日，月樵都轉招同嵩生同年、何白英觀察國琛、登長春觀、紫微閣，并赴卓刀泉茗飲，四疊前韻》詩。

胡鳳丹有《偕嵩生太史，白英、鹿仙兩觀察游長春觀，七疊前韻》詩。

何國琛有《月樵都轉招同嵩生太史、鹿仙觀察雅集長春觀兼游卓刀泉，再疊前韻》詩。

六月初八日，先生至南京，謁座師兩江總督曾國藩。

《曾國藩日記》同治七年六月初八日條：『伍崧生編修來，鬯談。』

【按】先生停留南京期間，數次拜謁曾國藩，於《曾國藩日記》可考者尚有：同治七年六月十一日條：『伍崧生來，久坐。』六月二十九日條：『何廉防、伍崧生先後來久坐。』七月十三日條：『伍崧生來，一談。』

七月初四日，先生訪獨山莫友芝。

莫友芝《郘亭日記》同治七年七月初四日條：『邛州伍嵩生肇齡，丁未編修相訪。』

【按】本月，先生與莫友芝交往，於《郘亭日記》可考者尚有同治七年七月初六日條：『答嵩生。』

七月初七日，先生受邀赴丁未同年、揚州知府遵義趙廷銘之宴。

《郘亭日記》同治七年七月初七日條：『趙伯庸招嵩生同午飲，皆袒衣對酌。』

七月十一日，先生受邀赴癸卯同年、江寧布政使開縣李宗羲之宴。

《郘亭日記》同治七年七月十一日條：『李方伯招飲，偕嵩生。』

七月十五日，曾國藩命其子紀澤爲東道，幕僚獨山莫友芝，嘉興錢應溥，海寧陳方坦、任伊、王子雲，常州趙烈文，遵義黎庶昌，桐城吴汝綸作陪，邀先生及巴陵吴敏樹、懷寧鄧傳密、江寧汪士鐸游南京玄武湖、妙相庵、秦淮河。曾紀澤贈先生詩曰：『百頃荷花後湖裏，偕君斗酒一從容。』

《郘亭日記》同治七年七月十五日條：『中堂命公子劼剛爲主人，招偕幕中諸友錢子密、陳小圃、任棣香、趙惠甫、王子雲、薛叔瑩、黎蒓齋、吴至甫，與新至客鄧守之、吴南屏及伍嵩生、汪梅岑同泛後湖，還憩妙相庵，飲昭忠祠下。又同泛青溪，入秦淮，至武定橋乃歸。』

《薛福成日記》同治七年七月十五日條：『陪吴南屏、鄧守之、汪梅村、莫子偲、伍松生，劼剛世子及同幕七人，共游後湖，赴爵相之招也。肩輿出太平門，登湖舟，穿荷葉間，西行數里，花已謝矣。餘花僅存十之一，青蓮彌望，香風拂拂襲人。共登蓮萼洲，洲周數頃，有居民數家，箭竹數百杆，盤桓其下，久之始去。返入太平門，游妙相庵，飲於昭忠祠。復登舟，游秦淮河而歸。』

趙烈文《能静居日記》同治七年七月十五日條：『卯刻入署，同鄧守丈、汪梅村、吴南叟、莫子偲、伍嵩生（肇齡，四川邛州人，丁未翰林）、錢子密、吴摯甫、黎蒓齋、王子雲、任棣香、陳小圃、薛叔雲游元武湖。相國微恙不行，劼剛爲主人。荷花零落無幾，秋氣瑟然，半湖而返。復至昭忠祠、妙相庵各少憩，反，飯於祠中。下船道青溪、秦淮而歸。至署通名謝畢，遂返寓。』

吴敏樹《柈湖詩録》卷四有《同鄧守之、汪梅村、莫子偲、伍嵩生、錢子密、陳嘯甫、任棣香、王子雲、趙惠甫、黎蒓齋、薛叔壬、吴摯甫游元武湖，是日相侯命劼剛爲主人，還飲昭忠祠，仍泛青溪、秦淮，詩報劼剛即呈相侯》詩。

七月二十七日，先生師曾國藩調補直隸總督。先生丁未同年馬新貽接任兩江總督。是日，曾國藩致函浙江巡撫李瀚章，請其關照先生。

黎庶昌《曾文正公年譜》卷一一同治七年七月條：『二十七日奉到上諭：「曾國藩着調補直隸總督，兩江總督着馬新貽調補，欽此。」』

曾國藩《致李瀚章附片》，落款日期爲『七月廿七日』。

秋，先生謁前四川總督吴振棫。

先生《用昭覺寺和韻再呈粲正》詩自注曰：『同治戊辰游浙，再見尊先尚書公，蒙款語移時，細詢蜀中親舊，惜辭别匆匆，未得續聆清誨也。』

八月，先生不再北上，改從南京南下，經蘇州、杭州至廣州。

先生《用生日江樓韻》其九：『始經楚南北，繼入吴江游。玩月秣陵夕，觀濤龕赭秋。羊城最多淹，不上越王樓。度嶺復來返，驚波溯川流。』

【按】先生詩所述經歷如此，至於爲何不再入京，中途改道，不可考。

秋，先生父榮先卒，享壽六十餘歲。先生途中聞訊，返川奔喪。

張森楷《清翰林院侍講銜編修伍君肇齡墓銘》：『驚聞父訃，望星奔歸，遂卧林下。』

冬，先生居鄉讀禮，受聘爲瀘州川南書院主講。

先生《初秋還邛道中作》詩題自注：『時主川南講席。』

先生《槐陰書屋製藝序》：『時余主川南講席。』

《民國瀘縣志》卷四：『同治七年，署永寧恒保就今水井溝廢文昌宫棟宇，改置川南書院。……川南書院成立，首聘川中名翰林伍肇齡主講，與鶴山書院對峙，一時人士親炙其教澤者，無不玉成而去。』

同治八年己巳（一八六九）　先生四十三歲

同治九年庚午（一八七〇）　先生四十四歲

是年，先生受綿州知府文棨之聘，纂修《同治直隸綿州志》。

《民國綿陽縣志》卷七《何天祥傳》：『九年，省札各道續修志乘。值州牧文旋任，聘請伍崧生太史及先生協修。』

先生與薛焕、鮑超等在籍士紳向總督吴棠呈文，請拆毁省脈所在處之瓦窑，禁止瓦窑取土挖坑，免

傷省脤。

《同治重修成都縣志》卷一：『同治九年，總督吴棠因在籍紳士前工部侍郎薛焕，前浙江提督鮑超，前湖北巡撫嚴樹森，前直隸按察使孫治，内閣中書陳壽尊，給事中伍輔祥，翰林院編修伍肇齡、檢討童棫，雲南臨安府知府王熙震，候選鹽知事葉槩，歲貢衷興鑑等呈請禁止燒窑，飭成綿龍茂道鍾峻委知縣黄啓元查勘，將一路瓦窑拆毁，永遠不得取土開挖在案。』

同治十年辛未（一八七一）　先生四十五歲

九月，先生偕内兄孫治、内弟孫湛游大邑鶴鳴山。

孫治有《辛未秋，偕崧翁、鷗弟游鶴鳴山》詩。又孫治《七古》詩自注曰：『九月望日，與崧生妹倩、鷗舫弟游鶴鳴山。』

同治十一年壬申（一八七二）　先生四十六歲

同治十二年癸酉（一八七三）　先生四十七歲

秋，舉行癸酉科四川鄉試。同治癸亥恩科探花南皮張之洞以翰林院侍讀充是科副考官。

許同莘《張文襄公年譜》卷一同治十二年癸酉條：『六月□□日奉旨充四川鄉試副考官……至成都，勞頓致疾，而試期已迫，即日入闈。及放榜，所拔多學行超卓之士。』

十月，張之洞鄉試出闈，即奉旨提督四川學政。

《同治實録》卷三五六同治十二年八月丁丑朔條：『張之洞提督四川學政。』許同莘《張文襄公年譜》卷一同治十二年癸酉條：『出闈後，奉旨簡放四川學政，十三日具摺謝恩，十月十五日接篆視事。』

十二月十二日，先生外孫牟鴻文出生。

《鶴鳴山牟氏支譜》卷四『牟秉松』條：『生子鴻文、佐文、女字孫。』同卷又載：『秉松長子鴻文，生於同治癸酉年十二月十二日未時。』

是年，弟子丁治棠肄業錦江書院，深得先生器重。

丁紹禹《丁治棠年譜》同治十二年癸酉條：『爲求深造，毅然辭館晋省，肄業成都錦江書院，受業童牧村棫、伍崧生肇齡兩翰林，深蒙器許。』

同治十三年甲戌（一八七四）　先生四十八歲

春，先生受大府之聘，繼牛樹梅出任錦江書院院長。先生爲歷任院長中任期最長者，達二十九年之久。

《石室紀事》：『同治十三年，邛州伍肇齡爲院長。伍肇齡字崧生，道光戊申進士，著有《石堂詩鈔》。』

【按】先生爲道光丁未進士，《石室紀事》作『戊申進士』，誤。

四月，先生與薛焕領銜，會同全省縉紳共十五人向總督吴棠、學政張之洞呈文，請於省城創建尊經書院，延請名師，講習經學，鐫刻經史，以育人才。

吴棠《奏爲四川紳民公請捐建尊經書院并刊刻經史事》稱：『竊臣據在籍候補京堂薛焕、翰林院編修伍肇齡等呈稱：「紳民等公同集議，請於省城覓購基地，另建尊經書院，遠延名師，講習經學，并鐫刻經史諸書，以資研究而育真才。」』

張之洞《四川省城尊經書院記》：『同治十三年四月，興文薛侍郎偕通省薦紳先生十五人，投牒於總督、學政，請建書院，以通經學古課蜀士。』

光緒元年乙亥（一八七五）　先生四十九歲

春，成都南郊石犀寺側尊經書院建成，擇全省各府縣高材生百人肄業其中。總督吴棠先後聘桐鄉沈善登、歸安錢振常、南匯張文虎、德清俞樾、會稽李慈銘、湘潭王闓運諸公爲院長，皆不至。乃以嘉興錢寶宣、海寧錢保塘爲主講，設襄校數人、監院二人、齋長四人。

張之洞《四川省城尊經書院記》：『光緒元年春，書院成，擇諸生百人肄業其中。』

胡鈞《張文襄公年譜》卷一光緒元年乙亥條：『是年春，尊經書院成，選高材生百人肄業其中，延聘名儒分科講授，手訂條教，略如詁經精舍、學海堂例。』

廖宗澤《六譯先生年譜》光緒元年乙亥條：『春，尊經書院成。擇府縣高材生百人，肄業其中。除山長外，設襄校數人以助教，設監院二人、齋長四人以助鈐束、稽程課。齋長以諸生之學優年長者充之。

所課爲經、史、小學、辭章，尤重通經。」

九月，張之洞撰《輶軒語》《書目答問》成，蜀士奉之爲金科玉律。

成邦幹《書目問答叙》曰：『嘗視學蜀中，舉學行、文藝之要，告誡生童，爲《輶軒語》。又條舉古今書記切於實用者，分別布居，博綜慎擇，爲《書目問答》。』

《六譯先生年譜》光緒元年乙亥條：『九月，張之洞撰《輶軒語》《書目答問》成。』

光緒二年丙子（一八七六）　先生五十歲

七月二十六日，先生内兄孫治卒，享年六十五歲，先生爲書墓誌銘并篆書碑額。

孫湛《清誥授光禄大夫布政使銜前直隸按察使特用道孫君墓誌銘》：『君諱治，字琴泉，一字理亭，以嘉慶壬申八月十八日生，光緒丙子七月二十六日卒，年六十有五。』

十一月，張之洞撰《創建尊經書院記》一卷，又名《四川省城尊經書院記》，説明書院設學宗旨，又舉爲學事項十餘條以教蜀士。

胡鈞《張文襄公年譜》卷一光緒二年丙子條：『十一月，任滿將受代，爲《尊經書院記》，語諸生以學術條教諸大端，凡四千餘言。』

冬，張之洞任滿離蜀，由同治甲戌科榜眼、翰林院編修南海譚宗浚提督四川學政。

光緒三年丁丑（一八七七）　先生五十一歲

二月二十一日，先生外孫牟佐文出生。

《鶴鳴山牟氏支譜》卷四：『秉松次子佐文，生於光緒丁丑年二月二十一日子時。』

十月，學政譚宗浚選諸生三年來課藝及下車觀風超等試卷，刊爲《蜀秀集》八卷。

廖宗澤《六譯先生年譜》光緒三年丁丑條：『年冬，學政譚宗浚集尊經諸生三年以來課藝及下車觀風超等卷，刊爲《蜀秀集》八卷。』

【按】譚宗浚《蜀秀集序》，落款時間爲『光緒五年十月』。

十一月，四川提督唐友耕彙刻趙翼著作七種爲《重刻趙甌北全集》，又重刻張溥輯《漢魏六朝百三家集》成，先生應其請爲二書撰序。

先生有《重刻〈趙甌北全集〉序》《重刻漢魏六朝百三家序》，落款時間皆爲『光緒三年仲冬』。

光緒四年戊寅（一八七八）　先生五十二歲

夏，先生領銜會同士紳聯名向總督丁寶楨呈文，請旌表中江縣貞女劉氏。

《申報》第一九三三號載丁寶楨片：『據在籍翰林院編修伍肇齡等呈稱：中江縣貞女劉氏……實屬深明大義，志節皎然，無愧巾幗完人，足爲閨門矜式。職等誼關桑梓，聞見既確，不忍聽其湮没，公懇旌表。』

十二月二十七日，先生友湘潭王闓運應丁寶楨五次邀請至成都，主講尊經書院。

王闓運《湘綺樓日記》光緒四年十二月二十七日條：『入四川省城北門，翰仙兩請僕來迎，余以當先晤之，乃可定居停。』

王代功《湘綺府君年譜》光緒四年戊寅十二月條：『二十七日至成都，寓鐵板橋機器局黄丈翰仙處，丁丈穉璜請府君主講尊經書院。』

廖宗澤《六譯先生年譜》光緒四年戊寅條：『十二月二十七日，湘潭王闓運來川主講尊經書院。』

光緒五年己卯（一八七九）　先生五十三歲

二月十八日，先生赴布政使程豫宴，晤王闓運、勞鷺卿、劉玉田諸公。

王闓運《湘綺樓日記》光緒五年二月十八日條：『赴藩使招，麓、鷺先在，劉玉翁繼至，伍松生最後。』

三月初四日，先生赴勞鷺卿喜筵，晤王闓運、劉玉田、張仙舟及藩、守、候補道諸公。

《湘綺樓日記》光緒五年三月初四日條：『申初，至鷺卿處喜筵，伍嵩生院長，藩、守兩公，候補道四五公俱集。余與伍坐正席，劉玉田、張仙舟作陪，亥散。』

三月二十三日，先生往見王闓運，談修心煉氣及陳廣敷前事。

《湘綺樓日記》光緒五年三月二十三日條：『伍嵩生來久談，泛及修練事。云有戴生年甚少，能内養也。又言陳廣敷前事。』

【按】是年，先生與王闓運時相過從，於《湘綺樓日記》可考者有：光緒五年正月十三日條：『出答督、臬、學、鹽、茶、成、綿二道，錦江院長伍嵩生編修。』二月初二日條：『伍嵩生院長、曾元卿先後來久談。』二月初六日條：『已初出，答四學官、伍院長，唯見伍略談。見庭中杏花，誤以爲桃，疑桃無此大而矮者，伍乃告余誤也。』三月初九日條：『唐小溪、伍嵩翁、魯詹、嚴雁峰、陳仲仙、岳生、屈生來，竟日客不絕。』三月二十七日條：『過伍嵩生談，陳廣敷有遺書，欲略觀之。』閏三月二十六日條：『步出，問伍嵩生夫人病。』閏三月二十八日條：『子箴、嵩生來。』五月初四日條：『諸生以我不收節禮，公宴於延慶，大設歌筵……因招嵩生、韓紫汀、黄麓生同集。』五月二十六日條：『伍、祝、羅、劉、陳諸客來，竟日疲於酬對。』

三月二十四日，布政使程豫借尊經學生課卷不齊爲由，懸牌批責院長王闓運。先生爲王闓運謀劃解決問題之策。

《湘綺樓日記》光緒五年三月二十四日：『程藩使以諸生課卷不齊，縣牌來責。人言紛紛，有云鹽道怒我而挑之者；有云錢寶宣怨望而激之者；有云司道合謀振興文教，講習經策，愠我以不應試爲教而專相齮齕者。言皆有因，而皆無如何。假使院生得抗藩使，即無上下之分，使告督府以飭司道，又非儒學之雅。伍嵩翁及院生多來謀者，訖無善策。』

五月初二日，先生赴提督唐友耕宴，晤黄錫燾、王闓運、錢寶宣諸公。

《湘綺樓日記》光緒五年五月初二日條：『旋赴帽頂處晚飯。翰仙先至，徐吉士（仲文）、伍嵩翁、錢徐山繼至。』

五月初五日，先生與楊光坦領銜，會同四川在籍士紳向總督丁寶楨呈文，請爲原福建陸路提督江長貴在原籍鹽亭縣建立專祠，補請議恤，并將功績録送史館。

《申報》第二二二〇號録光緒五年五月初五日丁寶楨片：『詳據在籍紳士一等侯楊光坦、翰林院編修伍肇齡等察稱：原任福建陸路提督江長貴，四川潼川府鹽亭縣人。……請於原籍鹽亭縣，建立專祠，補請議恤，并將功績録送史館。』

七月初四日，先生做東，邀王闓運、喬樹楠、吴鴻恩、陳炳泰諸公飲宴。

《湘綺樓日記》光緒五年七月初四日條：『松生約飲，步往。客有陸太初、喬茂軒、吴春海、衛鵬修、魯詹。』

八月初三日，吴鴻恩祭祀魁星，先生及王闓運、楊光坦、李汝南諸公皆至。

《湘綺樓日記》光緒五年八月初三日條：『吴春海招祭魁星，往則有一繡褂客在焉。頃之，陝西進士黄同知、童子木之子、楊小侯、李湘石、伍松翁、銅梁某生均至。』

八月，先生弟子井研廖平、富順宋育仁、成都曾培、新津白玉書等中式己卯科四川鄉試舉人。

秋，尊經學生張森楷獲罪於院長王闓運，被削去書院弟子籍。先生邀其入錦江書院肄業，又任之爲書院齋長，兼管錦江書局事，鼓勵其專意致力於史學。

八月二十八日，先生與吴祖椿於延慶寺主持成、華兩縣新進舉人之賓興宴。

《湘綺樓日記》光緒五年八月二十八日條：『至延慶寺，成、華新舉人議請賓興，伍松翁、吴幼農主之。』

張森楷《戊午六十生日自序》：『游庠食餼，肄業尊經書院，爲錢堤江、王壬父師知重……稍稍有聲黌序間。已而因事被構除名，轉往錦江書院。邛州伍先生尤激賞之，每課必前列，續以齋長管書局事相諉陲，年可致百餘金若二百金。予既得所憑，復由射洪劉文卿介紹於渭南嚴雁峰，許借讀其家所藏書，可專力奮進。』

張森楷《民國合川縣志》卷五六《序傳上》：『同州人丁樹誠、戴光肄業成都尊經書院……既秋試報罷，又以事爲人構於院長湘潭王闓運，削弟子籍，去。轉就錦江書院讀，院長邛州伍肇齡，森楷先受業師也，故嘗以時文相取，至是則大喜，使爲院都講，兼典書局，管書籍事。森楷益感激奮發，自矢於院長曰：「循此以往三十年，苟不於學界中特樹一幟，成業發名以張吾軍，而與尊經旗鼓相當者，有如日。」院長頷之。退乃自立不爲經學詞章、不應歲科優拔試、不事書畫詩詞應酬禁約三條，而專攻史學。』同卷又曰：『會湘潭王先生來，説經不合，又它事齟齬，讒人交構，因輟業去。既秋試連被放，彌益侘傺不能孳經，更從伍崧生師借取乙部書讀之，覺其紕紛繆盭、踳駁舛互之處較經尤甚。』

張森楷《二十四史校勘記序例》：『因借書於渭南嚴嶽蓮家，以致力全史之學。邛州伍肇齡先生聞而嘉焉，爲假館授餐，隨即就質疑緒業，賡續至晉宋以下。』

張森楷《史記新校注自序》：『因借書於渭南嚴嶽蓮氏，以從事全史之學。邛州伍太史師聞而嘉之，許假館焉。乃遂及是時就質疑緒業，賡續演進。』

楊家駱《石親先生年譜》光緒五年己卯條：『是歲秋試報罷，以事爲人構於壬秋，削弟子籍，去轉就錦江書院讀。院長邛州伍肇齡編修嵩生，使爲院都講，兼典書籍。』

林思進《合川張式卿先生墓表》：『故事：每鄉試，州縣士子例得賚土物，貿扉糗。先生獨齮齕關吏。湘潭王壬甫爲院長，聞，或從而媾之，抗辯不撓，坐削弟子籍。……邛州伍編修方主錦江書院，召爲都講。』

劉樊《張森楷傳》：『故事，每鄉試，州縣士子例得賫土物，貿扉糗。先生獨齮齕關吏，或構之於壬父先生，以抗辯不撓，目無師長，坐削弟子籍，旋去尊經書院。臨邛伍崧生編修，方主錦江書院，召爲都講。』

《默室日記》光緒二十四年三月二十八日條：『夫子往年在尊經，王壬秋斥其經學。夫子不服，遂索還受業帖，因思王之經學、詞章終難勝之，故專意史學，欲以勝王也。』

光緒六年庚辰（一八八〇）　先生五十四歲

三月二十三日，先生往訪王闓運。

《湘綺樓日記》光緒六年三月二十三日條：『伍松翁、恒將軍、李從九、吴春海來。」

【按】是年先生與王闓運往來，於《湘綺樓日記》可考者尚有：光緒六年三月二十日條：『巳正出答，訪伍、李、唐……俱入，談甚久。』七月初八日條：『李培榮提督、唐鄉晚、余畫貓、兩監院、伍松翁來。』八月初九日條：『欲訪伍松翁，值其他出。』十二月十三日條：『喬京官、李守備、伍松翁來。』

六月初三日，先生赴尊經書院監院王培楨、薛華墀之約，於關帝祠飲酒賞荷。

《湘綺樓日記》光緒六年六月初三日條：『午，至少城關祠。兩監院設酒看荷花，伍、吴兩院長爲客。』

七月十二日，先生往賀鹽茶道崧蕃升四川按察使之喜，晤王闓運、穆崇濱、黎培敬諸公。

《湘綺樓日記》光緒六年七月十二日條：『出賀崧署臬，伍松翁、督府、穆芸閣、黎漕使，兩遇叔平，歸。』

八月十二日，尊經書院行鄉飲酒禮，王闓運延請先生爲僎者。

《湘綺府君年譜》卷二光緒六年八月條：『十二日，日中行鄉飲酒禮，諸生至者四十餘人，延錦江書院院長伍松生太史肇齡爲僎者。』

八月二十六日，先生母李氏生日，設壽堂於書院後堂，請戲班唱戲慶賀。

《湘綺樓日記》光緒六年八月二十六日條：『賀伍母生日，主人猶未起。設壽堂於堂後，雨濕泥滑不可行。又有戲、酒，益雜亂，湯餅會散已晡矣。』

八月二十七日，合江知縣王鑑塘被撤，先生讓其托王闓運向當道説項。

《湘綺樓日記》光緒五年八月二十七日條：『合江知縣王鑑塘字清如，平番人，癸卯舉人，壬子進士……自言實缺撤省，不知其罪。伍松翁命來浼我説之。』

九月初九日，先生設飲於城南浙江館義山旁，邀劉愚、王闓運、劉濤、毛艮貞諸公爲重九登高之會。

《湘綺樓日記》光緒六年九月初九日條：『松翁招飲城南浙江義山旁，爲登高之會，黄、毛、二劉同坐，皆江西人也。與劉庸夫俱不終席而還。』

九月十六日，先生赴毛艮貞、劉濤之宴於江西館。毛、劉設筆墨索書，先生婉拒之。

《湘綺樓日記》光緒六年九月十六日條：『毛艮貞、劉濤設於江西館，招陪松翁，雲南李及亳伯、劉拔貢同坐。設筆墨索書，松翁堅不肯，余書一聯。』

薛志澤《益州書畫録續編》：『伍肇齡，邛州人，字崧生，清翰林。工書，善古文詞。主講錦江書院十餘年，造士頗衆。八十餘卒。』

十一月十一日，先生應約至芮起豫處，晤吴春海、王闓運諸公。

《湘綺樓日記》光緒六年十一月十一日條：『暮，乃詣芮少海晚飯，一打箭爐客李姓先在，伍、吴、周三山長同集。』

光緒七年辛巳（一八八一）　先生五十五歲

三月初七日，先生往訪王闓運。

《湘綺樓日記》光緒七年三月初七日條：『伍松翁、范教授來。』

七月初七日，先生至周緒欽處吃喜酒，晤葉毓榮、王闓運諸公。

《湘綺樓日記》光緒七年七月初七日條：『過緒欽宅吃喜酒，與伍、葉院長，朱、徐、鍾道臺會。』

七月十六日，先生與顧復初、王闓運諸公宴於樫園，賞古人字畫。

《湘綺樓日記》光緒七年七月十六日條：『晚至樫園，沈氏諸郎設食，顧、伍兩翁作陪，看文、董字。見明人《蘆雁圖》甚佳，惜是小册耳。歸雲和尚畫十册，并題字。』

七月二十二日，先生與王闓運、芮起豫、葉毓榮諸公飲於關帝祠君子堂。

《湘綺樓日記》光緒七年七月二十二日條：『與松翁同至關祠君子堂小飲，芮少海、葉協生、羅編修子繼至。』

是年，先生長孫寶蘭生。

【按】《四川教育官報》一九〇七年第十期載《高等學堂普通甲班畢業學生姓名年貫表》中等畢業學生名册列有：

『伍寶蘭，年二十七歲，邛州廪生。』則可推知伍寶蘭生於本年。

先生弟子劉光第肄業錦江書院。

劉光第《武昌書贈陳澂臣》：『猶記辛巳、壬午之間，余游學錦城，獲交成、華人士。』

光緒八年壬午（一八八二）　先生五十六歲

正月初八日，先生謁學政朱逌然，示以陳溥《性修論》書稿。

朱逌然《使蜀日記》光緒八年正月初八日條：『崧生前輩來，出示陳溥《性修篇》。』

【按】本月，先生與朱逌然時有往來，於朱逌然《使蜀日記》可考者有：光緒八年正月初四日條：『答伍崧生院長前輩。』正月二十二日條：『崧生前輩來，未值。』

正月二十四日，先生托錢保塘向朱逌然出示陳溥所校《少吏論》。

朱逌然《使蜀日記》光緒八年正月二十四日條：『堤江來。崧生前輩遣持陳廣敷所校俞理初《少吏論》見示，引《淮南子》説《周官》，後附水利屯田共一册。』

二月初三日，朱逌然將出省按試眉州、嘉定、重慶各屬，先生與按察使張嵩凱前往送行。

朱逌然《使蜀日記》光緒八年二月初三日條：『伍崧生、張月卿來。』

四月初一日，先生友四川提督唐友耕薨，享年四十六歲。

唐鴻學《皇清誥授建威將軍雲南提督署四川提督唐公年譜》光緒八年四月朔條：『辰刻日蝕，公勉起行禮。午後召諸子，訓曰：「吾以艱難戎馬，身沐國恩，力圖報稱，未及萬分之一。汝輩好好讀書，正大光明，爲朝廷有用之人，吾心安矣。」言訖而逝。』

五月，先生刻新城陳溥《食事積微篇》成。

先生《食事積微篇跋》，落款時間爲『光緒壬午仲夏月』。

七月，先生彙刻陳溥論學書信《丁戊書鈔》成。又刻咸豐六年井研夏山塘同人酬唱爲《夏山堂王氏祠塾倡和詩詞》。王鴻謀有詩記其事曰：『寄謝邛州老太史，蒲亭下里藉君傳。』

先生《丁戊書鈔跋》：『右《丁戊書鈔》一册，咸豐七八年間，陳廣敷先生寓嘉陽時，寄予成都論學書也。』落款時間爲『光緒壬午七月』。

先生《蒲亭夏山堂王氏祠塾倡和詩詞跋》：『《夏山堂王氏祠塾倡和詩詞》一册，陳廣敷先生客井研時同諸人士作。諸作皆先生所改定。』

《光緒井研縣志》卷一五：『《夏山堂倡和詩詞》一卷，錦江書局刊。按咸豐丙辰，邛州編修伍肇齡主講嘉定，江西陳溥客焉。時有重刊《通鑑》之議，明年開局縣西夏山塘，以詩詞相倡和。光緒壬午，太史刻之成都。』

《光緒井研縣志》卷三：『鴻訓故好客，新城陳溥、臨邛伍肇齡嘗主其家刊行《資治通鑑》，文宴詠觴，極一時之盛。《夏山塘倡和詩》今刊以行世。』

八月，先生刻陳溥《性修論》成。

先生《性修論序》，落款時間爲『光緒八年壬午八月』。

秋，先生弟子富順劉光第、宜賓杜大恒等中式壬午科四川鄉試舉人。

劉光第《贈曾玉舫序》：『杜君惺齋，余同學錦江友，又同年舉於鄉。』《民國重修四川通志·劉光第傳》：『壬午舉於鄉。』

十月十二日，先生夜訪黄雲鵠，月下散步，談至深夜。

黄雲鵠《祥人詩草》卷九壬午癸未有《冬十月十二日，夜出步月，適崧生過訪，譚至夜分，復步月携至夫子廟前別，歸，對月口占》詩。

【按】《祥人詩草》卷一〇癸未《自文廟街移居城東，臨去題壁寄懷伍崧生同年》詩自注曰：『去年十月十一日夜步月文廟前，各有詩』，時間則作『十月十一日』。

十一月初四日，先生爲錦江書院監院事謁四川學政朱逌然。

《朱逌然日記》光緒八年十一月初四日條：『伍崧生前輩爲監院事來。』

十一月十五日，朱逌然答拜先生。

《朱逌然日記》光緒八年十一月十五日條：『文廟行禮，答崧生前輩。』

十一月十一日，先生偕黄雲鵠月下散步，二人各有詩記其事。

先生有《癸未仲冬十一日，偕翔雲步月，步去年今夕步月元韻》詩。

《祥人詩草》卷一〇癸未有《仲冬十一日，偕崧生同年步月，步去年今夕步月韻》詩。

十一月，先生輯刻陳溥《霞綺集》成。

先生《霞綺集題詞》：『余既刻陳廣敷先生《性修論》《積微篇》及所次王、陸、朱三册《文言約説》，復搜葺記録要語，暨書册批評，命門人馮生燮鎔寫而刊之，别其名爲《遺言類記》一卷、《詩評》一卷、

《談評録》一卷，總名之曰《霞綺集》。』題詞落款時間爲『光緒八年壬午冬十一月』。

十二月，先生刻陳溥《涵泳篇》成。

先生《涵泳篇序》，落款時間爲『光緒八年十二月乙丑』。

是年，先生因前刻書板毁於兵燹，復刻《資治通鑑》於成都。

張森楷《通鑑校字質疑附胡注正訛序例》：『臨邛伍編修師家藏此本。同治中出以屬王子蕃孝廉刻於井研，未畢而毁於火。光緒八年間，復刻於成都，屬森楷校之。』

光緒九年癸未（一八八三）　先生五十七歲

四月，聶培新刻其父光鑾《槐陰書屋製藝》成，先生應其請撰序。

先生《槐陰書屋製藝序》，落款時間爲『光緒九年孟夏月』。

五月，先生刻陳學受《尚書二十八篇讀本》成。

鶴鳴山人《尚書二十八篇題記》，落款時間爲『光緒九年癸未五月』。

五月，先生弟子劉光第中式癸未科進士。

《清史稿·劉光第傳》：『光緒九年進士。』

《民國重修四川通志·劉光第傳》：『癸未，聯捷成進士。』

十月二十二日，王闓運往見先生，談《春秋》。

《湘綺樓日記》光緒九年十月二十二日條：『午晴，詣松翁，談《春秋》還。』

【按】是年，先生與王闓運時相過從，於《湘綺樓日記》可考者有：光緒九年五月十六日條：『崧翁來，三更去。』七月十六日條：『穆芸閣、伍松翁、德蔭知縣來。』九月初六日條：『飯後，周熙炳、陳慶源子真、顔華陽、伍松翁來。……午間與松翁言乙巳、丁未之間，京師冶游，因及李伯元、周荇農、蕭史樓、許仙山、穆公子之事。』十月十二日條：『慶保軒、伍崧翁、嚴玉兄來。』十二月初六日條：『過錦江書院與松翁略談。』

十月，鄧川楊柄鋥《怡雲山館詩存》刻成，先生應其請作題詞。

十一月初九日，先生癸卯同年、四川候補道張觀鈞卒，享年五十七歲。先生與王闓運往吊之。

《湘綺樓日記》光緒九年十一月初九日條：『至武擔山文殊院吊張怡山，與松翁同往。』

十一月十一日，先生偕黄雲鵠月下散步，二人各有詩。

先生有《癸未仲冬十一日，偕翔雲步月，步去年今夕步月元韻》詩。

黄雲鵠《祥人詩草》卷一〇癸未有《仲冬十一日偕崧生同年步月，步去年今夕步月韻》詩。

十二月，成都將軍歧元刻徐瑋文《説詩解頤》成，先生應其請撰叙。

先生《説詩解頤叙》，落款時間爲『光緒九年嘉平月十七日』。

是年，先生刻陳敷《詩説》二卷成。

《續修四庫全書總目提要·詩説》：『是編蓋光緒九年癸未伍崧生編修之所刻也。前有長洲顧復初序。』

光緒十年甲申（一八八四）　先生五十八歲

正月初七日，先生應黄雲鵠之邀飲酒賞雪，二人各有詩記其事。

先生有《立春前一日，雪霽，黄翔雲觀察同年招飲》詩。

【按】是年正月初八日立春，立春前一日即初七日也。然《祥人詩草》卷一一甲申有《春前二日邀伍崧生同年賞雪依韻奉和》記此事，時在「春前二日」，即初六日也。未知孰是，姑從先生詩。

二月初一日，先生應邀至芮起豫處飲酒，晤穆崇濱、李汝南、顧復初、王闓運諸公。

《湘綺樓日記》光緒十年二月初一日條：「至芮少海處會飲，胡進士、芸閣、湘石先至，子遠、松生後來。」

三月初三日，先生與同人修禊於邛州城南。

先生《邛州城南修禊遇雨》詩：「甲申三月日重三，禊事修從郡郭南。」

七月三日，先生應金知州之招赴延慶寺之會。

《湘綺樓日記》光緒十年七月初三日條：「至延慶寺赴金知州之招，崧翁先在。」

七月二十七日，先生與王闓運入滿城，爲成都將軍歧元母賀壽。

《湘綺樓日記》光緒十年七月二十七日條：「晨起，遣要松翁同入滿城，賀將軍母生日。」

八月初三日，先生赴成都將軍歧元宴，晤王闓運、王子儀、王仙艇諸公。

《湘綺樓日記》光緒十年八月初三日條：「歧子惠將軍速客，要伍松翁同往，至則尚早，黄、崔道、黄太尊均先至，臧師耶後來，同坐者伍、三王。」

八月二十六日，先生設宴演戲賀母李氏壽。顧復初、葉毓榮及王闓運父女往賀。

《湘綺樓日記》光緒十年八月二十六日條：「晨，過松生，賀其母生日。年七十六，乃小於先孺人，而松生早生早仕，遂若其母篤老。蓋其子館選，母纔卅許人，而老福殊不若周寶清，可感也。……盼、茂均往伍宅，静卧半日，復至松生處赴席，唱戲嘈雜，與顧子遠、葉協生、劉何有略談。」

【按】是年，先生與王闓運時相往還。於《湘綺樓日記》可考者有：光緒十年正月初七日條：『芸閣、松翁俱來久談。松翁自命涅槃無往來，余云：「君自視能如世尊耶？觀君根基，正生凈土耳。」』五月初三日條：『見芸閣……伍崧翁。』五月二十三日條：『夜過松翁，亦談道、釋。』

十月十六日，先生母李氏卒，享年七十六歲。

《湘綺樓日記》光緒十年四月十六日條：『夜聞伍母之喪，步月往視之。……崧生則初喪不哭，尤爲可議。』四月廿四日條：『朝食後往伍崧生處陪吊，尹殷儒、齊敬齋同在。初雜無章，余爲鋪排。副統諸道繼至，竟日接談，凡習見者咸在。』

是年，先生刻張森楷校董其昌《畫禪室隨筆》。

《默室日記》光緒戊申三月二十七日條：『學道街煥文堂有《畫禪室隨筆》一部，舊書也。……光緒十年伍崧老祖姑丈刻，張夫子校。原本乃予家書，即崧老買自京帶回贈先祖者也。後復借此本去重刊，刊就曾贈大人一部。』

光緒十一年乙酉（一八八五）　先生五十九歲

十二月，沈守廉刻其父炳垣《星軺日記》成，先生應其請撰後序。

先生《〈星軺日記〉後序》，落款時間爲『光緒十一年十二月十三日』。

光緒十二年丙戌（一八八六）　先生六十歲

正月，王闓運回湘，不再至蜀。

王代功《湘綺府君年譜》光緒十二年丙戌正月條：『正月清理書局所刻諸書，訓告諸生，言爲學在得師，不在從師之義。以當去蜀，院生多於督府處留行，恐府君不再來蜀也。』

《六譯先生年譜》光緒十二年丙戌條：『春，王闓運歸湘潭，不再至蜀。』

岳森《癸甲襄校録自序》：『蜀之尊經書院，自院長湘潭王先生去後，主講無人。』

四月二十一日，總督丁寶楨卒，享年六十七歲，追贈太子太保銜，祀賢良祠，謚文誠。

唐炯《丁文誠公年譜》光緒十二年丙戌條：『四月二十一日，薨於位。……上震悼，贈太子太保，賜祭葬，謚文誠，祀賢良祠，并建祠山東、貴州行省。』

五月初五日，光緒帝以浙江巡撫劉秉璋爲四川總督，未到任前，暫由按察使游智開護理。

《光緒實録》卷二二八光緒十二年五月丁酉條：『以浙江巡撫劉秉璋爲四川總督。未到任前，以四川按察使游智開護理。』

秋，四川總督劉秉璋到任，聘先生兼任尊經書院院長。因院務繁重，先生商同學政高賡恩，延請廖平、王萬震爲襄校。

先生《癸甲襄校録序》：『壬秋回湘，劉仲良宫保謂余資深，俾以錦江兼主斯席。』

《六譯先生年譜》光緒十二年丙戌條：『尊經書院山長由錦江書院山長伍肇齡兼代。』

岳森《癸甲襄校録自序》：『今制府劉宫保就延錦江書院院長邛州伍先生兼領是席。院務滋繁，師德彌謙，商同督學，别延襄校二人，參閲課卷。』

《萇楚齋隨筆》卷二『伍肇齡掌教事』條：『先文莊公督川時，太史正主尊經書院講席，相處甚歡，九年未易。』

李榕《復伍崧生前輩》：『頃奉惠書，慰問周至，示及當道，優禮台尊。兼主尊經一席，有南面讓三、北面讓再之雅，曷勝仰企。』

岳森《南學報廖季平書》：『今者崧生先生主講，足下得膺督部委任，襄校其間。鄙人聞之，且慰且怍。何則？故人假手，新機方躍，值此絶續之交，將有振頓之望也。』

《蜀海叢談》卷三《伍崧生先生》條：『時尊經院生，皆前學政張文襄公精選調住者，意頗不慊。先生至，諸生恒檢平日稽考不得之僻典以請。先生指答如流，閲先後不下百數十事。士論始翕然悦服，亦徵其博洽矣。』

冬，先生會同羅應旒、馬長卿等士紳聯名向總督劉秉璋呈文，請募款於江畔籌建崇麗閣、濯錦樓。

彭芸蓀先生《望江樓志》引馬長卿《江樓全局工竣偶成五言二章》詩後附識：『吟詩樓，咸豐初年遭兵燹，毁拆幾成荒土。……憶昔危樓聳翠，上出雲霄；飛閣□丹，下臨江水。傍井堂軒，疏疏落落。又有茂林修竹，奇花異卉，掩映其間，洵足供游覽也。撫今思昔，能勿動予補葺之懷哉！爰約同年周伯□，請命於錦江院長伍嵩師、芙蓉院長葉夔生暨同事諸公，募貲創建崇麗閣、濯錦樓。丙戌興工。』

戴光《崇麗閣記》：『於是薦紳先生，咸集耆舊，迹湮址、審地防，詢謀規畫，僉謂閣宜……經始丙戌之冬。』

《望江樓志》引吴蜀尤《崇麗閣記》注云：『崇麗閣之籌建，爲光緒十二年丙戌，劉秉章仲良督川時，蜀紳伍肇齡、羅應旒、馬長卿等募款請建，由馬長卿主其事。』

是年，弟子廖平《今古學考》刊成，求正於先生。

廖平《古學考自記》：『丙戌刊《學考》，求正師友。』同書又曰：『舊以《王制》爲孔子爲《春秋》而作。崧師云：「此弟子本六藝而作，未必專爲《春秋》與自撰。」』

光緒十三年丁亥（一八八七）　先生六十一歲

正月，先生與同人游百花潭。

先生有《丁亥初春游百花潭，用戊午歲怡園分韻得『蘭』字》詩。

二月，尊經襄校廖平與先生商議恢復前學政朱逌然制定之書院舊規。

《六譯先生年譜》光緒十三年丁亥條：『二月至成都，在尊經書院閲卷，同閲卷者富順王萬震復東也。先生見山長伍肇齡，議復朱肯夫學使舊章，設分教，不考課，以著書作季課，并加膏火。』

五月，吴鴻恩《如不及齋製藝》刻於京師，先生有題評。

吴鴻恩《如不及齋製藝》，先生評其《子曰父在觀其志父没觀其行三年無改於父之道可謂孝矣》曰：『認得道字，的確不泥。《集注》於理較足，語語從至性流出，并徵紹聞之美。後二比士大夫分柱可以勵俗。至其筆力蒼渾，得心應手，故是輪扁長技。館愚弟伍肇齡拜讀。』

夏，學政盛炳緯告假丁憂，高賡恩以翰林院編修提督四川學政。高賡恩喜宋學，與先生志趣頗投。

《光緒實録》卷二四一光緒十三年四月辛酉條：『四川學政盛炳緯丁憂，命翰林院編修高賡恩提督四川學政。』

《六譯先生年譜》光緒十三年丁亥條：『六月，新任學政高賡恩喜宋學，與伍肇齡合。』

六月，先生刻《近思録》成，高賡恩撰序，表宋學而斥漢學。

《六譯先生年譜》光緒十三年丁亥條：『六月，伍新刻《近思録》，高爲作序，痛詆漢學。』

十一月，高賡恩刻吕坤《四禮翼》成，先生應其請撰序。

先生《四禮翼序》，落款時間爲『光緒丁亥仲冬』。

十二月，尊經弟子雅安劉永鎮刻張澍《讀詩鈔説》四卷成，先生應其請撰序。

先生《〈讀詩鈔説〉序》，落款時間爲『光緒十三年塗月下浣』。

光緒十四年戊子（一八八八）　先生六十二歲

秋，先生弟子梁山張繼善等中式戊子科四川鄉試舉人。

十二月，學政高賡恩據尊經院生方守道、童煦章習作編成《蜀學編》二卷，經先生參訂後刻之。

先生《〈蜀學編〉序》，落款時間爲『光緒戊子嘉平月』。

先生《〈續刻蜀學編〉序》：『《蜀學編》爲寧河高曦亭先生督蜀學時，據方生守道、童生煦章各輯本，詳加厘訂，一月而成者。』

是年，先生第五孫寶蓀出生。

孫培吉《默室日記》光緒戊申七月初三日條：『香岩之五弟（戊子生），在成都中學者。』

先生游説有司開辦礦廠，開采川礦，無果。

《礦學心要新編》卷中録《前建昌道張靄卿觀察致龔方伯書》有宋賡平按語曰：『緣川礦創於光緒十三年，羅公星潭夥辦天寶洞鎌銀廠起，次年同鄉鄭公寶琛、吴公光奎、方君汝紹各京官後先奏請開采。外，達喇嘛潘建侯亦力贊辦藏衛之礦。伍崧生先生俱再三説合當道，俱報罷。由勒限先行繳存三十萬金之故。』

光緒十五年己丑（一八八九）　先生六十三歲

正月，崇麗閣上年竣工，於本月開樓，請四川鄉試副考官、光緒丙戌科文狀元花溪趙以炯，重慶鎮總兵、咸豐壬子科武狀元鉅野田在田開樓。先生又謀於劉秉璋，於崇麗閣旁籌建一批亭臺樓館。

戴光《崇麗閣記》：『落成己丑之春，糜金萬有奇，而規模粗具。工役略蕆，興作豈易言哉。於是名以『崇麗』，以爲不巍不崇，不足以攝坤輿之雄也；不壯不麗，不足以作方州之氣也。』

丁樹誠《晋省記》光緒二十三年五月初五日條：『閣四層，梯凳委曲，游人如麻，擠而升，數折至最上頭。憑欄四顧，東望大江，滾滾東去；西盼省垣，烟樹杳藹，城閣樓臺，參差見影。南北俱平田大壩，村舍疏落，林木薈蔚。新秧初插，滿野皆緑海青疇，心目一爽。……據此閣乃崧生伍夫子倡建，命州友戴光作記。』

《望江樓志》引吴蜀尤《崇麗閣記》注云：『至十四年落成，開樓爲四川學使趙以炯、重慶鎮總兵田在田，蓋文武兩狀元也。其時即重修濯錦樓。』

《民國華陽縣志》卷二八《崇麗閣》：『閣凡五級，碧瓦髹欄，觚棱壁當，井干六角，塔鈴四響，登高眺望，江天風物一覽在目矣。閣成，因即其旁構吟詩、濯錦兩樓及浣箋亭、五雲香館、流杯池、泉香榭、清娶室諸勝，於是遂爲都人游宴餞別之所，而俗則呼爲望江樓云。』

《望江樓志》引馬長卿《江樓全局工竣偶成五言二章》詩後附識：『閲兩寒暑，崇麗閣告成，餘工多未竣也。』

【按】建成崇麗閣時間有二説：戴光《崇麗閣記》稱『落成己丑之春』，己丑爲光緒十五年。吴蜀尤《崇麗閣記》注則作『十四年落成』。蓋崇麗閣落成於光緒十四年，擇吉日於光緒十五年春開樓。後之吟詩樓即是如此。見先生《十一月二十八日馬紹相司馬來言，流杯池已引水滿注，吟詩樓諏吉明正十日上梁矣，曉枕初醒，偶成短句，柬範堂水部、也樵明府》詩題。

五月，先生弟子華陽傅世煒、井研廖平、長壽李滋然等中式己丑科進士。

是年，先生聘樂山王秉鍾教其子。

《民國樂山縣志》卷九：『王秉鍾，字靈生，少篤志力學，詩古文辭卓然成家。調尊經充高才生，兩舉優行，鄉試歷薦不售。伍崧生先生重其學行，延課其子。』

先生爲張森楷借讀藏書事，致書湖廣總督張之洞。

張森楷《民國合川縣志》卷五六《序傳上》：『補校各史至晋宋間以下，善本尤希，幾無措手。聞張南皮師督湖廣，藏書夥，欲就借讀之以卒業，慮不得請，輒浼伍邛州師致函先容。』

【按】張森楷《序傳上》稱其時爲執教振東鄉校之後數年。《石親先生年譜》將森楷歸合州執教振東鄉校繫於光緒十二年。蓋僻鄉書少，故難見善本以校史。光緒十五年張之洞任湖廣總督，而森楷欲往借閱藏書也。

尊經弟子、新津舉人周國霖卒於中江逆旅，先生與嚴遨醵貲周濟其家。

張森楷《周雨人五均徵文記後序》：『丙戌，予歸里，宇仁奉學使檄肄業尊經書院。試輒魁厥曹，文譽噪甚。越一年舉於鄉，又一年而宇仁死矣，烏虖哀哉！宇仁之死在中江逆旅，執友渭南嚴雁峰明府既經紀歸其喪，又與山長伍崧生師醵貲周其家。』

光緒十六年庚寅（一八九〇）　先生六十四歲

五月，先生弟子成都曾培、忠州秦家穆等中式庚寅恩科進士。

七月初四日，先生長孫伍寶陽娶婦。

《默室日記》光緒庚寅七月初四日條：『伍純一娶，予到錦江書院賀。』自注曰：『四祖姑，先祖胞妹，同母。祖姑丈伍崧生名肇齡，時爲錦江山長，純一其長孫也。』

十月十九日，先生友南江岳凌雲卒，享年六十五歲。

岳森《歲進士候選訓導岳府君墓誌銘》：『粵以光緒十六年十月十九日遘疾而終，享年六十有五。』

十一月十二日，先生往賀内侄孫孫培吉次女琇滿月之喜。

《默室日記》光緒庚寅十一月十二日條：『四祖姑丈伍崧老也，來賀。予見。』

【按】是年，先生與孫氏交往，於《默室日記》可考者有：光緒庚寅十一月十八日條：『到錦江書院，先謝伍祖姑丈禮。』

十一月二十日，龍安知府蔣德鈞謁郭嵩燾，談及先生仍主講於成都書院。

《郭嵩燾日記》光緒十六年十一月二十日條：『蔣少穆枉談，至半日之久。……始知延李申甫主講書院數年，今年已考終矣，伍崧生仍主講成都書院。』

是年，四川總督劉秉璋購得唐人寫經一卷，先生鑒定爲保寧府塔中舊物。

《萇楚齋五筆》卷四『保寧府□□塔藏經』條：『四川保寧府府城内某寺中一塔，相傳塔中藏唐人寫經，種類極富。光緒元二年間塔圮，正值南皮張文襄公之洞督學四川時，久聞塔中藏經，適值塔圮，行文□□縣，檄取全數至省。縣令□□□奉命維謹，向寺僧迫索甚急。寺僧因無辜被累，恚怨甚深，聚其經私焚之，然已有流出者。先文莊公督蜀，已在塔圮十餘年後，曾購得唐人寫經一卷。邛州伍嵩生太史肇齡見之，謂確係保寧府某塔遺物。』

【按】《萇楚齋五筆》卷四『保寧府□□塔藏經』條稱：『余當時年僅十餘歲。』劉聲木生於光緒四年，劉秉璋督川在光緒十二年至光緒二十年。則此事當在光緒十四年至二十年間。今姑繫此事於本年之下。

光緒十七年辛卯（一八九一）　先生六十五歲

秋，辛卯科四川鄉試，先生弟子資陽藍光第、華陽陸慎言、仁壽鄧興仁、仁壽蔣光魯、綦江彭士霖、綿州鄧昶、巴縣謝如賓、成都周炳煃、彭山周鳳翔、樂山張肇文、崇寧楊汝舟，瀘州屈達冠、正白旗瓜爾佳氏全福、井研吴嘉謨、遂寧李士麟、新都葉文楨、成都倪文炳、榮昌徐品元、犍爲汪世傑、江北廳

陳倬、華陽胡峻、酉陽陳光煦等皆中式是科舉人。

【按】先生評藍光第《通其變使民不倦》曰：『熟於《易》例，故爾四通八達，於風檐寸晷中得之，此才恒不多覯。』評《南山有枸北山有楰樂只君子遐不黄耇樂只君子保艾爾後》曰：『考據詳核，詞旨清腴，古樸殊群，淵雅絶俗，知其功深於故訓者久矣，枵腹者那得夢見。』評《華陽黑水惟梁州》曰：『以經證經，不煩言而疑案已結，至其筆之犀利，尤能暢所欲言。』評《楚屈完來盟于師盟于召陵（僖公四年）》曰：『如椽之筆，剥蕉之思，爲小白、屈完洗刷成清净身。然妙有真實道理，想其燭盡三條，縱横如意也。』評《戴仁而行抱義而處》曰：『據《釋文》，以倫載仁者爲古本。據《説文》，以裒爲抱之本字。説有根據，非比鑿空好奇者，不圖矮屋頃刻中如此言之碻鑿。』

先生評陳倬《唐棣之華偏其反而豈不爾思室是遠而子曰未之思也夫何遠之有》曰：『用意刻摯，筆力透達，可謂題無剩義，藻不妄攄。』評《闇然而日章》曰：『將全部《中庸》道理縮入五字中，題本虚□，文亦妙不占實。』評《百工之事固不可耕且爲也然則治天下獨可耕且爲與》曰：『氣疏以達，言明且清。』評《賦得峽雲籠樹小（得『雲』字五言八韻）》曰：『藻思綺合，清麗芊眠。』

先生評陳光煦《唐棣之華偏其反而豈不爾思室是遠而子曰未之思也夫何遠之有》曰：『湛深經術，雅好古文。生爲川東巨族，家學淵源，器宇軒昂，天才亮特。作文自出心裁，不屑拾人牙慧。綴學尊經書院，逾十三載矣，今果獲雋。昔人云「文章有定價」，信然。』評《賦得峽雲籠樹小（得『雲』字五言八韻）》曰：『蒼秀似大癡，淡遠似元鎮，詩中畫也。』

二月十六日，先生邀内侄孫華、孫𣡕棠、孫定均游青羊宫。先生因事未到，命子伍原代爲款待。

《默室日記》光緒辛卯二月十六日條：『大人游青羊宫回。四祖姑丈伍崧老請也。祖姑丈未親到，命本如表叔爲主人，大人帶祖姑丈及表叔二請回，是游有伯勃、仲海兩叔。』

是年，先生閲選尊經院生官師兩課，仿王闓運《尊經書院課藝初集》體例，編刻《尊經書院課藝二

集》八卷。

先生《〈尊經書院課藝二集〉序》：『余以譾劣謬膺斯席，見前譚學使有《蜀秀集》之刻，携板以去；王壬秋院長始刻《課藝初集》。因命楊生楨、羅生元黼詳檢官師兩課，梓爲《二集》。』

光緒十八年壬辰（一八九二）　先生六十六歲

正月初十日，先生邀孫華午酌。

《默室日記》光緒壬辰正月初十日條：『日前，伍尊姑夫以知單來請今日午酌。』

【按】是年，先生與孫氏交往，於《默室日記》可考者尚有：光緒壬辰二月初二日條：『是日大人請客，伍尊姑丈、楊冠卿姑丈、張錦生、孟詞卿、伯鴻族伯五人。』四月廿七日條：『到書院拜生。本欲在彼早麵，及見人多而屋小，遂托已飯，因候見祖姑，遂大受餒。』四月廿八日條：『四尊姑夫來。』七月十七日條：『六舅昨托大人請祖姑丈點主，今命二弟往談，應之。』八月十六日條：『到錦江書院與崧生祖姑丈拜生，早麵後歸，新翰林傅彤臣在其處。』八月十八日條：『崧生尊姑丈來。』

四月初九日，先生請徐子棠、孫華宴飲。

《默室日記》光緒壬辰四月廿日條：『是月初九日，尊姑丈伍山長請大人午酌。大人去，未待酌而歸。於其處遇徐子棠。』

八月十六日，先生生日，傅世煒、孫培吉諸人來賀。

《默室日記》光緒壬辰八月十六日條：『到錦江書院與崧生祖姑丈拜生，早麵後歸，新翰林傅彤臣在其處。』

十月十三日，四川總督劉秉璋偕大江南北同鄉及四川僚屬設宴於江南館，預祝顧復初八十大壽。顧有《八十自壽詩》，先生依韻奉和。

先生有《題顧幼老八旬令辰，仲良制軍命大江南北同鄉醵金爲壽，親知咸集，祝慶樂飲三日，洵盛事也，幼老有詩，依韻奉和》。

錢保塘《次顧幼耕八十自壽詩韻》二首，自注曰：『明年十月十三日爲君八十生辰，劉仲良制府偕江南同鄉僚屬先一年張樂江南館，宴飲預祝君八十壽。』

是年，先生欲聘張森楷任尊經書院襄校，未果。

張森楷《戊午六十生日自序》：『羅星潭觀察銜邛州命來，召襄校尊經，謝不往。』

光緒十九年癸巳（一八九三）　先生六十七歲

春，學政瞿鴻禨聘先生弟子南江岳森、名山吴之英爲尊經書院襄校。

岳森《癸甲襄校録自序》：『癸巳春，學使善化瞿子玖先生以余與名山吴伯朅爲書院學長，蓋仿廣州學海堂例，變其襄校之名也。』

九月，先生弟子合州張森楷、中江陳品全等，内侄孫定均，内侄孫孫培吉中式癸巳恩科四川鄉試舉人。張森楷本欲放棄應試，先生勸其入場，得中是科第六名舉人。

張森楷《戊午六十生日自序》：『至癸巳秋，已定不觀場。忽七月杪，得邛州書來勸駕，黎公復督促之，不得已赴省，匆匆入闈，場竣即去，意不自得甚。報至，顧登賢書，族人皆以爲破天荒，予亦覺至喜過望焉。』

《默室日記》光緒癸巳九月初八日條：『八點鐘忽傳報子至矣，則仲海叔中矣。……須臾，岳叔看榜回，予亦中八十一名，今年正榜九十三名。……張式卿夫子中第六名。榜中知者尚多，王仙艇、龔向農表弟中副榜。』

《默室日記》光緒癸巳八月十一日條：『前聞菊叔言張夫子欲不入場，黎觀察稱其高後又欲入場，而難於爲因，遂請伍山長書招之，初二日始到省。』

九月二十二日，孫培吉至先生處報喜致謝。

《默室日記》光緒癸巳九月二十二日條：『出門謝禮，各處俱未入，惟四祖姑丈處入。』

【按】是年，先生與孫氏交往，於《默室日記》可考者尚有：光緒癸巳正月十六日條：『四祖姑丈請是日午酌，辭。惟大人去。』八月十八日條：『伍山長來，與大人謝禮，十六日往拜生且看戲也。』

秋，吴之英辭尊經書院襄校，先生乃以岳森、廖平爲襄校。

岳森《癸甲襄校録自序》：『是年秋，復會銜制府，札委井研廖季平與余同爲學長，兼充襄校。』

是年，南江岳森輯刻其父凌雲《七星山人集》成，先生應其請撰序。

光緒二十年甲午（一八九四）　先生六十八歲

五月，先生弟子華陽范溶，成都葉大可、周寶清，永川黄秉湘，廣漢張祥齡中式甲午恩科進士。

廖平《與張祥齡書》曰：『得報，知足下與玉賓、汝諧（葉大可）、楚南皆高掇巍科，欣忭無已。』

七月三十日，孫華請先生爲毛東蓀選監生事説項。

《默室日記》光緒甲午七月三十日條：『大人到書院，爲東蓀説項也。祖姑丈言，請薛監院説。』

【按】是年，先生與孫氏交往，於《默室日記》可考者尚有：光緒甲午七月二十九日條：『監生遺才榜發，止十七名，東蓀無名，以書來托，代求伍祖姑丈爲之説。』九月十一日條：『德臣此次調闈，差上省場，前來拜。昨日來托大人代托四祖姑丈事也。』十一月二十九日條：『伍祖姑丈來。』

秋，先生弟子宜賓彭毓嵩、郫縣李作樞、成都胡登崧等中式甲午科四川鄉試舉人。

十一月初三日，光緒皇帝應四川學政瞿鴻禨之請，爲錦江書院頒發『文雅修明』匾額，爲尊經書院頒發『風同齊魯』匾額。此時，先生正兼任兩院院長。

《光緒實録》卷三五三光緒二十年十一月乙亥條：『以四川省城就漢文翁講堂石室遺址建立錦江、尊經兩書院，頒發錦江書院扁額曰「文雅修明」，尊經書院扁額曰「風同齊魯」。』

岳森《送别善化瞿先生子玖提學任滿乞假還湘》詩，自注曰：『公疏陳文翁石室實開郡國講學之先，今四川書院爲能繼美，復援南省各書院新舊例，奏准欽頒御書匾額懸挂尊經、錦江兩書院。』

十二月，尊經襄校岳森自著詩文《癸甲襄校録》刻成，先生應其請撰序。

先生《〈癸甲襄校録〉序》，落款時間爲『光緒二十年十二月』。

光緒二十一年乙未（一八九五）　先生六十九歲

正月，先生致重慶川東書院院長江瀚書并詩。

《江瀚日記》光緒二十一年正月廿四日條：『接伍嵩生編修書并和詩。』

【按】是年，先生與江瀚時有書信往還。於《江瀚日記》可考者尚有：光緒二十一年正月初四日條：『接伍嵩生編修函。』正月十五日條：『復伍嵩生、葉南陔及魏芳書。』四月十九日條：『寄伍嵩生編修書。』五月十一日條：『接伍嵩生編修書、魏芳稟。』八月十一日條：『接伍崧生、孫漚舫函。』九月十四日條：『接伍嵩生、孫漚舫、陳魯詹書。』九月廿九日條：『作一箋致伍嵩生編修，以鄙事商之。』十月十四日條：『寄伍嵩生、顧子遠、周達三、何璞元暨傅生汝礪書。』十一月初六日條：『接伍嵩生、周達三書。』

四月，先生弟子胡峻、楊道南、藍光策、藍光第等全川七十一名在京應禮部試舉人，會同十七省赴京舉人於上光緒皇帝書上題名，請帝下詔鼓天下之氣，遷都定天下之本，練兵强天下之勢，變法成天下之治。是爲『公車上書』。

四月，先生弟子駱成驤中式乙未科一甲第一名進士，授翰林院修撰，賜進士及第。駱成驤大魁於天下，爲清代四川唯一文狀元。

《光緒實録》卷三六六光緒二十一年四月丙寅條：『上御太和殿傳臚，授一甲三人駱成驤爲翰林院修撰，喻長霖、王龍文爲編修，賜進士及第。』

夏仁虎《舊京瑣記》卷六：『向來殿試惟重楷法款式。自甲午喪師，舉國憤慨。乙未會試，四川駱成驤殿撰，首用「主憂臣辱，主辱臣死」之語，掃除向來頌揚忌諱積習，閲卷大臣傳觀稱歎，然不敢置鼎甲。進呈時列之第九，德宗獨喜其忠憤抗直，拔之第一，異數也。』

五月，張森楷辭川東兵備道幕，先生聘其爲尊經書院襄校。

張森楷《戊午六十生日自序》：『乙未夏五月，黎公内召，旋謝病去。或勸予謁新任，求繼事。不從。邛州師聞，仍招襄校。』

劉樊《張森楷傳》：『倦游既罷，復歸成都，適伍崧生兼長尊經書院，延爲勷校。』

楊家駱《石親先生年譜》光緒二十一年丁酉條：『黎遵義奉召内調，先生謝病，應伍嵩生召，赴成都入尊經書院爲襄校。』

夏，孫湛妻卒，先生作悼亡詩以寬其哀思。

《默室日記》光緒乙未五月二十六日條：『昨夜亥時，六叔祖母去世。』十月二十二日條：『祖姑丈日前戲代人作悼亡四絶，欲以示六叔祖，寬其哀思。』

七月，先生向孫湛轉交江瀚慰問信及奠儀。

《江瀚日記》光緒二十一年七月十八日條：『作一箋慰孫漚舫廣文失偶，并寄奠儀四金，均托伍崧生編修轉交。』

九月初七日，先生同門友楊柄鋥卒，享年九十歲。

《默室日記》光緒乙未九月十五日條：『到東玉龍街，楊太年伯成服也。卒於初七日，享年九十歲，生於丙寅十月廿一日。』

【按】《默室日記》光緒辛卯四月十八日條：『楊太年伯還《後漢書》。作者自曰：『名柄鋥，字春樵，雲南人，曾宦蜀。此時已八十餘，同住布後街。』可知《默室日記》中『楊太年伯』即先生友楊柄鋥也。

十月二十一日，先生妻孫氏慎儀卒，内弟孫湛等撰有挽聯。

《默室日記》光緒乙未十月二十二日條：『陰，四祖姑昨夜亥時卒。予今晨往視，仲海、季讓兩叔亦至。』

孫培吉《本事聯聞見録》卷二載六叔祖挽四祖姑聯曰：『老去連枝剩君我，每珍惜頽齡暮景，恭友長怡，疇知美疢各嬰，錦里同居虚訣别；生前慧業定神仙，傺彌留飲酒賦詩，飄摇無礙，聞道登山夢游，遼城猶冀復歸來。』

十月二十七日，孫慎儀成服。

《默室日記》光緒乙未十月二十七日條：『及二弟到四祖姑處成服。』

十月，先生領銜，會同四川在籍士紳十八人聯名向總督鹿傳霖呈文，請爲前署貴州麻哈州知州何鋌在四川原籍璧山縣捐建專祠。

見先生《請爲前署貴州麻哈州知州何鋌在籍捐建專祠呈》。

十一月初九日，先生托孫吉藩與孫華商量借銀事。

《默室日記》光緒乙未十一月初九日條：『筑生弟來，大人及二弟見之。爲四祖姑借牟家銀，欲令大人認爲己款，伍祖姑丈還與大人，牟家在此來取，故來向大人商也。此事如何能應允耶？』

【按】先生性情慷慨，疏於理財。籌辦孫氏喪葬，家資已捉襟見肘。故《蜀海叢談》卷三『伍崧生先生』條曰：『繼配孫夫人，亦名族女，性揮霍。忽病殂，喪葬無所措。皇急之際，一傭婦告公曰：「夫人在日，恒慮及此。病中曾云：某笥内，儲有千數百金，如不諱，可資以爲用。」公發笥，果得之。』先生家貧也於《默室日記》光緒癸巳九月二十七日條『便見四祖姑問李太太借銀事』、光緒甲午十二月二十八日條『四祖姑處呼二弟去，囑其代覓金鐲當也』可見。是年，先生與孫氏交往，於《默室日記》可考者尚有：光緒乙未八月十六日條：『到伍祖姑丈處拜生看戲。』八月十七日條：『伍祖姑丈來。』

十一月十二日，文殊院爲孫慎儀念經超度，至二十五日止。

《默室日記》光緒乙未十一月十二日條：『到文殊院爲四祖姑念經也。四祖姑數年前以銀五十兩交與大人，爲歿後念經之用也。』十一月二十六日條：『到四祖姑靈前叩頭，因昨日文殊院經畢，今往告也。』

十一月十八日，孫慎儀開奠。

《默室日記》光緒乙未十一月十八日條：『到錦江書院，四祖姑開奠也。』

十二月初十日，先生葬妻孫慎儀於成都城南圓通橋側。

《默室日記》光緒乙未十二月初八日條：『四祖姑母初十出殯，予是日到書院上供。』十二月初十日條：『及二弟到圓通橋送四祖姑殯。』

是年，先生刻己詩《游鎣山詩》成。

《默室日記》光緒乙未八月二十三日條：『祖姑丈送其《游鎣山詩》……一閱係秦海舟刻之也。』

光緒二十二年丙申（一八九六）　先生七十歲

春，先生辭尊經書院院長，專意主持錦江書院。尊經書院院長由寶應劉嶽雲繼任。

鄧鎔《忍堪居士年譜》光緒二十二年丙申條：『寶應劉嶽雲佛青先生受聘爲尊經書院山長。』

《六譯先生年譜》光緒二十二年丙申條：『竇應劉嶽雲爲尊經書院山長。』

四月十五日，先生至恤嫠局議事，過訪孫培吉。

《默室日記》光緒丙申四月十五日條：『伍祖姑丈來，因恤嫠局請議事，到局尚無一人，故來此也。』

【按】是年，先生與孫氏交往，於《默室日記》可考者尚有：光緒丙申七月初二日條：『伍山長來。』七月初七日條：『大人今早到伍祖姑丈處，爲余托薦其書啓，或寫書札。』七月二十九日條：『韓芰香以字托予代送一信於伍祖姑丈處。』八月十六日條：『到伍祖姑丈處拜生，不遇。』十二月二十一日條：『伍祖姑丈來，與相左。』

六月，先生游什邡鎣華山、彭縣葛仙山歸，途經新繁龍藏寺，受方丈雪堂含澈之邀，盤桓數日，并作詩記其事。

先生有《游鎣華、葛仙還至龍藏寺，題贈雪堂老人并呈星槎大和尚吟席》詩。

【按】成都市新都區桂湖碑林藏雪堂《伍公崧生太史游鎣華葛仙還至龍藏寺題贈七古一篇賦此奉和》詩碑，落款爲『光緒廿二年丙申六月廿五日』。

七月初七日，先生携尊經院長劉嶽雲游成都昭覺寺，應方丈中恂之請，爲新刻之《重修昭覺寺志》撰序，又介紹劉嶽雲作序。

先生《〈重修昭覺寺志〉序》：『釋中恂師，重加修葺，問序於余。』

釋中恂《〈重修昭覺寺志〉書後》：『適錦江書院主講伍老先生偕尊經書院主講劉老先生來游，流連竟日。余出志稿求序，即蒙欣然携歸，概賜弁語，猗歟盛哉。』

劉嶽雲《〈重修昭覺寺志〉序》：『余丙申年主講尊經書院，偕伍崧生世丈往游，住持中恂師以重修寺志囑余序。余言不足爲志重，惟師意良殷，崧生世丈又以書介紹，不得不書數語。』

【按】先生《送劉苐卿户部南旋行將服闕北上》詩「賞心七夕還重九」句自注曰：「七夕同游昭覺寺。」先生與劉嶽雲游昭覺寺，在劉離川前夕，以時間推算，正在本年。

七月，先生刻己詩《游山詩草》成。

《默室日記》光緒丙申七月十七日條：『伍祖姑丈復游鎣華，是日又送其新刻《游山詩草》來。』

八月，先生兒媳、伍原之妻卒。

《默室日記》光緒丙申八月二十一日條：『到書院吊本如表嬸。』

光緒二十三年丁酉（一八九七）　先生七十一歲

正月，尊經書院前主講海寧錢保塘卒。

《江瀚日記》光緒二十三年正月廿八日條：『閲電報，驚悉錢鐵江病故，四川又少一儒吏矣。』

春，劉嶽雲去任，宋育仁繼任尊經書院院長。

《六譯先生年譜》光緒二十三年丁酉條：『是年宋育仁奉旨治四川商礦，兼任尊經書院山長，引先生與吴之英爲都講。』

宋維彝、宋維鎮等《先府君行狀》：『大吏忌紳權，遂僅以商務局畀府君，一方又聘主講尊經書院爲敷衍計。』

丁樹誠《晋省記》光緒二十三年四月十七日條：『着徐僕到錦江、尊經兩院，探問伍、宋二山長在院否，爲異日拜謁地。」

四月，先生至新繁點主，游鎣華山。

丁樹誠《晋省記》光緒二十三年四月二十日條：「陰，晨飯後，携土物到錦江院看伍崧生夫子。云：「到新繁縣點主，便游鎣華山尋仙玩景，十餘日方回院。」」

五月，先生致江瀚書。

《江瀚日記》光緒二十三年五月廿五日條：「接伍嵩生編修函，當復之。」

【按】是年，先生與江瀚交往，於《江瀚日記》可考者尚有：光緒二十三年七月廿三日條：「出門拜客，見伍崧生編修、陳伯完秀才、宋芸子檢討。」八月初一日條：「晤芸子檢討、嵩生編修。」

六月十三日，新任布政使正白旗裕長至錦江書院拜謁先生。

《默室日記》光緒丁酉六月十三日條：「六叔祖來字，云今晨到書院托伍祖姑丈薦館，適新藩憲至。」

七月二十九日，先生贈孫培吉父子自刻《養真集》《姚氏藥言》及自作試帖。

《默室日記》光緒丁酉七月二十九日條：「晨到書院……又見伍祖姑丈爲二弟要《養真集》，祖姑丈遂又贈其所刻《姚氏藥言》及自作試帖各一本。……夜大人到書院，又帶《養真集》、試帖各一本，《姚氏藥言》二本歸。」

【按】是年，先生與孫氏交往，於《默室日記》可考者尚有：光緒丁酉二月二十八日條：「伍祖姑丈來言，賴觀察鶴年欲借予家《争坐位帖》一覽。……夜，大人亦到伍祖姑丈處。」八月十七日條：「大人到伍祖姑丈處補拜生，帶《佛説無量壽經》爲贈，不遇。予在錢鋪遇伍祖姑丈於途，有頃遂到予家，大人以經贈之。」

秋，先生弟子華陽陳完等中式丁酉科四川鄉試舉人。

十二月二十日，先生友川東兵備道黎庶昌卒。

《江瀚日記》光緒二十四年正月三十日條：『黎蒓齋觀察於十二月二十日去世，惜哉。』

光緒二十四年戊戌（一八九八）　先生七十二歲

三月初一日，先生參加宋育仁、廖平、吴之英諸弟子籌建之蜀學會成立大會。

《蜀學報》第一册載楊贊襄、吕典楨、劉復禮《蜀學開會記》：『外臨會諸公：錦江書院院長邛州伍編修先生，中西學堂教習江夏蘇星舫，中西學堂監堂壽州王松齋大令，及陝西隴州馬丕卿司馬，甘肅秦安孫吟帆大令，崇寧羅星潭觀察，錦江書院監院樂山謝乾初廣文咸集會中。』

閏三月初一日，尊經書局印行《蜀學報》，總理宋育仁，協理楊道南，主筆吴之英，總纂廖平。

春，先生與馬紹相諸公籌建吟詩樓、浣箋亭、五雲仙館、流杯池、泉香榭諸勝。

《望江樓志》：『計吟詩樓、浣箋亭之重建，五雲仙館、泉香榭、流杯池之新建，俱在光緒二十四年。』同書又引馬長卿《江樓全局工竣偶成五言二章》詩後附識：『戊戌春，復謀於伍嵩師、□□□、劉文生等，添修浣箋亭、五雲仙館，鑿流杯池，□築吟詩樓，以復其舊。』

夏，學政吴慶坻遵光緒帝《改書院興學校諭》，改革錦江書院課程，欲請先生推舉齋長兩名以分勞。

《光緒實録》卷四二〇光緒二十四年五月甲戌條：『着各該督撫督飭地方官，各將所屬書院坐落處所、經費數目限兩個月詳查具奏。即將各省、府、廳、州、縣現有之大小書院，一律改爲兼習中學、西學之學校。至於學校等級，自應以省會之大書院爲高等學，郡城之書院爲中等學，州縣之書院爲小學。皆頒給《京師大學堂章程》，令其仿照辦理。』

吴慶坻《與宋芸子院長》：『尊經經費不足，鄙意欲使錦江改與尊經一律，其月課改試策論所不待言。其每年加獎之款千二百金，亦作爲加課經費。選院中肄業生能讀古今書者若干人專課之。崧生先生鄉望最崇，群士敬服，惟閲卷或恐過勞，擬設齋長二人分助校閲，似亦都人士敬老之誼。齋長即由崧翁延訪，酌支修金。……弟未敢逕行，函請崧翁擬，先請執事裁度。』

七月初一日，先生弟子楊鋭、駱成驤等在京川籍官員於北京同鄉會觀善堂設立蜀學堂，蜀學堂以『講習正經正史，以正人心；兼習西國文字，以開風氣』爲宗旨，招收留京舉貢及京官子弟。

王乃徵《設立蜀學堂兼中西學業懇請奏明立案摺》：『具呈四川京官四品卿銜内閣侍讀楊鋭，翰林院修撰駱成驤，編修高楠、王乃徵，庶吉士李稷勛、傅增湘，刑部主事喬樹楠、曾鑒、汪世傑、郭燦，工部主事王荃善，兵部主事高樹，户部主事聶興圻曾、蔡鎮藩等爲設立蜀學堂，兼中西學業，懇請奏明立案事。……職等籍隸四川，與同鄉京官公同商酌，就京師觀善堂舊址，創設蜀學堂，兼習中西學業。於今年正月籌議一切事宜，於七月初一日開辦，來學者六十餘人。……其學徒大抵皆留京舉貢及京官子弟，亦有登甲科、通朝籍者十餘人，俱入其中孜孜講業，俾采學之人益知觀感奮厲。』

七月，先生弟子、刑部主事劉光第、内閣侍讀楊鋭，授四品卿銜，充軍機章京，與譚嗣同、林旭共同參預新政，人稱『軍機四卿』。

《清史稿·德宗本紀二》：『賞内閣侍讀楊鋭、中書林旭、刑部主事劉光第、江蘇知府譚嗣同并加四品卿銜，參預新政。』

《清史稿·楊鋭傳》：『二十四年，之洞薦應經濟特科。又以陳寶箴薦，與劉光第、譚嗣同、林旭并加四品卿，充軍機章京，參新政。』

八月初六日，慈禧皇太后垂簾訓政。劉光第、楊鋭坐康有爲黨，以結黨營私、莠言亂政之罪逮捕下獄。

《清史稿·德宗本紀二》：『楊鋭、林旭、劉光第、譚嗣同并坐康有爲黨逮下獄。』

八月初九日，先生邀孫華游望江樓，談及慈禧太后訓政事。

《默室日記》光緒戊戌八月初九日條：『伍祖姑丈來，因先到馬家，聞馬太親翁在江樓。遂到予家，約大人同游江樓也。』八月十二日條：『初八日太后復訓政矣，係初六日上諭也。大人前日已聞伍祖姑丈言矣。』

【按】是年，先生與孫氏交往，於《默室日記》可考者尚有：光緒戊戌二月初九日條：『并見伍祖姑丈。』三月二十六日條：『到四祖姑丈處説點主事。』閏三月二十五日條：『到書院，不遇伍祖姑丈，問其僕，云已至馮處請點主矣。』四月初五日條：『大人到伍祖姑丈處，欲圖新制軍裕公寫一奏也。』四月二十四日條：『伍祖姑丈來。』八月十七日條：『伍祖姑丈來，昨日大人往拜生，來謝步也。』十月初十日條：『伍祖姑丈來。』十一月初二日條：『伍祖姑丈以字來，囑薦一廚人於余公處。』十一月二十一日條：『伍祖姑丈送一信來，交一名條。』

八月十三日，先生弟子楊鋭、劉光第與譚嗣同、楊深秀、康廣仁、林旭以大逆不道罪論斬，史稱『戊戌六君子』。

《光緒實録》卷四二七光緒二十四年八月甲午條：『諭軍機大臣等，康廣仁、楊深秀、楊鋭、林旭、譚嗣同、劉光第等，大逆不道，着即處斬。』

《清史稿·德宗本紀二》：『楊深秀、楊鋭、林旭、劉光第、譚嗣同、康廣仁俱處斬。』

八月，學政吳慶坻擬將尊經書院改名爲經政學堂，錦江改名爲時中學堂，并請先生坐鎮。

吳慶坻《再與宋芸子院長》：『第二次諭，擬遵仿《京師大學堂章程》，易尊經書院爲經政書院。』

宋育仁《致吳慶坻書》：『現在朝廷振作，迥異常途，外省學堂自當以京師爲法，莞見請變通前議，遵仿《京師大學堂章程》，將尊經書院易名爲經政書院或學堂。……尊經既如此改立，錦江亦不難仿行，且可留崧老一席，以資坐鎮。崧老雖不長於經與政，然於倫理名實猶附，且資望所在，坐鎮爲宜。』

《默室日記》光緒戊戌八月十五日條：『又聞尊經書院改名經政，錦江改名時中學堂。』

【按】吳慶坻《再與宋芸子院長》：『尊經之名，南皮公所操倡，當時教學宗旨最正，與督府合疏上告，比歲且屢奉天語褒美，宸翰寵美矣。將改名，非奏聞不可；將奏聞，非與督府言不可。此時誠無取拘文牽義，然諭旨固以學堂事責督撫，且興學所以張國，維吾輩耿耿一以尊朝廷爲心。故不奏改，於事爲不順；遽奏改，於義爲未安。子玖前輩奏改南菁之名也，竊以經學、政學揭分二大綱，而政之本原一出於經，則尊經本旨似萬變而不可易，擬書院之名不復更改。』尊經書院因此不復改名經政書院。

九月十四日，先生與馬長卿邀集同人宴集於薛濤井畔。

蜀西樵也《惜花居三稿》卷二戊戌有《重陽後五日，錦江院長伍崧生先生肇齡、成都馬紹相長卿邀同宴集薛濤井畔，歸志清游并謝》詩。

十一月，先生次孫伍寶蘭娶婦。

《默室日記》光緒戊戌十一月廿日條：『到書院賀伍祖姑丈次孫香岩完姻之喜。』

是年，先生作爲錦江書院院長，積極推動書院課程改革。

宋育仁《致吴慶坻書》：『弟因病未能出户，已將諭函中意囑兩監院轉達，崧師别無成見，遵即先改策論。惟擇齋長、校閲實難其人，至酌别去留，劃分膏獎，釐剔冗款，弟既不敢越俎，崧老寬大易良，亦似未能獨斷。……先舉行改策論，設加課兩端，且先就尊經改作學堂規模，齊魯遞變，俾相觀摩，而以學會爲聯撮之樞紐，厘其冗款，挹彼注兹。學會本虛懸主會之名，崧老亦頗重其事，常來臨會。』

光緒二十五年己亥（一八九九）　先生七十三歲

正月，先生外孫牟啓祥署雙流縣汛。

《默室日記》光緒己亥一月十五日條：『牟啓祥送報來，署雙流汛也。』孫培吉自注曰：『牟，伍崧生祖姑丈之外孫也。』

【按】據《鶴鳴山牟氏支譜》，先生次女適牟秉松，生子鴻文、佐文。未知啓祥爲鴻文耶，佐文耶？抑或秉松後又生子耶？

宋育仁離任，少城書院院長、什邡翰林羅光烈繼任尊經書院院長。

《民國重修什邡縣志》卷九《羅光烈傳》：『羅光烈，字揚廷，清光緒丙戌年翰林院庶吉士也。在川時，歷長少城、尊經兩書院，誘掖後進，不遺餘力。』

《默室日記》光緒己亥二月十四日條：『羅雲亭山長，什邡翰林，今年初長尊經也。』

【按】宋育仁去任，尊經院長未有適合人選，學政吴慶坻曾欲請先生再掌尊經。宋育仁也銜吴命，訪求於大江南北而不可得。吴慶坻《再與宋芸子院長》：『公之速行，學規未遽定也，既無總持之人，分教諸子能否勝任？高等、專門能否爲衆所翕服？求我公重思之。或公北行，復仍請崧老兼事坐鎮，均求熟籌詳示。』宋育仁《致吴慶坻書》：『前承雅命，以尊經主講求之洞庭左右、大江南北。愚蜀學創自南皮，而成於湘潭。兩先生論學有異同，而湘潭知者稀，其所造詣實爲深遠，今未必肯來再臨此講。然愚以爲崇學尊賢，禮聘所應先及，度必辭不赴，究或眷念舊游，惠然戾止，亦未可知。其次則黄仲弢前輩，近丁憂在籍，沈子培兄雖近届起復，然度亦不戀朝簪，均可推轂。』

正月下旬，先生與孫培吉談謝金元守榮昌事。

《默室日記》光緒己亥二月十四日條：『前月下浣伍祖姑丈來，即聞謝乾初曾任榮昌學，今日略問其一切。又聞咸豐末年謝曾代管縣，即因縣城失守故也。與賊相持數月，竟得無事，而代理署事之人始至。』

【按】是年，先生與孫氏交往，可考者有：《默室日記》光緒己亥正月初二日條：『出門拜年，府學謝金元號乾初，錦江監院也……即在書院伍祖姑丈處相遇。』正月二十五日條：『是日予出，而伍祖姑丈、毛太親翁、劉宏度來賀喜。』二月初六日條：『到伍祖姑丈處謝步，見之。』二月二十三日條：『到伍祖姑丈處，日前劉宏度爲近光内兄羅崇士，托大人交一名條於伍山長，請轉托學臺調尊經也，係備取算學第一。』七月十二日條：『伍祖姑丈來，言六叔祖委長壽教官矣。』八月十六日條：『到伍祖姑丈處拜生。』八月十八日條：『叔萌叔同予到書院，予先至，而祖姑丈已出門，聞將到予家。予遂歸，……而祖姑丈果至。』十月初五日條：『前日在馬家看戲，晤祖姑丈。』十月十八日條：『大人日前到伍祖姑丈處問之，昨日祖姑丈來言，今日余家送回盒針□來。今日梁二爺送來，賞錢四百。梁，伍祖姑丈僕也。』十一月二十二日條：『大人到伍祖姑丈處……伯勃叔、蔭雨叔皆托伍祖姑丈薦新方伯周公書啓。」十二月二十四日條：「七妹回門，客三桌……伍祖姑丈來。」

二月十四日，先生赴馬長卿之約於城西雙孝祠，晤江瀚、劉翰仙、羅光烈、文龍、謝金元、薛華墀、龔維翰、羅緗、周祖佑、馮協中諸公。

《默室日記》光緒己亥二月十四日條：「馬太親翁請在雙孝祠。準午刻，共二桌。江叔海、劉翰仙、孫養初、伍山長、羅雲亭山長，什方翰林，今年初長尊經也、潛溪山長文海雲、府學謝乾初、薛丹翁、龔姑丈、羅雲塢、周保臣、馮協中，尚有一陳師爺，刑名也。」

三月初三日，先生與羅湘、馬長卿邀集同人修禊於吟詩樓。

《惜花居三稿》卷三己亥有《三月三日，崧生先生，雲五、紹相二君邀集群賢修禊於薛濤井畔重建之吟詩樓，晚歸紀勝》詩。

五月，采訪局總辦蔣兆奎編刻《四川通省忠義總録》成，先生應其請撰序。

先生《〈四川通省忠義總録〉序》，落款時間爲「光緒二十五年歲次己亥五月五日」。

夏，吴慶坻按試邛州，取先生次孫寶蘭入邛州學。

《默室日記》光緒己亥六月二十四日條：「伍香岩來拜，未入，初入泮也。」

吴慶坻《庚子十二月赴行在日記》光緒二十六年十二月二十七日條：「寶蘭取入邛州學。」

七月初三日，布政使王之春、松潘鎮總兵夏毓秀及觀察蔣兆奎邀學政吴慶坻、成都知府劉心源、觀察潘乃光、東川書院院長、尊經書院院長羅光烈及先生游城北昭覺寺，談宴甚歡。吴慶坻步其曾祖吴昇

詩韻，先生及在座諸公皆有和詩。

先生有《立秋日，王爵棠方伯、夏琅溪軍門、蔣筠軒觀察招同子修星使、劉幼丹觀察、江叔海山人、羅揚庭山長暨余游昭覺寺。初子翁欲作主人，觀察未允，引放翁『唤作主人原是客』之句，而潘慎初觀察又預主人之列。竟日槃桓，宴賞極樂，用子翁先曾王考〈小羅浮山館集〉中〈自歡喜庵至昭覺寺〉原韻録呈粲正》詩。

吴慶坻有《己亥立秋日，夏琅溪軍門、王爵棠方伯、劉幼丹前輩、蔣筠軒、潘晟初兩觀察招游城北昭覺寺，同集者伍崧生前輩、羅揚庭同年、江叔海山人。敬步先曾王父〈自歡喜庵至昭覺寺〉詩韻，成詩二律，呈同游諸公》詩。

《江瀚日記》光緒二十五年七月初三日條：『辰正，往昭覺寺，應夏朗溪軍門、王爵棠方伯、蔣筠軒觀察之招，劉幼丹、潘晟初二觀察亦在主人之列。吴子修學使先到，伍嵩生、羅揚庭兩山長踵至。談宴甚歡。』

【按】《吴慶坻唱和詩集》尚收録有王之春《立秋日，偕夏朗溪軍門，蔣筠軒、劉幼丹、潘慎初三觀察，邀同我公暨江叔海、伍嵩生、羅揚庭三山長游昭覺寺，次〈小羅浮山館〉原韻二章，并呈子修仁兄大人哂正》，蔣兆奎《己亥立秋日，陪子修學使同年暨王爵棠方伯，夏朗溪軍門，劉幼丹、潘慎初兩觀察，伍崧生、羅颺廷、江叔海三山長，逭暑昭覺寺。越日修老見視大著，敬步〈小羅浮山館集〉元韻，謹擬二章録呈教鑒》，潘乃光《七月初三日，夏朗溪軍門，王爵棠方伯，劉幼丹、蔣筠軒兩觀察游昭覺寺，邀同伍嵩生、羅揚廷、江叔海三山長，約我公分半日之閑，作同人之會，適讀公先賢集子〈小羅浮山館〉舊作，前唱後和，佳話天成。鄙人自幸躬逢盛會，忘其固陋，謹步原韻，録請子修先生大宗師校正》，江瀚《立秋日，夏朗溪軍門，王爵棠方伯，蔣筠軒、劉幼丹、潘晟初三觀察招同子修學使暨伍崧生、羅揚庭兩山長集昭覺寺，敬步〈小羅浮山館〉原韻二首，兼呈學使》等詩。

七月十七日，先生與馬長卿設宴於吟詩樓，宴請江瀚、陳紫鈞、羅光烈、趙漢卿、汪致炳諸公。

《江瀚日記》光緒二十五年七月十七日條：『赴薛濤吟詩樓，應伍嵩老、馬紹相、周寶臣之招，寶臣以病未至。陳紫鈞、羅揚庭、趙漢卿、汪朗齋同座。』

七月十九日，先生赴孫定均宴於龔氏園，晤江瀚、李仁宇諸公。

《江瀚日記》光緒二十五年七月十九日條：『孫仲海招飲龔氏園，有伍嵩生山長、李仁宇太守在座。』

七月廿六日，先生赴陳紫鈞、周祖佑望江樓之約，晤江瀚、傅增湘諸公。

《江瀚日記》光緒二十五年七月廿六日條：『午正，赴紫鈞、竇臣江樓之約，曾敬詒、伍嵩老、嚴瀑琴、傅沅叔已先到。』

七月廿九日，先生作東，宴請江瀚、汪致炳、陳紫鈞、曾敬詒諸公。

《江瀚日記》光緒二十五年七月廿九日條：『應伍嵩生編修之招，同席敬詒、紫鈞、朗齋。』

八月初二日，先生赴四川布政使王之春宴於駱公祠，同席有朱登瀛、曾敬詒、江瀚諸公。

《江瀚日記》光緒二十五年八月初二日條：『赴相國祠爵棠方伯席，朱登瀛觀察已先到，敬詒兵部、紫鈞觀察、崧生編修踵至。』

八月初六日，先生與江瀚、羅光烈、傅增湘、汪致炳諸公宴請布政使王之春於相國祠。

《江瀚日記》光緒二十五年八月初六日條：『午正，赴相國祠，踐伍嵩生、羅揚廷兩山長，傅沅叔庶常，汪朗齋户部，陳紫鈞觀察公宴王爵棠方伯之約。』

八月，先生領銜會同四川在籍士紳聯名向總督奎俊呈文，請爲前四川總督丁寶楨在四川省城建立專祠，春秋致祭。

見奎俊《爲已故督臣，功德在民，紳士公懇捐建專祠，以隆報享，據情代奏摺》。

九月初三日，先生作詩和江瀚《送王中丞詩》。

《江瀚日記》光緒二十五年九月初四日條：『昨，崧生編修和余《送王中丞詩》。』

【按】是年，江瀚在四川總督奎俊幕府中，時與先生相晤，且有詩文書札往來。於《江瀚日記》可考者尚有：光緒二十五年七月初八日條：『西初入城，造嵩生編修一談。』七月十二日條：『李叔芸太守、伍嵩生編修先後來談。』八月廿二日條：『答伍崧生編修拜，坐久之。』八月廿九日條：『與崧老、彦和箋，均有還翰。』九月初四日條：『（崧生）今又有函，并屬轉寄丁慎五方伯一書。』九月十三日條：『訪崧老，不遇。』九月十六日條：『與崧生山長書，當有復札。』九月十九日條：『詣子修學使，與崧生山長不期而遇，坐一時許。』十月初四日條：『伍崧生編修以五言古詩見贈。』十月初五日條：『和崧老見贈原韻成，當即録正。有字與我，大灌米湯。』

十一月十七日，先生赴馬紹相之約於五雲仙館，晤江瀚、羅湘、王增祺諸人。

《江瀚日記》光緒二十五年十一月十七日條：『午正，至薛濤井赴馬紹相約。席設五雲仙館，同座伍崧生、何貢三、羅雲五、心餘、胡鑒堂、王樵也。』

蜀西樵也《紹相慮招飲江樓，未得往。冬至前三日又約，赴之，歸賦紀謝》：『矍鑠推兩翁，意氣群兒壓。』自注曰：『謂伍崧生、何貢三二老』。

十一月，先生友新繁龍藏寺方丈雪堂含澈圓寂，享年七十六歲。親朋故交、僧徒信衆送喪者達三萬人。

《民國新繁縣志》卷二〇《釋含澈傳》：『光緒二十五年己亥卒，年七十六。』

《江瀚日記》光緒二十五年十一月廿五日條：『昨夜，雁峰來述雪上人之喪，會者三萬人，可謂盛矣。』

十一月二十五日，先生至浙江先賢祠爲田玉潤母賀壽。

《江瀚日記》光緒二十五年十一月廿五日條：『午正，詣浙江先賢祠，祝玉潤田大令之母鄂拉拉太夫人生辰。晤王冬生、祥子清、袁玉田、伍嵩生、程紱卿、楊幼畬、趙笠珊、吴芸麓、薛丹庭、文海雲、謝寶森、陳勵吾諸君。』

光緒二十六年庚子（一九〇〇）　先生七十四歲

正月，先生孫女出嫁。

《默室日記》光緒庚子正月初六日條：『到伍祖姑丈處賀孫女回門喜。』二月初三日條：『伍表叔之女來拜，初出閣也。』

二月初八日，先生赴孫華之宴，晤馬紹相、龔維翰諸公。

《默室日記》光緒庚子二月初八日條：『大人今日請客，來者三人：伍祖姑丈、馬太親翁、龔姑丈也。』

【按】是年，先生與孫氏交往，於《默室日記》可考者尚有：光緒庚子正月十二日條：『便路到伍祖姑丈處。』正月十五日條：『伍祖姑丈來，予未見。』十月初四日條：『晨到伍祖姑丈處托催挂牌也。』十月十七日條：『到伍祖姑丈處。……二舅還伍祖姑丈《翼教叢編》一部，伍亦借自他處者也。』十一月初二日條：『伍祖姑丈來。』

五月，先生《己亥詩鈔》刻成。

《默室日記》光緒庚子五月十七日條：『到伍山長處要其《己亥詩鈔》一本。』

六月初二日，先生與馬長卿招江瀚、王增祺、謝金元、薛華墀、羅湘諸公飲於流杯池。

《惜花居三稿》卷五庚子有《六月一日，修明方丈訂同人納涼其院，飽飯晡旋。次日，崧生先生、紹相兄招飲薛濤井畔，賞流杯池新荷，叔海幕府屬賦，當爲次韻，晚歸成此》詩。自注曰：『兩主人，謝乾初、薛丹廷、羅雲五三客，皆年七十上下。』

六月，先生曾孫女出生。

《默室日記》光緒庚子六月十三日條：『伍祖姑丈來，前得曾孫女，大人往賀，來謝也。』

九月十六日，先生赴馬紹相之宴，晤王增祺、羅湘諸公。

《默室日記》光緒庚子九月十六日條：『到馬太親翁處午酌，爲請二舅也。同座者二舅、左青父子、伍山長、羅雲塢、王也樵、吴伯清。』

十二月二十六日，吴慶坻學政任滿將去蜀，先生招游杜甫草堂，復飲於馬氏園林。

吴慶坻有《將發成都，伍崧生大前輩招游草堂，還飲馬氏園林，明日携猶子鼎、次孫寶蘭送於北郭外，别後却寄》詩。

十二月二十七日，吴慶坻啓程赴西安行在。先生與羅光烈、謝金元、薛華墀諸公設茗於城北武聖宫爲其餞行。先生復挈侄鼎、孫寶蘭、弟子王道滋來送别。

吴慶坻《庚子十二月赴行在日記》光緒二十六年十二月二十七日條：『禮畢，即與辭行。里許，至武聖宫，伍崧生、羅揚廷兩山長，府學謝、薛兩校官，華陽羅、王兩校官，何紹畬世丈鑄，設茗話别。崧老復挈其侄鼎、其孫寶蘭及樂山王生道滋來見。鼎頗通算學，兩試皆列高等；寶蘭取入邛州學；王生亦歲試所取，科試時賞其所作賦，以胡刻《文選》貽之，并調住尊經書院者也。』

是年，先生與馬紹相諸公添建清婉室。

《望江樓志》引馬長卿《江樓全局工竣偶成五言二章》詩後附識：『戊戌春，復謀於伍嵩師……越年，請又添修清婉室。』

張森楷著《二十四史校勘記》成，求正於先生。先生譽之曰『體大思精』。其書初撰時，先生即以『條理不繆，當遂成之』勖勵之。

楊家駱《石親先生年譜》光緒二十六年庚子條：『先生主講鄰水玉屏精舍，所治二十四史至本年畢，《廿四史校勘記》《通史人表》遂以告成。』

張森楷《民國合川縣志》卷五六《序傳上》：『初成數卷，以呈崧師，師謂「條理不繆，當遂成之」，且言吴勤惠所刻漢四史本漸就漫漶，可借校勘。』同卷又曰：『著爲《通史人表》《二十四史校勘記》二書，爲諸先生長者謬相許可，雖未必「誠體大思精」（伍崧師評語），「不朽之業」（朱學使評語），而位置於陳景雲、梁玉繩、錢大昕、王念孫之間，固無愧色。』

光緒二十七年辛丑（一九〇一）　先生七十五歲

正月初十日，江瀚晤先生討論修《邛州志》之事。

《江瀚日記》光緒二十七年正月初十日條：『晤伍嵩生山長，因與論邛州修志一事。』

【按】是年，江瀚在奎俊幕府中，時與先生相晤，且有詩文書摺往來。於《江瀚日記》可考者尚有：光緒二十七年正月二十日條：『晨，出門謝步，晤崧老、輔廷。』二月廿四日條：『飲於二仙庵，遇嵩翁、冬生，立談而去。』三月初六日條：『伍崧生太史、王也樵大令均有詩來。』三月十一日條：『與崧老及仲仁箋。』三月十五日條：『伍崧老來拜。』三月十七日條：『崧老有字往還。』三月廿八日條：『答叙卿觀察、嵩生太史拜，均晤。』四月初六日條：『嵩生太史來慰。』五月廿六日條：『造崧生山長一談。』八月十七日條：『晨，訪崧生太史。』九月廿一日條：『清晨，詣嵩老、濟川談。』九月三十日條：『午到伍祖姑丈處，托監院事，言已允縣學羅君矣。』

二月十二日，先生至礦商總局集會。

《江瀚日記》光緒二十七年二月十二日條：『礦商總局諸君咸集，并晤汪朗齋農部暨嵩生、瀑琴。』

三月初三日，先生與羅湘、馬長卿、周祖佑邀同仁共三十二人修禊於五雲仙館。

《惜花居三稿》卷七辛丑有《三月三日，崧生先生、雲五、紹相、保臣邀同修禊於江樓之五雲仙館，至者三十二人，歸賦五言紀盛》詩。

《江瀚日記》光緒二十七年三月初三日條：『江樓修禊，共四席，唯余與濟川籍隸閩粵，餘皆蜀人也。』

四月初八日，先生與馬長卿、王增祺諸公宴集於江樓。

《惜花居三稿》卷七辛丑有《四月八日江樓宴集，崧生先生索詩，歸賦寄呈》詩。自注曰：『紹相病作先歸』。

五月，先生續刻《蜀學篇》成。

先生《續刻蜀學編序》，落款時間爲『光緒二十七年五月』。

八月初一日，先生應馬長卿之邀至江樓賞桂，因雨移至丁公祠宴飲。

《惜花居三稿》卷七辛丑有《八月朔，紹相招同江樓賞桂，因雨移具丁祠，飲歸賦報，并上伍崧生先生》詩。

光緒二十八年壬寅（一九〇二）　先生七十六歲

三月，先生次孫寶蘭歲科考課列優等，四孫璧泉以前十名入學。

《默室日記》光緒壬寅四月初二日條：『伍祖姑丈來謝步。其次孫發優等，四孫入學。大人前日往道喜也。』四月二十八日條：『伍璧泉來拜，新入學也。』

吴郁生《致吴慶坻書》：『伍大前輩精神矍鑠，今年重謁泮宫，一孫歲科列高等，即上屆新生，一孫以十名入學。』

五月，馬長卿等士紳齊集成都南門純化街延慶寺設宴演戲，恭賀先生重游泮水之喜。先生作五律二首，劉咸滎代闔省同人撰賀聯。

《默室日記》光緒壬寅五月十二日條：『到馬正泰號余太親翁處，爲楊善徵欲搭錢請伍山長也。山長今年重游泮水，其孫又入學。十九日同人於延慶寺演戲恭賀。馬首其事，楊及其舅丁仲川皆欲出一分也，每分二金。』五月十九日條：『到延慶寺賀伍山長重游泮水，城中親友縉紳齊集，山長有五律二首。』

【按】劉咸滎有《伍崧生師重游泮水重宴鹿鳴并文孫采芹聯》。此聯孫培吉《本事聯聞見録》二題作《闔省送伍重游泮水并其孫入泮》。

八月，岑春煊抵成都接任四川總督。未到任前曾致先生書，詳詢川中各事情形。

《默室日記》光緒壬寅九月十日條：『岑帥未到任時，即與伍山長書，問川省各事情形。』

岑春煊《抵川接印日期摺》：『至八月二十四日始抵四川省城。二十六日，准前署督臣奎俊將總督官防暨王命旗牌文卷等件，飭委成都府知府沈秉堃、督標中軍副將佟在棠齎送前來，當即恭設香案，望闕叩頭謝恩，祗領任事。』

秋，補行庚子、辛丑恩正并科四川鄉試。鄉試副考官德清俞陛雲在蜀期間時與先生往來。

俞樾《曲園自述詩》自注曰：『伍君乃吾兄癸卯同年，去歲吾孫典試蜀中，屢與相見，精神矍鑠，步履如飛。』

十月二十五日，署理四川總督岑春煊、學政吴郁生上奏朝廷，爲先生明年鄉舉重逢，先期援案籲懇特恩，請准予重宴鹿鳴。

岑春煊《請准在籍翰林院編修伍肇齡重宴鹿鳴摺》：『頭品頂戴署理四川總督廣東巡撫臣岑春煊跪奏，爲在籍耆紳明年鄉舉重逢，先期援案籲懇特恩，以光盛典而宏作育，恭摺仰祈聖鑒事。』

吴郁生《致吴慶坻書》：『（伍大前輩）明年爲其重宴鹿鳴之年。例由督臣奏請恩施，惟編修以得何等加銜爲最優，此間恐無成案可援，可否請執事代爲向部中一查，開一最優之樣子示下，俾屆時代乞督奏。又其掌教殆將五十年，或屆時由敝處再一保舉，何如？』

秋，先生常患病痛。

《默室日記》光緒壬寅八月初六日條：『大人昨日到楊瑞庭太姻丈午酌，亦請有伍山長。前早伍山長言有疾不能去，及午又有字來，言因其固請仍欲往酌。大人亦去，昨日大人往而山長竟未至也。大人今晨以字問山長痊否。』九月二十九日條：『予又到伍祖姑丈處問頭痛愈否，已痛兩月餘，尚未愈也。』十月十七日條：『早麵後，及二弟到伍祖姑丈處問疾，尚未全愈也。』

十月，先生示孫培吉近作詩，培吉有和。

《默室日記》光緒壬寅十月二十八日條：『有詩二首，一酬伍祖姑丈寄示近製也。』

【按】是年，先生與孫氏交往，於《默室日記》可考者尚有：光緒壬寅正月二十三日條：『夜到伍祖姑丈處，爲余太親翁事。』二月初十日條：『伍祖姑丈來。』四月十二日條：『九妹回門，外客三席。在此午飯者：伍祖姑丈、大舅……』五月二十三日條：『伍祖姑丈來謝步。』六月初二日條：『予今日往，始游其園，即飲於荷亭，首座伍祖姑丈也。』八月初四日條：『大人到伍山長處托説曹恒夫代理事。山長果以有積案辭。』九月初八日條：『伍山長來言，予所進筆不變，再向方伯催聞。』十二月初十日條：『到錦江書院爲王小汀請伍祖姑丈題主也。』

光緒二十九年癸卯（一九〇三）　先生七十七歲

元旦，德清俞樾檢視翰林認啓單，推先生科分最前，作詩遥奉先生爲天下翰林第一人。

俞樾《春在堂詩編》癸卯編《癸卯元旦試筆》：『八旬耄壽零三歲，四海詞林第二人。』自注曰：『翰林前輩尚有四川伍肇齡嵩生先生一人，亦癸卯同年也。』同書乙巳編《聞翰林院始有裁撤之議繼而不果喜賦》：『前輩仍推一老尊。』自注：『謂丁未翰林，四川伍君肇齡。』《曲園自述詩》：『偶鎸小印鈐書尾，海内詞林第二人』，自注曰：『余於道光庚戌入翰林，至光緒癸卯五十四年矣。檢認啓單，惟四川伍肇齡是丁未前輩，餘皆後輩也。因鎸一印章曰「海内翰林第二」。』

陳夔龍《松壽堂詩鈔》卷四《元夕接吴中曲園先生書并詩用原韻却寄》『詞人并世推巴蜀』，自注曰：『公自鎸印章曰「海内詞林第二人」，尚有蜀中伍崧生太史科分在前。』

陳敬第《致張元濟函》：『從前俞曲園先生曾有「海内翰林第二」刻印，彼時尚有伍肇齡在前。伍，道光丁未；俞，道光庚戌。今則不過同科而名次有先後耳。』

正月，總督岑春煊、學政吴郁生裁撤錦江書院，將經費并入四川省高等學堂，將齋舍改作成都府中學堂。先生卸錦江院長任後移出書院，别營新宅。有司改任先生爲采訪局紳總，總理全川采訪忠孝事。

光緒二十九年正月二十二日，岑春煊《川省裁撤省城錦江書院以籌高等學堂經費片》：『不得已惟有將省城原有之錦江書院裁撤，以其經費并入高等學堂，以其齋舍改作成都府中學堂，庶經費不必另籌，亦足示各屬以書院改學堂之準。』

《蘇報》光緒二十九年四月初六日《四川學務一斑》：『成都錦江書院山長伍崧生，老朽舊腐。自奉上諭改廢八股後，伍仍以八股課士者一年。岑督改錦江書院爲學堂，遂派伍充采訪節孝總辦，并下有札文。』

《石室紀事》：『德宗光緒二十八年，總督岑春煊奏改錦江書院爲成都府師範學堂。』

先生《深戒和尚白公碑》：『余總理全川采訪忠孝事。』

吴郁生《致吴慶坻書》：『錦江改中學……伍先生改爲采訪局，月送百金，以爲娱老。』

聊園老樵《詩緣樵説拾遺》卷五：『伍崧生先生主講錦江書院逾三十年，頃因改建學堂，别延新進，退居書院側前自置宅。』

錫良《奏爲四川邛州在籍侍講銜翰林院編修伍肇齡懇請重赴鹿鳴恩榮筵宴摺》：『現猶充采訪局紳總。』

【按】吴郁生《致吴慶坻書》稱將先生改爲采訪局紳總，正是先生卸錦江書院山長任時。

二月二十一日，光緒皇帝上諭，恩准先生重與鹿鳴筵宴，并賞給翰林院侍講銜。

《光緒實録》卷五一二光緒二十九年二月丙午條：『准前翰林院編修伍肇齡重與鹿鳴筵燕，賞侍講銜。』

錫良《奏爲四川邛州在籍侍講銜翰林院編修伍肇齡懇請重赴鹿鳴恩榮筵宴摺》：『該編修上年重逢鄉舉，荷蒙諭旨加恩，賞給侍講銜，准其重赴鹿鳴筵宴，恩綸特沛，寵異有加。』

【按】今日世人論及先生，皆稱之爲光緒帝師，此無稽之言也。據本《譜》，先生咸豐三年辭官返蜀，終身未再至京，何得以爲光緒帝師耶？蓋今人不察，爲先生官銜『侍講』二字誤導也。

四月初五日，先生贈孫培吉歷年所刻書廿七部，共三十一册。

《默室日記》光緒癸卯四月初五日條：『伍祖姑丈處送書來，共三十一册，除自作詩二本，至廿九本。

予另有記。』壬寅十二月初十日條：『伍山長所刊陳廣敷書及佛道之書甚多，予久欲之而不得，日前在衛經堂見數種，買未成，予因欲向山長要之。今日出門時已立意欲要，及見，而客廳茶桌上適有數本，予遂請他日暇時將凡所刊者各撿一種賜予，祖姑丈欣然允諾，云有三十餘種也。』癸卯年四月初二日條：『到伍祖姑丈處，復往要書也。』

四月二十二日，孫培吉作詩呈先生，以謝惠書之恩。

《默室日記》光緒癸卯四月二十二日條：『日前作一詩呈伍祖姑丈者，伍祖姑丈昨日似來，而予詩又未抄出。今日祖姑丈與大舅點主，予帶是詩欲呈之，因有他客未便呈，遂交其下人。午間祖姑丈復信來，又補送《文言約説》及《陸子節録》各一本，前次少送者也。』

孫培吉《摘録詩鈔》有《呈伍崧生祖姑丈謝惠石堂詩鈔及所刊各書》詩。

【按】是年先生與孫氏交往，於《默室日記》可考者尚有：光緒癸卯三月十五日條：『伍祖姑丈來謝禮。』閏五月十一日條：『伍祖姑丈來。婦前成服未敢知會，亦送禮來。』閏五月十三日條：『大人今到育三處及伍祖姑丈處賀喜，爲重宴鹿鳴加侍講銜也。』六月十八日條：『到南頭各家謝禮，見伍祖姑丈……伍係并賀重宴鹿鳴加銜喜。』八月初六日條：『伍祖姑丈來。』八月初九日條：『到六叔祖處送殮……今日伍祖姑丈亦去。』八月十六日條：『到伍祖姑丈處賀壽，不遇。見純一及其三弟。』八月十八日條：『伍祖姑丈來。』九月十四日條：『伍祖姑丈、劉仲韶處來謝禮。』十月初七日條：『三姨丈處請伍祖姑丈點主。』十一月十二日條：『伍祖姑丈來。』十二月二十七日條：『伍祖姑丈來，先以帖入。』

八月初七日，先生内弟孫湛卒，先生撰聯挽之。

《默室日記》光緒癸卯八月初七日條：『叔萌叔遣人來請二弟爲六叔祖診脈，其時已氣絶矣。』

孫培吉《本事聯聞見録》卷二載先生挽孫湛聯。

九月初九日，同人爲先生慶賀重宴鹿鳴之喜，先生賦詩二首記其事。

聊園老樵《詩緣樵説拾遺》卷一：『癸卯九日伍崧生先生重赴鹿鳴嘉宴，賦詩二章。』

《默室日記》光緒癸卯九月初九日條：『到伍祖姑丈處賀重宴鹿鳴喜。』

冬，先生與王闓運互有書信往來。

《湘綺樓日記》光緒二十九年十一月二十五日條：『致伍崧生書來，未見。』又十一月二十七日條：『覆書伍崧生。』

是年，先生領銜，會同四川在籍士紳向總督錫良呈文，請爲已故副都統銜、駐藏幫辦大臣鳳全在四川省城建立專祠，并請旨予謚立傳。

見《錫清弼制軍奏稿》卷五《請爲已故駐藏幫辦大臣鳳全建祠請謚摺》。

崇麗閣旁清婉室建成，刻薛濤道裝像於其中。崇麗閣建築群至此完工，爲成都一大人文景觀，士人飲宴、游賞之所。

《望江樓志》：『清婉室則在光緒二十九年始添修成。……嗣又竪石刻薛濤道裝像於清婉室中，爲光緒二十九年華陽羅湘所立。』

光緒三十年甲辰（一九〇四）　先生七十八歲

三月，先生回大邑山中，五月始歸省城。

《默室日記》光緒甲辰六月初八日條：『伍祖姑丈來，前月自山中歸省也。』

六月十九日，先生送自刻《養真集》與孫培吉。

《默室日記》光緒甲辰六月十九日條：『今日又與伍祖姑丈要《養真集》三本，五弟、洪夫子、予各一本也。』

【按】是年，先生與孫氏交往，於《默室日記》可考者尚有：光緒甲辰正月十五日條：『伍祖姑丈來，予往拜年未得見，因病未出也，病愈始來拜年。』八月十三日條：『大姑今日適往見崧老。』九月初二日條：『大姑近日又到伍祖姑丈處。』九月初七日條：『大姑自伍祖姑丈處帶回《道藏輯要》抄本二卷。』十一月初八日條：『到伍祖姑丈處。日前大姑到其處，祖姑丈抄其《初三日輿中》一詩示。大人近日言前詩又改兩三句，又抄一紙予帶回。』十二月初二日條：『伍祖姑丈來，爲二弟復拜也。』

十一月初十日，先生往賀金堂何元普八十大壽，并送壽聯爲禮。

《默室日記》光緒甲辰十一月初八日條：『（伍祖姑丈）言何麓生初十八旬壽，頃正與之書壽聯。送聯兩對，因見何之婿所擬聯，頌其庚申勤王事，故又擬一聯送之。又言胡伯康亦卒，其子詩舲擬挽聯一對，請祖姑丈用己名書送各聯語。』

光緒三十一年乙巳（一九〇五）　先生七十九歲

正月，先生《還山詩》刻成。

《默室日記》光緒乙巳年六月二十四日條：『到伍祖姑丈處……取今春新刊《還山詩》一本與予。』

二月，先生收到日本留學生來信，以數萬言詳談日本之瓜分學說。

《默室日記》光緒乙巳二月初七日條：『今日本欲及二弟同往伍祖姑丈處請寫對聯。……二弟遂獨往，將予紙帶去。聞伍祖姑丈言：日本留學生來信數萬言，謂瓜分之説。』

六月二十四日，先生病，孫培吉往視，相談甚久。

《默室日記》光緒乙巳年六月二十四日條：『到伍祖姑丈處，因問張夫子言嵩老欠安已愈。大人命予往視也。予入客廳門，告其老僕梁云：「若不能見客，則不可驚動。」及轉身，乃見嵩老睡熟於炕上，呼起，尚未見予，扶炕桌咳甚。予疑其咳頗甚，及咳定而談，言尚覺如常。云夜不能寐，是以多眠。予問窗大開，不畏風乎？亦無妨也。後入，取今春新刊《還山詩》一本與予。談次，予見其鬚復有黑者，覺近年見鬚皆白矣。因問之曰：「尚未白完乎？抑黑者復出乎？」乃果再也，善養之功深矣。予見案上棋，因問：「日日圍棋乎？」答云：「無人也，諸孫又各有事。」惜乎，予相距太遠，亦非無事之人，不然日侍此老而伴之圍棋，固不啻從仙人游也，使人之意也消。……聞嵩老言謝乾初先生卒於福建矣。予言此老不值遠仕，不久即故。嵩老謂其在任所猶有功業，蓋招降某寇也。昔在榮昌學官，曾有守城之功。此者恂恂儒雅而頗有爲，真偉人哉。』

【按】是年，先生與孫氏交往，於《默室日記》可考者尚有：光緒乙巳正月初五日條：『初二伍祖姑丈來。』二月初三日條：『伍崧老爲大姑所抄學道諸篇。』八月初二日條：『頃之，鄭來言可托伍崧老，予往托之。崧老以電報示予，上諭立停科舉也。自丙午始，鄉會科歲并停，袁世凱奏也。』八月二十二日條：『伍祖姑丈來賀喜。』十月十七日條：『午間，由劉處步至伍祖姑丈處小坐。』

六月，先生領銜向四川總督錫良呈文，請將劉沅事實宣付國史館立傳，以勵儒修。

《默室日記》光緒乙巳五月十六日條：『伍祖姑丈來，談及甘大璋自京與顔雍耆信言，以劉止唐先生書咨部等語。顔以謀之伍，蓋需由紳士稟請督憲也。』乙巳年六月十一日條：『張立先處送公啓來，爲進呈劉止唐先生書事也。請書銜名，因尚無書者，故亦未書，二弟明日須往張處詳問也。同啓者十人：伍肇齡、胡峻、羅湘、張金壽、王鑒洲、陳國華、李念祖、劉聲琦、顔楷、宋元熙。』

見錫良《請將故紳劉沅事實宣付國史館立傳摺》。

《光緒實録》卷五四九光緒三十一年九月癸酉條：『截取知縣劉沅事迹宣付史館。從四川總督錫良請也。』

光緒三十二年丙午（一九〇六）　先生八十歲

二月十六日，先生子伍原卒，享年六十歲。

《默室日記》光緒丙午二月十九日條：『并到伍祖姑丈處。因本如表叔去世，往看之也。十六日，五弟自學堂歸，過其門，見辦喪事，訝而問之，始知於是晨卯時卒，今已送報單來矣。』

孫培吉《本事聯聞見録》卷二載陳西生挽伍本如聯曰：『椿壽届八旬，何堪心折骨驚，淚灑西河悲晚景；桂芳符五數，難得文通武達，才□北冀慰重泉。』

二月二十一日，伍原成服。

《默室日記》光緒丙午二月二十一日條：『本如表叔成服，予往吊。』

三月初，先生歸大邑舊居，籌備清明祭祖，至四月底方回省城。

《默室日記》光緒丙午二月二十八日條：『到本如表叔處吊。……伍祖姑丈將回大邑，清明祭家祠，十六日不得回省也。』四月二十六日條：『步至伍祖姑丈處，昨聞陳西生言，祖姑丈自山歸也。』

閏四月，先生三孫伍鏡秋署綿州漢旺汛。

《默室日記》光緒丙午閏四月二十七日條：『伍鏡秋送報條來，署綿州漢旺汛也。祖姑丈之第三孫也。』

五月二十日，先生致電湖廣總督張之洞，舉薦高元勛辦理蜀湘捐稅。

中國社會科學院近代史研究所圖書館藏張之洞收成都伍肇齡來電曰：『武昌香帥鑒：門生選道高元勛，寧鄉人，在川會辦北洋捐，特薦委全蜀湘捐。年弟伍肇齡，賜覆。』

【按】電報收發時間爲：『丙午五月二十未刻發，廿一日戌刻到。』

七月，四川總督錫良上奏朝廷，請准先生重赴恩榮宴并賞給升銜。

錫良《奏爲四川邛州在籍侍講銜翰林院編修伍肇齡懇請重赴鹿鳴恩榮筵宴摺》：『仰懇天恩，俯准將在籍侍講銜翰林院編修伍肇齡賞給升銜，以昭光寵之處，出自逾格鴻施。』

八月初三日，光緒帝上諭：伍肇齡鄉舉重逢，賞侍講學士銜。大清開科以來，進士二萬六千餘人，重宴瓊林者僅三十餘人。

《光緒實録》卷五六三光緒三十二年八月丁卯條：『以四川在籍翰林院編修伍肇齡鄉舉重逢，賞侍講學士銜。』

錫良《奏爲四川邛州在籍侍講銜翰林院編修伍肇齡懇請重赴鹿鳴恩榮筵宴摺》九月初一日奉到批復：『伍肇齡着賞加侍講學士銜。』

《清續文獻通考》卷八七：『三十二年，四川總督奏，前翰林院編修伍肇齡重宴瓊林、奉旨賞侍講學士銜。』同卷又曰：『本朝開科恩正并計一百十二次，進士約二萬六千人。重宴瓊林，奉有恩旨者二十二人。』

《舊典備徵》卷四『重宴恩榮』條：『本朝耆舊重宴鹿鳴者多矣，至六十年再遇甲科、應重赴恩榮筵宴者……丁未進士四川邛州伍肇齡，咸豐壬子進士奉天鐵嶺郭鑒襄，僅三十四人云。』

朱彭壽《皇清人物考略》：『伍肇齡，字椿年，號松生，四川邛州人，道光丁未進士。由編修□歸。光緒三十二年以次年應宴瓊林，加侍講學士銜。』

朱彭壽《清代人物大事紀年》光緒三十二年丙午『恩遇』條：『伍肇齡，在籍侍講銜翰林院編修。以明年爲道光丁未科甲榜重逢。』作者按語曰：『照舊例應重赴恩榮筵宴，時科舉已停，故無重宴名目，後同。賞侍講學士銜。』

【按】先生此年應重宴瓊林，然《光緒實録》稱『鄉舉重逢』，蓋光緒甲辰科舉廢止後已無重宴恩榮之名目，先生其前已與鹿鳴，故仍書『鄉舉重逢』，賞銜而已。詳見朱彭壽《清代人物大事紀年》道光二十七年丁未『科第』條：『伍肇齡，編修。重遇科甲。』作者按語曰：自光緒甲辰科舉廢止後，凡曾登甲乙科者已無重宴恩榮或鹿鳴名目，但奉恩旨加銜而已。今即改書『重遇甲科』或『重逢鄉舉』字樣以昭核實，謹記於此。』

八月十六日，馬紹相、陳觀潯、孫培吉、孫桐吉等爲先生賀八十大壽。

《默室日記》光緒丙午八月十六日條：『到伍祖姑丈處拜生，八十大慶也。……予到時，適在廳見陳酉生，予亦得見。馬扶杖行，不能久坐也。予早麵後歸，二弟亦往拜生也。』

九月二十五日，先生大病初愈，孫培吉、陳觀潯來賀重宴瓊林、升侍講學士銜之喜。

《默室日記》光緒丙午九月二十五日條：『到伍祖姑丈處，賀重宴瓊林、賞侍講學士銜喜，適陪陳酉生，予亦得見。八月慶生，亦如是。生後又四十日矣，病雖全愈，猶未復元也。』

十月十七日，四川士紳於浙江會館先賢祠公賀先生重宴瓊林及八十大壽之喜。弟子劉咸滎代表全省門人撰賀聯。

《默室日記》光緒丙午十月十七日條：『到浙江館先賢祠公賀伍祖姑丈重宴瓊林喜，并公祝八十大壽。寅午彩觴夜歸。二弟亦及季讓叔便衣去，十餘年不見王崧生矣，今日亦在焉。』

【按】同人籌備此宴已久，因先生病而宕延至今。詳見《默室日記》丙午八月十三日條：『馬太親翁處送知單來，爲伍祖姑丈公祝八旬也，將爲屏聯彩觴，俟伍崧生老病痊補祝。首事者馬及羅雲塢、周保臣、舒鐵生、劉豫波也。大人書具二元外，仍別與龔姑丈同送壽禮也。』八月十四條：『送伍祖姑丈禮、壽幛皆全收。』十月初八日條：『昨日馬家有人來，予即將汝君附份與伍嵩老公祝事開一紙，令其帶回。今日馬處來函云，每份至少以兩元爲率，一兩則不能也。』

十月，先生病體稍愈，受邀爲人點主。

《默室日記》光緒丙午十月十三日條：『李習之來，謝作墓誌也，并囑請伍祖姑丈點主。』十月十四日條：『寄伍純一、香岩昆仲字，問伍祖姑丈病初愈，能否出爲李家點主也，復云可。』十月二十二日條：『晨到法雲庵送毛太親母殯，卅日點主係伍祖姑丈，同陪者嚴冠唐也。』十月二十八日條：『到李習之處，陪點主。點者伍嵩老也，同陪者龔姑丈也。』

是年，先生因罹喪子之痛而病，逾大半年方愈。

孫治《得四妹書并詩，喜本如甥入泮，作此奉賀》詩，孫培吉附識曰：『祖姑丈學道，年八十，猶輕健若仙。自哭子後，一病而衰。』

《默室日記》光緒丙午七月初十日條：『到伍祖姑丈處問病，未見。』八月十六日條：『祖姑丈因腰患瘡，服攻伐藥太多，久未見客。』十月二十六日條：『伍祖姑丈來，因到各處謝步不能下轎，而轎夫須稍歇，祖姑丈因入，欹炕牀小憩。』

光緒三十三年丁未（一九〇七）　先生八十一歲

正月二十日，先生領銜向總督錫良呈文，請爲川漢鐵路有限公司選舉喬樹枏、胡峻爲總、副理，并續訂章程五十九條奏咨立案。

《東方雜志》一九〇七年第五期《川督錫奏川漢鐵路公司遴舉總協理并續訂章程摺》：『據在籍翰林院侍讀學士銜、編修伍肇齡等聯名呈請，奏咨立案。』

黄綬《四川保路運動親歷記》：『光緒三十三年正月，任翰林院侍講學士銜、編修伍肇齡等聯名呈請川督錫良，奏改公司章程，照商律辦理，定名爲「商辦川漢公司」，裁撤官商總辦。』

四月二十五日，先生弟子張祥齡葬於廣漢。廖平作墓誌銘，范溶書碑，先生爲之篆蓋曰『皇清誥封朝議大夫張君曾恭人墓誌銘』。

見《北京大學圖書館藏歷代墓誌搨片目録》。

廖平《清誥封朝議大夫張君曾恭人墓誌銘》：『以丁未四月廿五丑時，葬君於漢州北關外樂善橋祖塋。』

【按】廖平《清誥封朝議大夫張君曾恭人墓誌銘》載張祥齡於光緒二十九年三月二十二日丑時卒於陝西大荔縣任署，至本年方迎柩還鄉入土。

六月，先生領銜向護理總督趙爾豐呈文，請准爲前四川提督唐友耕在四川省城建立專祠，并予謚、立傳。

《皇清誥授建威將軍雲南提督署四川提督唐公年譜》：『光緒三十三年六月，護川督趙公爾豐據蜀紳侍講學士銜翰林院編修伍肇齡等呈稱：已故提臣唐友耕在蜀功績，懇恩於四川省城建立專祠，并予謚、立傳，以彰忠藎。疏入，「唐友耕准其立傳建祠，毋庸予謚。該衙門知道。欽此」。』

《民國大關縣志稿·唐友耕傳》：『後經川紳伍肇齡等以公在川年久，功績最多，奏懇於成都建祠，并予立傳以興忠義。奉旨諭允。』

十月，熊克武、張培爵、謝持等中國同盟會會員策劃於十月初九日慈禧太后壽誕前夜發動成都起義。事泄，起義失敗，革命者或被捕，或被通緝。先生與胡峻極力周旋，被捕者幸免於難，事件得以平息。

熊克武《辛亥革命前四川歷次起義親歷記》：『起事第二天，傳説黨人名册已被官府搜出，將按名捕拿，風聲更緊。新軍和弁目隊裏的同志十餘人都没有請假，偷着出營參加起義的，至此當然不敢回營，相率逃匿。十餘天後，伍安全被捕獲，解鳳凰山營地殺害；其他黨人先後被捕者有黄方、楊維、黎靖瀛、張治祥、江永成、王炳璋，時稱「六君子」。所謂「首要」的熊克武、佘切、謝持、佘英等人，則出示通緝在案。各校教師、學生則多逃走，事態嚴重，人心惶惶。同志中人憑借各種關係奔走求救於耆老之門，以求減少革命力量的損失。首先由胡雨嵐太史挺身而出，并邀集老翰林伍崧生等代表省中士紳向首道賀綸夔、首府高增爵呼籲。他們説政治不良，青年人謀求改革是出於愛國之心，若加以大逆不道的罪名，動輒殺人，後患將不堪設想，總以寬大處理爲宜，更不必株連多人。當時成都知縣堅主格殺勿論，經胡雨嵐、伍崧生、賀綸夔、高增爵等向護督趙爾豐陳述利害後，趙屠夫也怕事態擴大，有所顧慮，始發交承審局訊辦，判處黄方等終身監禁。至辛亥革命成功後，始歡迎出獄。』

熊克武《辛亥前我參加的四川幾次武裝起義》：『十餘天中，伍安全被獲，解鳳凰山營地殺害；黨人被捕者有黄方、楊維、黎靖瀛、張治祥、江永成、王炳璋；所謂「首要」佘切、熊克武、謝持、佘英等也通緝在案；各校教師學生亦多逃走，事態嚴重，人心惶惶。同時，同志們又奔走求救於耆老鄉紳之門，首先胡雨嵐太史挺身而出，邀集老翰林伍崧生等集議，代表省中士紳向首道賀綸夔、首府高增爵呼籲。他們説：「政治不良，青年人謀求改革，是出於愛國之心，若加以大逆不道之罪名，動輒殺人，後患將不堪設想，總以寬大處理爲宜，更不必株連多人。」據説成都縣知縣王棪堅主格殺勿論。經胡雨嵐、伍崧生、賀綸夔、高增爵向護督趙爾豐求情，陳述利害，「趙屠夫」也有所顧慮，始發交承審局依法訊辦，判處黄方等終身監禁。至辛亥革命成功，始由同志歡迎出獄。』

黄季陸《光緒三十三年十月四川起義的歷史意義》：『當舉義失敗，官吏逞威，追緝主從的黨人之際，在成都的幾個著名學校，如高等學堂、資屬中學、叙屬中學及通省師範學校等，都由清政府派兵包圍，壓迫學校當局交出有關人員。當時因初廢科舉、興學校，學校尚被尊重，滿清軍警尚不敢衝進學校搜捕革命黨人，於是乃由徐子休先生約同各校監督及著名士紳向道臺賀綸夔、成都府尹高增爵呼籲。他們說：「因爲政治不良，青年人謀求政治改革，是出於愛國動機，若加以大逆不道之名，動輒殺人，後患將不堪設想，總以寬大處理爲當，更不可株連多人。」其時的成都縣知縣王棪堅決主張格殺勿論，後來經過徐子休、胡雨嵐、伍崧生、賀綸夔、高增爵向護理總督趙爾豐求情，陳述利害。趙雖然是一個著名的殺人屠夫，亦因是而有所顧慮，始發交承審局依法訊辦。我的五哥和其他五人乃獲判處永遠監禁，得以不死。一直拘囚到辛亥革命成功，乃被歡迎出獄。』

十二月二十二日，先生會孫培吉、杜樂天等訪客。

《默室日記》光緒丁未十二月二十二日條：『送信稿到伍祖姑丈處，即寫就交予。是日并見伍銘三、純一、香岩，又有一客，杜樂天亦在焉，三台人也。』

是年，先生常病，絶少見會客。

《默室日記》光緒丁未正月初四日條：『伍祖姑丈來，不遇。予去亦未見。』四月三十日條：『到伍祖姑丈處，未見。初八日自邛歸，即病未出也。』六月二十三日條：『寄二弟信第四號，因來信言欲托伍祖姑丈事，覆以伍現病不見客也。』七月初十日條：『又到伍祖姑丈處，適坐大門口看書，因其步履艱難，遂未入，即坐大門，談罷而去，病氣痛猶未愈。』九月初七日條：『到伍祖姑丈處，未見。』十二月二十一日條：『到伍崧老祖姑丈處，爲二弟欲求一函致李少東方伯也。許之，令余擬一稿。』

光緒三十四年戊申（一九〇八）　先生八十二歲

正月初四日，先生往丁公祠看戲。

《默室日記》光緒戊申正月初五日條：『伍祖姑丈來。予昨到其處，不遇，到丁公祠去也。羅濟川昨日冥壽，祠中有戲。』

二月初四日，先生應孫吉藩之請至馬家祠午酌。

《默室日記》光緒戊申二月初四日條：『筑生弟請予馬家祠午酌，有伍祖姑丈及顔巨香、黄煒如、祝仲渠、叔梅族弟諸人。』

四月初九日，先生收到湖北布政使李岷琛覆函。

《默室日記》光緒戊申四月初七日條：『二弟第五號信至，内有李方伯覆伍祖姑丈一函。』四月初九日條：『到伍祖姑丈處，送李方伯函去也。』

六月，先生銜名向總督趙爾巽呈文，請禁監視户，以移易風俗。

《默室日記》光緒戊申六月十四日條：『暮，馬義安來，爲馬太親翁將稟趙制軍請禁監視户。……聯名共九人：馬太親翁、張立仙、劉夫子、周保臣、卓垣焯，其三人不相識，遂忘之矣。』六月二十一日條：『聯名又换數人，增至十三人，有伍崧老、蕭澤溥，而無劉夫子、張立仙。』

七月，先生回大邑糟江培修老宅，備五孫寶蓀娶婦之用。

《默室日記》光緒戊申七月初三日條：『伍崧老回鄉，故請香岩。香岩之五弟，戊子生，在成都中學者，冬日將歸鄉完娶，崧老先往修故宅云，明年始旋省也。』

十一月，先生五孫寶蓀成婚。

《默室日記》光緒戊申七月初三日條：『香岩之五弟，戊子生，在成都中學者，冬日將歸鄉完娶。』

是年，先生侄伍鼎任邛州視學。

【按】《四川教育官報》一九〇八年第三期載《四川高等學堂第三年第二學期照章考驗各班學生姓名年貫表》優級理科師範學生列有：『伍鼎，年三十七歲，邛州增生。』該報同年第七期又載《邛州呈視學伍鼎稟覆趙敏修控龔玉璠一案》本署司批：『該州認定師範官費四名，亦已補足，該視學伍鼎等又擬增官費一名。』

宣統元年己酉（一九〇九）　先生八十三歲

二月初二日，四川高等學堂總理胡峻卒，先生作挽聯吊之。

林思進《翰林院編修胡君墓表》：『有清宣統之元二月朔二日，翰林院編修、四川高等學堂總理胡君雨嵐卒官。』

胡明騏編《胡君雨嵐行述》附先生《胡雨嵐挽詞》。

三月，先生自上年回鄉，本月方返省城。

《默室日記》宣統己酉四月初四日條：『伍祖姑丈來，自去夏回大邑，前月底始旋省也。』

八月二十一日，先生友軍機大臣、大學士張之洞病逝於京，享年七十三歲，謚文襄。

胡鈞編《張文襄公年譜》卷六宣統元年八月二十一日條：『是日，監國攝政王親臨視疾。亥刻，公薨。』

九月二十七日，先生赴内侄孫孫吉藩午宴。

《默室日記》宣統己酉九月二十七日條：『筑生弟請予及二弟今日午酌。……座中有伍祖姑丈、龔姑丈、毛東蓀也。』

【按】是年，先生與孫氏交往，於《默室日記》可考者尚有：宣統己酉六月初七日條：『到伍祖姑丈處，賀其第五孫完姻喜。』八月十六日條：『到伍祖姑丈處拜生，惟見香岩。』八月十七日條：『伍祖姑丈來。』十月初六日條：『大女回門……餘客十人坐二桌。伍祖姑丈、唐仲威、萬少誠、劉叔姚、洪汝君爲一桌。』

十一月，先生領銜向總督趙爾巽呈文，請將張之洞在四川學政任内事迹宣付國史館，編入列傳。

見趙爾巽《已故大學士興學育材成效卓著請宣付史館摺》。

《清史列傳·張之洞傳》：『十一月，四川總督趙爾巽據在籍紳士編修伍肇齡等呈請，代奏請將之洞前在四川學政任内事迹宣付國史館，編入列傳。詔允之。』

是年，邛州夾關新修大橋落成，先生取『萬福攸同』之意，名之曰『萬福橋』。

《民國邛崍縣志》卷一：『新修橋樓長二十三丈，石洞七，高二丈，闊半之，閣道二十三間，成於宣統元年，號『萬福橋』。邛州伍肇齡命名，名山吴之英書碑，綦江縣舉人、邛州訓導戴綸喆撰序。』

戴綸喆《萬福橋序》：『蒙崧生伍老夫子題名曰『萬福橋』，取『萬福攸同』之意，故不憚千里，請予爲記。』

宣統二年庚戌（一九一〇）　先生八十四歲

五月，先生領銜向總督趙爾巽呈文，請爲已故革職甘肅提督李培榮開復原官，從優議恤。

《申報》第一三四一七號四川總督趙爾巽《奏已故提督李培榮請開復原官等摺》：『竊據四川在籍紳士翰林院編修伍肇齡等呈稱……職等係該革提立功省分士紳。於生平戰績遺愛，知之最稔，不忍聽其湮没，謹合詞公懇，據情奏請恩施。』

八月十六日，先生生日，填《西江月》詞以寄懷。到賀者有孫培吉、陳觀潯、張紹儒等人。

《默室日記》宣統庚戌八月十六日條：『到伍祖姑丈處拜生，見之。陳西生、張紹儒在焉。祖姑丈有詞。』

十月初八日，孫培吉托先生薦萬少程舉孝廉。先生以翰林不能於地方官處具名，拒之。

《默室日記》宣統庚戌十月初八日條：『到伍祖姑丈處，爲萬少程舉孝廉方正，欲伍老出一名也。伍係翰林，不能於地方官處具名，不可行。』

【按】是年，先生與孫氏交往，於《默室日記》可考者尚有：宣統庚戌正月初六日條：『伍祖姑丈來拜年。』十一月二十六日條：『到伍祖姑丈處問疾。』

宣統三年辛亥（一九一一）　先生八十五歲

正月二十五日，先生領銜，胡景伊、張瀾等士紳五十餘人向護理總督王人文呈文，請將川漢鐵路公司訂立之《川漢鐵路有限公司章程》向朝廷立案，并請朝廷委派總、副理事各一人。

《商辦川省川漢鐵路有限公司章程》卷首：『具公呈：翰林院侍講學士銜編修伍肇齡，員外郎銜度支部主事吴嘉謨，度支部主事劉彝銘，内閣中書劉紫驥、吴季昌、陸慎言、林思進、劉咸滎、趙椿煦，候選郎中馮濟忠，候選員外郎馬長卿，郎中銜中書科中書張祥龢，中書科中書孔慶餘，中書科中書銜毛席豐，留日法政畢業生邵從恩，留日士官學校畢業生周道剛、徐孝剛、胡景伊，留日醫科大學畢業生王馨桂，留日成城學校畢業生曹騰芳，世襲一等侯候選道楊正藩，二品銜江蘇候補道嚴翽昌，候選道舒鉅祥、傅崇榘，三品銜分省補用知府周祖佑，前任安徽廬州府同知在任候補知府李永鎮，候選知縣朱聘坤、彭蘭芬，分省補用知縣龔維琦、胡登岱，揀選知縣楊永澍，前岳池縣訓導羅元黼，候選訓導張敏，教諭龔煦春，候選府經歷張剛，舉人羅綸、賀龍驤、吕焕文、王銘新、余舒、鄧雄、熊燾，優貢生譚焯、程其棫，拔貢生牟克光，廪貢生張瀾，增貢生王章祜、楊贊賢，廪生張卜冲、周澤，附貢生劉震，貢生張璠，爲訂立公司章程，呈請查核奏咨立案，并請奏派總、副理事。』

二月，先生病。

《默室日記》宣統辛亥二月初五日條：『遇伍祖姑丈於門。問其疾，云尚未全愈。』

三月，學部覆試各省高等學堂畢業生，先生次孫寶蘭名列中等，獎給舉人出身。

見《申報》第一三八〇一號《各省高等學堂畢業生全榜》。

《默室日記》宣統辛亥閏六月十一日條：『到伍祖姑丈處賀香岩考得舉人喜，見焉。』

《民國邛崍縣志》卷四『本省學堂畢業生送部考試之有出身者』條：『附生伍寶蘭，由四川高等正科赴部考試，獎給舉人，儘先補用州判，分發貴州。』

春，先生領銜向護理總督王人文呈文，請爲已故四川提督馬維騏於四川省城建立專祠。

蔡建筠《馬維騏事略》：『三年，蜀紳伍肇齡等以公貴官，功德在民，請旨建專祠。詔曰「可」，命地方官春秋致祭。』

《宣統朝政紀》卷五三宣統三年四月丁酉條：『予故四川提督馬維騏於四川省城建立專祠。從護督王人文請也。』

四月，先生領銜向護理總督王人文呈文，請將官印刷局存放之錦江、尊經二書院所刻書板移交存古學堂，開局刻印，以惠學子。

四川大學檔案館藏《批准伍肇齡等懇請官印刷局將二院各書移交存古學堂》：『即將書板庋置院中，開設書局，隨時印行，以給學子之求，甚盛事也。』

五月初一日，先生代表住省各法團向護理總督王人文呈文，請朝廷收回鐵路收歸國有之成命。

見誦清堂主人編《辛亥四川路事紀略》載《住省各法團呈請督院電奏文》。

熊克武《蜀黨史稿》：『清政府允還股本，優於湘、粵，獨薄於四川。因是，成都耆老伍肇齡及咨議局長蒲殿俊、羅綸，川路股東會董事顏楷、張瀾等，請收回成命，護理四川總督王人文據情代奏。』

五月二十一日，先生作爲紳方代表參加川漢鐵路公司臨時股東大會。會後，先生帶領公司股東、法團代表及紳、商、學、工、農各界與會人士一千餘人赴總督衙門請願。

見《四川保路同志會報告》第三號載《老學士之愛國熱》。

七月十五日，總督趙爾豐誘捕保路領袖蒲殿俊、羅綸、顏楷、張瀾等九人，且欲斬之。在先生極力營救下，九人方免遇難。

楊開甲《辛亥四川革命之寫真》：『七月十五日，爾豐遂一面逮捕咨議局議長、法部主事蒲殿俊，舉人羅綸，鐵路股東代表、度支部主事鄧孝可，董事會會長彭芬，股東會長、翰林院編修顔楷，貢生張瀾，舉人江三乘、葉秉誠、王銘新等，集司道環訊之。葉秉誠、鄧孝可語尤激，爾豐怒，欲斬之。……會在籍内閣學士伍肇齡，年八十餘矣，亦至，爲之力説。爾豐仍將羅綸等看管於督署。』

尚秉和《辛壬春秋》四川第二：『庚辰，逮捕羅綸、鄧孝可、蒲殿俊、顔楷、胡榮、張瀾、江三乘、葉秉誠、王銘新等，集司道環訊之，羅綸、鄧孝可語尤激。爾豐大怒，欲斬之。……會在籍内閣學士伍崧生，年八十餘，亦至，明《自保商榷書》實閤一士所爲，即一士亦上書自承矣。爾豐乃允將羅綸等交將軍看管。』

汪海如《嘯海成都筆記續編》『伍崧生山長』條：『川督趙爾豐禁之不聽，乃拘顔等多人於院。時伍已八旬矣，聞而憤極，上院面争之。羅、蒲諸人未被趙屠父加害，未必非此老力也。』

詳見《民立報》第三五七期《川人争路冤獄記》。又該報第三五八期載：『聞當日伍老翰林兩次分辯：「各證據之不確，否則請先殺老伍以救衆人。」趙見士心如此堅固，均不畏死，雖欲擅行殺戮，無如衆口嘵嘵何。』又載：『即分頭排查，抄顔楷、胡嶸各公館，凡一紙一片，靡不席捲而去，檢查仍無證據，乃謂「《自保商榷書》通貼各街，非汝等所爲而何」設詞。彼時伍學士亦至，力辯：「此書非我門生所著，他們之筆墨，决不出此鄙陋不通之文，請大師詳查云云。」』

七月二十三日，先生領銜向成都將軍，四川總督，藩、臬諸司，巡警、勸業諸道呈文，就七月十五日之民衆請命之事進行説明，并爲蒲殿俊、張瀾諸人的『悖逆之罪』進行辯護，請有司根據《欽定法院

編制法》，將諸人交由法庭審訊，以免諸人無辜被害。

見誦清堂主人《辛亥四川路事紀略》載《紳耆伍肇齡等上軍督司道呈稿》。

八月二十九日，因七月二十三日呈文未獲批覆，先生領銜再向將軍、總督、巡撫諸衙門呈文，指出保路運動是愛國行爲，被扣押士紳皆爲愛國者，請有司詳查并批示對扣押者的處理辦法。此次呈文方獲趙爾豐批覆。

見秦楠《蜀辛》卷上《伍肇齡等再呈軍督院文》。

周善培《辛亥四川争路親歷記》：『電奏稿當時没有宣布。半個月後，纔由伍肇齡等的呈文中知道大略。』

九月二十七日，先生領銜發表公函，通告全川父老：川漢鐵路問題已得到合理解决，蒲殿俊、羅綸諸公已獲釋放，有司正妥善處理鐵路事件善後撫恤事宜。

秦楠《蜀辛》卷上《紳商學伍肇齡等通告全川伯叔兄弟公函》：『鐵路事件現已有正當辦法，决不爲外人所有。其他善後撫恤各事宜，蒲、羅諸先生既出，即當官紳協定，迅速施行。』

曹叔實《四川保路同志會與四川保路同志軍之真象》：『以朝廷違法，抵借外債，不經咨議局通過者，官場則有周善培，士紳則有蒲殿俊、羅綸等。以鐵路爲人民集股建築、不應收歸國有，而實行保路者，士紳則有伍松生、蒙裁成等。』

十月初七日，四川成立大漢四川軍政府，宣布獨立自治，蒲殿俊、朱慶瀾分任正、副都督。

秦楠《蜀辛》卷下：『初七日，川省獨立。辰刻，趙爾豐宣示《四川自治文》……遂繳督印，設軍政府於皇城，稱大漢四川獨立軍政府。國旗尚白，中書「漢」字，字圓周作十八圈。……軍政府正都督即原任咨議局議長蒲殿俊，廣安州人；副都督即原任陸軍統制朱慶瀾，浙江人。』

中華民國元年壬子（一九一二）　先生八十六歲

一月一日，孫中山就任中華民國臨時大總統。

【按】《申報》第一三九六七號載《中華民國新紀元》：『奉大總統孫諭令，以本月十三日爲陽曆元旦，我民國百度維新，亟應及時更用陽曆，期與世界各强國同進文明，一新耳目等，因爲此布告軍民各界人等知悉，以黄帝紀元四千六百九年十一月十三日，着改爲中華民國元年正月第一日，從前行用陰曆，一律變更。』因中華民國改用陽曆，故本譜从此條始，以下均改用陽曆記時。

二月十二日，宣統皇帝頒布退位詔書。自清兵入關，清朝歷二百六十八年，至此結束。

《宣統朝政紀》宣統三年十二月戊午日條載隆裕皇太后懿旨：『是用外觀大勢，内審輿情，特率皇帝將統治權公諸全國，定爲立憲共和國體。近慰海内厭亂望治之心，遠協古聖天下爲公之義。』

四月，先生回大邑山中。

《默室日記》民國壬子三月二十三日條：『伍崧老祖姑丈已移歸大邑山中去矣。』

九月二十六日，先生生日，孫培吉來賀。

《默室日記》民國壬子八月十六日條：『到伍祖姑丈處拜生，已出，遇其於街。』

九月，先生向四川都督尹昌衡申請孔教扶輪會經費，允以每月贊助五十元。

一九一一年九月《民命報》載《四川之宗孔》：『楊君星友發起孔教會，暨伍君肇齡等以維持聖道，懇籌常款，具稟都督。總廳昨已奉批，特酌籌助金每月五十元，以月之十五號具文領取，以資補助，而維聖教云。』

聽濤館主人《繡像神州光復志演義》出版，將先生力救蒲殿俊、張瀾等保路領袖性命之史事寫入小說。

聽濤館主人《繡像神州光復志演義》第八十三回：『且說公司中人，只道北京來電，有好消息，登時來院者，有股東會副會長張表方、咨議局書記葉炳成，先後趕到。爾豐指而罵之曰：「爾等圖謀不軌，休得走脱。」正喊左右扣住。忽有老叟扶杖而進，視之，乃前尊經書院院長伍某，官拜内閣學士，年八十六歲，聞警奔來，打拱作揖，要求釋放諸人。爾豐曰：「此與老先生無干。」伍某曰：「這件事是我叫他們辦的。同志會也是我主張，罷市罷課也是我主張，抗糧罷捐都是我主張，圖謀不軌還是我主張。要殺先殺我，他們都是我的門生弟子，他們是名譽上的會長，我是實際上的會長。請大帥設北闕位，我好謝恩。請殺我一人，以釋他們。」口裏説，身子漸漸逼到爾豐面前。爾豐看他像要拼死，又被他説得心肝硬而復軟，倒反無話可對，竟像伍某要殺他光景。急喚昆玉曰：「某翁你勸勸這位老先生，某翁你勸勸這位老先生。」伍某愈要逼他殺了，只見昆玉兩手扶住伍某，連喊「老先生，總好講的。」伍某必欲首先將他們釋放再講，否則必請殺我。昆玉回頭又謂爾豐曰：「老先生年紀大了，受累不起。不如將他們九人，暫時歸我看管。」爾豐曰：『諾。』伍某堅請釋放。昆玉又謂：「歸我看管，性命包在我手保住。」伍某遂向各官叩頭稱謝而退。』

十月十八日，先生與駱成驤等尊經弟子於成都城南爲重陽登高之會。駱成驤有《壬子重陽尊經舊同學從伍崧先生城南宴集》詩。

是年，先生與同人組織孔教扶輪會。是會以尊崇孔教、踐履人倫、發揚國粹爲宗旨。

《報選》一九一二年第二卷第一期載：『聞伍先生肇齡等組織孔教扶輪會，以尊崇孔教、踐履人倫、發揚國粹爲宗旨。暫假名宦祠爲務所，一俟地點確定，再行遷徙。并擬具章程以資遵守，已呈都督府，批准立案，已并將章程布發矣。』

先生侄伍鼎辭邛州視學一職。

《民國邛崍縣志》卷四：『民國元年，視學伍鼎辭職，李希亮任事。』

民國二年癸丑（一九一三）　先生八十七歲

八月，先生領銜向内務部呈文，請求祀天配孔。獲内務部批覆。

國民政府内務部第五百三十三號批文：『原具呈人孔教會四川支會代表伍肇齡等，准國務院函交該代表等呈一件，業經本部閱悉。查祀天配孔一案前經徐紹楨、王式通先後呈請，大總統發交本部會同教育部核辦，當由本部函院通咨各省徵集人民公意，以便提交國會議決在案。現各省咨覆者甚多，大半贊同，一俟覆文到齊後，即由本部會同教育部提交國務會議呈大總統，咨請國會議決施行，仰該代表等静候交議可也。此批。』

是年，先生衰甚，身體常病。

《默室日記》民國癸丑十月十一日條：『過伍祖姑丈門，遇伍卧於邢門外。伍老不能動，常置几於門外卧觀，今因避日影，故在邢門外。邢與伍對門居也。予立談數語而去。』

民國三年甲寅（一九一四）　先生八十八歲

是年，先生不堪衰病，深居静養，絶少見客，故親友間傳言先生已作古。

《默室日記》民國甲寅正月初九日條：『到伍祖姑丈處，不遇。』正月十七日條：『及二弟到筑生弟處，筑言聞伍崧老作古。予歸，遣人往伍處探問，無此事也。』乙卯正月初三日條：『純一言祖姑丈初亦無病，二十九日在街門閑坐，因吃一黄糕，忽然氣閉。』

是年，四川國學院改名四川國學學校，四川省行政公署聘廖平爲校長，先生任國文教員。

見四川大學檔案館藏《四川省國學學校一覽表》。

【按】先生此時已年邁，自難以教學。政府聘其爲國文教員，蓋欲預留一席，月送脩金，以爲先生娱老之資而已。

民國四年乙卯（一九一五）　先生八十九歲

正月，先生病重卧牀，已不識親友。

《默室日記》民國乙卯正月初三日條：『馬義安來拜年，言伍祖姑丈病重，已趕做老衣矣。……到伍祖姑丈處問疾，入卧室見之。伍純一今日始自邛趕來。純一回山，已兩年未到省，有炭業在彼也。……今已略好矣，惟近年已不甚識人，今日亦不能憶予。純一爲言大人之號，予遂言「老人家命予來問疾」

云云。又問彼老人爲誰，純一復言大人之號，并舉布後街。又問布後街是否住公館，及後又言近年因多病少往來，代説請安云云。是日卧見，未能起也。』

二月五日，先生領銜向四川巡按使陳廷傑呈文，請爲前清已故川東道黎庶昌立祠，并將生平事迹宣付清史館立傳。

中華民國四年二月五日内務部呈文：『據前清翰林院侍講伍肇齡等及川東道屬人民王焜耀等禀稱：「故川東道黎庶昌，文章政事，燦然可觀，現由公衆會議集資立祠，歲時享祀。其在官事實，另具清册，懇請轉呈宣付史館立傳，以順輿情而昭懿德」等因到部。批令：「呈悉。黎庶昌政澤在民，著述宏富，准將生平事績，宣付清史館立傳，以資觀感。此批。」』

五月二日，袁世凱發布大總統策令，爲先生頒發『碩德耆年』匾額一方，『福』『壽』字各一方。

民國四年五月二日《大總統策令》：『成武將軍督理四川軍務胡景伊，兼代四川巡按使劉瑩澤會呈：「耆紳前清侍講學士銜編修伍肇齡，齒德俱尊，懇予榮典」等語。伍肇齡早登科第，息影鄉閭，兹復年登大耋，着特給「碩德耆年」匾額，并「福」「壽」字各一方，交内務部頒行給領，以示光榮。此令。』

【按】周開慶《伍肇齡傳》大總統策令發布時間作『民國四年三月二日』，誤。

五月二十九日，戌時，先生卒於成都私宅，享年八十九歲。

張森楷《清翰林院侍講銜編修伍君肇齡墓銘》：『胡天不吊，歲在乙卯，月建辛巳。十六之夕，神明湛然，啓足啓手。一瞑不視，得享天年，八十有九。』

胡駿《京中同人爲伍崧生先生逝世徵賻公啓》：『以民國四年陽曆五月廿九日，卒於成都私第。』

《默室日記》民國乙卯四月十七日條：『晨，伍家來報，祖姑丈於昨夜戌刻仙逝，今午大殮。并問季讓叔住處，將往報之也。頃之，季讓叔來，答二弟也。叔來此始聞伍卒，即囑予代擬一挽聯。予舊年曾預擬一聯，即以呈叔。此事亦奇也。午，予到祖姑丈處。』四月二十二日條：『伍祖姑丈成服，予往吊。』

譜後

民國五年丙辰（一九一六）　先生身後

一月二十三日，先生開奠。胡駿、岳嗣儀等旅京蜀人齊集四川新館爲先生集賻致哀。

胡駿《補齋日記》一月廿三日（十二月十九日）條：『午前十鐘，鄉人之旅京者公祭蘇文忠於皮庫臺四川新館。以是日爲文傑生日也。到者約四十餘人。予乃出伍先生訃文，分送各一份。此外，列名於啓中者，各與五分請代送。當日於知單書賻，已有二百餘元之多，而岳鳳吾一人賻百元，并向在座極力説項。老輩風義固不可及，而澆漓薄俗賴以振發，不少可敬也。京中同人公啓，爲予作兹録於後。……閲訃書，成都伍宅係今日開吊，而京中同人乃亦於今日發訃致賻，可謂冥合。』

《默室日記》民國乙卯十二月二十日條：『到伍祖姑丈處吊開奠也。』

一月二十五日，親友弟子葬先生於成都南門外唐家莊，其墓坐西向東。

張森楷《清翰林院侍講銜編修伍君肇齡墓銘》：『乃卜遠日，吉宜年終，月窮於紀。辛酉之辰，出殯唐莊，酉首卯趾。』

《默室日記》民國乙卯十二月二十一日條：『到南門外唐家莊送伍祖姑丈葬，亦徑到墳地也。在墳地遇者，何紹漁太姻丈、駱公驌、周紫廷鳳翔、族幼如、趙孔伯、周海涵諸人也。……過圓通橋，文昌宫道士方設供點以待靈輀。』

是年，邛州官紳爲先生立祠祭祀於白鶴山鶴林寺。

《民國邛崍縣志》卷二：『伍肇齡，道光丁未進士，庶常散館授翰林院編修，官至侍講學士。卒後，同鄉官紳祠祀於白鶴山鶴林寺。』

先生次孫寶蘭任邛崍縣視學。

《默室日記》民國丙辰十二月十五日條：『伍香岩自邛來函……伍現爲邛崍視學。』

民國九年庚申（一九二〇）　先生身後

是年，先生次孫寶蘭任名山縣徵收局局長。

《民國名山縣新志》卷六『民國徵收局長』條：『伍寶蘭：　字香岩，大邑人，九年任。』

民國二十六年丁丑（一九三七）　先生身後

七月，成都李劼人《大波》出版，將先生積極參加保路運動之史事寫入小説。

一九五六年丙申　先生身後

一月，李劼人改寫《暴風雨前》出版，將先生營救同盟會革命者之史事寫入小説。

一九五八年戊戌　先生身後

三月，李劼人重寫《大波》陸續出版，書中增補了大量先生參加保路運動之情節。

後記

二〇一八年冬，新華文軒博士後工作站成立，於四川文化企業推爲首家。次年，宇有幸以四川大學、新華文軒聯合培養博士後入站，從事巴蜀古籍整理出版研究。

書之時用大矣哉！然墳典索丘，深藏孔壁汲冢；金薤琳瑯，遍歸天禄瑯嬛。非好事者鈎稽之，董理之，次第之，付之剞劂，壽之棗梨，則周秦之彝鼎，京洛之典章，聖賢之絶學，百家之遺記，何以活於今日，傳諸後世，播之天下，享於同好，宣風化於衆庶，開萬世之太平？

刻書昉於蜀。龍池卞家、成都樊氏，導源於前；孟蜀十經，眉山七史，稱譽於後。魏鶴山嘗歎：庸蜀之刻，已遍天下；蜀獻王好學，八方書傭，齊集錦里。晚近以來，文風凋敝，川人久受無文之譏，蜀士時以乏書爲憾。故有識者蠭起刻書，揚扢聲教。賴有錦江、尊經之院刻，大關唐氏、雙流劉氏之家刻，志古堂之坊刻，龍藏寺之廟刻，庶使讀書種子終不至隳墮泥塗。大邑伍崧生太史即其一也。刻《資治通鑑》而望蜀民之應變勘亂，刻群經古注而期蜀士之通經學古，刻《尊經二集》而祈蜀地科第之綿延也。其書雖未稱精審，然得其适用而已，其復興蜀學之心終不可泯也。

宇生亦晚，於先生有鄉井之誼，無見知之幸；有瓜葛之私，無親炙之榮。宇雖束髮受書，即聞先生遺事於鄉中父老。然其間流傳，率多舛誤，欲探其詳，則懵然矣。按先生十六登賢書，二十館庶常，師則曾相，友則鴻章。及其歸梓，振鐸蜀邦。倡建尊經，長主錦江。蜀中佳士，半入門墻。劉楊宋駱，麒麟鳳凰。五朝耆舊，兩赴瓊林；翰苑諸賢，皆爲後進。至於領袖群彦，保路維權；碩德耆年，國府贈匾。猗歟盛哉！及其妻逝子殞，年老家貧，身殁以來，松柏無存，復何其淒凉也。時乎？命乎？觀先生生平，庶可覘時代之氣運也。嘗聞李弘居蜀，里人自化，斑白不負戴，男女不錯行。觀今邑中文匿武覩，莠民爲夥。昆仲時舉鬩墻之訟，閭閻常懷壑鄰之心。豪橫之徒，以機詐爲智，以武斷鄉曲爲能。則知先生道德文章於鄉俗未有移易也，此也宇所以爲先生痛者。

先生之嘉言懿行，已受當年學者所宗仰；先生之遺徽芳躅，足爲今世閭里之憲章。然和璞潛光於荆野，太阿藏鋒於豫章。苟前之賢者不以表而式之，則後之繼者何以率而由之？若北道富人，曝衣長識南道阮；西鄰愚夫，問學不識東家丘，豈不悲哉！會今日四海升平、民恬物熙，文治之隆，超軼漢唐，衆争以編圖籍而裨學術，擷精華以資治道爲急務。宇也廣搜公私藏書，於先生著述、各地方志、殘碑斷碣、書札日記、譜牒家乘、檔案文書、諸家文集中裒集先生詩文。每獲遺文墜翰，則珍之寶之，惟恐稍有所遺；又獲異議新解，則手之舞之，莫不喜形於色。然搜泉九仞，唯掬片冰；采藍終朝，不盈一襜。如漢陰丈人灌畦，用力多而見功寡。閲數寒暑而僅得先生詩二百三十餘、詞五、文六十四、聯十三，又從而類聚焉、注釋焉。今略裁先生詩、詞、文、聯爲正編，先生傳記史料、師友詩文、平生年譜爲附編，匯爲一帙，非敢自炫才藻，實爲發微闡幽，揚風扢雅，庶使先生聲德遐播，俾天下後世咸知取則而已。誦陳情一表，可以思孝；觀峴山之碑，可以墮淚。後之人讀先生書，慨然想見其爲人，必感發而興起，一新舊習，復使風俗返乎仁厚，此也宇之志也。

珊網墮滄海，勢難盡遺珠；伯樂過冀北，安能空驥群？先生詩文尚有未入本集者，近日所見，孫余氏之墓誌尚存搨本，任清如之酬唱俱在集中，當俟他日訂補。宇學問淺而未精，才識短而多泥，點校注釋，率多舛誤，難免見笑於方家。

先儒有言：知爲先，行爲重。知而不行，雖敦必困。故宇以入站研究之理論，用於古籍整理之實踐。蜀人李調元曰：『學術總期歸有用，游談切記戒無根。』僅稽討於迂論，易陷游談無根；并深研以踐行，方期學術有用。故本書可與宇出站報告相表裏也。

庚子、辛丑之歲，時疫横行，資料鈎稽，諸多不便。幸得四川大學圖書館李紅宇老師、華禮嫻老師、丁偉老師、鄒艷老師，重慶圖書館袁佳紅主任、周興偉先生，四川大學李冬梅副研究員大開方便之門。承蒙成都文史學者孫恪庶先生，四川省社會科學院王永波研究員，中國人民大學陳鴻亮博士、唐子尊博士，中國社會科學院馬旭博士後，四川博物院張衡女士，四川省地方志辦公室朱丹女士，咸陽師範學院壽鳳玲教授，日本北海道大學黄晋博士，北京師範大學趙珏博士，山東大學劉俞庭博士，四川師範大學李斯斌副教授，四川警察學院劉國勇先生，西南石油大學趙聃博士，四川大學尤瀟瀟博士，巴蜀書社童際鵬先生、董毅軍先生，采薇閣文化公司王强先生，大邑縣文物管理所劉紅彬所長，大邑縣飛鳳村伍德財副書記，大邑縣雷軻先生、伍澤榮先生、劉豪先生、杜輝先生等，或慷慨出借藏書，或撥冗查閲文獻，或收集提供綫索，先生之斷簡零縑，方得甄采略盡。進而得四川大學吴洪澤研究員，四川省社科院彭東焕副研究員、王懷成副研究員，四川師範大學鄧穩副教授討論審定編纂體例，梁啟勇博士、山東大學胥潤東先生識别部分碑文、手稿。

昔藝我黍，今熟其饋。書稿已定，録呈導師鑒定。蒙導師巴蜀書社侯安國總編輯親正書稿并題寫書名，又得導師四川大學李怡教授、西南民大李凱教授不吝賜序，更承導師新華文軒管理研究院熊宏院長以博士後科研經費資助本書出版。導師獎掖提攜之情，不盡言表，唯中心藏之爾。

本書之出版，得新華文軒博管辦胡勃副主任、劉定國副主任，巴蜀書社林建社長、白雅副社長等領導支持和幫助，又煩及博士後工作站盛文文女士辦理手續，巴蜀書社徐慶豐博士糾謬查漏，難以一一枚舉。

今書稿已付剞劂，謹致謝忱。

《默室日記》載，光緒乙巳某日，孫培吉謁先生，見案上棋，因問曰：『日日圍棋乎？』先生答曰：『無人也，諸孫又各有事。』孫乃歎曰：『惜乎，予相距太遠，亦非無事之人，不然日侍此老而伴之圍棋，固不啻從仙人游也。』宇閱至此，不覺汍瀾。嗚呼！吾祖父大連公鄉居糤水之濱，眉壽已逾期頤，百年人瑞，齒德皆尊。而宇不孝，糊口於省城，欲昏定晨省、侍於座側不可得也。今謹以此書恭祝祖父且大連先生百歲晋二之壽。

幼女以嘉今已四歲餘，每覩余伏案，則援坐於膝上曰：『爸爸，陪我玩。』久而見余未動，則怏怏而去。余於幼女尚未能陪伴也，而况於父母内子乎？今也以此書獻與父且華勤先生、母張連芳女士、内子陳小惠女士、小女且以嘉。

糤水後學且志宇

歲次重光赤奮若

圖書在版編目（CIP）數據

伍肇齡集輯注/且志宇輯注 .—成都：巴蜀書社，2022.3
ISBN 978-7-5531-1687-7

Ⅰ.①伍…　Ⅱ.①且…　Ⅲ.①中國文學－古典文學－作品綜合集－清後期　Ⅳ.①I215.21

中國版本圖書館 CIP 數據核字（2022）第 046448 號

伍 肇 齡 集 輯 注

WUZHAOLINGJI JIZHU

且志宇　輯注

出品人　林　建
總編輯　侯安國
封面題簽　侯安國
責任編輯　王　雷
出　　版　巴蜀書社
　　　　　成都市錦江區三色路 238 號新華之星 A 座 36 層
　　　　　郵政編碼：610023
　　　　　總編室電話：（028）86361843
網　　址　www.bsbook.com
發　　行　巴蜀書社
　　　　　發行科電話：（028）86361856
經　　銷　新華書店
印　　刷　四川宏豐印務有限公司
　　　　　電話：（028）85726655　13689082673
版　　次　2022 年 6 月第 1 版
印　　次　2022 年 6 月第 1 次印刷
成品尺寸　240mm×170mm
插　　頁　8
印　　張　33.5
字　　數　480 千字
書　　號　ISBN 978-7-5531-1687-7
定　　價　98.00 圓